U0601619

宋詩鈔

〔清〕吴之振 吕留良 吴自牧 選

〔清〕管庭芬 蔣光煦 補

第二册

中華書局

宛丘詩鈔

張耒，字文潛，號柯山，人稱宛丘先生，楚州淮陰人。少善屬文，遊學于蘇轍。轍愛之，因得從軾遊，稱其汪洋沖澹，有一唱三歎之聲。第進士，歷官至直龍圖閣，知潤州。坐蜀黨，徙宣州，謫監黄州酒稅。徽宗起爲太常，出知潁、汝。復坐黨籍落職。在潁時，聞蘇軾訃至，爲舉哀行服，遂貶房州別駕，安置于黄。後五年，得許自便，居陳。時二蘇及黄、晁諸人相繼殄歿，惟耒尚存。士人就學者衆，分日載酒肴事之，其名益甚。卒年六十一。史稱其詩效白居易，樂府效張籍；然近體工警不及白，而醖藉閒遠，別有神韻。樂府、古詩，用意古雅，亦《長慶》爲多耳。子瞻謂秦得吾工，張得吾易，謾相壓也，要在秦、晁以上。

休日同宋遐叔詣法雲遇李公擇黄魯直公擇烹賜茗出高麗盤龍墨魯直出近作數詩皆奇絶坐中懷無咎有作呈魯直遐叔

休日不造請，出遊賢友同。城南上人者，宴坐花雨中。金猊散香霧，寶鐸韻天風。鳥語演實相，飯香悟真空。尚書二三客，淨社繼雷宗。黄子發錦囊，句有造物功。握中一寸煤，海外千年松。誰降午睡魔，賜茗屠團龍。晁子卧城西，咫尺不可逢，豈無坐中客，終覺欠此公。歸帽見新月，撲衫暮塵紅。困眠有餘想，却聽寺樓鐘。

掛虎圖于寢壁示秸稈

畫工出幻事，縞素發原藪。蕭蕭白茅低，凜凜北風走。耽然老於菟，舉步安不驟。目光炯雙射，怒吻呀欲受。彼彪擲其旁，文彩淡初就。雖然竊形似，已足走百獸。煩君衛吾寢，振此蓬蓽陋。坐令盜肉鼠，不敢窺白晝。

神運殿望香爐天池等峰晚宿官廳明日早發

遠公不出山，坐受龍天供。地祇敢愛寶，木石親輸送。巖巖千年屋，山立屹不動。風雲宿修梁，星斗近華棟。亭亭碧香爐，薝蔔時自涌。五雲嚴擁衛，天樂下鸞鳳。神池閟寶像，光怪發巖洞。誰能陟其顛，手攬游龍鞚。東堂黃金藏，龍象儼環拱。蕭條亡國輩，拙樸昔誰用。掃堂爲一睡，清極乃無夢。思歸戒晨發，結束勤僕從。鴻鍾振林莽，月落朝嵐重。再往墮渺茫，猿鶴應嘲諷。

贈張公貢

我昔爲諸生，奉書諫議公。後來辱稱獎，禮數賓客同。決科甫弱冠，年少氣如虹。歸來陪後乘，不責醉後恭。孤舟梁宋郊，旅態萃百窮。拜公睢陽府，笑語若春風。人事不可期，俯仰異吉凶。平生丹竈術，馬鬣哭新封。十年得吾弟，懷舊涕沾胸。清貧守家法，眉宇肖德容。交臂是非外，爲寮兄弟中。東軒語長夏，葵竹羅青紅。西舍雪夜歡，玉顏醉瑶鍾。欲飲徑相就，三更叱閽翁。鯨吸絶遺滴，山頽信傾峰。搜抉盡醬茹，楂梨倒筐籠。通宵兩沉醉，午起頭如蓬。人生定當爾，事去挽驚鴻。河梁繫君馬，一笑喜相逢。憐君碧紗幌，夜淚哭韋叢。我方困虀鹽，酸寒官辟廱。同尋舊遊地，塵壁冪絲蟲。啼鳥古寺閑，夏陰小園空。酒市逢好好，琵琶失玲瓏。歌舞一分散，賓僚亦西東。忘情猶一歎，齊物論非通。官冷隱朝市，端能信余慵。人生當富貴，子盍自磨礲。便當引五車，一一貯心胸。功就螘作垤，叢成蛇化龍。北郊分袂歸，作惡驚兒童。長謡代晤語，發子一笑哄。

離黄州

扁舟發孤城，揮手謝送者。山回地勢卷，天豁江面瀉。中流望赤壁，石脚插水下。昏昏煙霧嶺，歷歷漁樵舍。居夷實三載，鄰里通假借。别之豈無情，老淚爲一洒。篙工起鳴鼓，輕櫓健於馬。聊爲過江宿，寂寂樊山夜。

宿樊溪

黄州望樊山，秀色如可鑒。扁舟横江來，山脚繫吾纜。大川失洶湧，淺水澄可攬。北風吹疏雨，夜枕舟屢撼。齊安不可望，滅没孤城暗。奔流略溪口，龍脣屢窺瞰。平生千金質，戒懼敢忘暫。茲遊定何名，耿耿有餘念！

道士磯

匡廬奠九江，苗裔遍南服。橫江蔽原野，内外實一族。危磯插江生，石色擘青玉。蛟龍穴亂石，猱玃在喬木。我行季冬月，江蹟在山腹。扁舟如鏡面，清淨不可觸。躋攀既不可，千古長幽獨。緬想遂古初，巢居戒樵牧。

離樊口宿巴河遊馬祈寺

扁舟下樊溪，江南正清瀉。曉登巴河岸，極目望春野。步尋修竹寺，古木爭偃亞。云昔孫仲謀，刑牲致師禡。雄圖邈已矣，英概足悲吒。石梯造雲霧，丹白開廣厦。山僧安寂寞，畏冷不出舍。勞生渴閑境，頓使我心寫。晚江平若席，風勢欲相借。

龜陵灣阻風三日遥禱孤山而風止

積水多疾風，三日阻我舟。天寒波濤惡，岸窟騰龍虬。五更船篷鳴，冷氣入衾裯。平明諸山雪，爛熳鋪琳璆。篙工笑相顧，白我巴船頭。永愧小孤神，霧鬓横星眸。倉卒禱卽應，知我厭滯留。稍晴景物好，柳色含新柔。春風我故舊，迎我入東州。

自離富池凡三禱順濟龍求便風皆獲應又風日清霽舟行安穩委曲如所欲感而成詩

旗尾指船頭，篙工告風便。張帆施雙櫓，去勢如脫箭。船傍兩高山，過目若流電。波平舟穩駛，客寢兀未變。吾聞江西龍，神力回宇縣。往來萬夫禱，正直乃獲願。嗟余何所恃，誠恪無所薦。神豈哀吾窮，有賜不待獻。乃知人窮我，本不坐神譴。人間事苦異，未易以言辨。坐令千里遠，近若在几研。慚非謝宣城，援筆賦靜練。

出山

青山如君子，悦我非姿媚。相逢一開顏，便有論交意。今晨決然去，慘若執我袂。謂山無見留，此事寧久置。道邊青髮翁，下有白玉髓。斸之龍蛇窟，自足飽吾世。平生耽幽獨，乃若安朝市。一官等塵垢，安得敗成計。草堂醉老子，虎溪大開士。寄語二主人，爲留三畝地。

離陽翟

驅車發潁川，回望失嵩少。霜氛塞層空，黯淡寒日曉。原田際天平，百里見飛鳥。纍纍道傍丘，石獸臥衰草。不知誰氏碑？剥裂偶未倒。支離見隸字，書帶漢筆妙。遺墳不可問，文彩竟何效。永年恃金石，此計久可笑。昔遊已三歲，存没傷懷抱。飽諳人世憂，安得身不老。

次潁川

許昌古名都，氣象良未替。客子遠道來，塵埃滿襟袂。黄昏造孤驛，買飯嚙枯胾。庭寬蟾蜍高，霜氣徹寒被。賴攜朱提杯，可具一飲費。無人勸我酌，孤燭伴客醉。笙簫誰家樓，語笑月中市。何人不行樂，而我獨涕淚！夜長更漏稀，風急鼓鼙駛。天明卷席去，行止隨所值。

同楊二十緱氏寺宿草酌張正民秀才見訪

契闊千里別，惻愴難具言。殷勤一宵語，願子未卽眠。空堂燈火青，旅榻借僧氊。勞勞一杯酒，不解道路寒。經年相從樂，既別亦茫然。人間事盡爾，聚散亦何歎！但悲多難身，尚獲朋友歡。間關百憂中，一笑直萬錢。張子年未冠，已雄羣少年。巉巉坐我側，紫眸秀雙顴。壯志激衰懦，清談破愁煎。天明卽分散，奈此情悁悁！

初到都下供職寄黃九

千里不相見，勞勞復何辭。不應一城中，耿耿令我思。僦舍酒家樓，椎壚卷其旗。鼠壤敗晨炊，守翁噪羣兒。馬傍挾兩羸，雙踵待刻移。五日長安塵，故山夢中歸。何以洗我心，望君青松姿。懷情久不吐，古屋絃悲詩！

晚歸寄無咎

屋東雲移山，屋西日半壁。餘天一劍青，遠雨萬絲白。官事癡可了，未遭官長責。惟應晁夫子，不可別頃刻。

西山寒溪一本云「挈家同潘郎遊寒溪、西山二寺并寄邠老」。詩中亦顏邠老書齋名也。

兹行頗閒暇，聊此一作「況在」。山水間。况一作「幸」。有所攜人，臭味同一源。山蹊並修澗，嘉木間蒲蓮。杉松開一作「鳴」。古刹，一作「寺」。始覺此溪寒。孤亭出屋背，石磴相牽攀。迎客窮道人，俯僂鬢眉斑。釋子一作「草草」。具粗糲，雖貧有餘歡。一本有「三杯徑就醉，陟獻初牽攀」。午一作「馳」。登西山去，一作「路」。路作九曲彎。山禽慣不驚，夏木秀且繁。緬懷紫髯公，奠玉祠天壇。豪彊一作「雄豪」。有遺韻，興廢一作「消毀」。無留觀。空嵓一泓泉，引余掬清甘。一作「眼明嵓閒泉，引手掬清甘」。至人悲熱惱，遺一作「留」。此消昏煩。一作「驅塵煩」。我茶非世間，一作「荼」。天上蒼月團。爲爾惜不得，烹啜一作「瀹」。澆晨飡。深一作「出」。谷晚易陰，快一作「清」。雨時斑斑。一作「潺潺」。但見夾道松，龍鬚濕蒼顏。念一作「懷」。我亦顏人，深一作「屏」。居閉一作「深」。柴一作「閉」。關。不使倒珠玉，使一作「濟」。我胸中慳。之官亦漫浪，遇勝却一作「卽」。盤桓。平生據頑鈍，信命傲憂患。言歸徒旅一作「御」。疲，就蔭休征鞍。

讀中興頌碑

玉環妖血無人掃，漁陽馬厭長安草。潼關戰骨高於山，萬里君王蜀中老。金戈鐵馬從西來，郭公凜凜英雄才。擧旗爲風偃爲雨，洒濯九廟無塵埃。元功高名誰與紀，風雅不繼騷人死。水部胸中星斗文，太師筆下蛟龍字。天遣二子傳將來，高山十丈磨蒼崖。誰持此碑入我室，使我一見昏眸開。百年廢興增歎慨，當時數子今安在。君不見，荒涼浯水棄不收，時有遊人打碑賣。

出長夏門初望龍門。

出郭心已清，青山忽相對。遊人傍流水，俯仰秀色内。誰張蒼玉屏，中斷神斧快。清伊瀉其間，銀漢曳天派。參差樓觀出，杳靄林麓邃。巖聲答遠響，水影弄空翠。同遊得君子，同榮教授。與與煙霞會。選勝雖自兹，高懷已塵外。

飯昭果寺

飄然乘興遊，肴酒笑俗具。僧居致野飯，草草亦有趣。山僧慣迎客，煮茗新泉注。巖花得春遲，晚秀見紅素。蕭蕭野市井，人物自來去。溪光送孤舟，石色照素樹。題名掃高壁，歲月記所遇。書罷迹已陳，出門猶反顧。

石樓

清溪若奔虬，八鎖束其頸。犇騰去莫脱，擺掣恣驍猛。嘈嘈戰風霆，萬鼓助其勁。聲驅石崖動，氣抱晴日冷。我來怯初登，注視久乃定。悠悠山川闊，寸目羅萬景。平生林野趣，疏放謝鞭警。會期山月出，一嘯清夜永。

上方

足躡青玉磴，躋攀不知勞。回頭瞰木杪，始覺所歷高。孤鳥去滅没，奔溪深怒號。白日當畫梁，青雲送微飈。坐久神慮平，微涼清骨毛。但驚塵垢容，俯仰近赤霄。古壁有遺字，昔人嗟寂寥。南風不知暑，古木常蕭蕭。

廣化遇雨

浮雲蔽高峰，臺殿延晚色。風聲轉谷豪，雨脚射山白。東樓瞰虛明，龍甲排檜栢。蕭森異人境，坐視動神魄。撞鍾寺門掩，晚霽尚殘滴。相攜下山去，塵静馬無迹。歸來解鞍歇，新月如破璧。但恐桃花源，回舟已青壁。

贈無咎以既見君子云胡不喜爲韻八首

平生懷想人，握手良未易。接君同舍歡，此事非此世。十年淮海夢，一笑相逢地。投分白首期，顧言何有既。

賢愚譬觀形，美醜不自見。醫肱待三折，劍鐵要百鍊。磨君古青銅，汰揀寄明辨。一智出千愚，食芹敢忘獻。

文風還正始，磊落有諸君。長者進後生，亦使我有聞。譬如狸與虎，偶使並稱文。終然不可及，困我力空勤。

文衰東京後，特起得韓子。支撑誹笑中，久乃化而靡。籍湜既洒掃，後生始歸市。垂君拯溺手，請效我一指。

詩壇李杜後，黃子擅奇勳。平生執羈靮，開府與參軍。舉世秉筆徒，吟哦謾云云。安知握奇律，一字有風雲。

觸有羸其角，進有跋其胡。脊車秣吾馬，白日在修途。雖乏無何杯，頗多未見書。力學致事功，良田本深鉏。

黃子少年時，風流勝春柳。中年一鉢飯，萬事寒木朽。室有僧對談，房無妾持帚。此道人人事，誰令余獨不。

南山縛虎師，肯顧世書字。揚眉哦楚喉，鼎畔倒侯喜。詩聲一蒼蠅，下到霹靂耳。庸庸老尋常，物外有奇偉。

與潘仲達二首

東風沛甘雨，百物一時好。江南桃李盡，紅紫到百草。道傍負擔子，寒食歸祭禱。念我淮上丘，三年不躬掃。

淮陽牡丹花，盛不如京洛。姚黃一枝開，衆艷氣如削。亭亭風塵裏，獨立朝百蕚。誰知臨老眼，得到美葵藿。

次韻秦覯

琬琰非世珍，昔以羊皮換。嗟君復何求，衆棄乃所玩。十年少游兄，閉口受客難。二毛纔一第，俗子猶憒惋。人間異巧拙，善琢貴顏汗。嬋娟守重闈，倚市争倩盼。君胡竇滯貨，屢辱訪衰懦。譬猶卧仆塗，更侑觥與散。球然瑚璉質，磨琢争璀璨。遲君三年鳴，更用驚我慢。

阿几

小兒名阿几，眉目頗疏明。日來書案傍，學我讀書聲。男兒事業多，何必學讀書。自古奇男子，往往羞爲儒。阿几笑謂爺，薄雲無密雨。看爺飢寒姿，兒豈合富貴。翁家破篋中，惟有書與史。教兒不讀書，更欲作何事？

宿虹縣驛

長隄隘舟車，上下無暫歇。煎熬古驛門，聒聒争瑣屑。東南淮浙富，輸餽日填咽。楚風習喧卑，吴舌動嘲哳。平生耽静意，投閙劇含噦。況兹道路勤，强食慰飢渴。年來嵩洛興，久與泉石結。終當卜吾廬，雲山對華髮。

有感二首

昨日鵶作巢，今者鵶哺兒。念知三月闌，春物行已稀。晚風颯不收，殘紅怨餘姿。回風起輕寒，擁爐火重吹。燈明夜齋静，目澁臨書遲。病齒不飲酒，持杯勸妻兒。豈無兒女心，惆悵桃李蹊。彼昏安目前，丈夫方有思。

古今不殊途，掩卷獨長想。炎爐與死灰，相去如反掌。彼昏誠不知，一醉富莫量。那知道傍殍，曾是厭盃盎。一金短販兒，豈暇議得喪。但憐反覆閒，觀者爲惆悵。聖賢蹈大方，不苟目前妄。寄身愛憎間，得失真一餉。

春雪

天寒城南寺，門外無馬迹。東風雪疾消，春泥深一尺。豈無老款段，畏蹶不敢策。還歸見兒女，怕冷不下席。揚雄玄未就，雙鬢颯已白。雖云客載酒，此意終岑寂。功成則有命，生事亦人力。胡爲不自勤，守此欲何獲。田桑既有裕，醪醴亦餘溢。嗟哉好事客，從古百無一！

秋感二首

秋日無遠暉，秋草無美姿。殘蛩弔白日，寒鳥悲空枝。時節一如此，余出悵安歸？强歌不成音，還坐空涕垂！感動百慮進，觸心遂紛披。棄擯勿復道，日暮眠吾帷。

秋山多遠聲，日暮尤百態。百風落高樹，清澗瀉寒瀨。鳴蜩默誰憐，痞死不償罪。蛩啼獨不已，有愬未逢解。天時激汝曹，寧自知進退。吹噓成踴躍，芻狗忌徹祭。庭空月宵掛，園冷露晨沛。嗟哉心難忘，擀事還感慨。

魯直惠洮河綠石作冰壺研次韻

洮河之石利劍矛，磨刀日解十二牛。千年虜地因沙磧，一日見寶來中州。黄子文章妙天下，獨駕八馬森幢旒。平生筆墨萬金直，奇煤利翰盈篋收。誰持此研參案几，風瀾近手寒生秋。包持投我棄不惜，副以清詩帛加璧。明窗試墨吐秀潤，端溪歙州無此色。野人齋房無玩好，慚愧衣冠陳裸國。晁侯碧海爲文辭，盤礴萬頃澄清漪。新篇來如徹扎箭，勁筆更似畫沙錐。知君自足報蒼璧，愧我空賦瓊瑰詩。

王晉卿惠詩逾年不報累來見索而王許酒未送因次其韻督之

酸寒杜陵老，痛飲遺身世。雲安小縣麴米春，遥知美味無多子。猶令此老氣如虎，傲兀幾以醉爲累。爭如侯家美酒如江湖，金鐺犀杓與之俱。玉壺滿傾春水快，銅槽夜滴秋雨疏。主人文章足賓客，許致麴生來坐側。三杯脱帽我家風，渴如旱田占雨虹。冷官如瓶君未見，腹惟貯水冰生面。鳴鞭走送煩騶轡，坐對朝雲北風起。未欲煩公大作譏，老夫自斟看深淺。

福昌秋日效張文昌二首

秋野無人秋日白，禾黍登場風索索。豆田黄時霜已多，桑蟲食葉留空柯。小蝶翩翩晚花紫，野鶉啄粟驚人起。洛陽西原君莫行，秋光處處傷人情。

黄桑蕭蕭秋水清，田中日午村鷄鳴。場邊九月禾黍熟，空原雉飛飽新穀。棗籬蟲鳴村路曲，道邊古墳生野菊。人稀田闊草茫茫，落陽秋深能斷腸。

題韓幹馬圖

頭如翔鸞月頰光，背如安輿鳧臆方。心知不載田舍郎，猶帶開元天子紅袍香。韓幹寫時國無事，綠樹陰低春晝長。兩髯執轡儼在傍，如瞻馳道黃屋張。北風揚塵燕賊狂，廐中萬馬歸范陽。天子乘騾蜀山路，滿川苜蓿爲誰芳！

罔沙阻風

大江春風浪如屋，客舟迎風罔沙宿。連檣接柂古岸傍，岸頭無人春草綠。船頭日出炊烟起，買魚擕菜來就市。漁人水惡不出門，蕭條野市無鷄豚。堤邊紙錢灰若雨，洗酒賽神巫降語。南人艇子不避風，橫江五兩翩翩去。

有感三首

郁城本自貳師謀，騎士拔劍猶封侯。董生明經守正直，白首區區相侯國。參差世事足嗟歎，平聲。我笑羣兒較目前。可能董子之榮辱，乃在封侯得失間。

羣兒鞭笞學官府，翁憐兒癡傍笑侮。翁出坐曹鞭復呵，賢於羣兒能幾何？兒曹相鞭以爲戲，翁怒鞭人血流地。等爲戲劇誰後先，我笑謂翁兒更賢。

南風霏霏麥花落，豆田漠漠初垂角。山邊夜半一犁雨，田父高歌待收穫。雨多蕭蕭蠶簇寒，蠶婦低眉憂藺單。人生多求復多怨，天工供爾良獨難。

到陳午憩小舍有任王二君子惠牡丹二槃皆絶品也是日風雨大寒明日作此詩呈希古

初來淮陽春已晚，下里數楹聊寢飯。此邦花時人若狂，我初稅駕遊獨懶。任王二君真解事，走致兩槃紅紫爛。天姝國豔照蔀屋，持供佛像安敢慢。江湖逢春豈無花，格頑色賤皆可揀。暂觀中州燕趙態，一洗千里窮荒眼。風波歷盡還故郡，此願誰知輒先滿。那知中夕忽凜烈，卧擁牛衣眠失旦。名園泥淖安可入，坐惜殘芳風雨散。東隣夫子亦嗜酒，卧聽午鷄方起盥。晴明猶及一寓目，我老尚能揮大醆。

次韻答天啓

黄鍾無聲登瓦釜，蔡子青衫在塵土。逼人爽氣百步寒，知子胸中有風雨。三年河東走胡馬，絶口魚鰕便酪乳。歸來萬卷付一讀，不學兒曹用心苦。周瑜陸遜久寂寞，千年北客嘲吴語。莫徒彩筆雲錦張，要是寶劍蛟龍舞。天兵百萬老西北，快馬如飛不出户。眼看六纛出麒麟，走取單于置刀俎。

赴亳州教官次韻和中書錢舍人及亳守晁美叔見贈

久知疏慵難應接，勉强一官親訟牒。覊窮正似鳩無巢，擺去不如魚有鬣。從來書史鈍蹊徑，更歎詩騷窮事業。幾思狐白易絮纊，羞褫舊服求新裌。又憐夸毗竟何得，把玩區區一蚊睫。久知趨向合飢寒，正藉文章謾嚅囁。紫微丈人椽作筆，誰得贏師輕傳諜。知擒敢慢武侯縱，有穽前知魯侯欲。荒蕪滿編求指摘，望以餘光分暐曄。乃蒙稱屈力褒揚，不意糞壤藏諸篋。獲如丘陵飽則可，良御不悦猶非獵。平生賞遇有君子，處世雖鈍吾知捷。清閑得食學官禄，願以詩書塡吻頰。牙懸喜校鄴侯籤，藤織新成沈郎笈。晁公聲名三十載，餘事筆蹤傳法帖。紫芝眉宇望不遠，屈指數日無旬浹。黄衫健步書見賜，紫誥除官等何躐。久懷薄技待後乘，宣管盈囊紙來歙。坐乖前計空惋悵，袖裏從今雙手壓。醉歸應被官長瞋，未飽徒勞方朔慴。

蘇叔黨呂知止自許下見訪叔黨有詩戲贈以此奉答

三年齊安看江山，可當中原故人面。北來塵埃逢故人，眼前却作江山見。君似江山定不疏，能出吾言世亦無。蘇郎下筆妙無敵，呂郎與談驚未識。鳳雛驥子未宜輕，囊空各有千金璧。贈君錦繡英瓊瑶，報我琅玕金錯刀。溪毛潰污未相棄，歲暮與君甘縕袍。

遊武昌

一葉横江淩浩渺，李君見我迎門笑。鵝黄初熟醅旋壓，書室焚香地新掃。淋漓歌笑不知夜，竹榻枕藉眠諸少。老人被暖覺獨晚，驚起東南日如燒。四明陳子定愛客，生火寒廳邀我到。盤肴香潔具俄頃，鱠斫寒魚初出沼。仲謀覇氣久寂寞，元子亭基尚危峭。荆榛荒梗上石磴，人物清江開野廟。莫投明府快一飲，主意殷勤賓屢釂。星河破碎歸中夜，明日清淮理歸棹。王家園館静人眼，掛壁於菟疑欲嘯。殺鷄爲黍辦倉卒，看畫烹茶每醉飽。還家閉門空寂歷，勝境目前皆了了。玆遊可再誰汝啻，老懶似不能輕矯。西山得霜瘦如削，蕭寺峥嶸出粉篠。幸余腰髀猶足使，與子凌寒恣遊眺。

秋雨小酌贈賈七

出門秋雨泥漫漫，嗟哉后土何時乾！官曹事休歸舍臥，破屋淅淅西風寒。弱妻傾榼勸我起，稚子笑語争杯盤。我生樂事但如此，爲爾一醉愁腸寬。仕塗翩翩鬭巧捷，華裾鮮轂相追攀。老來百事覺羞耻，懶伴兒女塗鉛丹。賈郎豪華獨異我，粉腮玉指雙鵶鬟。清眸侑酒醉百醆，肯咀貧甕寒虀酸。堂前菊花日以好，落砌摵摵梧桐殘。當謀痛飲待九日，豪氣一壓龍山桓。

寓陳雜詩

朝雨如雰絲，咫尺不相辨。俄然晨光漏，紺碧出天面。天工易明晦，頃刻俄屢變。今朝事大定，雲物卷組練。客有北來說，蟓生被數縣。穀穗無一粒，遺稈如立箭。卑田成大澤，投種哀莫見。官人懵不知，猶喜輸租辦。興懷及鰥寡，猶愧吾飽飯。

開門無客來，永日不冠屨。客知我老懶，投刺輒復去。端成兩相忘，因得百無慮。故人在旁郡，書信不能屢。與哀東坡公，將拚郟山墓。不能往一慟，名議真有負。可能金玉骨，亦逐黃壤腐。但恐已神仙，裂石終飛去。

我不知暑退，但覺衣汗乾。頗怪庭中天，湛然青以寬。有物叫草根，啾啾自相喧。問知已新秋，大火流金丸。天工變寒暑，正爾事亦繁。静觀付一笑，吾事寧相關。但思筋力健，悠然佳意還。喧喧憎隣里，砧杵亂人眠。

秦子死南海，旅骨還故墟。辛勤一生事，空得數編書。琅琅巧言語，玉佩聯瓊琚。知者能幾人，憎者頗有餘。書生事業薄，生世苦勤劬。持以待後世，何足潤槁枯。興懷及平昔，使我涕漣如。道路阻且長，悲哉遠撫孤！

寄李端叔

陳墟自古皇，彊野實楚縣。沃野接神畿，荒溝漕淮甸。民風静而陋，原隰平以遠。我來逢艱歲，禾黍秋色淺。荒居咽蛩蚓，風雨老藜莧。閉門謝車馬，隱几親筆硯。馬迹巷泥深，庖烟簷日晏。深居窺老《易》，妙理珠自玩。困享方寸足，夸安勞遠願。乖離感歲月，老色各滿面。友道古所敦，尺書莫辭倦。

秋日矚古城

秋日矚古城，西風振塵埃。出門何所之，壞道連蒿萊。飛鳴鷄犬稀，破屋枯壕隈。老圃理蔬畦，晚甲瘦未開。輸人暮出城，栖鴉一一回。悵然心不怡，歸坐勸一杯。

孫志康許爲南釀前日已聞糴米欣然作詩以問之

平生一尊酒，風月不可無。謫官將十年，一醉未易圖。市豈無旗亭，官亦有酒壚。薄苦與釀酸，一滴不可沽。英英孫夫子，臭味真吾徒。自云得異藥，乃出粳稻腴。藏久精粹去，去者乃其粗。醖釀纔浹日，芳甘已盈壺。傖人喻其力，若火經茅蘆。此語真野陋，殆出負販夫。前日聞吉語，羅便已在途。每恨陳乏糯，價直如買珠。憐君久客囊，顛倒無復餘。假器走僕僮，供我一笑娛。欲爲漉巾潛，請學滁器如。作詩以訊之，何日陳尊盂！

歲暮卽事寄子由先生

歲暮淮陽客，貧閑兩有餘。朝昏面壁坐，風雪閉門居。老去深依佛，年衰更嗜書。未能忘素業，聊用慰窮途。下里皆貧屋，開門卽古墟。鷄豚來近舍，春汲賴鄰夫。雪壓移來竹，霜萎自種蔬。烏皮蒙燕几，褐帽裹僧顱。肉似聞《韶》客，齋如持律徒。女寒愁粉黛，男窘補衣裾。已病藥三暴，辭貧飯一盂。長瓶卧牆角，短褐倒天吴。宵寐衾鋪鐵，晨炊米數珠。大攙隨杜脛，葛製暖寒軀。時命今如此，功名已矣乎？談愁風射馬，拙待兔逢株。久慕真乘樂，深諳夢境虛。誰憐九頓首，止有一長吁。瞻望身空老，蒼茫歲欲除。何當聞妙誨，黥刖待完膚。

贈翟公巽

我昔出守來丹陽，江流五月如探湯。史君之居在山腹，繞舍樹石何青蒼。千年藥根蟠井底，靈液浸灌通寒漿。人言狗杞精變狗，夜吠往往聞空廊。金山蕩潏浪花裏，一舸遥去隨漁郎。最奇巖齋人迹少，乳水時滴白石牀。翠黿坡陁負日色，白騎掀舞占風祥。我留金山凡十日，窮探力取無遺忘。南風吹我渡江去，已厭淮南塵土黄。二十年間多少事，身如疲馬起復僵。淮南窮棲衆人後，朝食不充藜莧腸。公來衰顔得一笑，側聽高論驚尋常。窮閻過我坐至暮，滿懷珠玉無粃糠。乃知世間有清議，未可盡以己意量。精金白璧天所寶，理無破碎委道旁。半年耳冷不聞此，遇公矍然神激昂。論交自顧已老醜，從事豈絶隨飛翔。斯文有屬不但爾，因公作詩我涕滂。

北隣賣餅兒每五鼓未旦卽遶街呼賣雖大寒烈風不廢而時略不少差因爲作詩且有所警示秸秬

城頭月落霜如雪，樓頭五更聲欲絶。捧盤出户歌一聲，市樓東西人未行。北風吹衣射我餅，不憂衣單憂餅冷。業無高卑志當堅，男兒有求安得閑。

書初涼夜至將曉靈壽寺作。

秋房燈火清，人語久已寂。城遠不聞更，警柝鳴未息。横參已入地，斗柄當天植。乃知三更中，市鄽已寂歷。我時守書几，磨墨傾硯滴。反覆小學書，昏目如芒刺。試尋隣房僧，鼻鼾背負壁。體勞徑就枕，冷夢分南北。覺來寺鍾鳴，僧禮像前席。須臾聞梵唄，木魚如叩石。舉頭視東牖，朝日已淡白。反身起披衣，神爽健筋力。亟來酒甕邊，側聽聲唧唧。

霜後步西園

濃霜午喧妍，短日淡無色。回風振中園，搖落聲策策。草根飢鳥啄，飛舞時嘖嘖。野荒無遺粒，卒歲將何食。鮮鮮西牆下，幽草弄寒碧。四時不吾欺，聊假汝頃刻。

呈徐仲車

朝日照高簷，夜霜猶在瓦。纖纖牆邊柳，春色已可把。殘年能幾何，奔駛劇湍瀉。雖無功名求，衰暮亦悲吒。出門問徐子，兩計決取捨。爲當勉自修，汲汲不可暇。爲當飲美酒，送老在杯斝。子當指我途，我卽策其馬。但恐懶拙姿，終非服勤者。

讀戚公恕進卷

世方尚纖柔，子獨不可揉。人皆喜呶呶，子語不出口。巉然卽之高，俗子競譏詬。我嘗要之難，快使暴其有。乃知謗之非，更覺所得厚。由來難小知，此固可大受。讀書常辛勤，世務飽經構。琅琅滿編文，一一可推究。俗儒昧事實，文字工綵繡。可觀不可用，章甫冠土偶。子能獨不然，渾樸謝雕鏤。寧爲目前玩，功見施設後。知心古所難，形兀實見售。嗟君聽者寡！風雨但孤雊。又思理難常，功業亦邂逅。豈令匠石斤，常縮袖間手。無爲扣角歌，且進滿尊酎。但非遽可合，有所待而偶。干將伏黃土，氣乃在牛斗。顧君久自安，蔽抑寧復久。

贈江瞻道

我行于四方，其所急者友。嗚呼得之難，百不一邂逅。人心不可齊，若十指於手。隨其短與長，亦各有所取。剛或礦而折，柔有弱而仆。質良文不揚，中美外莫副。寬壺泛以枵，狹盎迫而陋。此猶其大概，瑣屑難悉究。譬如選長材，棄百不一有。其間雖得之，猶或煩矯揉。我友居淮濱，飲德昔自幼。豈期羈旅間，乃獲聞謦欬。嗟君如美玉，外徹中乃厚。埋藏困塵埃，要以不可垢。他人十不一，子乃得八九。餘虧能幾何？不待勉而就。乃知昔求艱，特以見未久。但憂奔莫及，敢憚喘而走。我心子所知，濩落無所囿。是以行于世，往往得謿詬。人才如其面，不自知好醜。立之明鑑前，乃見其可否。子於我無嫌，告我當苦口。我惟於改過，竊不敢自後。嗟予迫飢寒，子亦仰五斗。何當兩有歸，投老作鄰叟。

與友人論文因以詩投之

我雖不知文，嘗聞於達者。文以意爲車，意以文爲馬。理强意乃勝，氣盛文如駕。理維當卽止，妄說卽虛假。氣如決江河，勢順乃傾瀉。文莫如六經，此道亦不捨。但於文最高，窺不見隙罅。故令後世儒，其能及者寡。文章古亦衆，其道則一也。譬如張衆樂，要以歸之雅。區區爲對偶，此格最汚下。求之古無有，欲學固未暇。君爲時俊髦，我老安苟且。聊獻師所傳，無以吾言野。

寄答參寥五首

昔我初見子，子時客京師。聞名久不獲，既得過所知。示我一卷書，大小百首詩。我嗜不可輟，熊蹯薦朝飢。約子彭城遊，念當行有期。中間忽倉卒，決去不子辭，子後來高郵，我居淮之湄。中間無百里，詩句屢交馳。客來得子書，云子久南歸。投書不能讀，恨我聞之遲。使我早知此，扁舟尚能追。遠別不執手，近居不相攜。每念念恨者，耿耿中腸悲。子行日已南，我去日已西。音書不可頻，何以慰我思！

蘇公守吳興，山水方有主。子兮從之遊，掛錫當可駐。塵埃困孤鶴，念子久失所。秋風展其翼，道使萬里去。青雲引高唳，爽絕誰敢伍？余駒欲西秣，使我江海櫓。平生二三子，往往在南土。子才得所樂，我拙日益魯。拳拳相思心，契闊不得語。

秦子我所愛，詞若秋風清。蕭蕭吹毛髮，肅肅爽我情。精工造奥妙，寶鐵鏤瑶瓊。我雖見之晚，披豁盡平生。又聞從蘇公，復與子同行。更酬而迭唱，鐘磬日撞鳴。東吳富山水，草木餘春榮。悲余獨契闊，不得陪酬賡。

我生爲文章，與衆常不偶。出其所爲詩，不笑卽謿詬。少年勇自辯，盛氣争可否。年來知所避，不敢出諸口。時時未免作，包以十襲厚。低心讓兒曹，默默衆人後。見君不能已，頗亦陳所有。君豈少取之，時以佳句授。幽絃喜有聽，清唱慰孤奏。如何瞥然去，使我不得友。

蕭蕭江湖客，疏瘦若秋竹。苦心爲詩章，日夜撓心腹。清絃無浮聲，促柱有哀曲。湔湔幽巖泉，一一清可掬。人生於文章，初苦力不足。及其成欲售，又困瞽者目。子從吴興公，乃獨獲所欲。得意有知賞，幽懷免窮獨。嗟余失所投，痛學自藏覆。子當慰我窮，時寄書數幅。

夏日雜感二首

羣動入夜息，我歸亦安眠。脱我身上衣，投枕體晏然。朝日常營營，有生不可閑。羲和戢其光，幸此須臾間。人生一世中，大小無百年。胡爲不自暇，長抱勤苦歎！才者勇設施，誕者夸死權。彼有驅其心，欲休諒無緣。我本與世疏，少慵老成頑。何爲不引去，坎軻行所艱。

娟娟簷前月，雖缺自媚好。團團理絲蟲，養身恃其巧。無能老蝙蝠，乘夜出堂奥。那能捕飛蚊，未解聒耳鬧。悲歌草間蚓，辛苦自鳴噪。爾生可以默，何所欲而躁？鳴哇訴其渴，謂若天可禱。瘖蟬死不鳴，豈以訴無效。悠悠羣動情，誰得辨醜好。我歌豈徒然，亦用自警告。

西華道中

我行陳許郊，十里平若掌。居民雜荆榛，耕少地多曠。野兔作跳奔，鷙鳶或高颺。喬林多疾風，寒澗有餘漲。棘籬蔽茅屋，鷄犬入村巷。主人掃土塌，秣馬具朝餉。童兒汲土井，敗飯堆瓦盎。勿悲爲生陋，自足無他望。嗟余走薄宦，奔走年將壯。長抱羇旅愁，何時税歸鞅。

讀蘇子瞻韓幹馬圖

我雖不見韓幹馬，一讀公詩如見者。韓生畫馬常苦肥，肉中藏骨以爲奇。開元有臣善司牧，四十萬匹屯山谷。養之罕用食之豐，力不曾施空長肉。韓生圖像無乃然，我謂韓生巧未全。君不見，昔時騏驥人未得，飢守鹽車唯有骨。昂藏不受塵土侵，伯樂未來空佇立。騏驥乏食肉常臞，韓生不寫瘦馬駒。誰能爲驥傳之圖，不如凡馬飽青芻。

再和馬圖

我年十五遊關西，當時唯揀惡馬騎。華州城西鐵驄馬，勇士十人不可羈。牽來當庭立不定，兩足人立迎風嘶。我心壯此寧復畏，撫鞍躡鐙乘以馳。長衢大呼人四走，腰穩如植身如飛。橋邊争道挽不止，側身逼墮壕中泥。懸空十丈才一擲，我手失轡猶攢蹄。迴頭一躍已在岸，但見滿道人嗟咨。關中平地草木短，盡日散漫遊忘歸。驅馳寧復受鞭策，進止自與人心齊。爾來十年我南走，此馬嗟嗟入誰手！楚鄉水國地卑污，人盡乘船馬如狗。我身未老心已衰，夢寐時時猶見之。想圖思畫忽有感，況復慷慨吟公詩。達人遇境貴不惑，世有尤物常難得。寧能使我即無情，搔首長歌還歎息。

再寄子由先生

宛丘之別今五年，汴上留連纔一日。賤生飄泊客東南，憂患侵陵心若失。先生神貌獨宛然，但覺巖巖瘦而實。有如霜露入秋山，掃除繁蔚峰巒出。自言近讀養生書，頗學仙人餌芝朮。披尋圖訣得茯苓，云是松間千歲物。屑而爲食可不飢，功成在久非倉卒。上侔金石免毒裂，下比草木爲強崛。涓涓漱納白玉津，鍊以真元納之骨。神仙自是人不知，豈爲難求廢其術。我聞公說心獨嗟，欲問太虛窮恍惚。奈何不使被金朱，乃俾枯槁思巖窟。又觀世事不可常，倚伏誰能定於一？終身軒冕亦何賴，況有朝升而暮黜。何如端坐養形骸，壽考康寧無夭屈。乃知豈即非良圖，却笑兒曹嗜糠籺。青衫弟子皆授經，賦分羈窮少倫匹。自知無命作公卿，頗亦有心窮老佛。但思飽暖願即已，妄意功名心實不？終期策杖從公遊，更乞靈丸救衰疾。

寄楊應之

應之蹉跎三十九，猶着青衫困塵垢。高才逸氣老益奇，我每事之安敢友。逢時則駕子何患，有才未用誰之醜。暴得從來失常速，徐驅未用鞭其後。掃除萬事付諸命，收拾至樂歸之酒。聞公頗以飲自名，我亦抗衡能至斗。京師常恨酒不足，貧旅僅得糊其口。乃知一飲尚間關，功垂萬古知難偶。百年痛飲乃良圖，安用金朱裹枯朽。我生自斷計已決，君亦我徒能爾否？揚屑鼠子事輕肥，眨眼小兒夸謹厚。須防仰赫忌鵷鶵，更慮致魘逢猘狗。獨醒不若餔其糟，羣犬猶須避而走。遭刑每笑嵇叔夜，得計須師彭澤叟。我官古邑洛之陽，聞有山川亦清秀。行當釀秫從子遊，更以新詩相獻侑。

招潘郎飲

老人夜短睡不足，勃公窗外強知時。五更未明語千萬，更憎林間鵓鴣兒。吹紅洗白雨三日，吾園花蕊已離披。一年春事坐如此，白首窮謫歸無期。念此徑須沽酒飲，買魚烹肉懃妻兒。更呼東鄰好酒伴，爲我醉倒階前泥。

郭圃送蕪菁感成長句

蕪菁至南皆變菘，菘美在上根不食。瑤簪玉筍不可見，使我每食思故國。西鄰老翁知我意，盈筐走送如雪白。蒸烹氣味元不改，今晨一餐如南北。孔明用蜀最艱窘，百計捃拾無遺策。當時此物助軍行，渭上褒中有遺植。英雄臨事究瑣屑，終服奇才屈強敵。想見躬耕自灌畦，當時有意誰能測！

讀守道詩

仁宗之初公有聲，一世儒者聞之驚。力行古義不顧俗，師事孫子傳其經。掃堂捧杖供賤役，侍師之坐隨師行。質疑問道無敢變，當世始知師與生。作爲文章不徒發，譏切時事排公卿。俗儒毀譽無所出，乃取過行爲譏評。過於仁義罪固小，矯弊自合違中行。人皆不及子獨過，兩者之罪誰爲輕。開編偶誦子詩句，辭氣磊落嚴以清。吟哦令我不能捨，想見眉宇寒崢嶸。高風一泯不可見，安得壯士能經營。惜哉朽骨不可作，徂徠廢土知誰耕。

對雪呈仲車

學堂歲暮無來客，殘雪漫漫風獵獵。當庭古柳三四株，老翁攜帚收殘葉。一年閑散百事慵，飢寒不自勤鉏鍤。囊空甑倒誰復救，典衣買酒將空篋。人間萬事苦難齊，以醉驅愁最奇捷。丈夫未死誰能測，幽憂何自同兒妾。飲酣耳熱詩興遒，直上虛空恣陵躐。飢喉凍噤誰與解，正藉醺酣得嚅囁。少年舉白未嘗辭，漸老深杯見還怯。何當共有種秫田，免向官壚走書帖。

己未四月二十二日大雨雹

夜來飛雹驚我眠，大者磊落幾如拳。起聽但覺屋欲動，簷瓦破墜無復全。是日晚晴星斗出，鏡靜萬里無雲烟。乾坤變化竟誰使，造作詭怪須臾間。鄰家老翁髮已白，云昔見此今十年。木衰火濫氣浮溲，激此陰沴成冰堅。儒生臆度知是否，天事詎得窮其源？屋頭雛鴉失其母，足傷翅折亦可憐。

早作

鸊鵜夜寒不得眠，永夜相語高樹顛。鴉鳴最早尤喧闐，啼呼相應動百千。老鷄睡起足攣拳，側頭端如聞九天。引吭一唱嗚宮懸，時哉不後亦不先。朦朧初日見山川，吾廬人起有炊烟。

讀李憕碑

自唐中微北方沸，胡馬長鳴飲清渭。李公守節陷賊庭，身死髑髏行萬里。憕及盧奕並傳首。百年事往誰復省，一丘榛莽無人祭。荒碑半折就磨滅，後人空解傳其字。殺身不畏真丈夫，自古時危知烈士。俗書小技何足道，嗟我但欲揚其事。寥寥獲麟數千載，末學褒貶多非是。高文大筆誰復作！絀臣餓夫須有待。紛紛後世競著述，紙墨徒爲史官費。却嗟何獨此事然，搔首碑前空嘆慨。

秋蔬

荒園秋露瘦韭葉，色茂春菘甘勝蕨。人言佛見爲下筯，俗言：八月韭，佛開口。芼炙烹羹更滋滑。其餘鎖屑皆可口，蕪菁脆肥薑葅辣。藏鞭雛筍纖玉露，映葉乳茄濃黛抹。已殘枸杞只留枿，晚種萵苣初生甲。南來食魚忘肉味，久思吾土牛羊茁。軟炊一飽老有味，痛飲百壺今不説。蒲團齋罷欠申時，自覺少年心解脱。

瓜洲謝李德載寄蜂兒木瓜筆

瓜洲蕭索秋江渚，西風江岸殘紅舞。津亭永夜守青燈，客睡朦朧聽江雨。青罇曉酌遣懷抱，但恨鬱鬱將誰語。敲門忽得故人書，洗手開緘見眉宇。蜂兒肥膩愈風痺，木瓜甘酸輕病股。銛鋒皓管見還愧，老去筆硯生塵土。北歸飄泊亦何事，篙工已束橫江櫓。天寒應客太昊墟，當遣何人具鷄黍。

耒寒熱伏枕已數日忽聞車騎明當按頓睡中得韻語數句上呈四丈龍圖兼記至日之飲

山羊卷酥如切玉，剪毛胡羊花作肉。燭前醉客淋漓時，山泉更煮如珠粟。深泥三尺歸不記，日到牀前初睡足。爾來七日戰寒熱，朝飯齋糜不盈掬。客來但辦君且去，卧聽涓涓雪消屋。因山事嚴京兆出，十驛人人如在目。駝裘便面行野時，晴郊已動陳根緑。

和晁應之憫農

南風吹麥麥穗好，飢兒道上扶其老。皇天雨露自有時，爾恨秋成常不早。南山壯兒市兵弩，百金裝劍黃金縷。夜爲盜賊朝受刑，甘心不悔知何數。爲盜操戈足衣食，力田竟歲猶無獲。飢寒刑戮死則同，攘奪猶能緩朝夕。老農悲嗟涙沾臆，幾見良田有荆棘。壯夫爲盜羸老耕，市人珠玉田家得。吏兵操戈恐不鋭，由來殺人傷正氣。人間萬事莽悠悠，我歌此詩聞者愁！

九月十二日入南山憩一民舍冒雨炙衣久之

石稜如刀不容步，上挽垂藤下無路。風寒雨滑徒旅愁，捨馬杖藜泥没屨。躋攀顛墜不容髮，目眩心寒驚反顧。亦知垂堂有遺戒，身仰微官欲誰愬。蕭蕭茅屋映絶壁，門外瀰瀰清泉注。解衣就火不能暖，旋拾山薪伐溪樹。山翁生未食醯醢，脱粟寒蔬度朝暮。人間平地固不少，何用巇嶇守麏兔。秋聲四起山靄夕，壞屋疏籬睡無處。披裘結束相勸歸，過盡重雲下山去。

蕭朝散惠石本韓幹馬圖馬亡後足

世人怪韓生，畫馬身苦肥。幹寧忍不畫驥骨，當時廐馬君未知。開元太平國無事，戰馬卷甲飽不騎。玉關橐駝通萬里，長安第宅連諸姨。笙歌錦繡遍一國，六龍長閑空食粟。霜甜秋草沙苑遊，日暖春波渭川浴。脽圓腰穩目生光，細尾豐膺毛帖肉。珠鞍玉轡驕不行，豈有塵埃侵四足。韓生丹青寫天廐，磊落萬龍無一瘦。豈知車下骨如牆，飢齧草根刺傷口。君家古圖才半身，千里騰驤已有神。迴身側顧不無意，剪鬉絡頭嗟失真。君不見，太宗戰馬拳腹毛，身騎此馬縛羣豪。龍虎精神金鼓氣，豈有閑地供脂膏。至今畫圖快胸臆，想見虯鬚親破賊。那知但愛廐中肥，漁陽筋脚蹄如石。神駒入水隨烟雲，蜀山石路無行人。六驥悲鳴足流血，騎騾遺事一酸辛。

次韻君復七兄見贈

老知山林等朝市，扁舟誰能問行止？長淮十日浪吹沙，春風正攪驪龍睡。幽人軟語破永日，衝泥攜手林問寺。坐中知兄病當已，眉宇氳氳有佳氣。華池神酒不用醒，人生和暢自忘形。扶持陰德鬼神在，洗除世緣煩惱輕。東來自慚雙鬢改，相逢獨覺兩眼明。論詩尚愛淡生活，學道久嘆閑名聲。嗟我塵埃費昏旦，補刖自憐聞道晚。還丹欲問僕僕仙，謂陸先生僕僕，古仙人也。一菴更伴騰騰懶。騰騰，古禪宿，謂圓明。春陰夜薄月朦朧，劇談燭盡樽亦空。他日重逢龐處士，可能猶與世人同。兄斷愛屏欲，專意禪悅，故比龐公。

離泗州有作

舸艤大艑來何州，翩翩五兩在船頭。淮邊落帆汴口宿，橋下連檣南與北。南來北去何時停，春水春風相送迎。沙岸飛鷗舊相見，短亭楊柳不無情。清歌一曲主人酒，主人壽客客舉手。明日酒醒船鼓鳴，沙邊破堠不知名。行人十里一迴首，雲邊猶有塔亭亭。

汴上觀迎送有感

居人憐客千里來，掃堂爲客致酒杯。夜闌再拜客辭去，樽前美人不成舞。陽關八疊倒玉船，消魂此地自年年。船頭旂竿船尾柂，南遊江海北長安。長亭出城十餘里，柳邊人家飯遊子。少年此地幾經過，白頭相逢可奈何！

奉先寺

荒涼城南奉先寺，後宮美人官葬此。角樓相望高起墳，草間栢下多石人。秩卑焚骨不作塚，青石浮屠當丘壠。家家墳上作享亭，朱門相向無人聲。樹頭土梟作人語，月黑風悲鬼摇樹。宮中養女作子孫，年年犢車來作主。廢后陵園官道側，家破無人掃陵域。官家歲給半千錢，街頭買餅作寒食。

送程德孺赴江西

程侯治楚我獨知，去時民作嬰兒啼。歸來明光見天子，還把一節大江西。年來屢下寬大詔，赤子未免寒與飢。恩如憂病政如藥，知病無藥何由治。朝廷法度寄吏手，付授得所乃合宜。事如白黑初易睹，敗以容悅相蒙欺。此行委寄意不淺，列城數十受指麾。任官輕外最弊法，省閣無補真何爲！遥知斂手多暇日，不廢樽俎還蛾眉。從君多乞歙州紙，歲晏天祿供吟詩。

敍十五日事

五更聞鐘自驚起，坐守殘燈具冠履。昏昏病眼正團花，獨愛當庭月如水。強驅睡味誰不仁，漠漠黑甜留兩眥。忽驚左掖漲風埃，已趨上閤鏘環珮。平明原廟煥金碧，飢投敗幕餐寒餌。紛紛僕僕酸兩脛，肉食當然賤何事！走馬還家百不問，掃榻伸腰真有味。起來炊熟日亭午，槐葉新成庭覆翠。翻書弄翰老自笑，飽食安眠計難遂。古來高士不入城，肯聽鳴鷄踏朝市！

官閑

官閑吏歸早，歲晏寒欲盛。槐稀庭日多，鳥下人語靜。幽花破寒色，過雁驚秋聽。酒賤莫厭沽，北風行欲勁。

冬日放言六首

小兒喜學書，滿紙如棲鴉。老婦寒不績，當户理琵琶。樽中有神物，快寫如流霞。三杯任兀兀，凍臉生春華。寒羊肉如膏，江魚如切玉。肥兔與奔鶉，日夕懸庖屋。嬉嬉顧妻孥，滋味喉可欲。謫官但強名，比者何不足！日暮歸飲酒，兒女戲我前。須臾徑三酌，據榻已醺然。老妻坐我傍，餚胾屢炮煎。大勝劉伶婦，區區爲酒錢。我初謫官時，帝問司酒神。曰此好飲徒，聊給酒養真。去國一千里，齊安猶最醇。失火而遇雨，仰戴天公仁。秦人焚詩書，意欲遂絶滅。六經至今存，何曾損毫髮。興衰有天理，人力自淺拙。不憂驪山墓，回首遭發掘。元子本豪爽，頗復有俗氣。孟嘉亦可人，乃與較權勢。崛強盡百年，究竟成何事！江左無英雄，汝得免徒隸。

潘郎以予生日見過致酒出兩詩

東風沛甘雨，百物一時好。江邊桃李盡，紅紫到百草。道傍負擔子，寒食歸祭禱。念我淮上丘，三年不躬掃。淮陽牡丹窟，盛不數伊洛。姚黄一枝開，衆艷氣如爍。亭亭風塵表，獨立朝萬蕚。誰知臨老眼，更復美葵藿。

嘲南商

兩袖全疋帛，望知江淮客。深藏計算苦，好鬭意氣窄。愁逢湯餅盌，遇鲊論甕咋。市南沽茅柴，歸店兩顴赤。

十二月二十六日旦聞東堂啄木聲忽記作福昌尉時在山間環舍多老木臘後春初此鳥尤多聲態不一今琵琶筝中所效既不類又百不得一二云福昌河南屬邑也

睡起聞啄木，忽憶福昌春。官舍題詩壁，如今經幾人？猶能老耽酒，依舊拙謀身。尚想蘭宮路，東風清洛濱。

田家三首

野塘積水緑可染，舍南新柳齊如剪。去冬雪好麥穗長，今日雨晴初擇繭。東家饋黍西舍迎，連臂踏歌村市晚。婦騎夫荷兒扶翁，月出橋南歸路遠。

社南村酒白如餳，鄰翁宰牛鄰媪烹。插花野婦抱兒至，曳杖老翁扶背行。淋漓醉飽不知夜，裸股掣肘時讙争。去年百金易斗粟，豐歲一飲君無輕。

新見鵲銜廷樹枝，黄口出巢今已飛。粟留啄椹桑葉老，科斗出畦新稻齊。田家苦作候時節，汲汲未免寒與飢。去來暴取獨何者？請視《七月》豳人詩。

海州道中二首

孤舟夜行秋水廣，秋風滿帆不摇槳。荒田寂寂無人聲，水邊跳魚翻水響。河邊守罾茅作屋，罾頭月明人夜宿。船中客覺天未明，誰家鞭牛登隴聲？

秋野蒼蒼秋日黄，黄蒿滿田蒼耳長。草蟲咿咿鳴復咽，一秋雨多水滿轍。渡頭鳴春村徑斜，悠悠小蝶飛豆花。逃屋無人草滿家，纍纍秋蔓懸寒瓜。

女几祠下

山邊白雲閑不掃，山下松花龍甲老。東風古柏吹暖香，廟前土馬荒春草。朝霞爲裳水爲珮，守廟千年老龍在。清風掃堂神暮還，山頭月出溪潺潺。

福昌北秋日村行

秋野無人秋日白，禾黍登場秋索索。豆田黄時霜已多，桑蟲食葉留空柯。小蝶翩翩晚花紫，野鶉啄粟驚人起。洛陽西原君莫行，秋光處處傷人情。

黄桑蕭蕭新雨晴，田中日午村鷄鳴。場頭九月禾黍熟，空原雉飛飽新穀。棘籬蟲鳴村路曲，路邊古墳生野菊。人稀田闊草茫茫，洛陽秋深能斷腸。

從黃仲閔求友于泉

炎暑戰已定，清秋當抗衡。碧雲生雁思，幽草見蛩情。噍麥村墟靜，觀書枕簟清。誰能酌玄酒，來破屈原醒。借一韻。

贈陳履常

勞苦陳夫子，欣聞病肺蘇。席門迂次數，僧米及時無。旨蓄親庖急，青錢藥裹須。我場方不給，何以繫君駒！

至安化驛先寄淮陽故人

蕭條安化驛，倦客思悠哉！積水連天闊，青山送客來。疏籬風捲葉，敗屋雨生苔。寄語淮陽舊，人今放逐回。

秋日

隕葉鳥不顧，枯莖蟲莫吟。野荒田已穫，江暗夕多陰。夜語聞山雨，無眠聽楚砧。弊裘還補綻，披拂動歸心。

發安州作

積雨陂塘秀，南風蒿艾肥。烏犍立橫隴，白鳥下深畦。雲木叫杜宇，曉林啼竹鷄。平生倦遊興，賴有濁醪攜。

都梁亭下

金塔青冥上，孤城莽蒼中。淺山寒帶水，旱日白吹風。人事劇翻手，生涯真轉蓬。高眠待春漲，鮭菜伴南公。

二月二日艤舟徐城戲呈戚郎

自嗟爲客久，羇旅過淮時。雪野挑蔬瘦，霜天暖酒遲。流年下坂轂，萬事覆枰碁。異日懷陳迹，孤舟近古祠。

舟中曉思

樹色未啼鳥，欒聲初度航。客燈青映壁，城角冷吹霜。飄泊年來甚，羇遊情易傷。年豐清潁尾，吾計亦差良。

酬同年徐正夫司户時公欲卜築嵩洛間

少別老相見，無言空惘然。功名屬多病，詩酒樂衰年。釜厭顏公粥，囊須趙壹錢。歸裝何日辦，嵩少好林泉。

今早將飲酒聞鶯有感

蕭條古蘭若，春日等閑斜。唧唧初聞鶯，忽忽又過花。舊遊都似夢，到處卽爲家。把酒聽鶯處，羇懷感歲華。

破幌

破幌一點白，卧知千里明。低窗通雪氣，喬木尚風聲。傳警軍城静，鳴鐘梵刹清。高眠尋斷夢，鄰樹已烏驚。

卷簾

卷簾新月上，林影散微茫。庭草鳴蟲近，風燈秋幌涼。長年唯有病，晚歲苦多傷。身世竟何就，吾將問蜀莊。

日落

日落長雲暗，風悲古岸秋。渚鷗遥避客，野蝶戲隨舟。疏拙資微禄，飄零厭遠遊。若無尊裏酒，何物與消愁！

舟行卽事二首

古岸生微靄，空林掛夕陽。霞輝明野色，天影戰波光。集鳥村墟暗，鳴蟲禾黍荒。秋高孤月靜，天末巧雲長。沙晚横歸艇，川晴列去檣。登臨自多感，何必寄他鄉！

去去路日遠，行行歲向深。晚田荒更闊，秋野曉多陰。岸蓼飛寒蝶，汀沙戲水禽。迎風蘆顫葉，眩目棗裝林。早蟹肥堪薦，村醪濁可斟。不勞頻悵望，處處有鳴砧。

秋懷次韻晁應之三首

木落晚風急，宵涼侵暑衣。有期惟向老，無計未成歸。只益顛毛脫，還從髀骨肥。感時仍弔古，回首意多違！

衰鬢不堪洗，病軀先覺陰。天寒白日短，歲暮亂山深。薄酒醒無力，危絃奏不禁。謀身老逾拙，三聽洛陽砧。

清秋萬里興，力疾上高臺。歲熟雞免餓，風高榆柳摧。晚篁元自綠，幽菊爲誰開？寂寞無人問，鄉書久不來。

宿銅陵

山色日已遠，間人歸路長。碧天涼後闊，秋物雨餘荒。人靜路傍寺，鳥啼林下房。銅陵竟何就，空死漢吳王！

漣水

孤舟逆水上，野靜聞水聲。鷗飛不遠水，寒浪濺霜翎。夜氣岸兼木，夕光潭照星。長吟弄雙槳，知有魚龍驚。

索莫

索莫歸未得，閑雲還滿空。愁吟對寒日，不睡到晨鐘。衣喜初冬寄，書憐手自封。何當聽夜雪，暖酒夜爐紅。

冬夜

山靜寒雲薄，天空孤月明。霜桐占階影，風葉繞廊聲。經濟心難就，蹉跎歲屢更。冥鴻本清遠，何事亦宵征？

和西齋

山色供開鏡，溪光照掩扉。暗蟲先夜響，萎葉近秋飛。灌壠晴蔬出，閑籠暮鶴歸。鳴琴坐朗月，輕露點秋衣。

春寒

客舍逢桃李，清尊聊自歡。夢中驚夜雨，醉裏度春寒。草色遠還緑，鳥聲晴更繁。預期多病眼，花發更辭看。

歲暮書事五首

歲晏北風疾，山空萬谷號。木枯隨意折，鴻斷不成高。深屋支蓬户，煴爐暖緼袍。老天元不寐，鳴竹鼓蕭騷。

風捲塵沙白，雲垂雪意凝。夜山時叫虎，晚市早收燈。園栗炮還美，村醪醉不能。三年官況味，真是冷於冰！

牛羊已歸去，殘照滿山陂。霜雁田中静，風鳶木杪悲。川原今自若，龍虎昔交馳。丘隴耕桑盡，千年不復知。

原廟依岡起，傳聞世祖營。南陽無雒雉，熊耳合投兵。霜日蓬原路，天風栢殿聲。山川英氣在，不負昔聞名。

北風吹馬疾，石徑上危基。野俎飽貆脯，山罏煮橡糜。寒耕敲凍石，獵火上風枝。留滯親麋鹿，多慚髮欲絲。

暮春三首

還將多病眼，冉冉對殘春。啼鳥日求侶，晚花如向人。物情慵着意，杯酒最關身。亦有功名志，吾生付大鈞。

應接非吾事，深幽興有餘。筍深鳴鳥下，花薄午風疏。草淺見飛雉，溪清生細魚。端居亦多趣，不用席門車。

紅點薔薇架，緑深桃李蹊。語鶯知果熟，忙燕聚新泥。節物有常態，羈遊無定棲。寧須說鵬鷃，物理固應齊。

宿東魯父店二首

夕陽低欲盡，春淺色蕭條。暝色催歸牧，炊煙向晚樵。疏星臨水際，遠火隔村橋。黯黯柴門夜，棲鴉對寂寥。

郡國何時極，羈愁觸處生。望隨天不盡，春共野兼平。煙樹淮南闊，漁鹽楚俗輕。飄零五年別，歎息鬢毛更！

春望

鳥去晴雲外，帆歸芳草邊。平淮分緑野，春樹接低天。殘枿寒餘燒，新青雨後田。年來千里目，容易淚雙懸。

夜意

荒城轉五更，北斗向誰傾。穴鬬時爭齧，林栖或自驚。老來神慮淡，睡足骨毛輕。石磬催僧粥，低窗枕畔鳴。

春望

暖日晴薰草，清淮闊浸天。地卑連遠水，城廢入春田。目極風燈外，愁懸淚臉邊。人生苦多感，花柳自年年！

同七兄及崧上人自墳莊還寺

和風快人意，岸幘晚衿涼。日落野痕碧，月生淮際光。論詩得靈運，靜語屬支郎。不是耽閑散，從來懶性長。

蔡河漲

渾渾雖未已，浩浩竟東歸。闊處長天近，澄邊一鳥飛。西風疏葦亂，斜日遠村微。淹泊從吾道，扁舟伴釣磯。

初秋對雨

閉户理殘編，疏慵得自便。朝涼清病思，秋雨對高眠。屋冷深藏燕，槐疏濕抱蟬。所忻堂下菊，芳意已鮮鮮。

泊長平晚望

川穩夷猶棹，春歸杳靄天。翠深交岸樹，緑遠望川田。漁酒數家市，帆檣何處船？登臨一回首，無恨亦依然！

發長平

歸牛川上渡，去翼望中迷。野水侵官道，春蕪没斷堤。川平雙槳上，天闊一帆西。無酒消羈恨，詩成獨自題。

夏日五言十二首

過雨芰荷亂，繁陰竹樹多。雛聲知鳥哺，萍動見魚過。細逕饒苔蘚，陰牆引薜蘿。角巾從倒側，疏懶欲如何！

蚓壤排晴圃，蝸涎印雨階。花鬚嬌帶粉，樹角老封苔。問字病多忘，過鄰慵却迴。晚涼還盥櫛，對竹引清杯。

山雨晴來暑，溪雲暗復興。林塘陰不解，巾几潤還蒸。書帙慵披蠹，槃飡厭撲蠅。老來疲薾甚，多病日侵陵。
朝雨來還密，村墟一望間。遠聲唯野竹，潤色但青山。書史供高臥，莓苔只閉關。蕭蕭覺秋興，飄颯近衰顔。
細徑依原僻，茅蓬四五家。山田來雉兔，溪雨熟桑麻。竹籠辰收果，茅菴夜守瓜。頗知農事樂，從此問生涯。
養拙貧無事，深幽樂更真。簷巢偷哺子，樹啄巧藏身。竊果驚知主，移居蟻過隣。老夫朝食美，薦俎有谿鱗。
謝守常搜句，陶潛亦效官。傍溪分水細，過巘得天寬。布種隨蔬隴，尋香到藥欄。野裝兒稚笑，繩屨鹿衣冠。
久與山川約，那無風月情。經營元闊略，疏放自平生。山友招相見，鄉書向遠征。慇勤語歸計，貧病苦難成。
種藥幽人事，還披《本草經》。出山抛舊翠，過雨有新青。術受壺中秘，方傳《肘後》靈。不辭勤服餌，爲變髮星星。
陶令抛官易，龐公去隱深。由來浮世事，可見昔人心。卜築閑多思，奔馳病不禁。簷楹來鷰雀，鸞鶴自山林。

蛩怨青莎老，螢飛積水深。庭除延夜色，砧杵發秋心。雄劍鳴初匣，寒衣補硬針。老來詞賦懶，從使二毛侵。

夜色川原合，秋聲草木催。星辰隨地闊，河漢寫山來。栖鶴涼先警，飢烏夕未回。高樓對斜月，鳴笛正清哀。

蒙恩除奉常有感

平生秉《周禮》，投老奉龍旂。斥逐偶不死，歸來敢恨遲。門闌走賓客，行李飭妻兒。又踏長安道，多慚鬢有絲！

冬日雜興六首

小園晴自掃，曝日坐前軒。野鼠穿山葉，寒烏啄草根。短籬藩隙地，別逕入孤村。幽趣供岑寂，淹留不復論。

水落橋痕在，沙乾岸草枯。霜餘槐老壯，風際竹清疏。啄木高逾響，鶺鴒飛且呼。二年親友絶，唯有對禽魚。

池館留餘雪，西山照夕曛。臘催梅蕊近，春向鳥聲新。愁思仍當病，風光欲近人。年年桃李樹，相對只傷神。

空山身欲老，徂歲臘還來。愁怯年年柳，傷心處處梅。綠蔬挑甲短，紅臘點花開。冰雪如何有，東風日夜回。

南壁蒼崖壯，窮冬井落閑。風聲先老樹，日色避諸山。落雁飢相向，啼烏夕自還。微微寒月影，蓬户已深關。

擊柝山城閉，疏燈野店扃。疾風鳴夜谷，晴水動浮星。霜翼歸何晚，鄰機織未停。短歌時自和，愁絶更誰聽！

建平途次

野橋田徑滑，官路柳條新。流水伴遲日，野花留晚春。點空知去翼，銜緑有歸人。自笑諳岐路，無勞更問津。

北橋送客

橋上垂楊繫馬嘶，橋頭船尾插紅旗。船來船去知多少，橋北橋南長別離。亭上幾傾行客酒，遊人自唱少年辭。百年回首皆陳迹，浮世飄零亦可悲。

九日獨遊懷故人

故人分散在天涯，九日登臨獨嘆嗟。人世光陰催日日，鄉閭時節自家家。風煙滿眼臨秋盡，鼓角荒城送日斜。取醉憑誰正烏帽，遣愁猶強插黄花。

夜

木落風高砧杵傷，孤城更漏入秋長。寒生疏牖人無夢，月過中庭樹有霜。報落梧桐猶隕葉，知時蟋蟀解親牀。年年多病渾無寐，靜對《楞嚴》一炷香。

春日

輝輝暖日弄遊絲，風軟晴雲緩緩飛。殘雪暗隨冰筍滴，新春偷向柳梢歸。可憐客鬢蹉跎老，每惜梅花取次稀。何事都城輕薄子，買驢酤酒試春衣。

探春有感二首

出城但怪風光老，草色蒼茫柳色深。煙樹遠浮春縹緲，風光不動日陰沉。芳郊未厭縈紆入，美酒何妨取次斟。羸馬青衫亦何事，一生空負野人心。

柳蕚蒙茸待放綿，櫻桃新葉大如錢。深春冷落花殘後，寒食朦朧月淡天。獨坐每將詩作伴，遣愁安得酒如泉。傷心千里休凝望，城外東風草滿川。

暇日同孫畢二同舍遊李氏園亭

蕩蕩東風散客心，出門驅馬問園林。花房待暖徐徐放，柳色隨春旋旋深。城郭遠來無俗客，松篁深處有幽禽。主公留壁題詩句，應許騷人盡日吟。

暮春

夜雨輕寒拂曉晴，牡丹開盡過清明。庭前落絮誰家柳，葉裏新聲是處鶯。白髮生來如有信，青春歸去更無情。便當種秫長成酒，遠學陶潛過此生。

將至壽州初見淮山二首

浩蕩平波欲接天，天光波色遠相連。風鳴兩槳初離浦，岸轉青山忽對船。澤國秋高添氣象，人家南去好風煙。步兵何必江東走，自有鱸魚不直錢。

晚繫孤舟古岸隈，蒹葭風定渚鷗回。山兼野色蒼茫去，月向淮心晃蕩來。秋色解將愁並至，年華偏與客相催。青衫手板徒勞爾，富貴功名安在哉！

將別普濟二首

老松疏竹寺門幽，九月輕寒襲客裘。漠漠淮煙天際晚，蕭蕭山雨坐中秋。風前紅葉知時落，籬下黃花對客愁。爲語老僧無我笑，此生終待老林丘。

孤城淮北晚鐘殘，落日橋邊送客鞍。物外樓臺秋更豁，山深松竹晚多寒。窗風細細侵衣冷，簷雨蕭蕭到夜闌。佳境欲留嗟不可，塵埃蹤跡但悲歎。

發泗州

萬艘獵獵戰風桅，我亦孤舟別岸隈。漠漠曉雲生木末，蕭蕭飛雨送帆開。消磨歲月書千卷，零落江湖酒一盃。因病得州真漫爾，功名於我亦悠哉！

夏日雜興二首

牆下溪流清且長，夾溪喬木雨蒼蒼。梟風翠果擎枝重，照水圓荷舞葉涼。蝸殼已枯黏粉壁，燕泥時落污書牀。南山野客閑相過，贈我能攜藥滿筐。

蔬圃茅齋三畝餘，溪光山影動浮虛。病妻老去唯尋藥，稚子年來解愛書。中散無堪心放蕩，馮君已老與蕭疏。全真養素安吾分，敢謂軒裳不我如。

送楊補之赴鄂州支使

相逢顧我尚童兒，二十年來鬢有絲。涕淚兩家同患難，光陰一半屬分離。扁舟又作江湖別，千里長懸夢寐思。何日粗酬身世了，卜鄰耕釣老追隨。

送楊念三監簿侍行赴鄂渚

楚天南去水冥冥，鄂渚悠悠到幾程。京洛信稀千里隔，江湖春盡一帆輕。莫辭送別青春滿，會是相逢白髮生。飽讀詩書取卿相，不應如我老無成。

寄滎子雍二首

東風三月洛陽城，傾蓋相逢氣倍增。看盡園花方信馬，飲斜樓月更挑燈。年光飄忽雙馳轂，心事蕭條一老僧。酒病年年慵把筆，新文寄我苦憑陵。
家家新酒滴新醅，殘歲崢嶸春欲回。霜野寂無新到雁，雪林寒有欲開梅。關河路永雙横轍，天地身閑一舉杯。酬答風光千點淚，怯將愁眼更登臺。

陳履常惠詩有曾門一老之句不肖二十五歲謁見南豐舍人於山陽始一書而褒與過宜陽有同途至亳之約未以病不能如期後八年始遇公於京師南豐門人唯君一人而已感舊慨歎因成鄙句願勿他示

南豐塚木已蕭蕭，猶有門人守一瓢。文彩自應傳壼奥，典刑猶可想風標。紛紛但見侏儒飽，寂寂誰歌隱士招。十載弊冠彈未得，簪纓知復爲誰彯！君知己甚多，未聞特達之薦，可無嘆耶？

泊舟候水

一水悠悠斷復連，卸帆終日小灘前。青旆招飲篙工醉，五兩欹風賈客眠。樹色遠分芳草路，鳥行斜斷夕陽天。漁舟慣伴危檣宿，饋我霜鱗不用錢。

同李十二醉飲王氏牡丹園二首

東風窮巷只埃塵，誰見城南萬朵新。不問主人聊一飲，爲攜佳客送餘春。比君意氣三年老，貸我疏狂一味真。醉裏尚能馳馬去，看君倒著接籬巾。

吹盡紛紛桃李塵，天香國豔一翻新。正過穀雨初晴日，分得西都太半春。舊態似推新豔好，紅芳不似淡粧真。予嗟久得丘園意，何日相逢一幅巾。

晝臥懷陳三時陳三臥疾

睡如飲蜜入蜂房，懶似遊絲百尺長。陋巷誰過居士疾，春風正作國人狂。吟詩得瘦由無性，辟穀輕身合有方。欲餉子桑歸問婦，一瓢過午尚懸牆。

將至海州明山有作

望望孤城滄海邊，好雲深處是人煙。鳥飛山靜晴秋日，水闊人閑熟稻天。旂影遠搖沽酒市，棹歌歸去隔村船。功名富貴非吾事，誓斸明山數畝田。

秋日登海州乘槎亭

海上西風八月涼，乘槎亭外水茫茫。人家日暖樵漁樂，山路秋晴松栢香。隔水飛來鴻陣闊，趁潮歸去櫓聲忙。蓬萊方丈知何處，煙浪參差在夕陽。

屋東

蒼鳩呼雨屋東啼，麥穗初長燕子飛。竹裏人家鷄犬静，水邊官舍吏民稀。溪聲夜漲寒通枕，山色朝晴翠染衣。賴有西隣好詩句，賡酬終日自忘飢。

題齋壁

松庭日午聽啼鶯，簾外人稀睡老鈴。已歎近秋添白髮，更因多病讀《黄庭》。江魚未上烹難致，江魚未上則不漁，丹陽暑月絶無魚。吴酒空斟醉易醒。好住安心莫惆悵，此身天地一浮萍！

己卯十二月二十日感事

蹉跎流落已華顛，又見荆湖一歲遷。人怯苦寒愁日短，天收殘臘放新年。園林寂歷飄梅後，里巷經過爆竹前。自料知非猶得在，潛心久學衞蘧先。

未將之臨淮旅泊泗上屬病作迎候上官不敢求告北歸尤劇疏拙無以自振但自憫歎耳

謀身不解免飄蓬，零落孤舟西復東。雙鬢雖青應早白，病顔更醉不成紅。崎嶇避俗人難合，憔悴多愁疾易攻。蓴菜碧鱸秋正美，步兵終欲向江東！

望龜山二首

淮上風高寒日西，龜山嶺下山雲歸。遊人苦恨日已晚，青山自與雲爲期。輕舟漁子犯煙去，照水白鷗窺影飛。人間不作逍遥客，老又塵埃空滿衣。

日落看山山更青，原頭啼鳥已春聲。可憐山近不能到，盡日與山相對行。雲裏人家自來往，天邊樓閣遠分明。白鷗不解遊客意，驚起碧煙深處横。

次韻答存之

環堵蕭然汝水隈，孤懷炯炯向誰開。青春不覺書邊過，白髮無端鏡上來。祭竈請鄰聊復爾，賣刀買犢豈難哉！故人休説封侯事，歸釣江天有舊臺。

離天長寄周重實

相逢握手便忘形，射策天門盡弟兄。浮世有誰尊道義，青衫自笑爲功名。高談未盡胸中意，作别猶如夢後驚。半夜扣門投野寺，天寒孤月更分明。

題堂下桐

零落當軒兩樹桐，秋來相伴一衰翁。寒枝向月空餘影，隕葉知時不待風。故國山川天黯淡，美人音信雁西東。歲華節物俱寥落，滿眼牢愁賴酒攻！

登海州城樓

城外滄溟日夜流，城南山直對城樓。溪田雨足禾先熟，海樹風高葉易秋。疏傳里閭詢故老，秦皇車甲想東遊。客心不待傷千里，檻外風煙盡是愁！

秋日憶家

汩汩流光長遠客，年年秋至是離家。孤城入夜寒更迥，霜月滿天歸夢賒。摵摵老桐風後葉，娟娟疏菊雨殘花。茅簷布被猶無力，長走塵埃真可嗟！

七言

飛鴻歸盡鷰將還，亭院深沉人倚欄。斜搭鞦韆寒食雨，已黄楊柳暮春寒。密裝杏蕚紅如糝，半落梅花香未殘。人世年年非舊事，感時唯有淚汍瀾！

京師廢宅

當道朱門白晝扃，高堂歌吹久無聲。古窗積雨昏殘畫，朽樹經陰長寄生。門下老人時洒掃，舊時來客歎平生。艷姬驕馬知何處，獨有庭花春自榮。

登城樓

沙雨初乾巾褐輕，獨披衰蔓步高城。天晴海上峰巒出，野暗人家燈火明。歸鳥各尋芳樹去，夕陽微照遠村耕。登樓已恨荆州遠，況復安仁白髮生！

送泗州推官王永年致仕還鄉王年四十而致仕士大夫所少也

爲憶田園便拂衣，休官退勇似君稀。塵埃擺脱青衫去，閭里驚嗟白髮歸。南畝稻粱仍歲熟，舊山芝朮入秋肥。百年從此皆閑日，寄語人間浪是非。

和卽事

溪如圓塹木如城，魚鳥從遊信此情。啅雀踏枝飛尚裊，仰荷承雨側還傾。彈琴廢久重尋譜，種藥多求旋記名。千世久判無妙策，直應歸學老農耕。

自海至楚途次寄馬全玉

迂疏懷抱獨君知，杖拂親依卽我師。一句未能參妙道，數篇空復得新詩。子方奮迅雲間翮，我厭追隨世上兒。安得巖坰兩如志，銅瓶烏几爲君攜。

蕭蕭柳岸野風秋，虹挂前山晚雨收。回首孤城空緑樹，滿川斜日放歸舟。年來雙淚供愁盡，老去勞生幾日休。試問故人思我否，夢魂猶在海邊州。

高城欲去更徘徊，病眼登臨強一開。風物盡爲愁裏景，山川疑是夢中來。此生雙鬢何勞白，未老塵心可得灰。欲把煩愁付盃酒，祇應清夢待尊罍。

生涯飄泊一航輕，浩蕩晴川送我行。北望山川連海壯，南來風月近淮清。人家稻熟豐年滿，澤國天高秋意生。唯有覊愁消不得，登臨清淚落如傾！

蕭蕭晚雨向風斜，村遠荒涼三四家。野色連雲迷稼穡，秋聲催曉起蒹葭。愁如夜月長隨客，身似飛鴻不記家。極目相望何處是，海天無際落殘霞。

夏日三首

長夏村墟風日清，簷牙燕雀已生成。蝶衣曬粉花枝午，蛛網添絲屋角晴。落落疏簾邀月影，嘈嘈虛枕納溪聲。久判兩鬢如霜雪，直欲樵漁過此生。

黃簾翠幕斷飛蠅，午影當軒睡未興。枕穩海魚鐫紫石，扇涼山雪畫青繒。廊陰日轉彫欄樹，坐冷風生玉盌冰。滿案詩書塵蠹甚，故應疏懶過炎蒸。

棗徑瓜畦經雨涼，白衫烏帽野人裝。幽花避日房房斂，翠樹含風葉葉涼。養拙久判平藏姓字，置身安事巧文章。漢庭卿相皆豪傑，不遇何妨白髮郎。

和晁應之大暑書事一首

蓬門久閉謝來車，畏暑尤便小閣虛。青引嫩苔留鳥篆，綠垂殘葉帶蟲書。寒泉出井功何有，白羽邀涼計已疏。忍待西風一蕭颯，碧鱸東鱠意何如？

遣興次韻和晁應之四首

老去詩書倦討論，一尊相對尚慇勤。鍛鑪放蕩狂中散，書閣蕭條老子雲。要路交親嗟隔闊，他鄉耆舊飽知聞。衰遲多病頭風甚，解寄斯文獨有君。

西風淅淅滿征衣，天畔危亭面翠微。雲解映山常漠漠，葉知辭樹亦依依。苦飢黄鵠猶謀食，無事輕鷗得遠飛。落日秋風滿江漢，杖藜三嘆未能歸。

夜泛孤舟清洛津，宓妃輕步若爲親。清涵星漢光垂地，冷覺魚龍氣近人。鏡裹悲秋雙鬢髮，馬邊隨客兩京塵。愁心欲比東流水，衮衮無窮日日新。

蓬門鳥雀噪黄昏，歸逕牛羊各有羣。水闊蛟龍陰後出，山空虎豹夜深聞。西來谷引秦川雨，南去秋連楚澤雲。唐漢廢興無處問，西風禾黍但丘墳！

自巴河至蘄陽口道中得二詩示仲達與秬同賦

落月娟娟墮半環，嘔鴉嗚櫓轉荒灣。東南地缺天連水，春夏風高浪卷山。旅食每愁村市散，近秋已覺暑衣單。自慚老病心兒女，三日離家已念還。

浩浩渾流卷白沙，中流鼓楫四無涯。喜逢山色開眉黛，愁對江雲起砲車。雨足川原豐稻菽，日斜鷗鷺滿蒹葭。長年怕作扁舟客，賴有高談一笑譁。舟人占雲若砲車起，輒急避，乃大風候也。驗之信然。

離富池望廬岳是日入夾口直達潯陽遂舍大江之險示同行

山秀江清三百里，與君三宿一扁舟。飲殘桑落溪雲暮，卧冷桃笙楚雨秋。舟隱長江逢夾口，眼明五老立雲頭。幾年澤國行將遍，歸與親朋説舊遊。

二十三日卽事

已逢娬媚散花峽，不怕艱危道士磯。啼鳥似逢人勸酒，好山如爲我開眉。風標公子驚得意，跋扈將軍風斂威。到舍將何作歸遺，江山收得一囊詩。

渡洛因泛舟東下數里頗意淮上

沄沄清洛轉山隈，渺渺東流不復回。輕鳥竟隨青嶂去，亂波争泛夕陽來。偶驚舟楫鄉心起，乍脱塵埃病眼開。疑是盱眙郭門外，月明帆席過清淮。

縣齋

只合門如野叟家，市朝聲利苦諠譁。但知得醉頻酤酒，何處逢春不見花。暗樹五更雞報曉，晚庭三疊鼓催衙。知君宰邑端無事，吟笑何妨到暮鴉。

和周廉彦

天光不動晚雲垂，芳草初長襯馬蹄。新月已生飛鳥外，落霞更在夕陽西。花開有客時攜酒，門冷無車出畏泥。修禊洛濱期一醉，天津春浪綠浮堤。

春日遣興二首

流光向老惜芳菲，搔首悲歌心事違。綠野染成延晝永，亂紅吹盡放春歸。荆榛廢苑人閑牧，風雨空城鳥夜飛。斷送一翻桃李盡，可憐桑柘有光輝。

日烘烟柳軟於絲，桃李成塵綠滿枝。芳草有情隨處好，落花無賴信風吹。關心傷感知何處，過眼芳菲能幾時。一病春來妨痛飲，遣愁唯有強裁詩。

遣興次韻和晁𢡟之二首

日落村墟煙靄青，草根促織晚先鳴。羣山衮衮望中去，新月娟娟愁裏生。暗峽風雲秋慘淡，高城河漢夜分明。寄書故國還羞澁，白首蕭條老病嬰。

露下風悲螢火流，周南覊客意悠悠。山川老去三年淚，關塞秋來萬里愁。慣逐魚禽諳異俗，每因霜月夢滄洲。一抛硯井雙蓬鬢，天畔詩成獨倚樓。

僦居小室之西有隙地不滿十步新歲後稍暖每開户春色鬭進戲名其户曰嬉春因爲此詩

蒼蒼老檜已消雪，冉冉烟蕪欲鬬妍。圍得青春數畝地，斷將平楚一方天。春風入户如相覓，新月低窗最可憐。老子婆娑便終日，一壺春酒與周旋。

發安化回望黄州山

流落江湖四見春，天恩復與兩朱輪。幾年魚鳥真相得，從此江山是故人。碧落已瞻新日月，故園好在舊交親。此生可免嘲傖父，莫避北風京洛塵。

離光山驛

郵亭結束問殘更，斜月西南雞未鳴。草草勞人常少睡，綿綿遠道苦無情。田家稔熟人情好，野路雨餘秋氣清。老得一州藏拙去，鵷鸞臺閣盡豪英。

卧病月餘呈子由

風葉鳴窗已復朝，喚回歸夢故山遥。酒壺暗淡浮塵集，藥鼎青熒敗葉燒。閉户獨依寒蟋蟀，移牀更就雨芭蕉。雪深欲請安心術，長日如年未易消。

謁太昊祠

千里垂精帝道尊，神祠近止國西門。風搖廣殿松杉老，雨入修廊羽衞昏。日落狐狸號草莽，年豐父老薦雞豚。舊遊零落今誰在，塵壁蒼茫字半存！

上元思京輦舊遊

九門燈火夜交光，羅綺風來撲面香。信馬恣穿深柳巷，隨身偷看隔簾粧。身拘薄宦安知樂，心逐流年暗減狂。留滯山城莫嗟嘆，貂蟬從古屬金張。

春晚有感

洛川三月鶬鶊鳴，游絮縈空塵不驚。茸茸草色鋪風軟，點點楊花着水輕。何處浮雲度天末，不妨微雨破春晴。江南有客增歸思，悵望汀洲蘋芷生。

次韻張公遠二首

襄王坐上徵詞客，子建車前步水妃。瞥過低鬟流盼處，争先含笑獨來時。東邊日下終無雨，闕上書時合有碑。腸斷吴王煙水國，扁舟何日逐鴟夷！

平淡春雲捧額浮，秋光劍戟近人流。無腸可斷方爲恨，有藥能治不是愁。可待挑琴知有術，未傳軀豆更無謀。遥知添得春窗夢，尤在尊前燭下羞。

泊舟都梁亭二首

旅枕無眠客夢勞，五更傍舍一鷄號。淮天水闊浮梁小，城郭霜晴寶塔高。梅鎖冷香通雀啄，水翻新綠出漁篙。君恩許作還鄉客，肯對江蘺賦廣騷。

微春已動陳根綠，晴日初流大澤澌。客路苦寒唯飲酒，老年便暖屢添衣。霜林背日梅遲拆，冰渚知春雁早飛。江上三年陳迹在，年年穿竹摘梅時。

都梁雪天晚望

浮梁淮面欲龍騰，金碧浮屠間玉層。古岸蕭條風卷雪，長河咽絕水浮冰。留連淮汴殘年客，蹭蹬塵埃一老僧。聞道都梁梅未拆，可隨桃李畏嚴凝。

舟中書事

久客益知行路難，鏡中雙鬢不須看。山川積雪堅冰地，舟楫長淮古汳間。餽費主人勤俗禮，書來故里勸加餐。北歸漸踏塵埃道，盡日危亭且看山。

讀黄魯直詩

江南宿草一荒丘，試讀遺編涕不收。不踐前人舊行迹，獨驚斯世擅風流。一尊華髮江邊客，萬里黄茅嶺外州。虎豹磨牙九關邃，重華可訴且南遊。辛巳歲，魯直見余黄州江上。

離山陽入都寄徐仲車

孤城芳樹碧層層，村落黄昏只見燈。回首事如前夕夢，出門心似下山僧。仕求行道時難偶，意欲謀閑力不能。寄語東皐多釀酒，待余歸日解行縢。

題淮陰孫簿壁

荒涼官舍對淮流，樽酒相逢爲少留。夾道老椿鴉哺子，隔牆芳草牧呼牛。渡頭人散前村市，天際帆來何處舟？自古詩人最多感，新篇應解寫騷愁。

宿泗州戒壇院

樓上鳴鐘門夜扃，風簷送雨入疏欞。老僧坐睡依深壁，童子持經守暗燈。千里塵埃長旅泊，五年憂患困侵陵。誰知避世天然子？一見禪翁便伏膺。天然丹霞也。

宿柳子觀音寺

黄塵滿道客衣穿，古寺荒涼暫息肩。倦體卧來便穩榻，汗顔濯去快寒泉。野僧治飯挑蔬至，童子攜茶對客煎。夜久月高風鐸響，木魚呼覺五更眠。

己未早春有感

南國柳黃鶯未知，人情何事恨春遲！雪抽宿麥晴來葉，雨長枯榆燒後枝。載酒有誰尋寂寞，受薪只合學支離。近知壁觀安心法，亦擬平治不作詩。

同袁思正諸公登楚州東園樓

杖藜蕭颯對雲沙，白首逢春只歎嗟。身老易傷千里目，眼驚還見一年花。地平曠野連雲直，天帶清淮向海斜。尚有風光供醉筆，我生詩酒是生涯。

同周楚望飲花園

杖藜攜手踏青苔，蕭洒池亭爲客開。柳色漸經秋雨暗，荷香時與好風來。斜陽似欲粧詩句，新月邀將入酒杯。身世已甘長寂寞，忘形賴有子徘徊。

赴官壽安泛汴

西來秋興日蕭條，昨夜新霜緝緼袍。開遍菊花殘蕊盡，落餘寒水舊痕高。蕭蕭官樹皆黃葉，處處村旗有濁醪。老補一官西入洛，幸聞山水頗風騷。

寄蔡彥規兼謝惠酥梨

洛川北岸錦屏西，竹樹蕭蕭面翠微。風月有情常似舊，山川信美不如歸。文章送老甘無用，魚鳥從游久息機。寄語長安倦遊客，年來何事素書稀？

三鄉懷古

清洛東流去不還，漢唐遺事有無間。廟荒古木連空谷，宫廢春蕪入亂山。光武祠、連昌宫。南陌絮飛人寂寂，空城花落鳥關關。登臨幾度遊人老，又對東風鬢欲斑。

水軒書事招壽安僚友

官閑不覺簿書勞，一簞清風午枕高。静拂小屏圖女几，就書新竹記離騷。城空鬭雉孤飛健，柳暗雛鶯學語嬌。東縣官曹誰過我，欲酤村酒具山庖。

官舍歲暮感懷書事三首

衙鼓鼕鼕送夕陽，經時無客上高堂。淵明柳老秋多雨，子敬氊寒夜有霜。山樹葉稀晴摘果，齋爐灰暖曉焚香。經綸自有英雄在，閑散須教屬漫郎。

修竹高槐交映門，公居瀟洒近山雲。醉眠多似陶彭澤，官況貧於鄭廣文。秋菊擣塵供曉餌，寒松收子和香焚。經年門巷無車馬，只有清風伴此君。

霜菊娟娟尚有花，蕭條聽樹暮啼鴉。萬竿修竹開侯府，十里青山隱相家。麋鹿並遊諳野性，詩書相對是生涯。冷官自有貧中樂，敢向朱門肉食誇。

春陰

漠漠重雲向晚低，臘寒新去有餘威。風捎簷滴難開幌，潤引爐香易着衣。把酒自傾金錯落，探春誰汚錦障泥。山城冷落無歌舞，只有芳醪取次攜。

至日有感

一卧孤村兩見冬，獨搔華髮思無窮。荒山極目漫汗雪，老樹當庭晝夜風。佳節妻兒具樽酒，茅齋斟酌慰愁翁。未央曉賀瞻天冕，正在爐煙縹緲中。

歲暮福昌懷古

少年詞筆動時人，末俗文章久失真。獨愛詩篇超物象，祇應山水與精神。清溪水拱荒涼宅，幽谷花開寂寞春。天上玉樓終恍惚，人間遺事已埃塵。李賀宅。

永城道中

東行十日何所有，衰草白茅梁宋陂。天風官樹吹半折，欲雨野雲垂不飛。十年所遇半陳迹，千里獨愁懷所思。他日江湖片帆去，白頭青鏡久相期。

送曹子方赴福建運判

平生鄴下曹公子，家世風流合有文。橫槊尚傳瞞相國，紫髯不是畫將軍。詔書寬大民何怨，刺史威嚴吏合勤。好作楚詞更下俚，雲中一降武夷君。

和無咎二首

年芳經雨能幾許，客愁得暖不肯融。眼看乳鵲行已哺，手種小桃隨分紅。世情付睡莫涇渭，物態逢春無異同。清時賴是未禁酒，須惜紅紫轉頭空。

愛酒苦無阿堵物，尋春那有主人家。未容黄蜂釀成蜜，已怕惡雨不容花。雲間明月誰可攬，海中蟠桃良未涯。浮名誤人不得脱，黑髮減來那復加。

雙槐晚秀三月一日初見新葉

東皇無處著繁華，亦復分張到我家。他日老蒼悲敗枿，今晨嫩緑出新芽。秃翁承弁纖纖髮，村婦縈鬟草草花。桃李蹊中人迹絶，緑陰門巷正藏鴉。

秋思

故帷陳迹生蛛網，古殿苔深疊緑繒。簷雨晚秋鳴槁葉，窗風深夜觸孤燈。

斷蓬泛梗偶相依，一別重逢又幾時。人世悲歡消遣盡，爲君流淚忽沾衣。

送李十之陜府

余向集賢殿試罷寓居京師常遊西岡錢昌武郎中之第時同會者河東柳子文與錢氏三子夏中余出京今纔半年而昔日所游者或東或西有不知所如者古人所謂俯仰之間已爲陳迹者歟夫求昨日之我於今日終其身而不得而況偶然相值聚而旋散者歟追記春睡詩一首乃寓錢第所爲者

東風冷峭着衣寒，雲影陰沉美睡天。青杏園林花落盡，晚風吹雨濕鞦韆。

上元都下二絶

淡薄晴雲放月華，晚粧新暈臉邊霞。管絃樓上争酤酒，巧笑車頭旋買花。

驕馬金鞭白面郎，雙鬟小女坐車箱。輪聲轆轆歸何處，留得紅籠絳臘香。

別錢筠甫三絶句

倦客無眠聽曉鐘，五更蠟燭淚銷紅。城西古寺同來處，今日分攜獨向東。

春燈欲盡曉鷄啼，殘月影中征馬嘶。爲語相逢不須喜，相逢終有道分離。
原頭緑盡柳初芟，落月滿川風滿山。已過寺西三十里，爲君回首駐征銜。

田家二絶

門外青流繫野船，白楊紅槿短籬邊。旱蝗千里秋田淨，野秫蕭蕭八月天。
新插茅簷紅槿籬，秋深黄葉已飛飛。灘頭水闊孤舟去，渡口風寒白鷺啼。

舟行六絶句

獵獵西風秋水清，野花寒草傍流生。沙邊水鶴待魚立，石底暗蛩先夜鳴。
船尾初回轉野灣，波平天淨惜投竿。飛飛小蝶秋花晚，嘖嘖沙禽野水閑。
落景秋雲晚不開，天寒古岸野船回。初驚波面微瀾起，已覺風前細雨來。
渡頭風雨晚生寒，蓑笠漁翁坐釣船。爲問蓬中有魚否，一雙新鱖出籠鮮。
天寒野店斷人行，晚繫孤舟浪未平。半夜西風驚客夢，卧聽寒雨到天明。
渡頭煙雨欲昏天，灣畔枯桑繫客船。風打蓬窗秋浪急，一杯寒酒夜深眠。

題壽陽樓二絶

渺渺長淮去不休，行人獨上壽陽樓。一闋長歌不須唱，山川都是舊時愁。闋事説於予友隴西子。

長淮不斷水悠悠，樓下行人淮上樓。誰謂滿前風景好，古今供作別離愁。

太湖上絶句

風蕩雲容不成雪，柳偷春色故銜寒。湖邊艇子銜烟去，天畔青山隔雨看。
誰道原頭春未回，柳梢黃軟凍齊開。爭驚臘日崢嶸盡，急問田翁乞野梅。

自上元後閑作五首

閶闔樓南粉署西，舊時種柳長應齊。如今冷落窮山縣，卧聽春風百鳥啼。
東風吹雨夜侵階，樓角長煙曉未開。何事舊時愁意緒，一翻春至一翻來。
面冷春霜拂瓦乾，曉風吹雨凍闌干。柳梢黃弱梅苞破，更放東君幾日寒。
燈火人家夜不收，三更明月過南樓。風煙隨處自能樂，何事客心還獨愁！
喧喧野縣自笙歌，風捲高雲天似波。誰謂樓前明月好，月明多處客愁多。

寫情

牆外誰家桃李開，何由花下一徘徊。先教飛絮傳愁去，却遣遊絲取恋來。

春詞

靄靄芳園誰氏家，朱門橫鎖夕陽斜。鳩鳴鵲噪閑庭館，盡日春風吹百花。

看花

風暖日高花氣動，鳴鳩乳燕自求羣。經營美景還詩匠，傾掃頑愁賴酒軍。

晚歸

學省歸來門巷秋，伴眠書史滿牀頭。低雲漠漠梧桐晚，屏上江山亦解愁。

傷春

浮雲冉冉送春華，怯見輕寒日欲斜。一夜雨聲能幾許，曉來落盡一城花。

元忠學士八兄未離京師遠蒙追送許惠服丹法託故竟未惠及賦四絕句

身逐孤舟似斷雲，故人追送尚慇懃。秋城夜泊西風岸，落葉悲蟲獨自聞。

哀柝苦催空壁月，悲蟲真弔短檠光。無情少壯拋人去，只有窮愁氣味長。

昔見將軍破虎鞴，事見歐集。玉堂曾共掃千言。功名老去皆蹉跌，相見諄諄勸學仙。

無復顛狂似少時，逢君猶自說娥眉。玉堂舊事君休念，兩袖啼痕又送誰！

寓楚題楊補之官舍

一辭螭陛走天涯，客路悠悠老歲華。住久不知身是客，自來堂下採黄花。

傷春

嫩紫妖紅惜不得，亂隨風雨點蓬蒿。荒田野草花開晚，主管春光輸爾曹。

七月十六日題南禪院壁

秋林落葉已斑斑，秋日當庭尚掩關。掃榻晝眠聽鳥語，可憐身世此時閒。

絶句二首

照水輕明楊柳牙，隔林相映占巢鴉。東風香草城邊路，到處人家盡是花。

淮上春風萬鼓鼙，落帆舟泊岸邊磯。喧喧野市殘陽裏，酤酒擕魚客散歸。

雨後遊朱園

緑葉陰陰護翠枝，晚花雖小亦應稀。東風不惜殘桃李，吹作春愁處處飛。

雜詩

病腹難禁七椀茶，小窗睡起日西斜。貧無隙地栽桃李，日日門前自買花。

春雨中偶成二首

廉纖小雨作春愁，吹濕長雲漫不收。架上酴醿渾着葉，眼明新見小花頭。
春陰只與睡相宜，卧聽鳴禽語復飛。一縷斷香浮不散，何人深院晝薰衣？

牆東

牆東椿老葉已盡，堂下菊叢無復香。長安風埃歲已晚，閉門不出馬毛長。

項城道中

塵壁蒼茫有舊題，十年重見一傷悲。野僧欲與論前事，自說年多不復知。

懷金陵二首

璧月瓊枝不復論，秦淮半已掠荒村。青溪天水相澄映，便是臨春閣上魂。
曾作金陵爛漫遊，北歸塵土變衣裘。芰荷聲裏孤舟雨，卧入江南第一州。

柳

永豐坊裏舊腰支，曾見青青初種時。看盡道邊離別恨，争教風絮不狂飛。

晚春初夏絶句二首

少室山前日日風，望嵩樓下水溶溶。卷將春色歸何處，盡在車前榆莢中。
睡足高簷春日斜，碾聲初破小龍茶。樓邊綠樹飛紅盡，春色牆陰老薺花。

謾呈無咎

題扇燈前亦偶然，那知別後遠如天。去年醉舞看花處，獨聽琵琶却惘然。

泊楚州鎖外二首

襄王席上舊行雲，二十年間生死分。可惜風流一坏土，年年春草斷人魂。
流落相逢二十年，羞將白髮對嬋娟。如何見我都依舊，添得尊前一惘然！

慈湖中流遇大風舟危甚食時風止遊靈巖寺

心悸西江浪似山，眼明僧舍一窗閒。從今要見廬山面，畫作屏風靜處看。

觀魚亭呈陳公度

獵獵微風波面開，近人鷗鷺不相猜。尊前忽起扁舟興，新管江南山水來。

紹聖甲戌侍立集英殿臨軒試舉人作此兩絶

春來小殿雪初殘，曉日曈曨未破寒。黄繖當軒公事退，君王緩步侍臣閑。
弱歲千名翰墨場，春寒揺筆試西廂。茫然二十年間事，還着春衣侍玉皇。

題周文翰郭熙山水

洞庭葉落萬波秋，説與南人亦自愁。指點吴江何處是，一行鴻雁海山頭。

夜聞風雨有感

留滯招提未是歸，卧聞秋雨響疏籬。何當粗息飄萍恨，却誦僧窗聽雨詩。

偶題二首

相逢記得畫橋頭，花似精神柳似柔。莫謂無情即無語，春風傳意水傳愁。
春水長流鳥自飛，偶然相值不相知。請君試採中塘藕，苦道心空却有絲。

青桐道中值雨凡數里舟行久之頗有江湖之思二首

繫馬操舟問檝師，却疑淮口挂帆時。人間遷改何須問，便作江湖未可知。
冥冥煙外鳥飛歸，野老得魚收網廻。隔浦斷霞沉欲盡，半彎新月出雲來。

福昌官舍後絶句四首

淮南梅柳想春還，怯去西州歲暮寒。唯有看山心未厭，晴明終日在欄干。
無客門闌盡日扃，兩行喬木擁寒廳。吏胥借問官何在，流水聲中看竹行。
卧聽堂南布穀鳴，隴頭細麥已青青。慇懃謝汝催春種，我爲無田豈懶耕。
不掃竹根藏筍茁，旋培殘雪擁蘭芽。爲君更接櫻桃樹，付與春風换却花。

無題二首

風槐已疏遽如許，夜蛩雖怨可若何！出門蹄道苔痕滿，隱几書塵鼠蹟多。
晚起清秋一枕涼，四簷鳴雨下淋浪。竹籠焙藥時添火，書榻焚香却閉房。

霅溪道至四安鎮

苕霅清秋水底天，夜帆燈火客高眠。江東可但鱸魚美，一看溪山直萬錢。

聞蛩二絶

晚風庭竹已秋聲，初聽空階蛩夜鳴。流落天涯聊自得，今宵爲爾感平生。
二年江海轉萍蓬，白髮蒼顔换舊容。新月窺簷風動竹，宣城今夜又聞蛩。

雨中題壁

去年此日泊瓜洲，衰柳蕭蕭繫客舟。白髮天涯嘆流落，今年對雨古宣州。

預作冬至

紫壇曾從奠琳琅，親被天人玉冕光。今日黄州山下寺，五更聞鴈滿林霜。宋元祐七年南郊曾與捧策，在皇帝禋席左，見上冕玉響白如雪，爲燭所照，出光數尺云。

聽鳴禽

流滯江邊鬢已霜，又聞春鳥哼朝陽。他時北去懷陳迹，寒竹疏梅黄土岡。

曉雨

輕陰江上千峰秀，小雨牆邊百草生。惟有春禽慰孤客，曉啼渾似故園聲。

春蔬

新春書劍滯江城，又見南蔬入旅羹。關心太昊祠前路，小甲連畦帶雪青。余有蔬圃在陳州太昊祠南。

春日懷淮陽六絶

西城門外古壕清，太昊祠前春草生。早晚粗酬身計了，長爲閑客此間行。

靈通禪刹古叢林，永日惟聞鐘梵音。閲世興亡千室佛，百年風雨古牆金。靈通院，石晉末所創，有千佛殿，壁繪用金。

最愛南城汲井園，春來蔬甲不勝繁。人家斷處無鷄犬，遲日東風似古原。

黄巢寨南琵琶溝，古原芳草静春流。大艑舸艤何處客，檣竿西北是神州。

莽莽郊原帶古丘，漸漸隴麥散羊牛。杏花楊柳春濃處，一片青帘慰客愁。

城中萬枝木芍藥，姚黄一萼得春多。日日踏春渾坐此，人間無醉奈渠何！

上元三絶句

清晨謁帝大明宫，拜賜歸來夜過中。余在秘書近十年，每歲上元晨，趨大慶迎駕。近午駕回，駐輦大慶門上，賜茶酒，拜謝退。率一二同舍，擇勝縱觀至夜分，必醉歸。歲率爲常。一夢十年身老矣，山城風月作過從。

酤酒壚邊人若市，算商亭下浪連天。張君官況今如此，豈有工夫作醉眠。

江邊燈火似秋螢，哀怨山歌不可聽。自怪今春牢落甚，禪房止酒讀《黄庭》。

春日書事

蟲飛絲墮兩悠颺，人意遲遲日共長。春草滿庭門寂寂，數櫺窗日挂空堂。

柯山雜詩二絶句

幽人睡足岸綸巾，策杖開門卯酒醺。黄葉滿山烏鵲噪，江城秋日少人行。
蕭蕭茅屋土山前，翁媪關門去穫田。朝日滿簷鷄犬静，荻籬深處有炊煙。

絶句九首

天高列岫出林外，霜落大江流地中。晚日橋邊數歸牧，牛羊部分聽兒童。

樹頭三唱雞賓日，門外斜行雁寄書。十月江城霜霰薄，滿山林葉亂藍朱。

曉起山鴉噪作團，西園霜木倚空寒。風高斷雁呼前伴，雨止歸雲赴舊山。

千林黄葉歸飛霜，寂歷疏梅未肯粧。誰信輪囷卧山木，心知九地有微陽。

空山風雨冷蓬茅，晨起幽人理緼袍。深閉衡門且無出，濕雲如墨怒江號。

老去不禁茶力悍，兩甌破盡五更眠。月團三百真魔物，欲乞當壚當酒錢。

讀書老眼苦眠昏，茗飲無端遣夢魂。到處相逢真可喜，祇應酒是好知聞。

黄葉桑林赤土岡，蓬茅小逕度牛羊。似聞流冗之唐汝，歎息何人爲發倉。黄累年旱飢，流民就食唐、汝。

歲弊寒驕風落山，卧聽園木怒濤翻。去年慈德門東雪，永夜宫廊喝探喧。去年春，大雪中，予以禮官奉欽聖喪事，入宿内東門，凡數十鋪。直廬官吏，達旦不能寐。

齋中列酒數壺皆齊安村醪也今日亦强飲數杯戲成絶句奉呈豳老昆仲

曾嘗玉帝碧琳腴，不醉長安市上酤。作史官時，歲節賜御醪。飲濕先生今已矣，啜醨留得與門徒。東坡三年黄州城乏酒，但飲湜。

臘月下旬偶作

歲暮煙霜澤國寒，曉鴉鳴處是柯山。地爐有火尊餘酒，自起焚香深掩關。

二月二日挑菜節大雨不能出

久將菘芥芼南羹，佳節泥深人未行。想見故園蔬甲好，一畦春水轆轤聲。北方治菜畦如棋枰，土極細勻，汲井灌之，次第相及，殊可觀也。

寒食日作

荒山野水非吾土，寒食清明似去年。楊柳插門人競笑，吴夷不信子推賢。黄岡有官人，效北方以麪作子推貫柳插門上者，邦人怪之。

東堂初寒創意作竹屏障門屏脚偶得朽梅株截用之完固質野有可喜者二首

丈室新屏用此君，如用鄱子之用。碧琅玕插古槎根。白雲一片當空下，護此寒堂宴坐人。

簡册林中老蠹魚，年來窮謫尚躭書。竹屏風下憑烏几，畫作柯山居士圖。

地爐

歲陰慘澹不可出，竹榻地壚聊自安。黄葉滿山籬落晚，北風吹雨濕荒寒。

久雨

欹簷積雨苔生瓦，陋巷人稀泥及門。坡下牛羊來遠墅，舍傍麻䅟接荒村。

秬移宛丘牡丹殖畦竇齋前作絶句示秬秸和

千里相逢如故人，故栽庭下要相親。明年一笑東風裏，山杏江桃不當春。

余元祐六年六月罷著作佐郎除秘書丞是歲仲冬復除著作郎兼史院檢討復至舊局題屏

庭樹應知我，相逢益老蒼。别來秋苦雨，但見瓦松長。

具茨集鈔

晁沖之，字叔用，初字用道。舉進士，與陵陽喻汝礪爲同門生。少年豪華自放，挾輕肥，遊帝京，狎官妓李師師，纏頭以千萬，酒船歌板，賓從雜遝，聲艷一時。紹聖初，黨禍起，羣從多在黨中，被謫逐，遂飄然棲遁于具茨之下，號具茨先生。十餘年後，重過京師，憶舊遊，作無題詩二首，爲時所傳。時諸公謀欲用之，高挹不顧。至疾革，取平生所著，曰：「是不足以成吾名。」悉焚之，故其詩不多。吕紫微位之江西派中，云衆人學山谷，叔用獨專學杜詩，衆求生西方時，秀實獨求生兜率，然又云：「叔用嘗戲謂：『我詩非不如子，只子差熟耳！』答云：『熟便是精妙處。』叔用大笑。」此亦紫微多上人語耳。若其淵渟雅亮，筆有餘閒，未肯退下一格也。劉後村稱其意度宏闊，氣力寬餘，一洗詩人窮餓酸辛之態。南渡後惟放翁可以繼之。其見許如此，足爲雅鑒。

古樂府

大星何歷歷，小星爛如石。掖垣崔嵬橫紫微，十二羽林森北極。今夕何夕月欲没，虎抱空關龍厭直。峥嶸北斗著地垂，手去瓠瓜不盈尺。嚴陵醉卧光武傍，浮槎正值天孫織。王良挾策飛上天，傅説空騎箕尾立。君不見，茂陵棄子欲登仙，自將壯士終南邊。忽然遺窖出璽綬，歸來下詔除民田。阿瞞急示乘輿物，鮮卑仍棄珊瑚鞭。又不見，古來垂堂戒華屋，敵國挾輈戎接轂。白龍魚服誤網羅，孔雀金花被牛觸。

夷門行贈秦夷仲

君不見，夷門客有侯嬴風，殺人白晝紅塵中。京兆知名不敢捕，倚天長劍著崆峒。同時結交三數公，聯翩走馬幾馬驄。仰天一笑萬事空，入門賓客不復通。起家簪笏一作「筆」。明光宮。嗚呼！男兒名重太山身如葉，手犯龍鱗心莫慴。一生好色馬相如，慷慨直辭猶諫獵。

陸元鈞宰寄日注茶

我昔不知風雅頌，草木獨遺茶比諷。陋哉徐鉉說茶苦，欲與淇園竹同種。又疑禹漏稅九州，橘柚當年錯包貢。腐儒妄測聖人意，遠物勞民亦安用。含桃熟薦當在盤，荔子生來枉飛鞚。羊葅異好亦何有，蚶菜殊珍要非奉。君家季疵真禍首，毀論徒勞世仍重。争新鬬試誇擊拂，風俗移人可深痛。老夫病渴手自煎，嗜好悠悠亦從衆。更煩小陸分日注，密封細字蠻奴送。槍旗却憶採擷初，雪花似是雲溪動。更期遺我但敲門，玉川無復周公夢。

贈僧法一墨

黃山之巔百尺松，虬枝偃蓋連羣峰。山神守護魑魅避，道人剪伐天爲容。捫崖踸踔篝火遠，絶壁晻靄凝煙濃。玄霜霏霏玉杵下，捕麋煮角當嚴冬。陰房風日不可到，律琯吹盡灰無蹤。小書細字著名姓，黄金照耀圖雙龍。守臣再拜還進日，九關有詔開重重。老儒偶得實天幸，千金更買無由逢。上人澹泊何所好，工書草隸如飛蓬。苦來求我惜不得，一酬十載相過從。君不見，玉堂詞人紫垣客，拜賜舞蹈黄羅封。長安紙價猶未貴，江南江北山皆童。

法一以余所贈墨爲不佳

上人好事世莫當，羅列四寶如文房。廣交往往得奇物，有墨尺度如圭長。秋麋折角膠與力，春麝入臍煤生香。已將雪覆輕羅帕，更令花映紅紗囊。草堂老人不自料，亦藏一餅誇精妙。自言和璧持贈君，反爲燕石遭譏誚。嗚呼萬事孰不然，古今工拙那同調。君不見，當年諸李數不到廷寬，只今賜墨無老潘。

復以承晏墨贈之

我聞江南墨官有諸奚，老超尚不如廷珪。後來承晏復秀出，喧然父子名相齊。百年相傳文斷碎，彷彿尚見蛟龍背。電光屬天星斗昏，雨痕倒海風雲晦。却憶當年清暑殿，黄門侍立才人見。銀鈎洒落桃花牋，牙床磨試紅絲研。同時書畫三萬軸，大徐小篆徐熙竹。御題四絶海内傳，秘府毫芒惜如玉。君不見，建隆天子開國初，曹公受詔行掃除。王侯舊物人今得，更寫西天貝葉書。

東陽山人僻居

我家京洛間，桂玉資薄産。平生丘壑心，水竹不滿眼。清晨有客吴中來，山川指授收奇才。笑談長揖波浪下，懷抱遠承一作「宛陳」。嵒宂開。東陽山人高華隱，豪俠持身復修謹。旁山多闢黍秫田，碧溪東流汲春醖。溪南一畝當翠微，秋風蓴熟菰葉肥。龜魚上帶藻荇動，鷗鷺下拂芙蓉飛。亭陰野塘亦新築，溪山共作窗中緑。諸郎年少皆知書，子夜哦詩動修竹。歲時冠蓋如浮雲，擊鐘鼎食江淮聞。愛山自比謝康樂，好士不減春申君。我欲沿溪揚小楫，亭邊共醉藤蘿月。叩門夜訪君家時，扁舟重載山陰雪。

同魯山韓丞觀女靈廟前險石

君不見，魯陽之西兩山麓，十里連岡寫平陸。青林白晝暗古祠，雀啅虚簷蛛網屋。屋邊怪石何瑰奇，鳳筋虎骨連肌肉。巉巖欲下落澗渚，澒洞千鈞一毫屬。天匠惟知刻畫功，鬼力深憂護持哭。前峰高蹇下如揖，餘峰危慄皆俯伏。披尋宿莽得佳趣，窪爲溪壑呀爲谷。香爐佛迹不在外，仙掌峨眉此其足。秀潤潛涵夏木清，空濛映帶春江緑。我知此必藴靈異，何止懷藏易城玉。閴寂嗟來麋鹿遊，孤峻幸免牛羊觸。自經千載禹刊鑿，不逢萬里秦驅逐。跼蹐三遶回高岡，却立下視雲蒼蒼。古今誰爲好事者，後有韓子前奇章。君不見，玉川先生洛陽宅，修竹蕭蕭獨爲客。它年如與鶴乘軒，可來相見銅駝陌。

題魯山温泉

平生耳熟聞驪山，夢寐不到臨潼關。當年太液金井碧，温泉宛在關山間。憶昔君來必十月，騎玉花驄帶風雪。太真獨侍沐浴邊，鯨甲龍鱗影清絶。五十年昇平一迷，却驅萬騎出關西。自爲前朝同禍水，翻令後代異廉溪。君不見，汝海之南魯山左，亦有此泉名不播。征夫問路説湯頭，可憐是亦陳驚坐。

香山示孔處厚

我來南經幾山過，馬行似衝山色破。風煙席卷嵓穴開，澗花縈廻水流左。懸崖彷彿聞松聲，下瞰幽深鳥飛墮。老夫它年有所歸，定結白茅依紫邏。日高下馬古寺門，魚鼓欣聞脱清餓。道人碧眼照川谷，雲起盤陀藉高坐。殷勤勸我更莫歸，唳鶴啼猿亦相和。窗前笑喚祁孔賓，世間安用招魂些。

簡江子之求茶

政和密雲不作團，小夸寸許蒼龍蟠。金花絳囊如截玉，緑面彷彿松溪寒。人間此品那可得，三年聞有終未識。老夫於此百不忙，飽食但苦夏日長。北窗無風睡不解，齒頰苦澁思清涼。故人新除協律郎，交遊多在白玉堂，揀牙鬬夸皆飫嘗。幸爲傳聲李太府，煩渠折簡買頭綱。

田中行

落葉如流人，遷徙不可收。嚴霜枯百草，清此山下溝。我行將涉之，脱屨笑復休。憮然顧籃輿，崎嶇反經丘。天風吹我裳，彼亦難久留。晚過柳下門，鳥聲上啁啾。父老四五輩，向我如有求。邀我酌白酒，酒酣語和柔。指云此屋南，頗有良田疇。勸我耕其中，庶結同社游。吾母性慈儉，此事誠易謀。伯也久吏隱，可以吾無憂。請歸召家室，賣衣買肥牛。所望上帝喜，祈穀常有秋。

送王敦素樸。

先君有六女，所託皆高門。季也久擇壻，晚得與子婚。子家望海内，實惟謫仙孫。筆也有家法，勢作風雷犇。結交多英豪，坐致名譽喧。憶昔識子初，河流出崑崙。中間一再見，騏驥始伏轅。去年接同居，底裹見所存。磊落忠義人，愛國憂黎元。使當元祐時，密勿與討論。上可參廊廟，下可裨諫垣。惜哉不遇知，白髮早已繁。卑官不可説，感激猶主恩。爛熳有歸期，繫舟古槐根。祖餞無酒食，贈遺請以言。子家鐘山下，隨事有田園。竹徑背古寺，草堂面江村。高軒納翠微，修筒引潺湲。林影散疏帙，山色搖酒罇。日飲建康水，時登謝公墩。沉酣左氏學，浩蕩極辭源。客至勿多語，欲吐且復吞。書來無忽忽，慰我别後魂。

紀愁

北風吹我裳，夏潦漂我屋。牛羊踐我稼，雀鼠耗我穀。雪寒墮我指，雨淫疾我腹。朝行桑榆間，秋序傷遠目。莫涉水之涯，含沙中兩足。攬轡馬病黄，伏軾輿脱輹。陟山既見虎，還舍乃對鵩。一沐三握髮，十飯九不肉。先生昔離垢,居士今耐辱。飽聞戒畏塗,那知有沉陸。

和四兄雪夜韻

夏蟲不知冰,越犬不識雪。我獨冰雪間,肘見冠纓絶。青燈挂長檠,文字夜涉獵。問米米已無,問酒酒已竭。當時陶淵明,同日無此闕。置書忽不樂,面壁卧嘔噎。蟲犬兩不如,悲歌聊一發!

和十二兄五首

淵明詩百篇,無一不説酒。四顧宇宙間,獨與此物厚。子雲苦家貧,日給或亡有。艱難識奇字,草玄至白首。時時載酒來,尚乃好事友。吾足斯人徒,性亦嗜醇酎。寧知俗士嫌,益覺兒女醜。孰云醉無度,婉婉一作「婉娩」。春月柳。區區布肉論,遲速同一朽。但看古聖賢,得如飲者不?

伯也今代豪,嗜詩如嗜酒。賦多轉遒勁,語老愈深厚。塵言删不存,妙句元自有。《白華》忽補亡,《關雎》不爲首。塤篪起兄弟,珠玉到朋友。吟詠九日菊,沉酣八月酎。搜剔發清新,聯翩雜奇醜。詳味吁謨章,用意過楊柳。但使身愈窮,未信名可朽。不知造物意,令作《清廟》不?

崎嶇謫仙人,豪放一寓酒。平生韓荆州,未識意已厚。幕府強辟召,此例未見有。書幣入吾廬,鞍馬望隴首。出處計已熟,不復訊交友。南山别何時,氣尚若酣酎。籌策屈大才,談笑誅小醜。戍角斷《落梅》,羌笛起《折柳》。將軍意未快,戰士骨已朽。請公入參謀,可用和戎不?

先生翰墨英,揮灑每被酒。氣凌蒼柱穹,勢壓坤軸厚。俊拔今固無,玅絶古未有。鶖鸞忽矯翼,奔馬時驤首。高步褚薛流，下視鍾王友。好事隨取之，所至具名酎。簡疏秦隸奇，譎怪夏篆醜。幺麽張芝草，嫵媚元和柳。載觀碑籍存，尚恐金石朽。未知太極成，有請於公不？

我家溱洧間，春水色如酒。嵩少在吾旁，日夕意亦厚。田園雖不廣，幽興隨事有。藥畦灌陳根，芋區採駢首。春郊餉耕徒，秋社接酒友。飽誦傳家書，促釀供客酎。益知簡易真，未媿疏拙醜。邇來居東都，物色不見柳。造次遇摧折，荏苒及衰朽。欲歸便可爾，未知公果不？

次韻集津兄會羣從王敦素宿王立之園明日西征馬上寄示諸人以道嘗監陝府集津倉。

秋高訪幽居，風急桑未落。天寒雞犬静，地僻門巷闊。主人避世賢，自説久棲泊。呼兒出罇罍，梨栗亦不惡。賓客四五人，談笑動林薄。夜闌慘無歡，離憂倏中作。伯也天下士，千金輕一諾。揮斥楊墨徒，正是鄒魯學。如何但銀魚，生事了無託。惜哉桃李姿，見笑葵與藿。雞鳴驅車行，令人意參錯。

復至新鄉廨寄張稺

驅車出吾廬，落月猶在樹。我行欲何之，所以河源去。去去益以遠，炯炯不可論。羣語車鐸間，尚想兒女喧。稍涉原上路，漸見柳下村。霧草結宿露，風林散朝暾。悠悠望蓬廬，我僕欣載奔。昔出日在畢，今出畢中昏。昔如水上鷗，今如檻中猿。所憂負平生，豈但感寒暄。明濟十里黄，漪漪見淇園。晚投伯氏廨，拓落復何言。周覽故時居，愐見松菊存。故侶未易招，且自置肴尊。

書懷寄李相如

秋風吹畦蔬，農事亦已闌。黄黄杞下菊，佳色戸冢間。我生復何如，憔悴嘗照顔！清晨戴星出，薄暮及日還。骯髒二十載，老髮羞儒冠。天末有佳人，秀擢如芝蘭。憮然念夙昔，風流得餘歡。緬想蒲柳姿，與君同歲寒。一别事瓦裂，令人氣如山。

戲李相如攜婦還金鄉

舍人固多奇，奉璧登章臺。君王擊缶罷，將軍負荆來。長卿束髮時，亦復悦名字。一從臨卭遊，心迹了不似。茂陵未得仕，要是才足依。高堂援哀琴，月出載婦歸。文君入成都，乃復愧四壁。晚見負弩來，良悔抱頸泣。

效古别昭德羣從

十載一相逢，相見無浹旬。一生能幾别，且復無此身。昔别尚可惜，此别重惜之。兩髀跨鞍馬，非復少壯時。它人怪康強，自覺筋力衰。所苦氣如縷，所憂命如絲。死生亦大矣，而乃常别離。人生一月間，得笑無六七。朝爲衆狙喜，暮作枯魚泣。已矣泉下人，優哉冢中骨！

雪效柳子厚 一作《贈一兄上人》。

月落鷄聲寒，曉色静茅屋。開門驚不知，夜雪壓修竹。槎牙生新冰，鱗甲刻溪谷。晶晶洲渚明，冽冽川原肅。孤蹲雀不動，沉酣客猶宿。呼童晨汲歸，獨漱寒泉玉。

擬一上人懷山之什

中夜雪打窗，燈暗火照屋。袖手地爐火，瓶聲起絲竹。憶我故山房，松風韻崖谷。山空牛斗寒，寺靜魚鼓肅。西寨鹿不歸，東嶺鶴獨宿。更想醉翁亭，兩峰高並玉。

傷心 時籍潞公宅。

沙路朱幡想馭軒，傷心歲月似星奔。平泉有墅空流水，緑野無人但繞垣。九老畫圖傳盛事，四朝書史載殊恩。如何圬者持鏝過，已向比隣問子孫。

送惠純上人遊閩

早聽閩人說土風，此身嘗欲到閩中。春溝一作「春甌」。水動茶花白，夏谷雲生荔子紅。襟帶九江一作「樹接楚天」。山不斷，梯航百粵一作「波連越嶺」。海相通。北窗夜展圖經看，手自題書寄一作「索筆題詩送」。遠公。

次四兄以道韻效李義山雪

暮冬一丈長安雪，壯士臨風獨慨慷。門巷豈無騎馬客，江湖猶有捕魚郎。夜平蔡賊兵輕敵，曉入梁園賦擅場。載酒欲尋誰與飲，江梅頭白自悲傷！

次二十一兄季此韻

憶在長安最少年，酒酣到處一欣然。獵回漢苑秋高夜，飲罷秦臺雪作天。不擬伊優陪殿下，相隨于蔿過樓前。如今白髮山城裏，宴坐觀空習斷緣。

和江子我竹夫人

黃藤白簟倦呼盧，高卧南窗示楷模。郭芍藥情元最密，鄭櫻桃迹近相疏。下帷度日甘同夢，隱几終年得異書。晚向禪房陪杖屨，清秋霜霰意何如？

答韓君表

百年鄂杜家相近，人物凋零我獨驚。但見少陵能繼祖，不聞小陸可優兄。終朝詩賦遒仍鬱，老去文章健更成。敢擬濟河輕一戰，隱然望已一作「望望」。怯長城。

和葉甥少蘊内翰重開西湖見寄二首

使君重鑿西湖罷，也復封詩寄我來。洲上新題花島處，苑中舊體栢梁臺。風煙直覺鍾山近，魚鳥渾疑澗水開。揮翰玉堂還有日，行春停騎且留杯。

一麾偃蹇江湖去，五馬侵尋觀闕來。就日金波通漢苑，望雲玉澗斷蘇臺。自迎檝立看時渡，近聞買妾。手種花行到處開。笑語風流韓別駕，莫令鸚鵡訴餘杯。

和寄葉甥少蘊内翰見招

翰林赫奕今如此，莫道人惟舊雨來。龐老終身遠州府，劉郎何面向春臺。八兄常言少蘊亦欲見招。園宜杏子非時結，溪闊梅花過日開。兩地聲聞無百里，相望一覆手中杯。

次韻再答少蘊知府甥和四兄以道長句并見寄

錦袍昔是詩成得，别墅今非棋賭來。山蔚藍光交抱舍，水桃花色合圍臺。通人竹塢深深入，謝客松扉遠遠開。定與西湖争勝負，只應惟欠使君杯。

塵埃自與青雲斷，歲月誰令白髮來？數口無歸關外客，一春多病望中臺。常閑水上鷗從遠，只老籠中鶴任開。日日避愁無處脱，直須到手不停杯。

復和少蘊内翰甥兼謝伯蘊通判兄再贈

西湖波浪還佳色，風物悲人老可驚。遊接竹林公對叔，夢迷春色我思兄。酒沾鸜鵒杯行盡，前與伯蘊兄詩，常有鸜鵒杯之戲。詩傍蟾蜍研立成。壯思不逢韓吏部，高名誰伴謝宣城？

復用韻

史奏德星今復聚，鄉評月旦昔何驚。潁川人望須公守，荀氏家聲付此兄。湖影龜魚同聚散，棠陰燕雀半生成。若爲修禊無絲竹，古調新詩唱《渭城》。少蘊新作《木蘭花》詩，奇絶。

次韻集津兄懷嵩少示王立之

早聞三十六峰前，願寄茅茨一澗邊。谷轉馬蹄山繚繞，嵓開虎口樹嬋娟。陽坡日煖宜瓜地，陰嶺天寒熟芋田。便好與公相隱去，不宜相對尚茫然。

睡起

素屏紋簟徹輕紗，睡起冰盤自削瓜。風筍微微開綠籜，雨槐細細落黃花。經營薄產初無意，補葺疏籬漸有涯。待得高秋尋靖老，臨流坐石問丹砂。

贈山人沈廣漢

禪房白几靜無塵，野服黃冠意甚真。避世全生深得策，閉門謝客亦高人。忍情斷酒非關病，隨意收書不計貧。近約嵩陽陳叔易，趁移丹竈過殘春。

都下追感往昔因成二首

少年使酒走京華，縱步曾遊小小家。看舞《霓裳羽衣曲》，聽歌《玉樹後庭花》。門侵楊柳垂珠箔，窗對櫻桃卷碧紗。坐客半驚隨逝水，主人星散落天涯！

春風踏月過章華，青鳥雙邀阿母家。繫馬柳低當户葉，迎人桃出隔牆花。鬢深釵暖雲侵臉，臂薄衫寒玉映紗。莫作一生惆悵事，鄰州不在海西涯。

送僧歸建州

清秋須汝歸時晚，不及羣公送惠休。曲几數行題字別，扁舟幾日爲詩留。東吳楊柳雲中渚，南越梅花雪外洲。萬里故鄉聊一到，江山風物往來遊。

送王敦素樸。

龍蟠山色引衡廬，霜落江清影碧虛。鼓枻厭騎沙苑馬，行厨欲食武昌魚。緩歌《玉樹》翻新曲，趣入金鑾續舊書。宦達故人稀會面，君來相見肯如初。

再至徐州示諸弟

去年客徐得范子，今年客徐不得人。斷無草木與同味，宛有魚鳥來相親。南尋白門傍山麓，西望黄樓行水濱。還家作詩示羣從，早晚一遊攜二陳。

留别江子之

盡室飄零去上都，試於溱洧卜幽居。不從刺史求彭澤，敢向君王乞鏡湖。平日甚豪今潦倒，少年最樂晚崎嶇。故人鼎貴甘相絶，别後君須寄一書。

别昭德弟愴然傷懷

吾廬去汝到何期，四十年間此別離。合抱樹元從舊種，幾叢菊始自新移。老無兄弟飄零日，遠有公卿曠絕時。努力不思勤負米，欲求三徑可從誰？

客有駑馬不肯借作詩誚之

胡兒少欲立奇功，貴買西宛玉面驄。金蹬蹀微鳴躡影，錦連乾不動追風。庭槐洗立清陰下，沙路調行返照中。出郭借人乘豈肯，自誇騎入大明宮。

別飾道二十弟

飄零南北一衰門，知是澶淵五世孫。嗟我獨無兄弟在，憐君尚有典刑存。老身素苦貧常瘦，病目仍緣哭轉昏。它日汝歸馳駟馬，訪吾肯過浣花村。

自然詩并序

七里先生江子我，築土三尺，名曰自然亭。余謂先生不獨有亭，亦有自然箕斗，自然絲麥，凡亭之內，服食器用，無不自然者，先生可謂自足者也。雖然，無乃多虛少實乎？子我掀髯大笑，余欣然賦之。

先生手不廢經營，白屋憑虛結此亭。燕麥兔絲侵密坐，南箕北斗挂疏櫺。青松夾日交傾蓋，翠栢分風倚列屏。莫道君家無長物，案頭燈火有流螢。

敦素有以書局處之者作詩迎之

君王側席訪詞臣，萬里江湖賀子真。翰苑向來非此老，道山何處得斯人！朝回金馬門前曉，宴罷銅駝陌上春。底事年年最如意，春風還試綵衣新。

寄王立之

臘雨城南宅，衝寒憶屢陪。拊憐庭下石，問訊竹間梅。諸子膺門立，羣公跋馬回。不知多病後，誰與倒罇罍？

避暑普淨院

夭矯栢如龍，清陰閟一宮。庭無御史雨，門有大王風。今日名天下，羣公坐此中。阿戎相就語，歷歷見元豐。

僧舍小山

此老絶蕭洒，久參曹洞禪。胸中有丘壑，左手取山川。樹小風聲細，巖深日影圓。江湖不歸客，相對一茫然。

愛此聚沙戲，知自法王孫。一運郢斤手，都無禹鑿痕。藤梢未挂壁，荷葉欲生盆。笑問山陰道，潛通何處村？

爛石有佳色，禪房疊更幽。九疑峰不斷，十字水長流。枕簟日逃暑，軒窗時卧遊。吾衰更何往，只此對湯休。

寄江子之

平生江季子，疏懶近忘吾。不嗇三年別，如何一字無！燒丹岣嶁令，釀酒步兵厨。二者將安擇，功名莫浪圖。

初來東里

乘流從此去，河漢失清都。送騎沙邊散，征帆雨外孤。挾雛棲隴雉，生子哺巢烏。宇宙將焉往，飄飄盡畏途。

至東里次前韻

茂陵家四壁，不必在成都。老矣招魂苦，傷哉問影孤。市中寧有虎，屋上豈無烏。四海皆行路，吾何必此途！

和四兄以道閒居感歎有作

掩卷忽不樂，捫心空浩歎。家聲畏淪墜，世態屬艱難。月倒迎門屣，風彈挂壁冠。蕭然對孤竹，一笑共衰殘。

復次韻

出門吾所懶，無客亦何歎。舉世遽如許，孤風良獨難。荒蕪蔣詡徑，破敝晏嬰冠。興發看山去，書籤記讀殘。

再至都城

峥嵘花蕚西，清曉望猶迷。御路紅塵合，宮槐碧瓦齊。夾城知輦過，複道覺香低。中使傳宣入，千門避馬蹄。

送僧

無端伏枕日，不見放舟時。晚得平安報，初成送別詩。山深歸屨急，江闊度杯遲。定許同香火，終參惠遠師。

秋雨感事

苦雨荒秋宅，寒生木葉悲。半垂藤護壁，中缺蔓穿籬。書校時開帙，壺提日繫絲。儒冠吾已悮，何責五男兒。

問訊次九日韻

問訊西南戍，提封莫遠開。休傳通蜀道，端可棄輪臺。擬上平戎策，慚無屬國才。何須千里馬，遠自渥洼來。

夏室

夏室不禦暑，竹陰新未交。幽花時結子，晚燕續開巢。午夢還高枕，晨炊出近庖。此生吾自了，客至莫相嘲。

次韻江子我見寄

敢恨新居僻，深懷故國尊。耕耘得遺物，版築尚頹垣。溪隔城南寺，崖通市北門。它時如訪我，但認語音存。

過陳無己墓

以我懷公意，知公待我情。五年三過客，九歲一門生。近訪遺文録，重經故里行。寄書無鄭尹，誰爲葬彭城。

行武涉田中

慣習兒童喜，從容父老歡。桔槔看俯仰，稼穡愧艱難。荷葉生池岸，蒲萄落井幹。求田如得此，當爲駐征鞍。

重過鴻儀寺

秋色遽如許，寒花奈若何！客行傷老大，野次記經過。廢圃猶殘菊，枯池但折荷。吾生與物態，天意豈蹉跎。

別飾道二十弟賁之。

少傅三朝老，文章壯九州。賦詩資政殿，賜字太清樓。拔燭辭軒陛，簪花近冕旒。慶門吾老矣，華國汝能不？

別息道二十二弟兑之。

中令有清德，風流二百年。舉家惟食粥，絕口不言錢。里閈容吾老，庭闈賴汝賢。陶丘過范蠡，莫泛五湖船。

和虞道二十三弟豫之。

向別已復久，此懷誰與明？書來慰吾意，詩重識君情。放鶴惜未到，飛鴻今尚横。何由一隨汝，端爲薄浮名。

決道念八弟得小金印以詩贈之夬之。

季也獲金印，籀文秦不如。情知非鬼篆，恨不識天書。池静龜游罷，庭閑鵲鬭餘。春風還舊物，疏俊獨憐渠。

贈江子我子之

江郎淮海秀，經術古同師。温潤無前輩，清新有近詩。一丘須早計，五斗莫堅辭。獻賦修竿牘，知君定不爲。

謝富察見過

飯蔬君莫厭，瓜菓我時須。自可隨豐儉，誰能問有無。墮蜂銜博局，驚燕避投壺。不憚過從遠，頻來訪老夫。

戲留次袁三十三弟須之。

白下春泥尚未乾，汴流更待小潺湲。不知汝定成行不，寒食今無數日間。

春日

男兒更老氣如虹，短鬢何嫌似斷蓬。欲問桃花借顏色，未甘着笑向春風。

陰陰溪曲綠交加，小雨翻萍上淺沙。鵝鴨不知春去盡，争隨流水趁桃花。一本作「春色不堪流水送，雙浮鳴鸍趁桃花」。

以少炭寄江子之

金籍曾通玉虚殿，仙曹擬拜翠微郎。莫嫌薄上温麐火，猶得濃薰篤耨香。温麐火事，見李義山詩。

戲成

長夏軒窗倚碧岑，人間塵土莫相侵。榴花不得春風力，顔色何如桃杏深。

和二十二弟

静處偷看《肘後書》，幽棲古有此人無。綠蓑青箬非吾事，白浪狂風滿太湖。

襟抱恢疏老更寬，笑談終夕盡君歡。主人更有桃花面，病眼其如隔霧看。

秋夜情

獨眠百感秋夜情，孤城急雨中聞更。明朝覽鏡視鬢髮，不知白從何處生！

題超化寺壁

曲池風定碧瀾平，小白魚如鏡裏行。水竹再來應識我，壁間不用更題名。

送人遊江南

湧金門外斷紅塵，衣錦城邊着白蘋。不到西湖看山色，定應未可作詩人。

過王立之故居

酴醿架倒花仍發，一作「花無主」。薜荔牆摧石亦移。一作「客有誰」。此地與君凡幾醉，年年同賦蠟梅詩。

夜行

老去功名意轉疏，獨騎瘦馬取長途。孤村到曉猶燈火，知有人家夜讀書。

春晚圃田道中

度柳穿橋聽午雞，一溝春水國門西。行人不用傷新別，看取塵間萬馬蹄。

酒酣馳馬笑彎弓，便擬長驅向虜中。但恐老儒無骨相，不湛劍履畫南宮。

君王重老降褒書，特賜宣陽宅一區。聞説會稽人不識，鑑湖還肯借臣無。

和王立之臘梅

茅簷竹塢雨幽奇，岸幘尋花醉亦知。崖蜜已成蜂去盡，夜寒惟有露房垂。

老去攀翻興益奇，招攜風月作新知。但令春釀常如此，百罰深盃亦倒垂。

贈江端本子我

韓免鷄豚今日債，斷除妻子宿生緣。豐登便是人天供，努力東皐自種田。

過陳無己墓

鎖門脱落封將盡，題壁污漫字不分。我亦嘗參諸弟子，往來徒步拜公墳。

立春

巧勝金花真樂事，堆盤細菜亦宜人。自慚白髮嘲吾老，不上譙門看打春。

與秦少章題漢江遠帆

楚山全控蜀，漢水半吞吳。老眼知佳處，曾看入境圖。

江山起暮色，草木斂餘昏。誰感《離騷》賦，丹青弔屈原。

雲埋鳳林寺，浪打鹿門山。今日江風惡，郎船勸不還。

江闊雁不到，山深猿自迷。傳聞杜陵老，只在瀼東西。

石似浣沙石，江如濯錦江。征帆向何處，雲霧晦蓬窗。

龍興道中

澗道垂黄花，山城擁紅葉。人争小舟渡，馬就平沙涉。

謝任伯久無書常子然寄茶謝之因簡任伯

諫議茶猶送，郎官迹已疏。斜封三道印，不奉一行書。

陵陽詩鈔

韓駒，字子蒼，蜀仙井監人。嘗在許下從蘇轍學，稱其詩似儲光羲，遂名於時。政和以獻頌補假將仕郎，召試，賜進士，除秘書正字。尋坐蘇氏黨，謫知分寧，召爲著作郎。奏舊祠祭樂章，辭多牴牾，因更撰定五十餘章。遷中書舍人，兼修國史，權直學士院。復坐鄉黨曲學，提舉江州太平觀。卒於撫州。詩有磨淬剪截之功，不吝改竄，有寄人數年，復追取更定一二字者。故其集不多，而密栗以幽，意味老淡，直欲別作一家。紫微引之入江西派，駒不樂也。

利濟橋亭詩

朝奉郎張公，得其先父遺碑。以附家集，從諸公索詩，予爲作此。

大夫官業世所驚，老覺軒冕非真榮。斯文自屬吾黨事，正恐無路逃虛名。生猶不見皇甫謐，死豈肯投劉禹錫。茂陵一幅入漢宮，世間共怪無遺帙。哀哉若人用意深，自言身作鶴鳴陰。著書遺子三萬軸，人初笑我籯無金。萬仞磨崖利好語，那知百年蒼蘚污。爾來夜夜虹貫天，山下居民未知處，周詩不列石鼓歌，後世恐嘆遺羲娥。于今購市完家集，野老何知亦摩挲。川流可平石可腐，只此殺青垂萬古。五百驪珠固已奇，插架不知猶幾許。公今未暇歸田廬，且當驅童曬蠹魚。不辭借取車連軫，要讀人間未見書。

善相陳君持介甫子瞻手字示予戲贈短歌

古來相馬失之瘦，仲尼亦作喪家狗。脣紅齒白癡小兒，不羞障面欺羣醜。鶴冲居士術如神，東走梁宋西峨岷。諸公蹭蹬未遇日，座中知是非常人。只今白髮無餘産，短褐逡巡列侯館。世人胸中無黑白，不如居士明雙眼。嗟予塵貌天所付，不須强覓封侯處。書生只倚一片心，它日相逢記「記」，一作「說」。裴度。

送葛亞卿欲行不一過僕

吾廬偪仄門三尺，慚愧春風巧相覓。叩關惟許葛王孫，有時籍草傾餘瀝。汝不如，南池主人車載客，紅旗皂蓋行遠陌。又不如，東郭公子柳藏門，青娥緑髮坐開樽。是身牢落終何爲，人不汝嫌汝自嗤。伸眉一笑能幾時，忽聞春盡王孫歸。春風欲盡猶有情，飄英墮絮俱傷神。王孫未歸迹已掃，秣馬膏車何太早。明日一杯愁送春，後日一杯愁送君。君應萬里隨春去，若到桃源記歸路。

陽羨葛亞卿爲海陵尉作葺春軒余爲賦之

昔聞先生隱吴儂，當窗十里横烟峰。今見先生爲楚吏，繞牆四面縈烟水。從來楚俗帶吴風，曲折徑路深房櫳。舍前繫船柳千丈，舍後參天竹萬叢。千籤插架似蓬館，白拂掛壁如僧宫。掃地焚香欣客至，虀魚飯稻愁樽空。不溷不清惟寂寞，大笑先生致身錯。青山猶作布衣心，朱門却有田居樂。筆回造化天工怒，胸包今古時人愕。甘窮自許元次山，蹈海還尋魯仲連。吾曹一歡豈易得，世間百歲俱可憐。何用北窗翻巧策，且向東亭弄春色。我當酌酒壽主人，灘前飛下雙鸂鶒。

謝錢珣仲惠高麗墨

王卿贈我三韓紙，白若截肪光照几。錢侯繼贈朝鮮墨，黑如點漆光浮水。舊傳績溪多老松，奚超既死松亦空。易水良工近名世，珍才始不歸潘翁。蕭然南堂一居士，赤管喻麋無月賜。借問玄圭何自來，去年海中持節使。明窗晏坐不忽忽，引紙磨墨寒生風。自笑平生綰蛇蚓，更慚《爾雅》注魚蟲。殷勤二物從來遠，裨海環瀛眼中見。若欲揮寫藏名山，不如却作談天衍。

送松陵老農

呼舟越洪濤，笑識江南山。此行爲子來，政擬一笑歡。相逢不忍别，丘壑同躋攀。如何舍我去，使我心悁悁。子實名家後，翰墨素所便。老農雖自謂，念子安知田。世故亦已足，擾擾徒自憐。天寒歲且盡，趣駕扁舟還。

淮上書事

平楚盡積水，長淮多奇峰。蕭條月曜夜，浩蕩風鳴冬。客行未可歸，弊裘那得重。寒氣搜病骨，清潭貌衰容。遠遊有滯念，將老無歡悰。故國渺萬里，去此嗟誰從！

至國門聞蘇文饒將出都戲贈長句兼簡其兄世美

去年夷門十月雪，九衢日昃行人絶。騎驢兀兀無所之，破袖迎風手龜裂。渡橋並塹得君家，入門脱帽猶凜冽。急燃濕束煖我寒，徐出清酤寧我渴。君家自無儋石儲，蟹黄熊白能俱設。平生見酒脣不濡，是夕連觥耳方熱。羣奴夜僵唤不聞，我亦鼾鼻眠東閣。明朝起過城南翁，尚記新聲一笑發。東歸每嘆懷抱真，西來又喜顔色接。方將慷慨豁心胸，未用峥嶸驚歲月。城南詩翁况遠來，門前雪泥又活活。豈知萬事不可期，却樹吴檣背城闕。人生動若參與商，咫尺無論限秦粤。君聞吾語雖少留，但恐一歡成電掣。念昔相見無它娱，誦詩徵事相誇捷。氣淩俗子旁若無，偶坐時聞竊嚅囁。于今落落誰汝憐，老屋陳編自怡悦。寄言詩翁倘留滯，歲晚勤迂故人轍。

題中寂堂

虎卧文公廬，鳥窠道林室。本自無俗喧，何由辨真寂。逃溺必登山，避燔必趨澤。君看好静人，萬慮固未息。是心倘已刳，對鏡起亦得。上人早聞道，晚順世間迹。振衣下靈岩，飛錫來上國。高堂亦何有，萬卷繞四壁。客來倚風廊，晤語終日夕。莫言門如市，中有忘機客。吾曹詩酒污，此道誰目擊。唯應寂時趣，獨有青士識。

送子飛弟歸荆南

往在東堂時，唯汝年尚少。木槍鬬羣兒，竹弓射飛鳥。今來跨鞍馬，昂然丈夫表。入門恍莫識，與語意方了。脫汝來時裝，夜闌酌清醥。當歌喜未定，感舊色已愀。念我三年官，自裹衣中麨。東去盡勾吴，北行薄全趙。汝亦上岷峨，大江窮浩渺。一年兩附書，皮筒到家少。那知此相遇，乾鵲果前兆。我性本齊緩，汝資誠楚慓。相逢各相規，一月語連曉。憶汝初結髮，讀書先尉繚。謂須壯執殳，單于壘時挑。豈期尚羈旅，但存雙目瞭。我恨緣詩窮，賃屋隘而湫。尚盈三尺牀，使汝眠奧窔。二升糴祿粟，醜婢羹茶蓼。時時得鶉兔，傍竈親燔燎。纔爲十日歡，鄰里厭煩擾。朝來着戎服，數匝鄙條繞。辭我出門去，歸袖風矯矯。還家對寒食，渚宫聞雉鷕。想見阿頌君，把卷倚叢篠。弟妹乘羊車，堂前走相嬲。何當總見之，緩我歸思杳。汝歸與俱來，繫臺及秋杪。

贈趙伯魚

昔君叩門如啄木，深衣青純帽方屋。謂是諸生延入門，坐定徐言出公族。爾曹氣味那有此，要是胸中期不俗。荆州早識高與黄，誦二子句聲琅琅。後生好學果可畏，僕常倦談殊未詳。學詩當如初學禪，未悟且徧參諸方。一朝悟罷正法眼，信手拈出皆成章。

答蔡伯世食筍

蓴絲化鹽豉，槐葉資新麪。豈知苦竹萌，風味常獨擅。昔我居錦城，屢喫田家飯。扶杖自入箐，煨此犢角蘁。後參鶴林禪，餽我桑門饌。烝烝沸鼎中，亂下白玉片。惟無它物乘，始覺真味現。三年客東都，錦籜寧復見。千金洛陽來，惟充大官膳。前時過君食，欣逢故人面。那知列仙臞，已雜蒯通雋。吾寧飽甘肥，憒吒那忍嚥。請歸謂主孟，厨人後當諫。苦苣雜嘉蔬，沉香和甲剪。柯亭既誤椽，畫障或遭練。古來可歎事，千載寄明辨。作詩弔籜龍，助子當食歎。

食煮菜簡呂居仁

曉謁呂公子，解帶浮屠宮。留我具朝餐，喚奴求晚菘。洗著點鹽豉，鳴刀芼薑葱。俄頃香馥坐，雨聲傳鼎中。方觀翠浪涌，忽變黃雲濃。争貪歙鉢暖，不覺定盌空。憶登金山頂，僧飯與此同。還家不能學，空費烹調功。硬恐動牙頰，冷愁傷肺胸。君獨得其妙，堪持餉衰翁。異時聞豪氣，愛客行庖豐。殷勤故煮菜，知我林下風。人生各有道，昔蓄用禦冬。今我無所營，枵腹何由充。豈惟臺無餽，菜把尚不蒙。念當勤致此，亦足慰途窮

送倪巨濟將仕

汴流六月翻黃沙，小舟兀浪如乘槎。赤日下照烘朝霞，腹鳴肩舉氣喘呀。夜眠僕夫股相加，柂樓晨飯羹黃茄。時時矯首望土岸，木末殷轉江洲車。渴逢石泉不得汲，椎鼓催發無停檛。問君何爲趣還家，答云五載居京華。夜窗讀書眼生花，每食不飽濳咨嗟。母髮半白弟髻丫，有妹久闕躬絲麻。寄書細字如昏鴉，問胡眷戀歸期賒。來時書笈手自拿，今歸上堂兩脚靴。壽觴要及開霜瓜，子志如此良可嘉。勸子博學如橫罝，麋麟兔鹿盡所遮。或典而法浮而葩，要歸于正謹去邪。行如種植慎萌芽，念當務實勿求

誇。我行買犢耕三巴，佇子佳譽來天涯。

出宰分寧別舊同舍五首

公車八千言，自獻十二旒。落筆中書罷，石渠並英遊。方欣洛陽遇，已慨周南留。明堂富梗柟，詎須汝薪槱。三年望龍斷，艱難身百憂。鬢髮五分白，更落天南陬。

念我行老矣，才拙世所捐。青綾未頻直，黄紬且安眠。飽聞縣西寺，修椽壓山顛。中容五百衆，上堂鼓闐闐。王程倘餘暇，兹焉著幽禪。自擷雙井茶，與僧酌雲泉。

昔慚芸閣姿，斥守蒲城市。五占天鷄星，未收逐臣淚。歸聞長樂鐘，疲馬思一試。挈挈今又東，敝邑臨無地。人生縛微官，大似侏儒戲。升沉各幾時，怨欣兩當置。

益昌剡移文，道州拙催科。我愚象二子，將奈分寧何！吾君放勛姿，于今萬邦和。縣令但拱手，排衙鼓鳴鼉。故人怒挽船，勸勿淩江波。君其謝故人，我亦聊絃歌。

陽山昔御史，夷陵前校書。坐法竄未久，遇赦罪已除。故時同舍郎，半直承明廬。獨奔江西縣，道里三千餘。皇明透羽掘，倘復哀臣愚。念當脱江瘴，與子聯朝裾。

入鳴水洞循源至山上

崇山蓄靈泉，萬古去不息。瀦爲百斛深，散入千渠溢。其東匯民田，又北尋山腋。斷崖如破瓜，飛瀑中蕩激。大聲或雷霆，細者亦竽瑟。末流垂半山，十里見沸白。得非拖天紳，常恐浮地脈。吕梁丈人老，尚與汨偕出。我欲蹋驚湍，下窮齟齬石。惜哉意徒然，屬此歲凜凓。安得汝南周，斷取白蛟脊。歸之龍泉峰，山門夜喧席。

分寧大竹取爲酒罇短脛寛大腹可容二升而漆其外戲爲短歌

此君少日青而臞，爾來黑肥如瓠壺。縮肩短帽壓兩耳，無乃戲學翳侏儒。人言腹大中何有，不獨容君更容酒。未須常要託後車，滑稽且作先生友。少陵匏罇安在哉，次山石臼空飛埃。茅簷對客夜驚笑，麴生叩門何自來？老向人間不稱意，但覺淵明酒多味。乞取田家老瓦盆，伴我年年竹根醉。

湖南有大竹世號貓頭取以作枕仍爲賦詩

湖南人家養貍奴，夜出相乳肥其膚。買魚穿柳不蒙聘，深蹲地底老欲枯。誰將作枕置榻上，擁腫似慣眠氍毹。慵便玉枕分已無，孫生洗耳非良圖。茅齋紙帳施團蒲，與我同歸夜相娛。更長月黑試拊臥，鼠目尚爾驚睢盱。坐令先生春睡美，夢魂直饒赤沙湖。更煩黃嬭好看取，走入旁舍無人呼。

題湖南清絶圖

故人來從天柱峰，手提石廩與祝融。兩山坡陀幾百里，安得置之行李中。下有瀟湘水清瀉，平沙側岸搖丹楓。魚舟已入浦溆宿，客帆日暮猶爭風。我方騎馬大梁下，怪此物象不與常時同。故人謂我乃絹素，粉精墨妙煩良工。都將湖南萬古愁，與我頃刻開心胸。詩成畫往默惆悵，老眼復厭京塵紅。

送趙承之秘監出守南陽

繁臺十月寒飈飈，置酒共祖南陽侯。九十一客相獻酬，皆言南陽山水幽。菊泉釀酒不論石，上酥醍醐出肥牛。使君樓前橘柚古，丞相堂下蒲蓮稠。夜燃蠟炬賓醉舞，春風歌眠百花洲。各持一觴勸公飲，此行樂矣公何求！我獨倚杖商聲謳，此公人間第一流。方今羣賢從法駕，金絨塞路嘶驊騮。獨令此公守一州，臨分慷慨淚莫收。南陽南陽樂復樂，歸來歸來無久留！

次韻館中諸公遊慈雲寺

嘉蔬隨客庖，香飯出僧甑。聊爲一飽謀，未暇談禪病。二公當代豪，詞林氣方盛。五言謹詩律，百罰嚴酒令。樂與同舍郎，共此給園淨。想像斜川遊，何如舞雩詠。甘瓜自雍丘，肥芡來新鄭。肴果各有攜，笑我室懸磬。陋質謝不往，實愧瓊瑶映。人生一車足，那須富千乘。有興驅短轅，寧辭沮洳徑。及時速行樂，莫待苦脚脛。炎暑忽已闌，當念時難更。

飲酒次人韻

淺瀨見魚游，澄潭知鶴没。疑乘青霞珮，徑墮白銀闕。平生探學海，中年悟禪悦。應須臨渺瀰，庶以稱超越。回塘大圓鏡，新蒲細於髮。緑扇互低昂，玉顔争秀發。良辰宴觴豆，炎曦脱巾襪。荷聲過急雨，竹影敷涼月。緩行躡芳草，移坐蔭深樾。何當酒拍浮，恣聽舟搖兀。而我方抱鉛，上馬自腰笏。叩門不聞呼，造席無乃咄。詎敢陵崆岏，幸許窺剞劂。願公開迷雲，令我入理窟。雄篇出月脇，妙思露天骨。蹇步那由追，眢井媿先竭。

題采菊圖

往在京口，爲曾公卷題采菊圖：「九日東籬采落英，白衣遥見眼能明。向令自有杯中物，一段風流可得成。」蔡天啓屢哦此詩，以爲善。然余嘗謂古人寄懷於物而無所好，然後爲達。況淵明之真，其於黄花直寓意耳。至言飲酒適意，亦非淵明極致，向使無酒，但悠然見南山，其樂多矣。遇酒輒醉，醉醒之後，豈知有江州太守哉！當以此論淵明，復作二首。

黄菊有何好，且寄平生懷。遇酒興不淺，無酒意亦佳。此理誰復明，自昔寡所諧。空餘《采菊圖》，寂寞懸高齋。

今日菊始華，叢雁鳴相和。若無一觴酒，如此重九何！悠然數酌盡，會心豈在多。醒來不復記，散髮東山阿。

去冬除守歷陽未上召還西掖今夏自應天尹移知齊安道由歷陽珪老相訪奉簡一首

嘗聞歷陽郡，寺有褒禪山。及我分竹符，欲往窮躋攀。驅車發半道，尺一喚我還。歎息岩下水，何時照衰顏。復持齊安節，稅駕臨通闤。屬有行役累，無由叩僧關。珪公岷峨秀，逸韻超人寰。攜詩遠過我，慇勤請加删。少年意氣盛，笑我毛髮斑。夜語不知寢，起看江月灣。浮生浪擾擾，萬法本自閑。爲吏何足論，誓將老榛菅。買田未及議，我實貧非慳。奉乞一菴地，往來泉石間。

武寧道中

小灘嘈嘈大灘惡，朝行羊腸暮鹿角。盡日拖舟不得前，忽然笮斷千尋落。上梁左側石子多，兩船與石鳴相摩。臥聽溪師倚篙哭，將如四十二灘何！羊腸、鹿角、上梁，皆灘名。

次韻曾通判登擬峴臺

朝攜筇杖來，瞑倚胡床坐。循牆讀遺碑，歲久苔蘚涴。烈風無時休，於兹驗真箇。曾郎吐佳句，勢突黃初過。交遊得詩流，吾儕可相賀。念昔逢大梁，一別九鑽火。再見疑前身，居然客愁破。世久無若人，子豈伯休那。曾時丁憂。千山厭露宿，一壑期雲卧。子少方鵬騫，吾衰作鳶墮。篇成不敢出，畏子詩眼大。唯當事深禪，諸方參作麽。文章真綺語，季緒徒瑣瑣。安得京口歸，秋江細扶柁。

題蕃騎圖

塞上一作「沙揚」。漠漠黃雲秋，黃鬢胡兒騎紫騮。一一作「白」。馬攙前弄風走，胡兒掣轡空驤首。廻鞭慎莫向南馳，漢家將軍方打圍。奪弓射汝猶可脱，奪汝善馬何由歸！

題韓晃畫瀛洲學士圖

咸陽中天開帝居，羣公下直承明廬。長楸短轡褒衣裾，蒼頭廬兒争走趨。韓侯畫此時無虞，瀛洲仙人樂有餘。我生不及正觀初，忽思十年身校書。吟詩天街騎蹇驢，爾來戎馬方馳驅。眼厭繡掘蒙諸子，把卷未展先欷歔！

順老寄菜花乾戲作長句

道人禪餘自鋤菜，小摘黄花日中曬。峨嵋楩腩久不來，麴糝薑絲典刑在。封題寄我紙作囊，中有巴蜀齋厨香。起炊曉甑八月白，配此春盤一掬黄。楩，軟木耳。八月白，稻名也。

李氏娛書齋

欲樂誑凡夫，須臾皆變壞。唯書有真樂，意味久猶在。李君名家流，事業窺前輩。澹然無他娛，開卷與心會。憶吾童稚時，書亦甚所愛。傳抄春復秋，諷誦晝連晦。飲食忘辛鹹，污垢失盥頮。爾來歡喜處，乃在文字外。卷藏二萬籤，棐几静相對。此樂君未知，狂言勿吾怪。

送王秘閣二首

烏衣諸王吾早聞，晚塗獨識和州孫。風流踏拖欲垂盡，文采陸離今尚存。奉祠乃是衰翁事，如君胡爲亦爲此。僕夫在門君疾驅，往獻天子平邊書。

右軍池頭鵁鶄呼，康樂臺下栘欏疏。碧山學士此築室，白髮散人來卜居。身隨沙鷗卧烟雨，十年無書上公府。枉作西班老從臣，看君才華不能舉。

送里人陳會往見江西漕使

勸君少留持一觴，與君鄉里皆陵陽。兒童共戲苦鹽岸，老大相逢烏石岡。拾遺平生丈人行，拊我謂我能文章。豈知今無一絲長，但餘顛華面顏蒼。君行往見玉節郎，感時憂國歌慷慨。餉師十萬西平羌，笑我挾複山中藏。

夜與疏山清公對語因設果供戲成長句

落葉屑窣鳴風廊，四無人聲夜未央。道人過我談真常，客舍有底相迎將。竹罏篝火曲木牀，烏桕爲燭楓脂香。青棃纍纍飣坐光，黄甘十子近著霜。醯梅蜜杏經年藏，紅糝綴枝加柘漿。蕁藕藷芋蘘荷薑，堆盤滿案次第嘗。憶初見翁修水旁，轉頭八十鬢眉蒼。爾時尊宿略喪亡，屹如樅檜老不僵。而我昔漫參朝行，十年投閑坐老狂。人生一夢炊黄粱，諸法本閒人自忙。況今世故甚擾攘，與翁幸憩菩提坊。夜闌一酌餘甘湯，它年此樂不可忘。

上泰州使君陳瑩中

當年賢路雜薰蕕，歎息諸公善自謀。今日在前皆鼎鑊，後來知我獨春秋。海邊已擊師襄磬，湖上新逢范蠡舟。惟有書生更無事，不妨挾册更西遊。

聞富鄭公少時隨侍至此讀書景德寺後人爲作祠堂因跋余舊詩後以自嘲

藤床瓦枕快清風，破悶文書亦漫供。鄉信未傳霜後雁，羈懷生怯晚來鐘。淹留已辦三年計，流落應無萬户封。猶有壁間詩句在，他時誰肯寫塵容。

海氣昏昏又嘯風，一杯扶病要時供。三年閉户兒童怪，千古閑情我輩鐘。若得黄甘應手種，更求青李莫函封。疏頑自笑將安適，寄謝江山好見容。

次韻留别南公

天遣吾曹與世疏，那將窮技學黔驢。只今年少身多病，是處愁深淚濺裾。此去不須論塞馬，向來猶有葬江魚！虚名只用驚兒輩，要作生涯莫著書。

九絶爲亞卿作

離歌三疊最關情，不省從來此地聞。早是春殘心事惡，落花陰裏更辭君。

君去東山踏亂雲，後車何不載紅裙。羅衣浥盡傷春淚，只有無言持送君。

更欲罇前抵死留，爲君徐唱木蘭舟。臨行翻恨君恩雜，十二金釵淚總流。

世上無情似有情，俱將苦淚點離罇！人心真處君須會，認取儂家暗斷魂。
君住江濱起畫樓，妾居海角送潮頭。潮中有妾相思淚，流到樓前更不流。
憶汎郎舟共採蓮，今來揮淚送郎船。回書倘寄新翻曲，湖上何人爲扣舷！
一夢巫陽樂已窮，三年猶復怨匆匆。倏雲驟雨成何事？未必三年抵夢中。
妾願爲雲逐畫檣，君言十日看歸航。恐君回首高城隔，直倚江樓過夕陽。
初合雙鬟說後期，相盟不在已相知。來時休落春風後，却漫嘲儂子滿枝。

送俞仲寬赴宿倅

年少場中晚節寒，去年揮手下天關。何人肯蹋風波路，自古難言骨肉間。十里即應歸漢闕，一帆從此別淮山。艤舟如得僧伽印，未用將身付等閒。

五月八日遊北禪師川登塔盡七級僕能三級而已晚過公晦偶作二首

徐郎胸次已冰清，北寺清遊更絕塵。不欲茹葷緣道友，肯來出郭是詩人。憐君遠客情能爾，看我題名墨尚新。誰有好方扶脚力，故鄉歸去蹋峨岷。
鐵鎖銅鐶一一開，肩輿不問主人來。已登白塔吾休矣，更上紅亭子壯哉。世外清歡須邂逅，城頭落日共徘徊。雲樓五月滄洲趣，羞殺初無八斗才。

曾大父有詩云三春拂揭花黏袖午夜淘丹月在池舍弟子飛歸蜀與語及此因取爲韻

去蜀初遊楚，吾方十二三。無成今長大，送汝不勝慚。
還家倘無事，莫負故園春。衣錦兒嬉爾，從來笑買臣。
艤舟不能前，已復日西没。贈子以幽蘭，秋風正披拂。
野宿月團欒，風餐氣蕭颯。從來對牀地，只今懸一榻。
入蜀尋幽跡，應先到浣花。誠知錦城樂，亦記早還家。
魚游因餌得，鳥困坐黐黏。顧我今如此，空懷石井鹽。
逢年要力耕，善舞須長袖。北山休移文，南山歸種豆。
一棹送君歸，酒醒秋江午。正是蓴鱸時，思君在何許！
明月落帆時，荒山孤夜夜。回首白雲飛，吾親在其下。
客行宜努力，時亦近醇醪。一盞熏人醉，雲安米正陶。
爾去逢諸父，鬚霜貌渥丹。貧窮宜此報，富貴却難安。
揚州十里春，蛾眉半輪月。茲遊真不凡，詩成想清絶。
吾祖屯田公，遺書悉安在？爲我謝諸兄，蠹魚時一曬。

故山不可到，歸夢到天池。想見山中叟，磨崖待我詩。

次韻參寥

此身不擬墮塵緣，長恐驚鴻落響弦。蹋盡世間千澗壑，歸來胸次一山川。深宮木末猶秋色，故國天涯只暮烟。憑仗道人分石甃，要看庭下玉龍旋。

且向家山一笑歡，從來烈士直如弦。君今振錫歸千頃，我亦收身入兩川。短世驚人如掣電，浮雲過眼亦飛烟！何當與子超塵域，下視紛紛蟻磨旋。

泰興道中

縣郭連青竹，人家蔽綠蘿。地偏春事少，山迴夕陽多。暗水披崖出，輕船掠岸過。傳呼細扶柁，吾老怯風波。

智勇師歸永嘉自言所居在萬竹間乞詩送行

上人歸去家何許，萬竹深圍一把茅。蹋盡叢林參白足，却來江檻俯青郊。夜階蔌蔌風翻籜，春路冥冥雨放梢。肯捹清陰分百十，暮年思與子論交。

送黃若虛下第歸湖南

時人會傍高門走，獨有來遊翰墨場。已有哲兄如叔度，定知吾子勝文强。長淮白浪摇春枕，故國青山接夜航。乞得功名歸遺母，未應深羨綠衣郎。

館中直宿書事

十載名山慣杖藜，清都直宿夢魂疑。卧聞長樂鐘聲近，尚憶寒山半夜時。
北風吹馬襲貂裘，薄雪連雲凍未收。銀闕晝開禽鳥白，信知三館是瀛洲。

行至華陰呈舊同舍

落日同騎款段遊，倦依松石弄清流。蓬萊漢殿春分手，一笑相逢太華秋。

次韻思聰

欲問琴聰水鏡篇，揭來端爲著幽禪。五更下馬呼殘夢，數面成親是宿緣。伏腦憐君有犀骨，騰身笑我不鳶肩。白頭奔走襄陽道，空誦新詩憶浩然。

和李上舍冬日書事

北風吹日晝多陰，日暮擁階黃葉深。倦鵲遶枝翻凍影，飛鴻摩月墮孤音。推愁不去如相覓，與老無期稍見侵。顧籍微官少年事，病來那復一分心。

偶書二絶呈館中舊同舍

去年看曝石渠書，内酒均頒白玉腴。今日醉登延閣望，幾人回首憶窮途。
御本曾看錦帕舒，醉驚飛閣上淩虛。而今卧病衡門底，自曬茅簷幾卷書。

送蘇世美東歸

東遊兩見鶴林春，晚愧先生作並鄰。罇俎每留倉猝客，典刑猶識老成人。繫舟一笑都門外，賣劍歸耕潁水濱。意氣年來類兒女，别離不覺淚横巾。
京口尋山每見攜，鶴林問法更追隨。本無物累那成癖，肯借人書未必癡。食粥往年容乞米，一罇今日細論詩。邗溝好去春風暖，莫忘椎冰共載時。

梅花三首

江南歲晚雪漫漫，磵谷梅花巧耐寒。幸有幽香當供給，不辭三載滯西安。
雲根細路遶溪斜，日出烟銷水見沙。只度關山魂已斷，可須疏雨濕梅花。
籃輿曉入關山路，玉節珠旛次第開。白髮微官何用許，似憐身出道山來。

夜泊寧陵

汴水日馳三百里，扁舟東下便開帆。且辭杞國風微北，夜泊寧陵月政南。老樹挾霜鳴窣窣，寒花垂露落毶毶。茫然不悟身何處，水色天光共蔚藍。

庚子年還朝飲酒絶句

三年逐客臥江皋，自與田翁酌小槽。飲慣茅柴諳苦硬，不知如蜜有香醪。
往時看曝石渠書，内酒均頒白玉腴。落魄十年無復醉，因公今日識官壺。

送海常化士

好去淩空錫杖飛，鳳林關外道場稀。莫言衲子籃無底，盛取江南骨董歸。

次韻何文縝種竹

杜陵窮老覓榿栽，不似何郎種笛材。三徑莫憂荒草合，一樽如與故人開。未堪急雨枝枝打，便有幽禽日日來。坐誦東坡食無肉，詩腸日午轉飢雷。

次韻王給事觀殿試唱名

集英春殿唱諸生，日轉觚稜晚色清。近侍皆分金帶赤，内人争看雪衣明。内人多自昇平樓上下觀。罷朝詔賜羣公坐，合殿歡傳萬歲聲。我老倦隨宫漏水，江南江北聽鼉更。

次韻翁監再來館中

歸老江湖久自盟，睡餘且復對空林。重來内閣人誰健，慣踏天街馬不驚。已喜劉歆分《七略》，尚傳韓愈誨諸生。太平潤色須公等，應許吾兼吏隱名。

次韻館中上元遊葆真宮觀燈

百千燈射水晶簾，尚覺遊人意未厭。多病只思田舍樂，夜歸烟火望茅簷。

玉作芙蓉院院明，博山香度小峥嶸。直言水北人稀到，也有槃姗勃窣行。

鴨緑未全生曲沼，鵝黄先已上柔柯。故應春物撩詩思，白髮明朝一倍多。

開卷愛公如李益，解言明月逐人來。多情如共春流轉，刻燭題詩又一回。

澹澹新粧帶淺啼，催車只待日平西。驊騮也自知人意，散入千花了不嘶。

申應時卜居京口名之曰雲棲又曰小築乞詩送行

客舍秋來憶舊居，一帆歸去落東吴。他年寄我新詩句，即是雲棲小築圖。

次韻何文縝舍人後省致齋

夜直沉沉浴殿南，春風想對百花潭。藤牀轉枕尋餘夢，粉壁題詩倚半酣。追記舊遊時一笑，歎參真理莫多談。白頭初試絲綸手，歸去扶犂意亦甘。

次韻侯思孺將至黄州見簡

未用船頭報水程，爲君持酒打愁城。青山久負當年約，白髮多從客路生。點檢轉工新句法，指磨難減舊風情。小留莫道無供給，一味東籬有落英。

故資政忠惠韓公挽詞

藉甚中山守，風流世有人。獵圍邊月曉，筵踏塞花春。金絮盟猶在，灰釘事已新。使公長卧護，何地起胡塵？

以正賜庫蒲萄醅送何斯舉復次其韻

歎息蘇公無恙日，坡頭自築小山房。五年不識宮壺味，只以春江當酒腸。

老臣政實不堪論，尚得君王賜酒樽。異日黃州成故事，蒲萄醅熟記初元。

登赤壁磯

緩尋翠竹白沙遊，更挽藤梢上上頭。豈有危巢與棲鶻，亦爲陳迹但飛鷗。徑營二頃將歸老，眷戀羣山爲少留。百日使君何足道，空餘詩句在江樓。

某已被旨移蔡賊起旁郡未果進發今日上城部分民兵閱視戰艦口號三首

病守雖閑鬢未蒼，尚能談笑坐胡牀。指揮一掃妖氛盡，便自關山向汝陽。

昨夜黄昏得蠟書，老臣恨已解兵符。莫將箭汚偷兒血，留與官家北射胡。十二月得京城蠟彈，有旨，守臣部兵應援。

百憂前日總薰心，一笑朝來得好音。絶域不須遮虜障，今年自有殺胡林。

次韻耿龍圖秣陵書事

十月舟藏一作「横」。蘆荻林，客衣頓覺夜寒侵。亂離祇有窮途淚，勳業都無過去心。敢恨青鞋踏江浦，近傳黄屋渡淮陰。中興氣象須公等，是日頻聞正始音。

次韻金陵趙德夫使君上元三絶

小風吹水漲平湖，屋角殘冰亦已無。投老只圖春睡足，可須山鳥强招呼。

卧聽秦淮嗚咽聲，起看江月暮潮平。舊時憶在延真觀，玉作芙蕖院院明。

憶昨宣和從武皇，春風省試御袍香。自從翠蓋尋沙漠，無復徵歌出洞房。

次韻南溪觀魚

城西鼓檝又城東，不待溪分上下風。碧樹垂楊間黄緑，冰盤行鱠簇青紅。横塘日暮林巒合，斷岸秋來浦溆通。安得此身無世累，便隨漁艇入空濛。

再次韻兼簡李道夫

麥秋宜晚起，況復雨頻頻。桃竹猶能杖，柴車未可巾。閑分酒賢聖，静記藥君臣。會有騎鯨李，來陪賀季真。

李侯梨釘坐，風味勝仁頻。投老須鳴玉，相看尚禿巾。便應尋木客，何必問波臣。不復來城市，從人笑我真。

猶記一麾出，敢論三顧頻。餘生過飛鳥，幻事揑空巾。學道無疑怖，憂時有主臣。《漢書》：主臣，皇恐之貌。買舟苕霅去，我亦號玄真。

次韻錢遜叔侍郎見簡

白頭逢世難，無地可推愁。曉日瞻天闕，春風憶御溝。他年余老蜀，萬户子封留。尚記臨川郡，溪山爛熳遊。

往歲自京口與曾公永宏父同行至下蜀因次前韻簡之

下蜀追隨日，歡言一散愁。籃輿轉陂路，小檝渡潮溝。萬里家何在，三年淹此留。猶欣遲暮眼，見子並英遊。

撫州邂逅彦正提刑道舊感歎輒書長句奉呈

憶在昭文並直廬，與君三歲侍皇居。花開輦路春迎駕，日轉蓬山曉曝書。學士南來尚岩穴，神州北望已丘墟。愁逢漢節滄江上，握手秋風淚滿裾。

送曾宏父

見子京汪尚少年，大梁重見已翩翩。頃來更覺文章進，他日寧容老病先。梅谷舊題幽谷引，橘陂新和渼陂篇。常慚散吏空稱賞，不敢吹嘘上九天。

乃翁名見豫章詩，學術傳家有大兒。四海共推文賦早，三年應訝省郎遲。生逢側席求賢日，即是摩霄聳壑時。若到朝廷問衰朽，爲言常宿畏人知。

次韻錢遜叔侍郎見簡

掃地焚香元自喜，傍門騎馬向來慵。田園此去須安枕，海岱今年不舉烽。已分瘦藤扶病骨，生憎明鏡寫衰容。兩公故是經綸手，足問腰金早晚重。

信州連使君惠酒戲書絶句謝之

憶傾南庫官供酒，共賞西京勑賜花。白髮逢春醒復醉，豈知流落在天涯。故事：每歲洛陽貢花，賜館職百朵。并賜南庫法酒。

次韻錢遜叔謝曾使君送酒

誰憐定武故將軍，侍郎常除定帥。醉舞狂歌老更真。好事時分小槽酒，殘樽也到白頭人。

次韻曾寺丞觀早朝上徐諫議

憶昨飄然下葉闈，十年江海望嚴宸。遥知駐蹕艱危地，尚有憂時老大臣。已起陽城無諫諍，又傳陸贄掌絲綸。爲公細數能文士，幾箇麒麟閣上人。

次韻徐翰林

遠聞仙伯上神山，始覺升平氣象還。一夢休論玉堂事，兩行曾綴紫宸班。想燒傳燭書天詔，看剪花騣出帝闕。尚憶平生故人否，夜驅黃犢在田間。

某頃知黃州墨卿爲州司録今八年矣邂逅臨川送別二首

自罷黃州守，殊方任轉流。寧論九年謫，已判一生休。此士真材傑，諸公定挽留。倘歸存老病，車騎擁西疇。

盜賊猶如此，蒼生困未蘇。今年起安石，不用哭包胥。子去朝行在，人應問老夫。髭鬢衰白盡，瘦地日擕鉏。

送雲門妙喜遊雪峰

老子幽棲地，勞君久見存。夜鑪從栗爆，午盌看茶翻。舊事時追憶，深禪得細論。還應雪峰老，領衆待雲門。

送東林珪老遊閩二絶

直自三湘到七閩，無人不道竹菴名。詩如雪竇加奇峭，禪似雲居更妙明。

竹菴端爲故人留，尚許衰翁預勝流。寄語叢林好清客，未宜輕輥雪峰毬。

卽席送吕居仁

一樽相屬兩華顛，落日臨分更泫然！蹀躞鳴珂君得路，伶俜散策我歸田。近聞南國生涯盡，厭見西江殺氣纏。欲買扁舟吴越去，看山看水樂餘年。

余往歲與遜叔侍郎同寓廣陵靖康元年遜叔守符離余被召過焉未幾余守南都遜叔移真定過留數日紹興二年復同寓臨川感念疇昔奉送一首

廣陵三歲共祠宫，二月帆開二水風。北渚蕩舟公醉我，南湖張樂我留公。豈知去國千山外，又復連牆一笑同。喪亂難堪重離別，可無書札問衰翁。

余爲著作郎如瑩爲司令官舍皆在左掖門外高頭坊紹興四年如瑩持節江西道撫相訪輒成長句

邂逅都城接下風，官居總在日華東。門瞻曲角趨朝近，路轉高頭出局同。今日繡衣新使者，晚塗霜鬢舊鄰翁。一盃無復當時樂，赤縣黄圖淚眼中。

次韻曾吉父見簡

往歲滄波轉地流，是身如沬信沉浮。初聞盜賊奔他境，漸見衣冠集此州。病欲深耕歸谷口，禪須末句問岩頭。膺門也自知人喜，有客清真似子不！

六月二十一日子文待制見訪熱甚追記館中納涼故事漫成一首

漢閣西頭千步廊，與君長夏對胡牀。陰陰檜色連宮草，寂寂棋聲度苑牆。細乳分茶紋簟冷，明珠擘芡小荷香。身今老病投炎瘴，最憶冰盤貯蔗漿。

送子文待制歸蜀

家近錦江歸未得，見人之蜀便凄然。聞君細說開州好，勸我來依刺史賢。當路尚多豺虎鬬，遠湖曾帶犬羊羶。何時萬里雲沙静，穩上沙頭上水船。

送范叔器次路公弼韻

晚塗淹泊向誰論，白髮名卿肯見存。雒邑風流餘此老，故家文獻有諸孫。寺連狹徑曾傾蓋，船擁清溪尚一樽。小駐鄱陽未宜遠，欲憑書尺問寒温。

謝人送鳳團及建茶

白髮前朝舊史官，風爐煮茗暮江寒。蒼龍不復從天下，拭淚看君小鳳團。

山瓶慣識露芽香，細蒻匀排訝許方。猶喜晚塗官樣在，密羅深碾看飛霜。

頃年侍立集英殿見周表卿唱名第一客居臨川表卿爲宜黄丞歲滿訪別作詩送之

往時束帶侍明光，曾看揮毫點御牀。只道驊騮已騰踏，不知鵰鶚尚摧藏。官居四合峰巒雨，驛路千林橘柚霜。莫爲艱難歸故里，漢庭今重甲科郎。

似矩尚書帥桂道由臨川賦詩三首貽彦章内翰謹次元韻送行

喪亂乖離數，衰慵問訊疏。新霜上鬚鬢，老淚濕襟裾。忽報迎車騎，遥知奉璽書。豈惟謀郤縠，文亦似相如。
有人談五嶺，岧峚象衡廬。地長十尋竹，波跳三尺魚。看公羅鈇鉞，笑我老耕鉏。敢望頻書札，相望萬里餘。
郡戟蒼山上，平分二水流。四時無癘氣，五管有賢侯。静契羅公遠，禪參帛道猷。人生一麾樂，不必向中州。

曹山老送筍蕨與諸禪客同食戲成

野寺瓶罌至，吾廬水竹幽。開緘喜風韻，唤客少淹留。蕨帶寒山醬，筍兼頭子油。誰能知許味，一飽併無憂。

送宜黄宰任滿赴調

故老凋零盡，君猶識了翁。深知名節似，不但里閭同。君與了翁同縣，自言慕其爲人。政府方交辟，高賢豈久窮。他年汝溪上，伴我釣秋風。

送張右丞司赴召

老夫宴坐臨川寺，五見君爲萬里行。病馬不辭遭掣頓，雲鵬那復計期程。遥知此去常乖隔，莫惜書來訪死生。早與朝廷定巴蜀，故山遲暮欲歸耕。

鷄肋集鈔

晁補之，字无咎，濟州巨野人。年十七，從父官杭州，著《七述》，言錢塘山川風物之麗。時東坡爲通判，正欲作賦，見之，稱嘆曰：「吾可以閣筆矣！」由是知名。舉進士，試開封及禮部別院，皆第一。神宗閱其文，曰：「是深於經術，可革浮薄。」累仕著作郎，充秘閣校理，國史編修。尋坐修《神宗實録》失實，降官。徽宗召還，未幾，復以黨論坐貶。還家，葺歸來園，自號歸來子。大觀末，出黨籍，起知泗州，卒。有集七十卷，自謂食之則無得，棄之則可惜，故名《鷄肋集》。

視田五首贈八弟無斁

河流之所濡，一斛泥數斗。我莊當水窮，乃比石田瘦。尚無東陵瓜，況有南山豆。天雨不可期，且復鞭牛後。

蘇秦不願印，迺在二頃田。東臯五十畝，力薄荆杞塡。擇高種苜蓿，不溼牛口涎。拙計安足爲，朝往而暮旋。

薄遊廢家務，待子營糗糧。莊奴不入租，報我田久荒。凌矜馬到門，硉兀牛卧埸。立苗蒼耳根，此策殊未長。

家世不爲農，長安有大第。官糧弗充口，萬里聊自庇。一從學聱牙，世事百色廢。賣牛姑補屋，歲晚霜雪至。居貧廢文字，銚鎒學苦耕。怪子獨伶俜，久與地方争。苦耕又不時，狐虺日縱横。高原一釋耒，歎息心怦怦。

即事二首次韻祝朝奉十一丈

平生交遊情，獨處不可乍。那爲一馬飲，濁水噴百馬。弦歌高樓上，但恨知者寡。丈人遺世心，口語儻能借。不然抱幽璞，終歲裹幞帊。坐令青蠅繁，暫出刑兩踝。儒冠成自誤，歸去無屋瓦。賴逢里中賢，築室各瀟灑。及時秋麥賤，樽酒得同把。安能效乾没，肩與市人亞。居然邑里號，曾墨爲還駕。況在竈奧間，欲耻王孫賈。東方錢二百，得米稚啼嗄。嘲笑坐窮辰，無肉飽伏假。尚聞剥啄聲，聊復屣屐迓。子常妙工詩，蘇李掩曹謝。有時醉酕醄，大小翻盞斝。倒牀鼻息惡，喚起對殘灺。復古志尚奇，衆競方獨暇。捫蝨與人言，豈不逢謔訝！崇朝潔腹坐，往往食旁舍。子固業少成，議論媲風雅。嘗聞莊生説，乃慕巨魚化。平居似晏子，志念能自下。而我獨迂疏，通人所譏駡。正賴觴詠中，得意自陶寫。留連接清晤，欲起不能罷。是時春雨餘，桑密鳩鳴野。城隅園圃近，款段亦時跨。便恐百卉闌，晼晚侵朱夏。人生形骸累，未免俗情詐。此理豈外求，猶煩詹尹卦。清風穆然在，如渴啗甘蔗。況我自散材，谷口窮耕者。去年秋不在，匏瓠縁庭架。低回迫榮利，妻子憐王霸。横經亦彊顔，己取或人捨。但慮宰我愚，松栢談三社。倏然一室內，黄卷開佳話。尺璧競寸陰，寧復當論價！吟哦愁肝腎，蟠蟀弔長夜。鄙俚頗近情，持用自悲詫。功名與道義，熊掌偕魚炙。二事良難兼，夫子賢點也。

謁岱祠卽事

澤南三百里，極望橫天雲。雲端色凝黛，諦視初可分。峥嶸介丘像，澒洞元氣屯。頃刻有變化，慘澹殊明昏。天行帝出震，其位生物元。不周僨西北，川乃東南奔。寧知六鼇死，竟使二山淪。不有是難傾，孰維大塊根？嘗聞周官説，實惟天帝孫。神靈所鎮守，民物斯芘存。幽明胳一理，有道惟常尊。不覺下馬拜，僮奴亦蹲循。迺知正直理，足使冥頑敦。三王有損益，商人所尊神。明法或不懼，夜行安得逡？以此輔世教，庶幾驅鶩民。暮宿太平驛，不眠慮絲棼。明朝好天色，萬象開胚渾。勢橫恒碣盡，支壓齊魯蹲。五色冒日觀，一握通帝閽。恢拓下摧崔，青蒼上氤氳。泉石競沮洳，煙嵐互紛綸。高舉躐風海，深躋跆火輪。濤波卷堆阜，一一溟渤吞。棋枰視井邑，匕箸藏松椿。碧瓦峙雙闕，紅牆繚長闉。願瞻巖闕客，內滌邪垢魂。賜臣登絶頂，一覽神秀原。萬壑射窈窕，三壇矗嶙峋。莽不睹項領，何能窮脞跟。稍稍指梟繹，依依數亭云。松列大夫爵，嬴識將軍墳。瑣屑澗花麗，霏微崖藥黰。廣大良有以，奇險安足論。瑰詭有形上，頹然德彌惇。得無希夷子，做世逃深蓁。亦有黄冠士，相對如麕麐。此曹嚙草木，語道良未聞。解榻坐中觀，洗心馳大鈞。形氣要得一，不然隨物泯。是事亦姑置，幽尋聊可勤。初疑無字碑，瑩潔誰敢文？又怪玉女井，高絶何由瀹？俯穿闞仙巖，鳥下天壁垠。側度五賢堂，熊經背逶迤。劍石危敷履，女蘿柔屢捫。揮斥八極遠，風來袂軒軒。廖廓自無梯，猶疑天可賓。陰谷不敢視，恐落魑魅羣。安得遂獨往，身如黃鵠翻。周流遍五嶽，採掇芝英繁。卽欲憩圓嶠，或當止崑崙。衆真迎我語，一笑顏玉溫。是中差可樂，子胡戀塵樊。答此太遺物，身閒猶事君。重華迹已遠，秦漢事方煩。成功屬吾宋，五禮垂後昆。皇帝二載春，臣備太史員。紬繹自帝典，頗識康哉言。泥金白玉字，願頌無前勳。有志類韓愈，無書愧文園。臣髮將雪素，臣心猶日暾。今此在林藪，跳身同玃猿。徒觀衆山小，愁絕下天門。

遊信州南巖

南巖夫何爲，山作天倚蓋。山南豁山腹，飛頂覆其外。初如鵬將翔，膺擊羣麓背。乍似海大魚，呀口噞而噏。當空橫廣領，架屋喉舌內。仰窺駭憑凌，俯進愁壓墜。嘗聆釋氏說，仰覆各世界。千間未可著，五畝良不隘。清冷氣射人，熱惱從此潰。崖奔木疏瘦，谷遠鳥幽怪。問僧何年居，投老四五輩。問客何人來，宦滿或一再。而予與二子，高興偶相戒。松舟下清江，毛髮數鰕蟹。藍輿上峻嶺，幢節望杉檜。李侯勛門胄，文彩山作繪。趙君儒林孫，嫮美蘭結珮。不爲城郭遊，繼月此于邁。寧知老逾拙，意在精賞退。得居溪南山，食飲與山對。夔魈入奧突，雲雨出巾襘。古人戒賤目，慣睹誰復貴。顧此誠未逢，欣然與心會。彭湖兩崖蹙，泉作一線霈。禪月古臺空，靈山自明晦。搜奇獲三勝，趣懶同一慨。但憂久聱牙，尚喜無蔕芥。平生所驅使，詩酒俱好在。天涯得吾侶，物外從所快。便欲登赤城，一覷天宇大。

再次韻文潛病起

淮浦見之子，春風初策名。頗訝謫仙人，有籍白玉京。晚遇廣文直，老交心愈傾。同升芸香府，偶坐華髮生。斯人自龍性，意變難章程。嗜酒不疵吝，身如秋葉輕。自言士處世，何必冰雪清。交遊滿臺省，毁譽半王城。不肯效俯仰，畏高侮鮃惸。常思老伊潁，紫蟹羞吳秔。我輒抵掌和，音同磬隨笙。小人奉慈親，皆嘗小人羹。寒衣婦補綻，學績女娉婷。日欲江海去，心期楊柳青。衆木構大厦，豫章倚孤撐。如子足醫國，可容移疾行。丹書紫皇告，玉篆五嶽形。何必陶隱居，呑霞養純精！訪道自素約，諧心期暮齡。但恐牽俗緣，志大功不成。息交屏妻子，此語不須驚。

送學生李公裕兄弟赴省集

閉門圍火談，開户雪一尺。黄昏具盃酒，知君遠行役。君家三兄弟，頗謂各無敵。容父學知方，大道通四驛。吉父尤頡頏，天池觀水擊。仁父少而奇，乃是夜光璧。李侯有此子，便可卧安席。家居樂與餌，聊以止過客。豈無一束芻，空谷不可食。宵人操寵利，徒手捕蝪蜥。公等寧復然，烏黑鵠自白。屠龍業有用，未厭所從僻。富貴念昔時，城東雪中跡。

題四弟以道横軸畫

黄葉滿青山，枯蒲静寒水。鳧雁下坡塍，牛羊散墟里。擔穫暮來歸，兒迎婦窺籬。虎頭無骨相，田野有餘思。

同畢公叔飲城東

西城昔相值，桃初兩三紅。翩翩鶩長陌，春風揺馬鬃。後君歸幾日，游絮已濛濛。解鞍不待憩，相命古原東。芍藥雖俗花，狂姿幸時供。平生於知己，千過不一逢。感君欲開口，清洟出霑胸。君如陶淵明，不爲五斗恭。胡爲青綸上，朱墨紛外蒙。棄官能從我，短後追田翁。銅斗釀秫麥，竹枝弋鳧鴻。何必悲無衣，緼麖聊御冬。《九辯》太高潔，《五噫》苦羈窮。置此無滑和，天情反其中。市藥非市名，名聞藥何庸！十漿饋五漿，猶畏聞者從。如何鄄城畔，夜夜生長虹。

次韻四弟以道十二弟叔與法王唱和兼示无斁弟二首

少時勇遊山，説山喜動色。中年謫南方，廬阜得深歷。當時不類謫，忘腰帶之適。怪人肝鬲異，破賊喜折屐。只今竄林下，織衣而耕食。緬懷兹兩士，吾宗氣相得。吾春種桃時，子曉尋嵩日。似聞黄面子，爲採烏頭出。去年陟岱宗，一士世莫識。天門邀之下，傾倒意已極。斯人與人異，龍虎兩超忽。重尋亦無路，巔雨石崖坼。

吾人伯仲間，一語可物色。氣自寡所諧，窮乃足所歷。家風藐五世，不肯適人適。意行無險易，又跣不著屐。文詞如苦李，慘腹人莫食。猶矜不傳妙，坐恐兒曹得。學憐新又新，老奈日復日。伯以最恬愉，何由採之出。无斁能寡言，猶堪謝前識。叔與氣尚豪，揞頤視屋極。斯文惡表襮，枯魚戒所忽。應如魯宮籀，藏壁俟其坼。

北京學直舍對客

鳥聲落簷間，竹色在户外。解屨置几前，放杖當椅背。默然仰棟時，往與古初會。有時遺坐客，十問不一對。尚因呼乃覺，笑自謝頑昧。知非慕蘧子，事去等蜩蛻。一生所未免，飲食與眠睡。所以更頹然，可樂本非内。有心欲何用，橋起則形累。賴客同門生，曠蕩乃不愧。

送君

送君上馬時，不道朝罏熯。春風入木心，皮肌發紅緑。春風良易暮，那得勤行路。且莫望南窗，胡蝶飛無數。

上馬

上馬笑屬君，歸期在十日。來時草白芽，歸時青鬱鬱。來嗔馬蹄急，歸嗔馬蹄緩。人心自如此，馬蹄終不變。

贈文潛甥楊克一學文與可畫竹求詩

與可畫竹時，胸中有成竹。經營似春雨，滋長地中緑。興來雷出土，萬籜起崖谷。君今似與可，神會久已熟。吾觀古管葛，王霸在心曲。遭時見毫髪，便可驚世俗。文章亦技爾，詎可枝葉續。穿楊有先中，未發猿擁木。詞林君張㝢，此理妙觀燭。君從問輪扁，何用知聖讀。

補樂府三首

荳葉黄

蒹葭蒼，荳葉黄。南村不見岡，北村十頃彊。東家車滿箱，西家未上場。荳葉黄，野離離。鼠竊之，兔入畦。豕母從豚兒，豕啼豚咿咿，銜角復銜萁。荳葉黄，穀又熟。翁媪衰，餔糜粥。荳葉黄，葉黄不獨荳。白黍堪作酒，瓠大棗紅皺。荳葉黄，穰穰何膴膴！腰鐮獨健婦，大男往何許？官家教弓刀，要汝殺賊去。

漁家傲

漁家人言傲，城市未曾到。生理自江湖，那知城市道！晴日七八船，熙然在清川。但見笑相屬，不省歌何曲。忽然四散歸，遠處滄洲微。或云後車載，藏去無復在。至老不曲躬，羊裘行澤中。

御街行

雙闕齊紫清，馳道直如線。煌煌塵内客，相逢不相見。上有高槐枝，下有清漣漪。朱欄夾兩邊，貴者中道馳。借問煌煌子，中道誰行此？且復就下論，驄馬知雜事。官卑有常度，那得行同路！相效良獨難，且復東西去。

和關彥遠秋風吹我衣

海中羣魚化黃雀，林鳥移巢避歲惡。鄴王城上秋風驚，昔時城中鄴王第，只今蔓草無人行。但見黃河咆哮奔碣石，秋風吹灘起沙礫。翩翩動衣裳，遊子悲故鄉。忽憶若耶溪頭采薪鄭巨君，南風溪頭曉，北風溪頭昏。一行作吏，此事便廢；夢中葉落，覺有歸意。歸歟！歸歟！吾黨成斐然。君今生二毛，我亦非少年。胡爲車如鷄栖鄴城裏，朝風吹馬鬃，暮風吹馬尾。與人三歲居，如何連屋似千里？我則不狂，曾謂吾狂；不吾知，亦何傷！安能户三尺喙家一吮？人亦有言，人各有志。呑若雲夢者八九，長劍耿介倚天外。有如陳仲舉，庭宇亦不治，吾乃今知。貴不若賤無憂，富不若貧無求。負日之燠吾重裘，芹子之飫吾食牛。心戰故臞 得道故肥。吾封侯，匹夫懷璧將誰尤！歸歟！歸歟！豈無揚雄宅一區？舍前青山木扶疏，舍後流水有菰蒲。今我不樂日月除，尺則不足寸有餘。七十二鑽莫能免豫且，無所可用乃有百歲樗。龔生竟夭天年非吾徒。

開梅山

開梅山，梅山開自熙寧之五年。其初連峰上參天，巒崖盤巘閡羣蠻。南北之帝鑿混元，此山不圮藏雲煙。躋攀鳥道出薈蔚，下視蛇脊相夤緣。相夤緣，窮南山。南山石室大如屋，黃閔之記盤瓠行跡今依然。高辛氏時，北有犬戎寇，國中下令購頭首。妻以少女金盈斗，遍國無人有畜狗。厥初得之病耳婦，以盤覆瓠化而走。堪嗟吴將軍，屈死狺狺口。帝皇下令萬國同，事成違信道不容。竟以女妻之，狗乃負走逃山中，山崖幽絶不復人跡通。帝雖悲思深，往求輒遇雨與風。更爲獨力之衣短後裾，六男六女相婚姻。木皮草實五色文，武溪赤髀皆子孫。侏離其聲異言語，情黠貌癡喜安土。自以吾父有功母帝女，凌夷夏商間，稍稍病侵侮。周宣昔中興，方叔幾振旅。春秋絶筆逮戰國，一負一勝安可數！邇來梅山恃險阻，;黄茅竹箭霾霧雨。南人顛踣甈溪弩，據關守隘類穴鼠。一夫當其阨，萬衆莫能武。欲知梅山開，誰施神禹斧。大使身服儒，賓客盈幕府。檄傳傜初疑，叩馬卒歡舞。坦然無障塞，土石填溪渚。伊川被髮祭，一變卒爲虜。今雖關梁通，失制後誰禦。開梅山，開山易，防獠難，不如昔人閉玉關。

富春行贈范振

錢塘江北百里餘，漲沙不復生菰蒲。沙田老桑出葉粗，江潮打根根半枯。八月九月秋風惡，風高駕潮晚不落。鼓聲鼕鼕櫓咿喔，争湊富春城下泊。君家茅屋並城樓，不出山行不記秋。越舶吴帆亦何故，今年明年來復去。

胡戢秀才效歐陽公集古作琬琰堂

君不見，廬陵公，往爲學士修書日，詔畀千金訪遺逸，遺文逸字往往出。故都易姓幾兵火，,量斝鼎腹細詰詘。道人岣嶁空有聞，丘陵仙鬼事恍惚。共和十鼓記亡一，嶧山肉在無復骨。雲陽八體又瓜剖，至使漢童訛尉律。世儒詭正何足臧，公家安取千軸藏。仲尼猶及史之闕，有馬借人吾敢忘。題籤甲乙潁水陽。後來胡君癖膏肓，傾家自構琬琰堂。搜羅近出補厥亡，荒林圮冢見未嘗。南觀禹穴計渺茫，閉門睥睨在一牀。常恨平生好古家無力，騎馬蹊田觀斷刻。中郎二字煩走驛，率更三日勞野食。長年囊褚況易擲，兒作摹朱婦遮壁。願從胡君丐無有，十百數中聊取仂。胡君今逸民，盱眙不見十五春。坐令鉛槧老壯士，朝廷豈無憂國人。曩時豪氣今誰在，會面只謀千日醉。聽君汗漫馳古先，世事無何付蟬蜕。

黄河

黄河齧小吴，天漢失龜鼈。靈原潭下藕爛死，只有菖蒲不生節。白馬橋邊迎送胡，冀州斷道無來車。新隄築得高嶙嶆，舊隄杵聲未可絶。

酬李唐臣贈山水短軸李爲刑曹杜君章知賞。

大山宫，小山霍，欲識山高觀石腳。大波爲瀾，小波爲淪，欲知水深觀水津。營丘於此意獨親，杜侯所與復有人。不見李侯今五載，苦向營丘有餘態。齊紈如雪吴刀裁，小毫束筍縑囊開。經營初似雲煙合，揮灑忽如風雨來。蒼梧泱漭天無日，深巖老樹洪濤入。榛林闇漠猿狖寒，苔蘚侵淫螺蚌澀。紛紛禽散江干沙，有風北來吹蒹葭。前洲後渚相隨没，行子漁人歸徑失。李侯此筆良已奇，我聞李侯家朔垂，跨河而北寧有之。曷不南遊觀禹穴，梅梁鏁澀萍滿皮，神物變化當若斯。元君畫史雖天與，我論絶藝無今古。張顛草書要劍舞，得意可無山水助！他日李侯人益慕。

跋遮曲

君不見，魯中羣兒歌跋遮，跋遮跋遮何語耶？吳歈越吟初不省，恐自塞北傳胡笳。跋遮胡爲樂中華，試歌河漲水漸尖車，河中耕泥春種麻。麻生三歲不開花，腰菱兩角黑如鴉。漁父笑且語，誰能跋遮舞？君不見前年大旱河草黄，草中魚子化飛蝗。又不見往年大雨雨決渠，渠中朽瓜生老魚。蝗飛食場穀，擊鼓煩趁撲，我家家具如笋束。今年梁山撓濁淤，兒無鋤，麻姑來，漁荷鋤，往賣鋤，買網空市無。丁丁斲船斲屋櫨，艇子如星喚施罛。夜唱《跋遮曲》，羣鳴起白鳧。

贈戴嗣良歌時罷洪府監兵過廣陵爲東坡公出所獲西夏刀劍東坡公命作

三郎少日如乳虎，代父搏賊驚山東。硬弓長箭取官職，自説九戰皆先鋒。將軍拳勇饋不繼，痛惜靈武奇謀空。城頭揶揄下俛走，壯士志屈羞填胸。平生山西踏霜雪，洪府下溼號兒童。聞名未識二十載，初見長揖東坡公。鋭頭短後凜八尺，氣似飲井垂檐虹。只令不語當陣立，望見已是千夫雄。往年身奪五刀劍，名玉所擐犀札同。晨朝攜來一府看，竊指私語驚庭中。紅粧擁坐花照酒，青萍拔鞘堂生風。螺旋鋩鍔波起脊，白蛟雙挾三蒼龍。試人一縷立褫魄，戲客三招森動容。東坡喜爲出好礪，洮鴨綠石如堅銅。收藏入匣人意定，蛾眉稍進琉璃鍾。太平君子尚小毖，戒懼邾小毋蜂蜂。舞干兩階庶可睹，跳空七劍今何膺。我爲蘇公起揚觶，雅歌緩帶聊堪同。從公請礪歸作硯，聞公嘗諫求邊功。

苕霅行和於潛令毛國華

苕溪清，霅溪緑，溪水灣環繞天目。山間古邑三百家，日出隔溪聞打衙。長官長髯帽烏紗，不曾執板謁大尹，醉卧紫蘭花影斜。紫蘭花開爲誰好？年年歲歲溪南道。不見西陵白髮人，荆江夜雪唱陽春。陽春絶唱和者寡，客醉聞之雙淚灑。夜來魂夢海中山，縹緲雲濤煙浪間。雲濤煙浪不可渡，睡覺秋風落桐樹。秦吉了，秦吉了，言語無人會。無人會得奈君何，且向紫蘭花下醉。

芳儀怨 事見《虜廷雜記》。

金陵宫殿春霏微，江南花發鷓鴣飛。風流國主家千口，十五吹簫粉黛稀。滿堂侍酒皆詞客，拭汗争看平叔白。後庭一曲時事新，揮淚臨江悲去國。令公獻籍朝未央，敕書築第優降王。魏俘曾不輸織室，供奉一官奔武彊。秦淮潮水鍾山樹，塞北江南易懷土。雙燕清秋夢栢梁，吹落天涯猶並羽。相隨未是斷腸悲，黄河應有却還時。寧知翻手明朝事，咫尺人生不可期。蒼黄三鼓滹沲岸，良人白馬今誰見？國亡家破一身存，薄命如雲信流轉。芳儀加我名字新，教歌遣舞不由人。採珠拾翠衣裳好，深紅退盡驚胡塵。陰山射虎邊風急，嘈雜琵琶酒闌泣。無言徧數天河星，只有南箕近鄉邑。當時千指渡江來，同苦不知身獨哀。中原骨肉又零落，寄詩黄鵠何當回。生男自有四方志，女子那知出門事？君不見，李君椎髻泣窮年，丈夫飄泊猶堪憐！

五丈渠

五丈渠，河水齧堤三里餘。懸流下噴水渤潏，訛言相驚有怪物。灤東漁子俘兩舠，清晨徑流雙鬣搖。驚人跳起横觸島，大鱘十尺長夭矯。殺之信宿不敢言，並村稍稍聞者諠。伐鱗封肉擔揭去，兩日一村猫犬飫。夜來水泛州西原，青青百頃白波翻。里巫推變咎漁子，豫且賊神實爲此。此邦一年不穀食，賣魚取錢當常職。聞道相家口，津人無敢憑。大魚死，小魚靈。

閻子常攜琴入村

閻夫子，通古今，家徒四壁猶一琴。今年二月雨霡霂，喜君壠麥如人深。屋間幽默咸池音，高山流水我非聽，聽我説君辛苦吟。薛老村西十里地，旱日燎原無柳林。芒鞋曳杖逐鐮籠，當午未食飢燒心。芸芸麥田翻黄波，螭蟲盤穗如蝸螺。麥未收打催種荳，屋下跡少田間多。閻夫子，時我過，我與夫子良同科。四體雖勤口餔衆，煮豆然其窮奈何！人謂君琴語辛苦，此曲無奈傷天和。君不見，夫子宋圍不慘猶弦歌！

收麥呈王松齡秀才

晁莊寂寞依東山，王莊負郭容往還。東山刺薊深一尺，負郭家近饒盤餐。穿鞋戴笠隨麥隴，旱日炎炎煙燎顔。賤貧辛苦事當爾，君屋鱗鱗三百間。

飲城西贈金鄉宰韓宗恕

大夫盤中定州盞，三舉檜花舞凌亂。請君行盞且莫稽，爲君起賦飲城西。城西古道如澗深，東風吹沙不見林。虛堂更覺野原闊，楡柳浩浩波濤吟。雜花一園來遠道，兩株江南梅更好。櫻桃已晚猶爛漫，百株如雪聊可繞。常時東風無此寒，常時諸君無此閑；且看瓶口似魚貫，莫惜面文如纈斑。大夫工爲宋玉賦，思不能涯字無數。秀才酷類東野貧，白屋青山愁曲身。籍咸不肯羞北阮，主簿高材郎仇覽。成詩午景已妍和，罷酒花開應更多。山翁歸不醉，當奈峴山何！

和王仲甫病暑

吳邦憚暑如蜂蠆，河曲還遭長日曬。蔗漿金盌賴蠲煩，內託潛陰數爲敗。黃昏乍快風吹髮，驅拊蚊虻坐明發。青衫主簿氣如雲，茂陵無事悲消渴。望洋河伯何爲者，兩涘無因辨牛馬。何生狂夢涸歸墟，喉舌湯湯未勞瀉。能來一嗽華池津，七椀清風立有神。更尋齒下微妙訣，遺君體適仍魂平。案頭白紙如堆雪，人事紛紛日將月。與君未遇尤四時，利害相磨生內熱。

贈送張兪秀才

秋水幽幽濟河道，君掛蒲帆若飛鳥。西風黃葉滯公車，鷄黍從君懷故廬。男兒自有四方志，世上相期獨榮利。昔時馬周徒步動天子，君今有用當如此。

李成季得閻子常古琴作

昔人流水高山手，此意寧從絃上有！閻侯卷舌卧閭里，意向是中留不朽。似聞緑綺置牀頭，暑雨東城無麥秋。趙傳和氏齋五日，吴得湛盧當兩州。李侯得意誇題柱，成詩欲使邀諸路。自有桓山石室彈，深屋時聞繭抽緒。無琴尚可何獨絃，要識精微非度數。人生有累無非失，我欲心灰木爲質。懶從徽的自凝塵，老向詩書逾愛日。自言結習久難除，猶理斷編尋止息。焦城卜築近連軫，歸約閻侯亦蕭瑟。舊聞君祖課木奴，試買瑕丘百株栗。

同魯直文潛飲刑部杜君章家次封丘杜觀仲韻

廷尉風流才絶塵，最憐高髻歌陽春。兩鬟亦解倚瑟語，催送花前紅袖舞。黄張翰墨海内名，席上生風清夏宇。封丘自倚筆勢豪，不怕當筵賦鸚鵡。對酒含情古所憐，樂事幾時如過雨。阮公鑪邊不擬歸，陸郎班騅無用嘶。長燈照出簾幕外，缺月墮落藩牆西。斗酒雙魚何足貴，李侯氣許山東吏。正須新麴雜青槐，千里紫蓴江上來。長船刻玉流霞動，快引不須帆櫓送。自作新詩碧牡丹，箸擊盃翻釵墜鳳。芍藥佳名聞昔人，滿插不辭歸帽重。倒牀任作鼻鳴雷，屋上啼烏還唤夢。

贈麻田山人吴子野 余見待制李公諴之於汶上，蘇密州在焉，始聞子野名。

汶陽我昔見蘇李，人言吴子歸未幾。長嘯春風大澤西，却望麻田山萬里。不逢鄭老溪上箭，欲致朱公路傍米。今年窮巷絲生鬓，馬尾吹風化衣袷。定知赤鯉驀波濤，何意黄冠驚僕妾。琅函萬過陰魄悲，心無丹白鑪生兒。山中種芝豈無侣，成都醉眠未當去。願從王烈或見呼，試訪孫登竟無語。棄家内愧非此流，此身天地一虚舟。未應齒豁塵埃裏，乞與青精救白頭。

送北京學生曹慈明秀才之京師

魏武子孫今寂寞，唐來只有畫將軍。鄴城初見黄須面，尚喜登堂詞若雲。乃公白首圖籍裏，小心恐懼教其子。文章錦心仍繡腑，屠龍殫家安用許。半年繫船康海門，官忙不共持一樽。岡頭梨花吹欲盡，淮口汴流來正渾。鄙夫日欲向吴越，官滿一封飛魏闕。著書虎觀未敢言，蔽身蟬葉真癡絶。

次韻和趙令僉防禦春日感懷

春塍雪消龜兆坼，凍柳冰蒲俱好色。走馬城東眼乍驚，可憐前日非今日。結交從古天地間，百年誰見一人閒。玉城塵土化衣袷，五鼓驅車休夜闌。況我崎嶇二三子，聖恩釋累從甌蠻。雄豪久鎩酒量窄，耎懦新長詩辭慳。王孫物外有高興，數攜王趙兩紅顏。上書自去千牛衛，掛席欲過三神山。灰餘方烈竈下響，霧廓初見岩中斑。醉吟誰共可憐春，江南太守舊詩人。賡酬不減笙磬苦，秀發更爲煙霞新。萬卷藏書韋杜曲，憶子陳詩一言足。得意鱸魚故未饜，多情桃葉應相逐。努力閒平盛世名，歸及春風雙鬢緑。

漫成呈文潛

無心看春只欲坐，偶騎馬傍春街行。可憐愁以草得暖，一寸心從何處生？十年閉户不作舞，爲客一整紅羅裙。莫倚琵琶解寫怨，朱簾垂下阿誰聞？平時無歡苦易醉，自怪飲樂顏先酡。乃知醉人不是酒，真是情多非酒多。

吴松道中二首

停舟傍河滸，四顧盡荒原。日落狐鳴冢，天寒犬吠村。繫帆凌震澤，搶雨入盤門。悵望夫差事，吴山闇楚魂。

曉路雨蕭蕭，江鄉葉正飄。天寒鴈聲急，歲晚客程遥。鳥避征帆却，魚驚蕩槳跳。孤舟宿何許，霜月繫楓橋。

濟州道中寄葉勛秀才

曉路入西郊，新霜着鬢毛。貧交借羸馬，慈母授征袍。野静孤狸出，天寒鴈鵠高。艱難憶親舊，清淚濆平臯。

原上

閉門遺日月，原上感年華。久旱無場藿，重陽有野花。蕭蕭幾家静，脈脈一歧賒。向晚悠然去，秋風馬尾斜。

同魯直和普安院壁上蘇公詩

畏暑聊尋寺，追涼故遶池。雨園鳩喚婦，風徑燕將兒。散篆縈簾額，留雲暗井眉。龍蛇動屋壁，知有長公詩。

次韻鄧正字慎思秋日同文館

平生鄧夫子，文墨晚相依。臺閣佳聲在，湖湘爽氣歸。慎思，潭人，再入館。詩誇束筍密，髮歎耨苗稀。勤苦千秋事，川明水孕璣。

雄深張子句，山水發天光。黃鵠愁嚴道，玄龜困呂梁。愛君豪穎脫，嗟我病傖囊。驥尾何當附，西風萬里長。屬文潛。

蔡侯南國秀，經緯耿昭回。文史蛙生甑，風雲蟄起隈。吾君求助意，之子爲時來。萬縷防秋費，何如一士才。屬天啓。

氣入中秋勁，更傳午夜長。青燈蛾舞急，白月鴈啼涼。羈旅生來慣，淹留久却忘。吟詩酬鄧子，畢昴出東方。

長梯。

千秋嶺上

永日倦高躋，盤回四望迷。松根危抱石，嶺路曲隨溪。馬腹飛雲薄，山腰過雨低。陰崖不可度，誰此構長梯。

送會稽闞彥遠罷官河北

君年長我二十五，偶以氣同均弟畜。三歲吹沙禹河曲，一身飛艇越雲門。未緣狗監知才思，端向牛衣無涕痕。秋月圓時應待我，慧林孤磬澹朝曛。

己酉六月赴上饒之謫醇臣以詩送行次韻留別

小雅思深志不悲，反騷未與昔人違。五車謾苦君何益，三徑都荒我未歸。要過香鑪雙履步，却從彭蠡一帆飛。它年笑向張公子，應帶煙霞滿客衣。

魚溝懷家

生涯身事任東西，藥笥書囊偶自賫。柳嫩桑柔鴉欲乳，雪消冰動麥初齊。沙頭晚日檣竿直，淮上春風鴈鶩低。歸去未應芳物老，桃花如錦遍松溪。

送曹子方福建轉運判官

談經草檄鬢華生，初擁閫山傳節行。江入桐廬青欲斷，溪從劍浦碧來迎。茶雖户種租宜薄，鹽不家煎價欲平。要使祈招歌德意，君恩不爲遠人輕。

泗州王諫議明叟留飲

雲水東遊早歲懷，半生塵土却教回。兩行堤柳關心在，一點淮山入眼來。北省主人誇酒好，南風稚子喜帆開。揚州底事牽行色，端爲瓊花芍藥催。

澠池道中寄福昌令張景良通直

十年一夢問湖湘，欲往從之道阻長。可但知君愛彭澤，不應言我薄淮陽。馬穿峭底流泉白，鳥下關頭落照黄。愁作驛亭寒不寐，懷人思古九迴腸。

次韻郤倅王征夫

函谷鷄鳴滿面塵，夫君泛愛尚爲親。清時有味俱吾黨，黄髮相看更幾人！物理未驚翁喪馬，世情應笑子知津。似聞絶塞風沙苦，只約艬船莫負春。

蠖軒孤坐寄曹南教授八弟

畏暑經旬不涉街，蠖軒孤坐壁生苔。出簷碧筍猶争長，映户丹榴故後開。雙蝶風前愁夜去，一蟬雨外送秋來。曹南瘦弟應相憶，白首還兄未放回。

遊華嶽歸道中望仙掌

深巖踏遍尋歸路，仙掌依然在碧虛。無限遊人重駐馬，豈惟狂客倒騎驢！掛圖天漢朝霞上，落影秦關夕照餘。千古全生纔一士，可憐登覽盡丘墟。希夷祠堂在觀中。

罷蒲乾濠道中寄府教授之道弟

衝寒到郡待花開，花未開時却遣回。敢意三年容我隱，只如千里訪君來。二崤轂擊何爲者，五老雲霾安在哉！更約劇詩猿虎谷，它年重過掃莓苔。

元符戊寅與无斁弟卜居緡城東述情

四海一居何處卜，北窗衹取見家山。要無名利來心曲，便有園林出世間。拙宦莫興三黜歎，老歸未厭百年閑。先君餘慶期之子，吾駕如今不可還。

次韻李秬祥符軒

雲端紅粉拊雕欄，謝守綸巾語笑間。遊客乍驚人外境，居僧初識面前山。暫來猶足留公賞，借與真堪著我頑。鈴閤多餘賓從少，誰教瓶盎不曾閑。補之自謂。

國子監暮歸

杖屨清晨往，緋囊薄暮歸。閑官廳事冷，蝴蝶上階飛。

答李令

知音慚李令，問我復何爲。道義惟添睡，功名只有詩。

譙國嘲提壺

何處提壺鳥，荒園自叫春。夕陽深樾裏，持此勸何人？

陌上花事見蘇先生詩。

荆王夢罷已春歸，陌上花隨暮雨飛。却唤江船人不識，杜秋紅淚滿羅衣。

臨安城郭半池臺，曾是香塵撲面來。不見當時翠輧女，今年陌上又花開。

雲母蠻牋作信來，佳人陌上看花回。妾行不似東風急，爲報花須緩緩開。

外舅杜寺丞永城守水作詩寄呈

雪消冰動看通津，草長江南岸岸春。莫唱龍舟五更曲，揚州楊柳解愁人。

約李令

茅檐明月夜蕭蕭，殘雪晶熒在柳條。獨約城隅閑李令，一盃山芋校《離騷》。

和胡戢

相逢樽酒未辭深，握手盱眙十載心。車馬凄涼人夜别，出門落月與横參。
聞説歸心已浩然，蘇門況有子雲壓。廣文不去慚官長，繫馬堂階要酒錢。

題工部文侍郎周翰郭熙平遠二首

漁村半落楚江邊，林外秋原雨外天。誰倚竹樓邀大艑，天涯暮色已蒼然。
洞庭木落萬波秋，説與南人亦自愁。欲指吴松何處是？一行征鴈海山頭。

赴廣陵道中三首

醉卧符離太守亭，别都絃筦記曾稱。淮山楊柳春千里，尚有多情憶小勝。南都留守使雙鬟勸酒，小勝其字也。
急鼓鼕鼕下泗州，却瞻金塔在中流。帆開朝日初生處，船轉春山欲盡頭。
楊柳青青欲哺烏，一春風雨暗隋渠。落帆未覺揚州遠，已喜淮陰見白魚。

揚州雜詠

阜莢村南三里許，春江不隔一程遥。雙堤鬬起如牛角，知是隋家萬里橋。
龍興寺裏青雲榦，后土祠中白雪葩。五百年間城郭改，空留鴨脚伴瓊花。

宿采石追懷沈丘叔父同應詔渡此今二十七年矣而叔父謝世補之方遠適泣涕成篇

二十七年前應詔，黄昏同上木蘭舟。江山依舊人琴寂，白首南遷淚迸流。

題廬山

南康南麓江州北，五百僧房綴蜜脾。盡是廬山佳絶處，不知何處合題詩。

遇赦北歸

山猶故險水猶奔，無復前年濺淚痕。自是人心隨境別，櫓聲帆色盡君恩。

晥口寄懷前太平守陳公度龍舒人。

常愛東陵早拂衣，我行曾不叩荆扉。憑君天柱峰頭望，看我扁舟幾日歸。

初望廬山

休説江南青未了，一菴一徑可容身。宦程正迫西風急，未是廬山竚足人。

貴溪在信州城南其水西流七百里入江

玉山東去不通州，萬壑千巖隘上游。應會逐臣西望意，故教溪水只西流。

泊思禪寺呈廖明略其地蓋干越寺在琵琶洲上

邂君干越思禪寺，彌月忘歸住翠嵐。忽見琵琶洲上月，始驚全室在天南。

將行陪貳車觀燈

行歌紅粉滿城歡，猶作常時五馬看。忽憶使君身是客，一時揮淚逐金鞍。

栗匾村與無斁別

十年投分皆卿相，四海論心只弟昆。老憶歸耕困隨牒，春風揮淚栗匾村。

題穀熟驛舍二首

驛後新籬接短牆，枯荷衰柳小池塘。倦遊到此忘行路，徙倚軒窗看夕陽。

一官南北鬢將華，數畝荒池淨水花。掃地開窗置書几，此生隨處便爲家。

道鄉詩鈔

鄒浩，字志完，常州晉陵人。第進士。爲太常博士。哲宗擢爲右正言。時廢孟后，立賢妃劉氏，浩切諫，削官，羈管新州。徽宗立，召還，復官。問諫草安在，曰：「焚之矣。」退告陳瓘，曰：「禍在此乎！異日奸人妄出一緘，則不可復辨也。」蔡京用事，果爲僞疏陷之，遂謫衡州，尋竄昭州。五年得歸，復直龍圖閣，病卒。高宗贈寶文閣直學士，賜謚忠。嶺表歸後，自闢小圃，號曰道鄉。故學者稱道鄉先生。

秋蠅

秋風快如刀，着木木欲折。蕃鮮轉凄凄，入眼無一悅。青蠅獨何爲，飛鳴猶未滅。造化本無私，爾生亦偶竊。念方三伏中，日車午停轍。下照人世間，何異紅爐熱。勁鳥倦戢翼，獰獸喘吐舌。惟人於此時，體懈劇疲苶。虛堂幸可逃，枕簟隨意設。好睡邊韶同，素懶嵇康埒。更此值清涼，酣寢謂須決。雙睫纔欲交，汗膚遭爾齧。營營不絕聲，宛類讒口吶。使我寢不安，欲息還復挈。況如一簞貧，未能萬錢歠。園蔬薦脱粟，杯盤殊滅裂。雙筯纔欲拈，咀嚼遭爾餮。適從何處來，食飲污修潔。使我味不甘，欲嚥還復噎。驅除付疲兵，祇足增跛蹩。宜哉孫權彈，爲爾情激切。期望秋風回，一掃無餘孽。偶此延朝昏，勿謂風不烈。氣候侵凝凜，龍蛇且藏穴。爾形大豆然，豈能堅如鐵。

再酬仲孺

龍團方啓封，數子已驚視。端如肖壁人，騎羊入城肆。又如金谷姿，不合樓前墜。囊衣本酸寒，茶具無一是。紛紛詰鄰家，浪欲學擁鼻。秋空輒雲雷，秘惜乃天意。未敢還巾車，且集諸生試。豈非今年芽，歲月與君異。直須如印刓，詩驛趼來使。念君才患多，落筆有餘思。盈編故可期，河流幾時泚。君應嘲馬肝，不食亦知味。

次韻韓君表雪中感懷

龍衣不解顏，憂民向來急。天高委真符，年豐兆原隰。連山水氣昏，過雲鴈聲澀。先春凌馬奔，投隙作塵入。瀕竹乍蕭蕭，驚風還汲汲。頗輕花鬭狂，肯共雨争濕。夜半回曉光，木杪森鵠立。開編適吾心，鼓柮輟清集。一飽儻可償，萬事非所及。想見秋稼前，腰鐮荷青笠。

仲益約遊延慶不至作此戲之

出門無他岐，一徑指山麓。餘寒弄晴陰，淅瀝散輕玉。我僕亦賞心，我馬亦飛肉。回首幕中英，文書正拘束。

戲督潛亨作春羹

先生家中餘玉粒，粉以爲餅陪春羹。春羹品物謝時味，江流暖泛園中英。晴窗對案忽舉首，徑走長鬚呼友生。襄陽大夫腹如鼎，一著九牛猶未盈。歡然放筯即過我，自嘆珍庖逾大烹。且言初意亦在我，屬我府事留西城。先生飯不飯俗客，若苦轉眄相倒傾。東風雕剥物物好，槎頭縮頸尾不赬。藥苗蔬甲破土出，似與米齊争功名。應憐十載瘦藜莧，爲我一除飢腸鳴。

潛亨既見和再作此贈之

不作苟見如君平，不以禮屈如樊英。戾寥堅卧三十載，凜凜風聲人自傾。牆東牆西過高馬，往往愧汗面發頳。豈知嗜欲極豺虎，白晝攫肉無厭盈。有時一飯稔奇禍，他年五鼎還遭烹。狡兎未滅黄犬在，突兀上蔡空前城。先生謝去既飽德，鼓腹之趣終難名。更要我輩集匙筯，風雨不變如鷄鳴。自憐頭額乏奇表，幾與虀鹽同此生。不愁捩手遂傾覆，只愁未至聞戞羹。

嘲仲益

春時殖蘭甚勤，比新東軒，遂悉鋤去。或者譏笑，則曰：「予將易竹於此」。作此戲之。

低簷蔭茅竹，陋如野人居。夫子莞爾笑，曰此真吾廬。庭前鬱喬木，庭後猶榛蕪。芟削隨手淨，春蘭殖扶疏。光影動窗几，馨香襲文書。皎然紉佩心，邂逅同三閭。爾來基構新，百事淩往初。突兀焕華屋，茅竹掃莫餘。雙楠庭之珍，斬伐殊榮枯。要知碧油幢，特立當階除。念念人勳業，不與蓬蓽俱。蘭雖不生門，安能逭誅鋤。剖琴如剖薪，烹鶴如烹魚。珠玉抵飛鳥，鎛鍾委洪爐。逝矣覆轍存，來車猶此涂。尚欲取修竹，永以娱朝晡。問竹竹無言，冷風一虚徐。

别零陵

零陵距中邦，道阻五千里。我以放逐來，本非心樂只。身止高山巔，忽忽彌半祀。人情久自親，況復多可喜。坐使故鄉念，如火沃之水。罪大不得留，今兹動行李。昭州雖嶺南，流寓蓋均耳。儻未還庭闈，在彼猶在此。胡然當作離，耿耿殊不已。物我要兼忘，咄哉從此始。

詠路

赤路如龍蛇，不知幾千丈。出没山水間，一下復一上。伊予獨何爲，與之同俯仰。

聞彦和過桂州

人臣難有已，況復顧其家。忘家以狥國，致主爲勛華。割愛非不仁，成功詎能加。御史殿中傑，指摘一作「一旦」。生疵瑕。昔如鵠矯雲，今如兔罹罝。省符到房陵，驅逐殊喧譁。即日出門去，形影自天涯。鸞凰攜衆雛，驚散隨風沙。渺莽失處所，何由書報嘉。君心固已定，聞者定傷嗟。

大雨中接憲使因成小詩呈陽先生

霜風折木雨如傾，斂板泥中厮役并。遥想先生鼓琴罷，觀書正傍短燈檠！

二月十五日朝拜建隆橋上偶作

單衣迎犯曉風清，斗柄回南月尚明。柳密行人看不見，輪蹄相屬但聞聲。

湖上雜詠

荷葉如錢三月時，幅巾藜杖一追隨。爾來勝事知多少，惟有風標公子知。杜牧之以白鷺爲風標公子。

何處清風作晚涼，解衣相與面滄浪。青萍紫荇令人恨，遮却琉璃萬頃光。

華亭標格本青雲，邂逅西湖秋復春。作意一聲君會否，鵁鶄集處是真人。

疾病經旬厭藥杯，喜君折簡傍湖來。濃雲幾敗乃翁事，賴有南風爲約開。

穰東驛壁間有詩因次其韻

箠轡驅馳長眼花，更堪風雨作泥沙。郵亭准擬一醉倒，白酒黃雞無處賒。

早行

朝來由氣鋭，前程入馬蹄。天形隨月見，斗柄傍人低。路轉纔縈白，沙平豈辨泥。露零欺鬢髮，犬吠隔蒿藜。恍惚南柯夢，參差逢氏迷。比經十里堠，始報一聲鷄。似脱關中日，如趨圯下蹊。修真空有術，習懶信無梯。行李幾時北，武當猶在西。誰知貴公子，角枕正清閨。

順陽東山下小池用西伏牛亭謝公定韻。

行盡江山知幾重，山前池沼尚殘紅。塵埃滿眼欣相見，駐馬垂楊夾岸風。

將到均州

武當孤壘插天西，一見都忘渴與飢。倦客惟貪早休歇，不知匏繫未成歸！

入試院呈同事章顯父推官及監試柴承之朝奉

漢江洶洶不知休，江上譙門鼓角秋。匹馬崎嶇隨國事，同心邂逅得儒流。何妨蟋蟀牀頭急，況是芭蕉雨脚收。别乘端容共蕭散，從今相與傲浮丘。

鄰家集射

牆東金鼓不停聲，知是將軍奕世孫。莫浪鳴弓向飛鴈，一年一度到中原。

雨中

五月沉陰久不開，冷風吹雨滿天街。老農且莫愁蠶麥，丞相祈晴已宿齋。

謝潛亭惠芸香紫桃

暑窗已覺書生蠹，飢腹還驚雨後雷。珍重先生解人意，芸香桃實一時來。

聞存之遊京師且邸報達官有薦之者

昨來不肯聽朝雞，乞得真宫卽日歸。老衲蒲團閑共倚，少師玉麈醉同揮。誰知捷徑嵩山在，未覺心馳魏闕非。綠鴨陂中釣竿手，只應從此叩黄扉。存之曾有詩云：「從來釣竿手，不解叩黄扉。」

仁老寄墨梅

前年謫向新州去，嶺上寒梅正作花。今日霜縑玩標格，宛然風外數枝斜。

懷何伯震

我别家時君在牀，後來南北兩相忘。直饒伏枕到新歲，也勝投身居瘴鄉。孤節未嘗交世俗，清貧何以度星霜。皇天默相誰窺得，看取他年吾道光。

懷張晉卿

年少東鄉新親家，奮然鱗鬣脱泥沙。傳聞昨者數時槃，想見邇來雙鬢華。局上光陰聊闘馬，盃中意氣莫生蛇！江艫已過河鈍出，准擬從君烹荻芽。

又得敷文書

一封黄敕下天關，嶺表湖南釋舊跧。吏部回頭真可笑，拾遺作伴竟同還。張公洞裏花流水，揚子江邊雪滿山。更約家居多暇日，相從莫遣鬢毛斑！

送王衮仲侍親赴闕

置榻初相得，膏車忽起行。秋風無限事，春酒不勝情。原憲何曾病，丘明竟有聲。從容湖上語，它日看功成。

淮海集鈔

秦觀，字少游，一字太虛，揚州高郵人。豪儁慷慨，溢於文詞，舉進士不中。盛氣好奇，讀兵家書。見蘇軾於徐，爲《黄樓賦》，軾以爲有屈、宋才。介其詩於王安石，亦謂清新如鮑、謝。軾勉以應舉爲親養，始登第，筮仕。元祐初，軾以賢良方正薦於朝，除秘書正字，兼國史院編修官，日有研墨器幣之賜。紹聖初，坐黨籍，出判杭州。以增損實録，貶監處州酒税。使者承風旨，伺過失，無所得，則以謁告寫佛書爲罪，削秩編管横州，徙雷州。徽宗放還，至藤州，出遊華光亭，爲客道夢中長短句，索水飲，笑視水而卒。朱子謂渠詩合下得句便巧。吕居仁云："「少游過嶺後詩，嚴重高古，自成一家。」故當時於蘇門並稱秦、晁。晁以氣勝，則灝衍而新崛；秦以韻勝，則追琢而渟泓。要其體格在伯仲，而晁爲雄大矣。

泊吴興西觀音院

金刹負城闉，閴然美栖止。卞山直穹窿，苕水相依倚。霜檜鬱冥冥，海棕鮮嶷嶷。廣除庇夏陰，飛棟明朝晷。溪光鳬鷺邊，天色菰蒲裏。緒風傳晝梵，璧月窺夜禮。洩雲彗層空，規荷鑑幽沚。艅艎煙際下，鍾磬林端起。聱牙戲清深，嶮崟撲空紫。所遇信悠然，此生如寄耳。志士耻溝瀆，征夫念桑梓。攬衣軒楹間，嘯歌何窮已。

田居四首

鷄號四鄰起，結束赴中原。戒婦預爲黍，呼兒隨掩門。犂鉏帶晨景，道路更笑喧。宿潦濯芒屨，野芳簪髻根。霽色披宿靄，春空正鮮繁。辛夷茂横阜，錦雉嬌空園。少壯已雲趨，伶俜尚鴟蹲。蠶黄經雨潤，野馬從風奔。村落次第集，隔塍致寒暄。眷言月占好，努力競晨昏。

入夏桑柘稠，陰陰翳虚落。新麥已登場，餘蠶猶占箔。隆曦破曾陰，霽靄收遠壑。雌蜺臥淪漪，鮮飈泛蘩薄。林深鳥更鳴，水漫魚知樂。羸老厭煩歊，解衣屢盤礴。蔭樹濯涼颸，起行遺帶索。冢婦餉初還，丁男耘有託。倒筒備青錢，鹽茗恐垂橐。明日輸絹租，鄰兒入城郭。

昔我蒔青秧，廉纖屬梅雨。及茲欲成穗，已復頹星暑。遲暮易昏晨，摇落多砧杵。村逈少過從，客來旋炊黍。興發即杖藜，未嘗先處所。褰裳涉淺瀨，矯首沒孤羽。蘩祠土鼓悲，野埭鶡雞舞。稚子隨販夫，老翁拜巫女。辛勤一作「艱難」稼穡事，惻愴田疇語。得穀不敢儲，催科吏傍午。

嚴冬百草枯，鄰曲富休暇。土井時一汲，柴車久停駕。寥寥場圃空，跕跕烏鳶下。孤榜傍横塘，喧舂起旁舍。田家重農隙，翁嫗相邀迓。班坐釃酒醪，一行三四謝。陶盤奉旨蓄，竹筯羞雞炙。飲酣更獻酬，語闋或悲吒。悠悠燈火暗，刺刺風飈射。客散静柴門，星蟾耿寒夜。

寄題傅欽之草堂

河陽有洑流，經營太行根。盛德不終晦，發爲清濟源。斯堂濟源上，太行正當門。仰視浮雲作，俯窺流水奔。修竹帶藩籬，百禽鳴朝暾。相望有盤谷，李愿故居存。主人國之老，實惟商巖孫。班行昔供奉，亟進逆耳言。天子色爲動，羣公聲亦吞。蕭條冰霜際，不改白玉温。出處士所重，其微難具論。公勿思草堂，朝廷待公尊。

次韻邢敦夫秋懷十首以「微雲淡河漢，疏雨滴梧桐」爲韻。

驅車陟高丘，却望大梁圻。馳道入雙闕，勾陳連太微。夷門壯下屬，清洛相因依。美哉吾黨士，皐禼良可希。

暮有二客至，俱以能禪聞。一枝惠林出，一派智海分。言各不相可，往來劇絲棼。謝客姑舍是，妨余醉看雲。

昔者曾中書，門户實難瞰。筆勢如長淮，初源可觴濫。經營終入海，欲語焉能暫！斯人今則亡，悲歌風慘憺。

渤海有巨鼇，其顛冠嵯峩。宿昔嘗小抃，八紘相盪摩。忽遭龍伯人，一舉空潮波。取皮煎作膠，清此崑崙河。

蝮蛇初螫手，壯士斷其腕。豈不悲毁傷，所卹在軀幹。西羌沙鹵地，置戍或煩漢。雞肋不足云，阿瞞妙思算。

湯湯辟廱流，中有學子居。但說若稽古，言猶三萬餘。來者轉相祖，詞林日凋疏。稍喜績溪令，入校天祿書。

匠氏構明堂，百材入斤斧。儻非豫章棟，冗長亦焉取！英英范與蘇，器識兼文武。胡爲先一州，不用作霖雨？

憬彼高句麗，來修裔夷職。天都富如海，勞汝送涓滴。舳艫尾相銜，遠近困供億。止沸當絕薪，揚湯百無益。

祖宗舉賢良，充賦多名儒。執事惡言者，此科爲之無。雖有仲舒錯，或横江潭魚。果欲鳴鳳至，還當種椅梧。

邢侯秋臥痾，揮毫見深衷。賡者二三子，翕然笙磬同。不爲兒女姿，頗形四方風。屬有山水念，因之絲與桐。

春日雜興十首

飄忽星氣徂，青陽迫遲暮。鳴飛各有適，赤白紛無數。雨砌墮危芳，風軒納飛絮。褰帷香霧横，岸幘雲峰度。林影舞窗扉，池光染衣履。參差花鳥期，蹭蹬琴觴趣。撫事動幽尋，感時遺近慕。秣馬膏余車，行行不周路。

結髮謝外好，僶俛希前修。繆挾江海志，耻爲升斗謀。巇歷難刻畫，賤貧多釁尤。發軔背伊闕，解驂憩邗溝。丹鉛費永晷，麴蘖驅深愁。璧月鑒簾櫳，珠星絡梧楸。泯泯渠水駛，霏霏花霧浮。公子悵何許，撫膺徒離憂。

潭潭故邑井，猗猗上宮蘭。不食自清渫，莫服更幽閒。志士耻弱植，卷跡甘飢寒。佳晨追良覿，觸物懸悲端。川途眇回遠，經歲曠音翰。豈不慕裘馬，詭得非所安。蟬冕多怵迫，繩樞尠憂患。枉尋竟何補，方枘誠獨難！

吴會雖褊小，海濱富奇峰。天雞一號叫，劍戟明遥空。谿谷相徑復，深林杳攢叢。猿吟虎豹啼，雲氣迷西東。中有遯世士，超然閟孤蹤。被蘭服明月，起坐松聲中。夜鍛吸沆瀣，朝琴庇青葱。騎星友元氣，巢許安可同？俛眄區中人，飛埃集毛鋒。問津或不繆，從子遊鴻蒙。

東方有美人，容華茂春粲。抱影守單棲，含睇理哀彈。聲意一何切，所歡邈雲漢。徒然事膏沐，孰與徂昏旦？微誠浪自持，嘉月忽復晏。巧轉度虛櫺，飛紅觸幽幔。歲歲芳草滋，夜夜明星爛。合并會有時，索居不必歎。

寢瘵倦文史，駕言從遨嬉。飂風舉遥溆，規日麗清漪。含桃粲朱實，杜若懷碧滋。娉娉弱絮墮，圉圉文魴馳。明霞廓遠矚，哀禽攪離思。縟草天際合，孤雲川上移。寬閒絶輪鞅，重復多路岐。信美難久佇，歸歟從所治。

昔我遊京室，交通五陵間。主客各英妙，袍馬相追攀。千金具飲啜，百金顧吹彈。纓弁羅廣席，當頭舞交竿。鮮粧耀淥酒，采纈生風瀾。燈燭暗夜艾，士女紛相班。歡娱易徂歇，轉盼如飛翰。亹亹負孤願，離離銜永歡。山鳥窺茗飲，簷花笑蔬飧。棄捐勿重陳，事定須蓋棺。

客從遠方來，遺我昭華管。吹之動人心，異境生虛窾。磝磝青嶂橫，泱泱春溜漸。馬蹄交狹邪，車轂錯平坦。士女競芳辰，禽魚蔭修竿。依微認睇笑，淩没見纖短。停吹欻泯滅，耽耽復空館。靈物信所珍，顧恨知音罕。

桃李用事辰，鮮明奪雲綺。繁華一朝去，默默慚杞梓。時徂鷹化鳩，地遷橘爲枳。獨有羨門生，後天猶不死「猶」一作「常」。

藝籍燔祖龍，斯文就淪喪，帝矜黔首愚，諸儁一作「雄」。出相望。揚馬操宏綱，韓柳激頹浪。建安妙謳吟，風概亦超放。玉繩帶華月，艷艷青冥上。奕世希末光，經緯得無妄！兒曹獨何事，詆斥幾覆醬。原心良自誣，猥欲私所尚。螳螂拒飛轍，精衛填溟漲。咄咄徒爾爲，東海固無恙。鵷鸞日彫滅，黄口紛冗長。投袂睇層霄，兹懷誰與亮？

同子瞻端午日遊諸寺賦得深字

太史抱孤韻，暢懷在登臨。别乘載鄒枚，佳辰事幽尋。參差水石瘦，窅窕房櫳深。清磬發疏篁，妙香横素襟。復登翠堵坡，環回矚嶮崟。雙溪貫城郭，暝色帶孤禽。涼颸動爽籟，薄雨生微陰。塵想澹清漣，牢愁洗芳斟。揮箑訂往古，援毫示來今。愧無刻燭敏，續此金玉音。

寄陳季常

一鉤五十犗，始具任公釣。揭竿趣灌瀆，與爾不同調。先生本西蜀，俠氣見英妙。哀憐世間兒，細黠似黃鸝。侍童雙擢玉，鬒髮光可照。駿馬錦障泥，相隨窮海嶠。平生攜手好，十七登廊廟。小生相吏耶，徒枉尺書召。暮年更折節，學佛得心要。鬻馬放阿樊，幅巾對沉燎。泠泠屋外泉，兀兀原頭燒。欲知山中樂，萬古同一笑。

送少章弟赴仁和主簿

我宗本江南，爲將門列戟。中葉徙淮海，不仕但潛德。先祖實起家，先君始縫掖。議郎爲名士，余亦忝詞客。風流以及汝，三通桂堂籍。汝弱不好弄，文章有新格。久從先生遊，術業良未測。武林一都會，山水富南國。下有賢別駕，上有明方伯。干將入砥礪，騕褭就銜勒。勿矜孔鸞姿，不樂棲枳棘。吳中多高士，往往寄老釋。辯才雖物化，參寥猶夙昔。投閒數訪之，可得三友益。少來輕別離，老去重乖隔。念汝遠行役，惘惘意不懌。道山雖云佳，久寓有飢色。功名已絕意，政苦婚嫁迫。終從大人議，稅駕邗溝側。追蹤漢兩疏，父子老阡陌。

送李端叔從辟中山

人畏朔風聲，我聞獨寬懷。豈不知凜冽，爲自中山來。端叔天下士，淹留蹇無成。去從中山辟，良亦慰平生。與君英妙時，俠氣上參天。孰云行半百，身世各茫然。當時兒戲念，今日已灰死。著書如結鼈，聊以忘憂耳。駸駸歲遒盡，淮海歸無期。功名良獨難，雖成定奚爲！念君遠行役，中夜憂反側。攬衣起成章，贈以當馬策。

次韻夏侯太冲秀才

儒官飽閒散，室若僧房静。北窗腹便便，支枕看斗柄。或時得名酒，停午猶中聖。醒來復何事，秉筆賦秋興。焉知懶是真，但覺貧非病。茫茫流水意，會有知音聽。鐘鼎與山林，人生各天性。

雷陽書事三首

駱越風俗殊，有疾皆勿藥。束帶趨祀房，瞽史巫紛若。絃歌薦繭栗，奴主洽觴酌。呻吟殊未央，更把雞骨灼。

一笛一腰鼓，鳴聲甚悲涼。借問此何爲，居人朝送殤。出郭披莽蒼，磨刀向豬羊。何須作佳事，鬼去百無殃。

舊傳日南郡，野女出成羣。此去尚應遠，東門已如雲。蚩氓託絲布，相就通慇懃。可憐秋胡子，不遇卓文君。

海康書事十首

白髮坐鉤黨，南遷海瀕州。灌園以餬口，身自雜蒼頭。籬落秋暑中，碧花蔓牽牛。誰知把鉏人，舊日東陵侯。

荔子無幾何，黄柑遽如許！遷臣不惜日，恣意移寒暑。層巢俯雲木，信美非吾土。草芳自有時，鶗鴂何關汝！

卜居近流水，小巢依嶔岑。終日數椽間，但聞鳥遺音。鑪香入幽夢，海月明孤斟。鷦鷯一枝足，所恨非故林。

培塿無松栢，駕言出焉遊。讀書與意會，却掃可忘憂。尺蠖以時詘，其信亦非求。得歸良不惡，未歸且淹留。

粵女市無常，所至輒成區。一日三四遷，處處售鰕魚。青裙脚不襪，臭味猿與狙。孰云風土惡，白州生緑珠。

海康臘己酉，不論冬孟仲。殺牛撾祭鼓，城郭爲沸動。雖非堯曆頒，自我先人用。大笑荆楚人，嘉平獵雲夢。

粲粲菴摩勒，作湯美無有。上客賦驪駒，玉奩開素手。那知蒼梧野，棄置同芻狗。荆山玉抵鵲，此事繇來久。

裔土桑柘稀，蠶月不紡績。吴綃與魯縞，取具綱船客。一朝南風發，家室相咻迫。半賈鬻我藏，倍稱還君息。

一雨復一暘，蒼茫颶風發。怒號兼晝夜，山海爲顛蹶。云何大塊噫，乃爾不可遏？黎明衆竅虚，白日麗空闊。

合浦古珠池，一熟胎如山。試問池邊蜑，云今累年閑。豈無明月珍，轉徙溟渤間。何關二千石，時至自當還。

馬上口占二首

向晨結束事長途，利風括面冰在鬚。岡窮得水馬不進，霧暗失道人相呼。悠悠旁舍見汲井，軋軋隔林聞輓車。遊目騁懷自可樂，勿憶鄉縣增煩紆。

霜風稜稜萬木枯，梅花破蕚猶含鬚。田家往往事遊獵，追逐狐兔相號呼。微茫山中起狂燒，隱約林梢低日車。馬頭漸覺有佳趣，勿厭阡陌多縈紆。

和黄法曹憶建溪梅花同參寥賦

海陵參軍不枯槁，醉憶梅花愁絶倒。爲憐一樹傍寒溪，花水多情自相惱。清淚班班知有恨，恨春相逢苦不早。甘心結子待君來，洗雨梳風爲誰好！誰云廣平心似鐵，不惜珠璣與揮掃。月没參横畫角哀，暗香銷盡令人老。天分四時不相貸，孤芳轉眄同衰草。要須健步遠移歸，亂插繁華向晴昊。

題驃褢圖

雙瞳夾鏡權協月，尾鬣蕭森澤於髮。鞍銜不施韁復脱，旁無馭者氣騰越。地如砥平丘隴滅，天寒日暮抱飢渴。驤首號鳴思一發，超軼絶塵入恍惚。東門金鑄久銷歇，曹霸丹青亦云没。賴有龍眠戲揮筆，眼前時見千里骨。玉臺閶闔相因依，嗟爾龍媒空自奇。鑾旗日行三十里，焉用逐風追電爲！

以蒪薑法魚糟蟹寄子瞻

鮮鯽經年漬醽醁，團臍紫蟹脂填腹。後春蒪茁滑於酥，先社薑芽肥勝肉。鳧卵纍纍何足道，飣餖盤飧亦時欲。淮南風俗事瓶罌，方法相傳爲旨蓄。魚鱐蜃醢薦籩豆，山簌溪毛例蒙録。輒送行庖當擊鮮，澤居備禮無麇鹿。

輦下春晴

樓闕過朝雨，參差動霽光。衣冠紛禁路，雲氣繞宮牆。亂絮迷春闊，嫣花困日長。經旬牽酒伴，猶未獻長揚。

睡起

睡起東軒下，悠悠春緒長。爬搔失幽囀，欵欠墮危芳。蛛網留晴絮，蜂房受晚香。欲尋初斷夢，雲霧已冥茫。

對淮南詔獄

淮海行搖落，文書亦罷休。風霜欺獨宿，燈火伴冥搜。笳動朱樓曉，參横粉堞秋。更擠飛鏡破，應得大刀頭。

次韻答米元章

嗜好清無滓，周旋粲有文。揮毫春在手，岸幘海生雲。花鳥空撩我，蓴鱸正屬君。惟應讀雌蜺，差不愧王筠。

宿參寥房

鄉國秋行暮，房櫳日已暝。驚風多犯竹，破月不藏星。鉤箔簷花動，抄書燭燼零。非關相見喜，自是眼長青。

次韻傳道自適兼呈都司芸叟學士

楚國陳夫子，周南頗滯留。弊袍披槁葉，瘦馬兀扁舟。藥餌過三伏，文書散百憂。何人共禪悅，居士有浮休。

遊龍門山次程公韻

路轉橫塘入亂峰，遍尋瀟洒興無窮。樓臺特起喧卑外，村落隨生指點中。溪傍五雲清逗玉，松分八面翠成宮。歸途父老欣相語，今日程公昔謝公。

遊龍瑞宮次程公韻

靈祠眞館閟山隈，形勢相高對越臺。莓徑翠依屏上轉，藕花紅繞鑑中開。鶴銜寶箭排煙去，龍護金書帶雨來。夾道萬星攢騎火，滿城争看使君回。

次韻朱李二君見寄二首

東阡北陌坐淹時，偶爲高風振羽儀。十丈蓮花開處遠，三年楮葉刻成遲。鬢毛但速安仁老，錢粟難輸曼倩飢。尚賴故人遥省憶，發揮春色有新詩。

萬古流空一鳥沉，衣冠常苦事違心。七行俱下知君舊，四者難并笑我今。梅已偷春成國色，雲猶憑臘造天陰。美人緑綺煩遥贈，莫致南金增永吟。

寄題倪敦復北軒

倪郎才韻照冰壺，北向開軒頗自娱。簷度蕙風鳴䴉鵒，壁經梅雨畫蝸蝓。觥籌交錯銀河挂，文史縱横角簟鋪。官舍私居同是漫，莫嗟三徑就荒蕪。

次韻子由題平山堂

棟宇高開古寺間，盡收佳處入雕欄。山浮海上青螺遠，天轉江南碧玉寬。雨檻幽花滋淺淚，風巵清酒漲微瀾。遊人若論登臨美，須作淮東第一觀。

次韻子由題摘星亭迷樓舊址。

崑崙左右兩招提，中起孤高雉堞西。不見燒香成宿霧，虛傳裁錦作障泥。螢流花苑飛星亂，燕滿春城緑鬢齊。長憶憑欄風雨後，斷虹明處海天低。

次韻子瞻贈金山寶覺大師

雲峰一變隔炎涼，猶喜重來飯積香。宿鳥水干迎曉鬧，亂帆天際受風忙。青鞋踏雨尋幽徑，朱火籠紗語上方。珍重故人敦妙契，自憐身世兩微茫。

遊鑑湖

畫舫珠簾出繚牆，天風吹到芰荷鄉。水光入座杯盤瑩，花氣侵人笑語香。翡翠側身窺緑酒，蜻蜓偷眼避紅粧。葡萄力緩單衣怯，始信湖中五月涼。

春日寓直有懷參寥

觚稜金爵自岧嶢，藏室春深更寂寥。捫蝨幽花攲露葉，岸巾高柳轉風條。文書几上鬚髯變，鞍馬塵中歲月銷。何日一筇江海上，與君徐步看生潮！

顯之禪老許以草菴見處作詩以約之

橡葉岡頭釋馬銜，區中奇觀得窮探。崖空飛鼠聲相應，江静羣峰影倒涵。居士碧雲裁秀句，道人哀玉扣清譚。偶成二老風流事，不是三乘宿草庵。

和孫莘老遊龍洞

葦蕭傳火度冥冥，乍入清都醉魄醒。草隱月崖垂鳳尾，風生陰穴帶龍腥。壁間泉貯千鍾碧，門外天横數尺青。更欲仗笻留頃刻，却疑朝市已千齡。

西城宴集元祐七年三月上巳詔賜館閣官花酒以中澣日遊金明池瓊林院又會於國夫人園會者二十有六人二首

春溜泱泱初滿池，晨光欲轉萬年枝。樓臺四望煙雲合，簾幕千家錦繡垂。風過忽聞花外笑，日長時奏水中嬉。太平誰謂全無象，寓在羣仙把酒時。次王敏中少監韻。

宜秋門外喜參尋，豪竹哀絲發妙音。金爵日邊棲壯麗，彩虹天際卧清深。已煩逸少書陳迹，更屬相如賦《上林》。猶恨真人足官府，不如魚鳥自飛沉。次王仲至侍郎韻。

寄新息王令藏春塢

令尹才高寺爲空，歲時行樂與民同。旋開小塢藏春色，更製新聲寫土風。客向罇前忘爾汝，路穿花去失西東。無言嫣女今焉在，桃李相傳恨未窮。

寄題趙侯澄碧軒

風流公子四難并，更引清漪作小亭。潤及玉階春漲雨，光浮藻井夜涵星。捲簾几硯成圖畫，倚檻鬟鬟入鏡屏。何日解衣容借榻，卧聽螭口瀉泠泠？

寄張文潛右史

解手亭皐纔幾月，春風已復動林塘。稍遷右史公何忝，初閲除書國爲狂。日出想驚儒發冢，風行應罷女爭桑。東坡手種千株柳，聞説邦人比召棠。

次韻太守向公登樓眺望二首

茫茫汝水抱城根，野色偷春入燒痕。千點湘妃枝上淚，一聲杜宇水邊魂。遥憐鴻隙陂穿路，尚想元和賊負恩。粉堞女牆都已盡，恍如陶侃夢天門。

庖煙起處認孤村，天色清寒不見痕。車網湖邊梅濺淚，壺公祠畔月銷魂。封疆盡是春秋國，廟食多懷將相恩。試問李斯長嘆後，誰牽黄犬出東門？

寄錢節兼簡參寥　時節出爲揚州從事新録。

論月柴門不浪開，命車良爲故人來。茫然極目春千里，尚想愁腸日九迴。緑水池邊聊復爾，黄粱枕上信悠哉！何時共約參寥子，自擷青菁作飯材？

贈劉使君景文

落落衣冠八尺雄，魚符新賜大河東。穰苴兵法由司馬，曹植詩原出國風。拈筆古心生篆刻，引觴俠氣上雲空。石渠病客君應笑，手校黄書兩鬢蓬。

答龔深之

深巷茅簷日漸長，卧看花鳥競朝陽。惜無好事擕罇酒，賴有鄰家振獨光。尚友頗存書萬卷，封侯正闕木千章。錯刀錦段相仍至，小子都忘進取狂。

答曾存之

環堵蕭然汝水限，孤懷炯炯向誰開？青春不覺書邊過，白髮無端鏡上來。祭竈請鄰聊復爾，賣刀買犢豈難哉！故人休説封侯事，歸釣江天有舊臺。

次韻裴仲謨和何先輩

汝南古郡寡參尋，兀兀長如鶴在陰。支枕星河横醉後，入簾風絮報春深。青山未落詩人手，白髮誰知國士心！多謝名郎傳緑綺，愧無佳句比南金。

次韻劉丞父以寧齋詩二軸作以還之

揚舲偶過海邊州，一見名郎破百憂。荀氏諸龍俱俊偉，河東小鳳最風流。明珠白璧堪投報，細草幽花入獻酬。别駕舊齋何足念，文昌新府待公遊。

次韻宋履中近謁大慶退食館中

翠華初到殿中間，三館諸儒共一班。迎謁曉廷清蹕近，退穿春仗綵旓閒。病來怕飲東西玉，老去慚陪大小山。知續《春明退朝録》，借觀當奉一鴟還。

與鄧慎思沐於啓聖遇李端叔

羸兵瘦馬犯黄塵，自笑區區夢裏身。不是對花能伏老，自緣無酒可澆春。校書天禄陪羣彦，晞髮陽阿遇故人。三百六旬如此少，更添香火坐逡巡。

會蓬萊閣

冠裳蓋坐灑清風，軒外時聞韻鑵龍。人面春生紅玉液，銀盤煙覆紫駝峰。天涵秋色山山共，樹攪鄉思葉葉重。便欲買船江北去，爲懷明德更從容。

與李端叔遊智海用前韻

點目誰能化兩龍，超然相見古人風。紅塵稍與僧家遠，白髮偏於我輩公。休計浮名千載後，且欣湯餅一杯同。何時並築邗溝上，引水澆花半畝宮。

九月八日夜大風雨寄王定國

長年身外事都捐，節物驚心一悵然。正是山川秋入夢，可堪風雨夜連天！桐梢摵摵增悽斷，燈燼飛飛落小圓。湔洗此情須痛飲，明朝試就酒中仙。

寧浦書事六首

揮汗讀書不已，人皆怪我何求。我豈更求榮達，日長聊以銷憂。

魚稻有如淮右，溪山宛類江南。自是遷臣多病，非干此地煙嵐。

南土四時盡熱，愁人日夜俱長。安得此身如石，一齊忘了家鄉。

洛邑太師奄謝，龍川僕射云亡。他日歸然獨在，不知誰似靈光？

身與杖藜爲二，對月和影成三。骨肉未知消息，人生到此何堪！

寒暑更拚三十，同歸滅盡無疑。縱復玉關生入，何殊死葬蠻夷！

泗州東城晚望

渺渺孤城白水環，舳艫人語夕霏間。林梢一抹青如畫，應是淮流轉處山。

次韻參寥見別

爐香冉冉紆寒穗，篝火熒熒擢夜芒。預想江天回首處，雪風横急雁聲長。

春日五首

幅巾投曉入西園，春動林塘物物鮮。却憩小亭纔日出，海棠花發麝香眠。

一夕輕雷落萬絲，霽光浮瓦碧參差。有情芍藥含春淚，無力薔薇卧曉枝。

裌衣新著倦琴書，散策池塘返照初。翠碧黄鸝相續去，荇絲深處見遊魚。

春禽葉底引圓吭，臨罷《黄庭》日正長。滿院柳花寒食後，旋鑽新火爇爐香。

金屋舊題煩乙子，蜜脾新採賴蜂臣。蜻蜓蛺蝶無情思，隨例顛狂過一春。

秋日三首

霜落邗溝積水清，寒星無數傍船明。菰蒲深處疑無地，忽有人家笑語聲。

月團新碾瀹花甆，飲罷呼兒課楚詞。風定小軒無落葉，青蟲相對吐秋絲。

連卷雌蜺掛西樓，逐雨追晴意未休。安得萬粧相向舞，酒酣聊把作纏頭。

春日偶題呈錢尚書

三年京國鬢如絲，又見新花發故枝。日典春衣非爲酒，家貧食粥已多時。

題郴陽道中古寺壁二絶

門掩荒寒僧未歸，蕭蕭庭菊兩三枝。行人到此無腸斷，問爾黄花知不知？

哀歌巫女隔祠叢，飢鼠相追壞壁中。北客念家渾不睡，荒山一夜雨吹風。

幽眠

幽眠起常晚，冬晷復不長。中間數十刻，倏如驚燕翔。晨餐粗云畢，申鼓鳴相望。忽忽竟何就，念之動中腸。天地一逆旅，死生猶轉商。暫來旋云去，遲速乃所常。較計亦何補，徒然費慨慷。不如聽兩行，一概付酒觴。北風吹老槐，白日轉紙窗。布衾一覺睡，身世成渺茫。宿莽冬不衰，蘭苣幽更芳。無庸傷局促，速此鬢髮霜。

隕星石

蕭然古丘上，有石傳隕星。胡爲霄漢間，墜地成此精？雖有堅白姿，塊然誰汝靈？犬眠牛礪角，終日蒙熀腥。疇昔同列者，到今司賞刑。森然事芒角，次第羅空青。俛仰一氣中，萬化無常經。安知風雲會，不復歸青冥。

山陽阻淺

一日行一尺，十日行一丈。豈不歎淹留，所幸無波浪。悲風動深夜，原野眇森爽。青天行蟾蜍，枯木轉魍魎。此時蓬茅下，去心劇於癢。棄置勿復論，通塞如反掌。

次韻參寥莘老

迅風薄高林，萬象號虎豹。紛披枳與棘，爾復鼓狂鬧。我垣既已頹，我棟又以撓。豈無一木支，橫力難與較。黎明忽自罷，晴日射魚罩。死水失狂瀾，衰木回故貌。勞生真夢事，往趣如睡覺。炊黍熒黃鵠，吾其理歸棹！

送洪景之循州參軍

寒梅不自重，輒花桃李先。矯枉有佳菊，最後衆芳妍。各因一時美，難以相嗤憐。物理固若是，士林亦宜然。夫子南國俊，聲猷推妙年。數奇晚方偶，參軍古龍川。龍川雖云遠，風物號清鮮。羅浮不相下，頡頏嶮荒天。雲鬟二三子，聊足奉周旋。行矣試老拳，歸歟遠翔騫。

茶

茶實嘉木英，其香乃天育。芳不愧杜蘅，清堪掄椒菊。上客集堂葵，圓月探奩盝。玉鼎注漫流，金碾響杖竹。侵尋發美鬯，猗狔生乳粟。經時不銷歇，衣袂帶紛郁。幸蒙巾笥藏，苦厭龍蘭續。願君斥異類，使我全芬馥。

贈張潛道

張生何爲者，落魄不自拘。獨攜三尺琴，笑别妻與孥。一來泊吾里，忽已月再虚。朝遊故人館，暮止佛子廬。雖無食羹餘，所樂常晏如。我欲有所進，生聞勿煩紆。君子閒有道，不專塊然居。無道衹深適，嗚戲亦已愚。願生脱塵鞅，從我滄海隅。

秋夜病起懷端叔作詩寄之

寢瘵當老秋，入夜庭軒空。天光脆如洗，月色清無縫。風颸戾戾輕，露氣霏霏重。簷花伴徐步，籠燭窺孤諷。緬惟情所親，佳辰誰與共？夫子淮海英，材大難爲用。秉心既絶俗，發語自驚衆。麈尾扣球琳，筆端攢蝃蝀。雄深迫揚馬，妙麗該沈宋。浮沉任朝野，魚鳥狎鯤鳳。與時真楚越，於我實伯仲。爾來居邑鄰，頗便書札貢。上憑鴻雁傳，下託鯉魚送。二物或愆時，已辱移文訟。人生無根柢，泛若凌波葑。昧者復汲汲，晨暝趨一鬨。陰持含沙毒，射影期必中。自匿嫫母容，對客施錦幪。溘然一朝逝，萬事俱成夢。形骸猶汝辭，勢利猶君動。思之可太息，傷之爲長慟。所以古達人，脱身事高縱。我生尤不敏，胸腹常空洞。彊顔入規模，垂耳受羈鞚。行謀買竿棟，名理就折衷。但恐狂接輿，煩君更嘲弄。

送孫誠之尉北海

吾鄉如覆盂，地據揚楚脊。環以萬頃湖，黏天四無壁。蜿蜒戲神珠，正晝飛霹靂。草木無異姿，靈氣殊鬱積。所以生羣材，各抱荆山璧。小爲百夫防，大爲萬人敵。夫子少邁倫，喑嗚阻金石。奏賦明光宫，玉座瞻咫尺。翻身墮雲霄，十載迨窮厄。焚舟更一戰，得尉滄海北。五月乘畫船，簫鼓事遠適。天横齊山青，雨帶楚水黑。勿云晚方仕，四十乃古昔。勿云名位卑，九萬自此擊。幽求尉朝邑，鬢髮森已白。元振尉通泉，律令非所即。一朝會風雲，顧眄立四極。行矣壯舊圖，闕。

秋興

擬韓退之

逍遥北窗下，百事遠客慮。無端葉間蟬，催促時節去。愁起如亂絲，縈纏不知緒。日月豈得已，還復役朝暮。人生均有得，悲歎我不悟。春秋自天時，感憤亦真趣。

擬孟郊

曉風有暴信，暮蟬無好聲。曉風與暮蟬，自與時節争。獨客辭故鄉，推車謁梁城。梁城道迢遞，區區役吾生。不如歸舊山，藜藿安性情。

擬韋應物

坐投林下石，秋聲出疏林。林間鳥驚棲，豈獨傷客心！物亦有代謝，此理共古今。鄰父縮新醅，林下邀同斟。癡兒踏吴歌，婭姹足訛音。日落相攜手，涼風快虚襟。

擬杜牧之

鼓鼙夜戰北窗風，霜葉鋪階疊亂紅。一段新愁驚枕上，幾聲悲雁落雲中。眼前時節看馳馬，目下生涯寄斷蓬。弟妹別來勞夢寐，杳無消息過江東。

擬白樂天

不因霜葉辭林去，的當山翁未覺秋。北里酒錢煩屢索，南州詩債懶頻酬。欲歌《金縷》羞紅粉，擬插黄花避白頭。底事登臨好時節，等閒收拾許多愁。

宿金山

山南山北江水流，半空金碧隨雲浮。我來仍值風日好，十月未寒如晚秋。山僧引客尋蒼翠，歷卷參差到平地。萬里風來拂骨清，却憶人間如夢寐。夜深無風月入扉，相對老人如槁枝。流水與天争入海，共笑此心誰得知？下山却向中泠望，番憶當時在屏障。老母思兒且欲歸，回首雲峰已天上。

李端叔見寄次韻

君文豪贍無與儔，使我吟諷忘離憂。浩如沅湘起陽侯，翻星轉日吞數州。華章藻句饒風力，頃刻朱紅迷畛域。一班縱復爲管窺，萬派終難以蠡測。區區文墨倦高情，解韍還遊恍惚庭。半槽新水六尺簟，卧視雲物行空青。伊我籃輿抵京縣，溽暑黄埃負初願。君家只在御城東，彌月不能三兩見。求仙未若醉中真，蟻鬬蛾飛愁殺人。清都夢斷理歸棹，回首一樹瓊枝新。歸來草木春風换，世事蝟毛那可算。

幸謝故人頻寄書，莫笑元郎自呼漫。

陳令舉妙奴詩

西湖水滑多嬌嬈，妙奴十二正芬芳。肌膚皙白髮脚長，含語未發先有香。溪上夜燕侍簪裳，皎如華月墮滄浪。音聲入雲能斷腸，不許北客辭酒漿。主人藹藹邦之良，少年射策謁未央。俊詞偉氣森開張，玉杓貫斗生怒芒。天欲文采老更昌，故使斂翮窺羣翔。五十僅補尚書郎，浩歌騎牛倚徜徉。東風戲雨花草狂，一溪泱泱青黛光。妙奴勿倦侑羽觴，主人正欲遊醉鄉。

還自湯泉十四韻

歲晚倦城郭，聯驂度槩莪。天黃雲脚亂，村黑鳥翎訛。潦水侵生路，晴天落漫坡。澄江練不卷，温井鑑新磨。漁火分星遠，沙鷗散點多。霸祠題玉筯，龍窟受金波。琬琰存吳事，兒童記楚歌。孤龕瘦居士，雙塔老頭陁。飛鼠鳴深穴，胡蜂結巧窠。晚參圓白足，昏梵禮青螺。雲馭沉荒甃，仙春没淺莎。杖藜從莫逆，談笑入無何。滲澹日連霧，蕭騷風轉阿。華清俄夢斷，回首失煙蘿。

辯才法師嘗以詩見寄繼聞示寂追次其韻

遥聞隻履去翛然，詩翰纔收數月前。江海盡頭人滅度，亂山深處塔孤圓。憶登夜閣天連雁，同看秋崖月破烟。尚有衆生未成佛，肯超欲界入諸禪。

次韻公闢即席見寄

與君鄰並共煙霞，乘興時時過我家。更漏一新聞曉角，門闌數級看秋花。湖山對值全如買，風月相期不用賒。賴有醉毫吟更苦，他年分作句圖誇。

中秋口號并引 一云「雲山閣白語」。

伏以四難并得，既爲樽俎之佳期；五福具膺，實號縉紳之盛事。矧中秋之屆候，宜公燕之交歡。恭惟判府大資，身遇聖神，家傳將相。時應半千之運，論歸尺五之天。姓名久在於金甌，方面暫分於玉節。浮階飛閣，引南國之佳人；豪竹哀絲，奏西園之清夜。

雲山簷楯接低空，公晏初開氣鬱葱。照海旌旛秋色裏，激天鼓吹月明中。香槽旋滴珠千顆，歌扇驚圍玉一叢。二十四橋人望處，台星正在廣寒宫。

次韻侍祠南郊

颩馬雲車下九天，郊柴初告帝心虔。天如倚蓋臨壇上，星若連珠遶御前。縹緲佩環參雅奏，岧嶤樓閣抱非烟。侍臣舉酒欣相屬，醉看參横左右肩。

口號

美酒忘憂之物，流光過隙之駒。不稱人心，十事常居八九；得開口笑，一月亦無二三。莫思身外無窮，且睹尊前見在。功名富貴，何異楚人之弓；城郭人民，問取遼東之鶴。付與香鈿畫鼓，盡歡美景良辰。欲奏長謡，聊陳短韻。

平原居士今無影，鸚鵡空洲誰舉杯？猶有漁陽摻撾鼓，爲君醉後作輕雷。

早春

黄金蔌蔌滿垂楊，尚有春寒到畫堂。酒力漸銷歌扇怯，入簾飛雪帶梅香。

赴杭倅至汴上作

俯仰觚稜十載間，扁舟江海得身閑。平生孤負僧牀睡，准擬如今處處還。

無題

掃地燒香閉閤眠，簟紋如水帳如煙。客來夢覺知何處，掛起西窗浪接天。

蘇子瞻記江南所題詩本不全余嘗見之記其五絶今以補子瞻之遺東坡跋

并三絶見正集第十卷《擬織錦》詩注下。

紅窗小泣低聲怨，永夕春風斗帳空。中酒落花飛絮亂，曉鶯啼破夢忽忽。

晞草露如郎倖薄，亂花飛似妾情多。歸鴻見處彈珠淚，語燕聞時斂翠蛾。

琴絃斷續愁兼恨，嶺水分流西復東。深院小扉紅日落，繡窗閒倚更誰同！
參横霽色天沉水，鳥宿寒枝竹瑣煙。衾惹舊香清夜半，淚凝殘燭畫堂前。
寒信霜風柿葉黄，冷燈殘月照空牀。看君記憶傳文錦，字字愁縈惹斷腸。

金山晚眺

西津江口月初弦，水氣昏昏上接天。清渚白沙茫不辨，只應燈火是漁船。

和程給事贈虞道判三首

刀圭雲母具晨餐，門對三層步斗壇。夜考鶴經分七九，曉占歲氣辨黔丹。
火棗交梨近可餐，不須地肺及天壇。龜藏坎海毛皆緑，鳳宿離宫色自丹。
紫府沉沉揜夜關，竹陰清掃月中壇。歲星偷得桃枝碧，董奉栽成杏子丹。

處州閒題

清酒一杯甜似蜜，美人雙鬢黑如鴉。莫誇春色欺秋色，未信桃花勝菊花。

春詞絶句三首

葡萄裀暖蕙薰微，紅日窺軒睡覺時。人倦披衣雙燕出，青絲高罥木蘭枝。
弱雲亭午弄春嬌，高柳無風妥翠條。懶讀夜書搔短髮，隔垣時聽賣餳簫。

都城春富百花披，長憶人歸駐馬時。淺色御黃應好在，爲誰還發去年枝？

秋詞二首

雲惹低空不更飛，班班紅葉欲辭枝。秋光未老仍微暖，恰似梅花結子時。

無數青莎遶玉階，夕陽紅淺過牆來。西風莫道無情思，未放芙蓉取次開。

呈李公擇

青籢擘處銀鈎斷，紅袂分時玉筯懸。雲脚漸收風色緊，半規斜日射歸船。

落日馬上

日落荒阡白霧深，紫騮嘶顧出疏林。回頭已失來時路，杳杳金盤墮翠岑。

賞酴醿有感

春來百物不入眼，唯見此花堪斷腸。借問斷腸緣底事，羅衣曾似此花香。

江湖長翁詩鈔

陳造，字唐卿，淮之高郵人。自以無補于世，置江湖乃宜，又以物無用曰長物，言無當曰長語，故稱江湖長翁。年二十五始學儒，四十三登乙未科。尉繁昌，改教授平江府。參政范石湖曰：「使遇歐、蘇，名不在少游下。」尋知定海縣，授朝散郎，淮南路安撫司參議官，病卒。陸放翁序其集，謂能居今篤古，卓然傑立于頹波之外。其詩椎鍊，不事浮響，故見許如此。

寄二孫

憶昔初抱孫，雙鬢颯已秋。眼看與我長，歲月如許遒。我以薄宦西，汝爲守舍留。夢輒來後前，歲律欻再周。想今與廼父，長我更半頭。天姿粹而温，整整静不浮。六經如取攜，八面自優游。落筆動萬言，頗能如翁不？如翁何足道，抗志須前修。良匠有妙斲，惰農無厚收。彼哉碌碌者，不源而計流。吾言不虚往，過是夫何求！　　右屎

阿泰幼儻碭，勢若泛駕馬。暫别已束髮，折節殊曩者。誦書口瀾翻，晝夜曾不捨。課肯犯雪供，筆亦揮汗把。才地校優劣，不在阿儒下。平時於方兄，眇視真土苴。念翁少年日，爲學不餘暇。混俗類疏放，秉心廼儒雅。兒今頗肖吾，解笑時苟且。師匠求有餘，好書不外假。緬懷螢雪邊，力倍功更寡。可用

吾季孟，直輩古班賈。

七月附米舟之浙中作

白蟲散如蛆，黑蟲聚如蟻。循緣仍咂齧，欲寐復九起。吾舟玉爲粒，生此果何理。神奇作臭腐，秋暑況如燬。人生託洪爐，一飽蓋分爾。臨流念彫年，胡廼置身此。笑口忽唶惋，曼膚或瘡痏。隄防費應俗，情僞良不美。短籬護松菊，吾歸殊可喜。錐刀詫明儕，嗟爾商販子！

召伯停舟辟雨

去年是日之山陽，辟雨繫梁。作《菩薩蠻》云。

窗度荷芰風，舟艤鴛鴦浦。落帆憩篙師，避此白淙雨。長征取愜快，留滯不云苦。適喜縣麻勢，爲盪鑠石暑。去年舟繫柳，卧看虹飲渚。龍公會事發，尚記跳珠語。崎嶇不諧俗，似爲龍所予。一杯酬新涼，開瓶先酹汝。

過樊村

襄鄂二千里，何啻三百灣。風色九順逆，左往復右還。舟行已三日，沿流不作艱。卽今蒼煙面，猶是泊處山。信次有定期，曲直了不關。聊可供戲事，輕橈與回環。

贈錢郎中

刓方利祿媒，抱道俗不省。詩書工發冢，孰起世儒病。錢侯挺直節，蠻徼復蘭省。劍氣夜星明，鵰翮秋霜耿。上前論世務，萬乘爲首肯。平生中原慮，壯歲左符請。不作黃閣想，擬試白羽秉。孤忠當寧知，宏圖時宰領。羣兒須圓曲，謂可力勝命。彼此計乘除，得甕喪崇鼎。平生信所得，一鑑照萬境。幕中辭脂韋，客右進嚴冷。主簿贅牙伯，評俗怒生癭。謂伯永。令君强項翁，争事不藏穎。謂劉山陽。但有周舍思，可無衞武警。我亦意行者，泥古志未逞。朝來聽名理，剪燭延落景。寸田殊易荒，有賴剔榛梗。效奇乏良策，汲深慚短綆。惟期佩公言，不墮頹俗穽。

八月晦試院中作

官居課程地，生有文字癖。誠知蟁負山，詎得辭此檄。嘉禾古多士，孰者非巨擘。老眼不待封，舊苦眩花隔。勿云石賈玉，箴失眸亦得。荀子云：「失箴者眸面得之。」捧心若爲妍，竊鈇徒自匿。陸海貪窮搜，奇寶多偶獲。巧常昏金注，勇或便大敵。清醥聆鄒琴，欣識辨周鬲。頗收半段槍，遐念連城璧。渠應悔羔袖，吾敢厭雞肋。撫囊寡利穎，體國免素食。明朝羅客拜，定自百夫特。俗無抛塼惡，歸舟緩張席。

三月初晚晴寄高緍之三首

東風掃積陰，殘雨不敢漂。壞雲裂裳帛，倒掛隥嶺腰。鳥影不作暝，夕陽明山椒。安得上上頭，風露永清宵。

人家繡闥閑，湖上粧面新。湖山簫鼓中，魚鳥安得馴。山靈建飛雨，淨洗綺羅塵。卽今隄邊柳，爲誰管殘春！

曲欄倚青冥，萬井入指顧。湖光漾明霞，照我凭欄處。森木倦鳥歸，遥空征鴻度。定知待月人，破竹有奇句。

車堰牛

牛力輕萬鈞，性順異諸畜。有足不解踶，有角不皆觸。課日引耒耜，爲人給穀粟。私家憂闕食，公家要餘蓄。公私雖相須，置汝誰取足？奈何過堰客，行舟動千斛。挽牽亦諉汝，贔屭頸髀縮。扣角一勞之，不語對以腹。物生愧無用，懷安或作福。於人儻有益，廬身豈云酷。君看廟前牲，被繡飽芻菽。膏血薦鼎俎，誰定悲觳觫！

舟行即事

昨日出曹娥，明日指慈谿。待潮舟爲膠，得潮舟若蜚。留滯復一快，計程元不遲。人生意失得，孰者乘除之。今屈昔已伸，彼贏此或虧。但可自適過，尚用悲喜爲。水伯愚弄人，政如造物兒。丈夫木作腸，渠輩未易知。

餞寄定海交代

縣尹古子男，今不一錢直。低催奉簡書，偵伺常屏息。白簡與按章，歲月供彈劾。當路雖所懼，姦民巧狙擊。吻間售蜂蠆，意外變白黑。防虞莫救過，彌縫或逃謫。政使有卓魯，未容置形迹。云何世難事，君不動聲色。編民翕風移，惡少且心革。田廬有笑歌，魑魅亦竄匿。斯人紀仁愛，幾磨南山石。政聲懿如此，僅免繩治厄。諸公蜚鶚書，犯嚴尚遺力。安得定海民，爲君灑薦墨。蘭臺傳循吏，採訪多失實。安得定海人，爲君秉直筆。嗟我吏隱者，志在山南北。身名萬金重，如博試此擲。賴今遺愛地，一一可矜式。政恐效西子，美顰得嘲劇。江皋一樽酒，聊挽朝天客。妙樂喧江浪，清談到理窟。盟言底遽寒，舟駛潮水急。西望念風義，感歎徒至骨！

送李象山趨朝

象山海邑，古稱象山郎。今聽李明府言，頗亦費支梧，故云。

書肘詎容掣，箏柱不可膠。付事多其防，職業自寂寥。頗思圓機士，細苛舉綱條。宰邑古難之，茹苦耐煎熬。百抑不一揚，推波益驚濤。由來法愈密，衹爲下所操。一飢驅我出，銅墨强折腰。捩翅著籠中，側睨鵬冲霄。平生有知己，持橐貳銓曹。君來定倒屣，道我不自聊。願推變通術，霧雨均枯焦。而況代舍舊，肯惜引手勞。

十二月二十六日趨府

誰謂一舍遠，不辦三餐趨。亭午縣市西，衙鼓府城隅。匹馬驚鳥去，指楦冰在須。北風挾霜氣，萬象付摧枯。想當折琴絃，未怪裂人膚。駝裘被甲如，是日有若無。客首不暇回，顧客少踟躕。出處不能同，勞逸爲之殊。龐翁馬少游，似非隱者徒。鄉居老躬耕，飽温得自虞。婆娑銅墨間，盍亦省頭顱。袞穗脫中熟，吾口良易餬。

別俞君任通判

一代石湖翁，韓歐或其儗。當時出門下，如君屈幾指。論定難爲才，我乃輩多士。椎成方未器，正賴君礲砥。師友繫魂夢，栩栩輒千里。驚見得此客，乾鵲預爲喜。一笑破千憂，天幸寧有此。石湖倏眼中，此翁眞不死。

邵伯阻風小泊贈送行諸公

長征每愛日，小泊未遐意。陰風自南北，客子聽軒輊。召棠望吾鄉，不作秦越異。船閣鴈鶩洲，人穿魚鰕市。相逢各吳語，知識十三四。水實不自買，海錯有佳饋。餞行餘十客，超俗見友義。笑談寒谷春，爲我洗羈思。相與卧玉瓶，跋燭得微醉。老懷易作惡，別語毋動喙。

魏帝廟

佛貍歲未卯，志欲吞宇縣。當年江飲馬，腥血浸淮甸。無人飯耕牛，有井巢歸燕。至今閱遺史，爲汝空飲恨。緬想瓜步留，殺氣纏吳分。云何此山椒，遺像儼高殿。無乃甘事讐，吳俗昧所見。或復綿歷久，後嗣忘敵怨。冥莫彼有識，福汝吾敢信。君看趙與薛，狥國冒禍釁。魏侯繼前躅，長呼死白刃。胡不尸祝之，香火均遠近。豈但祈神休，抑使頑懦奮。誰今決從違，引手適我願。趙侯立、薛侯慶、魏侯勝，皆淮南死事將也。

長蘆寺

昔年望長蘆，去江逾百步。垣宇呀已缺，浮圖欹欲仆。僧徒噬肯留，日有沉溺懼。重來舒望眼，佛刹非故處。安衆得亢爽，定遷疇夙素。似聞瓶錫侶，復作醵蚋聚。居人禱蠶麥，行客乞泉布。營者肆夸侈，施者不顧慮。百堵煥金碧，奚翅復其故。往往豪儁人，四壁有未具。彼徒創寺意，取鎮湍濤怒。向來梵唄所，倏爲蛟螭據。在己不自保，誘俗說依怙。波流置不省，此理吾未諭。

泊慈湖北岸

坐覺江流平，滮漫裂三股。舟子告風横，因循宿中浦。慈湖古戍近，猶復小江阻。漁翁家葦間，蝸舍無鄰伍。把酒訊三老，此寧泊舟所。驗我今昔異，解帶無所苦。向來探丸徒，白晝猶旁午。一自尚書來，此輩凜刀俎。江山亘千里，有屋皆外户。似聞襄江道，衽席過行旅。翳公舊威愛，平寧尚如許。兩地好經行，爲官喜欲舞。倒牀鼻雷孔，夢破聞船鼓。受欺墮姑息，迂儒彼何取！謂張尚書定叟。

上下驛磯

湖陰數里間，山麓屹兩磯。磯麓突江出，禹功不及施。千古妨行舟，死生繫毫釐。我昔步磯上，雨歇暑氣微。驚湍下百尺，怒勢轟千鞞。尚憂坤軸動，無怪沙岸欹。蟄龍渠得安，過鳥翅欲垂。頭眩膽爲掉，坐歎舟上兒。壯哉天下險，姦軌容抵巇。如身護風寒，要地此幾希。今來歲華暮，去舟良坦夷。人言水進退，寒暑分盛衰。古來設險守，亦有可易時。函谷與劍閣，秦漢嘗用之。人輕地亡重，正煩折箠笞。恃險無興國，興國須藩籬。帝王所取重，文武各攸司。險易倏變改，卽磯餘可推。

蕪湖感舊

下帆同鳥棲，掛帆逐鷄起。但見蕪湖月，耿夜清如水。江左此壯縣，我昔舟屢艤。諸公各敬客，歘曲豈今比。酒杯慣邀留，妓圍供燕喜。流連動十日，每過蕪湖，朱、丁諸公約以十日爲期。揮掃或千紙。舊遊想如昨，故交今餘幾。逝者泉壤隔，存者參辰似。浪凭楚些招，盍寄相思字。可能喚巫陽，且欲託雙鯉。

過繁昌

江山互映帶，竹樹渺隱見。居人江山間，安處忘古縣。泊舟穴子初，舊觀儼自薦。嶦山高攙雲，雲際抹深靛。慰我塵埃容，嘉此煙雨面。山脚慣奔走，尉曹分卑賤。縣人應指似，鬢改顏狀變。漂零渠未知，憂患嘗欲徧。俛仰二十年，轉眄閱蜚電。故人半在亡，在者或海甸。明朝理去楫，山影瞑江練。安得人如山，來往長相見。

繁昌早發

客行固匱身，留滯如摋翼。及兹祖禮竟，蓐食理帆席。風停浪未蟄，天曙月正白。版磯匯湍殺，荻港煙樹碧。杖策丁家洲，徙倚容少息。無酒問山店，憶鱸聽村笛。鳥烏啼松竹，鴈鴇下沙磧。回柁投曲澳，又寄慘潭夕。情疏或易合，不作淮楚隔。纍然槁項翁，軟語慰行役。

泊海子口

池口至海口，望望三舍外。辰發暮已到，回首西日在。風師肯憐客，祖道煩一噫。我舟疑凌虛，楚山真歷塊。蜚鳥相讓疾，驚浪乃弗逮。窮途坐局縮，頗嘗得此快。遄邁自本圖，闕供恐貽悔。未辨問村醪，且計具薪菜。

泊小姑山

楚山屹兩姑，我見乃其稚。聞名詩卷間，識面客舟次。玉刻極端麗，簪植暝蒼翠。娟月上天角，相與詫嫵媚。怒風將我西，未憖卜晚憩。山足舟可艤，山木纜可繫。山外正風波，獨此佳食寐。斷知有神物，主此勝絶地。明朝捐行橐，可無答神賜。白鵝雪爲肪，緑蟻香馥鼻。舟穩風又熟，無乃契神意。未暇訪彭郎，辭費辨非是。

郭家洲

攜兒上絶岸，微徑步蒙密。人稀鳥烏樂，老屋幾百室。荒涼郭家洲，籬落映殘日。問俗得周旋，膺門頗蒼卒。興衰今昔殊，郭姓尚十七。鄰里闕鹽茗，翁姬僅盥櫛。共説頻歲歉，平陸江浪没。場圃或潭洞，椽栱行蝹蛭。去秋微收爾，樵採取黔突。接耳多樂郊，一去恐兩失。吾邦有杜母，撫我不待乞。蠲租桑柘在，休役孫子佚。意使流殍無，寧後倉廥實。官今潯陽來，吏師那容失。書紳拜此賜，知我佐郡紱。古來裨肉食，多自藜莧出。必若窮吏道，孰先究民疾。剝膚快目前，吾固笑無術。

離富池

江流寂無聲，明滅窗月曉。客枕歸夢餘，意先西蜚鳥。雪天信少風，翳面正繚繞。富池忽信次，肯羨鵰鶻矯。向免犯險艱，神惠顧豈少。今晨有佳興，調笑向諸小。波平旗脚直，康莊馳騕褭。鱗鱗到座隅，健鵲啅林杪。人家積蘇閒，山影横練表。未成官縛去，得句吾事了。

龍眼磯甚小而巧，漁者聚焉。

誰謂石一拳，不作江流礙。朝來揚帆西，瞥若驥歷塊。龍眼風火磯，培塿視華岱。似聞潰潦時，亦復鼓湍匯。鑿去本不難，奇巧禹所愛。其上嘉樹密，其側魚網矖。居惟羨漁鄉，復欲老犢背。西歸儻得此，庸敵七里瀨。

次臧秀才讀蘇集秀才甚文，予未識也。

自我得蘇集，玩閱幾忘年。汲甘乏修綆，適遠疲短牽。取一九不隨，望若終茫然。子齒始半我，用志超我先。晶熒出秀句，妙斵遺雕鐫。此翁深堂奧，骿闖誰敢專。潢污置不云，學海須百川。怪子介且方，落筆盤走圓。子真蘇門徒，豈獨長短篇。平生修月手，不補衣履穿。秦黃晁張陳，衆星耿霜天。世儒昂其首，指似如登仙。子起斯人後，遊刃牛無全。邢娥望可知，衆女空丹鉛。何時班荆地，解我心懸懸。卽今清夜夢，不止懷昔賢。

雪夜與師是棋次前韻

投醪士或醉，說梅人不渴。窮途餘樂事，不受憂患遏。詩可供呻吟，棋亦識死活。朝來喜雪句，神藥胎可奪。一抨與兒唔，斷無市聲聒。既免沉舟諼，不作賭墅謁。指冷良易忍，眼花苦爲孽。疏置仍作罫，隨意略細閲。瓜葛勝負間，時亦近屑屑。策幾奇兵鏖，地比弱王割。吾非江左管，舐犢愈愛說。升沉作豐悴，今古無成說。家居鼓吹具，藉以保晚節。揪髯得一笑，爲汝倒蕉葉。袖手聽殘更，紅麟噎晴雪。

再次韻雪應時可喜，晴不遲，尤可喜。雪止恰除夜，因作。

人間十日雪，已潤夸父渴。宿雲忽披靡，羲馭與抑遏。春從九地回，旋放牙甲活。主張披拂是，大塊司予奪。椒栢追時序，鼓吹聽曉聒。詩壇有同盟，辦作銜袖謁。得雪晴更佳，過是或爲孽。羣山半披剥，衆巧獻一閲。懸知兵吏集，不待鋪木屑。令尹活人手，小試牛刀割。廣文甘僻左，不肯事容說。與俗分樂事，盍以韻語說。獨慚長鬚送，不量好時節。六一謂聖俞曰：「山婦云：『好時好節，送詩攪人家。』不知吾輩所樂在此。」要須百篇富，趁此梅末葉。正使領兕觥，快作湯沃雪。

至喜鋪

外朝走馬息，險絶欲無路。驅駿蹙萬蹄，勢若敵場赴。崩騰臨空曠，蹴足此小駐。蕭然一驛傍，爲此數家聚。川城南山下，邑屋隨指顧。行人不勝喜，息駕始此處。跫然愀然意，南北分來去。我解房州印，初試歷險步。胡爲亦自得，不作罷苶慮。鄉心建瓴水，歸夢受風絮。殘年歸來引，他日《遂初賦》。是役固已勞，端復酬夙素。臨風搔白首，一笑飭徒御。

涑口守風

辦舟留襄陽，辟風泊涑口。得行秋甲辰，初到夏癸酉。跛鼈已自慣，束髮至衰朽。坐是冥得喪，況復多病後。絶憐操舟兒，不措脱顛手。顧瞻峴山亭，覿面可搴取。微風吹薄暮，霽景掛高柳。涼月欲略箕，陰氛尚侵斗。明朝起拖計，未敢決可否？身已不藉在，心自無何有。一事萌一意，但見掣君肘。擁書坐蓬窗，醉我不以酒。

赤口灘

漢江多惡灘，赤口乃其最。前年將家上，正值江流殺。奔銜震溝畎，狼石森戟鐓。贔屭取進寸，一跌尋丈退。聞此尚痛定，躬履況兒輩。今者劈箭去，未覺有湍匯。一雨動三日，遠岸卷澎湃。向者險巇地，了不經眼界。三老笑相語，無復憂滯礙。路可屈指計，歸將平心待。窮塗偶快意，此惠莫謀大。龍公本何心，賤子多感慨！

旅館三適

予以病愈不食麵，此所嗜也。以米麋代之，且宜燒豬。客有惠清白堂酒者，同時饗。作三詩識之。

厥初木禾種，移殖雲水鄉。粉之且縷之，一縷百尺彊。匀細蠒吐緒，潔潤鵝截肪。吴儂方法殊，楚産可倚牆。嗟此玉食品，納我蔬蔌腸。七筋動輒空，滑膩仍甘芳。豈惟僕賓餌，政復奴桃榔。即今弗洎感，頗思奉君王。

雋永項上臠，紅嫩劣帶脅。彼美大欄君，坐受羣毛朝。鼎湆走真味，正籍松炬燒。芼我銀絲窩，葱豉巧和調。堇塗非所宜，淑郁如蘭椒。腹腴但下隸，氊根合藤條。併填長翁腹，未覺喉牙摇。但訝大嚼餘，無補詩腸枵！

佳齊肯見分，春意偕客至。誰將清白名，言代碧香謚。起淪饒磁甌，玩吮色香味。醍醐馥牙頰，沆瀣沃肺胃。桑落古宜城，不足偕品第。我病久不飲，此日欲小醉。快哉羈寓中，乃遺拜嘉惠。一盃先晨飯，欻作凌雲意。米托薦燒豬，佳此三者備。飽足仍酣醺，眇睨人間世。

官務

磨陁爲官多，曉了未更歷。今世從仕者，萬口用一律。文按日從事，鴈鶩竊投隙。自謀脱悔吝，初肯計易劇。追逮有踵接，符諜動山積。豈念南畝民，晷刻校日力。停犁聽上命，質衣供旅食。誰定老我師，黠民幾鬼蜮。締彼刀筆吏，表裏肆狙慝。奈何食肉人，立説與推激。此論儻不破，此弊終未息。揆予閱世熟，敢此諗在職。

命書

命書唐濫觴，委源傳呂後。有倡莫爲遏，波蕩今不救。字育巨數計，八字詎所囿。甲子動垓億，舉一百萬漏。荒唐無稽据，誦言指休咎。奈何聰達人，頗復安此謬。懷刺曳長裾，偃蹇文士右。夸詡走干謁，薦墨不待叩。士有待濡沫，百請不一售。我昔遊江淮，知識問新舊。文士不到眼，此輩日交簉。辭章輕盃水，羡彼行橐富。緦緦問利禄，吾儒所深陋。自笑與世違，迂論取排詬。

財昏

師昏古所辭，財昏今不耻。傳祀合二姓，古者貴由禮。四德五可外，貨賄亦末爾。民風日就頹，捨此争校彼。媒氏未到眼，聘資問有幾？傾篋指金錢，交券搴租米。東家女未笄，儀矩無可紀。已聞歸有日，資送耀鄰里。西家女三十，閉户事麻枲，四壁漏風霜。行媒無留趾。坐貧失行期，趣富曹貪鄙。流弊例不免，其源實此起。多約或少酬，暫譽甘長毁。坐令親舊歡，詭譎變狐鬼。何況性習間，貧富岐臧否。土俗未易挽，人情大不媿。悠悠何足道，吾以諗君子。

聽政

爲政貴中和，偏狥古無取。無心斯善應，好譽乃其蠹。奈何聞見閒，往往用心誤。扶弱抑其彊，古或垂此譽。世異俗且殊，處今猶狥故。曲直本不昧，彊弱豈所據。君子不此恤，情僞溷丹素。富室被剥朘，日有貧窶慮。士夫受加陵，悔不齒編户。羸獘取必勝，玉色吞氣去。不知世富室，如母子所怙。不知意定向，未語機已露。傳繼用一律，抱冤莫赴愬。用是致和氣，南首問燕路。

錢弊

爲家重牆垣，爲民須貨殖。楊廬國百户，東南賴控扼。淮民魚米餘，百貨仰殊域。用銅防外泄，用鐵乃奇畫。一利伏一弊，救弊要得策。持貨貿官券，捨此莫衣食。錢貨天下用，鐵乃限南北。坐令兩淮民，塊處斷貿易。計鐵取券直，十纔取六七。朝賢愛淮民，此困盍矜恤。銅鐵均國寶，通變豈無術。近甸視遠地，未可歧畛域。況今苦倒垂，倚待振焚溺。緣江八郡爾，雜用顧何失。官券朝北來，淮俗暮安宅。即今私鑄斷，胡尚膠今昔。吾貧復淮人，計勢不容默。

吴節推趙楊子曹器遠趙子野攜具用韻謝之

平日從俊遊，寂寂坐多病。犯牀漫飛埃，瑶笙罷重請。犯牀，置樂器牀，謂宫調相犯。修樂器，惟笙曰請。昔遊喜復到，風物他日盛。坡恐名燕支，樓亦詑端正。新交問舊友，氣合宫羽應。談塵冰霜厲，筆陣鷙鶚勁。吏隱分樂地，與世不好徑。拔貧辦一歡，挾貴輕百乘。四豪載酒過，講德珠璧映。歌奏雲近人，舞罷鸞顧鏡。醻酢忘主賓，笑語似紛競。朱樓識阿眄，白酒醉師命。明朝耐殘酲，江聲醒幽聽。此樂謫仙後，同異君試訂。四豪成風手，可但隻字警。我投詩社名，拜手敢貌敬。

記夢示師是

青燈寒夜思吾鄉，合眼便坐吾家堂。阿丁烱然目如水，綵衣翩僊趨我傍。中心喜之謬督過，還爲遨嬉廢書課。指似斜日西窗紅，小賦未破書未供。向渠不敢恩勝義，亦憐忸縮不自容。蝶蜚鹿失忽驚寤，摵摵霜風狂庭樹。幾時筆力跨乃父，與汝相忘不關慮。

題胡處士猿麞圖

畫工神品今代無，祁嶽一脈傳醉胡。幾年傲睨不落筆，乘興掃出赤縣圖。今君所寶亦第一，我疑神遇非有筆。青林紅葉晚未暝，遥山遠水秋一色。五猿踞石相因依，兩猿掛樹松枝低。仰睇側顧麞善疑，其二行齒如不知。昔人畫馬師廐馬，畫山直付居山者。野猿不馴麞易驚，遡影渠能寫閒暇。草露空荒遠刀机，卽今放麑誰氏子。山蜂負毒不足憐，盍貸蠨蛸留報喜。

布穀吟

人以布穀爲催耕，其聲曰：「脱了潑袴。」淮農傳其言云：「郭嫂打婆。」浙人解云：「一百八箇。」鳥何與人事，人以意測之，是非皆不同。爲作此。

潑袴不容脱，鳥語徒慇勤。輸租質農器，有袴那解新。官中催科吏，如虎告時趣。耕爾能許卽，今春種未入。田安得縣胥，知愧汝卑棲。俛啄良易謀，聒聒彊任田家憂。啼時未旦夜不休，班班血痕銜口頭。

人將近似測禽語，汝意真解憂農不。或傳悍妻天所怒，姑不可遏渠不顧。罰爲此鳥聲囊愬，警世毋爲郭家婦。南方諛佛古到今，人持數珠家梵音。區區說似一百八，譏訶勸相知何心。浙風淮俗隔江水，意解禽言乃如此。蘇黄妙句誰嗣之，兩地流傳併須紀。世間儒墨紛相攻，巨細彼此臧穀同。争如痛飲卧長晝，付渠馬耳謝東風。

墾山叟

雜木漫山誰所種，居不臨流多不用。九月霜風捲黄落，羣山一夕皆班駁。遥看拖帔横褖衣，農家刈栗山有畦。家家墾田日嫌窄，荒林翳薈惜虚擲。斸荒作熟不掛籍，輸官之餘給衣食。州中之政常近厚，不欲屑屑校升斗。寧其棄之聽民取，實亦藉是作康阜。繼承不皆惠慈守，汝須彌縫吏胥口，防有後來規税畝！

竹米行

竹君亢宗擅楚墟，一一修聳山澤臞。風流秀整與世殊，楚俗食息皆爾須。薪之籬之且籧篨，笄筥箱篚籠籃笯。溝瓦厥祖羹其雛，隨索斯獲掇諸塗。今歲麥秋旱歲餘，得麥僅足償官租。竹君憫農如士夫，著花結實千林俱。密砌玉粒綴旒珠，株株擷取雖錙銖。彌頃亘畝無閑株，礱磨蒸炊勝雕葫。鄰里乞索水火如，坐令饔飧興歌呼。野叟好事能分吾，香清而冽甘而腴。此君行能不一書，此惠及物旋就枯。摩頂放踵忘其軀，所學無乃墨者徒。老子苟禄天之隅，袖手無策蘇焭孤，投匕三嘆吾慚渠！

田家歎

五月之初四月尾，菖蒲葉長楝花紫。淮鄉農事不勝忙，日落在田見星起。前之不雨甫再旬，秧疇已欲生龜紋。近者連朝雨如注，麥隴橫雲欲殷腐。如今麥枯秧失移，舉手仰天禱其私。秧惡久晴雨害麥，兼收並得寧庶幾。餅托登盤米藏庾，儂家歲寒無重糈。豈知送日戴朝星，凡幾憂晴幾憂雨。吾儕一飽信關天，下筯敢忘田家苦。

春雨寒甚作長句

白龍天飛宜莫測，吴儂解數歸消息。年年青帝發生時，妒妒園林春動色。西山龍母誕彌月，歸覲親顔供子職。壽觴瓊醴俗共傳，玉鱗素鬐誰所覿。酸風鼓寒苦霧塞，行人縮頭欲僵立。蛟鼉凍蟄大木拔，更問嬌紅并眉白。閉門三夜淙簷雨，起視溪流高數尺。去年夏秋走祈祟，雲雹收藏日血赤。儂家倚鋤望眼穿，白汗呀流地龜拆。天可問，曷不遣，兩龍此時會生日。

謝韓幹送絲糕

玉顆瑩澈珠就磋，吴鄉早秔莫計過。無乃風露秀結異，移種崑崙之木禾。國家厨婦一百技，三春九淅付重羅。銀絲千尋忽縈積，中疏外潔生搓挼。扶桑仙蠶大如盎，綫之本供織女梭。怳驚萬縷鬬新巧，罥作水茸雪網窠。即今擬形供食事，纖手幻出千絢多。倒甑入筯第三絶，色香兼味皆可歌。周官賓祭珍餈餌，有此復具理則那。詩翁物色及粔籹，得此來前當見訶。餡盤漫詫金縷飣，湯餅徒夸銀線窩。瓊酥玉膩信非匹，胡麻崖蜜仍相和。感君汎愛記衰朽，回首一笑分餘波。腐儒口實長作累，饞鐘之名定不磨。金山別去每掛夢，老眼復見還雙摩。婪酣得飽問便腹，如汝平生相負何！更從公子乞方法，日當飫之老澗薖。買田二頃不種秫，未怕酒客來操戈。糕不用糯，金山者名天下。

識村翁語

勸耕淨居村，翁老而健，問其壽，云：「山居淡食乃爾。」昔一村叟，一野僧，皆壽百二。守杜郎中、史丞相呼而致敬，厚設而歸，即逝。二人壽未必止此，厚味，非野人所饗也。其言有契予心，作此記之。

山僧一生饜山蔌，溪叟所仰纔魚菽。闖守侯家與相家，珍膳不應填汝腹。百二歲翁清且羸，茵坐鼎食寧其宜。焉知暫飽博長往，穀神震怒脾媼悲。官家顆粒皆民力，此祿食之須此骨。兩翁安食壽弗延，當念無功暴天物。我雖不偶猶餐錢，車行肉飽隸後先。食功揣己懼不稱！因翁有言呼使前，盤几畢識翁所言。

繁昌縣感舊

繁昌古縣依山麓，縣外峰巒更重複。連山斷處圍平陸，有地可耕無十六。昔我作尉三年留，局促似爲山所囚。野行村宿飯古寺，山路纔悉如吾州。車如鷄栖馬如狗，風袂塵襟博升斗。是時身健髮熟班，頗復興懷爲奔走。遠近人家山影濃，與我周旋圖畫中。山鳥翔集相和應，野花開謝能白紅。薄宦而今更長道，回頭祇覺當時好！筋骸罷憊鬢摧頹，不歎飄零歎吾老！

出郭 寒食日，迓使車，初甚悒悵，郊外春色慰人，戲成。

江縣居人寒食下，少在縣中多在野。哭聲不似笑聲長，麗服新粧盡遊者。長郊芳草接天綠，我亦行行策罷馬。盍簪命醉豈不懷，卑官出入元無假。偶來却勝特來好，觸處春光可圖畫。幾日陰寒風用壯，今朝霽景天所借。趁人胡蝶作團蜚，逐婦鳴鳩數聲罷。夭桃艷杏雖已過，郁李金沙猶未謝。其餘紅白争娉婷，醉態啼粧各蕭灑。顰風笑露瓶欲語，半吐梨花最閑雅。遊人幾許健倒去，紅粉誰家短牆亞？良辰獨醒還自惜，捐佩一樽猶可貰。餅盤餳筋已寒盟，故人應問花應訝！對春長作了事癡，不念清歡本無價。會當從公謝不敏，百罰深杯不辭把。魏花有約待人歸，秉燭酬春期後夜。

望夫山

亭亭碧山椒，依約凝黛立。何年蕩子婦，登此望行役。君行斷音信，妾恨無終極。堅誠不磨滅，化作山上石。煙悲復雲慘，髣髴見精魄。野花徒自好，江月爲誰白？亦知江南與江北，紅樓無處無傾國。妾身爲石良不惜，君心爲石那可得！

檢旱宿香雲

香雲之山瞰平楚，松篁路窮得僧宇。明窗深室皆嚴靚，白菊紅蕖相媚嫵。它日欲來坐忙迫，此行怱怱寧得所。蒲團甜定飯秋蔬，衣袂黄塵尚如許。山僧共話豈須禪，但愛茶甌如潑乳。投牀有夢不能記，忽聽風林如過雨。鷄聲不二擁被温，又恐罷驂陵險阻？出門便覺仙凡隔，猶聞窣堵風鈴語。今年旱暵遂無年，枵腹籲天連保伍！頗能念我困馳驅，兩兩致詞相勞苦。但使秋租毋病汝，吾自卑官慣塵土。

謝朱宰借船宰爲蕪湖，予官繁昌。

書生禄遨空自憐，三年官滿囊無錢。身如絆驥心千里，安得一舸西風前？令君磊落濟川手，留滯亦憐窮獨叟。大舟百尺影白虹，借我搬家我何有！函牛之鼎著鷄肋，涓滴渠須瓠五石。劣留兩席寘圖書，輂石囊沙壓摇兀。典衣買酒餉三老，槌鼓鳴鑼人看好。相過重讀借船帖，我自盧胡君絶倒。自繁昌歸，先經于湖。

田家謡

麥上場，蠶出筐，此時祇有田家忙。半月天晴一夜雨，前日麥地皆青秧。陰晴隨意古難得，婦後夫先各努力。倏凉驟暖繭易蛾，大婦絡絲中婦織。中婦輟閑事鉛華，不比大婦能憂家。飯熟何曾趁時喫，辛苦僅得蠶事畢。小婦初嫁當少寬，令伴阿姑頑房謂嬉爲頑。過日。明年願得如今年，剩貯二麥饒絲綿。小婦莫辭擔上肩，却放大婦當姑前。

徐南卿招飯

徐郎陋巷四立壁，乘閒亦戒賓友食。慈親衰鬢不供剪，定賣春衣典書册。念君治具良騷騷，與渠侵早來得得。小樓十客不餘地，猶勝陶翁劣容膝。江西米粟絲作窩，吳國香秔玉爲粒。嗣宗阿戎各好士，笑頡虀鄙仍婦德。老子旅寓得此飽；勃鬱詩情喙三尺。出門未妨雨墊巾，萬屐聲中緩歸策。

再次韻

東隣客來每壁壁，西鄰客來常蓐食。旅中一飽豈細故，偕舉大事書之册。末路孜孜食眠計，外此敢忘戒在得！蘇端向我顏色好，衝雨不辭泥没膝。居貧頗禁惡客惱，念子秤薪仍數粒。肺可用綸米可餅，併付饞僮飽君德。人謂裁詩等裁錦，拙婦渠能把刀尺。陶翁冥報苦未賡，搜攪肝腸閑倚策。

再次韻

白晝曲肱睨東壁，鵂斯空復賊糧食。晚途自笑硯生埃，少日頗常韋串册。生世恐隨草木腐，忍使功言兩無得！長安寧無翕艴者，自宜有鐵鬬腰膝。樂天任運時近酒，子房逃榮猶却粒。求窮我者迄未知，夫此誰怨夫誰德？擬訪鶯花豁襟抱，門外雨餘泥一尺。山陰不待興盡回，掠面東風寒策策。

戲作飲食小過不佳，趙帥招飲，淡食止酒。因成古詩。

書生稟賦紙樣薄，平日扶衰惟粥藥。一日飲濕小嗞肥，河魚數日煩醫治。佳辰府公約把酒，嚴斥厨丁預節口。借問王賓醻酢餘，還許公榮袖手無？厚味臘毒古不予，如作病何仍古語。生世例非金石堅，支離如我更可憐！饞噇動使諸病入，冷坐亦復百憂集。彭殤瘠肥本自齊，此理祇許蒙莊知。筯下萬錢無足取，厨薦三韭徒自苦。法士語飲應且憎，何如卧客懷中醉？不應棼酣任人嗤穀伯，何如辟穀高人師黃石。陳遵張竦枘鑿夫，何爲彼此未可相是非？七十老翁誰能促戚縛此戒，醉死病殂吾命在！

呈趙帥 訪帥困于腰鋪，次日帥聞到招飲。

雨行本自貪風便，四十里程真劈箭。長年攤錢夸半仙，一炊黍頃風頭轉。生世快意多所辱，葉舟瓠壺浪如屋。暗椿觸船船版折，船丁籲天船媪哭。塗窮儻有哀王孫，腰鋪人家緊閉門。丁翁祿遨捕魚者，向我顧肯顏色温。茅屋新成容寄宿，麻茶初熟仍見分。解衣滅燭睡欲死，鄉夢醒時雞喚晨。平時晨鋪下南浦，定向揚州聽更鼓。飛廉生憂吾敢怨，薄命若爲防市弩！今朝河面吹細痕，竹樹不聲人駿奔。掣鈴一笑話疇昔，便有樂事酬佳辰。鎮淮主人開淥樽，蕙蘭香前簫鼓喧。一盃爲我安驚魂，勝談亹亹清耳根，向來憂虞無足言！

山居四首

山間有好事，時肯問何如？東迭筯頭薤，鮮分匙面魚。披襟借我飽，攬髮爲君梳。一笑塵勞外，都無病可祛。

忽作斷過訪，經旬閑瘦笻。慵添和詩債，病減灌園功。石鼎裹輕碧，庭柯零碎紅。竹君如見慰，竟日嘯窗風。
烏息我亦倦，行行取徑微。石稜妨錯足，藤蔓每鉤衣。森木各天籟，連山同夕暉。推門吟袖冷，滿帶野風歸。
涉世慣多選，還欣愜此心。鵶孫當歲稔，竹母值秋陰。言配香秔軟，行須綠影深。繼今摩腹去，風日更蕭森。

香雲寺

山月明空隙，庭柯下槁乾。沉沉僧夜淨，漠漠鴈天寒。夢境愁偏隔，詩情老易闌。未容辭水厄，聊復踞蒲團。

圩上

小村山影裏，山脚水明沙。春事初移柳，人家未摘茶。生兒了門户，饌客有魚鰕。笑我塵埃者，奔馳鬢易華！

丁酉道中暮春

去家如昨日，節物轉頭非。風處綠自舞，雨餘紅頓稀。野橋平水過，村路躡花歸。趁得酴醿在，箏琶拂舊衣。

得姪消息

甚喜年穀熟，仍聞佳食眠。郡人新過此，鄉信得真傳。社酒浮蛆渌，湖魚割玉鮮。平時計安穩，莫靳里胥錢。

金地寺

側徑崎嶇去，飛蘿次第捫。山横欲無地，路轉却逢村。竹栢圍荒寺，莓苔上缭垣。殘僧不知客，芋火老雲根。

陪盱眙王使君東遊四首

錦席浮波影，牙檣轉霧霏。飛花窺碧酒，舞蝶傍紅衣。野日歌前淡，雲峰望處微。游魚應與樂，啼鳥莫催歸。

纜解鷗飛處，船移柳影中。林廬桃李月，浦潊蕙蘭風。酒淺能無醉，歌長惜有終。賦詩聊泚筆，寓意未須工。

紅旗圍皂蓋，離迥碧山隅。水色涵雲樹，賓筵著畫圖。香温金鑿落，花亞錦屠蘇。醉裏銀絲鱠，漁舟不待呼。

風林山闕處，茅舍兩三家。小駐回鶺隊，重尋粟玉花。疏煙横暖靄，碧溜漱晴沙。野興未渠盡，數峰明晚霞。

都梁

淮汴朝宗地，孤坤只眼前。譙樓西日淡，戍鼓北風傳。破竹非無計，澆瓜亦自賢。客愁渾幾許，撫劍倚吳天。

天外纖雲盡，山巔望眼遥。平淮剪緑野，白塔界晴霄。客裏風光異，吟邊物象驕。功名它日事，回首與蕭條！

關塞淒涼處，青徐指顧邊。如何漢正朔，不盡禹山川。將略輕三捷，天威重萬全。諸公不愒日，老子判留年！

路惡惟沙磧，山回忽市鄽。樓臺明晚照，花竹暝寒煙。生事知無警，歡聲驗有年。猶嫌武陵遇，不載割淮鮮。

犬吠葱青裏，人家竹徑深。短籬循石磵，老屋枕煙岑。牛瘠知春事，鳩啼認晏陰。豐年易爲客，盃酒慰幽尋。

年年漢臣節，春鴈與同歸。番俗尊華服，皇家後武威。市中斜髭賤，水外拂廬稀。南北皆生息，和戎果是非！

雨後病起

小卧竹間齋，幽懷得好開。病從涼後減，雨及望時來。兩屩山千疊，諸雛飯一杯。吾生計此耳，無夢到燕臺！

客中

多夜淮瀕夢，言歸未有期。愁禁客舍雨，寒過杏花時。酒廢無何飲，春如不自持。若爲丹九轉，能黑鏡中絲。

次瓜州

雲曀平山塔，煙明老濞城。客行判費日，舟泊細論程。閘水清兼濁，潮天雨復晴。未須歸有夢，午枕愜涼生。

贈趙秀才

衮衮紅塵去，扁舟得挽回。半生障日手，一笑沃愁杯。應俗吾衰矣，論文子壯哉！明年日邊信，滿冀好懷開。

定海

齒髮今如此，東來料一寒。愛民平日事，宰縣昔人難。稍得官租辦，聊容坐席安。渠儂趨負輓，疑未厭兒寬。

官廨鹽煙外，居人雜賈胡。聽言須畫字，討海倚輸租。習俗何妨陋，鮮肥頗不無。已甘三載住，疇昔計乘浮。

聞師文過錢塘

九堰三江外，欹帆側柂頻。海鮮常入筯，雨鵲定隨人。椒酒須分歲，江梅巧借春。團欒多樂事，未沫物華新。

官居

官居不惜日，宰縣動三年。忍事腸欲爛，爲防頭救燃。不應一飽計，長受衆人憐。俛仰堪供笑，人間海易田。

送學生歸赴秋試因省別業

年事真無賴，官曹已憚煩。兒堪付門户，吾粗有田園。遊舊因相問，襟懷爲細論。此心歸隱計，日日受風幡。

食口幾鵝鴈，田收問菜麻。子美：「力難及黍稷，得種菜與麻。」寧堪再攬減，淮人謂歲饑爲年歲攬減。又抱兩嘔鴉。越人以嬰兒爲嘔鴉。投老憐漂泊，何時了貸賒。終慚陶靖節，歸不計生涯。

高頭山

小駐緣雲脚，居然睡眼醒。楚田銜樹闊，漢水挾山青。蹀躞初忘倦，巉巖已飽經。川原方啖蔗，不擬嘆漂零。

無題

薄宦受風梗，還家歸岫雲。行人與喬木，老色竟平分。末路慚周朴，窮交有墨君。看渠綏若若，千騎詫鄉枌。

書懷

俛仰人間世，纔爲一笑資。百年羊胛熟，萬事虎頭癡。文字聊遮眼，功名浪朶頤。浮生如此爾，況復病餘衰！

次韻楊辛次郎裴時予亦留西鄉，因述懷。

信次尚村落，食眠隨曉晡。山瓶餘漤倒，村人以野釀名漤倒。僧宇謁伊蒲。笑挾《兔園策》，問收魚澳租。前灘起漚鷺，爲我作前驅。

次韻楊辛葫蘆格

生常信流坎，老不歎漂零。雪後菊未死，雨餘山更青。仍煩析塵語，遠寄打包僧。政績隨詩價，多君日日增。

次韻張守塗中逢節向子房州之行，亦舟中作歲節飲。

塗中歲遒盡，江影暮澄凝。栢酒惟宗武，河梁似李陵。問津田叟傲，捩柂長年能。繫纜纔沙觜，人家已上燈。

次宿北阿韻

聞道藍輿去，遥岡復近阿。詩應吊孝逸，碑或贊頭陁。静者官糊口，公朝禮作羅。憐君日阡陌，塵土撲陰何。北阿，李孝逸破李敬業處。

即事

側徑苔竹潤，短籬鷄鶩喧。小停障日手，聊憩卧雲村。緑影烏皮几，新醅老瓦盆。平生農圃計，重與野人論。

再用韻寄丁知縣

南樓酌酒未分襟，啅鵲啼烏亦好音。晴日倒紅生笑頰，煙梧摇渌漲盃心。可堪歲月供行色，盡把江山博醉吟。不繼蕪湖留十日，焦峰浮玉恣幽尋。丁爲蕪湖簿，留予必以十日爲約。

念衰

心意彫殘底自娛，每臨清鏡笑頭顱。詩從多病難爲好，官過中年劣勝無。急景驅秋著髭鬢，歸鴻銜夢下江湖。更應載酒高陽伴，誤輟歌呼話故吾。

閑適

丁年故紙枉埋頭，老去時名底用求。得句蓋嘗身被謗，屏書姑免眼爲仇。關門工作橐駝坐，閱世已冥鵬鷃遊。槁木山麋真適適，從來里舍議家丘。

次韻蘇監倉二首時蘇兼主邑學。

交朋又得一相如，高掩虞郎行秘書。妙論析微驚我倒，諸生到眼可人無。一官幸此分鄰燭，五字渠能攬虎鬚。快讀清篇病如掃，北軒風竹對森疏。

長日奔馳傳置如，久妨著論與抄書。逢人爭席有時有，疥壁留詩無處無。禦寇未辭躬楚輿，論文常憶攬桓鬚。扁舟再有東遊便，肯向朋從自作疏。

縣西

一徑斜穿犖确行，身閑尤覺馬蹄輕。坡頭嘉樹千幢立，煙際長江匹練橫。茶鼓適敲靈鷲院，夕陽欲壓赭圻城。一春簿領沉迷裏，野鳥山花眼最明。

寄幼度主簿

辭家暑雨濺紅渠，轉首蕎花已雪如。歲月祇隨流水逝，笑談陡與故人疏。簡書我正罷長道，歸棹君行指舊居。他日霜風吹夢破，空從旅雁覓來書。

七夕

龍旌鳳扇一相迎，知費青禽幾寄聲。天上經年纔舊約，人間轉盼便深更。涼河只向樽前落，微月偏來酒面明。後夜玉琴彈別鶴，獨應乾鵲夢魂驚。

復程平叔

早歲雄文手自編，偶同聞喜聽鈞天。漫爲官去吾何取，肯寄詩來子定賢。潘岳自憐頭易白，士安況苦病相纏。羨君身健須如漆，萬里亨衢穩著鞭。

夏夜飲客

矻矻官曹興易窮，得閑何惜一樽同。傍愁邊到無惡客，從竹間來皆好風。勝日詩狂輸酒聖，轉頭渭北復江東。雕鞍未作扶攜去，更放蘭釭子夜紅。

寄陳居仁

尚記誅茅柳外隄，水光摇霧潤窗扉。桑間曾是僧三宿，海上能忘鶴一歸。野店樽罍醅脚釅，比鄰雞鶩稿頭肥。解顔一醉平生事，更向行藏計是非。

贈仲國美前年春，國美亦留夜飲云。

三閲春光一建瓴，依然歸棹泊危亭。烏迎客子各頭白，柳學故人俱眼青。曾是縱談僵婢僕，又成豪飲卧罍瓶。明朝小話前溪别，分付溪風管醉醒。

贈趙秀才

平生心事釣漁舟，解后青衫映白頭。肯爲功名戲雕虎，不留顔面對沙鷗。露溥青蓋高荷曉，風約黄陂小麥秋。入眼斜川歸趣好，此身何處不菟裘！

京口呈張閤學

歸懷未用話南園，卧治于今又北門。但息兒啼寬上意，小稽霆擊取中原。虎頭鋭視非無種，猘子當觴且勿喧。更恐譚公家世事，斷無宣勸定驚魂。時迓北客，故云。

約二同年遊虎丘

兼旬閉户耐寒威，起視晴空碧四圍。黄鳥啼邊忽遊子，白龍去後漸單衣。年時尚記尋芳約，老境仍憐得醉希。紅影幽香虎丘路，杖藜攜酒莫相違。

次韻張丞二首

夫君腹笥盡奇謀，每叩談鋒聽不休。誦賦久嗟無此作，薦賢端合拔其尤。小遲榮路觀掀趠，聊爲同寮盡謬悠。政恐諸公有推挽，平時果藝仰由求。

槁梧閑據自沉吟，投老真成負此心。酒沃渴鯨悲事往，官隨跛鼈笑吾今。進爲終愧周人朴，歸去曾無陸子金。尚賴君詩慰牢落，時清聾聵發純音！

卽事

江漾晨光入縣門，樓斜晚影到漁村。海聲不爲無風靜，山色居常帶霧昏。問俗卽今防愒日，來時撫事錯銷魂。浮生寄寓君恩重，未覺天涯異故園。

勞農淨居贈皎啓二僧

勞農今喜復南輈，夾道扶攜亦笑讙。縣尹庶幾無疾病，山人迎送耐頻煩。芼葱湯餅聊堪飽，出瓮春醪半帶渾。惟有爲民真實意，異時陳迹付公言。

九日登樓 海上重陽，率多風雨。邑寄罷飲作。

縣曹逢節猶忙迫，陰雨乘秋每接連。九日歡娛異前日，幾年晴霽有今年。湖山入座褰珠箔，萸菊援香薦玉船。帽委西風判一醉，故人應未笑華顛！

再次韻謝張守得新居

得巢歸翼愜卑棲，尚卷風茅落凍泥。病樹緣階旋培殖，舊書堆案細籤題。地非新野聊龍卧，人似東屯

膾客迷。身世只今供冷笑，百川東注月行西。

對客再次韻

客來一笑同鄉味，便粉秋菰刷藕泥。糟浥子薑仍舊法，籠緘乾笋儼新題。白魚紫蠏空濡沫，窘兔驚麋

想碭迷。自揣臞儒合蔬糲，放麑終恐愧巴西。

自適

渺漭湖天入短蓬，心期祇許白鷗同。人言火食闐蓬客，自命官身田舍翁。酒可銷閑時得醉，詩憑寫意

不求工。更那長日温書眼，一送蜚鴻下遠空！

雲水爲家百累無，意行從昔畧方隅。飲忘醒醉狂常爾，夢到無何午未蘇。遺俗可辭翻轍錯，付渠陰作

負舟趨。譊譊禮法工相聒，閉户仍防大小儒。

登平山堂

平山堂上命琴樽，前輩風流肯見分。戀客懶斜當檻日，藏山不斷隔江雲。吟牋得意窺天巧，醉面禁涼

減纈紋。杖策歸來新月上，落梅如雪點風裙。

春日客中

平時謾說醉爲鄉，對景今如石作腸。老去猶與客中歎，春來剛制酒邊狂。露桃煙柳爲誰好，蜂蜜燕泥徒自忙。紅紫打圍歌笑地，暮年多感怕思量！

山行寄程帥

雨餘支徑濕平沙，恰稱卑官下澤車。雜樹暝煙森立槊，亂峰迎客儼排衙。水禽時弄翩仙影，野草爭開細碎花。久憶山行此如願，不應回首更思家。

次日再次韻

鷗雙鷺隻傍汀沙，却匯沙汀過客車。清吹解撩叢竹嘯，高山如受衆峰衙。寒生碧澗懸魚網，潤著蒼崖賸土花。所惜隔牆紅紫滿，行行無暇訪山家。

復次韻寄程帥二首

節物匆匆可挽追，直須樂事趁芳時。行春倏喜花圍屋，借景何殊月在池。南昌：「當官借景未妨民，恰似鑿池取明月。」對酒不無桃葉女，扣舷却笑木腸兒。山家有約須重到，定放遊人張水嬉。

人家禊祓競攀追，刺史春遊正此時。羯鼓聲中花作錦，壺籌多處酒爲池。絶須絲竹娱安石，賸有篇章付雪兒。聞道續貂容下客，老無佳句坐荒嬉。

騎過山村

煙村面勢枕蒼山，一徑循山作屈蟠。入望高幢羅翠密，掛空匹練噀清寒。吟髭撚白迎風去，粧面駢紅倚户看。頗似騎驢后山老，倩誰粉墨灑毫端。

寄鄉中親友

棋酒遊從歎離羣，酒牀吟筆漫飛塵。潮乎可奈才力老，甫也尚爲南北人。安信不隨秋雁到，流年倏復野梅新。南岡北阜憑高地，引首吴天幾愴神。

再用前韻贈高司理

吾宗如此況他揚，碌碌諸雛欠肯堂。薄宦幽憂殊未醒，故園歸夢可勝長。盃盤頓頓家雞嫩，翁媪嗚嗚社酒香。猶記比鄰笑行客，夏畦龍斷爲金章。

上巳溪上燕

杜若洲邊卓旆旌，佳晨一醉萬金輕。春光僅有一分在，天氣可能三日晴。解道蘭亭亦陳迹，肯吟楚些愴幽情。人生到處皆兒戲，笑看争標鬬兩鯨！

再次韻答許節推

新釀開缸淥蟻浮，舊辭仍缺唾壺謳。宦途要處難揷手，詩社叢中常引頭。倒載肯陪山簡醉，反關莫厭孟公留。秋田粗可供佳客，不比封君亦素侯。

書懷

人間窮達命汚隆，作意功名欲捕風。但見劉班誤車子，何曾鄧禹笑王融。官曹得飽餘何事，書課乘閑亦雋功。少待蓴鱸付張翰，一溪風月放船蓬。

再次韻謝高幾宜惠詩

小家茨竹卽爲堂，暇訪深林索豫章。平日牀頭但《周易》，看人筆落便靈光。庳隆賦質嗟多樣，良楛論材要當行。莫向黔婁問奇貨，長沙舞袖可能長。

歸歟老秋

已辦求田問舍謀，登臨那復更悲秋。蟹肥與客争先把，稻熟催兒徹晚收。霜後峰巒添峭措，波間鷗鷺劇風流。寰中勝處天應惜，付與癡兒祇暗投。

宿何人家

步尋松篠欵谽谺，忽到孤山處士家。十頃蒼鱗漾牆角，一鉤寒玉挿簷牙。杯行不乏紅絲鱠，飯了仍供白露芽。把臂傾舒吾已怯，又分離緒上歸槎。

凌晨張司户惠詩次韻

小駐江干接雋遊，渭清涇濁可同流？假真笑我陳驚坐，造妙推君趙倚樓。姓字已高時輩上，功名尤忌鬢毛秋。等閑莫學金華伯，碧水如天擬夢鷗。山谷詩：「夢作白鷗去，江南水如天。」仕塗決矣息交遊，姑向林泉訪勝流。短褐直甘乘下澤，異鄉終勝賦登樓。驚心夢境檀槐戰，屈指鄉園秫稻秋。雉翳龜燋緣有用，未聞金彈中沙鷗。

西林訪銛師 師頗能詩。

天將宿雨淨春空，却著湖山鼓吹中。載酒言辭藉花伴，運斤來看斲泥工。前身師定參寥子，拙宦吾今張長公。俛首人間皆長物，未妨分饗北窗風。

夜宿商卿家 復用撾字韻。

萑蒲無警南塘靜，歉歲村區鼓罷撾。更喜良宵共談麈，幾煩親手剪燈花。酌無多酒仍餘味，懶不吟詩政自嘉。蝶夢蘧蘧纔一霎，鄰鷄啼罷又啼鴉。

晚飯商卿家用前韻。

我似長松久卧沙，迄今諫鼓夢猶撾。倚消愁斛人如玉，欲近書籤眼有花。投老無庸尚强聒，過君每肯具柔嘉。婪酣得飽行摩腹，不省飢號有暮鵶。

重九山陽儀真兩使君送酒

酒會文期興尚濃，佳辰一笑坐天窮。兩州各遣六從事，九日俄成一病翁。詩不受催空急雨，帽無緣落任西風。明朝晴徑通行屐，却漫枝笻遶菊叢。

次韻高賓王見投

殘年病眼苦眵昏，盡屏甘腴誓綠樽。龍樹難逢刮膜手，孟公願有獨醒孫。頗煩十吏供揮掃，無奈諸峰役夢魂。友義惟公記衰疾，新編肯到雀羅門。病念還家可奈愁，客中日月急梭投。土花暈壁迎梅雨，海燕將雛送麥秋。霑袖正憐珠隕睫，闔門能復玉爲舟。搘頭閤膝高春卧，黄嬭青奴共此樓。

再次韻自詆簡賓王二首

魚睟清澄鳥愛昏，陶翁歸計酒盈樽。山田雨足鳩呼婦，籬援春深竹有孫。百首旋編新賦詠，三生猶憶舊精魂。小摩他日紅塵眼，閑送蜚雲過海門。

庾郎胸次枉堆愁，馮衍才名迄不投。歸去來兮歲華晚，末如何矣鬓毛秋？令威心事千年鶴，張翰生涯一葉舟。回首月堂金谷夢，却憐海蜃結飛樓！

次張學録韻

燒香爲后山，展像拜太虛。誰能作九原，候蟲弔寒墟。臛鴨久欲忘，食蛙近亦稍。人言淮浙殊，得飽不汝較。

再次贈張學録韻

李蔡下中爾，萬目指騫騰。何蕃頭欲白，秋窗耿青燈。張子攜詩來，危坐撥芋火。三問笑不對，政恐非助我。

次韻錢倅諸公睡香花

鈎窗玩孤芳，殘月衣上明。紫囊拆蘭麝，小風弄初晴。

泊上虞驛來日行

梁湖莽蒼外，後去未云遲。縣市容吾戀，江潮不汝期。

早夏

安石榴花猩血鮮，涼荷高葉碧田田。鰣魚入市河豚罷，已破江南打麥天。
滿地榆錢未掃除，畫簷忽復燕將雛。風窗夢破搔頭坐，重課兒時讀了書。

題趙秀才壁

日日危亭憑曲欄，幾山蒼翠擁煙鬟。連朝策馬衝雲去，盡是亭中望處山。

謝兩知縣送鵝酒羊麪

僧樣齋厨冰樣官，飢憑脱粟食無單。不因同里兼同姓，肯念先生苜蓿盤。

次兩知縣韻

老去棲遲八品官，劍頭深悔誚田單。東鄰未省吟髭斷，笑擲牙牌命肉盤。

寓吴門 張監留居平江，率趙守、袁憲，月助桂玉費作。

溪翁園客問何如，可諱浮生百計疏。不憚典衣規得酒，長因乞米銜能書。
輿闌猛輟凌江棹，重看鶯花茂苑春。歸自乘流留亦好，浙風淮俗總宜人。

紹熙壬子勸耕妙勝

桑條麥隴接比鄰，社酒家炊丐路人。風俗尚如它日否，憑誰細問故園春。

定海甲寅口號七首

長官清苦舊傳聞，檢放禾苗近四分。畢竟不緣胥吏手，㫚頭科斂枉紛紜。

田租有約不相違，比着豐年數已虧。一飽分明郎首賜，幾曾刺口問抽卑。

已抄口數報隅官，歲後朝餔定不難。且願眼前彊健在，趁坊討海過冬寒。

水泛溝塍意欲饜，凌晨還復雨廉纖。早秧未領其感切。猶須插，晚穀無多不更坤。直廉切。

父子分頭上海船，今年海熟勝常年。官中可但追呼少，不貿田輸折米錢。

人家兩兩捉春歸，笑語相過復嘆咨。共説颶頭前夜作，幾人莆網罣流尸。

連宵飛雨喜滂流，已入梅天過麥秋。二十年前如此晚，金城地抱却全收。

謝張德恭送糟蚶德恭，師文友也。

壓倒淤泥白蓮藕，半捐介甲露穠纖。玉川水厄那知此，急具薑葱喚阿添。

慶元冬再到盱眙

虎頭山下參天柳，親見栽時共我長。柳自摧殘人自老，半生不抵熟黄粱。

日行犖确面孱顔，舊慣山居意易闌。見説煙雲暝嶓崒，北人争指畫圖看。

閑居營隙地頗事栽種。隨遇作一詩，前後不同，故無倫次。

雪雲脱壞漏朝陽，風物横前引興長。紅糝紫蕤今次第，遷鶯來燕費商量。

種桃接李不辭勤，旋作花前把酒人。羨殺文禽映花語，飛來趁得見成春。

春來敢自貸衰慵，正要檀欒間白紅。愛竹少留枝策徑，灌花分破著書功。

步屧歸來未覺勞，迎門喧笑問兒曹。笑翁渾似魚千里，小圃周圍日幾遭。

客夜不寐

陣鴻轇轕上雲衢，夢欲成時每破除。少睡更堪寒夜永，新來熟遍少時書。

江行

帆桅飛去劃空明，人倚東風兩翼生。世事快人如此否，日斜三百不留行。

到房交代

簷外浮嵐暖翠堆，道人親眼爲渠開。餐錢官簿何須計，直爲南山亦合來。

復次韻

昔上瞿塘灩預堆，盤渦如井放船開。山行歡喜今非錯，備見梢濆擊漩來。地有錯歡喜山。

十里髻鬟誰綰結，半天蒼翠自嶙峋。教兒莫憚依山住，闊領裁衣盡土人。

題驛舍

客到淮鄉話楚鄉，長將天末指襄陽。如今漂泊君休問，又過襄陽十舍彊。

房陵十首

似聞仙伯厭乘龍，常混紅塵市井中。覿面未須趄避我，褰衣無計趿尋公。房人謂巧避云趄避，力尋爲趿尋。趄，七靴反。趿，音靸。

陰晴未敢捲簾看，苦霧濛濛鼻爲酸。政使病餘剛制酒，一盃要敵滂朝寒。晨起霧久乃開，土人目曰滂朝。

祠壇歌舞雜嗟吁，下酉猶濡上酉枯。誰謂朝來一拆雨，歡聲已覺沸通衢。瀦水溉曰酉，得雨曰一拆雨。

竹屋高低正復斜，蔚藍影裏著人家。底消山峽三分瘴，争課盧仝七椀茶。土人晨飲茶，云勝山嵐氣，又曰房三分瘴。

夏田少雨富來牟，多雨何妨穡事秋。已戒日供皮子麵，更教晚稻飽霜收。麵皆墋，不墋者，曰皮子麵。稻待霜乃收，曰飽霜米。

跨牛待得夕陽回，在處諸嫲笑口開。已借蠟錢輸麥稅，免教緝捕闖門來。弓手下鄉，目以緝捕。

杯酒清濃肉更肥，咸言趁社極歡嬉。丁寧向去坐年日，要似如今斂脯時。年日飲食，曰坐年，社日曰斂脯。

農閑閭里有逢迎，白飲傍邊骨在羹。老稚不妨頑過日，邊頭難得是升平。俗謂戲曰頑，羹曰骨在。

刈罷秋禾未敢慵，更須趁逐過殘冬。城中竹筊今年貴，鹽茗新來免闕供。賣枯竹供爨，曰竹筊。古巧反。
翁媼同圍老瓦盆，倒篘新酒雜清渾。梘南梘北皆春社，且放烏犍卧晏温。村落所聚曰梘。

春寒

掃雪階頭曉未乾，東風作惡鼻仍酸。西園點檢江梅後，祇有櫻桃不避寒。
稍稍春光到眼中，衝寒試與小楮笻。杏花已尾櫻花拆，正要深紅間淡紅。
清明寒食經旬是，笑問風寒更幾餘。小杏惜香春恰恰，新楊弄影午疏疏。
平明欲斂雲復厚，薄晚未休風更顛。老怯春寒不宜出，下帷添火擁書眠。

不寐二首

改變年來所著書，依然幽夢隔華胥。寒更何與衰翁事，數到琤摐殺點餘。
追思可樂是丁年，日力孳孳有食眠。頭觸屏風祇燈後，慈親笑勸掩陳編！

寄張守仲思

一思交好一悲悽，楚嶠吴山夢到迷。怕説萬山天樣遠，房陵更在萬山西。

四月望再遊西湖

春光陸續委東流，看到湖邊安石榴。更與蘇堤漚鷺約，辦舟來賞牡丹秋。俗目芙蓉秋牡丹。

吟詩自笑

文字光騰萬丈長，錦官老杜豫章黄。投荒忍死經人飵，討飯充腸上岳陽。南昌詩云：「我雖窮至骨，猶勝杜陵老。憶昔上岳陽，一飯從人討。」

雲巢詩鈔

沈遼，字睿達，以兄遘任入官爲審官西院主簿，出監明州市舶司，遷太常奉禮郎改杭州軍資庫，攝華亭縣事。奪官，徙永州。元豐八年二月卒於池州。遼畜聲伎，几研間陶瓦金銅物，皆數閱數百年，遠者溢出周、秦。王介甫贈以詩云：「風流謝安石，瀟洒陶淵明。」其子雱亦有詩云：「前日覽佳作，淵明知不如。」及徙秋浦，築室齊山，名之曰「雲巢」。一洗年少之習，從事禪悦。蘇子瞻嘗語人曰：「睿達末路蹭蹬，使人耿耿，求此才韻，豈易得哉！」余閲其詩，間出入俗調，佳者亦生硬排奡，不知何以諸公見賞之如是也？悉爲汰去，庶諸公不爲失言耳。

寄陸九

賀老湖邊春水生，野陽浮動北風輕。天邊重闕歌筦響，鑑裏綵舟金翠明。大抵盛時須着意，要知吾輩未忘情。君如彦道能懷帽，便逐輕帆作此行。

寄才仲

陶令在彭澤，放懷天壤間。横江三百里，往往向廬山。多尋簡寂醉，時訪遠公閑。不復顧吏迹，世人指爲頑。公子負文華，少年成青綸。風流不屑俗，爲邑得星灣。節節香爐峰，據案見蒼顔。何勞事舟楫，緩步可躋攀。形骸付物外，勿使人事闕。巖壑高世人，有誰偕往還？新篇定盈軸，佳句不可删。南風儻垂寄，誠足慰衰孱。

贈磻翁龍尾硯

龍尾山盤八十里，龍尾有潭下無底。秋月亭亭潭氣黑，其中有石色如墨。山川秀氣散不爲，風雲頑不爲砂礫。融結至寶有物主，水上經營無處所，經年始獲不敢賣。我昔遊江南，有客遺我誇龍子。吾知龍能變化是或不可制。追琢爲巨硯，大筆揮《離騷》。中圓體天形，外方作地象。精光熠熠角生浪，熟視乃有紺羅文。瑩潤無與比，玩愛何可論。我今樗散無所事，特贈華陽鴻筆麗藻人。吾聞蜀都多學士，置諸文府爲戰具。君如窮經遂絶筆，請與大軸傳後嗣。

春日行

宫梅撲地白氈班，細柳結煙金縷繁。春華年年來不已，人生七十半衰殘。少時豪放猶不敵，何況羈棲落荆蠻！囊中琵琶金鳳閑，古曲情深屬誰彈。病目矇矇對荒山，東風有意爲掩關。棄置萬事一夢還，江湖水生愁夜寒。

甲辰年五月十五日夜澧陽觀月

少年悵不樂，明月何爲哉？揚眉一遐賞，寂寂更傷懷！念昔吾州樂，泛舟湖上來。佳賓適所好，歡計成金罍。妖歌有送響，度曲清且哀。留連夕陽下，夜色起山隈。光明水晶域，素彩中天開。龍香弄微風，四顧絶纖埃。澄波照上下，倒景出瑶臺。紅燭漸向微，始知夜漏催。美人屢更衣，含笑玉山隤。歡樂殊未央，鼓枻中洲迴。人生無憂患，遇樂且銜杯。悵余失交臂，萬里來天涯。羈愁那無感，情慮長如灰。神遊忽自笑，安知顧形骸。

贈大中鎮國長老

昔從東南來，税駕依金地。迎風步峻閣，始眺灃陽市。蒼茫煙霧下，一水縈如袂。夷落雜連峰，精廬遥相峙。宅土信羈客，杜門忽彌歲。風雲一蕭散，身世兩無累。懷歸悵有感，史遷念留滯。引脰企昔遊，野馬埋蒼翠。何時籃輿去，復將老師住。請掃嵓下石，爲述空王偈。

遊瑞嵓

已恨初年不學仙，老來何處更參禪？西風摇落歲事晚，卧對高巖看落泉。

寄四明神智師

甬水樓頭看盡山，南城寺裏扣禪關。老師多事猶相記，千里馳書慰病孱。

次韻酬明發華宗

長卿倦遊欲東還，幸與諸公俱出關。世事轉頭都委夢，人生何計得長閒。殘花爛熳飄村塢，細雨廉纖隔碭山。誰寫熙寧十才子，老夫亦入畫圖間。出有正元十才子出關圖，至今多有傳本。

奉陪潁叔賦欽院牡丹

昔年曾到洛城中，玉椀金盤深淺紅。行上荆溪溪畔寺，愧將白髮對東風。

龜兹舞

龜兹舞，龜兹舞，始自漢時入樂府。世上誰傳此樂名，不知此樂猶傳否？黄扉朱邸晝無事，美人親尋教坊譜。衣冠盡得畫圖看，樂器多因西域取。紅綠結裀坐後部，長笛短簫形製古。雞婁指鼓舊所識，饒貝流蘇分白羽。玉顔二女高髻花，孔雀羅衫金畫縷。紅靴玉帶踏筵出，初驚翔鸞下玄圃。中有一人奏羯鼓，頭如山兮手如雨。其間曲調雜晉楚，歌詞至今傳晉語。須臾曲罷立前廡，歎息平生未嘗睹。清都閬苑昔有夢，寂寞如今在何所？我家家住江海涯，上國樂事殊未知。玉顔邀我索題詩，它時有夢與誰期！

寄文翁

白兔觀邊仙路長，華林修竹到南莊。比鄰雞犬易過屋，適意琴書動滿牀。目斷鶺鴒分漢節，心隨鴻雁極天潢。欲移畫舸遥相訪，正恐田家五月忙。

奉酬舜文郎次原韻

我生無庸如斷絡，已分老死填溝壑。不能掉舌强附會，何暇論經更穿鑿。萊蕪甑敝欲生塵，玉川婢粗常赤脚。世間要途不易驟，身外名韁誰可縛？本無道義輕王公，亦不悲傷念流落。水鄉夏半不厭熱，繞舍新篁尚含籜。訟庭勾釘非吾事，吏按煩苛都可却。農民漸使安甽畝，和氣終須蠲疹瘼。子羽不肯過我室，懸榻何妨卧西閣。年來多病亦廢飮，牆下度泥委杯酌。舊學迂疏不適時，譬如石田何可穫。欲捕大鵬逐方嶠，終不勞心事弋繳。行當歸掃烏峰下，試煉金鼎長生藥。

題楊師壁

年來病勸厭尋山，且寄清泠白水間。最愛楊師舊茅舍，頻來借榻伴高閑。

寄慶復允中

木葉飄蕭已半殷，試臨高處望君山。野田繚繞來時路，畫舸逍遥數日間。坐想故人應見憶，如今禿髮不勝斑。兩州相望無千里，莫惜新篇斷往還。

贈清道

少年好書老彌篤，牙籤錦囊數百軸。江左墨妙世不矚，有唐諸公粗可録。諸公草法無可稱，中葉始有張顛名。張顛下筆有神會，其妙不似點畫成。後來沙門有藏真，措意瀟洒尤更精。當時二子最名盛，至今學者皆伏膺。本朝蘇公名弟兄，汝南蒲陽亦有聲。比來諸公已老死，其餘卑俗類可憎。我昔乘輿遊都城，列子示我新素屏。始知無擇得此道，長沙道人今復生。歸來窮巷掩柴荆，惠然相訪得忘形。贈我數行豈無意，勢如九河注滄溟。中間龍蛋降没升，歎伏不暇獨可驚。自欲何能謝言情，欲贈金玉還愧輕。慇勤之揖喜不勝，使我區霧老後明。

池陽

池南柳色未全黄，池北萱芽尚帶霜。老去尋春不嫌早，春深留與少年郎。
寒煙寂寂鏁青谿，圓月亭亭上曲堤。小杜風情遥可想，閑調絲竹舞金泥。

林平

河邊柳眼澹煙浮，臘破春歸一歲休。不復昔時羈旅恨，離明還泊北城頭。

次韻和宋平

憶昔銜杯折梅處，孤山寺前千丈塘。横遮青林鬬殘雪，暗入紅袖留清香。往遊都城雖屢賞，縱有素艷終殊芳。莫辭遶林行百匝，更嚼嫩蕊薰愁腸。

和張寶臣郎元韻

始余倦遊念還家，一身泛然寄天涯。頭上白髮日益加，朱顏不駐爐中砂。飄飄逸氣淩紫霞，猶着黄綬趨泥沙。烈日謾憑烏帽遮，窮巷歸來夕煙斜。閉門正欲謝喧譁，何憚屋室多痺窊。楊柳欲落鳴飢鴉，八月秋風想乘槎。市中有金誰攫拏，自欲歸耕老菑畬。嗜好已背梨與樝，那復開口增譀譀。眼昏白晝生黑花，老悲獨向兒女夸。枯轍不能活鰭魦，騏驥垂耳伏鹽車。一官欣得飽魚蝦，頓首致謁辭當衙。愚拙不遇何復嗟，川陸舊遊殊不遐。才渡揚子已聞哇，吳女蓬鬢多髦髿。西湖信美謝若耶，松竹夾道繁根芽。勢利屈曲如盤蝸，衞青變化乃龍蛇。深閨召客舞雙髽，撫手相勸競呀呀。西崦老師自煮茶，太守陳樂奏渝巴。湖水洗面去塵痂，故山白怕留文沙。田裏小兒放豬豭，爲樂往往鳴簫笳。亦有狐兔怛怛罝，令人指手徒爲椰。賤職驅使告及瓜，聿來甬東絶紛華。箝口不復露頰牙，聯曹相係瓊與葭。上官庇覆不汝瑕，優游重見林中葩。四時風露換物華，新詩迭致思無邪。吾子俊拔誠可嘉，豈獨鄙言數矜誇。高吟大字耀紙麻，時雖未亨道不污。屢出珠玉能愧奢，麻姑手爪幸見爬。長篇垂況理不差，正如矛戟相鏖叉。

走筆奉酬正夫卽次元韻

樂府古有《行路難》，但悲白髮憐朱顏。時命多向賢才慳，詰屈不平萬世閒。壯心欲馳步輒跚，試出鋒穎官已瘝。中心忽忽惓且煩，不如歸去江海閑。要懸大刀數撫鐶，何陋九夷與八蠻。自顧鄙性疏且頑，誰能隨時事黠姦。從來多病筋力孱，正當落魄卧深山。敝廬數椽粗可跧，安居里巷鍵重關。終日無人踐茆菅，冠帶不修衣袂黫。高歌一曲舞雲鬟，比鄰有酒時見頒。春風秋月與我閒，夜静佩玉鳴珊珊。

高人逸士或往還，蓬舟自訪來前彎。行歌紅藥與香蘭，已增俗物近塵寰。一身蕭然念早鰥，髭鬢憔悴半已斑。誰能更問禿與鬜，且聽溪水聲潺潺。強來爲吏腰少彎，幸讀君詩錦繡篇。相望鬱鬱何可删，君豈久居五兩綸。

次韻酬李正甫對雪

苦寒冽冽日夜增，朔風軒軒勢相淩。遥山頑碧空崚嶒，高堂閑坐擁敝繒。欲醻一杯意已仍，結歌黄竹但伏膺。愁雲漫漫方四騰，海氣上薄初不勝。雪霰雜下風作稜，漸著弱柳頭髯鬙。半積軒砌發幽層，枯樹兀兀愁飢鷹。紛然不已失溝塍，一飲一斗心易矜。試步薄冰猶戰兢，圓圭方璧降復登。憶昔前年正嚴凝，攝事大蜡清晨興。平生看雪實未曾，健僕駿馬半醉乘。或前或後望交朋，不辨明河與玉澠。烈火萬炬氣不蒸，被面唯有凍與冰。歸來心目如水澄，喜看道傍刳作燈。豐年爲瑞古有稱，凍死何暇談鄒滕。欲邀君飲恨不能，相酬莫問準與繩。

詒隱者

訪我維摩室，不值香積飯。開囊出黄粟，爲汝林中爨。軟語少稽留，青蔬亦易辦。勿言方外趣，我汝真如幻！

樂神

夷人事神正自醵，山頭水邊與神樂。大巫龐衣手摇鐸，羣兒伐鼓更鳴角。青山歷歷神欲歸，湘水灕灕日脚西。小大酣歌向山棲，神羹滿盎均汝鳌。

日落

日落沙頭山已昏，飢烏投暝下前村。誰云野客無多事，步出林間自揜門。

棗花寒

山禽哺鷇半欲搏，坐想葛帔臨風湍。數日陰霖復未暢，不知更作棗花寒。

復作過商翁墓

當年不佩封侯印，後世誰尋墮淚碑！定遠將軍豈夸勇，闞南常侍最能詩。故人不解傳遺事，五嶺猶能識信旗。墓下寂寥無鼓角，秋風獨向白楊悲！蒼頭已作歸來曲，不信全生庾氏碑。疑有史官争立傳，終無嗣子與聞詩。後房已閉千金妓，私廟空收五采旗。聞說詔書優贈典，孤魂應結九泉悲！

鈷鉧潭

余讀子厚書，始聞鈷鉧潭。榜舟西江下，振步愚溪南。高下淩山阿，松篁蔽秋嵐。土人識其地，古木森梗楠。水深日波瀾，此理亦易探。古木爲鈷鉧，土音正相參。所記或不然，信書殊未甘。此公廢已久，山水窮年躭。造化毫楮間，浮實微相銛。幽心有默識，西歸助清談。

贈廣祐上人

不入四明路，侵尋已十年。葛藤論往事，蟬蛻想蒼煙。松下數株石，巖前千丈泉。何爲不肯住，芒屩更參禪。

奉簡莘叟

紅葉飄蕭秋後山，相望止在一嵠間。老夫無用方安命，夫子何爲早閉關。世事不隨歌吹樂，此身畧與水雲閒。經年不見寧相外，安在區區事往還！

火星巖

火星巖下石崚嶒，殿閣相望止一僧。莫問人間興廢事，門前流水几前燈。

侯灘

江流激激過侯灘，更上山頭看打盤。百歲老人親擊鼓，城中憂樂不相干。

踏盤曲

湘水東西踏盤去，青煙白霧將軍樹。社中飲酒不要錢，樂神打起長腰鼓。女兒帶環着縵布，歡笑捉郎神作主。明年二月近社時，載酒牽牛看父母。

過商翁墓

征南名地早相知，老向瀟湘看立碑。壯節獨馳南嶠事，古風不括故山詩。愁煙半鎖黃茅壠，部曲誰尋舊將旗。遥矚蕪江想靈氣，孤雲落日不勝悲。

湘中宿臺步寺

湘源初甚微，屢挹不滿缸。比至臺步虚，泛泛爲長江。虚頭市初集，魚豆皆成椿。夷獠不識人，笑譪兓與龐。緑荷竭苞苴，人散誰復撞！鷗鳥亦來下，酒旆停空杠。我來憩桑門，竹户映蓬窗。夜寢那可寐，江流正淙淙。

泛舟上湘口館

瀟水漫南來，湘川趣東下。二水始相會，清豪不相藉。山迴石瀨出，木老修煙嫁。泛泛白蘋洲，林風媚如畫。宿昔感騷憤，幽興遥相借。不謂垂老年，羇孤窮山舍。潮來刺舟去，孤月臨清夜。安得跨鯨魚，不復人間化。

禪僧巖

瀟湘山水窮欲徧，最後乃得禪僧巖。禪僧成道久已化，獨有崖崿青巉巉。降身入洞不甚險，突兀三室誰彫劖。東西有道若蛇竇，白雲羃羃門無緘。持火旁行不知際，七穿八竅遥相銜，涓涓乳泉白如雪，由來此地殊仙凡。主人引我復深入，行指嶼穴尤嵌嵓。中間石鼓有異響，擊拊想可參韶咸！吾身久病苦下溼，復畏神怪來邀攙。直趣出洞上南巘，豁若巨海張雲帆。山花爛斑出竹梢，亦有禽鳥聲諵諵。欲還未可復小駐，日脚已過東岡杉。

贈别子瞻

平生雅遊眉陽客，五年不見鬢已白。借田東坡在江北，芟夷蓬蒿自種麥。相逢不盡一樽酒，故態那復論歡戚。手抱阿武勸餘瀝，維摩老夫失定力。老夫寂寂出三湘，更欲卜居池水陽。薄田止須數十畝，田上更樹麻與桑。老來正苦迫生事，清明雖近猶可秧。罷亞若可博乾麨，以無易有遥相望。我舟即行不可駐，欲卜後會誠茫茫！他時有信若可寄，不用辛苦爲詩章。

德相送荆公三詩用元韻戲爲之

幽居卧山間，不與世相接。餘生委蒲柳，滯想遺空劫。德相早相親，顧我情未厭。數枉南堤步，更引青谿艓。相見亦何事，坐對羣峰疊。陽春始萌動，煙嵐生劍鋏。廉纖數日雨，萬里浮塵浥。赤白未殘花，修穮半敷葉。行招老僧語，遥屬東田饁。窮崖歷可造，峻流誰敢涉！衰齡易生倦，幽巖就調攝。德相知我憊，雙眸困垂睫。高詠楚公作，欲引維摩篋。初聞未甚解，静聽疑可獵。有如太華峰，跛躄豈易躡。不知泛滄海，何力施舟楫。遥窺土山勝，昔乃文靖業。二公雖異時，名德遠相躐。山川若有待，風物增悲惵。未知蔡侯履，孰與支郎蹀。勝游可概見，筆力方峩嶪。更紓别後情，琅琅鋪簡牒。倡高必和寡，排比安且帖。簫竽合古律，宫羽自諧協。世人所欽慕，有口空嚅囁。東牀坦腹士，左右參經笈。爲賦弈碁句，璆琳吐胸脇。鏘然不可閉，由來知捷捷。謂如伯升勇，揚兵開宛葉。豈比文信君，無謀喪張黶。致死在必勝，甘言方示怯。尾章示戒訓，足以傳芳諜。後生知自勵，何必棰楚挾。正如嚼冰雪，清泠快牙頰。我昔造公室，公方任調燮。辱枉淵明贈，今猶秘巾篋。當時隳官去，終身欣廢跕。冠帶遂已捐，頭腦深埋壓。肯羨冥冥鴻，安知栩栩蝶。心清久無夢，神固安知魘。少小鋭文史，老大心更懾。是古豈余心，非今寧我愜。況復論翰墨，爾來那可輒。不識渾脱舞，何愧張顛帖。所居養鵞雁，菰蒲觀唼喋。亦有藜藿畦，粗充匕與挾。孰知名可貴，安用禄爲槢！無求豈有沮，不動誰能噌？汝堅百萬衆，淮瀆空雉堞。陵陽丈五墳，朱雲本輕俠。百年竟何往，終當封馬鬣。何必悵霜毛，更向窗前鑷。

德相所示論書聊復戲酬

野舍老餘生，雅尚今已愜。不逃世憂患，餘事寄巾蹀。行尋青山轉，坐對青山疊。欲隨白雲去，儻與幽人接。盤桓太清洞，悵望長江艓。昔時古錦囊，今還白羽箑。不復叔夜煆，真得孫登攝。九華一枯藜，青溪一孤楫。得喪苟自達，死生安足惵！朱顏久不駐，白髮何爲鑷。羣物自流轉，吾生寄天燮。德相屢相過，老夫寧足躡。由來廢井水，不如長劍鋏。往往論書法，軒軒兩目睫。中郎石經在，元常表軍捷。漢魏多傳人，至宋有遺帖。唐室初最盛，漸衰自中葉。歐虞緬誰嗣，顏柳何足躐！篆籀昔難工，草聖誰敢輒。巨山作散隸，雄古掀龍鬣。貞觀喜飛白，凌厲騰春蝶。豈特豁神觀，直可袪鬼魘。古人有所寓，天性難必協。所志有小大，其材有勇怯。或憚懦文雅，或軒昂豪俠。或轉戰鞍馬，或驅馳弋獵。或發於止諫，或得於訟牒。或奮奪牀陛，或造成械槢。或爲神所追，或自勢所劫。或醉以賈禍，或詐以行諜。或習於娛樂，或勞於呿噆。有燦如文錦，有勁如金梜。有倚如戈鋒，有點如山業。有駛或如波，有媚或如靨。或騰如煙霏，或落如鳥跕。淵妙欲飛動，拙惡愧偏壓。當寢或不寐，當晝亦忘饁。有嚳終甚微，或毁則羣囁。爲功有不至，考古安能厭。十年幸能就，萬金毫豈浥。金玉敷卷軸，龍蛇閟箱笈。是惟小夫技，寧當丈夫業。譬如論唐虞，何曾道郇葉。如君負高識，於此何足挾。一戰雖未霸，遐心豈即怗。朝廷方洽熙，四夷皆遠慴。坐復洮河地，直擣幽燕脅。朝夕奏奇功，羣儒争鼓篋。太平任文治，虜衁何煩喋。道德以爲宇，威武以爲堞。豈比叔孫生，雜用隨何頰。吾衰何可道，不死同原涉！

德相惠新茶復次前韻奉謝

暑雨闇窮山，道滑不可躡。隱几念投老，葛衣坐搖箑。林端使者至，乃得德相帖。佳惠致新茗，遠來自閩笈。吾聞北苑勝，不與羣山接。山下幾千家，以此爲生業。新陽一日至，東風方獵獵。百草尚勾甲，靈芽已先捷。所採僅毛髮，厥工巧烹燮。甘泉列盎釜，熾炭浩旁疊。修竹爲之規，黄金爲之梜。形摹各臻妙，製作易妥帖。至尊所虛佇，守臣方惕懾。其上爲虬龍，蜿蜒奮鱗鬣。稍降乃交鳳，文翼相盤跕。函封趣北道，驛使互防挾。四方老金玉，擬議誰敢輒！屹屹健士檐，飄飄迅溪艓。穀雨不及潤，權門已盈篋。帶銙體正方，葵華角仍壓。始傳盛王鄭，後來止游葉。大爲權勢迫，小或盜賊劫？其間起鬭奪，亦數冒刑槢。南夷出重購，不憚浮海楫。北虜比尤好，喜笑開胡睫。豈不産卭蜀，豈不生楚葉。厥品乃大戾，固難一理攝。朱門厭酒肉，辯士厲舌頰。儒生備夜誦，農夫困朝饁。禪翁過江煮，老獲空腹喋。綺席夢騰騰，玉山頭業業。無魚乃尚可，非此意不厭。一泛舌已潤，載啜心更愜。不唯豁神觀，亦足暢煩慄。清泠生肺肝，爽快勝抓鑷。孰不恃薏苡，伏波煩謗囁。孰不飲醇酎，伯仁憂腐脅。祖逖敦雅尚，鴻漸未博涉。君謨號精鑒，才翁亦相躐。玉川七椀興，令人解頤靨。奇章兩串賜，遺芳在圖諜。余昔喜賓客，爲世困書牒。輕重必酬酢，往來煩蹻蹀。自從竄夷裔，所藏多敗浥。亦幸衰老年，數病脾氣怯。棄置在高閣，魂夢昏多魘。拘病出湘漢，餘生若蟬蝶！希夷有幽卧，刀劍銷鋩鋏。一榻就空曠，百骸得和協。久已廢翰墨，況復道遊俠。有味養元和，無物累吾嚌，臨風欲占謝，遥企山

西樑一

初創二山

左山叢古木，紫帶多美竹。右山少平地，硇磳斷蒼玉。於此豈無竹，蕭疏倚嵓谷。上參九頂道，俯浸清谿澳。於彼豈無石，嵌崖大如屋。景業讀書處，基構有遺躅。始吾購二山，何爲不相屬？中間古蘭若，臺觀當山腹。嵓洞九十七，龍蛇所潛伏。昔人所軒榭，高深奇秋麓。我乃巢西崦，手自親鉏斸。青溪漫無際，島嶼相重復。雨餘山更佳，春流漲平峪。下矚池陽市，修煙弄芬馥。大江天上來，淮山點眉綠。老夫豈無意，落日傲鴻鵠！東嶺亦誅茀，小菴粗容足。六峰引南睇，九華勢相續。白雲與誰期？千載媚平陸。清曠無俗韻，修明資遠目。去秋已種麥，今春復栽栗。野老豈余欺，東坡幸膏沐。二山誰與適，最與枯藤熟。相見詎無人，顧我真麋鹿。一年一瞬事，何暇知委曲？得此化餘年，不問君平卜！

初泊磁湖 時子瞻在齊安。

歸舟不解洞庭帆，舟上騷人雪滿簪。小駐武昌江北岸，春風今夜泊江南。

清冷臺

山前繚繞白雲飛，山下溪流那復迴。不向此間休歇去，寧將白髮污塵埃！

左史洞在北山。

萬古齊山石，誰開左史洞？左史今何在，蒼崖本不動。履嶮下重壑，幽深鬼神總。石門絶世路，久爲塵泥擁。青天十畝地，巑岏如覆瓮。琬琰甃屋壁，煙霞列梁棟。崖間不死藥，必非近時種。人去境長在，境與人爲重！欲觀疇昔意，幽禽發清哢。吾方寄淵寂，無礙亦無縱。手自翦荆棘，結茅當石空。長與麋鹿遊，不復人間夢。

送曾處善赴寶應尉

我初隱身治蓬蒿，餘生不復人間世！左山右山白雲上，一動一静浮塵外。齊山山上老夫庵，青谿谿南侍中第。朱顔公子不易識，短衣款段來相際。長堤相望雖甚遠，有意即行終不計。東鄰竹閣長夏熱，我構雲巢方自蔽。爛斑石臺始一眺，寂静庵基猶未薙。隨雲步訪胡矮老，放懷止得殊師利。石橋寺前夜月冷，金雞峰下秋霖霽。君恃馬足不憚遠，我駕藍輿隨處税。六峰老師氣軒豁，九華雌山苦陰晦。庵前菜茹常不厭，城裏羊肩難數置。漫天風雪一暢目，滿榻春陽欣炙背。裴休自參黄檗禪，院福豈是一昌尉？相見終年已解空，分襟一别那成滯。拍江春水浮鷁首，萬里青天運鵬翅。順風莫寄南來書，老夫柴門多自閉。

臺下

石梅落落欲黄時，細雨濛濛暗不開。數日不行臺下路，不知江水過山來。

清泠臺初夏一首寄上翟舅

清泠竹樹暗成陰，漸有溪流過此岑。草草作巢方寄老，愔愔設榻本無心。松門不隔紅塵路，月疊初無俗物侵。欲向人間訪消息，渭陽應有遠遊吟。

齊山偶題二首

杜子風情春水波，至今詩句使人夸。不知朽骨猶存否，山上年年黄菊花。

朝雲未散白笴陂，落日已過銅陵西。不向人間生皓髮，直尋仙客上青谿。

西溪集鈔

沈遘，字文通，錢塘人。以郊社齋郎舉進士，廷唱第一，謂其已官，改第二。通判江寧府，除集賢校理，知制誥，出知越、杭二州。遷龍圖閣直學士，知開封府，拜翰林學士。丁母憂，卒於墓廬。有《西溪集》十卷，詩非其能事，而唱和者爲王介甫、蘇子美，何故而止於是也！

七言送僧思齊歸吴

西風送霜河水落，東都歸客不可留。囊衣卷詩載輕舸，飄然獨下東南州。吴山木落衆峰出，越湖潦散孤嶼浮。橘丹蓴紫新薦俎，若下醪美不計售。十年塵埃一日去，猿初脱檻鷹下韝。幽潛遠颺肯回首，送之却顧令人愁！鱸魚正肥張翰老，田園將蕪陶潛憂。子歸應有問予者，爲解區區兹有由。

五言天台山送僧象微歸山

吾聞天台久，嘗讀興公賦。兹爲東南鎮，神霧之所據。奇挺究萬狀，嵩岱不足語。頗疑説過夸，特爲辭之娉。象微迺州民，能識山之故。從容試爲問，聊得一二疏。赤城建霞標，上與斗牛附。萬有八千丈，矗若天一柱。瀑布發高源，飛流翻四注。雪霜浮虚空，晦明亂朝暮。巖足多丹石，光華燦寶璐。稍溪百餘仞，欲濟毛骨怖。九折淩峻梁，五界窮幽路。芝蘭散奇草，松桂羅嘉樹。祥風吹白雲，飄然若可御。幽闃足瓌怪，纖悉難畢具。凡迹古不到，神物陰自護。傳聞昔人說，中有洞天處。是名不死墟，衆真所遊聚。玉堂敞金庭，碧林列瑶圃。有能從而求，得之迺仙去。斯言寧可信？良非吾所慕。吾志本丘壑，久已失厥趣。誰言石渠客，乃甚轍中鮒。秋風日已高，歸心浩欲騖。茲山宿所愛，送爾緬東顧。吾廬因爾卜，伻來審繪素。

七言景德寺考試院壁和王介甫所題詩

石藍開盡紅着地，瓜蔓半枯黄倒垂。坐看一夜芳意歇，風霜卽是早寒時。

五言蓬萊山送徐仲微赴蓬萊令

渤海三神山，蓬萊隱嵯峨。仙人桂葉舟，浮矣明月波。驚塵不可到，飛鳥不能過。世人但傳聞，欲往爲奈何！胡然古荒王，甘心事欺訛。於今禱祠迹，往往存山阿。當時燕齊間，方士肩相摩。遺俗頗淪胥，官不嚴禁訶。子去爲邑尹，施舍各有科。茲實繫教化，無宜反嬉婀。平生學詩書，仁術嘗切瑳。毋曰百里小，民人豈不多。誰當之武城，敢復聞絃歌！

七言和君倚景靈行

東城大道何逶迤，中直清廟表六扉。右臨景靈秘館之翼翼，衣帶相國浮圖之巍巍。道旁他舍多絶赫，車無停輪馬交策。風塵勃鬱千丈高，素衣化緇雙眦塞。南阡窮巷我所居，上下省戶兩歲餘。病軀羸乘實厭畏，每趨徑路宮城隅。宮牆倚空背環極，隱嶙樓臺露金碧。朝霞夕照天半明，牆下行人徒眩惑。我嘗入謁得縱觀，威容物采嚴且完。鸞車歲歲躬獻享，孝思肹蠁通神歡。重門設衛日常閟，靈境那令世人雜！但見長松怪石列若屏，突兀陰森兩遮匝。我家東南滄海涯，乘時偶來觀德輝。歸飛故隱自有期，何必於此空歎欷！

七言和吴仲庶延祐閣後牡丹花時後殿考進士。

承明待詔盡名儒，一願當君奏六符。獨笑開元供奉客，惟將歌句奉歡娱。

南漪堂

山遶湖堂寺遶山，平生願向此中閑。青雲白水相浮蕩，野客高僧獨往還。年少無嫌軒冕累，因循將恐鬢鬚斑！南漪最是逍遥地，且挹清波濯愧顔。

次韻和少述秋興

浩蕩西風動客裾，飄然歸思滿田廬。少時豈省爲名誤，老去真知與世疏。勝事衹隨詩句盡，壯懷猶向酒杯舒！南山已有來年約，三徑何年得自除？

次韻和李審言上元寄王巖夫

此都豪麗歲仍豐，此夕都人凱樂中。車馬笙簫千里至，樓臺燈火九衢通。香輿軋軋淩風駛，粉袂翩翩照地紅。病守行春真勉強，更堪攀倚少年叢！

次韻和王巖夫見寄

前日移舟就近村，送君西望大梁門。九重宮闕天光遠，千里江湖水氣昏。壯士遨遊應自適，少年離別枉傷魂。北州爲政須當厲，郎上青雲款帝閽。

次韻和孫少述潤州望海樓

北固峩峩鐵甕完，京口浩浩海門連。鵬摶羊角來天外，鰲戴方壺獻几前。西府旌旗猶壯睹，南朝宮殿盡蒼煙。登臨不用成悲感，自得開懷一曠然。

和少述春日

風流自古吳王國，一一湖山盡勝遊。上巳清明最佳節，萬家臨禊錦維舟。
初晴池閣暖無塵，花落絲飛不避人。衹愛年年好光景，須知華髮一番新。
卧病江東又見春，高齋長日坐生塵。看花飲酒應難強，猶有詩情謝故人。

將至京口先寄孫少述并呈晏子俞

爲郡無聞困米鹽，先生有道獨幽潛。豫章因甚尊徐孺，益部何能詘蜀嚴。已脫簿書身自放，肆尋山水意寧厭。京江最欲方洋處，願從屏星卷畫幨。

奉酬潤州余少卿見寄

兩鎮旌旗對撫邦，老成循政獨難雙。賜環已許歸西省，擁檝方來絶大江。後乘願陪幽賞盡，詩新頓使勇心降。主人意厚春潮小，且卷孤帆偃畫杠。

戲盧中甫錢才翁

晴日春風花氣浮，少年嬉逐滿揚州。誰憐居士身常病，獨坐空船理白頭！「居士身常病」，一作「終歲悄悄病」。

和中甫新開湖

渺渺清波百里浮，昔遊曾是一扁舟。十年人事都如夢，猶識湖邊舊客郵。

過冀州聞介甫送虜使當相遇繼得移文以故事請避諸路又以詩見寄

次韻和答

風沙敝盡舊狐裘，走馬歸來過冀州。聞報故人當邂逅，便臨近館爲遲留。不容傾蓋論時事，空寄新詩寫客愁！却望後車塵已合，簫聲清斷去如流。

還家自戲

憶昨邊城初見春，纖纖垂柳正矜新。不知遠客貪歸意，欲把狂絲繫畫輪。

依韻和李審言見贈敘舊

日與公家三世舊，坐看高閈壓亨衢。楩枏屢構明堂廈，麟鳳更參聖代符。結友固應皆以義，論詩何獨取於愚？歸舟早晚乘潮度，猶得西湖一笑無。

依韻和施正臣遊聖果寺

盤崖絶巘與天通，汗漫煙霞謝世籠。聳起浮圖山突兀，自然銜石玉青葱。古人興廢千年上，遊客登臨一嘯中。誰爲燕然愧班竇，弧城礪據亦銘功。排銜石有錢鏐刻詩。

贈郯縣桃源宮王道士

我昔剡谿遊，道人亦相遇。重來十歲餘，顔色宛如故。顧我病衰早，鬚毛已蒼然。乃知世上榮，詎若山中閑！道人家東都，問胡不歸北。北方多風塵，素衣化爲黑。斯言吾所信，吾志亦江湖。瀟洒會稽守，平生欣莫如。君恩容苟安，願奉三年計。幸爾數到城，問談北方事。

次韻和不疑借書鄰幾遇其寢

嗟我江湖人，野性實疏簡。況從衰病侵，事事益以懶。豈不思自強，所思乃有限。但愛江夫子，平生事高散。維於讀書勤，晝夜不去眼。每勞從事賢，獨使簿書綰。揮署曾不勞，兼人信無赧。有時倦欲休，就席初不煖。鄰友更借書，丁丁叩門版。尤厭吏舍喧，牛羊鬨棚棧。不如歸吾廬，靜對日晼晼。詩成還示我，足以驚幽孱。

龜谿集鈔

沈與求，字必先，湖州德清人。登政和五年進士，累遷至明州通判。召對，除監察御史。歷兵部員外郎，殿中侍御史。請都建康，上不悦，出知台州。召還，再除御史。遷御史中丞。前後幾四百奏，其言切直，自敵己已下，有不能堪者。高宗時，有所訓勑，每曰：「汝不識沈中丞耶？」移吏部尚書，出知潭州。召除參知政事。出知明州，遷知樞密院事。卒，謚忠敏。其詩喜論體製格律源流所自，不貴苟作。有《龜谿集》十二卷。

次韻曾守懷玲瓏山

泉石有膏肓，料理費和緩。風埃客子遊，夢想畧相半。端如饜羊酪，投匕念鄉饌。懷哉小玲瓏，舊賞記酣宴。玉女下雲窗，輕我年未冠。誅茅老三間，此意已懸斷。少須草堂資，兩足那可絆？謝公愛東山，自結尋幽伴。詩筒忽相先，紙價豈容賤？流傳從使君，感此歸思亂。擷蘭躡危根，漱石俯長磵。野性等麋鹿，百嗜寧食薦！攬衣中夜興，測漏疾流眄。扃步愧駑筋，卑飛傷短翰。正使屐齒折，未救斧柯爛。時節脱復徂，遲暮空浩歎。何當脂下澤，去路鬱交貫。

錢塘賦水母

疾風吹雨回江城，鱐牙嘔啞潮欲平。客居喜無人事攖，相與環坐臨前楹。眼中水怪狀莫名，出没沙觜如浮罌。復如緇笠絶兩纓，渾沌七竅俱未形。塊然背負羣鰕行，嗟其巧以怪自呈。凝目慢視相將迎，老漁旁睨笑發聲。曰此水母宜何驚，江流如奔絶滄瀛，潮汐往來月爲程。藏納衆汚無滿盈，浮埃沉滓溷九清。結成此物宜昏盲。使鰕導迷作雙睛，乃能接迹蚌與蟶。亦猶巨蛩二體并，離則無目爲光精。江天八月霜葉鳴，罟師得鰕供水征。水母弃擲羅縱横，試令收拾輸庖丁。絳礬收涎體紆縈，飛刀鏤切武火烹。花甆飣餖粲白英，不殊冰盤堆水晶。稻醯齏寒芼香橙，入齒已復能解酲。遣漁止矣勿復評，嗟哉此性愚不更！定矜故態招三彭，且摩枵腹甘藜羹。

泛舟村落阻風不能少進而菱梢芡觜繚舷上下篙人病之

艇子掠岸行，水瘦不濡尾。狂飆振疏蓬，獵獵鳴兩耳。十篙八九褪，逆勢何乃爾！野芡伺吾間，回梢哆利觜。亦有芰浮角，一一肆輕鄙。初欲事幽尋，解纜出疏葦。乘流覓清淺，濯纓助深喜。事有大不然，移頃未離咫。安得望蓬萊，巨艦破潮起。征帆駕長風，一日三萬里。

夜坐感事

沉沉夜氣歸，虚堂閉深寂。孤燈灺餘花，寒霤韻殘滴。醞釀萬斛愁，感慨一人敵。何當棄短檠，陰山叱鳴鏑！

戊申初寒偶作

去年十月冬猶温，單衣曉出錢塘門。攜挈僅脫餓虎口，更吟楚些招驚魂。兒女爭從亂離苦，咿啞遶膝多語言。舟行畏塗侵夜泊，孤燈明滅何處村！蕭蕭細雨疏葦響，風力漸摇枯柳根。失聲號寒泣龍具，促櫂傍險爭前奔。還家依然四壁立，故衾敗絮那忍論！無衣豈暇具裘褐，海圖坼裂波濤翻。天公戲人亦太虐，雪花徑尺連上元。今年十月事羈官，兩脚如舊身大存。紙窗寂歷風竹嘯，古木中夜號空園。旅人不眠毛骨冷，撫事念往多煩冤。吾儕小人不論數，豺狼滿目哀王孫。似聞易水寒墮指，北望大漠煙雲昏。安得壯士馭八駿，沙蟲猿鶴俱騰騫？歸歟莫如中土樂，天子孝友朝廷尊。坐令鐵衣掃蠛蠓，四海挾纊懷君恩。

夜宿千秋嶺下田家

陰壑來悲風，薄暮吹急雨。冥冥攬寒色，咫尺暗山路。茅簷兩三家，曲澗縈竹塢。停車遣問訊，欲止此何許？老翁行步弱，扶杖倚門户。問我官何忙？野宿今無所。向夜號狐貍，深林嘯豺虎；甘心在擇肉，闖首輒憑怒。駕言往何之？一榻翁敢拒！延我傍中堂，慇懃慰良苦。解衣土銼旁，支枕憩行旅。昏然飽安眼，境寂絶猜怖。雞聲報明發，征車犯寒去。呼燈別老翁，鼻息方栩栩。

維心方刊正三國史某以精筆遺之蒙餉大篇爲謝氣格渾然三復感歎謾依元韻奉和兼陋增愧

諸豪雄誇劍芒銛，毛錐斂避收餘尖。櫝閒黯黮渴銅雀，案上爬沙枯玉蟾。學堂山人有遺裔，筆力大可千人兼。掉頭不肯書柿葉，酒酣起無怒奮髯。十年歸坐溪口屋，傲視冠冕猶髧簪。草玄草聖聊戲耳，如醫識藥信手拈。邇來直筆到三國，去取法度何森嚴！眼中青白世矜異，皮裏陽秋誰顧瞻？更憐中書今且老，雞毛葦管争出奩；懸知入手便獰劣，那復助子窮幽潛！我持妙穎急送似，標題珍重存華籤；勢如執法貴心正，俗病要以此語砭。揮掃定見龍蛇走，紬繹何憚歲月淹！須知筆意似人意，柔順未必非兇憸。

清明日晚晴

正好園林藉落英，細風吹雨濕清明。牆陰旱渴休無賴，自有鳴鳩解喚晴。

舟過荻塘

野航春入荻芽塘，遠意相傳接渺茫。落日一篙桃葉浪，薰風十里藕花香。河回遽失青山曲，菱老難容碧草芳。村北村南歌自荅，懸知歲事到金穰。

從劉殿院借書

骨寒宜伴列仙臞，欲喜依劉計未疏。自昔暗中人易記，到今名下士非虛。欲從給事論奇字，擬向中郎得異書。願借牙籤三萬軸，爲公一一辨蟫魚。

過徐氏莊居

只着南冠不着纓，掉頭防我問功名。數椽茅屋有時漏，一墢野田無具耕。酒地定能容勝踐，壘畦終擬過平生。扣舷歸去蒹葭闊，後夜相思看月明。

過徐氏郊居

林梢眇眇墮斜暉，剥啄還來扣隱扉。門巷劣容居士屩，塵埃不到野人衣。恰當夜甑黄粱熟，盛供春山紫蕨肥。侍坐無人只山月，兩翁相對自忘機。

次韻盧憲春意

少陵花惱便顛狂，天與多情付此郎。宿露園林鶯舌亂，暖風庭院蜜脾香。閑愁幾欲縈春事，幽怨還能入醉鄉。應斷玉樓雙望眼，便須催促理歸檣。

次韻宏父喜雨

黄龘初看卷麥禾，老農還復厭晴多。四郊戽尾開新瀆，一雨苗根長舊科。已發政聲歸召社，更驚詩律鬬陰何。王孫欲識田家樂，水亂溝塍涉可過。

行簡以曾守韻見貽復和一篇

續經無復補嘉禾，老去忘懷及見多。摘尾簿書寧問署，點頭章句僅成科。求田下澤吾行且，招隱空山子謂何？行簡有「早晚故山歸種秫」之句。千萬買鄰真左計，一丘端約老相過。

曾宏父將往霅川見內相葉公以詩爲別次其韻以自見

客裏思家且罷休，無聊懷抱不禁愁。時魚苦筍過百六，又到一年春盡頭。

牆根啁啾百鳥鬧，最愛乳鳩來喚晴。日永春閑深院落，渠能便當管絃聲。

揚舲送子下苕霅，繫纜沙頭多柳株。十載風埃老行客，不知鷗鳥記人無。

前溪溪頭玉色魚，羊酪豈可比鮮腴！江黃會中有勝處，健步走置煩長鬚。

野店山茶亦可口，試敲松火煮石泉。相逢故人如問訊，但道老去多煩煎。

還憩湖光亭復次江元壽韻

羊酪蓴羹本異區，江湖隨俗語娵隅。紫鱗撥剌銜文荇，翠羽翩翾過綠蒲。舴艋與饒青絡馬，笭箵自當紫微壺。叢書校罷頻搔首，天末孤帆去欲無。

僕大自燕山來云有次律兄書被盜失去

投曉平安使，倉皇扣倚廬。修塗幸及此，細語問何如。云自三關道，曾持一紙書。崎嶇經寇難，隻影到鄉閭。

杜季習遊恒山謁府帥劉公輒次劉彦常韻作詩送之

勇往都忘去路難，胸吞螭虎氣桓桓。吴頭楚尾三年夢，塞北江南五月寒。瘦馬繫門留我别，明珠攜袖許誰看。書生自有西江量，何止能濡舌本乾！

董槑大有詩紀吴江豁然閣舊遊索僕繼和

湖陰舊雨記重來，小閣深明傍水開。螮蝀横空橋倒影，琉璃拍岸浪成堆。勝遊君復羹魚婢，幽屏予方飯芋魁。遥想經行斷堤曲，野花漂盡雪玫瑰。

石壁寺山房卽事

望斷南岡遠水通，客檣來往酒旗風。畫橋依約垂楊外，映帶殘霞一抹紅。

石壁寺

山縈細路走修蛇，峭壁連雲只薜花。木末忽看幡影亂，馬頭初見殿陰斜。迴廊迤迤穿危嶠，側澗涓涓露淺沙。秀色可餐吾事辦，粥魚茶板莫相夸。

秋日閑居

茅屋秋風斗破除，蕭騷渾似浣溪居。青山侍坐從吾好，黄帽籠頭與俗疏。賴有園官能送菜，可無溪友解留魚？從今輒莫憓枵腹，一飽須煩插架書。

野外罕人事

野外罕人事，雖貧心自寬。霜蔬供緑節，社酒泛黄團。日落歸牛近，風微宿鳥安。展書遮老眼，燈火砌儒酸。

次子虚韻

誰能延月倚危樓，細履相將偶當遊。倦聽山歌懷舊俗，閑看水戲濺寒流。土人以水戲然燈。燈光競作千門曉，酒力微寬一掬愁。明日八分疲阿買，詩饞元只在清眸。

次夕雨作用子虚韻奉懷次顔知魚軒小集

夾道繒山聳蜃樓，小軒終憶數條游。月將人意十分滿，雨入溪光一派流。静聽屐聲喧夜市，旋挑燈灺醞春愁。閉關不問陰晴事，時怪玄花掠病眸。

卽事

造物勞人亦憯哉，又驅疲馬上崔嵬。經從野店初嘗筍，行盡江村始見梅。千里短書先夢寐，半生多難足風埃。桔槔俯仰成何事，已念漁蓑歸去來。

次吳江

小邑蕭條兵火餘，狐狸入市自相呼。茅牆竹户斜陽裏，十室生涯久已無。

允迪招行簡卜居鷓鴣谷僕意羨之作詩送行兼以自見

嚴陵灘下鷓鴣谷，聞道元英舊隱廬。鼻祖名高詩格在，耳孫才傑宦情疏。漫山松桂雁行立，入鄔茅茨星散居。知爲劉郎賦招隱，莫教花落到通渠。

子虛航重湖之險遠過山中輒次維心韻以謝

小窗眠蠍虎，敗壁上蝸牛。老樹陰垂合，前山翠欲流。狂言違世用，彊飯了身謀。不謂輕千里，能迂訪戴舟！

次韻學士兄見一亭

塵土敗名如敗敵，雲山招隱似招降。謾傾魯酒醒猶獨，聊發吳謳調本雙。誰念佳人在空谷，自同漁父老清江。它年對榻分餘地，風雨蕭蕭夜打窗。

次律兄餉魚魚不至而詩至頗類南海使君送酒輒成絶句

憑虚公子騎鯨後，烏有先生控鯉初。可是凡魚亦仙去，空餘一紙腹中書。

劉希顔提舉見過出自下山居二詩次其韻

偪仄風塵際，分攜歲月賒。向來聞避地，勝處偶爲家。對客談鋒鋭，憂時酒量加。中觴莫辭醉，回首又天涯。

次韻呈維心拙澀不工當爲抵掌

粲粲疏梅短短牆，騷人長恨失遺芳。低徊草棘精神透，彷彿闗山魂夢香。月淡乍看清影亂，春深終恐緑陰藏。歲寒爲爾添愁絶，倚樹微吟亦自傷。

戲酬嘗草茶

慣看留客費瓜茶，政羡多藏不示夸。要使睡魔能偃草，肯慚歡伯解迷花。一旗但覺烹殊品，雙鳳何須覓瑞芽。待摘家山供茗飲，與君盟約去驕奢。

節孝詩鈔

徐積，字仲車，楚州山陽人。少孤，從安定學，門下踰千人，獨以別室處之，遣婢視飲食澣濯。盛寒一衲裘，以米飯投漿甕中，日食數塊而已。事母至孝，以父名石，平生不用石器，遇石輒避。母死，廬墓哀號，三年如一日。每以五字教學者。公卿部使者交薦，除楚州教授。改防禦推官。又特改宣德郎。崇寧間，又特除西京嵩山中嶽，皆非常制。七十六卒于家，謚節孝處士。先是枕書卧册間，大書曰「五月榴花不肯開，直待徐郎來」，筆蹤不類人世書。卒時適五月一日，人皆異之。詩文用腹藁，嘗曰：「文字在胸中，未暇出者甚多也。」晚年耳疾，不發遠書，率以小詩報之。

和楊掾月蝕篇并序

楊子常掾爲《月蝕篇》示予，辭義甚偉，某不敢虚辱其貺，迺吟哦而和之，《詩》曰：「彼月而蝕，則維其常。」《春秋》月蝕不書，其非大變也可知矣。形而爲詩歌，若無不可者。遂卒賦之云爾！

元豐之元歲戊午，斗柄斜指西南維。月行赤道日南陸，營丘分野星虚危。昨夕既望復今夕，盛若不損盈不虧。安知變起在頃刻，突如有物侵其肌。其始色變甚倉黄，須臾赤黑相合離。良久煙焰極薰燎，一團白玉燒爲灰。黄琮蒼璧不可辨，枯株死兔將安歸！孰烏其吻吞巨皿，孰丹其汗流墨池。如食非食始爲薄，有物無物不可知。蝦蟇何物敢張口，麒麟何故敢争鬭。是何星曜敢侵犯，自是其形不可久。君不見，對月數眉毛，須臾引臂不見手。嗟噓天上之神物，乃有如此事。所蔽至甚不可解，凶而家室亡而身。不然借使幸而免，後世譏笑遭惡名。君不見，漢朝賈生文有餘，其心大勇其才疏。當時如必用其術，紛紛不免危其軀。晁錯堂堂蔽於刻，公孫規規蔽於諛。谷永之才蔽權勢，有若鷹犬供指呼。霍光雖賢亦有蔽，何不早去顯與馮子都。劉歆致位爲國師，豈若揚雄久以爲大夫。蔽於太高李膺輩，蔽於已甚陳蕃徒。竇武不斷蔽可痛，柬之不忍蔽可吁。王允所蔽在無權，荀彧所蔽不早圖。蕭禹之蔽入於佞，王衍之蔽失之虚。牛李雖奇蔽朋黨，機雲雖俊蔽附趨。王導蔽怨殺周顗，遂良蔽誣殺劉洎。崔浩蔽强殺其身，所蔽若此甚可畏。我愛安世真樸忠，匿名遠世歸至公。有私見求堅不許，以私求謝絶不通。諸葛武侯爲將相，心迹皎然無所枉。有罪至親而必誅，有功雖仇而必賞。謝安知壻王國寶，不以身蔽能辨早。人心自是悦而服，不顧四肢與肝腦。苻堅之師號百萬，一戰而北若摧槁。我吟此篇不足録，却憶唐衢忠義哭。古人今人何擇焉，大抵人心蔽多慾。月之所蔽惟須臾，須臾蔽去明如初。人之所蔽何太甚，至於終身不悟不可除。月乎，月乎！明哉，明哉！善去其蔽，何速之如。君子法之所以改過，賢者法之所以知非。勇決之徒，所以奮發。感概之徒，所以嘘欷。我雖老且病，齯齯無所爲，猶能對月吟歌詩。安得慷慨之士如桓伊，把笛爲予吹。

大河上天章公顧子敦

萬物皆有性，順其性爲大。順之則無變，反之則有害。禹之治河也，浚川而掘地。水行平地中，其性安而遂。因地爲之防，猶恐不足制。故附之山足，使循山而行。山不可必得，或原阜丘陵。水行乎兩間，既固而既寧。及將近下流，山遠而地平。渠裂爲二道，河分爲九形。雖暴不得怒，雖盛不得盈。所以順而制，歸之於滄溟。後代蒙其業，歷世六七十。凡千有餘年，而無所決溢。國君與世主，豈皆盡有德。蓋繇河未徙，一皆循禹迹。河道既一徙，下涉乎戰國。水行平地上，迺堤防湮塞。其時兩堤間，寔容五十里。水既有游息，堤亦無所毀。後世迫而壞，河設始煩促。伐盡魏國薪，下盡淇園竹。羣官皆負薪，天子自臨篤。其牲用白馬，其璧用白玉。歌辭劇辛酸，姑不至號哭。瓠子口雖塞，宣房宮雖築。其後復北決，分爲屯氏河。遂不復堤塞，塞亦無如何？兩河既分流，害少而利多。久之屯氏絕，遂獨任一渠。凡再決再塞，用延世之徒。有天時人事，可圖不可圖。有幸與不幸，數說不可誣。其後復大決，大壞其田廬。灌三十一縣，言事者紛如。將欲塞之耶，凡役百萬夫。費累百巨萬，亦未知何如？如此是重困，是重民歎吁。言事者不已，亦不復塞諸。李尋解光輩，其言不至迂。遂任水所之，渠道自割除。當時募水工，無一人應書。學雖有專攻，術亦有窮歟！諸所說河者，桓譚實主之。但聚而爲書，實無以處之。班孟堅作志，亦無所出取。事有甚難者，雖知無所補。今之爲河堤，與漢無甚殊。遠者無數里，近無百步餘。兩堤束其勢，如縛吞舟魚。適足激其怒，使之逃囚拘。又水性隱伏，有容而必居。浸淫而灌注，日往而月徂。掃材有腐敗，土壤有浮虛。水進而不止，正如人病軀。病已在骨髓，醫方治皮膚。下不漏足脛，上突爲背疽。或水如雷聲，或掃如人喘。或決如山傾，或去如席卷。如蛟龍引陣，如虎豹逃圈。如地户開闔，如誰何生變。如神物主之，不可得而辨。嗟乎有如此，堤防豈能禁，蓋緣平地上，失水之本性。而又無二渠，分九河所任。以九合爲一，所以如此甚。今之爲邑居，多在古堤內。以諸埽準之，高於屋數倍。以水面準之，亦高數尺外。諸埽正如城，而土有輕脆。民正如魚鱉，處破湟畎澮。被溺者常事，不溺者幸大。又河水重濁，澱淤日以積。又夏秋霖雨。諸水湊以入。故有必決勢，不決者蓋鮮。或決彼決此，或決近決遠。或決不可塞，或塞而復決。或決於旦暮，或決於歲月。或新埽苟完，或舊埽潰裂。譬如千萬鈞，用一繩持挈。必有時而敗，必有處而絕。而自決大吴，凡害幾郡縣。河既北浸邊，諸塘皆受患。亡胡與逸馬，孰爲之隔限。今雖甚盛時，亦防不虞變。所以議論者，復故道爲便。故道雖已高，可復亦可爲。但恐既復後，其變不可知。我兵學雖陋，公兵學雖奇。我說兵之難，公亦莫我違。河事異於兵，其難堪歔欷！智有不可及，力有不可施。汲黯非不偉，所塞輒復隳。王遵無奈何，誓死而執圭。若與唐衢說，號哭垂涕洟。未說穿故道，未說治故堤。且說塞河口，所費不可推。諸所調發者，委積與山齊。卷埽者如雲，進埽者如飛。下埽名入川，其誓憂流移。上埽名争高，少動卽勢危。萬人梯急赴，兩大鼓急椎。作號聲號令，用轉光指麾。其救護危急，争須臾毫釐。又聞被灾郡，數路方薦飢。官私無畜聚，民力俱困疲。朝廷謀已勞，兩宫食不怡。生民仰首望，使者忘寢飢。爲之奈何乎，勿計速與遲。事雖有堅定，議論在所持。如一身所疾，必以先後醫。假如移所費，用以業貧民。償其所亡失，救其所苦辛。或貸其田租，或享其終身。獨孤有常餼，使同室相親。露屍與暴骸，收斂歸諸墳。精選强明吏，處之使平均。鄉官與胥徒，欺者以重論。如此庶幾乎，可無愁怨人。

下酬更生望，上慰再造仁。然而論議者，至今猶紛紛。或復其古道，或因其自然。公如決於一，勿使衆議牽。在己者有義，在命者以天。而況行職分，而況本誠忱。聖朝無不察，知子之赤心。嗟余何爲者，草莽且賤微。與公本無素，一見卽弗遺。以伯兄處我，以古人相期。小設猶致説，大事寧無辭。年且六十一，未作溝中屍。常恐公禮義，如投諸污泥。豈欲爲迂濶，不得已爲詩。瀝吾之肝膽，但恐同兒嬉。又恐誤公事，公千萬慎思。如將從近功，卽深圖便宜。如必謀久利，唯古人是希。是詢而是度，是訪而是咨。或博物君子，或宿儒老師。或濱河野叟，或市井年者。或愚直夫婦，所言無蔽欺。或老胥退兵，耳聞而目窺。或世爲水學，可與講是非。或博募水工，按地形高卑。從便道穿渠，稍引河勢披。海既爲大壑，汴既分一支。如關竅疏通，臟腑病可治。此説如何哉，但恐出於狂！如何完障塞，如何復諸塘？觀變而待時，亦恐謀不臧。爲復有説者，且須嚴邊防。如魏尚守邊，見稱於馮唐。如祭同久任，使匈奴伏藏。以車制衝突，如衛青武剛。多置强弩手，如李廣大黄。選募如馬隆，練卒如高王。如漢置奔命，使我軍勢張。短兵斫馬脛，衝車亂其行。賞不以首級，所以嚴部分。大陷刀如牆，可以堅吾陣。羊叔子以德，郭子儀以信。光弼戰河陽，揮旗令直進。其時諸軍勢，如決水千仞。楊素不用車，可汗下馬拜。僅以其身免，號哭而大敗！將帥在方略，勝却百萬兵。安邊在良將，勝却築長城。願子治水功，有以酬明時。便領鐵林兵，盡衣犀牛皮。連營環繡帽，大纛隨牙旗。分金賜勇敢，藏書付偏裨。先聲義信遠，下令霜風馳。出塞有豐草，近關無馬蹄。穹廬大漠外，別部黑山西。代謀爲上策，何用長纓羈。本朝正明盛，以德服外夷。使來不受獻，南越回山梯。西閉玉門關，東却高句麗。四夷無一事，各安巢穴棲。名將更無功，優詔勒鼎彝。師旋作鼓吹，軍容除虎貔。銀鐺致郊勞，翰林嚴鏁扉。除書紙用麻，省吏身着緋。公方有所念，山足江之湄。無心入黃閣，有表辭赤墀。乞得老來身，浩歌還會稽。白雲與綠波，無所不可之。春風桃花塢，秋色黃菊籬。茶籃與酒榼，壺矢兼琴棋。烹鷄炊黍飰，可倩龐公妻。豈無會稽老，雪夜同泛溪。亦有二三子，棹歌相追隨。散盡橐中金，留得身上衣。有宅是官借，無田可扶犂。閑吟題寺觀，長嘯入雲霓。公得我詩後，一夢須先歸。

李太白雜言

噫嘻歎奇哉！自開闢以來，不知幾千萬餘年。至於開元間，忽生李詩仙。是時五星中，一星不在天。不知何物爲形容，何物爲心胸？何物爲五臟，何物爲喉嚨？開口動舌生雲風，當時大醉騎遊龍。開口向天吞玉虹，玉虹不死蟠胸中，然後吐出光焰萬丈淩虛空。蓋自有詩人以來，我未嘗見。大澤深山，雪霜冰霰。晨霞夕霏，萬化千變。雷轟電掣，花葩玉潔。青天白雲，秋江曉月。有如此之人，有如此之詩。屈生何悴，宋玉何悲！賈生何戚，相如何疲！人生胡用自縲絏，當須犖犖不可羈。乃知公是真英物，萬疊秋山聳清骨。當時杜甫亦能詩，恰如老驥追霜鶻。戴烏紗，着宮錦，不是高歌即酣飲。飲時獨對月明中，醉來還抱清風寢。嗟君逸氣何飄飄，枉教謫下青雲霄。大抵人生有用有不用，豈可戚戚反效兒女曹。採蟠桃於海上，尋紫芝於山腰。吞漢武之金莖沆瀣，吹弄玉之秦樓鳳簫。

答李端叔

有人頗似長沙傅，得官亦望長沙去。去時好賦楚江謡，還使風騷滿江路。便須酌酒弔三閭，正是忠魂寃憤處。縣令如今未去時，蘭亭故事猶可爲。莫惜千筒萬筒往，諸君方壯我已疲。登科學究文章豪，數奇老將詩能高。長沙縣令號才吏，方將睥睨謝與曹。涼風即是八九月，紅萸黄菊花將發。正是詩家得意時，莫學古人悲暮節。東南美者有吴姬，紅襦繡袂無所施。把酒一巵輕皓腕，得詩一句勝娥眉。山夫野叟只如此，諸君達者應相嗤。有酒且慢飲，有歌且慢謳。共君説懷抱，未語先搔頭。良久欲説説不得，胸中有物如山丘。君不聞，東家女子花見羞，十六未嫁便悲憂。牆頭樓上到日晚，馬騾車奔如水流。西家亦有閨中女，月璧龍珠求未許。有心自比蟠桃花，無言竊笑陽臺雨。謝鯤便是妾家鄰，敗脣折齒猶相語。何況五陵輕俠兒，抛金擲玉教人非。一夫奔處千夫馳，不論榮辱與刺譏。甕中之蟻醢中鷄，攫金逐獸兩眼迷。主人下馬客已齊，拜起俯仰容正俾。有如六月賣蒲葵，唯恐不售霜風凄。言至於此良可悲，所以慷慨見於詩。誰能起舞誰能歌，甕中有物如秋波。古來多少無奈何，要須一醉都銷磨！茫茫人間岐路多，不如海水通天河。

俊老行送林次中赴都司并序

客有張文潛，與之夜坐，論事良久，及林公之義，於是兩人者名公爲「俊老」，因公之去，作《俊老行》，送諸御者，爲公一笑也。

熙寧察院一開口，誰人膽落御史手？其時面堅黑髭鬢，力欲回天氣衝斗。一從蹭蹬作外官，所居不苟心迹安。剛不可回堅不變，頭如霜雪心如丹。所以論者悅而服，所養有義其質端。東西南北二十載，一朝有勑却召還。皂囊封上曉班肅，繡衣步入秋霜寒。義有所狥乞得身，白日降下天上人。黃金龍節青囊印，赤帷熊乘朱斑輪。以其餘才修職分，以其餘力娛精神。望淮樓上對秋色，玉女花前泣晚春。時時共帳過南郭，來就陶潛漉酒巾。與人論事不必合，直無所苟氣色真。持此以往無不可，古人所以爲正臣。淮南一路事如草，嘉苗惡莠俱分了。中心皎皎如斯乎，外計區區何足道！兩宮日月方齊明，羣公戮力營太平。公議急須招俊老，清風先已過南京。

莫飲吳江水寄陳瑩中

莫飲吳江水，胸中恐有波濤起。莫食湘江魚，令人冤憤成悲呼！湘江之竹可爲箭，吳江之水好淬劍。箭射讒夫心，劍斫讒夫面。讒夫心雖破，胸中膽猶大。讒夫面雖破，口中舌猶在。生能爲人患，死能爲鬼害。患兮害兮將奈何，兩巵薄酒一長歌。灑向風煙付水波，遣弔胥山共汨羅！

瓊花歌

春皇自厭花多紅，欲得花顏如玉容。春皇青女深相得，先教斂與秋霜色。乃有雪月供光星，榆獻白㪷量，銀漢琉璃濕。人間美玉擣作灰，荆山崑山鬼神泣。天上有人名玉女，投壺之外能爲素姑射。神人解種花，先須此物爲根芽。天餔地斂掬精粹，蟾身驪頷偷光華。其時正是天地交，二氣上下陰陽調。此花孕育得其正，其間邪氣無纖毫。所以其色爲正色，出乎其類拔乎萃。一如君子有諸內，粹然其色見於外。三月將盡四月前，百花開盡春蕭然。揚州日暖花開未，春香不動花房閉。仙掌秋高玉露濃，蛟人泣下珠璣碎。黃鸝本是花中客，啼盡好聲求不得。春皇費盡養花心。春風使盡開花力。春歸鶯去花始開，誰人放出深閨來。唐家天子太平時，太真浴罷華清池。紅裳繡袂厭君眼，更作地仙披羽衣。麻姑睡起蓬萊島，風吹玉面秋天曉。洛川女子能長生，冰生肌骨成瑶瓊。褒姒不見諸侯兵，盡日不笑如無情。宋玉移家安在哉，東隣不畫燕脂腮。卓文君去成都速，錦衣金翠慵裝束。吹簫容貌果何如，見説其人名弄玉。若比此花俱不足，淫妖怪艷文之累。一如婦人有賢德，不爲邪色辭正色。孀居之女能自持，終身唯着大練衣。又如正色立朝者，不以柔媚爲奸欺。以此論之乃可量，人之不正將胡爲？論德乃是花之傑，論色乃是花之絶。洛陽花名古云好，看花須向揚州道。君不見，去年花下吹黑風，霹靂閃電搜玉龍。此時半夜花光中，不覺屈曲蟠長虹。又不聞，天上琳琅樹，種在烟霞最深處。白雲枝葉白玉英，此花莫是琳琅精。此花愛圓不愛缺，一樹花開似明月。襄王半夜指爲雲，謝女黃昏吟作雪。杏花俗艷梨花粗，柳花細碎梅花疏。桃花不正其容冶，牡丹不謹其體舒。如此之類無足奇，此花之外更有誰。世非紅紫不入眼，此花何用求人知。詩人自與花相期，長告年年乞一枝。

姚黃并序

紫霄漫翁李道源見約，分吟姚黃。余畏其才，不敢措筆，不得已而後塞命，因爲之序曰：天下牡丹九十餘種，而姚黃居第一。其名雖千葉，而實不可數，或累計萬有餘英，不然，不足高一尺也。花肉既重，其梢下屈，如一器欹側之狀，此亦花之巨美而精傑者乎！是宜見於詩，而不可泯然使寂寂也。

黃河南畔伊川北，姚家宅是真花窟。古來多少豪奢兒，埋却千鶯萬鶯骨。中央精粹得之多，西方秀氣來相和。天與明光常借日，水宮暗脈正通河。春風如酒半酣時，誰教轂雨報花期。司馬坂前嬌半啓，洛陽城內人俱知。姚家門巷車馬填，牆頭牆下人差肩。花上紅綃都蔽日，花傍翠幕恰如煙。玉面兒來爭供帳，錦袍郎去鬭抛錢。無人不說姚花好，費却春功亦不少。日長風暖綠梢低，坐上金仙困將倒。麴塵餅劑和香檀，何以貯之承露槃。爛錦脫來嫌太艷，鮮衣染就欲驂鸞。君看此花肌肉豐，一尺餘高千萬重。粧面深藏青步障，寶冠斜墮碧霞叢。步搖好稱釵鳳凰，玉環犀佩珠鳴璫。帝女何緣心好道，阿嬌安用金爲房。紺窠累棲舒鴈雛，沉烟噴出狻猊爐。一種養成餘意態，千花瘦盡春肌膚。峨峨一器欹且傾，覆杯難辨鍾與觥。染以蛟綃求正色，叩之玉挺希宮聲。魏家紅共牛家碧，迭覇花中聳高格。如今俛首甘下風，九十種中爲第一。此花莫似武昭儀，出得宮來不畫眉。情貌欲爲狐媚態，衣裳却是比丘尼。楊妃本是傾國身，脫却紅襦號太真。河水欲濡頭上髻，馬嵬猶着舊時裙。物色一定猶可疑，人心作變宜難知。容易莫評真與欺，貌或如是心或非。君不見，老莊有深意，萬物之中最防僞。

管春風

我是蓬萊山上客，爲管春風歸不得。今年更是春來遲，江南未寄梅花枝。探春童子青霞衣，時時去上青雲梯。春風消息苦不遠，瑤臺瑤水冰霜淺。蟠桃花在海東邊，此花不煩春一點。東風日夜來人間，到時先催草根軟。大都紅紫心先動，小桃先覺枝頭重。更有纖纖楊柳枝，路傍先得行人弄。詩翁自愛蟠桃花，鸞鶴不在無雲車。城南夜半無酒家，和冰和雪呑月華。有客笑中攜劍去，偷得銀瓶與肥羜。詩公兩眼看浮雲，爲管春風不回顧。

花下飲

我向桃花下，立飲一杯酒。杯酒先濡鬚，花香隨入口。花爲酒家媼，春作詩翁友。此時酒量開，酒量添一斗。君看陌上春，令人笑拍手。半青籬畔草，半綠畦中韭。閑烏下牛背，奔豚穿狗竇。潛身貓相雀，引喙禽呼偶。包麻隣乞火，穿桑兒餉糗。物類雖各殊，所樂亦同有。誰知花下情，猶能憶楊柳。中心卒無累，外物任相揉。余方寓之樂，自號閑人叟。

謝周裕之

樂不須絲竹，花不須桃李。舞不須輕軀，歌不須皓齒。人生各有樂，顧我如何爾！我是兩柳翁，家在南郭裏。詩酒以爲樂，賓客至卽喜。酒味酸或淡，瓷椀粗而偉。或無一飣菜，但費幾張紙。客所言用紙筆。人情慕富貴，公何眎賤鄙。寒冷載肴酒，暮夜煩屐履。孚誠非猝然，飣餖亦勞止。不用卞郎瓠，但坐杜侯椅。兩卓合八尺，一爐暖雙趾。不以藥隨時，而用繒掩耳。或啖魚菹盡，或愛藏蔬美。或取鱐與腊，或約酒以指。人皆悅眞厚，誰敢停箸匕！一客癯而清，偶坐爲六子。吟聲尚鼓吹，歡情勝羅綺。俗物無所用，高會有如此！

富貴篇答李令

我有一筒詩，寫出千年意。將令後世觀，不是前言戲。感君再唱洞庭謠，我亦重歌酬子惠。古人達者嘗有異，姓王一門五侯三將軍。弟兄同入中書堂，對開大第連幾坊。私門列戟森鋒鋩，十二簾捲珠熒煌。雙姬扶起坐牙床，緑鬟紅袖花成行。左盼右顧生春陽，高車食客劍佩鏘。堂上已滿坐兩廊，巨鑊大鼎烹牛羊。玉壺挹酒金船長，美人拜客求盡觴。歌姬一誤已絶肮，纏頭彩幣堆如岡。酬歌買笑金鴛鴦，奴袍火浣直兩箱。三千廐馬紅錦障，厠幃文繡爐薰香。更衣侍妾如閨房，主人意氣秋鷹揚。其心端如彩鳳凰，一言合意青雲翔。須臾睚眦磨刀鎗，門前臈月可烘裳。一日失勢成冰隍，小者腰領尸道旁，大者連頸宗族亡，犬鷄散盡空遺牆。野鳥入室山魈藏，嗚呼哀哉可歎傷，至死不悟猶陸梁。古來如此有多少，豈似洞庭湖上老。無租無税一生閑，有飯有魚一杯飽。日落波間烟正昏，雲開湖口山光曉。棹翁適自巴陵迴，掛帆直指瀟湘道。有言不問俗窮通，何憂可入翁懷抱。修竿短棹已自足，更有前村一茅屋。賣魚沽酒任醉醒，繡户朱門自歌哭。嗟余未往心先慕，更謝棹翁詢去住。風前月下有誰知，醉魄吟魂自來去。堂前畫作荆南圖，夢中記得巴陵路。

寄范掾

昨日沽酒典布襖，今朝所典未可保。最好綿衾剩典錢，又恐夜寒妻懊惱。兩務酒官俱見怜，沽我好酒如甘泉。爲報孟光莫惡發，待將黄卷换青錢。

贈張敏叔

張子生平最多難，未老頭毛白一半。頭雖更白詩更清，正作詩時人莫喚。頭不肯轉身不移，口中聲調霜風淒。太清宫殿月明時，第一莫吹松竹詩。

寄張文潛

不知今之人，誰識張縣尉？勿問胸中事，但看面上氣。所謂人英者，正是斯人輩。前年南郭中，文酒日夜會。一從舍我去，忽忽再逾歲。今茲歲且盡，爲子吟不睡。起坐却就枕，伸頭出紙被。約是三四更，老老抱雙脚。此時吟正酣，聲調不可却。春風起淮東，須臾到嵩洛。往往人子家，但子眠不覺。子覺將奈何，聲盡情思多。上東門外路，洛水生春波。還我大松來，不用寄詩歌。

送端叔二首并序

夜漏將盡，枕上再送端叔也。洛水之陽，馬上爲我誦此詩，即此詩用木葉書投之水中，便爲將來故事也。延安塞上見羣雁，能爲我誦此詩，東南望否？夜中枕上聞孤雁聲，尤數數誦此詩也。紙窮意未盡！

端叔上馬去，巷口馬頭轉。我喚端叔時，端叔急回面。記取此時意，莫使落風埃。上東門外水，正望楚州來。此水一來不復見，不及黄沙塞頭雁。

是物可寄情，是物可寄聲。不須使黄犬，延州岐路遠。莫怪不登淮上樓，只爲淮水不西流。直待衡蘆雁却迴，其時隨到天盡頭。

送張宜父赴南從幕府正彦。

江南秋色芙蓉香，滿江秋水傾銀潢。泛水依花人姓張，濤翻浪湧揮文章。突然出者何蒼蒼，巨鼇爆背來中央。鼉鼉仰首仗四旁，登臨談笑得庾郎。安得霜鶻腰胯長，騎上秋空追鸕鶿。北望海門形勢強，美哉壯觀吴封疆！若將前代論興亡，直談孫氏到陳梁。凡爲佐命可哀傷，其諸姦孽如豺狼。傾讒正直誣忠良，以國販賣爲賈商。歌姬舞女金滿堂，不須爲盜持刀鎗。身雖幸免遺其殃，子孫戮辱甚犬羊。所以不欲讀史書，鼻洟目汁沾髭鬚。潤州支使相如無，山陽老子如唐衢！

贈陳留逸人

有人持一管，不用蘆葉卷。能作隴頭聲，其女操六板。吹者寓其聲，拍者會其情。情聲與氣貌，内外俱和平。時時入酒家，便插幾枝花。歸來無一事，醉臥日西斜。人或問所得，答云無憂嗟。或問其所欲，何物可相累。我愛斯人者，富貴所不如。有如此娱樂，作如何稱呼？呼爲無憂人，畫作無憂圖。更畫幾枝花，酒瓢與酒壺。

送呂清叔

慘慘黃昏天欲雪，蕭蕭淮浦人聲絕。風擊寒雲鴈正鳴，客眠孤棹燈將滅

和張文潛晚春四首

昨日枝頭紅，鮮鮮染人指。今朝尋不見，已在污泥底。

麥穎未黃乾，桑實半紅濕。恰得一犂雨，田事正火急。

人事無如何，多於道傍草。但問酒有無，莫管老不老！

風暖鷰窠牢，雲晴鳥翅健。物生自有樂，亦各適其願。

示諸生

子莫爲文學纖麗，須是渾渾有古氣。本源要在養諸中，不然恐汝爲時輩！

答何楚才

有客能操耒，而捨其良田；有客善攻玉，而探珠於淵。二者之是非，子以謂何如？子乃捨所急，若是其渠渠。然余有二說，可爲不可爲？所爲不可者，子家無寒飢。所謂可爲者，奉養之所資。余此二說者，子當慎擇之。余嘗奇子貌，亦嘗憐子文，不能爲子謀，嗟哉空云云！

還崔秀才唱和詩

元白有餘勢，孟韓無困辭。子美骨格老，太白文采奇。當時大道久破碎，人人文字萎苶而支離。天生

數子將卓卓，鵾鶚正成羣，一鶚磨天飛。嗟君不與數子共，使君逸氣塡塞無所施。我來雖無知，黃金白玉看如泥。自從詩卷一入手，掣然直上青雲梯。十宵不睡亦不困，厭賓日日闔柴扉。秋風獵獵吹橫河，蒼天萬里生銀波。起來半夜吸一口，睡魂酒病都消磨。

贈慎叔良

昨日故人來，慰此白頷叟。兩叟忽相見，面色如飲酒。將此酒色面，抵却春風寒。飲酒豈易比，歡好良所難。我已五十八，君已五十七。人生勿草草，兩公須努力！

和李自明

自明多奇辭，更爲奇怪歌。好共盧仝騎緑耳，吟哦直上崑崙坡。更令張旭輩，醉中揮筆書嵯峨。安用呼老子，兩脚跨槖駝。有命得堅疾，無術除沉痾。一從水木迭用事，肺爲廢物囚網羅。而況小暑之後有初伏與大暑，更添熱厲兼昏魔。骨間赫赤炭丸走，皮上烘炙鐵手摩。有時一屋之内但覺湯火近，不辨鑊與鍋。手持匕箸腹先脹，酒到喉嚨顔已酡。青黏漆葉無所用，鳥伸熊顧其奈何！五臟孰云可湔洗，百骸終恐生蟲窠。脱身難上赤霄路，夢魂忽泛滄溟波。滄溟盡處是星漢，有人常弄機與梭。枯槎去後更無客，歷歷赤桂來經過。取得良書掛牛角，持將斗柄呑明河。但把明河呑滿腹，不去龍田拾瑶玉。便控鼇頭出海來，霞點震痕在眉目。起穿兩柳行青莎，怪歌使我須吟哦。吟哦作文非小事，要爲法度後世無譏訶。大抵文章本諸内，歸之無憾斯平和。擬之於經輔之友，精講明辨相切磋。君雖病肝其心可用，教我雖病肺，心亦不自阿。日夜思索，已矣老矣，所學亡失多！

和倪敦復

一別北軒君，參商與胡越。先聲從西來，塵榻爲君拂。吟行時引頭，吟坐即摇筆。未見問行人，既見惜短日。緩頰相問勞，劇談盡忠切。耳竅雖塞豆，口角自流沫。崔子祥而論，祝令閔且說。籬間菊參差，樽中酒澄澈。把酒自相勸，投菊兩不絶。客主莫分辨，僮僕亦娱悦。若比龐公家，妻子不羅列。悔令唱驪歌，惜不醉寒月。念子爲令尹，行義高突兀。當官志不回，斂版腰可折。與俗皆背馳，而慕古遺烈。竹節生便堅，劍氣久已發。其時東野外，頻煩大夫謁。篇章日相尋，氣勢誰可遏。仍攜大軸來，使我兩目閱。人事有合離，歲月成恍惚。逸翮騰方高，駿馬足不蹶。子實不我忘，我亦不子忽。與之氣類同，見之心欲豁。金城不可破，鐵壁不可奪。擇交蓋已定，言志亦已合。布陣詩甚詳，揮灑手不歇。更約臨行時，斯言可贈別。

答范君錫

報漫翁，無錢可沽酒。青衫典不得，黄卷賣不售。借問公田中，秫米種幾斗。休管將來旱與水，莫爲妻兒種粳米。兄來留下二萬錢，送與酒家主人未。不然何計見春風，空將花插白頭翁。簿書旮旮幾時了，何如載酒訪揚雄！

誰何哭

誰何哭？哀且危！白頭母，朱顏兒。兒忽捨母去，母何用生爲？架上有兒書，篋中有兒衣。兒聲不復聞，兒貌不復窺。誰何哭，哀復哀！腸未絶，心先摧。母恃兒爲命，兒去不復來。朝看他人兒，暮看他人子。一日一夜間，十生九復死。君不見，昨夜人靜黄昏時，含心抱痛無人知。其時忽不記兒死，倚門引頸望兒歸！

鴈從何處來

鴈從何處來，正望東南飛。毛間認白露，肚下看殘暉。浮雲共煙水，日夜爲所依。衡陽是故山，但恐故人稀。

哭狗狗

東門園上春風微，醇醇冢上花成圍。醇醇一去不復返，食一盂兮酒一巵。悲莫悲乎今日，傷莫傷乎舊衣！思其言而想其貌，吁嗟乎！天喪吾兒。

哀哀詞

哀哀復哀哀，哀哀至此極。孤兒與慈母，中路忽相失。恍惚須臾間，終日不復得。誰復坐我堂，誰復入我室？誰復飲兒酒，誰復哺兒食？兒飢復誰念，兒寒復誰恤？耳不聞慈語，目不見慈色。譬如行路人，日遠如一日。行人猶可期，遠道猶可追。天窮地盡處，一日猶可歸。哀哀復哀哀，此去無盡時。誰言生離別，不如死別離。君不見，人已閉門鳥已棲，黃昏塚畔孤兒啼！

送倪敦復

手持報簡人歸後，足步迴廊角住聲。但恐舟行隨早晚，此時秋色半陰晴。明朝路向雲邊望，今夜詩須枕上成。四壁無燈窗有月，直無老夢到三更。

寄張景修

東南未回客，行樂又經年。吳市花朝酒，松江月夜船。窮閻無屋住，廣殿有詩傳。若論平生事，無如任自然。

和孫元規資政遊園

紅作簾帷翠作裀，隨軒歌舞一時新。未知醒者何如醉，且向樽前莫負春！煙重柳梢寒蘸水，日高花徑暖生塵。自從三月芳菲後，誤入桃源又幾人？

謝蔡子驤

好客重來直上廳，龐家妻女合炊秔。名言一坐令誰聽，老病雙瞳爲子明。有道長官方就祿，無能司户欲歸耕。如斯出處俱平易，義理難時郎共評。

夜賞春寄敦復

莫道山陽官辛苦，大夫未是不閑人。晝來琴上披尋曲，夜入花間點檢春。拖袂帶歸香滿袖，迴燈引去蝶隨身。高才自有風流格，吟作吴謡事最新。

示汝弼

十載交情義有餘，離群還歎索然居。一番思我須成夢，每度人來定寄書。此日相從尤歎密，他時何處覓迂疏？回來徑哭青塋墓，莫向南城問舊居！

送至機

閉門有幸藏衰病，策杖無因奉俊游。繩纏觔骸方就枕，火燒皮骨正思秋。覽君健句如逢藥，慰我孤懷勝凭樓。見説束裝行未得，夢魂先到楚江頭！

寄路倅洪澤阻水

莫教容易過龜山，多少人心願復還。更有南城黄綬客，但吟西户緑楊間。纔經濁汴無沉浪，且趁清淮洗醉顔。安得就公歌一曲，緩吟遲步夕陽灣。

和路朝奉新居十五首

世俗紛紛事總虛，詩翁今作逸人居。勤穿凍地緣栽竹，喜占明窗爲著書。近市好賒春肆酒，就淮仍買晚罾魚。忽撑小艇來西郭，不問皆知訪仲車。

詩翁愛酒典衣沽，六子將孫侍燕居。正要白家醇釀法，不須劉德僞金書。厨經雪後炊無黍，門近淮瀕食有魚。何以獻公尋故物，庾郎三韭載盈車。

昔也聞名誦《子虛》，今來白領隔城居。新詩解道論頭句，舊客仍移把臂書。北郭風高真隱豹，南州循政喻烹魚。歸時見說臨川路，父老爭留太守車。

陳傅門前客姓徐，有何智術佐閒居？接簷俛仰令遮雨，縛竹縱横爲架書。趁露斸田移草木，和灣汲水貯龜魚。上元已過清明近，更約尋花不用車。

誰家住處近田廬，朝奉抽簪就退居。竹葉已成新歲酒，梅花未領故人書。呼童解袂捫飢蝨，趁日開箱曝蠹魚。一似散仙閑到夜，卧屏仍看五雲車。

坐想堂前弄白鬚，蒲茵筍席正高居。綵衣六子傍供饍，錦髻諸孫自教書。愛士主人新置榻，清身太守舊懸魚。更吟整斗論頭句，勝却西庵詩一車。

不辨時人直與迂，濯纓且喜近淮居。朝衣脱後常耽睡，野史修時或借書。恨乏青山供採藥，愛看白鳥伺吞魚。東園賣酒花開近，待看詩翁倒載車。

簪領脱來如一夢，身名全後喜寧居。生來自信無非義，世上何緣作謗書。所養有源如大水，其賢可樂比嘉魚。願公八十爲更老，玉幣三徵乃就車。

自是平時大隱徒，何須水宿與山居。都無長物垂空槖，却有閑房聚逸書。近見雪消思野蕨，遥呼船問憶江魚。卸帆便去尋村酒，醉使兒孫推鹿車。
身着練袍履用蒲，鶡冠鳩杖稱郊居。家中但乏青囊印，坐處便看黄卷書。賃屋爲無揚子宅，休官非爲武昌魚。長年不出何妨事，況是門懸致仕車。
夷白先生好對廬，醉吟處士作鄰居。幅巾自去呼樵父，蠟屐何時訪竹書。坐想高談摇麈尾，情知相許跨鯨魚。更憐同姓陪罇酒，勝却荀生得御車。
路家巷口是何渠，半似城中半野居。已退白仙常按曲，未歸陸俊謾傳書。雪消牆外逢挑菜，日暖門前見捕魚。更有花間行處樂，舊時歌舞願隨車。
好養玄猿共鶴雛，茅茨蓋屋竹間居。家無越使千金槖，腹有齊臣四部書。一自臨川登畫鷁，便煩别駕掌銅魚。吟哦還作詩仙退，恰似驂鸞鳳駕車。
世問詩淡鄭雲叟，壽且安寧陶隱居。愛酒自開浮蟻甕，耽詩如好换鵝書。籜冠戴後揞筇竹，鶴氅披來控鯉魚。學作蓬萊吟醉客，何須駟馬駕安車！
西庵翁上北城隅，爲望臨川舊守居。所恨足無雙翅舄，但將詩代一函書。甥教洗榼多沽酒，妻使磨刀細切魚。灑掃待公來獻壽，親扶杖履醉升車。

和石宣德五柳亭安正。

五柳神君氣貌端，所希所向靜而安。每思往行投閑地，肯逐時情慕熱官。秫酒易醒風户猛，葛巾難卧月窗寒。也應種得東籬菊，好置藍輿自在觀。

戲呈魏評事

我向燈前置酒盃，南軒北户一時開。如今正是花時節，且放春風數路來。

寄蔡子驤

爲報廬陵客，逢人且寄聲。不知無恙否，何日到南城！

和張文潛晚春

易貯千尋水，難藏一點春。也須幾杯酒，還似送行人。渡水衣須扱，穿林手自披。經春脚力軟，但恐上山遲！

二老寄朱廣微二首

二老相思又隔年，僧窗閑坐復何緣？吟翁最好鹽城住，時把歌詩付酒船。寄聲切問朱監利，對面勤詢劉貴池。或見廣東程使者，爲言收得寄來詩。

吴舒信道

淮干風起木枝摇，頷下蕘甌一尺高。我是折薪扶耒手，中丞且莫笑粗豪。

上林殿院次公

衰翁太半白髭鬚，活到明年六十餘。未死須爲治河説，此生難就賑飢書。西庵共坐諸僧榻，南郭親逢大使車。記得偶同詩韻否？淮東使者亦嗟歔！

林氏家藏萬帙書，五船便可當五車。别顧客舟施坐榻，更謀官舫作行厨。寫時教子烘青竹，讀處呼童捉蠹魚。悔不早知都借取，終身挾策灌園蔬。

贈黄魯直

不見故人彌有情，一見故人心眼明。忘却問君船住處，夜來清夢繞西城。

華陽山和查教授

玉井温温浸月華，幢幢松檜聳高牙。半峰已斷人間路，絶頂自開天上花。可恨白雲吟處起，何堪行路望中賖。怪來得似希夷子，借問如今有幾家？

宿山館

煙蘿斷處初逢舍，雲竹疏時忽見燈。嶮磴未歸樵塢叟，破庵已去誦經僧。暗龍吟罷庭無月，寒狖啼來谷有冰。

臥看牀頭鐵鱗甲，雨痕苔暈幾千層。

倦客待沽山下酒，飢童先上竈頭燈。行經怪穴思防虎，坐聽疏鍾欲訪僧。手弄一張琴似鐵，匣藏三尺劍如冰。調高器古無人伴，身上煙霞空幾層。

龍歸潭面千尋黑，虎視林隈兩炬燈。執爨正燃炊飯火，乞餐恰值寄眠僧。倦聽雨後諸巖溜，渴憶春前一片冰。臥看滿山紅日曉，碧瑶城闕鬱千層。

厨頭火滅童偷飯，梁上巢空鳥避燈。入夜更無同舍客，今朝唯有放猿僧。樵庵已貯霜前果，竹院猶存臘後冰。誰道煙霄花上處，一梯雲級萬餘層。

送李守

莫説真州南畔路，楚望亭南路已遥。只可寄聲來見問，更難折簡去相招。船頭何處逢秋水，山下誰家把酒瓢？且趁潮行急搖艣，到江州後更無潮。癸亥六月十三日，與朱至機坐間得此「到江州後更無潮」一句，其夕枕上成篇也。

哭張六并序

張六子莊死矣，十一月十三日夜四更時，積用素服，望其所居哭之，哭且爲詩，明且涕泣以書，使孤甥老老致於柩前。嗚呼哀哉！

欲視目已瞑，欲語口已噤。欲動肉已寒，欲書手已硬。惟有心上熱，惟存心中悲。此熱須臾間，此悲無休時。所悲孤兒寒，所悲孤兒飢。苦苦復苦苦，此悲遂入土。

簡齋詩鈔

陳與義，字去非，號簡齋，汝州葉縣人。登上舍甲科。歷太學博士，擢符寶郎，尋謫監陳留酒稅。南渡後，避亂襄漢，轉湖湘，踰嶺嶠。召爲兵部員外郎。紹興中，累官翰林學士、知制誥，至參知政事。卒年四十九。少學詩於崔德符，問作詩之要，崔曰：「工拙所未論，大要忌俗而已。」嘗賦《墨梅》，受知徽宗，遂登册府。高宗尤喜其「客子光陰詩卷裏，杏花消息雨聲中」之句。天分既高，用心亦苦，意不拔俗，語不驚人，不輕出也。晚年益工，旗亭傳舍，摘句題寫殆徧，號稱新體。體物寓興，清邃紆徐，高舉横厲，上下陶、謝、韋、柳之間。劉後村謂：「元祐後詩人迭起，不出蘇、黄二體，及簡齋始以老杜爲師。建炎間，避地湖嶠，行萬里路，詩益奇壯。造次不忘憂愛，以簡嚴掃繁縟，以雄渾代尖巧。第其品格，當在諸家之上。」劉須溪序其詩，亦謂較勝黄、陳。比東坡云「如論花，高品則色不如香，逼真則香不如色。」其推尊如此。簡齋自言曰：「詩至老杜極矣，蘇、黄復振之，而正統不墜。東坡賦才大，故解縱繩墨之外，而用之不窮。山谷措意深，故游泳玩味之餘，而索之益遠。要必識蘇、黄之所不爲，然後可以涉老杜之涯涘。」味此，足以定其品格矣。簡齋晚年讀書吾邑之□□鄉，有遺蹟云。

次韻謝文驥主簿見寄兼示劉宣叔

斷蓬隨天風，飄蕩去何許？寒草不自振，生死依牆堵。兩塗俱寂寞，衆手劇雲雨。坐令習主簿，下與雞鶩伍。遥知竹林交，未肯一時數。翩翩三語掾，智與慢相補。髯劉吾所畏，道屈空去魯。子才亦落落，傾蓋極許予。四夔照河濱，一笑寬逆旅。堂堂吾景方，張儀掾字。去作泉下土。未知我露電，能復幾寒暑！思蓴久未決，食薺轉覺苦。我不逮諸子，要先諸子去。不種楊惲田，但灌呂安圃。未知誰善釀，可作孔文舉。十年亦晚矣，請便事斯語。來詩有十年之約。

次韻周教授秋懷

一官不辦作生涯，幾見秋風捲岸沙。宋玉有文悲落木，陶潛無酒對黃花。天機袞袞山新瘦，世事悠悠日自斜。誤矣載書三十乘，東門何地不宜瓜！

次韻張矩臣迪功見示建除體

建德我故國，歸哉遄我驅。除道得歡伯，荆棘無復餘。滿懷秋月色，未覺飢腸虛。平林過西風，爲我起笙竽。定知張公子，能共寂寞娛。執此以贈君，意重貂襜褕。破帽與青鞋，耐久心亦舒。危處要進步，安處勿停車。成虧在道德，不在功利區。收視以爲期，問君此何如？開尊且復飲，辭費道已迂。閉口味更長，香斷窗櫺疏。

題牧牛圖

千里煙草緑，連山雨新足。老牛抱朝飢，向山影觳觫。犢兒狂走先過浦，却立長鳴待其母。母子爲人實倉廩，汝飽不慚人愧汝。牧童生來日日娱，只憂身大當把鋤。日斜睡足牛背上，不信人間有廣輿。

江南春

雨後江上緑，客愁隨眼新。桃花十里影，摇蕩一江春。朝風逆船波浪惡，暮風送船無處泊。江南雖好不如歸，老薺遶牆人得肥。

蠟梅

智瓊額黄且勿誇，回眼視此風前葩。家家融蠟作杏蔕，歲歲逢梅是蠟花。世間真僞非兩法，映日細看真是蠟。我今嚼蠟已甘腴，况此有韻蠟不如。只愁繁香欺定力，薰我欲醉須人扶。不辭花前醉倒卧經月，是酒是香君試别。

次韻張元方春雪

雲黄天爲低，窗白雪初作。幽人睡方覺，簾外舞萬鶴。斜斜既可人，整整亦不惡。不知來何暮，遂失梅花約。東風桃杏暖，不受珠璣絡。聊迴萬斛潤，點點付藜藿。幽人無酒飲，一笑供酬酢。歲晚會復來，相期在丘壑。

雜書示陳國佐胡元茂四首

一官專爲口，俯仰污我顏。願將千日飢，換此三歲閒。冥冥雲表雁，時節自往還。不憂稻粱絶，憂在羅網間。絶勝杜拾遺，一飽常間關。晚知儒冠誤，猶戀終南山。

杜門十日疾，因得觀妄身。勿云千金軀，今視如埃塵。平生老赤脚，每見生怒嗔。揮汗煮我藥，見此媿其勤。

巨源邦之棟，急士如拾珍。定知柳下鍛，遠勝崔史陳。絶交雖已隘，益見叔夜真。士要雖衣食，求仁今得仁。釋之與王生，盛美俱絶倫。吾評竹林詠，未可少若人。

昔吾同年友，壯志各南溟。十年風雨過，見此落落星。秀者吾元茂，衆器見鼎鉶。許身稷契間，不但醉六經。時逢下車揖，慰我兩眼青。勿憂事不理，伯始在朝廷。

書懷示友十首

俗子令我病，紛然來座隅。賢士費懷思，不受折簡呼。城東陳孟公，久闊今何如？明月照天下，此夕與君俱。不難十里勤，畏借東家驢。似聞有老眼，能作薦鶚書。功名勿念我，此心已掃除。陳孟公謂國佐。

張子霜後鷹，眉骨非凡曹。不肯兄事錢，但欲僕命騷。胡爲隨我輩，碌碌著青袍。相逢車馬邊，技癢不得搔。

平生詩作祟，腸肚困藿食。使我忘隱憂，亦自得詩力。絶知是餘蔽，且復永今日。不如付盃酒，一笑萬事畢。毛穎僅升堂，麴生真入室。

我夢鍾鼎食，或作山林遊。當其適意時，略與人間侔。覺來跡便掃，我已不悲憂。人間安可比？夢中無悔尤。

我策三十六，第一當歸田。柴門種雜樹，婆娑樂餘年。是中三益友，不減二仲賢。柏樹解説法，桑葉能通禪。

有錢可使鬼，無錢鬼揶揄。百年堂前燕，萬事屋上烏。微官不救飢，出處違壯圖。相牛豈無經，種樹亦有書。如何求二頃，歸卧淵明廬！曝背對青山，鳥鳴人意舒。試數門前客，終歲幾覆車。

仲舒老一經，策世非所長。瓦鼎薦蔬食，但取充飢腸。偉哉賈生書，開闔有耿光。既珍亦可飽，舉俗不見嘗。

揚雄平生學，肝腎困雕鐫。晚於玄有得，始悔賦《甘泉》。使雄早大悟，亦何事於玄？賴有一言善，酒箴真可傳。

蕭蕭十月菊，耿耿照白草。開窗逢一笑，未覺徐娘老。風霜要飽更，獨立晚更好。韓公真躁人，顧用憂懷抱。

青青堂西竹，歲寒不緇磷。蓬蒿衆小中，拭眼見長身。澹然冬日影，此處極可人。子猷幸見過，一洗聲色塵。

北風

北風掠野悲歲暮，黄塵漲街人不度。孤鴻抱飢客千里，性命么微不當怒。梅花欲動天作難，蓬飛上天得盤桓。千里臥木枝葉盡，獨自人間不受寒。

送張仲宗押戟歸閩中

翩然鴻鵠本不羣，亦復爲口長紛紛。去年弄影河北月，今年迎面江南雲。還家不比陶令冷，持節正效相如勤。青天白日映徒御，玄髮絳旆明江濆。舟前落花慰野老，浦口杜若愁湘君。遥知詩成值驛使，萬里春色當見分。贈人以言予豈敢，不忍負子聊云云。舊山雖好慎勿過，恐有德璋能勒文。

襄邑道中

飛花兩岸照船紅，百里榆堤半日風。臥看滿天雲不動，不知雲與我俱東。

寄新息家叔

風雨淮西夢，危魂費九升。一官遮日手，兩地讀書燈。見客深藏舌，吟詩不負丞。竹林雖有約，門户要人興。

年華

去國頻更歲，爲官不救飢。春生殘雪外，酒盡落梅時。白日山川映，青天草木宜。年華不負客，一一入吾詩。

茅屋

茅屋年年破，春風歲歲來。寒從草根退，花值客愁開。時序添詩卷，乾坤進酒盃。片雲無思極，日暮却空回。

酴醾

雨過無桃李，唯餘雪覆牆。青天映妙質，白日照繁香。影動春微透，花寒韻更長。風流到尊酒，猶足助詩狂。

秋雨

蕭蕭十日雨，穩送祝融歸。燕子經年夢，梧桐昨暮非。一涼恩到骨，四壁事多違。衮衮繁華地，西風吹客衣。

西風

木末西風起，中含萬里涼。浮雲不愁思，盡日只飛揚。夢斷頭將白，詩成葉自黃。不關明主棄，本出涸陰鄉。

題許道寧畫

滿眼長江水，蒼然何郡山？向來萬里意，今在一窗間。衆木俱含晚，孤雲遂不還。此中有佳句，吟斷不相關。

和張矩臣水墨梅五絶

巧畫無鹽醜不除，此花風韻更清姝。從教變白能爲黑，桃李依然是僕奴。
病見昏花已數年，只應梅蕊固依然。誰教也作陳玄面，眼亂初逢未敢憐。
粲粲江南萬玉妃，別來幾度見春歸。相逢京洛渾依舊，唯恨緇塵染素衣。
含章簷下春風面，造化功成秋兔毫。意足不求顏色似，前身相馬九方皐。
自讀西湖處士詩，年年臨水看幽姿。晴窗畫出横斜影，絶勝前村夜雪時。

夜雨

經歲柴門百事乖，此身只合卧蒼苔。蟬聲未足秋風起，木葉俱鳴夜雨來。碁局可觀浮世理，燈花應爲好詩開。獨無宋玉悲歌念，但喜新涼入酒盃。

以事走郊外示友

二十九年知已非，今年依舊壯心違。黄塵滿面人猶去，紅葉無言秋又歸。萬里天寒鴻雁瘦，千村歲暮鳥烏微。往來屑屑君應笑，要就南池照客衣。

十月

十月北風催歲闌，九衢黄土汚儒冠。歸鴉落日天機熟，老雁長雲行路難。欲詣熱官憂冷語，且求濁酒寄清歡。孤吟坐到三更月，枯木無枝不受寒。

題小室

暫脱朝衣不當閒，澶州夢斷已多年。諸公自致青雲上，病客長齋繡佛前。隨意時爲獅子卧，安心懶作野狐禪。爐烟忽散無踪跡，屋上寒雲自黯然。

次韻張迪功春日

年年春日寒欺客，今日春無一半寒。不覺轉頭逢歲换，便須揩眼待花看。争新遊女幡垂鬢，依舊先生日照盤。從此不憂風雪厄，杖藜時可過蘇端。

又和歲除感懷用前韻

宦情吾與歲俱闌，只有詩盟偶未寒。鬢色定從今夜改，梅花已判隔年看。高門召客車稠疊，下里燒香篆屈盤。我亦三盃聊復爾，夢回鵷鷺出朝端。

即席重賦且約再遊

詩情不與歲情闌，春氣猶兼水氣寒。怪我問花終不語，須公走馬更來看。共知浮世悲駒隙，即見平波散芡盤。得一老兵雖可飲，從今取友要須端。

次韻家叔

袞袞諸公車馬塵，先生孤唱發陽春。黄花不負秋風意，白髮空隨世事新。閉户讀書真得計，載肴從學豈無人？只應又被支郎笑，從者依然困在陳。

次韻答張迪功坐上見貽張將赴南都任二首

足錢便可不須侯，免對妻兒賦百憂。一笑相逢亦奇事，平生所得是清流。談天安用如鄒子，掃地還應學趙州。南北東西底非夢，心閑隨處有真遊。

千首能輕萬户侯，誦君佳句解人憂。夢闌塵裏功名晚，笑罷尊前歲月流。世事無窮悲客子，梅花欲動憶吾州。明朝又作河梁别，莫負平生馬少游。

題畫兔

碎身鷹犬慚何忍，埋骨詩書事亦微。霜露深林可終歲，雄雌暖日莫忘機。

寄若拙弟兼呈二十家叔

退之送窮窮不去，樂天待富富不來。政須青山映白髮，顧著皂蓋争黄埃。何如父子共一壑，龐家活計良不惡。阿奴況自不碌碌，白鷗之盟可同諾。三間瓦屋亦易求，著子東頭我西頭。中間共作老萊戲，世上樂復有此不？問夢膏肓應已瘳，歸來歸來無久留。竹林步兵非俗流，爲道此意思同遊。

次韻謝表兄張元東見寄

平生張翰極風流，好事工文妙九州。燈裏偶然同一笑，書來已似隔三秋。林泉入夢吾當隱，花鳥催詩歲不留。安得清談一陶寫，令人絶憶許文休。

若拙弟説汝州可居已約卜一丘用韻寄元東

四歲冷官桑濮地，三年羸馬帝王州。陶潛迷路已良遠，張翰思歸那待秋？病鶴欲飛還躑躅，孤雲將去更遲留。盍簪共結雞豚社，一笑相從萬事休。

次韻家弟碧綫泉

九孔穿針可得過，冰蠶映日吐寒波。練飛空詠徐凝水，帶斷疑分漢帝河。川后不愁微步襪，鮫人暗勸卷綃梭。才高下視玄虚賦，對此區區轉患多。

同家弟賦蠟梅詩得四絶句

朱朱與白白，著意待春開。那知洞房裏，已傍額黃來！

韻勝誰能舍，色莊那得親？朝陽一映樹，到骨不留塵。

黃羅作廣袂，絳帳作中單。人間誰敢著，留得護春寒。

一花香十里，更值滿枝開。承恩不在貌，誰敢鬬香來！

連雨賦書事四首

九月逢連雨，瀟瀟穩送秋。龍公無乃倦，客子不勝愁。雲氣昏城壁，鐘聲咽寺樓。年年授衣節，牢落向他州。

風伯方安卧，雲師亦少饕。氣連河漢潤，聲到竹松高。老雁尤貪去，寒蟬遂不號。相悲更相識，滿眼楚人騷。

寒入薪芻價，連天兩眼愁。生涯赤藤杖，契分黑貂裘。烏鵲無言暮，蓬蒿滿意秋。同時不同味，世事劇悠悠。

白菊生新紫，黃蕪失舊青。俱含歲晚恨，併入夜深聽。夢寐連蕭索，更籌亂晦冥。雲移過吳越，應爲洗餘腥。

趙虛中有石名小華山以詩借之

君家蒼石三峰樣，磅礴乾坤氣象橫。賤子與山曾半面，小窗如夢慰平生。爐煙巧作公超霧，書册尚避秦皇城。病眼朝來欲開懶，借君岩岫障新晴。

次韻樂文卿北園

故園歸計墮虛空，啼鳥驚心處處同。四壁一身長客夢，百憂雙鬢更春風。梅花不是人間白，日色争如酒面紅。且復高吟置餘事，此生能費幾詩筒！

汝州吳學士觀我齋分韻得真字

狂夫縛軒冕，自許稷契身。靜者樂山林，謂是羲皇人。不如兩忘快，內保一色醇。偉哉道山傑，滯此汝水濱。大來會闊步，小憇得幽欣。一齋有琴酒，萬事無緇磷。不作子公書，肯受元規塵！人言君侯癡，我知丈人真。月明泉聲細，雨過竹色新。是間有真我，宴坐方申申。

古別離

東門柳，年年歲歲征人手。千人萬人於此別，柳亦能堪幾人折？願君遄歸與君期，要及此柳未衰時。

蠟梅四絕句

花房小如許，銅切黄金塗。中有萬斛香，與君細細輸。
來從底處所，黄露滿衣濕。緣憨翻得憐，亭亭倚風立。
奕奕金仙面，排行立曉晴。殷勤夜來雪，少住作珠瓔。
亭亭金步摇，朝日明漢宫。當時好光景，一似此園中。

錢東之教授惠澤州吕道人硯爲賦長句

君不見銅雀臺邊多事土，走上觚稜蔭歌舞，餘香分盡垢不除，却寄書林污縑楮。豈如此瓦凝青膏，冷面不識姦雄曹。吕翁已去泫餘泣，通譜未許弘農陶。暮年得君真耐久，摩挲玉質雲生手。未知南越石虚中，亦有文章似君否？西家撲滿本弟昆，趣尚清濁何年分？一朝墮地真瓦礫，莫望韓公無瘞文。

述懷呈十七家叔

兒時學道逃悲歡，只今未免憂飢寒。浮生萬事蟻旋磨，冷官十年魚上竿。竹林步兵亦忍辱，長安閉門出無僕。門前故人擁爐兒，政坐向來甘碌碌。君不見古人有待良不多，利名溺人甚風波。垂露成幃仲長統，明月爲燭張志和。塵中別多會日少，世事欲談何可了？胸中萬卷已無用，勸公留眼送飛鳥。兩翁觀光今幾時？賦歸有約時已稽。未暇藏身北山北，且須覓地西枝西。願從我翁歸洗耳，不用妓女污山水。肩輿亦莫要僕夫，自有門生與兒子。

觀我齋再分韻得下字

一慵縛兩脚，閉户了晨夜。夢攀城西樹，起造君子舍。紫髯出堂堂，見客披衣謝。平生功名手，嗜静如食蔗。小齋劇冰壺，中明外無罅。要知日用事，趺坐看鳥下。主人心了了，竹石亦閒暇。兒童慣看客，我車當日駕。平分齋中閒，風月不待借。要須酒屢費，不用牛心炙。

歸洛道中

洛陽城邊風起沙，征衫歲歲負年華。歸途忽踐楊柳影，春事已到蕪菁花。道路無窮幾傾轂，牛羊既飽各知家。人生擾擾成底事，馬上哦詩日又斜。

道中寒食

斗粟淹吾駕，浮雲笑此生。有詩酬歲月，無夢到功名。客裏逢歸雁，愁邊有亂鶯。楊花不解事，更作倚風輕。

龍門

不到龍門十載強，斷崖依舊掛斜陽。金銀佛寺浮佳氣，花木禪房接上方。羸馬乍來還徑去，流鶯多處最難忘。老僧不作留人意，看水看山白髮長。

秋夜

中庭淡月照三更，白露洗空河漢明。莫遣西風吹葉盡，却愁無處著秋聲。

中牟道中二首

雨意欲成還未成，歸雲却作伴人行。依然壞郭中牟縣，千尺浮屠管送迎。
楊柳招人不待媒，蜻蜓近馬忽相猜。如何得與涼風約，不共塵沙一併來。

秋雨

塵起一月憂無禾，瓦鳴三日憂雨多。書生重口輕肝腎，不如牆角蚯蚓方長哦。少昊行秋龍灑道，風作萬木皆商歌。病夫強起開户立，萬箇銀竹驚森羅。人間偉觀如此少，倚杖不覺泥及韡。菊叢欹倒未足道，老景知奈梧桐何！是事且置當務本，菜圃已添三萬科。

遊葆真池上

牆厚不盈咫，人間隔蓬萊。高柳喚客遊，我輩御風來。坐久落日盡，瀲瀲池光開。白雲行水中，一笑三徘徊。鴨兒輕歲月，不受急景催。試作弄篙驚，徐去首不迴。無心與境接，偶遇信悠哉！再來知何似，有句端難裁。

次韻王堯明郊祀顯相之作

奏書初不待衡譚，莫璧都南萬玉參。黄屋倚霄明半夜，紫壇承月眩諸龕。聲喧大吕初終六，影動元圭陟降三。可是天公須羯鼓，已迴寒馭作春酣。

路歸馬上再賦

偶然思玉仙，便到玉仙遊。興盡未及郭，玉仙失回頭。成毁俱一念，今昔浪百憂。未知横笛子，亦解此意不？春風所經過，水色如潑油。垂鞭看落日，世事劇悠悠。

來禽花

來禽花高不受折，滿意清明好時節。人間風日不貸春，昨夜臙脂今日雪。舍東蕪菁滿眼黄，胡蝶飛去專斜陽。妍蚩都無十日事，付與梧桐一夏涼。

清明二首

街頭女兒雙髻鴉，隨蜂趁蝶學妖邪。東風也作清明節，開遍來禽一樹花。

卷地風抛市井聲，病夫危坐了清明。一簾晚日看收盡，楊柳微風百媚生。

春日二首

朝來庭樹有鳴禽，紅緑扶春上遠林。忽有好詩生眼底，安排句法已難尋。

憶看梅雪縞中庭，轉眼桃梢無數青。萬事一身雙鬢髮，竹牀欹卧數窗櫺。

夏日集葆真池上以緑陰生晝静賦詩得静字

清池不受暑，幽討起予病。長安車轍邊，有此荷萬柄。是身唯可懶，共寄無盡興。魚游水底涼，鳥宿林間静。談餘日亭午，樹影一時正。清風不負客，意重百金贈。聊將兩鬢蓬，起照千丈鏡。微波喜摇人，小立待其定。梁王今何許，柳色幾衰盛！人生行樂耳，詩律已其賸。邂逅一尊酒，他年五君詠。重期踏月來，夜半嘯煙艇。

道山宿直

離離樹子鵲驚飛，獨倚枯筇無限時。千丈虚廊貯明月，十分奇事更新詩。人間路絶窗扉語，天上雲空閣影移。遥想王戎燭下算，百年辛苦一生癡。

雨晴

天缺西南江面晴，纖雲不動小灘横。牆頭語鵲衣猶濕，樓外殘雷氣未平。盡取微涼供穩睡，急搜奇句報新晴。今宵勝絶無人共，卧看星河盡意明。

十月

十月天公作許悲，負霜鴻雁不停飛。莽連萬里雲山去，紅盡千林秋徑歸。病夫搜句了節序，小齋焚香無是非。睡過三冬莫開户，北風不貸芰荷衣。

漫郎

漫郎功業太悠然，拄笏看山了十年。黑白半頭明鏡裏，丹青千樹惡風前。星霜屢費驚人句，天地元須使鬼錢。踏破九州無一事，只今分付結跏禪。

柳絮

柳送腰肢日幾廻，更教飛絮舞樓臺。顛狂忽作高千丈，風力微時穩下來。

登大清寺塔

爲眼不計脚，攀梯受微辛。半天拍闌干，驚倒地上人。風從萬里來，老夫方岸巾。茺茺春浮木，浩浩空納塵。夕陽差萬瓦，赤鯉欲動鱗。須臾暮煙合，青舫隱瀹淪。萬化本日馳，高處覺眼新。借問龕中仙，坐穩今幾晨？俗子書滿壁，澹然不生嗔。唯有太行山，修供獨殷勤。

浴室覩雨以催詩走羣龍爲韻得走字

微雲生屋脊，攲枕看培塿。崔嵬亂一瞬，泰華入搔首。須臾萬銀竹，壯觀驚户牖。摧擊竟自碎，映空白煙走。餘飆送未了，日色在井口。去冬三寸雪，寒日澹相守。商量細細融，未覺經旬久。誰能料天公，辦此脱穎手？一涼滿天地，平分到庭柳。葉端嘯餘風，送我一杯酒。畫屏題細字，盡記同來友。俗眼之所遺，此事當不朽。

夏至日與太學同舍會葆真二首

微官有閥閲，三賦池上詩。林密知夏深，仰看天離離。官忙負遠興，觴至及良時。荷氣夜來雨，百鳥清畫遲。微風不動蘋，坐看水色移。門前爭奪場，取歡不償悲。欲歸未得去，日暮多黄鸝。

明波影千柳，紺屋朝萬荷。物新感節移，意定覺景多。遊魚聚亭影，鏡面散微渦。江湖豈在遠，所欠雨一蓑。忽看帶箭禽，三歎無奈何。

秋試院將出書所寓窗

門前柿葉已堪書，弄鏡燒香聊自娱。百世窗明窗暗裏，題詩不用著工夫。

夏日

赤日可中庭，樹影斂不開。燭龍未肯忙，一步九徘徊。夢中驚耳鳴，忽覺聞遠雷。屋山奇峰起，攲枕看雲來。變化信難料，轉頭失崔嵬。雖然不成雨，風起亦快哉。槐葉萬背白，少振十日埃。白團豈辦此，擲去羞薄才。蜻蜓泊牆陰，近人故多猜。牆西豈更熱，已去復飛迴。

送王周士赴發運司屬官

寧食三斗塵，有手不揖無詩人。寧飲三斗醋，有耳不聽無味句。牆東草深蘭發薰，君先夢我我夢君。小窗誦詩燈花喜，窗外北風怒未已。書生得句勝得官，風其少止盡人歡。五更月暈一千丈，明日君當泛淮浪。去去三十六策中，第一買酒壓北風。

試院書懷

細讀平安字，愁邊失歲華。疏疏一簾雨，淡淡滿枝花。投老詩成癖，經春夢到家。茫然十年事，倚杖數棲鴉。

寄題兗州孫大夫絶塵亭

境空納浩蕩，日暮生泬寥。竹聲池邊起，欲斷還蕭蕭。丈人方微吟，萬象各動摇。林間光景異，月出東山椒。門前誰剥啄，已逝不須邀。

休日早起

朧朧窗影來，稍稍禽聲集。開門知有雨，老樹半身濕。劇讀了無味，遠遊非所急。蒲團著身寬，安取萬戶邑? 開鏡白雲度，捲簾秋光入。飽受今日閒，明朝復羈縶。

碁

長日無公事，閒圍李遠碁。傍觀真一笑，互勝不移時。幸未逢重霸，何妨著獻之。晴天散飛雹，驚動隔牆兒。

冬至二首

少年多意氣，老去一分無。閉户了冬至，日長添數珠。北風不貸節，鴻雁天南驅。烏帽獨何幸，七日守屋廬。石爐深炷火，撩亂一榻書。只可自怡悦，不堪寄張扶。

人生本是客，杜叟顧未知。今年我聞道，悲樂兩脱遺。日色如昨日，未覺墉陰遲。不須行年記，異代尋吾詩。東家窈窕娘，融蠟幻梅枝。但恐負時節，那知有愁時。

西省酴醾架上殘雪可愛戲同王元忠席大光賦詩

酴醾花底當年事，夜雪糢糊照酒闌。北省今朝枝上雪，還揩病眼作花看。

對酒

新詩滿眼不能裁，鳥度雲移落酒杯。官裏簿書無日了，樓頭風雨見秋來。是非袞袞書生老，歲月怱怱燕子回。笑撫江南竹根枕，一尊呼起鼻中雷。

後三日再賦

天生癭木不須裁，說與兒童是酒杯。落日留霞知我醉，長風吹月送詩來。一官擾擾身增病，萬事悠悠首獨回。不奈長安小車得，睡鄉深處作奔雷。

赴陳留二首

草草一夢闌，行止本難期。歲晚陳留路，老馬三振鬐。自看鞭袖影，曠野日落遲。柳林行不盡，想見春風時。點點羊散村，陣陣鴻投陂。城中那有此，觸處皆新詩。舉手謝路人，醉語勿瑕疵。我行有官事，去作三年痴。遥聞辟穀仙，閱世河水湄。時從玩木影，政爾不憂飢。

馬上摩挲眼，出門光景新。鴉鳴半陂雪，路轉一林春。舊歲有三日，全家無十人。平生鸚鵡盞，今夕最關身。

至陳留

煙際停停塔，招人可得回？等閒爲夢了，聞健出關來。日落河冰壯，天長鴻雁哀。平安遠遊意，隨處一徘徊。

客裏

客裏東風起，逢人只四愁。悠悠雖唯唯，莫莫更休休。窗影鳥雙度，水聲船逆流。一官成一集，盡付古河頭。

對酒

陳留春色撩詩思，一日搜腸一百回。燕子初歸風不定，桃花欲動雨頻來。人間多待須微祿，夢裏相逢記此杯。白竹扉前容醉舞，煙村渺渺欠高臺。

寒食

草草隨時事，蕭蕭傍水門。濃陰花照野，寒食柳圍村。客袂空佳節，鶯聲忽故園。不知何處笛，吹恨滿清尊。

感懷

少日爭名翰墨場，只今扶杖送斜陽。青青草木浮元氣，渺渺山河接故鄉。作吏不妨三折臂，搜詩空費九迴腸。子房與我同羈旅，世事千般酒一觴。

竇園醉中前後五絕句

東風吹雨小寒生，楊柳飛花亂晚晴。客子從今無可恨，竇家園裏有鶯聲。

海棠脈脈要詩催，日暮紫綿無數開。欲識此花奇絕處，明朝有雨試重來。

不見海棠相似人，空題詩句滿花身。酒闌却度荒陂去，驅使風光又一春。

三月碧桃驚動人，滿園光景一時新。膩傾老子尊中玉，折盡繁枝不要春。

一尊相屬莫辭空，報答今朝吹面風。自唱新詩與明月，碧桃開盡曲聲中。

雨

沙岸殘春雨，茅簷古鎮官。一時花帶淚，萬里客憑欄。日晚薔薇重，樓高燕子寒。惜無陶謝手，盡力破憂端。

題酒務壁

野馬本不羈，無奈卯與申。當時彭澤令，定是英雄人。客來兩繩牀，客去一欠伸。市聲自雜沓，鑪煙自輪囷。鶯聲時節改，杏葉雨氣新。佳句忽墮前，追摹已難真。自題西軒壁，不雜徐庾塵。

秋夜詠月

庭樹日日疏，稍覺夜月添。推愁了此段，卷我三間簾。黃花牆陰遠，白髮露氣嚴。平生六尺影，隨我送涼炎。踏破千憂地，投老乃自嫌。尚想采石江，宮錦映霜蟾。夜半賦詩成，起舞魚龍兼。辦此詎難事，取快端宜廉。

入城

竹輿聲伊鴉，路轉登古原。孟冬郊澤曠，細水鳴蘆根。霧收浮屠立，天闊鴻雁奔。平生厭喧鬧，快意三家村。思生長林內，故園歸不存。欲爲唐衢哭，聲出且復吞。

夜步隄上三首

世故生白髮，意行無與期。平生木上座，臨老始相知。月中沙岸永，歲暮河流遲。留侯廟前柳，葉盡空離離。百年信難料，牘賦奇絕詩。

人間睡聲起，幽子方獨步。倚杖看白雲，亭亭水中度。十月雁背高，三更河流去。物生各擾擾，念此煎百慮。聊將憂世心，數遍橋西樹。

旋買青芒鞋，去踏沙頭月。争教冠蓋地，著此影突兀？樹寒栖鳥動，風轉孤管發。月色夜夜佳，人生事如髮。夢中續清遊，濃露濕銀闕。

晚步

手把古人書，閒讀下廣庭。荒村無車馬，日落雙檜青。曠然神慮靜，濁俗非所寧。逍遥出荆扉，竚立瞻郊坰。須臾暮色至，野水皆晶熒。却步面空林，遠意更杳冥。停雲甚可愛，重疊如沙汀。

同楊運幹黄秀才村西買山藥

潦縮田路寬，委蛇散腰脚。勝日三枝杖，村西買山藥。岡巒相吞吐，遠木互前却。天陰野水明，歲暮竹離薄。田翁領客意，發筐堆磊落。玉質紺色衣，用世乃見縛。屠門幾許快，夜語尋幽約。石鼎看雲翻，門前北風惡。

招張仲宗

北風日日吹茅屋，幽子朝朝只地爐。客裏賴詩增意氣，老來唯懶是工夫。空庭喬木無時事，殘雪疏籬當畫圖。亦有張侯能共此，焚香相待莫徐驅。

寓居劉倉廨中晚步過鄭倉臺上

紗巾竹杖過荒陂，滿面春風二月時。世事紛紛人易老，春陰漠漠絮飛遲。士衡去國三間屋，子美登臺七字詩。草邊天西青不盡，故園歸計入支頤。

八關僧房遇雨

脫履坐明窗，偶至情更適。池上風忽來，斜雨滿高壁。深松含歲暮，幽鳥立晝寂。世故方未闌，焚香破今夕。

贈黃家阿莘

君家阿莘如白玉，呼出燈前語陸續。可憐郎罷窮一生，只今有汝照茅屋。豬生十子豚復豚，阿莘明年可當門。階庭一笑不外索，萬事紛紛何足論。

發商水道中

商水西門語，東風動柳枝。年華入危涕，世事本前期。草草檀公策，茫茫杜老詩。山川馬前闊，不敢計歸時。

西軒寓居

牢落西軒客，巡簷費獨吟。桃花明薄暮，燕子鬧微陰。辛苦元吾事，淹留更此心。小窗隨意寫，蛇蚓起相尋。

鄧州西軒書事十首

小儒避賊南征日，皇帝行天第一春。走到鄧州無脚力，桃花初動雨留人。
千里空攜一影來，白頭更著亂蟬催。書生身世今如此，倚遍周家十二槐。
瓦屋三間寬有餘，可憐小陸不同居。易求蘇子六國印，難得河橋一字書。
莫嫌啖蔗佳境遠，橄欖甜苦亦相并。都將壯節供辛苦，準擬殘年看太平。
皇家卜年過周曆，變故未必非天仁。東南鬼火成何事，終待胡鋒作争臣。
楊劉相傾建中亂，不待白首今同歸。只今將相須廉藺，五月并門未解圍。
不須夜夜看太白，天地景氣今如斯。始行夷狄相攻策，可惜中原見事遲。

詔書憂民十六事，父老祝君一萬年。白髮書生喜無寐，從今不仕可歸田。
范公深憂天下日，仁祖愛民全盛年。遺廟只今香火冷，時時風葉一騷然。
諸葛經行有夕風，千秋天地幾英雄。弔古不須多感慨，人生半夢半醒中。

晚步順陽門外

六尺枯藜了此生，順陽門外看新晴。樹連翠篠園春晝，水泛青天入古城。夢裏偶來那計日，人間多事更聞兵。只應千載溪橋路，欠我婆娑勃窣行。

縱步至董氏園亭二首

槐葉層層新綠生，客懷依舊不能平。自移一榻西窗下，要近叢篁聽雨聲。
客子今年駝褐寬，鄧州三月始春寒。簾鈎掛盡蒲團穩，十丈虛庭借雨看。

題簡齋

我窗三尺餘，可以閱晦明。北省雖巨麗，無此風竹聲。不著散花女，而況使鬼兄。世間多歧路，居士繩牀平。未知阮遥集，幾屐了平生？領軍一屋鞋，千載笑絶纓。槐陰自入户，知我喜新晴。覓句方未了，簡齋真虛名。

春雨

花盡春猶冷，羈心只自驚。孤鶯啼永晝，細雨濕高城。擾擾成何事？悠悠送此生。蛛絲閃夕霽，隨處有詩情。

登城樓

去年夢陳留，今年夢鄧州。幾夢卽了我，一笑城西樓。新晴草木麗，落日淡欲收。遠川如動搖，景氣明田疇。百年幾憑欄，亦有似我不？城陰坐來失，白水光不流。丈夫貴快意，少住寬千憂。歸嫌簡齋陋，局促生白頭。

雨

忽忽忘年老，悠悠負日長。小詩妨學道，微雨好燒香。簷鵲移時立，庭梧滿意涼。此身南復北，彷彿是他鄉。

夏夜

閒弄玉如意，天河白練横。時無李供奉，誰識謝宣城？兩鵲翻明月，孤松立快晴。南陽半年客，復此滿懷清。

鄧州城樓

鄧州城樓高百尺，楚岫秦雲不相隔。傍城積水晚更明，照見綸巾倚樓客。李白上天不可呼，陰晴變化還須臾。獨撫危欄詠奇句，滿樓風月不枝梧。

秋日客思

南北東西俱我鄉，聊從地主借胡牀。諸公共得何侯力，遠客新抄陸氏方。老去事多藜杖在，夜來秋到葉聲長。蓬萊可託無因至，試覓人間千仞岡。

道中書事

臨老傷行役，籃輿歲月奔。客愁無處避，世事不堪論。白道含秋色，青山帶雨痕。壞梁斜闞水，喬木密藏村。易破還家夢，難招去國魂。一身從白首，隨意答乾坤。

美哉亭

西出城皐關，土谷僅容軛。天掛一疋練，雙崖鬭嵯峨。忽然五丈闕，亭構如危窠。青山麗中原，白日照大河。下視萬里川，草木何其多！臨高一吐氣，却奈雄風何！辛苦生一快，造化巧揣摩。險易終不償，翻身下殘坡。

與季申信道自光化復入鄧書事四首

孫子白木杖，富子黑油笠。我獨白竹籃，差池復相及。夕陽橋邊盡，岸幘歸雲急。勿語城中人，從渠慎出入。

賣舟作歸計，竹籃穩如舟。霧收青皐濕，行路當春遊。老馬不自知，意欲踏九州。依然還故櫪，寂寞壯心休。

再來生白髮，重見鄧州春。依舊城西路，桃花不記人。卜居得窮巷，日色滿窗新。微吟驚市卒，獨鶴語城闉。

城西望城南，十日九相隔。何如三枝杖，共踏江上石。門前流水過，春意滿渠碧。遥知千頃江，如今好顏色。

寄季申

雨歇城南泥未乾，遥知獨立整衣冠。舊時鄴下劉公幹，今日遼東管幼安。綠陰展盡身猶遠，黃鳥飛來節已闌。安得一尊生耳熱，暫時相對説悲歡。

重陽

去歲重陽已百憂，今年依舊歎羈遊。籬底菊花唯解笑，鏡中頭髮不禁秋。涼風又落宮南木，老鴈孤鳴漢北州。如許行年那可記，謾排詩句寫新愁。

有感再賦

憶得甲辰重九日，天恩曾與宴城東。龍沙此日西風冷，誰折黄花壽兩宫？

感事

喪亂那堪説，干戈竟未休！公卿危左衽，江漢故東流。風斷黄龍府，雲移白鷺洲。云何舒國步，持底副君憂？世事非難料，吾生本自浮。菊花紛四野，作意爲誰秋？

送客出城西

鄧州誰亦解丹青，畫我羸驂晚出城。殘年政爾供愁了，末路那堪送客行。寒日滿川分衆色，暮林無葉寄秋聲。垂鞭歸去重回首，意落西南計未成。

得席大光書因以詩迓之

十月風高客子悲，故人書到暫開眉。也知廊廟當推轂，無奈江山好賦詩。萬事莫論兵動後，一盃當及菊殘時。喜心翻到相迎地，不怕荒林十里陂。

無題

六經在天如日月，萬事隨時更故新。江南丞相浮雲壞，洛下先生宰木春。孟喜何妨改師法，京房底處有門人？舊喜讀書今懶讀，焚香閱世了閑身。

正月十二日自房州城遇金兵至奔入南山十五日抵回谷張家

久謂事當爾，豈意身及之！避兵連三年，行半天四維。我非洛豪士，不畏窮谷飢。但恨平生意，輕了少陵詩。今年奔房州，鐵馬背後馳。造物亦惡劇，脱命真毫釐。南山四程雲，布襪傲險巇。籬間老炙背，無意管安危。知我是朝士，亦復顰其眉。呼酒軟客脚，菜本濯玉肌。窮途士易德，歡喜不復辭。向來貪讀書，閉户生白髭。豈知九州內，有山如此奇！自寬實不情，老人亦解頤。投宿恍世外，青燈耿茅茨。夜半不能眠，澗水鳴聲悲。

十七夜詠月

月輪隱東峰，奇彩在南嶺。北崖草木多，蒼茫映光景。玉盤忽微露，銀浪瀉千頃。岩谷散陸離，萬象雜形影。不辭三更露，冒此白髮頂。老筇無前遊，危處有新警。澗光如翻鶴，變態發遥境。回首房州城，山中夜何永！

與信道遊澗邊

斜陽照亂石，顛崖下雙筇。試從絶壑底，仰視最奇峰。迴碕發澗怒，高靄生樹容。半岩菖蒲根，翠葆森伏龍。豈無避世士，於此儻相逢！客心忽悄愴，歸路迷行蹤。

遊南嶂同孫信道

遥瞻南嶂深復深，雙崖與天藏太陰。青鞋濟勝不能懶，踏破積雪窮崎嶔。空中朽樹抱孤篠，無竅蒼壁生橫林。孤禽三叫危石裂，欲返未返神蕭森。磴迴忽然何處所，當面煙如翠蛟舞。石門泄風無晝夜，古木截道藏雷雨。丹丘赤城去幾許，下視人間足塵土。放身天地不自知，導以龍蛇翼熊虎。山中異事記今晨，杖藜得道孫與陳。

同信道晚登古原

幽懷忽牢落，起望登古原。微吹度修竹，半林白翻翻。日暮紛物態，山空銷客魂。惜無一尊酒，與子醉中言。

岸幘

岸幘立清曉，山頭生薄陰。亂雲交翠壁，細雨濕青林。時改客心動，鳥鳴春意深。窮鄉百不理，時得一閒吟。

雨

雲起谷全暗，雨晴山復明。青春望中色，白澗晚來聲。遠樹鳥羣集，高原人獨耕。老夫逃世久，堅坐聽陰晴。

出山二首

陰岩不知晴，路轉見朝日。獨行修竹盡，石崖千丈碧。
山空樵斧響，隔嶺有人家。日落潭照樹，川明風動花。

入山二首

出山復入山，路隨溪水轉。東風不惜花，一暮都開遍。
都迷去時路，策杖煙漫漫。微雨洗春色，諸峰生晚寒。

寒食

竹籬寒食節，微雨澹春意。誼譁少所便，寂寞今有味。空山花動摇，亂石水經緯。倚杖忽已晚，人生本何冀？

清明

雨晴閒步澗邊沙，行入荒林聞亂鴉。寒食清明驚客意，暖風遲日醉梨花。書生投老王官谷，壯士偷生漂母家。不用鞦韆與蹴踘，只將詩句答年華。

出山道中

雨歇澹春曉，雲氣山腰流。高崖落絳葉，恍如人世秋。避地時忽忽，出山意悠悠。溪急竹影動，谷虛禽響幽。同行得快士，勝處頻淹留。乘除了身世，未恨落房州。

詠青溪石壁

青溪宜曉日，出處千丈晦。天開蒼石屏，影落西村外。虛無元氣立，明滅河漢對。人行崢嶸下，鳥急浩蕩内。向來千萬峰，瑣細等蓬塊。老夫倚杖久，三歎造化大。惜哉太史公，意短遺此快。更欲訪野人，窮探視其背。

和王東卿絶句四首

少時走馬洛陽城，今作江邊瓶錫僧。說與虎頭須畫我，三更月裏影崚嶒。

來日安榴花尚稀，壓牆丹實已垂垂。何時著我扁舟尾，滿袖西風信所之。

只今當代功名手，不數平生粥飯僧。獨立江風吹短髮，暮雲千里倚崚嶒。

平生不得吟詩力，空使秋霜入鬢垂。大岳峰前滿樽月，爲君聊復一中之。

觀江漲

漲江臨眺足消憂，倚杖江邊地欲浮。疊浪併翻孤日去，兩津橫卷半天流。黿鼉雜怒爭新穴，鷗鷺驚飛失故洲。可爲一官妨快意，眼中唯覺欠扁舟。

同左通老用陶潛還舊居韻

故園非無路，今已不念歸。秋入漢水白，葉脱行人悲。東西與南北，欲往還覺非。勿云去年事，兵火偶脱遺。可憐竛竮影，殘歲聊相依。天涯一尊酒，細酌君勿催。持觴望江山，路永悲身衰。百感醉中起，清淚對君揮。

同通老用淵明獨酌韻

紛紛吏民散，遺我以兀然。悄悄今夕意，鳥影馳隙間。向來房州谷，採藥危得仙。忽駕太守車，出處寧非天！何妨暫閲世，謀行要當先。西齋一壺酒，微雨新秋還。蛛網閃明晦，葉聲餞歲年。呼兒具紙筆，録我醉中言。

欲離均陽而雨不止書八句寄何子應

江城八月楓葉彫，城頭哦詩江動摇。秋雨留人意戀戀，水光泛樹風蕭蕭。綸巾老子無遠策，長作東西南北客。不如何遜在揚州，坐待梅花映妝額。

均陽舟中夜賦

遊子不能寐，船頭語輕波。開窗望兩津，煙樹何其多！晴江涵萬象，夜半光蕩摩。客愁彌世路，秋氣入天河。汝洛塵未銷，幾人不負戈！長吟宇宙内，激烈悲蹉跎。

舟次高舍書事

漲水東流滿眼黄，泊舟高舍更情傷。一川木葉明秋序，兩岸人家共夕陽。亂後江山元歷歷，世間歧路極茫茫。遥指長沙非謫去，古今出處兩淒涼。

登岳陽樓二首

洞庭之東江水西，簾旌不動夕陽遲。登臨吴蜀横分地，徙倚湖山欲暮時。萬里來遊還望遠，三年多難更凭危。白頭弔古風霜裏，老木蒼波無限悲。

天入平湖晴不風，夕帆和雁正浮空。樓頭客子杪秋後，日落君山元氣中。北望可堪回白首，南遊聊得看丹楓。翰林物色分留少，詩到巴陵還未工。

巴丘書事

三分書裏識巴丘，臨老避兵初一遊。晚木聲酣洞庭野，晴天影抱岳陽樓。四年風露侵遊子，十月江湖吐亂洲。未必上流須魯肅，腐儒空白九分頭。

晚步湖邊

客閒無勝日，世故可暫逃。杖藜迎落照，寒彩偏平皐。夕湖光景麗，晴鶴聲音豪。天長蒹葭響，水落城堞高。萬象各搖動，慰此老不遺。楚纍經行地，處處餘離騷。幸無大夫責，得伴諸子遨。終然動懷抱，白髮風中搔。

再登岳陽樓感慨賦詩

岳陽壯觀天下傳，樓陰背日堤綿綿。草木相連南服內，江湖異態闌干前。乾坤萬事集雙鬢，臣子一謫今五年。欲題文字弔古昔，風壯浪湧心茫然。

居夷行

遭亂始知承平樂，居夷更覺中原好。巴陵十月江不平，萬里北風吹客倒。洞庭葉稀秋聲歇，黄帝樂罷川杲杲。君山偃蹇横歲暮，天映湖南白如掃。人世多違壯士悲，干戈未定書生老。揚州雲氣鬱不動，白首頻回費私禱。后勝誤齊已莫追，范蠡圖越當若爲！皇天豈無悔禍意？君子慎惜經綸時。願聞羣公張王室，臣也安眠送餘日。

除夜

城中爆竹已殘更，朔吹翻江意未平。多事鬢毛隨節換，盡情燈火向人明。比量舊歲聊堪喜，流轉殊方又可驚。明日岳陽樓上去，島煙湖霧看春生。

曉登燕公樓

闌干納清曉，拄杖追黄鵠。燕公不相待，使我立於獨。霧收天落川，日動春浮木。舉手謝時人，微風吹野服。

詠水仙花五韻

仙人緗色裘，縞衣以裼之。青帨紛委地，獨立東風時。吹香洞庭暖，弄影清晝遲。寂寂籬落陰，亭亭與予期。誰知園中客，能賦會真詩。

望燕公樓下李花

燕公樓下繁華樹，一日遥看一百回。羽蓋夢餘當晝立，縞衣風急過牆來。洛陽路不容春到，南國花應爲客開。今日豈堪簪短髮，感時傷舊意難裁。

陪粹翁舉酒於君子亭下海棠方開

世故驅人殊未央，聊從地主借繩牀。春風浩浩吹遊子，暮雨霏霏濕海棠。去國衣冠無態度，隔簾花葉有輝光。使君禮數能寬否？酒味撩人我欲狂。

春夜感懷寄席大光

管寧白帽且踹躚，孤鶴歸期難計年。倚杖東南觀百變，傷心雲霧隔三川。江湖氣動春還冷，鴻雁聲迴人不眠。苦憶西州老太守，何時相伴一燈前？

夜賦寄友

賣藥韓康伯，談經管幼安。向來甘寂寞，不是爲艱難。明月扶疏樹，空園浩蕩寒。細題今夕景，持與故人看。

陰風

陰風三日吹南極，二月巴陵寒裂石。長林巨木受軒輊，洞庭倒流瀟湘黑。君不見古廬竹扉聲策策，中有竛竮落南客。曾經破膽向炎官，敢不修容待風伯！

雨

霏霏三日雨，靄靄一園青。霧澤含元氣，風花過洞庭。地偏寒浩蕩，春半客竛竮。多少人間事，天涯醉又醒。

春寒

二月巴陵日日風，春寒未了怯園公。海棠不惜臙脂色，獨立濛濛細雨中。

次韻傅子文絶句

風雨門前十日泥，荒階相伴只笻枝。從今老子都無事，落盡園花不賦詩。

城上晚思

獨凭危堞望蒼梧，落日君山如畫圖。無數柳花飛滿岸，晚風吹過洞庭湖。

雨中對酒庭下海棠經雨不謝

巴陵二月客添衣，草草杯觴恨醉遲。燕子不禁連夜雨，海棠猶待老夫詩。天翻地覆傷春色，齒豁頭童祝聖時。白竹籬前湖海闊，茫茫身世兩堪悲。

尋詩兩絶句

楚酒困人三日醉，園花經雨百般紅。無人畫出陳居士，亭角尋詩滿袖風。

愛把山瓢莫笑儂，愁時引睡有奇功。醒來推户尋詩去，喬木峥嶸明月中。

寒食日遊百花亭

晴氣已復濁，虚館可淹留。微花耿寒食，始覺在他州。自聞鼙鼓聒，不恨歲月流。亂代有今夕，茲園況堪遊。雲移樹陰失，風定川華收。曳杖新城下，日暮禽語幽。羣行意易分，獨賞興難周。永嘯以自暢，片月生城頭。

周尹潛以僕有郢州之命作詩見贈有橫槊之句次韻謝之

一歲憂兵四閱時，偷生不恨隙駒馳。如何南紀持竿手，却把西州破賊旗。儻有青油盛快士，何妨畫戟入新詩。因君調我還增氣，男子平生政要奇。

次韻尹潛感懷

干戈又看繞淮春，歎息猶爲國有人。可使翠華周寓縣，誰持白羽靜風塵？五年天地無窮事，萬里江湖見在身。共說金陵龍虎氣，放臣迷路感煙津。

泊宋田遇厲風作

逐隊避狂寇，湖中可盤嬉。泊舟宋田港，俯仰看雲移。造物猶不惜，顛風忽橫吹。洞庭何其大，浪挾雷車馳。可憐岸上竹，翻倒不自持。老夫元耐事，淹速本無期。會有天風定，見汝亭亭時。五月念貂裘，竟生薄暮悲。蕭蕭不自暢，耿耿獨題詩。

贈傅子文

漁子牧兒談笑新，先生勝日步湖濱。沙邊忽見長身士，頭上仍欹折角巾。豺虎不能寬遠俗，山川終要識詩人。蘆叢如畫斜陽裏，拄杖相尋無雜賓。

晚晴野望

洞庭微雨後，涼氣入綸巾。水底歸雲亂，蘆叢返照新。遥汀橫薄暮，獨鳥度長津。兵甲無歸日，江湖送老身。悠悠只倚杖，悄悄自傷神。天意蒼茫裏，村醪亦醉人。

舟抵華容縣

篙舟入華容，白水繞城堞。夾津列茂樹，倒影青相接。遠色分村塢，微涼動蘆葉。天地困腐儒，江湖託孤檝。

夜賦

泊舟華容縣，湖水終夜明。凄然不能寐，左右菰蒲聲，窮途事多違，勝處亦心驚。三更螢火鬧，萬里天河橫。阿瞞狼狽地，山澤空崢嶸。強弱與興衰，今古莽難評。腐儒憂平世，況復值甲兵！終然無寸策，白髮滿頭生。

晚晴

幽臥不知晴，櫩梢見斜日。披衣起四望，天際山爭出。光輝渚蒲淨，意氣沙鷗逸。避盜半九圍，兩脚不遺力。川陵各異態，艱險常一律。胡爲作弧矢，前聖意莫詰。豈知百代後，反使奸宄密。腐儒徒嘆嗟，救弊知無術。人生如歸雲，空行雜徐疾。薄暮俱到山，各不見踪跡。念此百年内，可復受憂戚？林木方翳然，放懷陶兹夕。

九月八日登高作重九奇父賦三十韻與義拾餘意亦賦十二韻

九日風景好，節意滿天涯。書生尊所聞，登高亂城鴉。雖無後乘麗，前驅載黄花。兩樓壓波壯，衆澤分天斜。居夷驚有苗，訪古悲章華。蕭條湖海事，勝日一笑譁。輿移三里亭，木影雜蛟蛇。二士醉藜杖，兩禪風袈裟。奇哉古無有，未覺欠孟嘉。天公亦喜我，催詩出微霞。賦罷迹已陳，憂樂如轉車。却後五百歲，遠俗增雄誇。

粹翁用奇父韻賦九日與義同賦兼呈奇父

安穩輕節序，艱難惜歡娛。先生守苜蓿，朝士誇茱萸。前年鄧州城，風雨傾客居。何嘗疏麴生，麴生自我疏。豈無登高地，送目與雲俱。門生及兒子，勸我升籃輿。出門復入門，戈旆填街衢。去年郢州岸，孤檝對壞郛。莫招大夫魂，誰攬使君鬚？獨題懷古句，枯硯生明珠。亦復躋荒戍，日暮野踟蹰。白衣終不至，渺渺空愁予。今年洞庭上，九折餘崎嶇。時憑岳陽樓，山川看縈紆。孫兄語蟬連，王丈色敷腴。不用踏筵舞，秋風搖菊株。樂哉未曾有，是夢其非歟！丈夫各堂堂，坐受世故驅。會須明年節，醉倒還相扶。此花期復對，勿令墮空虛。明日風景佳，南翔先一鳧。何言知幾早，政爾因鱸魚。分襟肺肝熱，撫事歲月迂。歸家問瓶錫，生理何必餘？相期衡山南，追步凌忽區。回首望堯雲，中原莽榛蕪。

臣豈專愛死，有懷竟不舒！老謀與壯士，二者慚俱無。

送王因叔赴試

楓落南紀明，秋高洞庭白。自是天涯人，更送湖上客。人生險易乘除裏，富貴功名從此起。不須惜別作酸然，滿路新詩付吾子。

別岳州

朝食三斗葱，暮飲三斗醋。寧受此酸辛，莫行歲晚路。丈夫少壯日，忍窮不自恕。乘除冀晚泰，乃復逢變故。經年岳陽樓，不見南宮樹。辭巢已萬里，兩脚未遑住。水落君山高，洞庭秋已素。浮雲易歸岫，遠客難回顧。飄然一瓶錫，未知所掛處！寂寞《短歌行》，蕭條《遠遊賦》。學道始恨晚，爲儒孰非腐？乾坤杳茫茫，三歎出門去。

初識茶花

伊軋籃輿不受催，湖南秋色更佳哉。青裙玉面初相識，九月茶花滿路開。

別伯共

尊酒相逢地，江楓欲盡時。猶能十日客，共出數年詩。供世無筋力，驚心有別離。好爲南極柱，深慰旅人悲。

再別

多難還分手，江邊白髮新。公爲九州督，我是半途人。政爾傾全節，終然却要身。平生第温嶠，未必下張巡。

別孫信道

萬里鷗仍去，千年鶴未歸。極知身有幾，不奈世相違。歲暮蒹葭響，天長鴻雁微。如君那可別，老淚欲沾衣！

江行野宿寄大光

檣烏送我入蠻鄉，天地無情白髮長。萬里回頭看北斗，三更不睡聽鳴榔。平生正出元子下，此去還經思曠傍。投老相逢難袞袞，共恢詩律撼瀟湘。

寄信道

衡山未見意如飛，浩蕩風帆不可期。却憶府中三語掾，空吟江上四愁詩。高灘落日光零亂，遠岸叢梅雪陸離。賸欲平分持寄子，白頭才盡只成悲。

衡嶽道中四首

野客元耕嵩嶽田，得遊衡嶽是前緣。避兵徑度吾豈忍，欲雨還休神所憐。世亂不妨松偃蹇，村空更覺水潺湲。非無拄杖終傷老，負此名山四十年。

客子山行不覺風，龍吟虎嘯滿山松。綸巾一幅無人識，勝業門前聽午鐘。

城中望衡山，浮雲作飛蓋。揭來岩谷遊，却在浮雲外。

危亭見上方，林壑帶殘陽。今日豈無恨，重遊却味長。

除夜次大光韻大光是夕婚

一杯節酒莫留殘，坐看新年上鬢端。只恐梅花明日老，夜瓶相對不知寒。

除夜不寐飲酒一盃明日示大光

萬里鄉山路不通，年年佳節百憂中。催成客睡須春酒，老却梅花是曉風。

元日

五年元日只流離，楚俗今年事事非。後飲屠蘇驚已老，長乘舴艋竟安歸？攜家作客真無策，學道刳心却自違。汀草岸花知節序，一身千恨獨沾衣。

別大光

堂堂一年長，渺渺三秋闊。恍然衡山前，相遇各白髮。歲窮窗欲霰，人老情難竭。君有杯中物，我有肝肺熱。飲盡不能起，交深忘事拙。乾坤日多虞，遊子屢驚骨。衡陽非不遥，雁意猶超忽。一生能幾回，百計易相奪。滔滔江受風，瞅瞅客孤發。他夕懷君子，岩間望明月。

道中

雨子收還急，溪流直又斜。迢迢傍山路，漠漠滿林花。破水雙鷗影，掀泥百草芽。川原有高下，隨處著人家。

將至杉木鋪望野人居

春風漠漠野人居，若使能詩我不如。數株蒼檜遮官道，一樹桃花映草廬。

曉發杉木

古澤春光淡，高林露氣清。紛紛世上事，寂寂水邊行。客子凋雙鬢，田家自一生。有詩還忘記，無酒却思傾。

先寄邢子友

作客經年樂有餘，邵陽歧路不崎嶇。山川好處欹紗帽，桃李香中度筍輿。欲見舊交驚歲月，剩排幽語説艱虞。人間書疏非吾事，一首新詩未可無。

立春日雨

衡陽縣下春日雨，遠映青山絲樣斜。容易江邊欺客袂，分明沙際濕年華。竹林路隔生新水，古渡船空集亂鴉。未暇獨憂巾一角，西溪當有續開花。

初至邵陽逢入桂林使作書問其地之安危

湖北彌年所，長沙費月餘。初爲邵陽夢，又作桂林書。老矣身安用，飄然計本疏。管寧遼海上，何得便端居？

過孔雀灘贈周靜之

海内無堅壘，天涯有近親。不辭供笑語，未慣得殷勤。舟楫深宜客，溪山各放春。高眠過灘浪，已寄百年身。

江行晚興

曾聽石樓水，今過邵州灘。一笑供舟子，五年行路難。雲間落日淡，山下東風寒。煙嶺叢花照，夕灣羣鷺盤。生身後聖哲，隨俗了悲歡。淹旅非吾病，悠悠良足歎。

夜抵貞牟

野暝猶聞遠，川明不恨遲。焚山隔岸火，及我繫船時。夜半青燈屋，籬前白水陂。殷勤謝地主，小築欲深期。

雨

雲物澹清曉，無風溪自閑。柴門對急雨，壯觀滿空山。春發蒼茫内，鳥鳴篁竹間。兒童笑老子，衣濕不知還。

今夕

今夕定何夕，對此山蒼然。偷生經五載，幽意獨已堅。微陰拱衆木，静夜聞孤泉。唯應寂寞事，可以送餘年。

暝色

殘輝度平野，列岫圍青春。柴門一枝筇，日暮棲心神。暝色著川嶺，高低鬱輪囷。水光忽到樹，山勢欲傍人。萬化元相尋，幽子意自新。肅肅夜將久，空明動邊垠。田鶴吟相應，我獨無荒鄰。短篇不可就，所寄聊一伸。

貞牟書事

留侯辟穀年，漢鼎無餘功。子真策不售，脱迹市門中。神仙非異人，由來本英雄。撫世獨餘事，用舍何必同？眷兹貞牟野，息駕吾其終。蒼山雨中高，緑草溪上豐。仲春水木麗，禽鳴清晝風。禍福兩合纆，既解一身空。榮華信非貴，寂寞亦非窮。

山中

當復入州寬作期，人間踏地有安危。風流丘壑真吾事，籌策廟堂非所知。白水春陂天澹澹，蒼峰晴雪錦離離。恰逢居士身輕日，正是山中多景時。

謝主人

春禽勸我歸，主人留我住。一笑謝主人，我自無歸處。擬借溪邊三畝春，結茅依樹不依鄰。伐薪正可煩名士，分米何須待故人？

羅江二絶

荒村終日水車鳴，陂北陂南共一聲。灑面風吹作飛雨，老夫詩到此間成。

山翁見客亦欣然，好語重重意不傳。行過竹籬逢細雨，眼明雙鷺立青田。

三月二十日聞德音寄李德升席大光新有召命皆寓永州

塵隔斗牛三月餘，德音再與萬方初。又蒙天地寬今歲，且掃軒窗讀我書。自古安危關政事，隨時憂喜到樵漁。零陵併起扶顛手，九廟無歸計莫疏。

題東家壁

斜陽步屧過東家，便置清尊不煮茶。高柳光陰初罷絮，嫩鳧毛羽欲成花。羣公天上分時棟，閑客江邊管物華。醉裏吟詩空跌宕，借君素壁落栖鴉。

曳杖

柳條一何長，我髮一何短！餘日會有幾，經春卧荒疃。曳杖陂西去，悠然寄蕭散。田壟粲高低，白水一時滿。農夫暮猶作，媿我讀書懶。且復棄今兹，前峰青蹇嵼。

開壁置窗命曰遠軒

鍾妖鳴吾旁，楊獠舞吾側。東西俱有礙，羣盜何時息？丈夫堂堂軀，坐受世褊迫。仙人千仞岡，下視笑予厄。誰能久鬱鬱，持斧破南壁。窗開三尺明，空納萬里碧。岩霏雜川靄，奇變供几席。誰見老書生，軒中岸玄幘。蕩漾浮世裹，超遥送兹夕。倚楹發孤嘯，呼月出荒澤。天公亦粲然，林壑受珠璧。會有鶴駕賓，經過來見客。

再賦

清曉坐南軒，望山頭屢側。居士亦豈痴，飛雲方未息。樂哉此遠俗，亂世免怵迫。那知百戰禍，豈識三空厄？閉門美熟睡，開門瞻翠壁。遠客謝主人，分此一窗碧。新晴鳥鳴簷，微暑風入席。蕭然此白首，豈更冒朝幘？誓將老茲地，不復數晨夕。但恨食無肉，臞仙出山澤。蟄雷轉空腸，吐句作圭璧。一笑示鄰家，向來無此客。

又賦

我昨在衡山，傷心衢路側。豈知得此地，一坐數千息。易安生痛定，過美出飢迫。誓言如齊侯，常戒在莒厄。要將萬里身，獨面九年壁。如何不已奈，開窗翫霏碧。招呼面前山，浮翠落衾席。一笑等兒戲，都忘雪侵幘。人生何不娛，今夕定何夕！向來萬頃胸，餘地吞七澤。念此亦細事，未遽瑕生璧。聊使山中人，永記山下客。

傷春

廟堂無策可平戎，坐使甘泉照夕烽。初怪上都聞戰馬，豈知窮海看飛龍！孤臣霜髮三千丈，每歲煙花一萬重。稍喜長沙向延閣，疲兵敢犯犬羊鋒。

題水西周三十三壁二首

不管先生巾欲摧，雨中艇子便撑開。青山隔岸迎人去，白鷺銜煙送酒來。
周子窮中早得春，喚人同度一溪雲。貪看雨歇前峰變，不覺斟時已十分。

山齋

雖愧荷鋤叟，朝來亦不閒。自剪牆角樹，盡納溪西山。經行天下半，送老此窗間。日暮煙生嶺，離離飛鳥還。

散髮

百年如寄亦何爲，散髮清狂未足非。南澗題詩風滿面，東橋行藥露霑衣。松花照夏山無暑，桂樹留人吾豈歸！藜杖不當軒蓋用，穩扶居士莫相違。

觀雨

山客龍鍾不解耕，開軒危坐看陰晴。前江後嶺通雲氣，萬壑千林送雨聲。海壓竹枝低復舉，風吹山角晦還明。不嫌屋漏無乾處，正要羣龍洗甲兵。

寄大光二絶句

心折零陵霜入鬢，更修短札問何如？江湖不是無來雁，只慣平生作報書。
芭蕉急雨三更鬧，客子殊方五月寒。近得會稽消息否，稍傳荆渚路歧寬。

村景

黄昏吹角聞呼鬼，清曉持竿看牧鵞。蠶上樓時桑葉少，水鳴車處稻苗多。

寄德升大光

君王優詔起羣公，也賔樵夫尺一中。易著青衫隨世事，難將白髮犯秋風。共談太極非無意，能繫蒼生本不同。却倚紫陽千丈嶺，遥瞻黄鵠九霄東。

次韻邢九思

百年鼎鼎雜悲歡，老去初依六祖壇。玄晏不堪長抱病，子真那復更爲官！山林未必容身得，顏面何宜與世看？白帝高尋最奇事，共君盟了不應寒。

遥碧軒作呈使君少隱時欲赴召

我本山中人，尺一喚起趨埃塵。君爲邊城守，作意邀山入窗牖。朝來爽氣如有期，送我憑軒一杯酒。丈夫已忍猿鶴羞，欲去且復斯須留。西峰木脱亂鬟擁，東嶺煙破修眉浮。主人愛客山更好，醉裏一笑驚蠻州。丁寧雲雨莫作厄，明日青山當送客。

石限病起

幽人病起山深處，小院鴉鳴日午時。六尺屏風遮宴坐，一簾細雨獨題詩。

愚溪

小閣當喬木，清溪抱竹林。寒聲日暮起，客思雨中深。行李妨幽事，欄干試獨臨。終然遊子意，非復昔人心。

己酉中秋之夕與任才仲醉於岳陽樓上明年十一月二十日南遊過道謁姜光彥出才仲畫軸則寫是夕事也剪燭觀之恍然一笑書八句以當畫記

去年中秋洞庭野，寒瑶萬頃兼天瀉。岳陽樓上兩幅巾，月入闌干影瀟灑。世間此影誰能孤，狂如我友人所無。一夢經年無續處，道州還見倚樓圖。

度嶺

年律將窮天地温，兩州風氣此横分。已吟子美湖南句，更擬東坡嶺外文。隔水叢梅疑是雪，近人孤嶂欲生雲。不愁去路三千里，少住林間看夕曛。

次韻謝呂居仁居仁時寓賀州

別君不覺歲時荒，豈意相逢魑魅鄉。篋裏詩書總寥落，天涯形貌各昂藏。江南今歲無征戰，嶺表窮冬有雪霜。儻可卜鄰吾欲住，草茅爲蓋竹爲梁。

舟行遣興

會稽尚隔三千里，臨賀初盤一百灘。殊俗問津言語異，長年爲客路歧難。背人山嶺重重去，照鷁梅花樹樹殘。酌酒柂樓今日意，題詩船壁後來看。

康州小舫與耿伯順李德升席大光鄭德象夜語以更長愛燭紅爲韻得更字

萬里衣冠京國舊，一船風雨晉康城。燈前顏面重相識，海內艱難各飽更。天闊路長吾欲老，夜闌酒盡意難傾。明朝古峽蒼煙道，都送新愁入櫓聲。

與大光同登封州小閣

去程欲數莽難知，三日封州更作遲。青嶂足稽天下士，錦囊今有嶠南詩。共登小閣春風裏，回望中原夕靄時。萬本梅花爲我壽，一杯相屬未全癡。

登海山樓

萬航如鳧鷺，一水如虛空。此地接元氣，壓以樓觀雄。我來自中州，登臨眩冲融。白波動南極，蒼鬢承東風。人間路浩浩，海上春濛濛。遠遊爲兩眸，豈惜勞我躬？仙人欲吾語，薄暮山葱瓏。海清無蜃氣，彼固蓬萊宮。

雨中再賦海山樓詩

百尺闌干橫海立，一生襟抱與山開。岸邊天影隨潮入，樓上春容帶雨來。慷慨賦詩還自恨，徘徊舒嘯却生哀。滅胡猛士今安有？非復當年單父臺。

題長樂亭

遠山雲迷顛，近山淨如沐。客子曳竹輿，伊啞過山麓。我行一何遲，時序一何速！東風所經過，林水一時綠。疏雨忽飛墜，聲在道邊木。淑氣自遠歸，光景變川陸。遙知存存子，明亦戒征軸。霽色雖宜詩，不見此清穆。

題長岡亭呈德升大光

久客不忘歸，如頭垢思沐。身行江海濱，夢繞嵩少麓。馬何預得失，鵬何了淹速？匣中三尺水，瘴雨生新綠。胡爲古驛中，坐聽風吟木。既非還吳張，亦異赴洛陸。兩公茂名實，自是宜鼎軸。發發不可遲，帝言頻郁穆。

贈漳州守綦叔厚

過盡蠻荒興復新，漳州畫戟擁詩人。十年去國九行旅，萬里逢公一欠伸。王粲登樓還感慨，紀瞻赴召欲逡巡。繩牀相對有今日，牘醉齋中軟脚春。

宿資聖院閣

暮投山崦寺，高處絶人羣。遠岫林間見，微泉舍後聞。閣虚雲亂入，江闊野横分。欲與僧爲記，今年懶作文。

自黄岩縣舟行入台州

宴坐峰前衝雨急，黄岩縣裏借舟遲。百年痴黠不相補，萬事悲歡豈可期！莽莽蒼波兼宿霧，紛紛白鷺落山陂。只應江海凄凉地，欠我臨風一賦詩。

過下杯渡

夜宿下杯館，朝鳴一棹東。湖平天盡落，峽斷海横通。冉冉雲隨舸，茫茫鳥遡風。仙人蓬島上，遥見我乘空。

泛舟入前倉

曾鼓鹽田棹，前倉不足言。盡行江左路，初過浙東村。春去花無迹，潮歸岸有痕。百年都幾日，聊復信乾坤。

送熊博士赴瑞安令

衣冠衮衮相逢處，草木蕭蕭未變時。聚散同驚一枕夢，悲歡各誦十年詩。山林有約吾當去，天地無情子亦飢。笑領銅章非失計，歲寒心事欲深期。

病中夜賦

抱病喜清夜，形羸心獨開。不知藥鼎沸，錯認雨聲來。歲晚燈燭麗，天長鴻雁哀。書生惜日月，欹枕意茫哉。

喜雨

秦望山頭雲，昨日鸞鳳舉。冥冥萬里風，淅淅三更雨。小臣知君憂，起坐聽簷語。風力有去來，龍工雜文武。燈花識我意，一笑相媚嫵。泥翻早朝路，瀾瀾光欲吐。鬱然蒼龍闕，佳氣接南畝。千官次第來，豫色各眉宇。記事以短篇，不工還自許。

醉中

醉中今古興衰事，詩裏江湖揺落時。兩手尚堪盃酒用，寸心唯是鬢毛知。稽山擁郭東西去，禹穴生雲朝暮奇。萬里南征無賦筆，茫茫遠望不勝悲。

不見梅花六言

荆楚歲時經盡，今年不見梅花。想得蒼煙玉立，都藏江上人家。

梅花

鐵面蒼髯洛陽客，玉顔紅領會稽仙。街頭相見如相識，恨滿東風意不傳。

雨

聽雨披夜襟，衝雨踏晨鼓。萬珠絡筍輿，詩中有新語。老龍經秋卧，歲暮始一舉。成功亦何遲，光彩變蔬圃。道邊聞井溢，可笑遽如許！舊山百尺泉，不知旱與雨。

除夜

疇昔追歡事，如今病不能。等閒生白髮，耐久是青燈。海内春還滿，江南硯不冰。題詩餞殘歲，鐘鼓報晨興。

雨中

北客霜侵鬢，南州雨送年。未聞兵革定，從使歲時遷。古澤生春靄，高空落暮鳶。山川含萬古，鬱鬱在尊前。

渡江

江南非不好，楚客自生哀。搖檝天平渡，迎人樹欲來。雨餘吴岫立，日照海門開。雖異中原險，方隅亦壯哉！

夙興

美哉木枕與菅席，無耐當興戴朝幘。巷南巷北聞鍜聲，舍後舍前唯月色。事國無功端未去，竹輿伊軋猶昨日。不見武林城裏事，繁華夢覺生荆棘。成敗由來幾古今，乾坤但可著山澤。西湖已無金碧麗，雨抹晴妝尚娱客。會當休日一訪之，摩挲蒼蘚慰崖石。只恐冷泉亭下水，發明白髮增歎息。

幽窗

貧士工用短，壯夫溺於詩。破壁爲幽窗，我筆還得持。高鳥度遺影，風扉語移時。迨我休暇日，與物聊同嬉。古來賢哲人，畎畝策安危。一行或大謬，半隱良亦癡。寄言山中友，即歲以爲期。

休日馬上

休日不自休，騎馬踏荒徑。却扇受景風，今朝我無病。春雲閟晨耀，羣綠澹相映。山川與朝市，一動自一靜。九衢行萬人，誰抱此懷勝？不得與之語，蕭蕭寄孤詠。

題畫

分明樓閣是龍門，亦有溪流曲抱村。萬里家山無路入，十年心事與誰論？

題崇蘭圖二首

兩公得我色敷腴，藜杖相將入畫圖。我已夢中都識路，秋風舉袂不踟躕。

奕奕天風吹角巾，松聲水色一時新。山林從此不牢落，照影溪頭共六人。

秋夜獨酌

涼秋佳夕天氛廓，河漢之涯秋漠漠。月出未出林彩變，幽人露坐方獨酌。自歌新詞酒如空，天星下飲觥船中。忽思李白不可見，夜半喬木搖西風。百年佳月幾今夕，憂樂相尋老來疾。瓊瑤滿地我影橫，添酒賦詩何可失！

九日示大圓洪智

自得休心法，悠然不賦詩。忽逢重九日，無奈菊花枝。

劉大資挽詞二首

天柱欹傾日，堂堂墮虜圍。遂聞王蠋死，不見華元歸。一代名超古，千年淚染衣。當時如有繼，猶足變危機。

一死公餘事，由來虜亦人。使知臨難日，猶有不欺臣。河洛傾遺憤，英雄歎後塵。煌煌中興業，公合冠麒麟。

觀雪

無住菴前境界新，瓊樓玉宇總無塵。開門倚杖移時立，我是人間富貴人。

小閣晨起

紙帳不知曉，鴉鳴吾當興。開窗面老松，相對寒崚嶒。幸無公家責，欲懶還不能。汲井頮我面，銅盆旋敲冰。梳頭風入檻，散髮霜滿膺。四瞻郊澤間，蒼煙慘朝凝。却望塔顛日，光景舒層層。乾坤有奇事，變化忽相乘。客來無可語，語此不見膺。今晨胡牀冷，愧我無氍毹。

小閣晚望

澤國候易變，孟冬乃微和。解襟凭小閣，日暮歸雲多。蒼蒼散草木，莽莽雜山河。荒野蟲亂鳴，長空鳥時過。萬象各無待，唯人顧紛羅。備物以養己，更用干與戈。天風吹我來，衣袂生微波。幽懷渺無寄，蕭瑟起悲歌。

得張正字書

送老茅屋底，天寒人跡稀。一觴尤有味，萬事已無機。歲暮塔孤立，風生鴉亂飛。此時張正字，書札到郊扉。

小閣

欄干横歲暮，徙倚度陰晴。木落太湖近，梅開南紀明。病餘仍愛酒，身後更須名。鸛鶴忽雙起，吾詩還欲成。

懷天經智老因訪之

今年二月凍初融，睡起苕溪緑向東。客子光陰詩卷裏，杏花消息雨聲中。西菴禪伯還多病，北栅儒先只固窮。忽憶輕舟尋二子，綸巾鶴氅試春風。

牡丹

一自胡塵入漢關，十年伊洛路漫漫。青墩溪畔龍鍾客，獨立東風看牡丹。

盆池

三尺清池窗外開，茨菰葉底戲魚回。雨聲轉入浙江去，雲影還從震澤來。

西軒

平生江海志，歲暮僧廬中。虛齋時獨步，遡此西窗風。初夏氣未變，幽居念方冲。三日無客來，門外生蒿蓬。輕陰映夕幌，窈窕瓶花紅。未知古今士，誰與此心同？

晨起

寂寂東軒晨起遲，朦朧草木暗疏籬。風來衆綠一時動，正是先生睡足時。

登閣

今日天氣佳，登臨散腰脚。南方宜草木，九月未黃落。秋郊乃明麗，夕雲更蕭索。遠遊吾未能，歲暮依樓閣。

歲華

歲華日已彫，飛葉鳴古瓦。白頭倚危檻，高旻覆平野。遥瞻疏柳林，下有清溪瀉。三春既繁麗，九秋亦瀟灑。平生萬事過，所欠茅一把。山川鬱日夕，有抱無與寫。賦詩老不工，開篇詠風雅。

得長春兩株植之窗前

鄉邑已無路，僧廬今是家。聊乘數點雨，自種兩叢花。籬落失秋序，風煙添歲華。衰翁病不飲，獨立到棲鴉。

九月八日戲作兩絶句示妻子

今夕知何夕，都如未病時。重陽莫草草，剩作幾篇詩。

小甕今朝熟，無勞問酒家。重陽明日是，何處有黄花？

拒霜

拒霜花已吐，吾宇不凄凉。天地雖肅殺，草木有芬芳。道人宴坐處，侍女古時妝。濃露濕丹臉，西風吹緑裳。

微雨中賞月桂獨酌

人間跌宕簡齋老，天下風流月桂花。一壺不覺叢邊盡，暮雨霏霏欲濕鴉。

心老久許爲作畫未果以詩督之

布衲王摩詰，禪餘寄筆端。試將能事迫，肯作畫工難！秋入無聲句，山連欲雨寒。平生夢想處，奉乞小巑岏。

再用迹字韻成一首呈判府

風雨一葉過，黄花已陳迹。人貧交舊疏，歲暮日月疾。貪人積胡椒，智不到鬼録。那知庚郎菜，地瘦飽金玉。不如學服氣，清坐了晨夕。尚餘煙月債，驅使入吟筆。晚逢葛先生，憐我出無僕。借車得時詣，謬窺文字籙。談詩不知疲，或作夜半客。揮毫寫珠玉，治郡蓋餘力。不羡江千萬，不慕李八百。願傳公句法，容我附風翼。城東劉子政，著書方滿屋。昨示一篇詩，三日歎未足。仍聞供筆硯，家有樊通德。但恐裴公門，從此近捨湜。元忠有侍妾，嘗謂某曰：「若人有可愛處。吾嘗記書中事不審，使之尋，輒能知其處。詩成，或使之寫，亦往往如人意。」陳學士願聞斯語。

蒙示涉汝詩次韻

城南天倒影，緑浪摇十里。使君雲夢胸，猶復録此水。舟行及雨霽，秋色在葭葦。煙涵翠縠潤，月照金波委。知公已忘機，鷗鷺宛停峙。向來趨熱士，説似頽應泚。俗子與清游，自古劇函矢。如何有雙脚，受垢不受洗！異哉公殊嗜，記此兩苦李。詩成墮衡門，名字污紙尾。公詩賜某及家弟也。明當躡公迹，佳處不待指。會逢白沙渚，我舍真可徙。鳴騶儻重來，傍舫傾我耳。

遊峴山次韻

夜度一程雲，平明踏山址。山神豈妬我，飛雨亂眸子。重岳衮衮去，前傑後俊偉。晦明更百態，始望那及此！路窮得精廬，税駕諮祖始。老僧千金意，佳處相指似。先生一笑領，得句易翻水。安石未歸山，却要山料理。奇哉此一段，驚世無前軌！酬山以快飲，春蕨正滋旨。一丘儻許予，高卧飽松髓。城中謾拄笏，那知有兹事？

高人買山隱，百萬猶恨少。客見最省事，有屐一生了。東莊良不遥，十里望縹緲。縈紆並麥壠，翠浪四山繞。先生滯鹿車，去程通鳳沼。暫來山泉上，思與飛雲杳。雲北接雲南，一逕絶紛擾。竹林懷風雨，目斷極窈窕。從來無世塵，相對真不撓。龍兒争地出，頭角已表表。先生囑支郎，勿使斤斧夭。終當乞一杖，險路扶吾老。

和孫升之

姬國餘芳代有人，于今公子秀溪濆。處心如水尚書市，能賦臨流静節君。花島紅雲春句麗，月梅疎影夜香聞。囊開古錦湖山出，何意一星窺妙文！此和升之詠周堅仲。十二年前到周子壁間，有詩曾見之，故有「一星窺妙

寺居

招提遠占一牛鳴，阻絶干戈得暫經。夢境了知非有實，醉鄉不入自常醒。樓臺近水涵明鑑，草樹連空寫素屏。物象自堪供客眼，未須覓句户長扃。

又用韻春雪

急雪催詩興未闌，東風肯奈鳥烏寒！最憐度牖勤勤意，更接飛花細細看。連夜拋回三白瑞，及時驚動五辛盤。袁安久絶千人望，春破還思綺一端。

次韻邢子友

壯士如今爛莫收，尚思抽矢射旄頭。不堪苦霧侵衰鬢，稍喜和煙入戍樓。萬里中原空費夢，三春勝日偶成遊。青松遠嶺偏驚眼，薄晚闌干更少留。

梅

愛欹纖影上窗紗，無限輕香夜遶家。一陣東風濕殘雪，强將嬌淚學梨花。

蒙知府寵示秋日郡圃佳製遂侍杖屨逍遥林水間輒次韻四篇上瀆台覽

歲月移文外，乾坤杖履中。鏗然五字律，一作「句」。健在百夫雄。秋入池深碧，寒欺葉遞紅。此間兼吏隱，端不減遊嵩。客有游嵩山者，歸以語公，公以不得遊爲恨。

鳥語知公樂，晴山及我遊。盡排物外事，捹作酒中浮。菊蕊離雙鬢，林聲隱四愁。騷人例喜賦，政自不關秋。

竹際笙簧起，回聽衆籟微。時陪物外賞，肯念日斜歸！草色違秋意，池光淨客衣。吟公清絕句，政爾不能肥。

一笑聊開口，千憂不上眉。林深受風得，栢老到霜知。小憩逢筠洞，幽尋及枳籬。願公勤秉燭，裁詠衆離離。

送人歸京師

門外子規啼未休，山村日落夢悠悠。故園便是無兵馬，猶有歸時一段愁。

賦康平老銅雀硯

鄴成臺殿已荒涼，依舊山河滿夕陽。瓦礫却鑱今日硯，似教人世寫興亡。

和顏持約

半篙寒碧秋垂釣，一笛西風夜倚樓。多少巫山舊家事，老來分付水東流。

早行

露侵駝褐曉寒輕，星斗闌干分外明。寂寞小橋和夢過，稻田深處草蟲鳴。

次韻景純道中寄大成

聞道歌行伏李紳，古來賢守是詩人。久欽樂廣懷披霧，一見周瑜勝飲醇。海内期公黄閣老，尊前容我白綸巾。佳篇咀嚼真堪飽，此日何憂甑有塵！

同家弟用前韻謝判府惠酒

銜杯樂聖便稱賢，無酒猶堪卧甕間。使者在門催僕僕，麴車入夢正斑斑。不煩白水真人力，來自青城道士山。千載王弘仝並美，未應杞菊賦寒慳。

日飲知非貧士宜，要逃語穽税心機。《楚辭》：「心機羈而不亂。」所須唯酒非虚語，以醉爲鄉可徑歸。鸚鵡鷓鴣俱得道，螟蛉蜾蠃共忘機。狂言戲作麻姑送，無奈閤人與我違。

盱江集鈔

李覯，字泰伯，南城人。舉茂才異等不中，以教授養親，從學日衆。范仲淹薦試太學助教。嘉祐中，召爲海門主簿、太學説書，卒。門人鄧潤甫上其所著書，尤長于經制。朱子謂：「李泰伯文字不軟帖，氣象大叚好，實得之經中。雖淺，然皆自大處起議論。若老蘇父子，得之史中《戰國策》，故皆自小處起議論。」真知言也。詩雄勁有氣燄，用意出人。有云：「格如平易人多愛，意到幽深鬼未知。」見其得處矣。

魯公碑

他人工字書，美好若婦女。猗嗟顔太師，赳赳丈夫武！麻姑有遺碑，歲月亦已古。硬筆可破石，鐫者疑虚語。驚龍索雷鬬，口噓天下雨。怒虎突圍出，不畏千强弩。有海珠易求，有山玉易取。唯恐此碑壞，此書難再睹。安得同寶鎮，收藏在天府？自非大祭時，莫教凡眼覷。

玳瑁石

前有縣大夫，取此石爲器。嚣然夸謂予，材與工俱美。如何爾鄉人，器用曾莫備？無乃居荒陬，俗鄙不喜事？答云此石堅，攻磨動時歲。官用錢出民，民用錢出己。出民官不知，喜一作「意」。事誠可貴。出己乃傷財，誰能一作「其」。不惜費？大夫聞此言，如有所忿戾。今君倡是詩，敢以報嘉惠。

秦人峰

秦法雖甚苛，秦吏若猶拙。山林不數里，俾爾逃得脱。予觀後世事，政役火烈烈。苟非爲鬼神，何計避羈紲！聖皇今在御，百事咸均節。常披詔書意，苦念生財竭。誰能將順者，所望在賢哲。無使峰中人，笑我民屠裂。

虎跑泉

虎跑本何爲，彼將對以臆。有如大丈夫，卓爾抱剛直。盜泉既不飲，譖人亦不食。山中小禽獸，何足勞捉搦！勇氣無所泄，爪地成遺跡。地神嘉乃誠，水源如開闢。尋常竊六畜，夜傍人牆壁。是與豺狼同，聞此宜慚色。

哀老婦

里中一老婦，行行啼路隅。自悼未亡人，暮年從二夫。寡時十八九，嫁時六十餘。昔日遺腹兒，今茲垂白鬚。子豈不欲養，母豈不懷居？繇役及下户，財盡無所輸。異籍幸可免，嫁母乃良圖。牽車送出門，急若盜賊驅。兒孫孫有婦，小大攀且呼。回顧與永訣，欲死無刑誅。我時聞此言，爲之長歎嗚。天民固有窮，鰥寡實其徒。仁政先四者，著在孟軻書。吾君務復古，旦旦師黄虞。赦書求節婦，許與旌門閭。繫爾愚婦人，豈曰禮所拘！蓬茨四十年，不知形影孤。州縣莫能察，詔旨成徒虛。而況賦役間，羣小所同趨。姦欺至骨髓，公利未錙銖。良田歲歲賣，存者唯萊污。兄弟欲離散，母子因變渝。天地豈非大，曾不容爾軀！嗟嗟孝治王，早晚能聞諸？吾言又無位，反袂空漣如。

寄懷三首

鳥獸死有用，羽角筋革齒。輩輓人工師，飾作軍國器。玉食白如瓠，瞑目已腐穢。生者不敢留，埋藏與螻蟻。百年富貴身，孰若禽獸類？唯有令名人，終古如不死。

根生但爲松，翼飛但爲鳳。王侯尚可輕，道義本來重。癡兒似婢妾，寸步矜恩寵。傍人忍笑時，佯把衣袪弄。

齪齪復齪齪，淺謀同燕雀。不思明日憂，但取今日樂。俗儒抱書卷，未去眼中瞙。誰將古人淚，更爲今人落？

喜雨

人皆喜膏澤，我獨憂豐年。歲凶已賤糶，年豐安得錢？賦役忽驚駭，倉廩甘棄捐。銖銅苟可換，富貴寧我憐！歸來官事了，相弔柴門邊。農夫未盡死，穀價應常然。王心幸仁聖，分職當忠賢。謂穀賤爲美，咄咄無欺天！

寄祖祕丞

我本山田人，好尚與衆異。平生重交遊，所得固無幾。昨者應茂才，西行覲朝美。時當慶曆初，選舉實多士。茫茫帝王州，栖栖遠行子。攜錢賃破屋，乞火蒸陳米。鞍馬到卽賣，僮僕癡難使。有時造公卿，努力向塵市。數步則一歇，長吁乃能起。衣冠信質野，言語欠婉媚。閽人顧之笑，將命見而避。往往得所請，蹌蹌向前跪。何能剖懷抱，浪自慕尊貴。貴人如天神，喘息生雲氣。野夫等麋鹿，芻豢非所冀。歸來坐空窗，惆悵夕不睡。塵埃滿鬚鬢，臭惡入口鼻。業已辭吾親，中道豈可廢？僶俛待報聞，愁憂遂經歲。二年正月晦，閑房適假寐。有奴來啄門，手披擇之刺。承命鶩下牀，赤脚誤穿履。從來未識面，只是聞高第。名顯宦且達，見我當何爲？再拜請就席，熟視知可畏。昂昂貌甚古，崖石掀氛翳。渾渾氣甚和，璞玉無芒銳。高談貫先哲，雅意在茲世。昔人相遇間，一言猶合契。今吾於擇之，寧假再三計？自此習往還，中心蔑疑貳。如熱息廣厦，如飢享盛饋。君授南康守，舟維蔡河涘。我館汴之陰，前去路則邇。時時結帽帶，踽踽尋英軌。衆人嬌綺羅，相對紉蘭芷。朱絃自三歎，笑殺彼鄭衛。王命有期日，都門一反袂。君行劇鴻軒，我處近匏繫。曠日及孟秋，皇慈始收試。崇崇九門開，窈窕三館祕。主司隔簾帷，欲望不可跂。中貴當棖闑，蒐索徧靴底。呼名授之坐，敗席鋪冷地。健兒直我前，武怒足防備。少小學賢能，謂可當賓禮。一朝在檻穽，兩目但瞤眙。捉筆析所問，移時數千字。讀書取大者，纖悉或靡記。炙背雖自奇，寧當至尊意？龍馬騰天衢，駑駘合羞死。量才與揣命，坦蕩更何事！

振衣託歸舟，河流迅弧矢。淮清江且平，踰月在枕几。及過廬山南，聞君初布治。船檣既入岸，馬首已來豎。迎我到府署，相見共欣喜。嫩橘摘千苞，肥魚斫千尾。蕭晨徹骨清，佳境邀人醉。高會雖暫歡，故園當速至。草草成別愁，悠悠渡湖水。是時東方曙，俄然北風厲。陽烏畏威逃，江神以儒戲。氣象斗不同，波濤大可悸。長帆張欲裂，孤舟蕩無倚。或從玉井出，或自銀山墜。篙工斂手立，脈脈無窮淚。從者閉目坐，嗟嗟不敢視。我時撫牀歌，分作長江鬼。所恨生劬勞，不孝而已矣。禍福果無妄，險難行可弭。脱身得平康，引領望鄉里。厥後過浹日，幸得見維梓。入門何怡怡，饌具有甘旨。稚女能紉針，驕兒偏生齒。芟除閑草萊，疏通舊沼沚。君廬可終焉，生計由此始。郡守方仁賢，學宫盛修理。踵門致勤恪，命我論經藝。麻衣何紛紛，鄉人子若弟。不唯務章句，所欲興禮義。施爲有本末，動靜有綱紀。早與雞同覺，夜與月相值。孳孳忘飲食，齗齗在文史。時附南康書，或逢北來使。尺素雖滿前，話言難到耳。殆及三年冬，聞君受朝寄。名稱按刑獄，勢可平寃滯。故人漸大任，賤子差自慰。軒車日已遠，翰墨益難致。薄命良可傷，降災渾未已。是年之季冬，舉家纏疫癘。老母尚委頓，微軀蓋螻蟻。形骸非我有，魂魄與心離。權柄在鬼物，功力非服餌。曉突誰能炊，午關猶未啓。荏苒再週月，幸會天不棄。春風動枯槁，甘雨澆根柢。行行夏交秋，吉微凶不替。高堂何戚戚，疾病日攢萃。一夕脾臟間，發泄不復止。詰朝問無言，目瞑口齒閉。號呶諸兒孫，雜沓大鼎沸。嗟哉當彼時，誠恐弗可諱。醫師相急熱，巫覡兩經緯。藥草極酸辛，法術殫怪詭。薄暮乃復蘇，踰旬僅知味。方茲戀庭闈，旋已對獄吏。試言其所由，内省亦無媿。有人同州閭，發迹自徒隸。竊被儒衣裳，曾亡小材技。突如遊京邑，欲以干明叡。朝家焉可欺，羈旅謀自濟。乃造黃紙書，便取青袍衣。乘船歸南方，斂板謁當位。自言章奏奇，因籍宦官勢。詔文降自中，宰府不預議。既云能占天，且曰善興利。江淮一經過，郡府十不晉。到處爭逢迎，莫能思處置。轉運苦愛奇，得之如國器。故使按坑冶，庶可展才智。小人靡忖度，假寵愈放肆。行符索吏卒，圈印發傳遞。閭閻望塵拜，州縣從風靡。遮道結繒綵，鋪筵塞珠翠。車騎前後呵，給使數百指。何者爲典刑，獨自誇爪觜。在昔秦無人，繞朝贈之筴。緊我非聾瞽，碌碌寧不恥。作書貽諫官，姦詐患不細。有詔令逮捕，按驗取真僞。是夫知計窮，誣我以罪戾。上官猶眩惑，準例皆拘繫。幽幽圄犴中，憒憒爭競裏。周旋二十日，乃克見巧敝。畫地尚不入，叢棘曷可寘。惟茲謝吾母，幾不全髮體。教道亦難行，凡庸豈同志。吁哉養英才，徒以鈞積毀。篋書歸敝廬，庠門任蕪穢。去年仲夏後，盛暑若火熾。郊園有餘爽，蔬果聊可嗜。時復觀田疇，畢力奉耘耔。人生但飽暖，此外皆淫侈。思君非一日，欲去無雙翅。俄聞遷黃州，又說丁喪制。古來聖與賢，誰不遭醜詆。蜀日駭狗犬，夏鼎愁魑魅。人壽有短長，孝子謾憂思。滅性經所貶，節哀禮爲是。矧夫王佐才，簡在唐虞際。揚名以顯親，報德豈不韙。加飯苟如願，蒼生猶有恃。適時匪我長，不朽乃所擬。道義果弗充，富貴反爲累。回憲本無官，桀紂焉得此。俗子但相非，吾心已居易。近者遊葛陂，念君在衰臬。作詩布幽懷，讀之勿嗤鄙。

女色無定美贈卿材

女色無定美，寵至美則多。士才無定稱，用顯稱已過。長安小家子，粲粲秋池荷。性慧不覺恥，母憐不加訶。出户一囊麝，見人雙眼波。情動笑難止，語嬌音屢訛。都人口如沸，觀者踵相摩。因緣幸充選，恩澤成偏頗。少費萬金珠，一呼千綺羅。佯愁慘白日，猛唾傾天河。東鄰有賢女，春緑涵修蛾。花豔不裁剪，玉光無切磋。自小固聞禮，藏頭豈知他。親戚尚未見，媒官當奈何！過時誰訪問，生世就蹉跎。豈不有配偶，市里或山阿。豈不有奉養，春饎與機梭。列女不得傳，樂府無人歌。容華日衰落，涕泣坐滂沱。富貴易修飾，貧賤多笑呵。柳下無仲尼，小官終滅磨。進退在勇決，遲疑兩皆蹉。退當事奇偉，夙駕追雄軻。進當取勢位，健筆爲干戈。胡然守一節，獨自埋隨和。

江亭醉後

平生尚倜儻，壯大苦摧折。主人能結納，佳境爲鋪設。渺瀰東江來，谽谺暮雲裂。倡女稍多藝，市酒且供啜。俠氣復何聊，心朋幸相悦。解冠從放蕩，大呼誰輓掣。咄哉千里足，嗟呼三寸舌！悔物唤龍取，天葩令鬼折。豔唱聲非雅，戲談理當譎。帷房笑私昵，閭巷嘲瑣屑。更鼓莫催睡，夜風纔去熱。俗士鮮大志，于今重小節。内行豕在泥，外貌犬伏紲。吾儕古豪傑，方寸浴日月。被謗肯自疑，爲歡顧猶拙。放飯彼不慚，使我無齒決。

弋陽縣學北堂見夾竹桃花有感而書

暖碧覆晴殿，依依近朱欄。異類偶相合，勁節何能安？同時盡妖豔，無地容檀欒。移根既不可，潔心誠爲難。外貌任春色，中心期歲寒。正聲尚可聽，誰是伶倫官！

讀韓文公駑驥篇因廣其說

主人渴良馬，僕夫念駑駘。行遲追易及，力少牽易來。時聞千里足，百箭攢其懷。主人雖欲買，衆口大悠哉！

蝦蟆

蝦蟆爾奚爲？閤閤攪人耳。在官不爲官，在私無私事。徒將一寸口，日夜相鳴吠。豈能鉤語言，且欲喿夢寐。何者孔稚珪，愛之如鼓吹。誰論正與淫，各自有知己。

惜雞詩

曩予家居，見雞有異者，爲之動心。嘗欲作而不果。戊寅夏五月，學於山中，乃追賦之曰：

吾家有雞母，乘春數子生。生來踰六旬，互覺羽翼成。其母且再卵，逐之使離散。衆雛既不來，一子獨戀戀。戀戀不肯離，逐之終不移。母行無險易，唧唧相追隨。卵生亦云足，母伏窠中宿。厥子苦無依，因欲攀背如悲哭。窠中母所安，忍渴復忘餐。子於背上卧，不捨須臾間。我時見之喜，異類能如此。因欲觀其終，其終諒何似？一朝大長成，乃知牝牡情。膨脝娠在腹，漸見東西行。行行求飲食，欲以助生息。卵出子還多，養子何勞役！朝啄荆草林，暮爪污泥深。昔時隨母意，今作愛雛心。雛生誠可愛，母老寧忍背。物性乃不常，使人心歎慨；物類本無知，無知孰責之。斯雞與衆異，酷似有天資。天資以仁孝，變更何太早。況彼本無知，血毛安足道。萬物靈者人，孰不念其親。少艾與妻子，所以奪吾真。五十慕父母，虞舜稱稽古。埋子得黃金，邇來唯郭巨。古人往莫追，言之淚沾衣。斯言足自警，題作《惜雞詩》。

聞女子瘧疾偶書二十四韻寄示

昨日家人來，言汝苦寒熱。想由卑濕地，頗失飲食節。脾官驕不治，氣馬癡如絏。乃致四體煩，故當雙日發。江南此疾多，理不憂顛越。顧汝僅毁齒，何力禁喘噎。寄書詰醫師，有藥且嚼啜。方經固靈應，病根終翦滅。但恐祟所爲，嘗聞里中說。兹地有罔兩，乘時相罥結。嗟哉鬼無知，何於我爲孽？我本重修飾，胸中掬冰雪。禍淫雖甚苛，無所可挑抉。疑是饕餮魂，私求盤椀設。盡室唯琴書，何路致葷血。無錢顧越巫，刀劍百斬決。徒恣彼昏邪，公然敢抄撮。吾聞上帝靈，網目匪疏缺。行當悉追捕，汝苦旦夕歇。慈愛早有加，憶念今逾切。塵勞差可畏，歸計又云輟。所生能劬勞，祖母矧聰哲。羸卧縱未蘇，撫視諒非拙。勉勉多自安，風來信勿絶。

讀史

子長漢良史，筆鋒頗雄剛。惜哉聞道寡，氣志苦不常。心如蟲絲輕，隨風東西揚。一事若可喜，不顧道所長。公言絀原憲，俠賊乃爲良。仁義謂足羞，貨殖比君王。黃老先六經，斯言固猖狂。吁嗟夫子没，兩觀無刑章。予懷班孟堅，駁議何洋洋！傳與後世人，愼思其否臧。

竹齋題事

低齋結空野，小竹移孤林。齋閒竹淨好，日媚幽人心。南方夏厭暑，獨此留殘陰。戛雨挫促夢，穿風搜涼襟。長茵展麗蘚，亂歌奏歡禽。待奴裹村服，語客抛塵簪。志高成利訾，思爽生詩淫。值聖喜盈卷，感古悲入琴！山迎穩履遠，月勸澄杯深。榮名雖未染，幸亦非堙沉。

雨中作

羣陰侮陽德，雨陣春嘈嘈。白曉慘成夜，瓦口生飛濤。凝雲列山鞘，冷氣攢衣刀。徑鬧有松竹，庭卧唯蓬蒿。花淫得罪隕，鶯辯知時逃。隰苗出水短，木菌隨日高。微吟雅於樂，快飮甘如膏。朱曦待未見，天蓋空牢牢。

閔雨詩

吳江之南，是曰豐國。五種之生天下食，一歲不登，吾民菜色。如何天不仁？縱彼旱孽稱其神。燆燆赤龍推火軒，來自東南山。咸池愞水不敢沃，陽侯失色愁烹煎。況玆畎畝流涓涓，何足吸之脣齒間。但見禾與黍，蓬勃紅塵起。土伯勅其屬，掃路迎飢鬼。哀哉氓蚩蚩，託身釜鬲惟蒸炊。小人怨咨君子知，天生天殺今其時。我聞皇穹大德在生育，愛養萬物同嬰兒。産民之身賦民食，中道絶之何所爲？當時冥冥問，委任非其宜。山川之神各守土，羣龍受位司天池。上帝當軒親戒勑，十日一雨無愆期。帝心仁且信，臨下固不疑。謂言庶事有分職，屏去視聽思無爲。安知愚下鬼，負德孤恩難制指。弄天之權侮人命，貪嗜牛羊邀祭祀。忽焉一物不稱情，因教此旱災生靈。雷霆之官畏罪莫敢諫，頭枕天鼓眠不醒。帝在紫微垣，下隔千里雲。徒勞銜血向空訴，帝心雖聖安得聞！北斗侍帝側，斡運氣毋均四時。五星曁衆宿，照曜亡偏私。夫何容此鬼，恣行胸臆輕天威。定是機務繁，耳目有所遺。小臣亦何者，草莽負奇節。欲係神頭無長繩，欲斬龍頭劍鋒缺。皇穹如未察凶邪，空使小臣心鬱結。

甘露亭詩

乾坤父母莫匪慈，胚胎億兆成角羈。其間哺乳不及處，有時泣殺呱呱兒。南川上游號沃野，景祐丙子嘗凶飢。新田始苗舊穀罄，十室八九無晨炊。伏陰何者不仁甚，釀作水災來助之。煙煤刷天雨汁黑，嘔山泄谷争奔馳。横流一夜打城郭，萬弩竊發穿毛皮。東隅有洲尸揖揖，如蟻欲走遭水圍。屋根無力樹腰折，蛟蜃食人猶擇肥。濤波一望萬山阻，六親不得相扶持。國子劉公好仁者，惟時假守茲軍麾。民生在我不在命，告舟往救無敢違。童兒赤立婦女困，載之刳木何纍纍。泥沙外冷内飢渴，口噤不語如狂癡。牽攣坐卧滿府舍，賦以酒飲加饘糜。隨流往往亦不死，遠在百里無人知。捐金購得問氏姓，召使親族攜之歸。司農倉廪盡發出，不待奏報先施爲。有餘況可補不足，大賈蓄家如響隨。來贍去察夜繼晝，赤熱不忍蔭華榱。由斯一郡十萬户，餓膚日月生膏脂。存者相保没者葬，唐虞仁壽重驅躋。聖主養賢賢養物，氣和郁郁通高卑。城西老宮古松徑，一朝墜露甘如飴。千柯萬葉結不解，玉階瓊樹光離離。吒俗奔走競觀睹，手攀口吮同齎咨。學老之人周氏子，好善不類黃冠師。欲令事迹絢久遠，築亭其地高巍巍。公之歸朝不可借，松樹至今猶未衰。我作此詩揭亭上，他年墮淚如羊碑！

答緣概師見示草書千字文并名公所贈詩序

佛繇西域漸中土，欲使羣心皆鼓舞。若顯梵語及胡書，昧者雖存明孰與？其徒往往多材能，暗結時賢爲外助。遠公自昔來廬山，誇逞蓮花邀社侶。吁嗟君子遭亂邦，舍此未知何處去？邇來一行善記覽，韜破乾坤尋曆數。或攻文苑掠芬香，辭則貫休筆懷素。其餘曲藝與小詩，布在人間難悉數。賢豪大抵多憐才，引致門牆無齟齬。其人既重法亦尊，羽翼大成根本固。我緣山谷見不遠，緇褐憧憧盡愚魯。坐量此去朋黨衰，纖縞焉能拒强弩。去年有使自番陽，手藉一函來我所。發函乃是緣概書，千字滿前雲縷縷。衆人飽食已用心，欲噍伯英肥美處。當時名士嘉其能，長序短篇聯繡組。因思幅員千萬里，如師之能更幾許。以儒輔釋日益多，何恤區區一韓愈！

春社詞并序

寶元二年，嘗夢大雨震所居室，驚而仆地。既已，有一人甚長大，紫衣而冠，意謂雷之神也。呼覯使前，授之題曰《春社詞》。詞或作篇，字不能審。覯懼，栗栗援筆，得八句與之。及覺，尚記其首三句，頗怪麗。今七年矣，値暇日，以五句足之。

吳臺甑春鎖春色，雨刷花光入龍國。田邊大樹啼老鴉，野雲癡醉寒查牙。年華欲住風雷惡，蘭臉知秋淚先落。時榮時謝無了時，扶起混沌須神醫。

聞喜鵲

翩翩者鵲何品流，羽毛白黑林之幽。生平智力可料度，有巢往往輸鳴鳩。天然卻會報人喜，愚兒幼婦唯爾求。萬聲千噪幾曾驗，聞者終是軒眉頭。從來烏鳥愛反哺，孝慈情性誰可儔。其間於事最先見，告人凶禍令人憂。憂時不肯自修飾，禱請神鬼爭啾啾。告之愈驗愈見惡，共云災患鵶之由。彈丸瓦石相驅逐，名園佳樹難依投。忠言逆耳世罕用，屬鏤曾剖伍員喉。莫笑後來司馬公，事事稱好真良謀。

閑夜

披衣坐小亭，夜氣拂人清。月暗先成暈，蟲吟不識名。舉杯期混沌，開卷賞莖英。此興知誰會，松風鶴睡驚。

睡思

俗語不入耳，旅愁還對心。坐多渾易厭，夢好欲重尋。暴雨撩篷響，殘陽過嶺陰。迴看奔競苦，此興貴南金。

鑑湖夜泛以「明月到樽前」爲發句。

明月到樽前，拏舟古岸邊。亂山斜入霧，遠水倒垂天。酒氣薰龍戲，歌聲弄鶴眠。迴頭嗤李郭，此外更無仙。

池亭小酌得和字。

客思都無著，臨池一醉歌。喚春呈物象，移性入天和。月影碎荆玉，波紋緯蜀羅。相看盡仙骨，俗態已無多。

感事

太平無武備，一動未能安。廟算何時勝？人生到處難！役頻農力耗，賦重女工寒。衹有盱江守，憐民不愛官！

閒居

無物可勞情，空郊日閉扃。雨吟春破碎，貧飲客凋零。世事重江險，才名一夢醒。同心衹松柏，見我尚青青。

萍

盡日看流萍，誰原造化情。可憐無用物，偏解及時生。泥滓根萌淺，風波性質輕。晚來堆岸曲，猶得護蛙鳴。

送張謖𤰞

人意皆懷土，嗟君無故園！欲行須盡室，此去又他門。靜裏文章好，貧來節行存。振淹知有日，倚伏豈虛言。

寄題廖説蒙亭

聖人雖在上，君子有窮時。自得山居樂，何須世俗知？夜多松月分，涼與水風期。只恐亭通去，清閑却付誰。

養疾

少小唯貪酒，病來纔信醫。問方逋客許，尋藥野人疑。夜擣全聽慣，寒煎覺沸遲。古賢曾愛死，此意亦誰知？

遠山

最能牽病眼，天際一山横。盡日是秋色，無人知地名。暗時雲自合，缺處路應平。才子霑衣淚，千秋共此情！

早歸

病馬不妨騎，出門常便歸。見人無事說，是物與心違。通塞元關命，驅馳轉覺非。莫教塵裏汗，壞却篋中衣。

晚聞角

傾耳斜陽裏，無聊拭淚頻！平生慣聞處，今日自愁人。夜近歇不久，風來聽得真。胡笳更何物，只此已傷神！

哭女二首

妻死女已病，踰年成二喪。此生誰骨肉？未識好衣裳。看面雖猶小，聞言盡可傷。最知憐祖母，句句刮人腸！

老樹枝葉薄，先秋風雨過。人間不善事，身外想無多。理遣誠如幻，悲來豈奈何！從前短鬒髮，爲爾漸雙皤。

小女

恃汝今何恃，言來淚滿襟。死生雖分定，襁褓累人心。飢買鄰家乳，寒勞祖母針。豈知泉路隔，時撥蕙帷尋！

龜峰精舍

去縣二十里，路平時正春。四山唯有石，一寺更無塵。融結疑天意，經營憶古人。但知安樂處，何必是金身！

鳴蜩

雨餘雲漏日，蟲思已喧喧。時節驚初夏，聲音似故園。爲誰吟綠野，相共送黃昏。便是秋來信，霜髯更幾根！

送春

送爾歸天去，天應解禍淫。物生誰得所，我見獨傷心！《楚詞》有「目極千里傷春心」之句。好景吟來徧，芳樽醉不禁。東風別無用，百草已成林。

次韻閻判官除夜

密雪穿窗入，孤燈向壁光。老來人不覺，夢斷酒猶香。世事休思慮，年華任短長。朽株難長育，空此見春傷。

寄黄晞

長憶黄夫子，才高行亦淳。世情輕近事，見慣卽常人。何力康時務，將身役路塵。七閩山水國，是處好安貧。

廻明上人詩卷

學佛有餘力，吟詩過一生。情閑氣燄少，句好琢磨成。栢竹門庭古，冰霜筆硯清。輸他飽食者，終日自無營。

送任大中

真偪少分別，吁嗟此世情。西施作老婢，南郭逞新聲。命合生來困，詩應没後名。旅遊何所得，赤日又徒行。

送何祕丞

吳人作蜀官，萬里泝驚湍。地俗雖云異，民情想一般。智明終戒察，政惠不須寬。前史多循吏，乘閑更熟看。

鄉思

人言落日是天涯，望極天涯不見家。已恨碧山相阻隔，碧山還被暮雲遮。

少年

新翻曲調恐人傳，不許高聲唱玳筵。金獸也嫌春態淺，向風噴作緑楊煙。

自勉

月欲東生日又西，莫隨兒女醉明時。黄泉一向理愚鬼，不與人間史筆知。

戲題玉臺集

江右君臣筆力雄，一言宫體便移風。始知姬旦無才思，衹把豳詩詠女功。

雪中贈柳枝

暖氣來時柳眼新，一場冰雪更愁人。要知真宰無誠信，取次東風未是春。

柳枝答

春早寒餘豈足哀，平生多難媿非材。去年二月都城裏，曾共花房帶雪來。慶曆二年二月五日，京師大雪。

讀長恨辭二首

玉輦迢迢別紫臺，繫環衣畔忽興哀。臨卭謾道蓬山好，争奈人間有馬嵬！

蜀道如天夜雨淫，亂鈴聲裏倍霑襟。當時更有軍中死，自是君王不動心。

戚夫人

百子池頭一曲春，君恩和淚落埃塵。當時應恨秦皇帝，不殺南山皓首人。

有感

官家的的要寬征，古時什一今更輕。州縣酷嫌民漸富，幾多率斂是無名。
白刃劫君君勿言，人生禍難俱由天。君家歲計能多少？未了官軍一飯錢。
庭下縲囚何忿争，刀筆少年初醉醒。黄金滿把未迴眼，笑殺迂儒欲措刑。

遊寺醉歸却寄同坐

江村古寺偶閒行，一飲全疑酒有靈。水底屈原應大笑，我今獨醉衆人醒。

索酒

不醉多愁醉多病，幾迴愛酒又停杯。死生若是有天命，莫放愁來任病來。

憶錢塘江

昔年乘醉舉歸帆，隱隱前山日半銜。好是滿江涵返照，水仙齊著淡紅衫。

謝傳神平上人

蕞陋徒煩妙筆傳，呼兒看了獨悽然。丹青不解隨人老，相似都來得幾年！

閏正月三日偶書二首

一步寒郊一慘眉，望春春色苦來遲。東君未必私桃李，只恐梅花謝有時。

無賴年年逐酒徒，今年不飲興何如？醉鄉若有人名籍，但願春風點檢疏。

論文二首

今人往往號能文，意熟辭陳未足云。若見江魚須慟哭，腹中曾有屈原墳。

天寶年中事事新，長安還有謫仙人。騎鯨去後無尋處，輸與勾芒自管春。

漢宮

哀平外立國權分，只爲當時乏嗣君。試問莽新誰佐命，最應飛燕是元勳。

燕雀二首

燕子從來巧語聲，主人相愛是常情。黄頭老雀何能解，飽食官倉過一生。

繡户珠簾見最頻，暖來寒去但安身。翟公門下時飛入，全勝交情斗頓人。

送春

宜春臺上送春歸，淚滴金杯不自知。懊惱黃鶯解言語，飛來唯見落花枝。

曉角

腸斷城頭畫角聲，燈青月黑酒微醒。濃香夢裏誰曾管，只有離人夜夜聽。

登越山

臘後梅花破碎香，望中情地轉淒涼。遊山只道尋高處，高處何曾見故鄉！

送古山人

喜聞吉事怕聞凶，天下人心處處同。乍出山來言語拙，莫將刺字謁王公。

送岻師西遊

望望王城十二門，青山行盡入紅塵。近來富貴皆天與，到處應多問命人。

送春寄呈祖袁州

去年春盡在宜春，醉送東風淚滿巾。今日春歸倍惆悵，相逢不是去年人。

酬陳屯田途中所寄

封豕長蛇戰嶺南，何人肉食不懷慚。只今惟有高眠好，風弄松聲水濺菴。

正月二十日俗號天穿日以煎餅置屋上謂之補天感而爲詩

媧皇沒後幾多年，夏伏冬愆任自然。只有人間閒婦女，一枚煎餅補天穿。

苦雨初霽

積陰爲患恐沉綿，革去方驚造化權。天放舊光還日月，地將濃秀與山川。泥途漸少車聲活，林薄初乾果味全。寄語殘雲好知足，莫依河漢更油然。

野人

村落蒼茫半草茅，路無車轍水無橋。婚姻取足唯春繭，鹽酪歸來待晚樵。一樣寬衣疑效古，幾人華髮未經徭。相逢不會寒温語，借問官家合是堯。

書麻姑廟

流俗好仙方學道，至人樂道自成仙。飛昇若也由貪欲，紫府還應用詐權。塵裏笙歌千古夢，洞中星斗幾家天。無心便是歸真日，姹女河車總謾傳。

客有話故丁秘監京師舊宅因而傷之

等閑榮謝已愁聞，況話三公極寵身。青史尚爲今世事，朱門不是舊時人！文章散入諸蕃口，花藥留添上國春。生死交情渾易見，有誰過此爲霑巾？

五龍塘

世傳鱗物有蟠時，分得寒泉住翠微。天命雖教爲潤澤，神心終是索虔祈。一圍石岸刓無迹，幾族陰雲禁不飛。風脚斗回波面黑，向人渾似逞嚴威。

寄小兒

兩世煢煢各一人，予無兄弟，才生此兒三歲矣。生來且喜富精神。欲教齠齔從師學，祇恐文章誤爾身。但有犂鋤終得飽，莫看紈綺便嫌貧。不知別後啼多少，苦問家僮說未真。

秋懷

褚冠斜頂對清秋，病骨支撑懶上樓。輔世功夫何日是，少年滋味此生休！山含紅樹隨時老，天帶黃昏一例愁。自笑酒腸空半在，前村無處典鷫裘。

書松陵唱和

天命相逢陸與皮，當年才調兩權奇。朝端未有輸忠處，詩外應無用力時。意古直摩軒昊頂，言微都洩鬼神私。近來此道中興也，泉下英魂知不知！

早起有懷

草草西風動葛衣，呼僮前啓竹間扉。山僧好睡鐘聲晏，社户多貧酒氣微。豈是客愁渾較可，祇因書卷解忘歸。盱江百里清無滓，枉屬閒人坐釣磯。

清明日作

遲遲日景坐成曛，聞説清明在此晨。花卉不宜愁眼看，勾芒能爲幾人春。銷磨志氣多因老，點檢交遊半作塵。欲向醉鄉聊自適，病來還厭舉杯頻。

晚思

一檻東風小箔開，亂山明暗水縈廻。流年漸共春華去，暴熱還隨霽色來。天氣濁多人欲睡，地形卑甚物先梅。因知楚客迷魂處，不是江東不足哀。

暮春始遊城西

病多無力逐紛華，三月衡門未見花。長恐後期成索寞，果逢殘景獨咨嗟！欄干倚望山空在，杯酒遲留日易斜。謾説明年更春色，不知園囿屬誰家！

寄傳代言

交遊散盡客來稀，門掩城隅晝漏遲。春地更無嫌草處，雨天還有詐晴時。輕量世事世不罪，冷笑人言人豈知。猶喜道途收拾早，將閒對病最相宜。

丙子冬至夜酒醒

盡道一陽初復時，不期風雨更淒淒。凌晨出去逢人飲，沉醉歸來滿馬泥。多恨恐成千斗氣，欲言那得上天梯？韓文公《月蝕》詩有「無梯可上天」之句。燈青火冷睡半醒，殘葉打窗烏夜啼。

南齋詠風

懊惱南窗一道風，只應天配與貧窮。不歸羅綺飄飄處，故入松篁冷淡中。久座披襟塵榻穩，半醒吹面月帷空。城邊菡萏知多少，偷得清香是爾功。

小雨

已是蛟龍未肯忙，誰教蠕蝀更相妨。來時槁葉疏疏響，過後浮雲片片光。徑草微滋垂粉汗，砌沙圓滴簇蜂房。嗟予不及高飛鳥，先得天邊幾點涼。

題淨居院

寺門幽獨傍江城，江水清含地氣清。隔岸樓臺人醉死，遶階松竹夏寒生。路經橋遠塵難過，僧占閑多俗不争。唯有行吟憔悴客，這廻須去濯長纓。

往山舍道中作

截竹成輿不用輪，東行盡日穩宜身。前看疊嶂如無路，每到平田始見人。下户半曾差作役，朽株多已祀爲神。生涯一撮誠何有，且免庸兒共拜塵。

秋晚悲懷

漸老多憂百事忙，天寒日短更心傷！數分紅色上黄葉，一瞬曙光成夕陽。春水別來應到海，小松生命合禁霜。壺中若逐仙翁去，待看年華幾許長！

殘葉

一樹摧殘幾片存，欄邊爲汝最傷神。休翻雨滴寒鳴夜，曾抱花枝暖過春。與影有情唯日月，遇紅無禮是泥塵。上陽宫女多詩思，莫寄人間取次人。

哭十姪

到官六月一作「日」寄書廻，未病封題死後開。一命至卑人盡得，九泉何事獨相催？唯憂旅櫬還鄉遠，況是親喪繼踵來。數世學文終若此，可憐門户轉廖頽！

秋陰

一夜風聲曉更狂，起來庭户頓凄涼。不知紅日在何處，時見黑雲微有光。天落水中兼雁影，露啼林罅帶楓香。愁人莫苦登高閣，説著江山已斷腸。

寄介夫

天恨吾儕各一方，夕陽千度到西窗。因循流俗今皆是，磊落如君信少雙。書未隔年難得報，心從薄宦始應降。可憐漢水無拘係，長與盱江會九江！

書懷寄介夫

棄材幸免雜輿薪，收拾緇衣出洛塵。漸老得閑纔是性，謾言成謔且隨人。能傳身後須文字，要識胸中只鬼神。俗子不勞輕毀譽，問天長乞醉鄉春。

俞秀才山風亭小飲

炎炎千室熱如烘，亭壓山頭獨有風。雨意生獰雲彩黑，秋容細碎樹枝紅。半天斜日歸心動，一面平川醉眼空。却是夢魂無所得，人間豈少翠微宫！

閩中歲暮

休道南人暖過冬，苦寒今與北方同。霜嚴欲裂地到底，日短不行天正中。誰使智愚相伴老，便將榮辱斷還空。鄉愁莫更欺閑客，薄酒從來亦有功。白樂天有《酒功贊》。

偶題饒秀才谿光亭

北出城來駐馬蹄，君家別館幸臨谿。雄虹見雨過不斷，潦水到秋痕漸低。萬事熱心成浩歎，一樽擡眼怕長迷。俗人誰會儒生意，是處醉吟還日西。

早夏偶作

閒愁不覺過年光，強半精神似醉鄉。幾度雨來成惡熱，有時雲斷見斜陽。古人事業塵空滿，故國園林草自長。賴得《南華》憐我病，一篇《齊物》勝醫方。

自解

人生何苦要多才，百慮攢心摘不開。夜月幾曾無夢處，春風只管送愁來。秃毫強會悠悠事，浮世無過滿滿盃。看取秦坑煙焰裏，是非同作一抔灰。

不寐

四壁空空絕語聲，困來終是睡難成。孤燈要與人相背，寒漏苦教天不明。累月故園無信息，幾般閑事惱心情。別愁若解生華髮，一夕應添一萬莖。

韓偓集有自撫州往南城縣舟行見拂水薔薇之詩南城吾鄉也因題八句

韓偓當年赴七閩，舟行過此倍凝神。江邊石上知誰處，緑戰紅酣別是春。往事幾多書不記，仙源依舊地無塵。花光柳色今何限，更有才人勝古人。

送王都曹

古木亭邊夜響晨，餞壺重疊擁雙輪。高文健筆科場手，白髮青衫宦路人。十月霜風還劈面，六街塵土會欺貧。麻源碧澗神仙地，早晚歸來伴隱淪。

蓬屋

長簷數尺庇堂東，疏漏從來只有蓬。日影碎如秋樹下，雨聲初似夜船中。竹經蠹了多垂地，箬到乾時半捲空。此處想非人所競，衆言千萬莫相攻。

階基

堂前一級似階墀，無石無甎只舊基。泥飭頃因年節近，蹋崩唯是客行時。誰曾羅襪雙來上，多謝蒼苔久不離。從此便成貧景致，竹簾垂處敢相宜。

宜春臺

謫官誰住小蓬萊，唯有宜春有古臺。千里待看毫末去，萬家攢作畫圖來。雲中羅綺香風落，月底笙歌醉夢回。莫怪江山苦相助，騷人没後得真才。

東湖

古郡城池已瞰江，重湖更在郡東方。水仙坐下魚鱗赤，龍女門前橘樹香。路絶塵埃非灑掃，地無風雨亦清涼。使君待客多娱樂，只有醒時覺異鄉。

野意亭

福唐城郭掌中窺，旭日登臨到落暉。誰在畫簾沽酒處？幾多鳴櫓趁潮歸。晴來海色依稀辨，醉後鄉愁積漸微。山鳥不知紅粉好，纔聞歌板便驚飛。

靈源洞

纔出塵來尚未知，漸攀藤竹漸臨危。伏流似是龍藏處，古樹應無春到時。誰把石崖齊刻削，直教雲氣當簾帷。良工畫得猶宜秘，莫與凡夫肉眼窺。

送黄承伯

君來别我向番陽，時節初春曉尚霜。茶褐園林新柳色，鹿胎天地落梅香。此行硯席多知己，是處樓臺可舉觴。只恐詔書非久下，槐花又在眼前黄。

清話堂詩

至和元年秋九月，與周伯達宿景德寺義明上人房。予意，誦李涉詩云：「無限心中不平事，一宵清話又成空。」其意與今夕相似，因目其處爲清話堂，且題八句。

釋子相延暫解冠，一宵清話到更闌。漆盤香燼死蚯蚓，紙瓦雨聲鳴彈丸。往事莫將閑口笑，勞生誰在定中看？明朝頮面還歸去，依舊塗泥濺馬鞍。

次韻酬屯田陳丈見寄

老年纔到病還催，老病成叢撥不開。腹冷有時如咽雪，耳虚終日獨聞雷。半生辛苦歸三徑，萬恨銷磨向一杯。賴得竹窗無事處，清風頻共故人來。

雙溪詩鈔

王炎，字晦叔，新安婺源人。所居武水之曲，雙溪合流，因以爲號矣。登乾道進士，始令臨湘，受學於南軒先生。入中都，官博士。慶元四年爲實録檢討，尋轉著作佐郎，出守湖州。年八十餘。著有《雙溪集》。炎詩頗爲世所稱許，然亦多庸調，今擇其刊落者入鈔。

遊硯山壬辰。

他山石徒多，器寶匿幽僻。產璞芙蓉坑，金聲而玉德。岡巒外鈎聯，地勢中斷隔。曲塢八九家，路入羊豕迹。澗水抱石根，石骨多紺碧。北山上攙天，南山勢蟠伏。硯工二百指，日鑿崔嵬腹。篝燈礪斧斤，深入逾百尺。我行冒風雨，周覽不知夕。夜宿茅茨下，青燈照岑寂。酒闌呼匠氏，訪之語纖悉。冰蠶吐銀絲，蛟人織霧縠。巧手琢磨之，價直黄金鎰。斷崖半傾欹，舊穴久湮塞。旁求得他材，飲水不受墨。堅滑已支庶，粗燥乃臧獲。信知天壤間，尤物神所惜。罕見固爲貴，有亦未易識。瑉玉混一區，語盡三歎息！摩挲蒼蘚崖，此言可深刻。

春日遣懷

感懷細數十年事，養拙略無終日閒。景物自新春稍稍，吾親漸老髮斑斑。豈曾有夢到天上，且任此生浮世間。願約漁樵同小隱，謂予不信有南山！

麥苗已有生意掘烏稉者未止

兒童飯犢女採桑，水滿東皋耕事忙。稻秧半綠麥半黃，天許食新饘粥香。田父咨嗟仍笑語，赤地一年今得雨。紫蘇有根妻子喜，免填溝壑棄閭里。

元日書懷

年光除日又元日，心事今吾非故吾。兩板不須書鬱壘，一杯亦强飲屠蘇。添丁解事尋王母，内子傷時念老姑。欲報情深恩罔極，不終反哺愧林烏！

送游大冶歸建陽

西風來雁歲欲晚，衰柳鳴蟬人語離。市道交遊何足數，君家父子總相知。讀書要見古人意，立事正須年少時。話舊班荆尚無日，莫忘苦語有箴規！

生朝無以自慰作留貧薦一杯

私居飯半菽，官舍食無肉。何乃太清生，囊無一錢蓄。人言骨相寒，有智不如福。貧者輕於葉，富者重如玉。輕重信然否，世情手翻覆。相彼守錢虜，無厭溪壑欲。口不談古今，枵然瓠壺腹。渠固笑我癯，我亦笑渠俗。珊瑚數十株，胡椒八百斛。冥冥鬼瞰室，一跌赤其族。未若貧而安，高枕睡常熟。我家雲溪陽，敧側數椽屋。屋後蒔菘韭，屋前種梅竹。室中四立壁，但有書可讀。世故驅我來，嘗此升斗粟。仕不上青雲，何如返耕牧？頗怪草玄翁，乃謂貧可逐。卒歲一布裘，終朝一饘粥。此外何所求，吾生無不足！

用前韻答黃一翁二首

緼袍敵狐裘，晚飯可當肉。諱窮竟未免，豈不愛儲蓄。嗜利額有泚，恐愧王承福。財固禍之媒，越鄉忌懷玉。君看座右器，已滿卽傾覆。聖賢用功處，清心而寡欲。於世淡無求，乃能實其腹。誰令入青衫，失策混流俗。黃子振鷺姿，筆力扛百斛。笑人龜手藥，欲售先聚族。知余頗清苦，應物未圓熟。遊宦不能巧，俯首立矮屋。鍛鍊知精金，祁寒見松竹。自立不堅定，庸行徒聖讀。誰謂漆園高，俯首欲丐粟。窮作扣角歌，老厭淄川牧。古道寖斲喪，時人方逐逐。有田南山南，可辦一盂粥。請賡歸去來，世路早收足！

豆羹采藜藿，鼎食厭粱肉。士欲齊得喪，胸次要涵蓄。我晚頗聞道，寧有慧無福。外物皆浮雲，此道等珠玉。閱事如閱碁，已過安用覆。回光照諸妄，稍稍淡無欲。與君共玄談，一笑時捧腹。吾作詩留貧，此語頗驚俗。細看苜蓿盤，豈減檳榔斛。見金不見人，渠輩非吾族。君獨臭味同，吾固知之熟。平生求益友，今日並牆屋。不肯兄事錢，寧以君呼竹。力學追古人，經史費抄讀。我方病少瘳，擁衲膚有粟。百念漸灰冷，有牛不須牧。君如汗血駒，墮地必馳逐。甘爲走踆踆，耻作雌粥粥。有玉未嘗獻，豈憂終刖足！

沿檄如蒲圻訊民之食菜事魔者作詩憫之

三代日方中，爲民破重昏。既蝕復光融，孔孟道益尊。古禮今則亡，陳編意猶存。飲燕用觥籌，薦享羞羔豚。瞿曇何爲者，髠首徒實繁，不飲非畏義，不殺非知仁。舉世昏不悟，跣足行荆榛。胎禍産妖幻，與佛歧又分。俗愚有罣誤，吏議多深文。怒言必溢惡，疑似恐不根。黔首亦何罪，可憫不可嗔。大道若返古，怪説難眩民。帝居虎豹守，此語誰扣閽！

和游堯臣勸農韻

傳呼穩凭筍輿行，喜見漫山麥浪平。道上老農皆好語，年來瘦地有新耕。草深黄犢陽坡暖，雨過青蒲野水生。桃李陰中春事好，田家鷄犬亦歡聲。

到胡道士草菴

清風颼颼竹萬箇，白日寂寂茅三間。春深只有鳥呼夢，地僻略無人叩關。豈但壺中堪避世，也勝圖上可遊山。出門回首不能住，輸與道人閒復閒。

出郊雜詠四絶

閉户不知春色佳，柳稍欲暗可藏鴉。鴨頭新緑齊腰水，女頰輕紅刺眼花。

道上東風掠面輕，一犂雨足得新晴。草頭蛺蝶自由舞，林下鶌鳩相對鳴。

孤煙近見數椽屋，急水時行獨木橋。入眼異鄉風景别，修眉一抹暮山遥。

雲昏山色收圖畫，雨過泉聲雜管絃。馬上得晴春滿眼，好花迎客亦嫣然。

旅中思家

野田既雨水皆滿，山路無風花自香。且復將身供世事，也能隨處對春光。絶嫌俗物眼多白，未辨生涯鬢已蒼。待看櫨梨粗可教，老夫耕釣即韜藏！

晚憩田家二絶

家書未到鵲先喜，春事無多鶯又啼。偶對好山留客坐，緑陰遮屋日將西。

山間一徑牛羊迹，林下數家鷄犬聲。底事居人苦争畔，閒田官正募民耕。

上巳

暮春祓禊好天氣，不到水邊流一杯。旋擘紅泥嘗煮酒，自循緑樹摘青梅。淹留異縣客多病，迢遞故鄉書不來。歷歷舊時行樂處，凭欄小立首空廻。

過浯溪讀中興碑

日光玉潔元子辭，銀鉤鐵畫顔公書。百金不憚買墨本，摩挲石刻今見之。猗那《清廟》久不作，其末變爲王黍離。《春秋》一經事多貶，魯頌四篇文無譏。漁陽鼙鼓入潼華，公卿徒步從六飛。朔方天子扶九廟，京師父老迎千麾。紫袍再拜謁道左，上皇萬里旋鑾輿。牝咮鳴晨有悍婦，孽狐嗥夜有老奴。扶桑杲杲未翳蝕，但歌大業吾何疵？首章義正語未婉，前輩不辨來者疑。正須細讀史克頌，未用苦説涪翁詩。許張勁節震金石，李郭壯武如虎貔。斷崖蒼石有時泐，諸公萬古聲烈垂。天憐倦客有所恨，雨濕江寒催解維。神州北望三歎息，翰墨是非何議爲？

湘中雜詠三絶

有懷冉水柳司馬，更憶浯溪元道州。仕宦兩公俱落莫，斯文千古共傳流。

順流鳴櫓不論程，上水開帆取次行。逆順自從人意轉，風生波湧本無情。

中流四顧浪花平，雙櫓夾船鵝鸛鳴。《欸乃》聲中山水緑，不妨緩緩計歸程。

豐年謡五首

滿箔春蠶得繭絲，家家機杼換新衣。五風十雨天時好，又見西郊稻秫肥。

縱横南陌接東阡，婦餉夫耕望有年。前此丁黄饑欲死，今年米賤不論錢。

洞丁傜户盡歸耕，篁竹無人弄寸兵。要識二天恩德廣，黄雲千里見秋成。

睡鴨陂塘水慢流，離離禾稼滿平疇。共言官府催科緩，飽飯渾家百不憂。

稻如馬尾覆溝塍，桑柘陰中雞犬鳴。收穫登場便無事，輸租人不入州城。

再用元韻因簡縣庠諸先輩

書生卯飯動及午，虀糝菜絲煩自煮。異時甘脆屋渠渠，出自空腸千卷書。竹閒杵臼相敲擊，茶不療飢何苦喫。泉新火活費裁排，呼奴更挈銅瓶來。蜀客見之心逐逐，暫借紙窗休繭足。歸歟家在淮湖邊，芋魁可買無青錢。不辦雲腴供粥飲，空有束詩如束筍。青箬小分鷹爪香，江上挐舟當遠引。

江上爲韓毅伯訪得便舟

銅墨纏腰雪上頭，人生一飽亦難謀。天明忽暗釀梅雨，風暖又寒催麥秋。老矣不堪時節换，粲然方幸故人留。白雲呼去淮山住，强爲江邊問買舟。

解官到郡諸丈置酒岳陽樓招炎爲客鄧巴陵索詩

重上危樓覽洞庭，故人一笑對飛觥。君山只似蝙山緑，江水不如湘水清。一日勝遊成樂事，三年俗狀奪詩情。天涯解后還離別，莫惜尊前底裏傾！

和程丞遊清水嵒黄龍山韻

嵐光野色共扶輿，見説壺天氣象殊。疊巘吞雲圭角露，寒泉觸石篆文紆。荒凉佛屋存遺像，窈窕仙嵒有別區。何日青鞋親扣歷，細評佳致染松腴。

和陸簿九日二首

西風拂面飲微酣，小摘茱萸手自簪。極羡酒兼詩共好，正緣人與景相參。杜門不復貪遊賞，落帽無由際劇談。嘆息登高兄弟遠，目隨鴻雁過天南。

風露蕭蕭木半黄，老來淡薄似秋陽。一樽冷落思佳客，九日凄涼在異鄉。採菊何心追靖節，哦詩無語答仇香。危臺戲馬今安在，休惹清愁攪石腸。

題童壽卿博雅堂

會道莫如約，要識胸中真。講學亦貴博，不廢紙上陳。王充與李邕，世豈無若人。中秘未許見，市肆何所聞！童君家多書，乃爲我輩慮。安用蓬萊山，萬卷皆此聚。又復附益之，秦碑及周鼓。剡溪來楮生，歙穴會石友。持此分雅俗，清渭映濁涇。不睎屋自潤，無爵身亦榮。好事時相過，不憚倒屣迎。揮麈言有味，寂如無市聲。孰如漢中郎，孰似楚左史。孰能誦亡書，孰解作奇字。是中猶淵海，隨取即隨有。或問賈幾何，還可商度否？掀髯笑謝客，吾非鬻書叟。

題遠山平林圖

山色微茫疑有無，木葉半脱殊蕭疏。雲根更着數椽屋，此屋當有幽人居。墨妙逼真乃如此，畢竟非真惟近似！何如履齒飽經行，是處溪山皆畫笥。還君圖畫吾且歸，家在江南依翠微。

用元韻答劉判官

解后章江上，知從五馬車。君才猶未用，吾老更焉如。問闊思眉宇，殷勤得手書。喜聞衣綵樂，人饌有江魚。

冬雪行并序

甲寅歲，雖小稔，縣官和糴，米價遂增。兩日雨雪，市中貧民有無炊煙者，艱糴反甚於去年之凶歉。父老輩遂具公牘赴訴于庭，因成《冬雪行》一篇，其辭如古樂府，其義則主文譎諫，言之可以無罪者也。

擁衾展轉夜不眠，細數更籌知苦寒。角聲未動紙窗白，兒曹報我雪滿簷。玉妃剪水出天巧，飛花萬點爭清妍。朱門貴人對之笑，初見一白來豐年。金罍玉爵扶春筭，飲罷敲冰煮新茗。綉幃中有紅麒麟，輕暖勝春尚嫌冷。窮巷小家真可憐，典衣糴米無炊煙。江頭津吏日來報，往往上流無米船。縣官要糴十萬斛，天上符移星火速。去年秋旱糶陳腐，今年秋熟米如玉。且願扶桑枝上紅，日轂東來却滕六。今年冬雪民已臞，明年春雪民更飢。九關有路虎豹守，欲語不敢空長吁！

次韻答簡簿

少日牛衣嘗熟眠，老來駝褐不護寒。欲呵龜毛拈秃筆，怯看冰柱縣疏簷。東風不解着梅柳，翻作六出歎春妍。春回臘盡亦何好，但爲浮生添一年。負郭有人如石笋，雪裏哦詩自烹茗。胸中盎盎有天和，户外蕭蕭尚冰冷。日炊脱粟不自憐，却念野廬無爨烟。此憂未知可解否，準擬爲君浮酒船。酒酣傾瀉珠百斛，定覺揮毫轉神速。聞道諸公雙眼青，豈終遺此豐年玉。倦遊别駕老更貧，自謀慚似龜藏六。詩來謂我清而臞，我方忍慾將忍飢。短蓑歸釣寒江雪，紛紛世事休嗟吁！

題徐參議所藏唐人浴兒圖

右相嘗慚呼畫師，技癢仍復拈毛錐。逼真誰作此贋本，亦有妙意生妍姿。中庭燕坐必主婦，綠雲高髻香羅衣。嫣然嬪妾左右侍，前浴能言丹鳳雛。娉婷及笄女公子，素腕擁項相攜扶。兩兩爲朋四髫亂，乳盧隨逐相諧嬉。掌中看珠一少艾，捧頤却立鴉鬟奴。屏間擁膝袖玉笋，疑是夢闌顰翠眉。側身背面按箏者，冰肌綽約不自持。牀前跪起各姝麗，爲兒理髮技涕洟。有犬斕斑受摩撫，與人習熟無猜疑。梳裝淡薄服製古，如見永徽貞觀時。若非侯家及主第，人物無此美且都。荆釵布襦小家婦，生子不如山下麑。

題徐商叟所藏李伯時四天王圖

龍眠有巧手，幻出汗血駒。老衲或戒之，回向心地初。遂盡白衣仙，蕲與梵釋俱。北方四天王，亦附瞿曇居。雜以馬龍像，宿習終未除。四王名字異，且復形狀殊。信者謂其有，疑者意其無。蕩蕩天門高，誰能凌空虚？何以信不疑，取諸貝葉書。子不語怪神，從釋恐畔儒。語之且不可，筆之其可乎！因畫議及此，於公意何如！

即事 時寓清化。

久輟囊中句，時看《肘後方》。有家如旅舍，無事似僧房。梅白牆頭笑，榴紅甕面香。杖藜如可出，溪上探春光。

勸農道場山

練日遵詔條，行春勸耕事。擁旆有傳呼，據鞍小馳騖。兒童喜聚觀，父老歡來詣。松徑度坡陀，蓮宮得清閟。此行非遨遊，所職在撫字。示之淺易語，諭以丁寧意。扶杖既言歸，解衣聊少憩。山中無俗情，物外有幽趣。僧閒衆所羨，農困吾甚愧。不敢飽登臨，肩輿下山去。

夜半聞雨再用前韻

轆轤百尺汲無水，映日四山雲不起。朱轓浪説勸農桑，衣食何從可甘美？禱而得雨不苦旱，竊疑此殆偶然爾！夜半潺潺簷溜鳴，孤枕夢回心失喜。兒童挽犢婦餉饁，襏襫耕夫亦勤止。鼠跡印我榻上書，蛛絲罥我壁間塵。抖擻胸中三斗塵，强欲哦吟無好語。請公酌酒更揮毫，快寫珠璣歌喜雨。

雙溪種花

雙溪漸有雜花開，每日扶筇到一回。勝似名園空鎖閉，主人至老不歸來。

蒼頭爲我斸西山，扶病移花强自寬。縱不爲花長作主，何妨留與後人看！

舟行過白石見將使夜宿毛家林翌日到莘莪却回和清老

蒼頭倦晨炊，卯飯幾及午。泝流赤日中，舟子亦良苦。魚躍戀芳餌，鷗飛避鳴櫓。仙翁所退藏，好境自呈露。溪水清可鑑，山雲横不度。坐斷泉石幽，不受塵土污。問之何所得，妙處難悉數。初非練玉泉，亦不鳴天鼓。人癯道方肥，心遠貌亦古。老衲同我來，得句時一吐。物色盡詩材，筆底隨指呼。行行更前之，繫纜日未暮。轉柂涉奔湍，支笻入幽塢。倦甚宿茅茨，睡熟不能寤。遲明又蓐食，淩風上前浦。重露雨點疏，晴嵐雲氣布。蝗蝻尚飛揚，禾稼難愛護。村落有狗偷，耄倪且狼顧。念此一悄然，回舟雙港渡。空羡皎然師，詩成有神助。

病中書懷丙子。

鶴骨雞膚不耐寒，那堪癬疥更斑爛。開年慘淡陰兼雨，終日抓搔寢不安。未可給扶親几杖，豈能見客攝衣冠！人言剝復相更代，頻把韋編反對觀。

眉山詩鈔

唐庚，字子西，眉州丹稜人。年十四能詩文，賦《明妃曲》、《題醉仙崖》諸作，老師匠手皆畏之。中紹聖進士，爲州縣官。至大觀，始入爲博士。張商英薦其才，除提舉京畿常平。商英罷相，庚坐貶，安置惠州。會赦，復官承議郎，提舉上清太平宫。歸蜀，道病卒，年五十一。自南遷海表，詩格益進。曲盡南州景物，略無憔悴悲酸之態。劉濳夫謂其出稍晚，使及坡門，當不在秦、晁下。今觀其結束精悍，體正出奇，芒燄在簡淡之中，神韻寄聲律之外，雖云後出，固當勝爾。

憶昔行

憶昔方東來，亭傳荒荆棘。風庭紅葉乾，雨砌蒼苔濕。飢虎撥門開，哀禽向人泣。十載却西還，亭傳已完葺。青鎖揖江山，朱欄趁階級。行旅糧不賫，大路遺敢拾。蜀道無難易，人心自寬急。寄信守亭者，勿使狐狸入。

張求

張求一老兵，著帽如破斗。賣卜益昌市，性命寄杯酒。騎馬好事人，金錢投甕牖。一語不假借，意自有臧否。鷄肋乃安拳，未省怕嗔毆。坐此益寒酸，餓理將入口。未死且强項，那暇顧炙手。士節久凋喪，舐痔甜不嘔。求豈知道者，議論無所苟。吾寧從之遊，聊以激衰朽。

黎城酒

黎城酒貴如金汁，解盡寒衣纔一吸。獄曹參軍到骨窮，簿書吻燥何由濕。夜來細雨落簷花，對客惟有嘗春茶。明朝踏月趁早衙，免使路中逢麴車。

晝寢效魯直

雨餘熱喘殊喊呀，坐翻故紙腰足麻。鋪陳枕簟搴青紗，倒牀不復知橫斜。夢魂飛揚遠還家，故人見我一笑譁。須臾睡覺衙鼓撾，牆頭瞑雀聲槎槎。

城上怨

雨似懸河風似箭，風號雨馳寒刮面。何處巡城老健兒，城上謳吟自哀怨。不知底事偏苦傷，聲高聲低哀思長。戍邊役重畏酷法，去國年多思故鄉！城上歌時夜方半，正是孤齋醉魂斷。和風和雨兩三聲，推枕投衾坐長歎。傳聞黠虜動熙河，戰士連年不解戈。今夜風號雨馳處，城上哀怨知幾何？

客至

山頭竹萬箇，風來玉相戛。下有屋數閒，蕭然如佛刹。門無車馬喧，幽徑芳草茁。隔窗識君聲，遽起投筆札。黄雞未啄黍，環堵無可殺。園蔬煮淡泊，山泉啜甘滑。何以樂嘉賓，春禽日嘲哳。

聞東坡貶惠州

元氣脱形數，運回天地內。東坡未離人，豈比元氣大。天地不能容，伸舒輒有礙。低頭不得仰，閉口焉敢頦。東坡坦率老，局促固難耐。何當與道俱，逍遥天地外！

寄郭潛夫

我等遊瀘江，泛舟奔楚宫。黔江自南來，胥會涪之東。黔江清且碧，瀘江濁而紅。紅碧不相入，分流如卧虹。羣瀦激湍濤，洶湧成戰攻。須臾盡變濁，混混顔色同。清固不勝濁，此理天下通。君視開成間，牛李争長雄。要之贊皇子，不勝太牢公。物理自古然，徘徊歎無窮。

送趙元思司法

誰不從王事，夙夜獨匪懈。休沐猶坐曹，伏日不歸廨。平生熟大法，餘事止小楷。自稱霹靂手，作縣真瘷疥。董宣雖强項，臨事中實駭。從君學吏禮，稍稍識起拜。今當告别去，何以贈行邁？二十罰自親，此理須少戒。

到任後寄家兄

君子所就三，爲食最爲下。起家仰寸禄，此實下焉者。南山無敝廬，千里就館舍。但使食有魚，敢言曹乏馬。同寮皆故人，每事相假借。況復官長賢，醉歸應不駡。

送趙安道下第

大官危，小官卑，君不得官君勿悲。君不見，前日宰相今海涯。胡椒八百斛，流落知爲誰？又不見，州縣官，折腰事細兒。常憂一語不中治，敢對西山笏拄頤。大官危，小官卑，君不得官君勿悲。願君酒量如鴟夷，勿作瓶罌居井眉。與君賭取醉爲期，明日烏帽風披披。

中秋遇雨感懷呈世澤彥直

初遊東都年二十，清歡趁得中秋及。南陽會中酒徒集，惠和坊裏綉鞍入。蟹螯嘗新左手執，鷄頭未老挼玉粒。杯行到手不待揖，明月清風供一吸。纏頭不惜傾箱給，倚賴決科如俯拾。誰知得官反拘縶，此景此歡那復緝！今歲中秋雨如泣，窮山牢落秋光濕。孤燈熒熒照書笈，屈指流年如箭急！

讀邸報

當今求多聞，取士到蓬蓽。時時得新語，誰謂山縣僻？昨日拜御史，今日除諫官。立朝無負漢恩厚，論事不妨晁氏安。臺省諸公登袞袞，閉門熟睡黃紬穩。

訊囚

參軍坐廳事，據案嚼齒牙。引囚到庭下，囚口爭喧譁。參軍氣益振，聲厲語更切。自古官中財，一一民膏血。爲吏掌管鑰，反竊以自私。人不汝誰何，如摘頷下髭。事老惡自張，証佐日月明。推窮見毛脉，那可口舌争。有囚奮然出，請與參軍辨。參軍心如眼，有睫不自見。參軍在場屋，薄薄有聲稱。只今作參軍，幾時得騫騰？無功食國禄，去竊能幾何！上官乃容隱，曾不加譴訶。囚今信有罪，參軍宜揣分。等是爲貧計，何苦獨相困。參軍噤無語，反顧吏卒羞。包裹琴與書，明日吾歸休。

喜雨呈趙世澤

去年雨多憂水潦，今年雨少憂枯槁。都緣縣政失中和，水旱年年勤父老。前時雲起雨欲落，夜半風來還一掃。明朝引首望雲漢，屋上晨暾仍杲杲。賦輸百萬未破白，簿脚何緣得勾倒。上書自劾欲歸去，老歸挽衣傍奪藁。技窮往訴北山神，是夕沛然償所禱。稻畦穲稏勢已活，竹裏蕭疏聲更好。故應神意閔孤拙，苟免歲終書下考。便安杵臼伺秋成，雲子滿田行可擣。

蓬州杜使君洪道屢稱我于諸公聞之愧甚爲詩謝之

去天一尺古蓬州，年來除守得勝流。渠家本是城南杜，詩律賢我三千籌。如此才高却解事，入眼人才皆可意。他邑猶分刺史天，片言每爲將軍地。故應憐我退無田，力相推挽令向前。傍人聞説皆撫掌，竹竿那使鮎魚緣。

嘲陸羽

陸子作《茶經》，竟爲茶所困。其中無所主，復著毁茶論。簡賢傲長者，彼自愚不遜。茶好固自若，于我有何恨！便當脱野服，浣殘爲一獻。飲罷挈茶去，譬彼澆畦碗。君看禰正平，意氣真能健。達與不達人，何啻相千萬。

戊子大水

踏歌喧喧雜鐃鼓，潭邊呼龍今作雨。龍嗔揮水十丈餘，千村萬落幾爲魚。寄謝龍神且安處，熟睡深潭不驚汝。夜半傳呼河入室，攬衣下牀深没膝。舊來水不到譙門，老巫歸咎西門君。西門君去老巫舞，明年却娶河伯婦。

除鳳州教授非所欲也因作此以自寬

人生纔食頃，何處分好弱？刑獄即道場，筦庫有真樂。故紙終日翻，毛錐幾年閣。百函無力致，諸公誰説著。今承學授乏，頗訝名字錯。宿業豈無戀，得冶不敢躍。骨肉遠難俱，囊裝貧易縛。師儒要好手，老大良非脚。戞盡識羹空，抽窮知繭薄。後生端所畏，人材若爲作。豈惟嘲孝先，便恐困有若。行路固知難，得地幸不惡。柳拖千丈絲，山集五色雀。絳紗諒無有，苜蓿聊可嚼。況聞豆積嶺，中有不死藥。

將家遊治平院

蓋老杜所謂東津也。

年來官職如水樣，只有登臨作酹賞。好山一一如佳士，令人欲作傾家釀。昨日西樓弔王孫，今日東津悲逐臣。江邊勝事略尋徧，不見海棕高入雲。

受代有日呈談勉翁謝與權

老來忽忽流年緊，三見涪江秋葉隕。祇緣二子日相從，便覺一瓢窮可忍。東津曉作招隱賦，西樓莫得思歸引。文字能令酒盞寬，江山未放詩才窘。分題踴躍誰避席，得句歡呼同破準。泉名三逸本戲語，野史千年傳不泯。醉歸半路飛蝙蝠，餘興中宵伴蚯蚓。那知須鬢禿于筆，但見兒童長如笋。留滯甘爲西域胡，衰遲更結東遊軔。故山咫尺未成歸，坐使蒼顏厚如胗。

與舍弟飲

温酒澆枯腸，戢戢生小詩。詩中何等語，酒後那得知。黃菊遂行邁，徑去不復辭。拒霜猶屈强，其勢何能爲！但問酒有無，勿計官高卑。江邊捕魚郎，教我當啜醨。

劍州道中見桃李盛開而梅花猶有存者

桃花能紅李能白，春深何處無顏色。不應尚有數枝梅，可是東君苦留客。向來開處當嚴冬，桃李未在交遊中。即今已是丈人行，肯與年少争春風？

武興歌

去年山中無黍稷，只有葧根并橡實。葧根作麪如食蜜，橡實炊飯如剥栗。東家有錢食橡實，西家無錢惟食葧。今年葧盡橡實貴，山中人作寒蟬枯。

既以前韻贈勉翁復懷庭玉因爲次韻

千金駿骨買虚名，驥老通衢價未平。逐去定知窮不死，向來元以句爲生。東風又見鶯朋友，北信難憑雁弟兄。欲寄此懷惟有月，天涯分與故人明。

遊仙雲宫

出郭三竿日，横江一葦航。雀飛田有麥，蠶罷野無桑。下馬危梯滑，開門古殿香。雨餘丹井溢，苔入醮壇荒。晝老星辰動，碑殘歲月亡。鍾聲落城市，符祝走村鄉。野鳥啼巴蜀，山崖刻漢唐。臨歸更回首，惜此一襟涼！

直舍書懷

寸枉非吾志，休論尺與尋。黄披終日卷，青對十年衿。風眩藥囊減，雨昏茶椀深。揚雄名宦思，都向草玄沉。

箇處本來冷，此時仍更清。擁爐成久坐，曳杖却徐行。暝色侵書帙，秋陰入鼓聲。悠然索馬去，衹此是功程。

夜坐感懷

聲斷鍾樓月，文書對坐時。破窗燈焰走，凍研筆鋒遲。名利鬢將鶴，風霜手欲龜。何當一簑雨，披曉剪蓴絲。

述懷

名字雖云繫列曹，儒風門户只蕭騷！頭顱自揣宜藏拙，指目何妨笑養高。本以食貧來仰禄，豈于王事更辭勞。老來精力堪驚歎，一紙文書輒數遭。

秋夕書懷

亹亹歲華侵，垂垂老境臨！時光自風雨，寒色到衣衾。萬竅號秋杪，孤燈照夜深。蛩聲亦清苦，唧唧伴人吟。

過田横墓

成則爲王敗則亡，英雄成敗本尋常。滄溟無際何妨死，却死東郊未耿光！九江梁楚竟誅夷，自古才高必見疑。脱使酈生猶未死，將軍來此亦何爲？

和程大夫荔枝

家在岷峨飽荔枝，十年遊宦但神馳。側生流落今千載，入貢稱珍彼一時。定自不將凡果比，如何偏與瘴烟宜？白頭莫作江南客，辜負山中故友期。

寓精道齋有感懷家山

論兵作賦兩怱怱，人事光陰轉首空！半夜夢飛山色裏，一年秋在雨聲中。揚州騎鶴非無意，上蔡牽黄信此窮。幸有林泉未歸去，欲將清興問征鴻！

悠悠功業老堪憐，舊事憑誰可共論？直欲酒中賒快樂，尚能花裏覓寒温。詩書悞我成何事，歲月侵人不見痕。汾水年年秋雁到，庾郎何處不銷魂！

晚春寄友人

眼底春愁惱殺儂，揚州往事旋成空。風流只合稱狂客，衰颯何堪作病翁。水國春深梅子雨，江天日暮鯉魚風。何時執手同尊酒，收拾清歡笑語中。

滿眼蕪菁斷送春，多情饒病兩關身。只知老去人心改，不覺愁來酒盞頻。霜鶻空拳知有命，涸魚竭水恐傷神。丈夫出處端無據，猶欲辭家再入秦。

春日雜興

愛梅長恐着花遲，日禱東風莫後期。及得見梅還淡冷，東風全在小桃枝。

茸茸小雨弄春晴，已有狂花未見鶯。便使一年惆悵在，曉窗寒夢別輕盈。

短帽輕衫信馬行，郊原春色太牽情。兔葵燕麥渾閒事，最有蕪菁到處生。

月團新碾破春酲，賴有歸鴻寄好音。人在天涯莫回首，恐偷華髮上瑤簪。

別閩中許秀才

臨歧長歎息，此歎意深微。浮世年年別，初心事事違。捫參蜀道遠，犯斗海槎歸。故國有餘樂，黃雞秋正肥。

灌息軒

仙家林館碧雲圍，掃却浮塵晝掩扉。萬事年來俱是幻，一瓶朝汲已忘機。花深曲徑春無盡，人在閒庭鳥不飛。見説漢陰今復有，欲凌霄漢挹清輝。

書新堂

疊茅重葺一堂新，設榻聊安簿領身。落枕不知鶯樹曉，污書長苦燕泥春。獄官何預青苗事，野意新便白葛巾。能向此間時得趣，何須分外拜車塵！

除夕感懷

永漏侵春已數籌，地爐猶擁木棉裘。無心豈畏三屍訴，愛日還驚一歲休。故國二千空醉眼，新年三十恰平頭。光陰未用相敦迫，領取衰翁兩鬢秋。

春日郊外

城中未省有春光，城外榆槐已半黄。山好更宜餘積雪，水生看欲倒垂楊。鶯邊日暖如人語，草際風來作藥香。疑此江頭有佳句，爲君尋取却茫茫。

自笑

已白窮經首，仍丹許國心。那能天補綻，更欲海填深。兒餧嗔郎罷，妻寒望藁砧。世間南北路，何用爾沾襟！

直舍夜坐

强仕似幼學，細書仍短檠。月來吟處白，風及醉時清。坐久露微濕，更深秋有聲。不知愁底事，終日自悲鳴！

内前行以後係惠州詩。

內前車馬撥不開，文德殿下宣麻回。紫薇侍郎拜右相，中使押赴文昌臺。旄頭昨夜光照牖，是夕收芒如禿箒。明日化爲甘雨來，官家喚作調元手。右相視事明日始得雨，喜甚，書「商霖」二大字賜之。周公禮樂未要作，致身姚宋也不惡。向來兩翁當國年，民間斗米纔四錢。

長沙示甥郭聖俞

我昔官閬中，子時趨長安。相過日夜飲，肯使笑語乾。但知醒復醉，誰問甘與酸？攬衣步中庭，仰首羨飛翰。誓言早歸休，愼勿貪高官。時未有添丁，眼前惟木蘭。甥舅一分背，日月雙跳丸。那知十年外，相見西江干。拜起未寒温，悲來各汍瀾。我鬢已禿翁，子顏非渥丹。相從海上志，玆事人所難。阪行白漭漭，山宿青攢攢。人烟小歲後，草木深冬完。昨日次長沙，扁舟掠湘灘。中流遭惡風，滿衣潑驚湍。船如箕尾點，天作車輪團。怖畏目敢側，禱祈指頻彈。向非鬼神助，幾作蛟龍餐。忠信時可憑，聖賢豈吾謾。勿畏嶠南熱，我清物自寒。勿憂海邦陋，心廣身亦寬。磨刀砍鯨膾，隱几看鵬摶。努力近藥物，明年理歸鞍。得之兩鴻鵠，龜筒不須鑽。

張曲江鐵像詩像在韶州，韶人相傳明皇悔時所鑄云。

開元太平久，錯處非一拍。就令乏賢人，何至相仙客。直道既淍喪，曲江遂疏斥。汲黯困後薪，賈生罷前席。金鑑束高閣，鐵胎空數尺。妙處難形容，英表良髣髴。摩挲許國姿，尚想立朝色。同時反棄置，異代長歎息！

湖上

佳月明作晳，好風聖之清。湖邊得二友，夜語投三更。煙露兩相濕，水天參互明。散衣芭蕉涼，曳杖桄榔輕。星走抛餘光，山空答虛聲。歸矣不可留，過幽恐神驚。

雙榕

冰東雙榕間，有叟時出遊。清風衣屨古，白雪鬚髯虬。吟哦明月夕，簸弄寒江秋。驚傳里中兒，不泊岸下舟。君看鬼趣中，有此風味不？安知非黃石，但恨無留侯。此生鉏犁手，誤入簪紳流。無功折毫髮，負罪平山丘。政爾求澡濯，聞之歎綢繆。摳衣倘可親，跪履安敢羞。得聞半偈語，一解終身憂。性不喜伐國，兵書非所求。

大熟行

去年大雪埋尺箠，水北荔枝遭凍死。共嗔北客帶寒來，我欲分疏誰受理。今年諸峒十分熟，東江不下龍川米。南翁北客兩欣然，孰與忍飢餐荔子？

蜜果

臣聞矢旦雞，已曉猶强鳴。書生坐口窮，抵死輸血誠。嶺南貢蜜果，海道趍彤庭。黃蜂樂受職，紫鳳助揚舲。忠勤雖云至，思慮良未精。由來瘴癘鄉，不識霜雪情。土風不待講，氣象昏如醒。秔稻秔稻熱，水泉水泉腥。而況野果實，豈足奉聖明。未論體性殊，已覺面目生。食之倘有補，勞者甘如餳。政恐無裨益，所出非和平。上林寧少此，下箸安可輕。軒轅嘗百毒，上古雜神靈。武王嗜鮑魚，幾諫仗老成。葑蕘復何有，葵藿但自傾。

圓蛤

黃犢鳴水中，相顧皆愕然。探之亡所得，有蛙僅如錢。持問傍舍翁，云此號圓蛤。夏潦漲溝渠，喧呼自酬答。卒然聞其聲，謂當可專車。既見一撫掌，寸莛量有餘。物生元氣中，小大各異趣。蛙質黃牛鳴，持此欲誰附？我居固已陋，爾鳴良亦材。綿蠻轉黃鸝，我今思故園。

白小

二年遵海濱，開眼即浩渺。謂當飽長鯨，餬口但白小。百尾不滿釜，烹煮等芹蓼。咀嚼何所得，鱗鬣空紛擾。向來巨魚戲，海面横孤嶠。噞喁噴飛沫，白雨散晴曉。終然不省録，從事此微眇。短長本相形，南北無定表。泰山不爲多，毫末夫豈少。詞雄兩月讀，理足三語妙。人生一漚發，誰作千歲調。安能蹲會稽，坐待期年釣。

瘧疾寄示聖俞

體中初微温，末勢如湯鑊。忽然毛髮起，冷撼如振鐸。良久交戰罷，項背如釋縛。尚覺頭涔涔，眉額如鑱鑿。空日一寒暑，有準如契約。伏枕兩晦朔，枵然如空橐。平生十圍腰，病起如飢鶴。衰髮本無幾，脱去如秋籜。到今僅能步，出没如尺蠖。舊聞五嶺法，有此萬户瘧。而我自僑寓，了不蒙闊略。況子又持養，何至亦例著。此身自空虛，客疾安所托？請作如是觀，無病亦無藥。

示蜑

先君捐館年，六十畸三算。我今四十三，始得幼子蜑。餘齡繼前躅，蜑也纔及冠。況復未可知，孝章積憂歎。禄養豈不欲，兹事覺已緩。但愛眉目秀，體質淨如盥。顧瞻既精神，懷抱亦氣岸。今者新剔髮，瑩若珠未貫。見之令人清，面擁疲手腕。輒然攪吾鬚，霜雪落几案。豈惟不肯嗔，更對一笑粲。骨肉今已矣，持汝慰奔竄。行當從諸兄，誦書喧里閈。而我于經術，粗能分句斷。發蒙要師資，心孔爲關鍵。許慎專偏傍，張華休史漢。吾家業儒久，捨此無別段。不應緣一噎，便欲廢炊爨。及親三釜足，未用萬户酇。人生百年期，我今特未半。

夢泉并引

潮陽慰鄭太玉，夢至泉側，飲之，甚甘。明日，得之東山上。因作《夢泉記》示余，命作此詩。

入道肯着相，出神得佳泉。起尋定中境，謾意山之巔。四人蹋歊歔，數里聞潺湲。循聲到巉絶，滿意流甘鮮。雖深石可數，太察魚難筌。分爲縞練去，濺作珠璣圓。一窺宿酲解，三嚥沉痾痊。恍惚尚疑夢，歡呼欲成顛！山間知予井，海飲鹹生涎。那知道在邇，幾作野遺賢。事故由人興，物爲知己妍。誰陪濠上遊？詠擕室中天。雖無十丈花，中有一滴禪。名酒覺殊勝，宜茶定常煎。蘭亭羽觴冷，魚復青筒連。新文來遠矣，開卷猶澳然。徑欲抱琴去，臨流聽未全。不但受以耳，庶幾神者先。寫爲《夢泉操》，第入樂府篇。將前輒復却，萬事付有緣。

鳴鵲行

簷前羣鵲鳴相呼，法當有客或遠書。吾今何處得書尺，而況賓客乘軒車。平生眼中抹泥塗，泛愛了不分賢愚。卒爲所賣罪滿軀，放逐南越烹蟾蜍。百口寄食西南隅，三年莫知安穩無。家書已自不可必，更望故人雙鯉魚。故人頃來絶能疏，況復萬嶺千江湖。雞肋曾是安拳餘，至今畏客如於菟。豈惟避謗謝還往，此日誰肯窺吾廬？杜門却掃也不惡，何但忘客兼忘吾。喧喧鳴鵲汝過矣，曷不往噪權門朱！

採藤曲効王建體

魯人酒薄邯鄲圍，西河渡橋南越悲。歲調紅藤百萬計，此貢一作無窮時。去年採藤藤已乏，今年採藤藤轉竭。入山十日脱身歸，新藤出土拳如蕨。淇園取竹況有年，越山採藤輸不前。今年輸藤指黄犢，明年輸藤波及屋。吾皇養民如養兒，鑿空爲此謀者誰？

冬雷行

百蟲蟄處安如家，阿香夜起推雷車。一時技癢不忍爬，撼動尺蠖掀龍蛇。龍蛇尺蠖踞已久，亦欲奮迅舒頑麻。夢中一震忽驚躍，發破壚户排泥沙。泥沙已出雷遽止，錯愕欲去難藏遮。蟲蛇狼狽莫知數，間有伏龍吁可嗟！

贈譚微之

去年絃歌程水濱，甑中生塵范史雲。今年講學鵝城裏，關西孔子楊伯起。昔人論士觀心期，時人論士看肉皮。只知黃鷁矜觜爪，不識騶虞避生草。

北歸至廣州寄惠州故人

歸心如躍馬，奮迅不可駐。別情如放猿，已去猶返顧。三年孺子社，數借柱史書。好在五噫孫，善保千金軀。舊來談天口，老去盡地力。萬里不相忘，寄聲問眠食。

南遷

去去寬鄉托此蹤，鬧中無地頓衰翁。未誅綺語猶輕典，更賜羅浮有底功。蝦菜賤時皆丙穴，茅柴美處即郫筒。着鞭要及春前到，趁賦梅花庾嶺東。

渡沔

鶴歸遼海悲人世，猿入巴山叫月明。惟有沙蟲今好在，往來休並水邊行。

武陵道中

朝持漢使節，暮作楚囚奔。路入《離騷》國，江通《欸乃》村。垣牆知地濕，草木驗冬温。寂寞桃源路，行人衹斷魂。

長沙道中

古古今今路，朝朝暮暮行。橘林香處飯，杉木翠邊程。山帶湘靈慘，川含楚些清。江湖無限句，遷客要才情。

次泊頭

何處不堪老，浮山傾蓋親。潮田無惡歲，酒國有長春。草木疑靈藥，漁樵或異人。近前端有得，丞相未宜嗔。

初到惠州

盧橘楊梅乃爾甜，肯容遷謫到眉尖。因行採藥非無得，取足看山未害廉。辯謗若爲家一喙，著書不直字三縑。老師補處吾何敢，政爲宗風不敢謙。

謝人送酒

世情不到海邊村，載酒時來餉子雲。便欲醉中藏潦倒，已將度外置紛紜。細思擾擾膠膠事，政坐奇奇怪怪文！喚取鄰翁傳杓飲，漸令安習故將軍。

水東感懷

往事孤峰在，流年細草頻。但知其室邇，誰識所存神。碑壞詩無敵，堂空德有鄰。吾今稍奸點，終日酒邊身。

登栖禪山

海雨山煙撥不開，眼前遮定一作「盡」。望鄉臺。如何借得維摩手，斷取西南故國來。

收景初書并示藥物

乾坤心腹友，江海鬢毛斑。藥補他鄉闕，書開故一作「去」。國顏。何時乘下澤，此日仰高山。會是歸耕耦，由來有賜環。

九日懷舍弟

重陽陶令節，單閼賈生年。秋色蒼梧外，衰顏紫菊前。登高知地盡，引滿覺天旋。去歲京城雨，茱萸對惠連。

收家書

西州消息到南州，骨肉無它歲有秋。驥子解吟《青玉案》，木蘭堪戰黑山頭。卽時旅思春冰拆，昨夜燈花黍穗抽。從此歸田應坐享，故山已爲理菟裘。

瀘人何邦直者爲安溪把截將有功不賞反得罪來惠州貧甚吾呼與飲爲作此詩

楚人季布以勇顯，魯國朱家用俠聞。馳馬彎弓臣好武，吹毛洗垢吏深文。王孫此日誰漂母，卿子前時號冠軍。滿引一杯齊物論，白衣蒼狗任浮雲！余在惠州作酒二種，其和者名「養生主」，其稍勁者名「齊物論」。後禁「主」字，遂志其一。

除夕

患難思年改，龍鍾惜歲徂。關河先隴遠，天地小臣孤。吾道憑温酒，時情付擁罏。南荒足妖怪，此日謾桃符！

人日

人日傷心極，天時觸目新。殘梅詩興晚，細草夢魂春。挑菜年年俗，飛蓬處處身。韲頤頻語及，髣髴到東津。

栖禪暮歸書所見二首

雨在時時黑，春歸處處青。山深失小寺，湖盡得孤亭。

春着湖烟膩，晴搖野水光。草青仍過雨，山紫更斜陽。

白鷺

說與門前白鷺羣，也知從此斷知聞。諸君有意除鈎黨，甲乙推求恐到君！

有所歎

林中宴坐老沙門，豈願臨年觸垢氛。正恐先生不得飽，欲令後死與斯文。近逃台鼎居東洛，聞道衣冠滿北軍。須信此塗天一握，人間謾說有孤雲！

耕田佩印兩徒然，憶想平津只去年。怪底功名稱地獄，誰將官府到天仙？是非已付漁樵判，疑信難憑黨與傳！杯酌豈能通大道，床頭當得酒如泉。

舍弟書約今秋到此

此日方收信，前時已具舟。開頭今幾月，軟脚定中秋。凉德爲兄忝，炎荒爲爾憂。從今西望眼，應到見時休。

夜坐懷舍弟

無雲仍露坐，有月更江皐。沉陸傷吾道，浮生憶爾曹。扁舟應夏口，此夕數秋毫。不見今三載，當時已二毛。

送外甥之廣州

由也久從我，牢之真有甥。時情爲客老，秋色進泉清。撥刺朝朝味，鈎輈處處聲。越臺休弔古，旅魄向來驚！

九日獨酌

登高無老伴，引滿自高歌。歡意天邊少，重陽野外多。黄花空歲月，白首尚關河。他日龍山興，吾今在網羅！

壬辰九月二十三日天氣始寒以詩記之

朝來怪底冷，前此已重陽。漸逼袴襦節，稍聞灰火香。烟嵐向冬淨，橘柚得霜黄。嶺表雖多暑，天時亦有常。

寄潮陽尉鄭太玉

又種羅浮一熟田，江陽未得返耕廛。書來似見眉間印，別後新增鬢上年。下澤有車人誤矣，上林無報雁徒然！去歲引自陳無報。越巫雞卜聞之久，爲問行藏若箇邊？

次鄭太玉見寄韻

度外歸期未要論，故山石笋自高蹲。他時名礬牛心炙，晚歲窮空犢鼻褌。君有詩書并畫絕，我無德爵但年尊。音塵不繼應相悉，萬事而今付默存！

壬辰九月不雨至巳年三月穡事去矣今夕輒復沛然喜甚卧作

老去生涯白木鑱，脱逢艱食更何堪！春深野色憂年惡，夜半簷聲覺雨甘。睡外莫聽泥活活，想中已睹麥含含。明朝竹徑添幽事，玉板堂頭作小參。

舍弟既到有作

武陵倉卒記他時，我獨南翔子北飛。覷過幾多歸後事，相看仍是別時衣。匪躬老矣惟心在，便腹依然但髮稀。尚有苦吟三十載，與君同飽蜀山薇。

收景初貶所寄

信斷常懷信斷憂，得書還有得書愁。未應宿業都相似，總爲譊聲不肯休。見說胸中卷雲夢，莫將皮裏貯陽秋！而翁有道知興廢，不患無詞詣播州。

次勾景山見寄韻

此生正坐不知天，豈有豨苓解引年。但覺轉喉都是諱，就令摇尾有誰憐。腰金已付兒曹佩，心印還當我輩傳。他日乘車來問道，葦間相顧共延緣！

夜聞蜑户叩船作長江磻欣然樂之殊覺有起予之興因念涪上所作招漁父詞非是更作此詩反之示舍弟端孺

當年無奈氣狂何，醉檄涪翁棄短蓑。晚落炎州磨歲月，欲從諸蜑丐煙波。與君共作長江磻，況我能爲南海歌。身世卽今良可見，不應老子尚婆娑。

北風累日不止寒甚寄鄭潮陽

山前臘雪想紛紛，風到南訛盡處村。瓮面不容存酒子，牀頭幾欲爨桐孫。園林呼舞知衰怯，窗户奔馳覺眩昏。咫尺潮陽五袴國，可能分我一襦温！

卽事

歸心急似瀧頭水，華髮多于嶺上梅。正是堯朝猶落此，當時湘浦亦宜哉！

還家久近書難寫，破屋陰晴榻屢移。吾道非邪來曠野，人生樂爾復何時！案頭行掃塵隨起，窗眼纔封雨又潲。更力窮空沽白餅，莫將疲薾鬪黃茅。

遣興

僧寺借經便大字，鄰牆喚酒及新篘。三年于此得其理，一飽已還非所求。酒經自得非多學，詩律傷嚴近寡恩。田里歌呼無籍在，朝廷議論有司存。

春日謫居書事

四十緇成素，清明綠勝紅。形容千慮後，門館一貧中。白日時時別，青蕪處處同。此生唇舌裏，啼鳥莫春風。

大觀四年春吾與友人任景初舍弟端孺自蜀來京師至長安時方寒食吾三人相與戎服遊九龍池飲酒賦詩樂甚是歲吾遷嶺表明年景初亦謫江左忽忽數歲皆未得去寒食無幾念之悽然作詩寄任因命舍弟同賦

居今行古任定祖，底事遷延亦未歸。我坐力田傷地脈，君緣搜句漏天機。故都回首三寒食，新歲經心兩褐衣。學道一生凡幾化，不因到此始知非！

乙未正月丁丑與舍弟棹小舟窮西溪至愁絶處度不可進乃歸溪側有兩榕甚奇清陰可庇數十榻水東老人常飲酒其下云

楊梅溪上柳初黄，荆竹岡頭日正長。獨木小舟輕似紙，一尊促席穩于牀。樹從坡去無人識，水出山來帶藥香。應有居民解秦語，爲言昭代好還鄉！

有感示舍弟端孺

一出潼關五見梅，愚忠幾欲伴黄埃。弟兄手足窮孤竹，母子肝腸泣老萊！好語忽從天上落，行人直向一作「叩」。海邊回。此生報國無他事，力穡供輸莫待催。

長沙竹笋聞于天下大者可十餘斤食之甚甘而不冰脾昔渡湘欲作詩未暇也今日復過之乃酬以此篇

地入長沙莫歎卑，竹萌徑尺舊相知。九重纔復金門籍，萬里先參玉版師。契闊累年真負口，徘徊彌月未妨脾。渭川風味那能對，中有《離騷》《九辯》辭。

雜詩

屏跡舍人巷，灌園居士橋。花開不旋踵，草薙復齊腰。蛤哭明朝雨，雞鳴闇夜潮。未能全獨樂，鄰里去還邀。

已絕經年筆，仍開盡日門。身謀嗟翠羽，人事嘆榕根。蔬食風掀市，樓居水破村。嶺南霜日薄，何得鬢邊繁。

便歸良不惡，未去且隨緣。户口知無瘴，謳歌覺有年。藤嶘得句後，桂酒抱愁邊。經術吾衰矣，猶堪舉力田。

不死良難學，全生或可幾。茶隨東客到，藥附廣船歸。棋倦收成敗，書慵卷是非。關心無雜慮，魂夢入精微。

兀坐且如此，出門安所之？手香柑熟後，髮脫草枯時。精力看書覺，情懷舉盞知。炎州無過雁，二子在天涯！

飽食爲茶地，深耕覓酒材。翻泥逢暗筍，汲井得飛梅。湖盡船頭轉，山窮屐齒回。田間良自苦，清興亦悠哉！

壯歲日千里，晚途天一方。花縵聊傲世，白袷亦隨鄉。團扇侵時令，方書遣晝長。此間吾所樂，便擬卜林塘。

雜興

白日消諸妄，青山對屢空。著書防惡客，學圃問鄰翁。織貝流肌滑，檳榔入頰紅。丹砂落吾手，秋至任飄蓬。
多事定何補，寡言聊自溫。蟹黃嗔止酒，雞白勸加餐。濯足樓船岸，高歌抱朴村。愧無魑可禦，只益負君恩。
關窄良難入，門寬足見容。竹根收白疊，謂竹布。木杪得黃封。謂椰酒。問學兼儒釋，交遊半士農。行歌村落晚，落日滿攜笻。
爲農沙子步，附保水西鄉。隱几江天遠，開門佛土香。時情荒徑草，野色淡一作「淨」。漁梁。欲縱高秋目，東偏短作牆。
舊物杯中酒，新衘海上翁。百非無一是，顯過豈微功。引水江分碧，烹丹井爲紅。幽居亦多事，度日不全空。
小市江分破，連萍水卷翻。到今佛跡在，千古鶴峰尊。浮嶠來何處，豐湖入數村。登臨有何好，秋至數消魂！
已分詩驅使，寧辭酒過差。南烹人釣蛤，北信客占鴉。年事侵膚理，憂端宿肺家。向來功業興，到晚詠餘霞。
覆載宜然等，寒暄乃爾殊。雪曾前歲有，地過此邦無。煮海鯨鯢動，烹山虎豹呼。南來何所得，詩語帶陬隅。
夜語不覺久，晨興良獨難。加之得卯酒，晚矣恰朝餐。笋蕨春生箸，魚蝦海入盤。南方禁太飽，茗椀直須寬。

海氣東南上，野煙申酉間。草平連別洞，雨轉入他山。道路魚鹽去，樵蘇竹木還。西江并北客，相對各蒼顏。

水過魚村濕，沙寬牧地平。片雲明外暗，斜日雨邊晴。山轉秋光曲，川長暝色橫。瘴鄉人自樂，耕釣各浮生。

浪迹蒼梧外，放懷黃木東。人情雙鬢雪，天色屢頭風。國計中宵切，家書隔歲通。爲儒得愁思，一笑賴兒童。

萬里非吾土，三年失我常。只愁鳶跕跕，敢作鶴昂昂。白竹連閩越，黃雲入夜郎。何時返栖息，誰爲問桃娘？

閒居

未許幽人曉夢長，朝朝親炷佛前香。有詩爲愛袁家酒，無病緣抄《陸氏方》。身雜蜑中誰是我，食除蜿外總隨鄉。白沙翠竹門前路，疑出西郊向草堂。

細細敲門細細應，老翁方曲晝眠肱。魚陂舊種千頭鱠，桑徑新窠十畝繒。菜足尚堪分地主，米餘翻欲供鄰僧。平生雅有乘桴興，咫尺滄溟去未能。

聞勾景山補盩厔丞仍聞學道有得以詩調之發萬里一笑

人言盩厔似江湖，莫對丞哉歎負余。別後耳根無正始，向來紙尾得黄初。可憐鬼谷縱横口，今讀神溪縹渺書。臣朔許長錢許少，何當天子念公車。

遣興

八千歧路愁何補，四十光陰老亦宜。此去只堪犀首飲，向來都是虎頭痴。逢時有道其如命，得意無言所恨遲。詩債卽今渾倚閣，新篇惟有莫相疑。

春歸

東風定何物，所至輒蒼然。小市花間合，孤城柳外圓。禽聲犯寒食，江色帶新年。無計驅愁得，還推到酒邊。

鄭太玉送子魚

便當權閣太常齋，藥竈于傍手自煨。須信子魚藏妙理，坐令母蟹媿凡才。刀頭定向何時得，劍脊頻將好意來。老去少陵雖病肺，尚堪持此薦寒醅。

江漲

秋來雨似澆，雨罷水如潮。市改依高岸，津喧救斷橋。雲陰哭鳩婦，池溢走魚苗。天意良難測，前時旱欲焦。

代書寄鄭二

別後定何似，此中難具陳。倦憎秋氣濕，老怯曉烟辛。沸議今方爾，歸期覺愈伸。須煩三絶手，時復餉清新。

夜久睡覺不復能寐淒然有感

無復更殘暑，夜深清欲飢。葉飛魂夢數，露重語音知。月色到秋苦，更聲臨曉遲。平生憎墨翟，老去亦悲絲。

立冬後作

啗蔗入佳境，冬來幽興長。瘴鄉得好語，昨夜有飛霜。籬下重陽在，醅中小至香。西鄰蕉向熟，時致一梳黄。

端孺糴米龍川得粳糯數十斛以歸作詩調之

倒拔孤舟入瘴烟，歸來百斛瀉豐年。炊香未數神江白，米名。釀滑偏宜佛跡泉。飽去定知頻夢輿，醉中何至便妨禪。憑君爲比長安米，看直公車牘幾千。

謾成

雲暗便窗破，山寒賴屋低。往還天外少，早晏雨中迷。書册開仍闔，履聲東復西。何常有所賦，得句旋安題。

聞鄭二對吏五羊

舊友年來略散亡，新收鄭子亦遑遑。歲云暮矣無雙雁，我所思兮在五羊。獄吏事權先自貴，書生蹤跡況能狂。風流人物今餘幾，何忍羣兒復謗傷！

東麓

經旬不見小羌廬，忽爾相逢喜欲呼。自入秋來更韶潤，却從瘦裏帶敷腴。人間信有傷心碧，坐上那無滿眼沽。可是清暉解娱客，能令腸斷到愚儒。

野望

賴有澄江在，專供倚杖清。水裁偏岸直，雲截亂山平。鞞鼓知農隙，雞豚覺歲成。却緣摇落後，木杪得孤城。

獨遊

是日遊予獨，幽情知者誰！時光新舊歲，節物淺深枝。鴉攫春祠敏，鳶窺野燒痴。田園有妙理，吾悔得之遲。

醉眠

山靜似大古，日長如小年。餘花猶可醉，好鳥不妨眠。世味門常掩，時光簟已便。夢中頻得句，拈筆又忘筌。

重陽後二日從無盡泛舟游處士臺故詩人秦龜從所居

阜河經雨水微沙，船帖臺根日未斜。三徑就荒悲白土，一樽相屬對黄花。已將遠眺收平楚，更遣清言到永嘉。要見仙翁頭似漆，請看醉後落烏紗。

生還至宜都逢李六

更把餘年着酒澆，莫談前事費燈挑。地緣有語封還止，印爲無功鑄復銷。賴是詩書能却瘴，到今魂夢亦聞潮。頭西歸去君休怪，尾段無多不奈焦。

將赴闕有感示聃

老畏高門地，慵便下澤車。終然嬰世網，難作愛吾廬。白首趨行在，青袍奉起居。平生誇好手，到此不如疏。

次韻幼安留別

白頭重踏軟紅塵，獨立鵷行覺異倫。往事已空誰故舊，好詩乍見且嘗新。細思寂寂門羅雀，猶勝纍纍塚卧麟。力請宮祠如意否，漸謀歸老錦江濱。

鴻慶集鈔

孫覿，字仲益，嘗提舉鴻慶宫，故自號鴻慶居士。五歲時卽爲東坡所器。第政和問進士。靖康倣擾，爲執法，爲詞臣。旋由瑣闥歷吏户長貳，連守大邦。紹興而後，遭值口語，斥居象郡。久之，歸隱太湖二十餘年。孝宗朝，命編類蔡京、王黼等事實，上之史官。年九十餘卒。由其居閑久，故問學深誠，有宋之作家也。獨以其誌万俟卨之墓，嘉靖間，常州欲刻《鴻慶集》。邑人徐問曰：「覿有罪名教，其集不當行世。」遂止。嗚呼！斯言固秋霜也。今不廢其詩者，以見有詩如此，而不得列於作者，欲立言者知所自重耳。

湖州天寧寺飲王生二首

莫鬭蝸兩角，且共貉一丘。夷踞坐我旁，汝豈河南騶。割肉一噉之，徐以大白浮。噲伍君勿誚，笑談起封侯。

諸家迹便掃，得此一老兵。江東醉司馬，酒中尚求名。哀哉南山箕，不平自號鳴。慎勿歌烏烏，作此老婢聲。

富陽道中二首

渺渺行雲幔，溶溶曳水衣。雷翻巢墮乳，風落網黏飛。獨拄青藜杖，來推白板扉。平生丘壑趣，漂泊寸心違。

白帽炎州客，青裙酒姥家。微風摇扇浪，細雨落簷花。客舍休占鵩，蠻村欲饌蛇。會令醒復醉，高枕送生涯。

蘭溪津亭病起

風波湧地千漚發，創痏鑽皮百箭攻。藥裹關心防二豎，謗書盈篋忤三蟲。剖瓜女隸方祈巧，結柳奴星也送窮。笑我平生持螯手，未應咄咄左書空。

三衢聞都督兵潰常潤間懷舍弟而下

紫荆有信欲開花，黄犬無情不到家。偶坐厭聞烏嘍嘍，杯行喜聽鵲查查。同看明月人千里，相望孤雲海一涯。驥子熊兒無恙否？風雲慘澹鬬龍蛇。

疏山寺次白文林韻二首

藜杖忽忽集晚林，長廊破壁撼鐘音。天涯流落相逢地，杯酒殷勤莫厭深。萬里功名飛燕頷，千金博飲彘牛心。更聞好句驚人倒，一洗蠻煙瘴露侵。

黄花翠竹小叢林，卧聽南山白石音。螘鬬已空遺垤在，蝸跧終戀故廬深。掀髯一笑追前謬，禮足同參看此心。且向疏山結香火，人生莫受二毛侵。

明水寺五代末危全諷據臨川時所建畫像至今存焉寺旁最高峰有祠屋一區道士居之

臺殿何年有，千巖紫翠間。金仙佛世界，羽客道家山。骨朽餘三窟，皮存尚一班。傷心千古淚，相伴雨潺潺。

崇仁縣

萬山攢擁天一笠，北風吹雨兩鬢濕。飢烏絶叫護巢飛，老蛟怒起挐雲立。孤城短日砧杵急，騎驢渺渺衝泥入。桑枝倒折機杼空，道傍廢井無人汲。遺民到今傳舊邑，擊水華鯨浪三級。故物漂流首戰餘，客子起坐萬感集。小驛香醪如雪汁，一杯快作長虹吸。酒醒寂歷照短檠，幽咽數聲鄰婦泣。縣人喜競渡，亂後如故。

遣興

亂後煎百慮，老去無一欣。故人尺書至，好語中夜聞。坐久百蟲絶，開簾月紛紛。長歌侑一醉，酒醒擊空尊。

山行憩田舍老父出迎以黄甘白酒爲餉

藜杖扶來雪滿簪，諄諄語好意深深。酒傾白墮杯行玉，橘破黄苞坐飣金。醉起莫辭田父肘，甘餘須識野人心。匆匆不盡扳留意，挽袖丁寧更一臨。

兩日復往次前韻

寒蔬離離銀線亂，臨川出蔬號銀條。凍醴灩灩玉井深。坐蔭庭松翹翠蓋，行穿野菊布黄金。犬迎客人喜見尾，鵲隨人語欣會心。俗裹淹留怕轑釜，驅兒招喚得重臨。

明水逵老以黄甘荔子土芋爲餉小詩答謝

客居莽牢落，幽絶無四鄰。歲窮有衣結，日晏猶甑塵。偪仄戎馬間，敢厭薪水勤。故人情義重，采采青泥芹。小摘持寄遠，分餘爲情親。丹荔擘輕圓，黄甘破芳辛。蹲鴟勸加餐，風味亦可人。渺渺山澗曲，浩浩水雲晨。踞爐有前諾，兩翁對然薪。眼纈眩紅緑，共此無邊春。

次韻王子欽立春

歲晚驚呼身已老，天涯流落首空回。便將酒力推愁去，且放春光入眼來。人語嘻嘻争鬭草，宫花閃閃艷粧梅。雪消水暖春江動，緑漲蒲萄萬斛醅。

遊東塔雨中夜歸

山色淩寒春尚瘦，潭影涵空清可潄。漠漠雲行紫翠間，斑斑雨濕黄昏後。火炬穿林烏出巢，人語闐門狗竇。杖藜有興會重來，更待黄鸝哢晴晝。

清明日與范季實諸人過胥澤民别墅小集

水滿雙飛白鷺，花深百囀黄鸝。寒食清明過了，一川煙草離離。兀兀三杯卯困，昏昏一枕春融。酒醒落花風裏，夢回啼鳥聲中。

曹山絶句

毁瓦區區爲食謀，半生炊黍在刀頭。一廛會入扶犁手，不上陳登百尺樓。

題妙覺寺壁

葉底紅稀不見花，枝頭緑暗可藏鴉。春歸古殿蒼苔滿，一點籠燈隱絳紗。

再至

老眼逢春病有花，淋浪醉墨字如鴉。懸知不是唐王播，慚愧高僧護碧紗。

宿妙覺竹菴贈静老

青山暎落日，澹澹煙中明。出門無所投，曳杖隨意行。破衲僧兩三，喜笑争邀迎。曾巢俯修行，飛星動高甍。老人如宿昔，真契同三生。遇人無戚疏，出語惡不情。寥寥風馬牛，肝膽欲盡傾。怪我胸中山，早知律兀尚不平。邯鄲樂無度，短夢一餉榮。蠻觸怒不休，暴骨千里橫！微言起我病，内愧面汗騂。天宇大，豈有世網嬰。舉扇障西風，浣此滄浪纓。

別如老

同舟無胡越，四海皆弟兄。吾人雖晚接，一笑蓋已傾。世亂識真態，塗窮見真情。曳杖扣禪扃，撞鐘聽鞞鳴。小窗風雨夜，對此二榻橫。吾身如木偶，春至不復榮。豈無三宿戀，天雨方流行。去去得首丘，歸田充踐更。

徙寓妙覺佛舍胥又民䄏被相過賦夜坐

客居厭窮獨，蓬艾翳環堵。莊舄尚越吟，鍾儀猶楚語。吾人有奇操，空洞見城府。相逢逆旅中，霧豹初一睹，拘囹賦囚山，避謗憎市虎。褰裳肯過我，崖嶠走風雨。微吟對清夜，破此五月暑。墜露浥金莖，空花墮犀塵。孤燈映籠紗，冷豔翳復吐。耿耿遂不眠，逢逢聽晨鼓。

次韻王子欽

二年客塵土，獨夜憂悄悄。遇酒一破顔，歌呼醉連曉。寸心爲誰明，伴此孤月皎。枯柟鬱崢嶸，老幹空自表。蟻穿萬孔萃，蛛挂千絲擾。白鵠逝不來，豈敢更擇鳥。

熊夫人遣介欲壻澤民小詩戲之

牆頭鄰女三年望，户外文君一笑窺。欲得賢夫嫁張耳，此真佳壻是羲之。定知不折飛梭齒，似説先齊舉案眉。不信侯門深似海，水流紅葉謾題詩。

静老通幽軒

諸峰倚崔嵬，衆壑隱奔峭。寓目欣有擊，會心領其要。開廬結茅竹，代翳斬蓬藋。此君亦可人，玉立盡娟妙。風酣翠相倚，月吐清自照。窈眇非世音，鸞鵠中夜嘯。煙塵闇北闕，烽火被南徼。便欲老三閭，終焉隱屠釣。

秋夜二首

山寒藹暝姿，楓老帶漲痕。蘭摧桂亦折，往往歸其根。萬籟各收聲，一氣中自存。鼻斤無可斲，尻駕不復奔。孤光照獨夜，月落低金盆。

寥寥犬吠村，微月耿黄昏。雞豚市井空，虎豹窟宅尊。元龍百尺樓，獨帥誰與論。酒聖且復中，愁魔自驚奔。彈鋏歸去來，稚子候柴門。

奴原寺

自崇仁趨新淦，凡四夕迺至。一寓道觀，三止僧舍，皆留一夕而去，賦小詩記之。

稚子應門立，老僧迎客入。湛湛玉甃寒，唧唧銅瓶泣。小軒風雨過，窗户青紅濕。晚花發秋妍，黄蜂正衙集。

化度寺

失路迷千嶂，投林借一枝。扣門竹西寺，立馬日斜時。矍鑠僧窺户，睢盱犬透籬。定知嫌不速，明日與君辭。

栖霞觀觀在麻嶺之下

雲表朝飛屐，松殘晚駐鞍。破扉聯白板，槁項繫黄冠。徑雨喧風籜，汀沙立露翰。小窗牀坐好，對此百憂寬。

三山寺二首

斜日半窗明，無人獨掩扃。風鈴時自語，雪柏老終青。立鵠參差見，微泉斷續聽。老僧渾不語，危坐卷殘經。

異縣久爲客，窮途飽所更。對牀雲伴宿，曳杖月同行。到處身如寄，看山眼暫明。平生飲中趣，酒賤且頻傾。

再和何襲明

沙平雪漫水涵空，路入千巖紫翠中。村遠微明漁舍火，樓高斜矗酒旗風。可憐方外狂司馬，來伴田中一禿翁。南北相望三十載，心期不改斷金同！

何嘉會寺丞嫁遣侍兒襲明有詩次韻

魯陽之戈倚半空，誰能一御日再中？驚回十二巫山雨，永隔三千弱水風。瘦語尚傳黄絹婦，嘉會侍兒以妙爲名。多情好在紫髯翁。謫仙尚有杯中月，獨舞婆娑醉影同。

迎薰堂小集襲明用前韻再和

飲痛瓊艘百柁空，參横斗挂月當中。不愁馬上衣沾露，且看樽前幘墮風。未辦清歌娱醉客，莫將强韻壓衰翁。悲飲冷淡君應笑，注瓦傾銀一體同。

長樂寺嘉會常置酒，餞歌姬於此。

萬瓦冠松壁，千嶂鎖雲莊。故人置酒地，清夜燈燭張。破壁挂月闕，遺笙嘯風廊。妖歌傾四座，醉卧錦瑟傍。寂寂花絮亂，怱怱鶯燕忙。雍門已陳迹，餘音空繞梁。我來久徘徊，驚呼首一昂。老僧獨依然，坐對柏子香。

志新遺兩介致書餽以巴源紙黄甘珠欖大栗鵝鮓胎蝦爲餉戲作長句

巴江新擣萬穀皮，褚生粉面膚凝脂。故人千里特寄我，落筆宛宛天投霓。綈囊丹果十襲包，爆栗飛爐石火敲。紅鹽著樹落青子，香霧噀手披黄苞。蒼鵝無罪見葅醢，苦酒濯之光五采。蝦跧久已成枯腊，咫尺波濤渺江海。客舍争席紛滿前，饋羮不復五漿先。殷勤重餉有吾子，兩夫荷擔頳其肩。

蜀婦新寡從何純中讀左氏戲呈純中

麟經束高閣，掩卷有三嘆。朱絃久零落，鸞膠續其斷。英英左阿君，獨唱音節緩。故是我輩人，吹簫得幽伴。先生擁絳紗，弟子褰素幔。一揮斲鼻斤，便舉齊眉案。

宜黄尉李集義遺書問安否小詩爲謝

三年著南冠，兩見芳歲新。朝爲蟲蛇侶，暮與魑魅鄰。行隨木上坐，臥對竹夫人。獨有金石交，不廢風雨晨。書來一弔屈，我已屢厄陳。嘖嘖爨下桐，嗷嗷轍中鱗。組以朱絲繩，放之碧海津。窮途得重惠，肝膽大輪囷。

題硤江蕭氏菴二首

雪屋清如洗，雲崖翠作堆。破扉風自掩，敗壁雨先頹。野色初還柳，林香尚有梅。滄江千萬頃，一鳥鏡中回！

雲逐歸心亂，山隨望眼賒。疏林斂晚照，淺溜咽春沙。客路三年過，僧窗一笑譁。此生安稅駕，有地即爲家。

宿善法寺再賦二首

水繞禪窗淨，香凝古殿深。讀書不求解，酹古聊自斟。塔鈴已無語，匣琴猶有心。獨謡西閣夜，風滿快哉襟。

愛竹門可款，命車壑初尋。鳥啼春院静，人語夜堂深。鼠迹留僧鉢，蝸涎涴佛金。鄰翁笑相命，春酌夜沉沉。田雲朔從政置酒。

再過天長寺

山立起平案，松偃卧枕岡。尚憐桃曆小，已見麥頭昂。檢事關兵氣，逃禪入醉鄉。平生湖海興，一棹付慈航！

分宜道中

老牯挽犁泥没膝，剡剡青秧鍼水出。大麥登場小麥黄，桑柘葉大蠶滿筐。猿鳥初呼聚儔侶，繅絲百箔聞好語。此時物色不可孤，勸君沽酒提壺蘆。

礲巖寺

千松夾道直，一水抱村流。清絶小叢林，繞舍竹修修。老僧慣見客，壞衲雪滿頭。野果拆奇苞，畦蔬翦新柔。漂零五管去，邂逅一笑留。詩成寫君壁，記此夢中遊。

靈泉寺

窗户遥開紫翠間，小橋獨立聽潺潺。意諧獨有清風共，興盡聊隨落照還。但見虛童蒙白帢，且無瀧吏發騂顔。風花雨葉元無定，何必區區戀故山！嶺外虛市，市人大半以白帢蒙首。

七星巖

十載汙修門，簪橐侍帝垣。五雲深莫窺，衆星拱以繁。一坐牘背書，身落海上村。山川發餘想，鍾鼓眩昔聞。星圖煥斗極，兩兩錯地文。今日復何日？乘槎造天閽。日月起可挾，參井立能捫。誰當揭其柄，爲我酌瀛尊。

龍隱巖

跳波觸石喧，古木抱崖擁。老蛟厭泥蟠，一笑作潭洞。孤峰起嶕崒，哀壑浩呼洶。腥風噤蛙淫，凍雨落毛氄。凛凛白晝寒，瘴髮立盡聳。旱氣曛日黄，縮爪但陰拱。悠然四大海，斂此一毛孔。安得化爲霖，蕙葉有光寵。時禱雨未應。

西山超然亭

𡾰𡹳翳榛莽，地瘴藏百怪。西山何軒軒，拔脚風塵外。中縈一線蟠，側立兩壁對。旁連九疑高，遠控三湘大。孤亭坐林杪，俯見飛鳥背。號方泣二女，禦魅竄四罪。誰去窘囚拘？故自脫天械。飄飄思凌雲，萬里風雨會。

飲修仁茶

煙雲吐長崖，風雨暗古縣。竹輿頳兩肩，弛擔息微倦。茗飲初一嘗，老父有芹獻。幽姿絕媚嫵，著齒得瞑眩。昏昏嗜睡翁，喚起風洒面。亦有不平心，盡從毛孔散！事見盧仝茶詩。

九日次獻花鋪李衞公貶海外，道過象江，蠻女獻花於此。

古路三叉口，青裙兩髻丫。更無陶令菊，空想衞公花。破屋堆黃葉，清紅繚白沙。殷勤邀一醉，蜑酒壓梨楂。

到象州寓行衙太守陳容德攜酒見過

飣坐黃甘噀手香，堆盤丹荔照人光。莫辭蜑酒一尊赤，會壓瘴茅千里黃。未省讒言遭薏苡，直將空腹傲檳榔。酒醒夢覺知何處？樹影參差月滿廊。

南山寺

千丈雲根蔭此邦，沉沉寒影卧秋江。潭空映日蒼虬動，煙暖翹沙白鷺雙。夢覺灘聲喧客枕，吟餘竹色滿僧窗。詩成絶叫曾樓上，聽我洪鐘萬石撞。

安心是藥本非禪，遇勝欣隨意所便。嚼蕊拈花身老矣，穿雲涉水思茫然。行逢酒伴操觚去，倦憩僧窗借榻眠。寄語排言問津者，人中今是地行仙。

別象州陳守容德

三年客殊方，榮悴不堪説。迢迢家萬里，奄奄命一髮。使君古丈夫，興哀在縲紲。平生風馬牛，舊職比鶼鴈。欣然一笑粲，破此百憂結。皇恩下天扉，涙泣孤臣血。行厨洗玉盤，載酒助歡悦。庖珍問五鯖，餅字炊十裂。徙突今未黔，班草尺一訣。何須更秉燭，端是夢中别。

雉山寺青羅閣

蠻村避謗三年過，野寺尋僧半日閑。小檻吹香花漠漠，斷崖漱碧水潺潺。桄榔葉底秋聲滿，柏子煙中午夢還。便擬買舟隨釣叟，一蓑煙雨繫滄灣。

蒙亭二首

小築三間足，雄包萬象并。遥波通極浦，落日抱孤城。小語千巖應，長歌百蟄驚。坐看衣屨上，漠漠晚雲生。

落拓詩酒伴，疏慵粥飯僧。盪胸開遠抱，拄頰見高稜。鳥倦猶聞語，蛟寒正可罾。一區如可卜，吾不愧陳登。

發桂林劉帥立道同諸司出餞於甘棠渡口二首

行盡海北天，笑指湘南路。使君載酒醪，擁節東城駐。前驅千纛直，縱獵萬人呼。塵流翳白日，十里映黃霧。何人楫迎我？一葦橫江渡。渺渺倦鴉翻，相隨歸薄暮。

洶洶號萬竅，颶風吹海渾。冥冥蔽一天，瘴雲埋日昏。南荒底日所，黃葦三家村。誰云花解笑？但有鳥能言。繆恩解南冠，歸路首北轅。酒行可以起，稚子候柴門。

北歸過永永守趙君宰置酒萬石亭

三湘陌上逐臣歸，萬石亭中送客時。拄杖披榛行莽蒼，汲泉磨蘚看魁奇。天傾五色遺媧補，谷變千年出峴碑。何似蹊邊小桃李，向人膏面出風姿。

宜春臺呈太守陳次明

聞說宜春好，曾臺試一登。隴泉悲瑟瑟，松雪見層層。孤絶煙中寺，微茫樹下僧。詩工傳寫妙，不數畫師能。

再過曹山示如老

不羨鵬南運，聊隨雁北還。捫天上何嶺，犯雪過曹山。偶列萬里去，重來一夢間。觀河見如舊，雙鬢自斕斑！曹山在何嶺之下。

送智海上人二首

大師興趣在江湖，拄杖扶行穩當車。苦要詩翁淡生活，穿雲涉水到西徐。

折鼎支磚日半欹，拾薪乞米爲朝飢。昏昏一點炊煙裏，見我邯鄲夢覺時！

馬跡上冢遇大風雨書僧壁二首

松竹騷騷繞舍鳴，沙頭一夜雨連明。銜泥裹飯洗新冢，野哭干霄共一聲。

白帢排肩上冢歸，飢鳥攫肉紙錢飛。東家已改清明火，一點炊烟上翠微。

讀沈德潤詩卷 時沈寓金沙寺。

繫馬門前柳，投鞭息吾駕。青林合扶疏，木杪抗風榭。沈郎天骨清，衆埡立嵩華。閉閤卧讀書，一榻過僧夏。尤工五字律，句法窺鮑謝。無窮真炙輠，有味乃食蔗。我老復何爲，齒髮日夜化。寅緣葦間見，拊髀起一咤。懸知擲地響，自欲補天罅。坐令長安紙，頓起千金價。

望道場山塔

碧玉旋螺插暮煙，遥看桂子落僧前。試尋白水田頭路，一葦横江浪接天。
蕭寺知名四十年，身投籠檻到無緣。行人指點松間路，正在孤雲落照邊。

横山堂

波間指點見青紅，雪脊嶒稜倚半空。幻出生綃三萬幅，遊人渾在畫圖中。
蒼雲十畝蔭平寬，露葉風枝繞舍寒。莫遣先生賦歸去，且令小吏報平安。

題谷隱

碧瘦巖千疊，清深漲一篙。紅輕花似肉，緑細柳如繅。句好無强對，神超有獨遨。葦間青篛笠，髣髴見秦逃。

送徑山僧

桑東翳一丘，風雨鳴四壁。晨門響丁丁，一笑喜折屐。臞仙詩作瘦，句有徑山色。哀彈發朱弦，妙寄追白石。虚名子過聽，愧卧不能夕。歸袖挽莫留，凌空看飛錫。

華亭朱師實中大燕超堂

海禺納萬艘，市區沸百賈。黃塵翳白日，千騎騰一鼓。蚊巢十字路，四顧盡曠土。蝸角兩大國，一怒有標杵。角名眩多盧，聚訟攻衆楚。昏氣自成霧，濯濯汗浹雨。朱公誤涉世，吏隱寄圭組。俗緣墮人境，心大接天宇。搴芳採蓮舟，擷秀藝藥圃。山寒石稜紫，樹老松鬣古。風牽碧羅卷，雨壓翠纛舞。寧須鳥催酤，自有花解語。觀魚樂洋洋，夢蝶飛栩栩。坐令游俠窟，化作仙佛土。高卧水國秋，静憩月庭午。不假壺公龍，天上有官府。

洞庭善慶堂置酒小詩寄之

幽絶小蓬壺，參差見畫圖。亂青山四出，一碧水平鋪。洲蕊紅相照，沙茸細欲無。蓮房駢百子，橘圃聚千奴。布穀休催種，提壺且勸酤。楚腰飛燕燕，秦缶和烏烏。便旋驚回雪，連娟引貫珠。西風催畫鷁，落日詠驪駒。浩蕩川原隔，驚呼歲月徂。寥寥清夜夢，直提控摶扶。

興化朱公大卿没於庚申歲既除喪矣其子彦實過余於晉陵留十日而別賦小詩以餞之

柴扉忽枉故人車，躧履歡迎一笑初。夢裏覆蕉疑有鹿，食前彈鋏嘆無魚。忽忽注瓦澆村釀，草草供盤折野蔬。他日死生君一訪，上林鴻雁有書無。

多寶院

穿雲訪幽伴，倚枝蒼崖根。冥冥篁竹中，古寺松爲門。野僧嘗一飽，乞食山下村。擁鼻且獨謡，未覺釣石温。世事風雨過，歲陰波浪奔。飄然得遠遊，寄此五石尊。

甘陂莊院

張公卧江海，戢羽如鵬蹲。平生廊廟具，投老三家村。一壑身所寄，萬里心自存。買花紅間坐，種竹青滿門。似聞橘生奴，漸見桐有孫。提壺時見招，一笑空罍尊。

寄題莫謙仲山居

魚鹽市井雷，冠蓋車馬路。生息自相吹，晨門默如霧。超然塵外躅，峍兀見砥柱。湯湯海横流，自有安立處。幻泡水上漚，空華草頭露。一峰獨蒼然，歲寒但如故。醉搴庭下花，吟繞池邊樹。便有山中臞，來隨白雲屨。

過慧山方丈皥老酌泉試茶賦兩詩遺之

蕭蕭呵蘭若，桑苧有故家。佛屋倚高寒，僧蹊抱欹斜。殷勤泉上客，流落瘴海涯。螿酒壓梨檀，鑾烹啗龍蛇。光潔鏡一奩，照影空自嗟。老僧薦茗粥，芳鮮疑露華。驅除鼻中雷，掃盡眼界花。飄飄思凌雲，攝身上蒼霞。

過楓橋寺示遷老三首

白首重來一夢中，青山不改舊時容。烏啼月落橋邊寺，欹枕猶聞半夜鐘。

三年瘴海卧炎霄，夢隔青楓一水遥。萬里歸來悲故物，銅駝埋没草齊腰！

翠木蒼藤一兩家，門依古柳抱谿斜。古城流水參差是，不見玄都舊日花。

吴門道中

數間茅屋水邊村，楊柳依依緑映門。渡口唤船人獨立，一蓑煙雨濕黄昏。

一點炊煙竹裏村，人家深閉雨中門。數聲好鳥不知處，千丈藤蘿古木昏。

罨畫谿行四首

老牯浮鼻水中歸，綵雉應媒桑下飛。蘿蔦冥冥山四起，數家雞犬煙樹裏。一支新淥漲晴溝，楊柳中間擊小舟。罨畫谿頭鳥鳥樂，呼風唤雨不能休。

蝶趁花飛争入坐，倚空百尺游絲墮。亂山御日半船明，斷雲載雨前村過。蕨芽戴土小兒拳，漁市人歸柳貫鮮。罨畫谿頭人語好，烹魚煮蕨餉春田。

沙頭緑暗已藏鴉，竹裏猶殘一兩花。蝸廬抱柳開新國，燕語窺簾憶舊家。春風有信自年年，罨畫谿邊柳繫船。陶情滿滿酒如泉，醉與長瓶藉草眠。

翠木蒼藤繚白沙，槿籬茅店野人家。了無狡兔營三窟，只有黄蜂趁兩衙。樹頭獵獵酒旗風，罨畫谿邊賣酒翁。銀瓶快瀉清若空，令君一笑面生紅。

龜潭二首

稚竹緣崖瘦，蒼藤翳樹昏。野花渾少態，谷鳥自忘言。獨曳煙中策，來傾月下尊。樂哉無與共，幽興在桑門。

蝸舍三間小，龜泉一勺甘。《楞嚴》渾不看，彌勒久同龕。潭影千峰倒，雲稍萬木參。巖花自無主，紅雨落毿毿。

題董令升待制明谿

先生谿上宅，華榜有殊稱。已爲山作主，更與谿爲朋。高甍俯流水，坐見南山稜。濯髮雲破碎，湔衣雪崩騰。老蟾駕月來，瀲灩一鏡升。舉櫂擊空明，玉壺響春冰。夜久羣動息，一嘯清風興。手持修月斧，自控赤鯉乘。

李茂嘉寄茶

鑾珍分到謫仙家，斷壁残璋裹絳紗。擬把金釵候湯眼，不將白玉伴脂麻。

春事

茅棟依林出，松扉傍水斜。浮蒼圍百疊，亂緑翳三叉。屋破蝸書壁，庭蕪鶴印沙。小桃供一笑，已著兩三花。

黄鸝遺好音，碧草縈別恨。雨擢翠千尋，風斂紅一寸。持醪散百憂，琢句破孤悶。呼童數擊鮮，無久諸郎溷。

遊金沙寺寺有陸希聲侍郎讀書堂在頤山上

一龕明滅佛前燈，破衲猶殘一兩僧。說似鴻盤讀書處，試尋幽伴拄烏藤。

緑笋遺苞半出籬，清谿一曲翠相迷。古苔稱意壞牆滿，好鳥盡情深樹啼。

歲暮郊行

殘雪溶溶水波凍，山空翠濕衣巾重。東家西家酒初熟，南枝北枝春欲動。班坐偶隨鷗鷺集，意行適與牛羊共。直將萬事付狙公，莫浪歡喜踏破甕。

臞菴浮天閣

黄蘆吹雪滿汀洲，萬里煙波接素秋。數點征帆天上落，一輪斜日水中流。長橋踏月隨幽伴，小閣浮天賦遠遊。便買一舟爲泛宅，此生何必老菟裘。

向伯恭侍郎致政薌林築一堂名之曰企疎晉陵孫某聞而賦詩

銅臭應作么，蓐屍當得官。喁喁魚聚沫，戢戢蚋集酸。高人有遠抱，一笑視鼠肝。水將洗耳用，山作拄頰看。種芳茹秋菊，搴秀紉春蘭。披披芰荷衣，采采苜蓿盤。三徑佪真境，一瓢非世歎。富貴挽不來，爲我歌考槃。且學方回癡，莫羨董公健。誰合軀七尺，浪作青紫楦。更搖乞憐尾，仍出弔喪面。薌林有老仙，早具佛眼見。國恩儻粗酬，已責遂焚券。驅除竹馬棄，狼籍芻狗踐。寥寥漢二傳，千歲一關健。竟日飲無何？更補《離騷》傳。

湖洑上冢繫舟丁山田舍小憩

清谿三百曲，一片春風緑。茅屋有人家，窈窕閟深竹。老去耽田里，寓目快新矚。風漪卷翠綃，雲巘鏤蒼玉。尋盟喚白鷗，解佩贖黄犢。獨嘯無一人，傳聲滿空谷。

妙光菴

孤煙抱水村，落日滿雲樹。亂山如連環，楊柳是門處。青繚竹谿灣，翠點苔石路。鐘魚寂無聲，白日掩僧户。茗盌酌雲腴，香篆擢煙縷。坐穩不知夕，炯炯山月吐。

吴漢逸家荆谿蓄古書奇器甚富余欲造觀而未果賦小詩先之

高人卧江海，煙雨三家村。白眼憎俗徒，青山自當門。披圖望千載，耿耿尚自存。金鑄騣褭蹄，漆書科斗文。虬螭盤六印，犧象刻四尊。劍包虎皮斑，琴漫蛇腹紋。猶吐星芒寒，尚帶雷斧痕。我亦望古者，昂昂真戴盆。儻未倚門揮，應許置榻論。從公問奇字，載酒過子雲。

寄題四明吴䚡拙軒

分寸躋攀曳九牛，一錐無地拙於鳩。穿鍼結縷非吾事，不上天孫乞巧樓。老罷誰當問喘牛，羈栖且作寄巢鳩。蓋茅一把藏吾拙，便是元龍百尺樓。

雨

山空發清響，樓迥落餘飛。掩冉花頭重，渾酣水面肥。喧豗沉地鏡，飄灑淨垣衣。數點蒼茫裏，飢烏接翅歸。

小園春事

屋頭喚雨泥滑滑，萬瓦紛披土囊發。西園春事一時休，繁紅漫亂煙脂雪。緑蘿高張翠羽蓋，蒼巘中斷青玉玦。不見枝上一點紅，千頃桑麻光似潑。

小園花柳春爭發，風雨顛狂二三月。斷梗梢空轉若蓬，細紅糝逕繁如纈。叵看繞屋溜潺潺，可厭觸塗泥活活。不妨暫梶故人車，大似陳公井中轄。

吴門道中

小橋分路各西東，寂寂松窗半掩篷。客夢悠揚殘酒裏，一池荷葉雨聲中。

連雪苦寒

霜氣森森背有芒，風稜摵摵面疑鎗。破衾且作龜頭縮，短裾愁牽鶴脛長。

焦山吸江亭

昔年攜客寄僧龕，敗屋疏籬一草菴。白首重來看修竹，連山樓觀亦耽耽。東坡詩云：「金山樓觀何耽耽，撞鐘擊鼓聞淮南。焦山何有有修竹，採薪汲水僧兩三。」

萬頃蒼茫一島孤，潭潭雲海現毗盧。問君汲盡西江水，中有曹谿一滴無。

雨中泊蜀山見漁人自山半負樵入舟鼓棹而去

一嶂橫青靄，千漚起碧潯。行穿山半腹，坐占水中心。蹋雨松蹊滑，銜煙蓼嶼深。時來有登涉，應不繫升沉。

讀類說二首

亡是談烏有，彭郎得小姑。誰言鳩作婦，謾道雁爲奴。絡緯那能織，提壺豈解酤。龜茲堪一笑，非馬亦非驢。
額痒會出耳，足閑仍有鼇。石頑飛作燕，楮老孕生雞。楓癭那因怒，松枋豈是肥。君看轉丸手，亦復化神奇。

能仁寺悟上人來楓橋訪余索詩賦兩絶句

撚斷吟鬚皺兩眉，鏤冰琢雪等兒嬉。解啼孤月如雞口，堪笑窮郊作許悲。韓吏部詩云：「有窮者孟郊」，郊《聞雞》詩云：「似聞孤月口，能説落星心。」
老去都將筆硯焚，相逢相問只寒温。更無一語堪酬對，已入維摩不二門。

龜潭

擺落攀緣斷，驅除磊塊平。庭松敵老健，潭水伴孤清。待月出時看，尋雲起處行。相隨木上坐，徙倚到參横。

舟過湖洑泊丁山

雞犬三家市，蓬蒿一畝宫。蘿牽籬羃翠，籜隕砌堆紅。宿鳥來還去，微泉咽復通。幽尋殊未已，落日滿疏桐。
日下殘紅斂，煙升積翠重。鷗輕没浩蕩，魚樂自從容。野饁迎秋穫，鄰謳相夜舂。田翁有真意，一笑酒中逢。

協趣亭

一丘破天巧，萬壑迴春姿。使君載酒地，不著鼓吹隨。倏然一幅巾，自與幽人期。水淺欲平杯，風細不滿旗。疏疏殘雨裏，獨理釣魚絲。

江上懷思永

沙老猶生觜，江寒已伏槽。長煙分聚落，短日下亭皋。木脫曾巢見，潮生小艇高。幽懷誰與悟，不見酒中豪。

梅二首

北風翦水玉花飛，翠袖凌寒不自持。脈脈含情無一語，水邊籬落立多時。

纖纖蘿蔓牽茅屋，細細苔花點石矼。夢斷酒醒山月吐，一枝疏影卧東窗。

龜潭道中

沙淨溪行好，煙消野望新。數峰山戴雪，一曲塢藏春。魚逐波間伴，禽藏葉底身。柳邊春信動，眉目已津津。

牛山道中

松雲翠離披，竹日光破碎。青熒麥風過，紅濕花露墜。萍開龜曳尾，樹啄鳥擘喙。物物如貺予，欣然與心會。

罨畫連雨溪漲丈餘雨霽水落喜而賦詩二首

編棧沿村徑，囊沙壅市門。蒼鱗封老幹，黄耳上陳根。屋破容身窄，天低望眼昏。谿邊高樹杪，猶有繫舟痕。

月挂樓鐘曉，風生島樹秋。林疏山獻狀，池漫水分流。鵲喜時窺牖，鷗馴亦並舟。一聲何處笛，莫遣碧雲留。

沈公序餘閑亭二首

貌古須眉見，情高耳目遺。應諧聊玩世，避謗莫吟詩。事不關心處，身非抱病時。翛然無一事，痛飲是吾師。

隱几欲忘吾，趨營老吏疏。判閒聊命酒，引睡謾翻書。祇有貧堪逐，都無憤可攄。樂哉聊卒歲，應信我知魚。

虎丘沼老豫章詩僧也與余相遇於楓橋方丈誦所作除獻之侍郎生日詩有東湖孺子南極老人之句余愛其工賦小詩寄贈

落景下曾城，遥煙起孤戍。繫舟著斫魚磯，曳杖扣僧户。忽逢丹霞侶，自誦碧雲句。噌吰應黄鍾，清絶追白紵。不落江西派，肯學邯鄲步。冥搜自天得，妙中有神助。寅緣半日留，邂逅一笑遇。詎復管中窺，看沐南山霧。

紹興壬子某南遷過疏山上一覽亭見擬東坡煨芋詩刻龕之壁間詩律句法良是殆不能辨乃宣卿侍郎守臨川時所擬作也後數日道次安仁縣一士人吴君出宣卿詩數十解示余奇麗清婉咀嚼有味如啾蔗然讀之惟恐盡於是拊卷三嘆而後知公置力於斯文久矣又二十年宣卿築室荆谿山中别營一堂以平生所畜東坡詩文雜言長短句殘章斷藁尺牘遊戲之作盡櫝藏其中號景坡自書榜仍爲記刻之某欲具小舟造觀而宣卿召用今以集撰守吴門乃賦詩爲之先

王公製練衣，謝傅捉葵扇。欻若置郵然，一昔徧海縣。東坡百世師，乘雲上騎箕。文争日月光，氣敵嵩華齊。諸儒望先覺，坐待成風斲。一斤應手揮，郢鼻無留堊。公生不並時，關楗同一機。識真屬具眼，造的令中眉。詩亡束皙補，書受伏生所。神交接混茫，參差夢中睹。授我筆如椽，五色光屬聯。醉上金鑾殿，揮泉灑謫倦。

景思提舉少卿出示藥寮佳篇某繼元韻上呈

連筒自灌黃精圃，結轍休推薏苡車。萬壑飛泉春午枕，一蓑帶雨荷春鉏。逃名尚有身爲累，擇利焉知貨可居。笑指吾公門上莠，一時零落已丘墟。

蘆川歸來集鈔

張元幹，字仲宗，永福人。太學上舍，歷官至大監。所與遊皆偉人賢士，嘗裒其亡友唐懋生詩帖，褾軸璀粲，如詵達人貴公得氣時，人嘉其朋友之義。又於亂紙中得其祖文靖手澤，知祖未第時壻於劉氏，劉無出，葬於福清。元幹求之榛莽中，割牲釃酒，爲文刻石，以傳子孫，作《幽岩尊祖録》。宣政間，游定夫、楊龜山、陳了翁、朱喬年、李伯紀、洪駒父、徐師川、吕居仁名賢三十餘家，咸題跋歎美之。有《蘆川歸來集》十餘卷，得之書肆，廢帙逸其大半，詩止近體六、七二卷，清新而有法度，蔚然出塵。觀其序王承可詩云：「初從徐東湖指授句法。」知淵源有自也。

次韻唐彦猷所題顧野王祠與霍子孟廟對

蘭若黄門像，相望博陸居。衣冠塵亦暗，簫鼓祭全疏。草色侵荒逕，潮聲過夕墟。遺風猶可想，弔古一觴餘。

過宿趙次張郊居二首

北客多流落，東村更寂寥。肯同清夜夢，不待故人招。月掛荒園竹，霜飛獨木橋。聽雞休起舞，且共論天驕。

莫歎交遊晚，相期歲月深。秋來初識面，老去要知心。燈火須更僕，杯盤取自斟。平生王霸術，袖手有微吟。

次韻奉和平叔亭林至日之什

雲物果何好，客愁今更新。坐來江月白，與在雪籬春。我輩且同酌，公詩殊出塵。莫思淮海上，黑幟雜黄巾。

花飛

雨暗連兵氣，花飛點客愁。寓居皆野寺，相過只扁舟。不作新塘去，還爲後柳游。盤餐雖杞菊，得飽勝椎牛。

送江子我歸嚴陵

久客驚秋晚，懷歸更送君。亂來俱避地，老去惜離羣。山閣杯浮菊，江城鴈度雲。行行經釣瀨，時事不須聞！

亂後

亂後今誰在，年來事可傷。雲深懷故里，春老尚它鄉。寧復論秦過，終當作楚狂。維舟短籬下，聊學捕魚郎。

返正

諸將爭傳檄，羣兇尚阻兵。天旋黄屋正，日轉赤墀明。喪亂多妖孽，經綸貴老成。鯨鯢終必戮，草木已知生。

冬夜有懷柯田山人四首

聞説新居好，山樊卜築深。藥囊能濟物，龜筴少知音。四海憂黔首，中原盡緑林。直須期雪屋，夜棹去相尋。

坐閲干戈擾，輸公已定居。生涯今易足，世態莫嗔渠。晷短全疏客，窗晴好對書。故山常入夢，何日到吾廬！

客裏了無況，亂來何止貧。淹留頻换歲，老大更思親。泥飲思田父，供糧乏故人。自憐歸未得，不是白頭新。

雅欲賦招隱，何堪弔戰場。獨看星錯落，久立夜蒼茫。羽檄來東越，風煙隔下塘。安閑隨處有，冠蓋莫相望。

登垂虹亭二首

一别三吴地，重來二十年。瘡痍兵火後，花石稻粱先。山暗松江雨，波吞震澤天。扁舟莫浪發，蛟鰐正垂涎。

熠熠流螢火，垂垂飲倒虹。行雲吞皎月，飛電掃長空。壯觀江邊雨，醒人水上風。須臾風雨過，萬事笑談中。

漫興

老答書題嬾，貧營口腹忙。未能忘壯志，遽肯變剛腸。晷短催寒急，燈明伴漏長。牀頭褚衾在，不怕滿簷霜。

奉送富修仲赴南昌尉

吏道雖餘事，人情要飽諳。家風端自守，句法有同參。南浦翻雲浪，西山滴翠嵐。折腰與趨走，政恐未能堪。

夜宿宗公丈室求詩甚勤爲賦五字

林表登層閣，秋聲隱暮鐘。鴉歸苦竹寺，雨闇亂雲峰。屢乞留新句，重來訪舊蹤。松門罕車馬，似喜老夫逢。

次韻晁伯南飲董彥達官舍心遠堂

今夕知何夕，真成累十觴。爐薰飄月影，蜜炬剪花香。政嬾還詩債，無從發酒狂。故人憐久客，舞袖要須長。

叔易自三吴歸同赴竹菴荔子之集二首

惜别梅花雨，來歸荔子秋。江帆成昨夢，雲嶠忽重遊。共喜身長健，寧論久客愁。殷勤老居士，更爲寶峰留。

客去雲俱散，山空月正圓。不參藤樹句，自透竹菴禪。骨法凌煙像，家聲鼓瑟篇。直須陪叔季，急佐中興年。

寄錢申伯二首

子去客昭武，今儂懷舊遊。青山渾在眼，白髮暗添頭。旅食今安好，歸程儻滯留。谿邊因野步，試覓水明樓。

一點照今古，胸中殊了然。不妨爲漫吏，可但號臞仙。丹荔盟猶在，凝香句未傳。秋風稍涼冷，速辦下灘船。

申伯有行色會宿東禪次元韻

真成風雨夜，精舍對牀眠。去住非無數，行藏莫問天。十年瀕瘴海，一棹破春煙。君自足歸興，不妨啼杜鵑。

次折樞留題雪峰韻

軒冕本無意，煙霞如有期。故人容野老，勝踐見新詩。誰辦兼忘世，公當急濟時。春歸仍送別，好在出山遲。

次韻范才元中秋不見月韻

不見中秋月，長吟五字城。浮雲有底急，清影可憐生。殘夜四更句，故人千里情。與君徒悵望，天上自分明。

次吕居仁見寄韻

老去猶爲客，誰人念退居。相望千里路，賴有數行書。白隳猶堪寄，烏牛政憶渠。何時聞枉駕？竹裏喚行厨。

次韻劉希顔感懷

避謗疏毛穎，推愁賴索郎。坐來春漏促，夢去畏途長。故國書題冷，新詩齒頰香。湖山雖好在，歲月已相忘！

郭從範示及張安國諸公酬唱輒次嚴韻

登樓乘暇日，喚客共澆愁。春去花猶發，陰濃雨未休。和詩真冷澹，得句總風流。能遣西鄰老，殊無陋巷憂。

戊辰春二月晦日同栖鸞子送所親過寶積題壁間

春江因送客，雲嶠更登臨。精舍經行地，征人去住心。猿啼清夢斷，花落曉窗陰。勝踐成三宿，俱來此意深。

次韻送友人過山陰郡時夜別于舟中

草草杯盤燦燭光，故人相對水雲鄉。濤江君去訪秦望，丘壑我歸爲楚狂。活國未逢三折臂，憂時空轉九回腸。絶憐明發成南北，夢寐全無夜太長！

喜王性之見過千金村

春來書劄已西東，喜復相逢亂世中。萬事變更唯舌在，三年流落轉途窮。雲收野寺侵廊水，月掛孤帆送客風。剩欲留君明日住，夜闌難得一罇同。

次江子我遷居韻

平生自省宜三黜，老去何心望九遷。避地湖山聊復爾，脱身兵火想當然。浮家泛宅非無計，坎止流行本信緣。猶恐驚濤翻四海，直須化鶴作飛仙！

次趙次張見遺之什韻

海邊遊子日思歸，新句勞君更置規。莫問人間多貝錦，正如天上有參旗。寄書只欲憑黄耳，去路誰能畏赤眉？定與故巢猿鶴老，此生無愧北山移。

過雲間黄用和新圃

繚池剩欲開花徑，傍舍先須作草堂。雨後不妨頻檢校，客來留得共徜徉。故園怪我歸何晚，避地輸君樂未央。待得功名方卜築，豈如强健享風光。

蘭溪舟中寄蘇粹中

氣吞萬里境中事，心老經年江上行。三徑已荒無蟻夢，一錢不直有鷗盟。雲收遠嶂晚風熟，浪打寒灘春水生。鴻雁北飛知我意，爲傳詩句濮陽城。

别綬老

無端流落迫殘年，三十南山訪老禪。未契安心了難覓，不如同世且隨緣。頻移竹几負寒日，旋拾松梢炊晚煙。珍重孤雲出山去，東西南北一青天。

次江子我聞角韻

夫差故國禁寒水，鐵馬南來忽振纓。城上昏鴉爭接翅，舟中逐客謹逃名。胡笳怨處風微起，濁酒醒時夢易驚。飄泊似聞山寺近，真成夜半聽鐘聲。

次友人寒食書懷韻二首

往昔升平客大梁，新煙然燭九衢香。車聲馳道內家出，春色禁溝宮柳黃。陵邑祇今稱虜地，衣冠誰復問唐裝。傷心寒食當時事，夢想流鶯下苑牆。

孤生投老急菟裘，萬里雲山已倦遊。共喜石交逢異縣，更陪綵筆賦春愁。無心俯仰猶多事，與世浮沉已拙謀。冷雨吹花作寒食，三杯軟飽且眠休。

訪親于連江因過筠溪叩門循行歎其荒翳不治有懷普現居士口占此章

筠莊主人何未歸，溪畔長林穿翠微。此去功名時欲至，箇中車馬跡全稀。茅茨漏久蝸涎篆，籬落欹多蛛網圍。公肯借菴容我老，爲公朝夕掃柴扉。

宮使樞密富丈和篇高妙所謂壓倒元白末句許予尤非所敢承謹用前

韻敍謝

修門一出十經春，相業時來自奮身。袖手深謀終活國，揮毫佳句且驚人。話言每許聞前輩，賓客何堪接後塵。待掃欃槍洗兵馬，兩翁玄語記天津。

次韻文老使君宗兄見贈近體佳什兩篇僕與公别四十餘年一旦邂逅情著于詞

舊遊蘭若盡英才，坐上高談亦壯哉！老去語音雖記憶，衆中容貌各驚猜。津亭夜雨故人少，樽酒燈花鄉信來。茂苑相逢話京洛，梔樓猶喜待春回。

冬夜書懷呈富樞

耳聾無用問新聞，矯首何妨目作昏。癡絶已甘投老境，背馳寧受乞憐恩。難陪年少從渠薄，賴得春回爲我温。京洛交遊頻檢校，渡江今有幾人存。

次韻趙元功贈李季言之什

赤縣飄零未易逢，那知今夕一樽同。好招明月共清影，託與白雲行太空。懺悅舊遊如隔世，蹉跎壯志莫論功。兩公秉燭還相對，情話從渠半醉中。

次韻元功才友道中見貺因以解嘲

當時勇決徑歸休，更有人愚似我不？何許置錐寧免累，直須畢娶始無憂。頻遭白眼傷流俗，誰向青門念故侯！客裏題詩相慰藉，羨君椽筆盍螭頭。

奉送晁伯南歸金谿

君家諸父多人傑，半是平生親舊間。莫話故園空矯首，相從逆旅足開顏。文元勳業金甌字，昭德風流玉筍班。此去騰驤吐虹氣，何由來伴老夫閑。

遊東山二詠次李丞相韻

寒木高蘿幾曲溪，斷碑零落臥荒祠。澄潭想像雲頭湧，懸瀑依稀雨脚垂。地軸漫煩龍虎戰，天符那得鬼神私。茫茫造物殊難曉，要是爲霖自有時。

留寄黃檗山妙湛禪師

晨發薌城越數峰，我來師出失從容。白雲遮日蔽秋寺，青嶂聞猿驚暮鐘。世亂可無閑地隱，山深偏覺老僧慵。他年芋火談空夜，雪屋松窗約過冬。

用折樞韻呈李丞相二首

參陪仍許瘦笻支，長者登臨敢後期。鍾斷白雲飛雨過，月生青嶂夜涼時。心知勝地都忘睡，喜聽連牀共和詩。蓮社風流增荔子，餘生長健更何爲。莫問蒲萄出月支，不緣瓜棗訪安期。輕紅滿地人慵掃，空翠沾衣雨足時。松蔭晴泉聽落澗，蟬嘶晚吹助裁詩。公乎此去歸廊廟，無用山中怨鶴爲。

次錢申伯游東山韻

掃榻開軒走寺宫，吾曹終日得從容。夕陽初落蟬谿路，雲氣半遮獅子峰。試問丹砂回白髮，何如瀑布煮枯松。暮年縱有壯心在，歸意已勝山色濃。

建康集鈔

葉夢得，字少蘊，吴縣人。紹聖四年進士。自婺州教授召爲編修官，歷祠部郎，起居郎，翰林學士，出知汝州，提舉洞霄宫。政和五年，起知蔡州，移帥潁昌府，尋提舉南京鴻慶宫。紹興初，起爲江東安撫大使，兼知建康府，移知福州。上章請老，仍提舉洞霄，致仕而卒。贈檢校少保。夢得有總集百卷，此集乃知建康時所作，總集中之一集也。建康是時值用兵，契濶鋒鏑之中，而吟咏蕭散，固是詩人之致。

赴建康過京口呈劉季高

客路重經黄鵠前，故人仍得暫留連。長鎗大劍笑安用，白髮蒼顔空自憐。照野已驚横雉堞，蔽江行見下樓船。灞陵醉尉無人識，謾對雲峰説去年。時季高再新城上月觀。

送模歸卞山并示僧宗義爲余守西巖者三首

自我離山間，忽已兩改月。飢人不忘食，未坐先已説。家僮挾書至，驚起慰愁絶。推尋到雞犬，問訊曲窮折。此生豈多爲，一壑萬慮滅。可能復大錯，更鑄八州鐵。江東領八州。汝歸馬蹄輕，初不恨觸熱。殷懃報松竹，吾豈成久别。

端居探幽奇，自謂略已徧。昨登西山嶺，雄絶昔未見。溪湖莽吞吐，雲物紛百變。乃知十年閑，尚或遺勝踐。巢成輒棄去，我豈秋社燕。築南山絶頂，亭基垂成而來。爲我課僮僕，開闢盡一面。莫言羊腸險，徑小煩屢轉。杖藜不用扶，吾脚猶爾健。

生長在山間，從公守蓬户。人言膏粱子，粗免污桓袴。官居無多戀，暫止復遽去。家法恐未傳，此心良已素。義禪晚從我，似識此間趣。西巖鬱嶔岑，久斷俗子路。聊持山中節，爲我主留務。封陲際湖海，雲月皆所部。

建康舊俗貴重九上巳諸曹皆休務祀神登北山參議馬君獨不出攜詩相過因言石林之勝次其韻

倦飛歸鳥正思還，扣户聊分半日閑。勝事漫同談栗里，佳時休笑負龍山。簿書已老無餘力，香火朝真有舊班。他日尚期能過我，試窮千嶂共追攀。

西齋初成廨中舊有太湖石數十株因植之庭下

萬壑千巖不易求，壺中聊寄小瀛州。稍看硉兀雲峰出，便有檀欒桂樹幽。絶境自知難遽忘，奇蹤争怪獨能留。山翁已老猶兒戲，漫擬伸眉一散愁。

與晁激仲夜話

外家文采到諸郎，凜凜辭鋒未可當。伴我何辭共戎馬，憐君聊欲濯糟漿。激仲以池州酒正從余辟。殘年落寞風塵際，永夜從容燈燭光。秖恐扁舟吾欲去，病慵無意簿淮陽！

次韻再答激仲

生涯久許捕魚郎，鳧雁相追不亂行。但近陶廬存菊徑，不辭楚酒醉椒漿。交情老柏寒方見，妙語靈珠夜有光。回首漸知歸路好，已看梅柳動初陽。

雨夜與模論中原旦起模與徐敦宗遊清涼覽觀形勢嘉其有志因以勉之

千年石頭城，突兀真虎踞。蒼茫劫火餘，尚復留故處。大江轉洪濤，騰踏不可御。空城寂寞潮，日暮獨東去。登臨欲弔古，俯視極千慮。吾兒勇過我，蓐食穿沮洳。謂言撫中原，未暇論割據。功名亦何人，我老聊自恕。它年報國心，或可借前箸。無爲笑頹然，已飽安用飫。

懷西山

西山十畝强，高下略不齊。嵌空抱奇秀，上有凌雲梯。架屋八九間，茅簷敢辭低。所欲面勢好，老稚通扶攜。密竹轉修徑，老松故成蹊。仲冬景氣肅，碧草猶萋萋。仰視天宇大，四觀渺回溪。徐行信足力，未畏成顛躋。周意各有適，孰云無町畦？平生幾濡首，末路乃噬臍。不作巢幕燕，肯從觸藩羝。胡爲濫麾鉞，坐聽鳴鼓鼙。外物委蟲臂，全生思馬啼。可能三徑草，歸路老更迷。

山間每歲正月望夜梅花正開多與客飲花下今年郡廨獨坐十四夜張暘叔晁激仲相過共話宣和間事慨然歸不能寐因以寫懷

山頭野梅白玉花，月明弄影紛橫斜。青天無雲萬峰立，下有三畝幽人家。年年春歸不暇省，但掃雪徑尋寒葩。老夫已忘少年事，燈火豈念更繁華。一杯起步徧空谷，破屋歸臥瞰朝霞。陪都復來亦何有，凜凜殺氣浮高牙。重關深鎖夜漏永，忽記昨夢翻長嗟。景龍門前一月會，金盌賜酒余雄誇。神州陸沉近歸我，漢節方議通胡沙。天翻地覆那得料，忍復更聽漁陽撾。

蔡子因相過留踰月

解作江山一月留，仲文儒雅更風流。欲知爵躍心能喜，正愛蟬連語不休。築室君方論並舍，子因約同居霅上。歸山我已辦扁舟。交親四海今餘幾，萬事傷心付白頭！

徐敦濟書報嘗過余石林

繞澗新添數百竿，故人書爲報平安。似聞謖謖山風響，正想陰陰夏簟寒。老去不能窮蠹簡，歸來便擬挂塵冠。一杯且覓林間約，莫枉山王廢舊歡。

送沈傳曜

卞峰摩青空，東望烏氏敦。豈忘宿舂糧，終媿一款門。邂逅此相遇，傾懷得徐論。人言解牛刀，要使當劇煩。未悟清廟器，朱絃列罍尊。我衰百慮息，但念三畝園。王師肅西征，萬馬先雲屯。何力償賜履，緬慚羨歸軒。寄聲舴艋舟，想見浮雁村。清泠尚可釣，無使霅水渾。

偶書爲山亭二首

爲山亭下小巑岏，只欠蕭蕭竹數竿。但遣飛流時潄玉，且將歸思爲翁寬。

微風似與洗庭除，石枕蠻藤不負予。八尺方牀聊已足，可須仍要讀殘書。

次韻程伯禹贈宗室趙朝請

人物相望不並時，使君水鑑有真知。未論理窟傾三語，只闕詩壇自一奇。擾擾干戈猶戰伐，紛紛簿領更喧卑。應須便作高軒過，好德何人佐我儀。

題晁公耄惠崇溪山

荒林翳宿莽，脫木寒無煙。不知三間茅，中有幾醉眠。山遠尚見雪，江空欲吞天。歸舟定何許，滄波方渺然。

觀化堂編校舊書

赫日真能永，微風亦自涼。故應便北户，何敢厭東牆。汲水聊爲戲，翻書却未忙。平生閑與懶，併覺味兼長。

翰墨他生業，山林晚歲心。那知身已老，但覺意增深。捉麈誰能話，扶笻可細尋。晚來庭鵲喜，似恐有歸音。

憶朱氏西澗

澗下流泉澗上松，清陰盡處有層峯。應知六月冰壺外，未許人間得暫逢。

憶向中流置竹牀，萬錢無處買清涼。只今路斷無來客，自撥新醅醉幾場。

再任後遣模歸按視石林四首

巖石三年别，君恩未許歸。從誰尋草徑，爲我款荆扉。薔繞山千疊，新添竹一圍。故人如見問，端欲挂朝衣。

白髮萱堂上，孩兒更共懷。弄孫那得見，將母竟難諧。已絶功名望，猶疑出處乖。此心終未穩，何處復安排？

插架環千軸，傳家有舊書。展舒慚几案，涼曝闕庭除。破屋方懸溜，殘編足蠹魚。好須重檢校，扃鎖莫令疏。

細路穿南嶺，新松幾許長。毋庸馳馬足，祇擬轉羊腸。更作高亭好，初非亂石妨。兩溪渾在眼，似欲見帆檣。

東園作草堂新成二首

官舍如何有草堂，野人熟處自難忘。池開月映千山迴，檻靜風生六月涼。幽徑也從穿別浦，小舟還似過橫塘。深知幕府文書省，盡付甘眠亦未妨。

密覆荒茅已數重，中開別户更相容。苦無公事妨人樂，多有清閑借客慵。南浦潮平分賸水，堂前池與潮水通。北山路近得青松，近栽北山松百本。怪翁歸意何能緩，新築高臺見卧龍。園中不見山，因積土作臺，遂見蔣山。

徐敦立相過

茅齋一曲傍寒灣，邂逅終年伴我閑。契闊易驚成歲月，追尋空復對江山。暫留客枕聽疏雨，時久旱方得雨。遥想吾廬掩舊關。落莫歸心誰與話，坐談聊爲起衰顏。

同敦立遊蔣山謁寶公塔王荆公墓晚過草堂寺周顒故宅也

我居在城府，再至俄二年。豈無山水心，可奈簿領纏。今晨偶乘興，適此賓從賢。零雨洗驕陽，谷中聽流泉。憑高快遠覽，正見江浮天。至人本無心，與我常周旋。誰云喚不應，汝意自不虔。余自到鎮，每雨暘祈寶公塔，未嘗不應。麥隴稍已滋，横水漲微漣。佳城倚華表，拱木埋貂蟬。暮過草堂寺，借榻聊暫眠。不復聞怨鶴，荒茅但連延。歸路踐落日，羣峰鬱相先。回風送遠響，虚里生晚煙。吾廬悵何許，東望良慨然。

用前韻送敦立

畏作親友别，況復非中年。身如三眠蠶，已老翻自纏。竭來守江關，從事寧獨賢。經年兩大人，爟火通甘泉。石林豈壺中，亦自有一天。采薇敢言勤，誰與歌勞旋。上書苦祈哀，傾寫志已虔。坐懷北山巖，未見西溪連。人言摶風鵬，不及翳葉蟬。共攙攜手客，可忘曲肱眠。首鼠信禿翁，胡爲尚遷延。子來幸暖熱，愧我一飯先。清詩似鳴玉，想見藍田煙。索去何乃遽，臨分重依然。

爲山亭晚卧

瘦石聊吾伴，遥山更爾瞻。泉聲分寂歷，草色借廉纖。玉粒時能飽，霜毛日更添。平生疏懶意，況與病相兼。

戲方仁聲四絶句

戲弄扁舟泊宅村，却尋三徑築茅敦。雲邊此意真誰解，賸作新詩與細論。

水檻新開似浣花，傍溪須更作浮槎。祇應屢費王宏酒，時要清樽對落霞。
不惜囊錢信手空，荒田却擬望年豐。天公可是憐風月，判遣詩人一例窮。
盧橘楊梅已及時，我歸先自有前期。平生不作宣明面，浪愧將軍建鼓旗。

仁聲舊居城東泊宅村，張志和嘗所游也。今徙西溪，作雲茅菴，因東岡爲小亭，號茅菴　欲傍溪開水檻，久無資。會郡守有饋之酒五十壺，不敢飲，亟易之，乃克成。有田數十畝，常苦下潦。余居石林，與雲茅南北正相望，故及之云。

橫浦詩鈔

張九成，字子韶，開封人。徙居錢塘，從學于龜山。紹興二年，策進士，直言者置高等，九成遂擢首選。授鎮東軍僉判，歷至刑部侍郎。秦檜和議不合，謫邵州。復以傾附趙鼎落職。高宗特予宫觀。先是徑山僧宗杲與善，檜諷論其與宗杲謗訕，謫南安軍十四年。從學者稱橫浦先生。每執書就明，倚立庭磚，歲久，雙趺隱然。寶慶初，贈太師崇國公，謚文忠。九成于經學頗多訓解，然習于異學，故議論多偏，詩亦多禪悦空悟習氣。

癸亥初到嶺下寄汪聖錫

人物苦難得，閉眼不敢看。孤芳擢荒穢，秀色出榛菅。懷我同心友，正在天一端。文字妙入聖，操履到所難。美玉經三煅，貞松過凝寒。憐我竄庾嶺，色慘顔不歡。書來每慰薦，苦語餘辛酸。不上泰山頂，安知天地寬。相思暮烟起，片月過前灘。

食苦筍

吾鄉苦筍佳，出處惟石屋。玉肌膩新酥，黄衣緣深緑。林深恐人知，頭角互出縮。烟雨養春姿，此物未成熟。三月臘酒香，開罇媚幽獨。烹庖入盤俎，點醬真味足。未須五鼎牛，聊稱一囊粟。堨來庾嶺下，歲月去何速。經冬又七春，未分窮途哭。今朝好事者，惠我生一束。頭髮甲爛斑，味惡韻粗俗。兒童不慣嘗，嘰噫驚嫗僕。老妻念鄉味，放箸淚盈目。丈夫志有在，何事校口腹。呼奴更傾酒，一笑風生谷。

有客

春雨止復作，閉門無與居。童奴告予言，有客叩吾廬。束帶出見之，頎然一丈夫。手攜一尊酒，辭氣何晏如。謂言久聞名，曾未瞻簪裾。天寒宜飲酒，一盃聊以娛。盤飧亦草草，蔬果間溪魚。顏色溫勝玉，言談貫如珠。豈期有道者，而來警我愚。酒酣意兩適，心閑樂有餘。四海元有人，君勿輕荒區。

三月晦到大庾

我登超然臺，積雨久不止。臺下柳成行，柳下滿塘水。環塘率喬木，照影弄清泚。恍如在故鄉，西湖古寺裏。氣象極幽深，景物盡蒼翠。十年勞夢想，一夕居眼底。獨坐不能去，頹然起深思。鐘鳴主人歸，燭光何煒煒。笑語復移時，夜久余當起。歸路夫何如，江聲寒玉碎。

庚午正月七夜自詠

余性寡所諧，平生惟自得。談名頸深縮，論利面作赤。文不貴雕蟲，詩尤惡鈎摘。粗豪真所畏，機巧非予匹。所以常閉門，千載求知識。黃卷有可人，爲之忘寢食。亦復愛山水，策杖無與適。看雲獨忘歸，聽泉常永日。內樂萬事休，中虛衆妙入。欲以語斯人，此事吾無力。道喪亦久矣，無言三歎息。

課書

汲汲我何事，愛此窗日光。北門終日開，風透軒檻涼。貧病何以療，六經真古方。榮辱頓爾失，太山亦毫芒。呼兒來讀書，絃誦驚滿堂。仕途有捷徑，掩口笑我狂。

辛未閏四月卽事

閒居喜無事，冠櫛每晨興。今朝鳩喚夢，疑是大雨徵。萬事雖顛沛，此兆常可憑。須臾到江湖，一掃蠻瘴腥。雨罷有何好，環江數峰青。蛟龍得時橫，長堤豁然崩。衰老甘寢寐，半夜聞雷聲。連岡萬株松，漂零一毛輕。雨意疑未已，浮浮晚雲蒸。咄哉造化兒，徒勞竟何成。

窮居不擇交，賢否那復辨。似人輒已喜，況復曾半面。相見且寒溫，不問風雨變。晚來無與遊，澄江喜如練。攜笻信步行，屈曲隨山轉。數日雨不止，衝波頽激箭，舊雨已不來，今雨誰復見？甕頭香滿屋，吾計今已辦。豈復思故鄉，無事且彊飯。

相馬須相骨，探水須探源。君如識此理，知人若神仙。可以千歲下，坐照萬古前。有時陰求人，得意初無言。如聞失一士，每食不下咽。人才何其尠，求一於百千。豈獨今世歟，自古皆已然。我欲授此法，其誰可與傳？

十九日雜興

不是南方熱，愛此有永日。人事斷經過，蕭然空一室。風驚窗外竹，聲如清廟瑟。西塘荷已花，北户棗亦實。仕途非所長，進寸輒退尺。所以入市朝，愁苦甘首疾。謫來已九年，底事無憂色。山林興甚長，湖海情何極。

物理情不齊，人生各有好。所好儻不獲，亦各騁奇巧。淺者不及門，深者入堂奥。名利工欺人，市朝徒膠膠。所得無幾何，舌焦脣亦燥。其間狹劣者，不售輒復躁。亦有操金珠，侯門致私禱。葡萄得涼州，所求輒復効。舐痔或嘗糞，車服夸新好。吾唯戒妻奴，酒熟宜予告。

和施彦執懷姚進道葉先覺韻

西湖十里山，春風一盃酒。玆興良不淺，何日落吾手！我讀君和詩，襟期一何厚。同生上下宇，共閲古今宙。死生何足云，餘年付美酎。佩印還故鄉，衣錦眩春晝。一時正兒嬉，千歲墮塵垢。所以賢達人，中懷元有守。試看窗日中，野馬互奔驟。區區竟何成，尚誇舌在口。宿習猶未除，新詩漫懷舊。環顧天地間，四海惟三友。兩老雖未死，二妙已先踣。生者豈其巧，死者亦非謬。君如悟斯契，萬事可懷袖。銅錢自如山，金印自如斗。只今定何間，腐骨久已朽。籬菊師淵明，庭草悲王冑。彼已升層霄，此猶蟞户牖。浩歌君其聆，相看都皓首。

子集弟寄江蟹

吾鄉十月間，海錯賤如土。尤思鹽白蟹，滿殼紅初吐。薦酒欸空尊，侑飯饞如虎。別來九年矣，食物那可睹。蠻煙瘴雨中，滋味更荼苦。池魚腥徹骨，江魚骨無數。每食輒嘔噦，無辭知罪罟。新年庚運通，此物登盤俎。先以供祖先，次以宴賓侶。其餘及妻子，咀嚼話江浦。骨滓不敢擲，念帶煙江雨。手足義可量，封寄無辭屢。

讀東坡謫居三適輒次其韻

旦起理髮

憶昔叨從班，入朝大明宮。五更催上馬，夢裏過萬松。想見天竺山，九重吟清風。頭垢不暇梳，爬搔常靡通。今來幸閒放，櫛比肯忽忽。清晨解絛辮，千梳復重重。不羨列禦寇，散髮搖風鬉。氣舒兩目明，頓與離朱同。此樂豈易得，快意適相逢。再拜復再拜，深恩荷天公。

午窗坐睡

年老目飛花，心化柳生肘。萬事元一夢，古今復何有。六月苦夜短，午晝何其久。頹然北窗下，竹几休兩手。昏昏不復知，酣適如中酒。睡鄉日月長，椿靈未爲壽。形存若蟬蛻，質槁如木朽。榮辱漫紛紛，正夢那復受。有夢尚有思，無夢真無垢。欲呼李太白，醉眠成二叟。

夜卧濯足

夏日乏絺葛，冬來無衾裯。況復竄炎荒，令人生百憂。空城舞狐狸，深林鳴鵂鶹。此邦無足戀，聊爲薪水留。枯枝煮寒泉，大竈聲颼颼。老盆深注湯，徐以雙骹投。沃久意痛快，縶維今脱韝。須臾膏液上，兩踝暖氣浮。生平苦寒痹，一洗皆已瘳。登山不須扶，跳梁逐狙猴。

秋興

秋意入茅屋，杖策登平原。落日含西山，一川頓明鮮。蕭蕭江上竹，溜溜巖下泉。我生本閒放，胡爲此拘拳。身世兩相違，於今六十年。勇退未爲怯，鋭進豈其賢。半夜驚夢回，桐葉紛索索。杖藜視天宇，雨罷雲收脚。清風拂襟裾，片月墮籬落。嗟我遊已倦，悵此久淹泊。豆畦今已花，稻壠行可穫。翻思黄卷中，古人誰可作。田園愛潛歸，簞瓢識顔樂。譬彼鷦鷯心，平生在叢薄。

過報恩

籃輿訪蕭寺，煙暝漲春空。遠樹樓頭緑，殘霞山外紅。昏鐘發林杪，人語殷橋東。回首都無迹，人生真夢中。

三月晦城門晚景

雨漲春江浪，沄沄日夜奔。羣山落雲裏，萬壑吼巖根。沙際人呼渡，煙中牧入村。蕭然何處士，終日掩柴門。

題竹軒

聽説竹軒趣，清幽盡此房。春禽一聲杳，夏簟五更涼。落雪鳴寒玉，啼螿泣古簧。因君詩意到，欲罷不能忘。

二月二十四日卽事

春來尋勝事，此興亦何窮。夜雨亂江漲，朝花退日紅。雷聲驚嶺北，雲氣漲溪東。簑笠銜泥去，誰知與我同！

卽事

幽事晚山色，幽齋春雨餘。亂紅欹澗水，浮綠漲郊墟。北牖迸新筍，西園生野蔬。槿籬遶茅屋，已分老樵漁。

三月二十四日出城

數日雨不止，今晨晴已還。江頭看濁浪，窗外見青山。白鷺投前浦，輕舟漾遠灘。罇中有餘酒，一酌注頹顏。

次施彥執韻

新詩宛見故人面，思入江山氣象雄。幾歲不堪青草瘴，今朝還喜鯉魚風。高秋木落雁爲伴，久雨江深吾欲東。他日罇前如把臂，莫驚我已白頭翁。

客有談嘉祐間事者一客瞪目不應及聞介甫新事則心目開明殊可怪也聊作詩以紀之

吾道何衰只愴神，六經文字變儀秦。魏侯酷喜聽新樂，中尉生來好殺人。海鳥錯將金奏眩，葉公元愛畫龍真。不逢伯樂休驤首，忽遇長沮莫問津。

次單推韻

七載離家夢亦驚，春來又是聽倉庚。熟諳世味心如水，忽見吾人眼尚明。青鏡不堪看白髮，長鑱何處覓黃精。只思歸去西湖上，飽喫東坡玉糝羹。

十二月初七日述懷

謫居寂寞歲將闌，几案凝塵酒盞乾。落落雨聲簷外過，愔愔雪意座中寒。孤飛隻影人誰念，萬里長途心自安。世事悠悠君莫問，雪芽初碾試嘗看。

浮溪集鈔

汪藻，字彦章，德興人。入太學，登進士，歷江西提舉。徽宗製《君臣慶會閣詩》，藻所和，羣臣莫及，傳稱於時。時胡伸亦以文名，人爲語曰：「江左二寶，胡伸、汪藻。」遷著作郎，忤王黼，與祠，寓晉陵八年。欽宗遷起居舍人。高宗歷擢中書、給事、侍講，直學士院，一時詔令，多出其手。拜翰林學士，以所御白團扇，親書「紫誥仍兼綰，黄麻似六經」十字以賜。除龍圖閣，奏纂三朝日曆。進顯謨閣學士，知徽州。論落職，居永州，卒。在晉陵時，徐俯、洪炎、洪芻自負無所屈，見藻詩於僧壁，嗟曰：「我輩人也。」詣舍上謁而去。藻歎曰：「撚鬚琢句，騷人墨客，不平之鳴耳，烏足尚哉！」詩高華有骨，興寄深遠。有《浮溪集》六十卷，失傳。此選本《文粹》所存也。

桃源行

祖龍門外神傳璧，方士猶言仙可得。東行欲與羨門親，咫尺蓬萊滄海隔。那知平地有青春，只屬尋常避世人。闗中日月空萬古，花下山川長一身。中原别後無消息，聞説胡塵因感昔。誰教晉鼎判東西，却愧秦城限南北。人間萬事愈可憐，此地當時亦偶然。何事區區漢天子，種桃辛苦望長年。

過吴明叟新居

誰開大屋沉沉者，門外垂楊拂車馬。主人四十持節歸，高卧緑陰啼鳥下。冥冥一徑傍花入，忽有青池照深夏。魚吹落日知鏡淨，荷受微風看珠瀉。夫君少有湖海氣，欲䮕馬鯨無地跨。故將能事驚世人，坐向雲端差萬瓦。稍培幽桂出窗底，時放青山來竹罅。人言此輿極不淺，天遣公忙那肯赦。要須更作輞川圖，他日思歸聊對畫。

同張昌時宿高明寺

幽卧不知覺，窗懸寒日初。矧伊夜來雨，豁聲到吾廬。故人挽我出，忽枉天際書。躋險敢自休，青山轉籃輿。相逢竹間寺，共擷園中蔬。殘僧誰在亡，奄忽十載餘。茗果話疇昔，新晴報鐘魚。東雷亦已鳴，百草苕穎舒。奈何與之子，齒髮日夜疏。眷此不能發，牽衣更踟躕。明朝各回首，世事將焉如。

次高郵軍

小雨静林麓，鵓鴣相應鳴。移舟漾清深，薄晚荷氣生。歸鳥盡雙去，潛魚時一驚。菰蒲若無人，渺渺炊煙横。艇子楫迎我，攜魚薦南烹。月出殊未高，疏林隱微明。依没會有處，斗掛天邊城。

阻風雨辟邪渡寄王仲成

渡頭急雨鳴森木，木杪顛風飛大屋。没腰寒水稻生芽，滿眼青泥車折軸。山行值雨舟值風，窮愁日日煩天公。不如歸卧澗壑底，世事不掃春煙空。別君兩年重此別，喜君胸次渾冰雪。擬將身作賈胡留，無奈事如空鳥滅。挽我不回君怒嗔，交情把玩轉清新。相隨百里還相見，只有西山似故人。

避地函亭野步

今日幸無雨，天空出遥岑。行行不知疲，遂至春江潯。汲路轉籬落，人家在桑陰。平疇漲清波，隴麥如人深。溝畎戲鳧鷺，新蒲映浮沉。我生本樵漁，對此諧初心。風物豈不好，悲來自難任。胡塵暗中原，四海如驚禽。黄屋狩萬里，兩宫隔辰參。龍移螻蟻窺，月晦蟾蜍侵。宇宙有傾覆，兹遊豈嶇嶔。銷憂賴濁醪，太息誰能斟。

庚午歲屏居零陵七月二十日以門掩候蟲秋爲韻賦五首

幽人獨夜時，潮落西川根。渡口櫓聲急，一江煙雨昏。城頭短長更，不寐聽譙門。趺坐數千息，焚香待朝暾。

暑退潦亦收，瀟湘淨如染。時觀自跳魚，衝破青琬琰。纖纖初弦月，不受薄雲掩。近村應漸寒，已有鴉數點。

人生幾聰明，日夜隙駒驟。纔經花信風，又過麥秋候。吾非金石堅，與世相邂逅。胡爲聞鐘鳴，更歷路傍堠。

家山在何許，渺渺彭蠡東。人來數月程，衣敝補道中。昨宵青燈花，似墜釵頭蟲。兒飢女沉綿，歲晚書未通。

人言問澗者，一日如三秋。孤臣昔放逐，七見天星周。早涔高門地，姓名記前旒。如何天雞星，不照湘南州。「天星周」，一作「寒暑周」。

次韻向君受感秋

且欲相隨苜蓿盤，不須多問沐猴冠。菊花有意浮杯酒，桐葉無聲下井欄。千里江山漁笛晚，十年燈火客氈寒。男兒幾許功名事，華髮催人不少寬。

向侯拄笏意千里，肯爲俗彈頭上冠。何時盛之青瑣闥？妙語付以烏絲欄。日邊人去鴈行斷，江上秋高楓葉寒。向來叔度儻公是，一見使我窮愁寬。

晚發吴城山

風掃陽侯雪陣平，雨催摩詰畫圖成。氣吞浦溆重林盡，秋著江湖去鳥明。厚禄故人無一字，長年三老伴餘生。會須滿意開懷抱，到眼廬山不世情。

過臨平

一別九霄路，風煙長滿衣。已成身老大，無復世輕肥。天闊鳥雙下，山寒人獨歸。曉來何似雨，春水半巖扉。

睡起涼生岸，鈎簾坐小窗。麥風能起柁，梅雨不鳴江。往事心長折，歸途影自雙。依然蒲柳地，人老故先降。

書寧川驛壁

過眼空花一餉休，坐狂猶得佐名州。雖遭瀧吏嗤韓子，却喜溪神識柳侯。盡日野田行穲稏，有時雲嶠聽鉤輈。會將新濯滄浪足，踏遍千巖萬壑秋。

宿鬱侯鎮

當時踏月此長亭，鬢似河堤柳色青。今日重來堤樹老，一簪華髮戴寒星。微涼初破候蟲秋，露草螢光已不流。搔首與誰論往事，星河無語下城頭。

龜山上方

度險逢幽處，憑誰寫壯懷？連甍棲絶壁，孤塔表長淮。地本吴楓接，山今禹績皆。潮聲從殷寺，竹影自翻階。木杪朱欄出，城坳雪浪埋。乾坤迷杜渚，霧雨泄陰崖。丹葉經寒在，蒼洲向晚佳。魚龍宵聽唄，猿鳥晝窺齋。月滿蠙珠實，霜清磬石諧。僧盂收柏子，樵徑掃松釵。左宦書無鴈，南烹菜有鮭。風煙欺短髮，雲水信殘骸。竟作何鄉老？虛慚素尚乖。江湖今在眼，歸合辦青鞋。

醉别季高侍郎

疇昔追隨翰墨場，功名今日愧劉郎。英姿合上淩煙閣，巧譖曾遭偃月堂。雙槳又乘清夜去，一樽聊發少年狂。歸來却共燈花語，騎省看成滿鏡霜。

漫興

晨起翛然曳杖行，一簾疏雨作秋清。老來歲月能多少，看得栽花結子成。燕子年年入户飛，向人無是亦無非。來春強健還相見，送汝將雛又一歸。

北窗

睡起無一事，怡然盼庭柯。綠陰微缺處，最得南飈多。

己酉亂後寄常州使君姪

汾水遊仍遠，瑶池宴未歸。航遷新廟主，矢及近臣衣。胡馬窺天塹，邊烽斷日畿。百年還海地，回首忽成非！

古鏡行

我有辟邪鏡，得之咸陽宫。其陰爲天池，一母將九龍。旁書負圖字，土蝕如旋蟲。緘以駁犀珍，妙極倕之工。請言照遠近，十里秋毫空。豈不鑒脂澤，所貴肝膽通。問誰爲此器，太古非人功。客聞重歎息，意欲窺靈蹤。高臺不辭倚，恐客難稱容。緇窮匣半啓，四室來悲風。日車當晝留，羞澀如頑銅。森然髮上指，凜若臨霜鋒。我還撫客手，此豈世寶同。揮淚兩無言，掩鏡鞶囊中。

蔡天任韻

修廊過午夕陰合，蝴蝶滿庭春草長。呼兒更捲簾數尺，要放晚晴升屋梁。

香溪集鈔

范浚，字茂明，婺之蘭江人。紹興中，舉賢良方正。昆弟多居膴仕，竟以秦檜當國，抗節不起，隱於香溪，因稱香溪先生。著書明道，多本於經學。朱子取其《心箴》於《孟子集註》中，繇是重於儒林。金仁山謂其集近亡，此本爲其從子元卿所輯，而陳巖肖弁序者，爲《香溪集》。

雜興五首

雉驕有擅澤，雞雄亦專栖。乘人肆桀傲，未異雉與雞。虚張盡客氣，不知墮危機。雉驕或登俎，雞雄亦爲犧。嗟爾桀傲子，不戒將安之？

荆梟昔見惡，去楚將巢吳。妖音不知革，吳豈荆人殊？梟能戒頰舌，勿復輕嗚呼。雖荆亦容爾，何必他邦居？

高蟬蔭嘉木，未省螳斧危。勇蟲亦何愚，不顧黄雀饑。癡癡挾彈子，已復露霑衣。世事無不然，古今同一悲。

鵲噪得歡喜，烏鳴得僧嗔。烏鵲自有口，噪鳴何預人？烏飛聲啞啞，鵲飛聲嘖嘖。凡鳥從紛紛，未用置肝鬲。

彭亨著冠猪，踉蹌上車鶴。皇家一清明，此輩束高閣。龍夔雜鵷鷺，庶位已參錯。少安真可待，四海得耕鑿。我亦幸豐年，從容一丘壑。

題八馬圖

何年畫工搦毛錐，貌此八馬姿權奇？青絲絡頭十二蹄，調柔意態行愉怡。五馬放浪無維縶，或齕或望仍廻嘶。一牧牽鞚一牧騎，製度髣髴唐巾衣，不知此馬生何時。昔周穆王遠遊嬉，駕跨八駿驅東西，高升崑崙躡瑤池。騮騄驥義勞飛馳，日走萬里無停騑。興元唐家危累棊，百拳僅脱朱泚圍。黄屋進狩懷光追，八馬入谷七馬疲，筋攣肉綻行人悲。兩者資世皆顛羸，虚名何有千載垂。空得傳記流歌詩，未知此馬閒猶夷。牧坰不受鞭筴威，不踣險遠安無危。泉甘草薦足自肥，安用號駿稱雲騅？嗟哉畫意誰能知！

送春曲

春光，春光，勸汝一杯酒。我能爲春作高歌，未解春能聽歌否？春歸有底急，落盡桃花紅。園溪漠漠野陰静，兔葵燕麥空摇風。風光幾何時，背我忽如客。殘絲欲斷感春心，語燕勞勞上簾額。我有惜芳意，一春憐物華。春來雪裏索梅笑，春去悵望飛楊花。春歸知復來，奈此經年別。摇揚三月暮天愁，鶗鴂一聲芳草歇。歌竟我亦醉，一棹觥船空。明年待春花樹下，放歌擎酒相迎逢。

同伯通端杲姪效盧仝體

一春癡癖門長扃，兩耳不聞鶗鴂聲。不知東南風，掃盡紅紫英。行行點檢桃李徑，但見樹子青冥冥。門前水流渠，照灼鬢眉清。科斗遊其間，脚股各已生。渠旁草鬱鬱，草底蚯蚓鳴。韻如抽繭絲，幽咽得我聽。念此瑣細物，隨時變音形。黃河赤鯉或點額，老驥塞默長羈纓，嗟嗟世路真難行！

六笑

我笑支道林，遠移買山書。巢由古達士，不聞買山居。我笑賀知章，欲乞鑑湖水。嚴陵釣清江，何曾問天子？我笑陶靖節，自祭真忘情。胡爲托青鳥，乃欲長年齡？我笑王無功，琴外無所欲。當其戀五斗，乃獨不知足！我笑杜子美，夙昔具扁舟。老大意轉拙，欲伴習池遊。我笑韓退之，不取萬乘相。三黜竟不去，觸事得讒謗。客言莫謾笑古人，笑人未必不受嗔。螳螂襲蟬雀在後，只恐有人還笑君。廻頭生愧不能語，嘲評去聲從今吞不吐。嚳堯非桀亦何爲，訕周譏禹終無取。

讀揚子雲傳

老不曉事揚子雲，綴文譏訶堅逐貧。班生曲筆甚假借，謂不戚戚元非真。草玄欲作後人計，投閣自迷身不利。王涯筐中好其書，寧復逆知甘露事？蠅聲紫色欺昏童，義士遠引如冥鴻。胡爲顛眩尚執戟，美新屈首稱臣雄？岷山沃野蹲鴟大，拓落不歸良已過。近危竟似井眉瓶，虛作反騷嗤楚些。詭情懷祿遭嘲評，但用筆墨垂聲名。文章要亦千古事，久矣法言今正行。

讀王建射虎行

我讀《射虎行》，感慨與長歎。官差射虎得虎難，山下遠立常空還。惜留猛虎著山裏，射殺顧恐終身閒。有如邊將圖偷安，遵養時晦容其姦。翻愁努力盡高鳥，良弓挂壁無由彎。君不見劉巨容、高千里，留賊自資媒富貴，恐賊盡誅身不利。坐令屈律裹頭人，横暴九州狂螫噬。嗟嗟忠臣心不移，受刀摩頸甘如飴。紛紛血刃勇不顧，一死未謝君王知。官軍壯志吞蠻夷，匈奴不滅寧家爲？相公誓欲平淮西，慨言賊在歸無期。霍公裴公今已矣，我吟《射虎》徒歔欷！

理喻

郵亭羈客寒無氈，夜懷家山情惘然。燈前坐感雨蕭瑟，浩歎達曉愁無眠。鄰翁不出蓬茨裏，聽雨聽風心似水。黄昏鼻息已雷鳴，往往簷喧不經耳。愁霖一種聲紛紛，鄰翁不聞羈客聞。是中轉物有妙理，起予暗契漆園旨。我眠鼻息鄰家驚，耳不自聞齁䶎聲。我耳忽鳴韻清磬，旁人對面那能聽？耳鳴如心念，鼻息如己過。心念潛萌衆莫知，己過自迷人看破。歷歷眼前皆要理，舉世何人無鼻耳？

凌霄花

栽松待成陰，種漆擬作器。人皆笑艱拙，往往後得利。君看植凌霄，百尺蔓柔翠。新花鬱煌煌，照日吐妍媚。風霜忽摇落，大木亦彫瘁。視爾託根生，枯莖無殘蒂。先榮疾蕭瑟，物理固難恃。凌霄亟芳華，衰歇亦容易。

寄題鄭亨仲可友亭

鄭君坐交窮，結柳窮不去。無朋長獨立，老大荒村住。荒村掃人迹，取友惟西山。當應愛山標，可望不可攀。牽蘿架風亭，巖嶭揖高調。修簷入危碧，阮眼坐相照。嗟今輕薄子，對面生九疑。寧如友真山，貞質終無移。憐君意超超，愧我勞忽忽。未共結交心，漫負心脾骨。

暮春病起絶句

老去長閒百不營，推書習静更真清。西窗日脚籬篩動，時有飛蟲撲紙聲。

浦江華藏寺如勝上人欲募施者開田佐僧供以長老皎公書來求予詩作二十韻奉勉

浮圖謝朋親，屏跡藏岩幽。多規脱徭賦，豈必皆禪流。自言佛遺經，墾土爲愆尤。不耕徒穀腹，何異鼠雀偷。告之勿浮食，當須力鋤耰。前修舉鍬事，千載垂風猷。奈何啞羊僧，百語不頷頭！皎公老禪伯，雅慕吾孔周。其徒有如勝，用意非常儔。欲開千畦田，更辦兩具牛，率彼枯木衆，躬耕食其秋。釋門有添丁，乃翁坐無憂。與國助耘耔，疲甿庶其瘳！此志良足嘉，感之歎綢繆。昔聞白黑衆，十萬俱清修。

鳩金置千畝，給供無時休。于今豈無人，勝也當尋求。長途觸隆冬，一衲寒颼飀。朱門立雪久，歡喜無生愁。作詩勸勇往，以俟歲晚收。

三月廿六日夜同端臣端杲姪觀異書效李長吉體

楊花亂落青春暮，燕拂簾旌傍人語。縹壺買酒洗春愁，廻風落日簷花舞。赫蹏斷爛千載書，青燈照字驚蟫魚。冬烘老生時自哂，安用盤盂學田蚡！

狂泉

昔有大荒國，水以狂泉名。國人皆飲泉，狂顛率無寧。一者自穿汲，乃獨能常醒。國人既皆狂，反見不狂驚。顧謂不狂人，無乃鬼物憑，不然是狂疾，救療當痊輕。施針灼炷艾，膚肉無全平。而彼不狂者，被虐楚不勝！賁然走泉所，酌飲不敢停。既飲即亦狂，萬慮皆迷冥。其狂與衆一，衆始歡相傾。世事今亦然，嗟哉感詩鳴。安得跨鵬背，獨往遊天溟。寄謝彼狂子，酌泉吾不能。

次韻茂永兄首夏新晴

燕落雨知節，鳩鳴天欲晴。行雲飛斷碧，斜日漏微明。筍上竹三徑，苗肥田一成。野人知得飽，索酒坐班荆。

頌茂安兄秀野亭

山作屏風雲作籬，岧嶤亭子俯漣漪。絶知此地風光好，直爲主人心跡奇。側塞亂花紅被徑，檀欒高竹翠緣陂。惠連自喜陪幽賞，判却歸時倒接䍦。

歲暮喜晴

晴山喜見曉巑岏，笑出蓬門不暇冠。風掃斷雲齊萬弩，日融殘雪上三竿。早黃楊柳漏春信，晚翠枇杷凌歲寒。從此林芳入幽賞，凍醪新壓味甘酸。

課畦丁灌園

連筒隔竹度流泉，約束畦丁灌小園。拔薤自須還種白，刈葵輒莫苦傷根。瓜疇准擬狸頭大，草徑隄防馬齒繁。努力荷鋤當給酒，無令菜把乏朝昏。

春雪晚晴出西村

步屧尋春犯雪泥，村南村北鵓鳩啼。墮梅殘白猶明樹，着柳暗黃初映堤。風景快晴雲擘絮，江天未暮日懸規。最憐碧漲侵沙尾，更傍橫橋一杖藜。

送周西美主簿之任祁門

君向祁山去，修程幾日期？江天梅子雨，驛路橘花時。知迫循陔養，寧辭糾邑卑？美才無不適，鸞翮豈棲遲？

次韻端臣姪七夕

萬古東西隔女牛，停梭期會豈悠悠！蝦蟆輪破青天暮，烏鵲橋橫碧漢秋。莫放癡兒懂徹曙，且容老子強登樓。舉瓢更取天漿酌，一洗胸中萬斛愁。

張生夜載酒相過

夜卷一鈎簾，衣寒覺露霑。未驚風割面，且看月磨鐮。玉椀鵝兒酒，花甎虎子鹽。張公雖黍舊，歡笑了無嫌。

屏山集鈔

劉子翬，字彦沖，以父韐任授承務郎，辟幕屬。韐死靖康之難，子翬痛憤哀毁。服除，通判興化軍事。以羸疾丐祠，歸隱屏山，學者稱屏山先生，而自號病翁。與籍溪胡原仲、白水劉致中爲道義交，所學深遠。朱子受遺命往遊其門，子翬告以《易》「不遠復」三言，俾佩之終身。一日，感微疾，即謁廟，訣别家人。與朱子言入道次第而殁。詩與曾茶山、韓子蒼、吕居仁相往還，故所詣殊高。五言幽淡卓鍊，及陶、謝之勝，而無康樂繁縟細澀之態。則以其用經學不同，所得之理異也。

涼月

涼月未出山，浮雲半空白。徘徊步軒窗，宛若待佳客。經林漏飛輝，映溆生華澤。及兹秋景清，吾廬更幽寂。殊觀發秘藏，妙聽生寥闃。營營息初機，炯炯懷新得。豈無平生心，所樂已非昔。天旋河漢動，夜久鄰機息。凄凄感庭蘭，歲莫霜霰集。呼兒温濁醪，獨酌醉永夕。

渡淮

鳴鼙渡長淮，霏煙散清晨。皎皎初日光，照耀草木新。横林渡餘碧，疊嶂開嶙峋。移橈失向背，煙波浩無垠。兒童相擢歌，余心亦欣欣。輕帆互相踰，晝鷁映流津。徘徊望洲渚，悠然獨懷人。樵漁有棲遯，寂寞誰問鄰。暮風翻洪濤，魚蝦亦有神。四顧天地黑，孤舟恐漂淪。

阻風

晚歲多悲風，江湖浪崢嶸。扁舟渺無依，日暮猶孤征。重岡擁滯霧，迴隰飄浮霙。繫舟古岸邊，纜斷舟復橫。天寒鴻雁稀，滯留知旅情。頹崖震林谷，客子心夜驚。披衣待清曉，缺月西南明。遠遊多所懷，益遺歸思盈。

建康六感

吴

龍翔大耳兒，虎視捉刀人。風雲競追逐，逸軌誰能遵。大皇負英材，沉潛欻求伸。一呼定南國，再戰威強鄰。坑魏既摇岳，攘劉亦披鱗。組練繞平隰，艨艟蔽通津。偉哉人物盛，成功豈無因！代祀已飄忽，風流久彌新。亭撓眺迥陸，裂蔓登層闉。卧龍昔來遊，萬古懷清塵！

晉

日昃無全照，南遷事倉忙。龍謡方協瑞，星禍已告亡。淩遲百年運，凜凜危莫將。向來問鼎人，項背常相望。環宫白羽列，面闕鳴弦張。膺圖未躋泰，卜世豈在長。獨憐短轅公，推刃殺忠良。百身嗟莫贖，一慟鬢成蒼。時移事亦更，爲宋復爲梁。惟有采石潮，年年到前岡！

宋

寄奴真偉人，落拓龍潛地。據筵呼五木，已有吞世氣。世期值陽九，天綱日淪替。偏邦或跨州，卑號猶稱帝。匪乘艱棘運，英姿疇能濟。南戡莫番禺，西狩澄涇渭。功雖與世隆，道亦因人廢。緬懷揖讓風，黄屋身如寄。頹波日奔迫，夜壑遷神器。巢由獨賢哉，高蹤邈難繼！

齊

堯宫不剪茨，禹室無崇壤。巍巍天步隆，萬代猶可仰。荒哉二三君，經營務華敞。落柹滿清江，飛斤殷遥響。疏淵引瀾漪，築圃遷林莽。筋力斃民軀，貲財傾國帑。雄心獨未倦，矯首生遐想。時徂陵谷變，無事猶悲曩。殷憂易興懷，逸樂難終享。過客問青棲，荒畦棘一作「雜」。花長。

梁

開圖屬英睿，失國由昏懊。斯人異前修，撥亂旋致亂。輕刑下益肆，厚爵臣彌叛。聰明馳萬機，精苦徒宵旰。鳳冕敬方袍，鸞旗遊彼岸。悠然棄從懷，臨機復難斷。那知千佛力，不紓一寇難。酒色覆商周，神仙蕩秦漢。趨亡固多軌，荒迷卒同貫。微聖常鮮終，撫册三慨嘆！

陳

悲風嘯荒垣，歌斷《庭花》曲。璧月夜沉輝，瓊樹春銷馥。郊圻遊從盛，想像猶經目。麗景明新妝，清波映鮮服。承恩屬令姿，被選皆華族。朝從結綺遊，暮向臨春宿。意高時忽謝，步遠塗方促。榮華事不長，哀樂情難足。悠悠六朝事，轉盼風驚燭。永懷興亡端，斯文慚麗縟。

夜飲

良宵樂未央，促席團欒坐。佳人意慇懃，唱歌屬余和。幽期貴闊略，醉語多叢脞。沉沉玉卮酒，量淺難負荷。豈不懷極歡，恐重賓友過。褰帷望明河，山月銜半破。回軒互追奔，傘拂簷瓦墮。

遊朱勔家園

晨暉麗丹楹，翼翼侔帝居。向來堂上人，零落煙海隅。聯翩際時會，振迹皆刑餘。閨帷尚帝主，皁隸乘軒車。流威被東南，生殺在指呼。樓船載花石，里巷無袴襦。至今江左地，風雲亦嗟吁！叨榮已過量，受禍如償逋。荒涼當門路，尚想冠蓋趨。客舸維岸柳，鄰人罾池魚。徘徊極幽觀，曲折迷歸途。夜月扃綺户，春風散羅裾。繁華能幾時，喪亂實感予！曹鄶予何譏，此曹真人奴。

早行

村鷄已報晨，曉月漸無色。行人馬上去，殘燈照空驛。

老農

山前有老農，給我薪水役。得錢徑沽酒，醉卧山日夕。忘形與之語，妙理時見益。志士多隱淪，欲學慚未識。

種菜

傍舍植柔蔬，攜鉏理荒穢。桔槔勤俯仰，一雨功百倍。朝來綠映土，新葉摇胏胏。牛羊勿踐畦，肉食居爾輩。

晨興

晨興訪蕭寺，爽氣清如沐。坐看雨離山，飛陰斷平陸。歸途阻夕漲，竚立驚幽獨。曳杖聽殘鐘，卻寄僧坊宿。

下灘作

青山鎖連環，白澗走鳴瀨。迷津毫髮間，舟與危石會。回淵聚浮沫，斷壁餘澎湃。玩奇心若驚，覽鏡自不逮。悠然一回首，孤驛已茫昧。停橈念經歷，履地猶旋憒。悲風嘯枯林，暮野雲相蓋。隔船聞和歌，沽酒慰疲愈。

棄竹夫人

愛憎情易遷，感物思鬱紆。念昔未棄損，嘗侍君子居。煩襟一披豁，雅抱何清虛。蹉跎怨時暮，涼德竟見疏。飛霜皓中庭，枵然委牆隅。的皪珠幃深，熒煌錦茵鋪。豈不懷舊恩，君心已非初。當年紈扇謡，抱恨同區區。

秋懷

哲人嘆逝川，志士悲廪秋。流光不暫停，忽忽歲欲周。涼飈襲迴野，飛霜皓盈疇。華林失鮮輝，奔谿殺湍流。萬化儻日徂，吾生難獨留。而我苦不樂，彷徨復何求？世途多軌轍，今行非昔謀。徒遵耿耿意，齟齬固莫投。時乎不再來，豈余敢懷尤。王道炳日星，歷聘疲軻丘。歸歟既改旆，浩然亦回輈。寂寞甯子歌，棲遲長卿遊。客嘲徒自解，天問終不酬。長揖未免亢，說難竟遭囚。行藏或大謬，聖賢共悠悠。含思疚恒積，念往川途修。煌煌青春姿，蹉跎恐茲由。諒非宏達觀，那能齊百憂！

四不忍

草邊飛騎如煙滅，拉獸摧斑食其血。此時疾首念鑾輿，玉體能勝飢渴無？危城屑麴驚雲擾，篚簋無光天座杳。奮戈儻未雪深仇，我食雖甘何忍飽！

黃河鑿鑿冰成路，人語寒空氣成霧。此時泣血念鑾輿，玉體能勝凜冽無？蒼皇天步蒙塵去，晝衮飄零傷歲暮。飛書儻未伐姦謀，我服雖華何忍御！

平沙月轉旌旗影，擐甲爲衾戈作枕。此時飲恨念鑾輿，玉體能勝暴露無？問安使者空相繼，清蹕不回宮殿閉。請纓儻未縛酋渠，我榻雖安何忍寐！

漁陽疊鼓風沙戰，潑水淋漓舞胡旋。此時太息念鑾輿，玉體能勝寂寞無？六宮遭亂多奔迸，不復梨園歌舞盛。著鞭儻未蹂龍庭，我瑟雖調何忍聽！

望京謡

雙鑾北狩淹歸轂，寂寞梁園春草綠。猶傳故老守孤城，官軍不到黃河曲。連雲樓櫓已灰燼，更倚窗扉防箭鏃。招兵太半出羣盜，繡裲蒙衣屢翻覆。前宗後社力誅鉏，白刃如霜挂人肉。州橋燈火夜無光，夾道狐狸晝相逐。往時汴泗絶行舟，市糴十千塵滿斛。衣冠避胡多在南，胡馬却食江南粟。謀臣武士力俱困，海角飄揺轉黃屋。盤庚五遷方擇利，昆陽一戰何當卜。寧聞犬豕亂中華，漢祚承天終必復。夕烽明處望千門，孤臣祇欲吞聲哭。

臨池歌

劉致思倦遊，復卧故廬。有意學書，來求石刻。因慨然念昔經行秦、洛、趙、魏間，未嘗不回驂駐軫，搜訪古迹，故宮遺址，豐碑斷碣，歷歷相望也。吹埃剔蘚，考年代之所志；訂古驗今，識興衰之所自。至乃壞壠荒榛，微陽霧雨，雖暴露霑沐，僮僕色難，而余躊躇不忍去也。奇蹤偉筆，多致墨本。甚者缺裂模糊，不可辨了，亦皆摸脱以歸，登登之聲，殷乎山谷。□歸所獲，車載牛負，不可勝計。喪亂以來，汛掃焚□何止七厄哉！今披篋視之，十得一二，有副本者，□以與致思。致思明爽，嘗留心字學，運筆流快，風動草偃，固足以軒輊流輩，然未能窺古人藩域者，功虧一簣耳。夫洞石什木，非蹶張挽強者所能，用志不分，乃凝於神，梓慶削鐻，痀瘻承蜩，皆此道也。致思充是而學焉，余不知其所至

矣。因作《臨池歌》以堅其志，切切偲偲，亦朋友之義也

君不見，鍾繇學書夜不眠，以指畫字衣皆穿。當時尺牘來鄴下，錦標玉軸爭流傳。又不見，魯公得法屋漏雨，意象咄咄淩千古。斷碑零落翠苔封，直氣英風猶可睹。元常獨步黃初際，清臣後出今無繼。風神迥處一作「出」。本天資，巧力亦自精勤至。羨君好尚何高奇，寒窗弄筆手生胝。向來失計墮塵網，銳氣直欲摩雲飛。男兒舌在心何怍，卻擬臨池尋舊學。要須筆外見鍾顏，會自蛟龍生掌握。銀鉤石刻余何愛，勸以短歌君勿怠。他時八體妙有餘，此歌儻可君紳書。

和李巽伯春懷

山寒古寺清，斷續春朝雨。遥憐遠客情，寂寞誰晤語？平生氣軒昂，失意今易與。有酒卽佳晨，無兵皆樂土。微吟對節物，林靜幽花吐。悠悠念鄉邑，耿耿悲豺虎。知有濟時才，從橫在談麈。功名恐未遲，老翮期更舉。

明皇九馬圖

書生兀兀園不窺，見馬豈辨騮與騅。開圖九駿立突兀，摸索知是真龍兒。奔雷蹴踏原野動，曳練慘錯風沙隨。華纓金絡豈不好，矯首奮迅那容羈。吾聞取驥如擇士，競愛妥帖驚權奇。士懷倜儻衆論斥，馬有顉頷羣駑欺。六閑豢養固恩厚，橫氣摧折常鳴悲。丹青儻不逢妙手，萬世豈識真龍姿。因思中原政格鬬，鐵騎倏忽銀山移。著鞭安得致此物，掩畫四顧徒歔欷。

怨女曲

空原悲風吹苜蓿，胡兒飲馬桑乾曲。誰家女子在氊城，嗚嗚夜看星河哭。黄金爲闔玉爲宇，平生不出人稀睹。父憐母惜呼小名，擇對華門未輕許。干戈漂蕩身如寄，緑鬢朱顏反爲累。朝從獵騎草邊遊，暮逐戎王沙上醉。西鄰小姑亦被虜，貧賤思家心更苦。隨身只有嫁時衣，生死同爲泉下土。出門有路歸無期，不歸長愁歸亦悲。女身軟弱難自主，壯士從姑不如女。

巡寨偶書

窮寇轉趨海，吾邦備宜先。連年戍役頻，徵兵及漁佃。扶戈或稚齒，嬰胄仍華顛。未知戎伍肅，朱旗亂長阡。林端晚燧發，石際飛梯懸。崎嶇樵牧地，萬竈生浮烟。我行視營柵，兒戲端可憐。倚兹形勢險，寇至常遷延。羣兇昔吾軍，赤指抨鳴弦。防胡屢瓦解，合寇俄星連。猶多燕趙兒，意氣非當年。駢車載珍寶，結騎馳嬋娟。時危天稔亂，事豈汝能專。怒風飛驚濤，河梁失歸船。四顧天地黑，攬衣思茫然！

負暄

宵寒卧增裯，晝寒起增衣。何如負暄樂，高堂日暉暉。引光扉盡闢，追影榻屢移。妙趣久乃酣，瞑目潛自知。初如擁紅爐，凍粟消頑肌。漸如飲醇醪，暖力中融怡。欠伸百骸舒，爬搔隨意爲。稍回驕佚氣，頓改酸寒姿。薰然沐慈仁，天恩豈余私。願拔横空雲，四海同熙熙。矯首望扶桑，傾心效園葵。

木犀古風

化工吝幽香，斑斑被花木。氤氲寒巖桂，高韻蓋羣馥。無人盡日芳，守志何幽獨。士介耻求知，女貞慚自鬻。凄涼楚山秋，樛枝吐金粟。淺水映輕明，微飈發含蓄。樓端静忽聞，馬上遥相逐。踟蹰爲延竚，但見林巒緑。瓶罌誰折贈，清芬閟廬屋。久處不自知，乍至彌鬱郁。客悲芳歲暮，夢遶寒溪曲。長吟小山詞，古意恐難復！

食蠣房

蠣房生海壖，堅頑宛如石。其中儲可欲，雖固必生隙。嵌巖各包藏，磈硊相附積。中逢霹靂手，妙若啓扃鐍。鑽灼諒難堪，曷不吐餘瀝。南庖富腥盤，豈惟此稱特。吞航大絶倫，梯巒萬夫食。針鱗九牛毛，小嚼逾千百。光螺暈紫斑，䲁膏湛金色。水母脆鳴牙，章舉懸疣密。烏黏力排弄，貼石不可索。妾魚戲浮波，媚鮕雌雄匹。蟹彊輒横鶩，鼈縮常畏出。車螯不服箱，馬鮫非駿迹。江瑶貴一柱，嗟豈棟梁質。骨柔競愛餞，多鯁鯽乃斥。蚶虹鮭赤文，肉黑魚之賊。鰷鱛鰋鯉鰻，鱣鮪鰍魴鯽。鱅庸而鰂小，瑣冗難盡述。包涵知海量，長養荷天德。貪生族類繁，失地波濤窄。網畢人創禍，甘鮮已爲厄。紛然均可口，流品當剔白。微物倘見知，捐軀不足惜！

諭俗十二首

故園喪亂餘，歸來復何有！鄉人雖喜在，憂悴成老叟。爲言寇來時，白刃穿田畝。驚忙不知路，夜踏人屍走。屋廬成飛煙，囊橐無暇取。匹夫快恩仇，王法誰爲守！艱難歷冬夏，遷徙徧林藪。深虞邏寇知，兒啼扼其口。樹皮爲衣裳，樹根作粮糗。還家生理盡，黑瘦面如狗。語翁翁勿悲，禍福較長久。東家紅巾郎，長大好身首。荒荒死戰場，頭白骨先朽。

西村人漸歸，撐拄燒殘屋。東村但蒿萊，死者無人哭。昔玆號富穰，被禍尤殘酷。二三里中豪，喪亂身爲僇。遺骸悵莫掩，飢鳶啄其腹。豈無平生時，意氣凌鄉曲。錐刀剥微利，舞智欺惸獨，錦囊收地券，奕葉相傳續。只今鄰叟耕，歲歲輸官穀。爾曹何顓愚，人生固多欲。

何州無戰爭，閩粤禍未銷。或言殺子因，厲氣由此招。蠻陬地瘠狹，世業患不饒。生女奩分貲，生男野分苗。往往衣冠門，繼嗣無雙髫。前知飲啄定，妄以人力僥。三綱既自絶，餘澤豈更遥。王化久淘漉，刑章亦昭昭。那無舐犢慈，恩勤愧鴟鴞。寃報且勿論，玆義古所標。

愚氓擾潢池，轄難亦常態，簪紳有包藏，事異吁可怪。豺聲久伺亂，鯨戮終何悔。游言張兇焰，巧諜移機會。初如卵殼微，跳踐悉糜碎。養成羽翮雄，飛掣韝緤外。蒴鉏淹歲月，螫毒彌彊界。向來詰端由，罪白不容蓋。南冠囚載路，東市誅其最。隆寬俗與新，僥倖汝勿再。

野人厭羹藜，家有庖丁刀。徒誇批導手，肯念耕稼勞。隱然肉山雄，畏彼尺箠操。春泥卧寒野，夜月犂東臯。辛勤力已盡，觳餗禍豈逃。誰無惻隱心，鮮能勝貪饕。蓋帷猶示恩，況異犬馬曹。

扇馬嚴內仗，貂璫侍宸闈。哀哉里閭間，刁闔逮雞豚。放麑識忠盡，毋卵著格言。矧利肥甘軀，絶其孳息源。難銷愛欲心，物物天性存。逆情氣必戾，順化生乃蕃。誰開口腹謀，無乃傷仁恩。

粤人多悍驕，風聲亦惟舊。兒童僅勝衣，挾箠相格鬬。藝精氣益横，質化心忘陋。家饒喜稱俠，世亂甘爲寇。豈伊天性然，習俗所成就。吾聞互鄉童，翺翔聖賢囿。隱豹弄斕斑，攻駒發馳驟。佩觿爾何知，義方得無謬。

村南井欲乾，曉汲盈瓢濁。飲濁不足言，奈此田畝涸。咿啞龍骨響，煥爛陽烏虐。良農無他營，辛苦事東作。春苗何葱芊，秋刈何稀薄。我雖食有餘，念彼心不樂。乞靈走羣祀，晚電明霍霍。屯膏竟未施，天意自難度。

震雷霹枯松，頑龍失其據。浮雲三日雨，盈畝復地注。啇羊舞未休，旱魃消何遽。稍寛人心切，仰荷天恩布。稻畦褢連顛，挼穗給朝飫。菜畦擢新萌，蕩滌死羣蠹。歲儉民怨咨，時豐家悦豫。青青寒莠色，亦復貪雨露。

茲鄉山水佳，昔乃爲盜窟。吾廬已煨燼，荒草牆兀兀。牆東大梨樹，惟此爲舊物。火燒枝葉盡，老本更奇崛。衆鳥罷高棲，空庭失清樾。鄰兒利薪爨，往往肆戕伐。豈知昂霄勢，長養自毫末。寒堤孤碓在，廢圃鳴泉出。衡茅且經營，霜霰莫倉猝。

未須葺吾廬，且復修吾倉。求安當卜居，求飽當聚粮。營生力有限，先此計頗長。去年稻盈畦，避寇不得將。新芽雨後白，卧穗霜中黃。鰥惸有飢色，寇孁餘稻粱。解衣易升斗，糠粃隨風揚。休嗟昔艱難，喜兹歲豐穰。鄰翁爲人耕，貯粟不盈箱。溪頭廩與囷，纍纍已相望。縣牆挂德音，盡弛今年租。旄倪發歡謡，助達和氣舒。皇恩施甚厚，疲瘵望少蘇。吁嗟吏舞文，詔紙墨未渝。借貸盡白著，勾稽窮宿逋。掊克儻歸公，民貧猶樂輸。量權徵倍耗，夤緣竊其餘。寧逢盜剽攘，厭聞吏追呼。盜姦久必戢，吏姦無由鉏。雷霆不言威，肉食忍自誣。故態勿狃習，窮閻勿侵漁。勿謂天聽高，勿謂黔首愚。

清江行

漁翁一棹老清波，稚子學語能漁歌。日暮沙頭寒爇竹，雨餘船角亂堆簑。鬻殘小鮮仍自鱠，湖海茫茫醉鄉内。夜闌酒渴漱寒流，月照蘆花上篷背。

聽詹温之彈琴歌

鳴琴藝精非小道，可惜温之今已老。玲琅一鼓萬象春，鐵面霜髯不枯槁。自言寡知音，求我爲作歌。號宫韻角可聽不可狀，錦腸綉舌空吟哦。吾意其一氣之濁清，兩曜之晦明，山河之結融，雷霆風雨之震驚。包羅具七絃，開闔造化由人心。又疑夫堯禹之躬行，丘軻之立言，瞿聃之同歸，百家諸子之紛然。更歷千萬古，此意不滅絲桐間。滌除浮慮清，蕩摩愁襟開，琴之氣象廣莫有如此，欲媚俗耳知難哉！寒釭燒烟夜向闌，罷琴歸矣我欲眠。夢跨冰輪出瑶海，一笑碌碌瀛洲仙。

雲際會劉到致中

紅綃千樹桃，雪縠萬株李，柘葉青青如鼠耳，横山渡口浪成堆，認得劉郎船子來，物情時事不須説，且喜新歲同銜杯。少年鼻哂輕流俗，斂鋭收豪今碌碌。敝裘常帶客塵緇，雙鬢不如春草緑。東風吹愁入我心，使成嘯嘆成悲吟。問君底事久留此，曷不聯鑣歸故林？

懷舊歌

黄茅生烟暗村落，浩歌無復當時樂。鄰家酒熟逆鼻香，一醉乾坤墮冥漠。尋芳屢過垂玉軒，叉魚夜上浮清閣。鬬牌擊鼓多伎倆，我獨旁觀惟大噱。驚烽入座歡難保，幸得身存他勿道。吾宗潛武卧空棺，衮臣兄弟埋荒草。當時醉舞向花下，緑鬢朱顔各鮮好。隙駒風燭尚須臾，數子凋零不待老。死生細事從渠天，莫學兒女相哀憐。一窗容膝可終隱，寇盗擾擾今連年。王師誅鉏有漏網，死灰焰焰猶思然。憂煎過計衹自惱，且但努力耕吾田。

夜過王勉仲家宿酒數行爲作此歌

遥林帶雪迷村疃，伶俜一馬行無伴。故人家住丁坂頭，停驂邂逅成清歡。犯寒知我猶空腹，地爐然薪架紅玉。花瓷湯酒欲生香，竹外庖厨聞剁肉。夫君不有中饋賢，咄咄辦此何神速。酒酣意氣悲荆棘，尚憶朱甍舊時宅。豺狼得志竟何成，至今人骨如霜白！亂離少有闔門在，漂蕩俄驚五年隔，數畝荒田已失耕，一間茅屋仍留客。客情主意懽難盡，短臘窮冬春欲近。明朝分手更愁人，且覆清觴莫留賸。

夏日吟

君不見，長安公侯家，六月不知暑。扇車起長風，水檻灑寒雨。重櫩邃屋晝生陰，反易天時在談吐。又不見，武陵富豪兒，炎天多快意。雪縠曳輕明，珍槃嚼甘脆。蛾眉皓齒發清歌，灑酒筠枝集蠅蚋。何如野客歌滄浪，萬事不理心清涼。流金礫石未爲苦，勢利如火焚中腸。

海棠洲

煌煌海棠洲，錦樹臨清灣。常恨灣頭風，吹花走潺湲。潺湲去不息，花亦無由還。

懷新亭

茅簷入竹低，曠野時寓目。寂寂農家春，新秧滿田緑。何時稻登場，秋山響蓬樸。

宴坐巖

青青槭樹林，下蔭蒼蘚石。幽人宴坐時，懷抱忘其適。不見暮樵歸，寒山雨中碧。

南溪

聊爲溪上遊，一步一回顧。悠悠出山水，浩浩無停注。惟有舊溪聲，萬古流不去。

兼道攜古墨來墨面龍紋墨背識云保太九年奉勅造長春殿供御龍印香煤旁又識云墨務官臣庭邽監官臣夷中臣子和臣卞等進蓋江南李氏物也感之爲作此詩

長春殿古生荆薈，猶有前朝遺物在。錦囊珍重出玄圭，雙虬刻作蜿蜒態。枯皮剥製弄幾刓，斷玦精堅磨不殺。吾聞李氏據江左，文采風流高一代。當時好玩不獨此，器用往往窮奢汰。徵工選技塡御府，不惜千金爲賞賚。治兵唐推英衞精，治民漢許龔黄最。惜哉取士不知術，妙手獨得庭邽輩。眞主驅馳八極中，荒王逸樂孤城内。汗青得失更誰論，尤物競爲人寶愛。嗟余視此眞糞土，事有至微猶足戒。投文欲往弔江流，幽魂未泯應慚悔。

劉兼道獵

劉侯好獵親馳逐，指呼雙犬如奴僕。朝衝唐石亂雲來，暮聽潭溪流水宿。何如著鞭走大梁，我亦與子同翺翔。今年獵叛醢彭越，明年獵胡羓德光。

觀二劉題壁

温其題詩新歷寺，落筆風雨驚長林。眼高一世常欲駡，想見掀髯坐巖陰。致中題詩新興寺，壞壁歲久莓苔侵。山僧好事亦可喜，解誦鳥啼春意深。我來經覽渾如昨，玉友金昆念離索。投林倦翼不同棲，況復分飛在廖廓。故山終勝他山好，新交不如舊交樂。何況把酒問鷗盟，卧聽松風同一壑。

擕筇

晨起偶無事，擕筇出潭川。翩翩雙鳧飛，宛若導我前。林静滴殘雨，村深澹寒烟。當春足膏澤，俯夏餘清妍。野溜緑交貫，山花紅接連。雄觀發新奇，勝地窮攀緣。據石弄驚急，班荆蔭連卷。幽懷脱塵拘，如超混芒先。向令作興來，未必勝偶然。榮觀事多乖，内取樂乃全。他時誰繼遊，此意遥相傳。

横秋閣

秋山萬尺青，影落杯酒中。登臨豈不佳，寒色見遠空。未忘天下憂，胡塵起西風。

百花臺

森沉徑易迷，楮筇爲徘徊。何處春光多，時登百花臺。主人澹無情，林花爲誰開？

清湖驟雨

快雨不相期，平湖忽蕭颯。坐久日明簷，繁聲静中滅。

寄彭子静

凍岫立高白，曉寒生太虚。閉門翻巾幐，偶見良友書。書中有長句，别懷陳鬱紆。吐鳳詞既絶，續貂理難如。起望新鄉雲，一讀三卷舒。繁思攪中扃，賴此豁欲無。鵠鶵有潛化，蓬麻豈資扶。吾人交義深，不恨相見疏。但恐德不修，心期愧非初。

夜行潭溪上念仲原致中喬年茂元伯達皆有入山期以詩趣之

長夏不見雨，袢暑故相病。及玆顥氣回，一夕飛灑併。攬衣步新涼，宇宙涵清潤。月離南山高，水循雙澗靜。流觀外既洽，至樂中潛應。緬懷平生友，契闊時光運。石峰許尋盟，有約殊未定。事紛莽如塵，欲掃那得盡。年衰覺世浮，慮澹知心勝。良遊莫蹉跎，小暇即乘興。

讀曾吉甫橫碧齋詩

攜鉏引荒泉，偶步松岡北。冷然毛骨清，楚尾見秋色。稻氣馥初涼，樫陰淡微日。緬懷小齋居，檽檻增岑寂。曠度滅知聞，微吟數峰碧。若人端好修，珍駕動無迹。深窮伊水源，峻陟衡山極。終焉憩孔林，所樂惟自得。延和數酌醪，侑靜一編易。向來辱傾輸，洞見胸中白。思親道匪侔，既遠情不懌。矧余質冥頑，固未易刻畫。尊生有退心，克己無全力。以玆畏所知，負負常夕惕。餘波儻時漸，玉汝天其或。

同汪正夫行夫望鄱江

夜夢鄱江清，曉踏鄱陽縣。雲濤著眼新，還疑夢中見。寒聲彭蠡合，凍色廬峰現。時方冬氣深，水縮川原變。連沙突堆阜，派港分組練。蕭蕭蓬鬢風，瑟瑟葭叢霰。奇觀信幽絕，領略殊未徧。何當烟艇高，載我行鏡面。二難今勝流，賓客移清燕。飲酣生泰和，語妙融交戰。衰遲百不堪，一快天與便。回笻晚霽中，路壓滄浪轉。波光似流人，隨裾蕩華絢。

呂居仁惠建昌紙被

寒聲晚移林，殘臘無幾日。高人擁楮眠，攣卷意自適。素風含混沌，春煦回呼吸。餘温偶見分，來自芝蘭室。乍舒魄流輝，忽捲潮無迹。未能澡余心，愧此一衾白。嘗聞盱江藤，蒼崖走虯屈。斬之霜露秋，漚以滄浪色。粉身從澼絖，蜕骨齊麗密。乃知瑩然姿，故自漸陶出。洽物猶貴精，治心豈宜逸。平生感交遊，耳剽非無得。精神隨事分，內省殊未力。寸陰捐已多，老矣將何及。自從得此衾，夢覺常惕惕。清如夷齊鄰，粹若淵騫覿。獨警發鏗鍧，邪思戢毫忽。勿謂絕知聞，虛闇百靈集。鼎膴或存戒，韋弦亦規失。則知君子惠，所以勵蒙塞。

雲巖竹源二禪俱與招客三月二十一日遂飯于竹源庵謀諸野則獲也劉奇仲有約不至吳周寶遊德華劉致中曁公望劉才仲陳聖叔某會焉從容辨論懷抱甚適因賦詩以紀之

雲巖市聲中，竹源山色處。平生幾兩屐，惟樂取意去。晨光霽老春，飛蓋雙溪路。沙平水漫流，雲散天全露。逶迤經淺坂，窈窕穿崇樹。緑登方怒舒，紅竟忽繁雨。斯焉得小休，境熟來已屢。徵君常主盟，呼吸名勝聚。子休心鐵石，太叔語韶濩。鼎鼎吴劉陣，俱有不凡度。余衰氣不華，清邀慚輒與。未渠推遠之，政以枵然故。九賓既雲集，一士乃鴻翥。毋多溷幽人，蔬茗煩草具。叢談雜莊諧，泛閲披黄素。豐鐫辨活筆，始畫窮真數。解衣半日許，萬古懷胸膝。西窗引虚明，汛灑延晚步。懶身厭依隨，靜若超羈馭。博山真起予，浮煙一枝鶩。

同范智聞五月十四日夜賞月

微風淨郊原，暮色含清夏。層巔月欲上，炯炯木葉罅。豐姿一髮虧，爽氣千毫射。流光不著地，黄抹溪西舍。翩然釋嶠飛，雲浪鱗鱗化。常恐螺髻青，失此驪珠挂。借用。奇觀天所吝，老眼得屢借。不嫌神太清，跣立高梧下。故人肯留連，一笑偶良夜。濁醪勿虚杯，庭縞醉可藉。

宿省軒

夜空合一寂，擾擾息萬勞。幽懷耿不寐，孤燈側殘膏。稍知山雨來，聲在橫林高。凄然卻成夢，夢泛秋江濤。

過報德庵

循溪踏危矼，路入篔簹塢。森林翠櫺間，一幹橫清雨。茶煙日月靜，石壁軒扉古。盡茲北山旁，小勝無遺取。

次韻茂園獨速歌

大兒行文學蘇黃，暗潮無聲走茫茫。小兒分題擬甫白，手抉蟆頤取冰魄。自成機杼誰如君，悲歌乃有可憐色。曉來春歸薺葉新，青女摧之良不仁。那知妙齡氣如許，一睨辟易驚千人。我亦歸爲村衰翁，接花成條欹屋紅。跣行肯追蹀躞步，抔飲不羨琉璃鐘。相逢他事不發語，醉面徹日承谿風。君不見豐碑模糊立峴首，又不見繐帷虛斟百眉侑。何如吾儕見在身，有口猶堪著醇酎。陶陶兀兀未全非，赫赫炎炎豈長有。硯峰絶頂撫孤松，伊誰及此蒼髯壽？

韓幹畫馬闕四足龍眠揭而全之

吾聞兩臂天下重，馬失四蹄將底用。平生想似萬里逝，對此惟心惻然動。得非曾落駑駘羣，踠脱泥塗良已勤。又疑逸氣厭拘係，絶躡徑欲超浮雲。諦觀事乃不爾劇，破練丹青老無色。軒昂自有尊足存，顧盼一株陰山碧。韓生筆法妙此圖，龍眠揭出了不殊。斷鼇自昔徒聞説，續鳧雖工計已疏。何如染作滄江遠明滅，要看追風蹴微雪。

寄魏元履

世情事虛文，十幅了一書。片言到肺腑，子獨不佞予。班班眼中秀，學膽誰似渠。平生幾兩屩，踏破牛斗墟。小言謁侯門，大言叫天都。歸來闢存室，默坐追亡逋。牀頭著韋編，盤礴萬古初。時拈紙上語，破的妙有餘。已甘酬對難，舌本噤不舒。矧予在半流，所見方模糊。蝸涎不自潤，詎敢相霑濡。人生強多知，於己固已疏。睫邊遺太極，意上町六虛。獰猿縶尚跳，況乃拊檻呼。是神非吾神，滓穢政可奴。嘗聞不遠復，佩作三字符。煌煌杏壇春，一枝明清湖。蜂蝶未全知，佳處自不孤。惟子先著眼，時來採芳腴。何當共叩微，歸性有順塗。

新涼

新涼爲招客，勝集非預圖。前峰雨未散，冷風遶吾廬。披襟沐清駛，合席隨霑濡。定知喧譊中，欲此一快無。興來擴以酒，草具來須臾。田翁偶過我，添杯坐其隅。爲言秋暑劇，稻畦日凋疏。寧辭抱甕勞，僅給園中蔬。喜玆甘澍足，普潤無遺墟。遥山莽難分，綠浪摇虛徐。我病不任耕，歲收仰微租。蒙成每自愧，一飽便有餘。連觴使之醻，醉語雜叫呼。野人無他腸，我輩恐不如！

吴傳朋遊絲帖歌

園清無瑕二三月，時見遊絲轉空闊。誰人寫此一段奇，著紙春風吹不脫。紛紜糾結疑非書，安得龍蛇如許癯。神蹤政喜縈不斷，老眼只愁看若無。定知苗裔出飛白，古人妙處君潛得。勿輕漠漠一縷浮，力遒可罣千鈞石。睠予弟兄情不忘，軸之遠寄悠然堂。謝公遺髯凛若活，衞后落鬟摇人光。翻思長安夜飛蓋，醉哦聲落南山外。亂離契闊三十秋，筆意與人俱老大。政成著脚明河津，外家風流今絶倫。

文章固自有機杼，戲事豈足勞心神！傅朋，王逢源外甥也。

病中賞梅贈元晦老友

梅邊無與談，賴有之子至。荒寒一點香，足以酬天地。天地亦無心，受之自人意。韜白任新和，風味要如此。

過鄴中

逐鹿營營一夢驚，事隨流水去無聲。黃沙日傍荒臺落，綠樹人穿廢苑行。遺恨分香憐晚節，勝遊飛蓋尚高情。我來不暇論興廢，一點西山入眼明。

望楚

客浦舟凝滯，凭高識楚鄉。有愁關眺覽，何地不凄涼？草木詞人怨，江山霸主亡。悠然獨搔首，暮靄一星光。

井泉

石井水濺濺，寒莎映碧鮮。雨聲添溜急，天影入波圓。曉汲連山寺，春耕潤野田。杖藜三嘸罷，毛髮更蕭然。

巖桂

涼飈振遠村，寂寞度清芬。山路不知處，月窗時夜聞。孤根寒抱石，落子半飄雲。袖手空延佇，無才可賦君。

新灣

苒苒寒生水面煙，吴歌唱罷月微偏。停橈又向灣前宿，一夜西風浪打船。

汴堤

參差歌吹動離舟，宫女張帆信浪流。轉盡柳堤三百曲，夜橋燈火看揚州。

天迥

天迥孤帆隱約歸，茫茫殘照欲沉西。寒鴉散亂知多少，飛向江頭一樹棲。

銅爵

金碧銷磨瓦面星，亂山依舊遶宫城。路人休唱三臺曲，臺上而今春草生。

中渡

渡南渡北是長亭，沙上行人立馬情。回首若無煙樹隔，只應猶望見高城。

江上

江上潮來浪薄天，隔江寒樹晚生煙。北風三日無人渡，寂寞沙頭一簇船。

雙廟

無復連雲戰鼓悲，英風凛凛在雙祠。氣吞驕虜方張日，恨滿孤城欲破時。幽鳥自啼簷際樹，夕陽空照路傍碑。平生不作脂韋意，倚棹哀吟兩鬢絲！

安仁道中

汩汩復汩汩，著鞭雞一號。老身緣底急，長路只徒勞。石亂春溪惡，山深曉月高。村沽得微醉，猶足張餘豪。

酴醾

顛風急雨退花晨，翠葉銀苞照眼新。高架攀緣雖得地，長條盤屈總由人。横釵數朵開猶小，撲酒餘香韻絕倫。唯有金沙顏色好，年年相伴殿殘春。

海棠花

幽姿淑態弄春晴，梅借風流柳借輕。剩種直教圍野水，半開長是近清明。幾經夜雨香猶在，染盡煙脂畫不成。詩老無心爲題拂，至今惆悵似含情。

策杖

策杖農家去，蕭條絶四鄰。空田依壠峻，斷藁布窠勻。地薄惟供税，年豐尚苦貧。平生飽官粟，愧爾力耕人！

疊嶂

益遣歸心快，愁霖喜乍晴。樹陰迎馬合，波影照人清。不見雲山路，時聞樵斧聲。暮雲偏自急，相伴隔溪行。

野步

野步忘歸遠，春心不自休。管弦非老伴，風雨定花仇。柳暗深深路，溪寒小小樓。謝娘歌白紵，此意可忘憂。

送原仲之荆南

風急塵埃滿漢關，送君行處路漫漫。不知争戰幾時定，常恐别離相見難。三逕舊遊松竹老，五湖新隱水雲寬。交朋日覺知音少，緑綺從今莫浪彈。

景陽鐘二首

景陽鐘動曉寒清，度柳穿花隱隱聲。三十六宮梳洗罷，却吹殘燭待天明。

一刀殘月淡觚稜，遥望林梢曉色升。寂寞小簾風露冷，玉盆脂水已生冰。

泊舟

莽莽荒茨岸，回回亂石灘。雨寒收市早，風急泊舟難。宇縣兵猶鬬，乾坤網正寬。慇懃囑龍劍，莫久卧波瀾。

次韻張守壺山詩

松根繫馬望巑岏，乘興攀躋不作難。日出漸看林霧散，潮來先覺海風寒。遥連釣石多紅樹，半出僧垣盡綠竿。不見雙旌來視稼，憶君對酒豈能歡。

莫田

打麥蓬蓬響莫田，兒童拾穟笑爭先。市頭米價新來減，一醉瓷甌五六錢。

途中

小市猶依海，横橋欲跨汀。雨餘榕徑冷，春晚芋田青。薄宦低豪氣，浮生惜壯齡。急流歸亦好，憂患飽曾經。

次張守韻二首

促席山堂夜，寒燈吐碎金。酒分鄰甕美，栗爆地爐深。疏懶難堪事，紛華易壞心。自憐貪寸禄，雙鬢老侵尋。

瓦白霜封縞，波清月漾金。柝沉秋壘靜，人語夜堂深。故國歸何日，寒衾事滿心。庭松憐手植，擢幹已彌尋。

悼李奉

選拔由親衛，時危遠出征。氣驍嘗忽敵，身殁始知名。故妾辭空帳，殘兵隸別營。傷心豺虎窟，冒險爾何輕！

次韻陳成季郡會

疾雨狂風恨若何，芳晨坐覺等閑過。惜花意欲春常在，對酒年來飲不多。雅會欣聞珠履集，新詞好付雪兒歌。風流閣老推前輩，喜客温顔似醉酡。

出郊

路轉蠹山北，扶輿憶舊過。乾坤征戰久，遊宦別離多。瘴樹餘紅葉，春江又緑波。平生豪橫氣，未老半消磨。

偶書

風急胡塵暗九州，岸巾長嘯一登樓。故園却憶桐孫在，薄宦端爲荔子留。湖海以南兵尚鬭，犬戎不死禍難休。似聞推轂皆飛將，盍有清談謝傳流！

與原仲至交溪橋

倦憩春橋午，回環翠碧重。亂溪流背海，新柳色欺松。厭市常思野，爲官不及農。喜逢湖上客，談話得從容。

春望

杳杳盡寒色，乘高望更迷。曉晴山氣上，春漲野橋低。幽鳥啼無伴，閒花發欲齊。幾多沉寂景，醉筆爲提撕。

北風

雁起平沙晚角哀，北風回首恨難裁。淮山已隔胡塵斷，汴水猶穿故苑來。紫色𪓰聲真倔强，翠華龍衮暫徘徊。廟堂此日無遺策，可是憂時獨草萊！

原仲温其彦藻彦符致明集潄廬

清樽勸客且留連，亂後相從亦偶然。三徑生涯鄉社裏，一秋心事菊花前。向來憂喜皆陳迹，老去光陰逐斷弦。懷抱故人今有幾，只因情話可忘年。

宿雲際偶題

觳雨都無十日間，落紅棲草已斑斑。曉烟未放屋頭樹，春漲欲浮天際山。翠蓋縈風沉遠坂，漁舟驚浪落前灣。鐘聲認得林邊寺，歲歲籃輿獨往還。

客路

客路經春雨，淹留未得歸。徑泥黄染屨，林霧白侵衣。直氣何由吐，愁心只欲飛。東風如解事，吹夢落漁磯。

哭吕倅

瞑目荒山裏，攜家萬里來。旅塋猶借地，兒哭不勝哀。裂甑妖難測，藏舟事可猜。大賢應有後，天道信悠哉！

秋意

又見庭梧一葉飛，物華心事兩差池。百年未半老相逼，四序平分秋獨悲。過岸山川雲漠漠，殘燈院落雨絲絲。客懷料理須杯酒，哭向窮途定是癡！

屏跡

屏跡山樊避世喧，晚風落日静柴門。寒泉遠行通幽圃，小徑穿田入別村。散策微吟霜葉脱，鈎簾宴坐碧雲翻。閒中興味知何晚，絶口名途不更言。

絶句二首

目送孤鴻獨倚樓，晚風吹淚更横流。蕉花落處蠻烟碧，六十三程是白州。

竹遶茅簷水遶階，東風漸欲放春回。丁寧紅紫休争發，待取山南刺史來。

寄蜀

有客傳歸信，愁懷得暫寬。兒童占鵲喜，鄰里借書看。離蜀秋方半，浮湘歲欲闌。柴門頻灑掃，夢想見征鞍。

野墅

野墅驚秋晚，殘年忽忽過。海潮通井淺，林日到窗多。酒盡鄰翁餉，詩成稚子哦。人生行樂耳，軒冕奈余何！

汴京紀事二十首

帝城王氣雜妖氛，胡虜何知屢易君。猶有太平遺老在，時時灑淚向南雲！

玉璽相傳舜紹堯，壺春堂上獨逍遥。唐虞盛事今寥落，盡卷清風入聖朝。

聖君嘗膽憤艱難，雙蹕無因日問安。漢節凋零胡地闊，北州何處是通汗。

朝廷植黨互相延，政事紛更屬紀年。曾讀上皇哀痛詔，責躬猶是禹湯賢。

聯翩漕舸入神州，梁主經營授宋休。一自胡兒來飲馬，春波惟見斷冰流。

內苑珍林蔚絳霄，圜城不復禁芻蕘。舳艫歲歲銜清汴，纔足都人幾炬燒。

空嗟覆鼎誤前朝，骨朽人間駡未銷。夜月池臺王傅宅，春風楊柳太師橋。

御路丹花映緑槐，曈曈日照五門開。吾皇欲與民同樂，不惜千金築露臺。

神霄宮殿五雲間，羽服黃冠綴曉班。詔許羣臣親受籙，《步虛》聲裏認龍顏。

宮娃控馬紫茸袍，笑撚金丸彈翠毛。鳳輦北遊今未返，蓬蓬艮嶽內中高。

篤耨清香步障遮，並桃冠子玉簪斜。一時風物堪魂斷，機女猶挑韻字紗。

萬炬銀花錦繡圍，景龍門外軟紅飛。凄涼但有雲頭月，曾照當時步輦歸。

雲芝九榦麥雙岐，盍有嘉生瑞聖時。玉殿稱觴聞好語，時教張補撰宮詞。
橋上遊人度鏡光，五花殿裏奏笙簧。日曛未放龍舟泊，中使傳宣趣鄆王。
天廐龍媒十萬蹄，春池蹴踏浪花飛。路人争看蕭衙内，月下親調御馬歸。
盤石曾聞受國封，承恩不與幸臣同。時危運作高城破，猶解捐軀立戰功。
梁園歌舞足風流，美酒如刀解斷短愁。憶得少年多樂事，夜深燈火上樊樓。
倉黄禁陌夜飛戈，南去人稀北去多。自古胡沙埋皓齒，不堪重唱蓬蓬歌！上「蓬」字上聲。
河漢如雲掃泬寥，登東寒鐵響清宵。竹窩驚破高人夢，門外鬖鬖萬馬朝。
輦轂繁華事可傷，師師垂老過湖湘。縷衣檀板無顏色，一曲當時動帝王。

題將軍巖

昔年棲險人何在，髣髴樓臺杳靄間。事去長空飛鳥没，時清宴坐一僧閒。霜秋石壁黄金樹，月夜雲濤碧玉灣。杖策時來訪奇絶，漁樵幽興自相關。

訪原仲山居

寂寂臨湖屋，湖風爲掩門。鳥聲幽谷樹，山影夕陽村。好事長留客，雖貧亦置樽。平生枯淡意，去此欲誰論。

有懷十首

滿空寒雨雜飛烟，湖上先生擁褐眠。借問茅齋容客否，夜燈相伴讀韋編。胡原仲

結茅同隱水雲間，何日柴車不往還！憶得松林長嘯罷，歸時明月徧秋山。劉温其

山空墜石咽寒溪，雨濕浮雲晚更低。不見蕭屯劉處士，年年清夢遶瓜畦。劉致中

當年册府仰才華，一跌青雲萬里賒。白首却來蓮社裏，幅巾緇褐誦《楞伽》。鄭向明

風驚枯葦白花浮，欲下横橋晚更留。惆悵不逢吴季子，一溪寒水帶烟流。吴公路

青錢學士妙文章，便合含毫侍帝傍。寂寂閩山餘舊隱，憶君時到讀書堂。張巨山

松底柴門盡日關，主人西去幾時還？長鑱委地黄精老，時有寒猿嘯硯山。傅茂元

馬蹴浮埃去路長，相逢端欲問行藏。未饒赤壁風流在，且向何家醉碧香。周元仲

翁侯滿腹是精神，三謁金門計未成。却跨蹇驢遊霅上，秋風雄劍匣中鳴。翁德功

曾訪高人上翠峰，至今清興逐松風。籃輿夢想行山處，白葛花開細雨中。密庵

送六四叔之茶陵

底用怱怱便據鞍，離觴縱滿不能歡。瀟湘萬里客愁遠，鶗鴂一聲春事闌。此去宦遊當益顯，時來功業自非難。似聞幕府資奇畫，好借雄風弄羽翰。

同詹明誠傅茂元遊晞真館有詩因次其韻

橘柚垂紅古觀秋，歸途邂逅得尋幽。晴沙散策隨山遠，夜月回船信水流。勝處無詩端可恨，它時有酒更來遊。相陪二妙平生友，老矣襟期共一丘。

遂老寄龍涎香二首

瘴海驪龍供素沫，蠻村花露挹清滋。微參鼻觀猶疑似，全在爐烟未發時。

知有名香出海隅，幽人得得寄吾廬。明窗小爇跏趺坐，更覺胸懷一事無。

次韻温其元日詩

曉來飛雨挾風顛，洗出韶容換故年。花動一紅明屋角，山寒亂碧到樽前。病如夜鶴孤還警，老似春蠶飽即眠。賴有故人開寂寞，錦囊詩句許時傳。

次韻熊叔雅七言

只今飄蕩賈長沙，來往三山躡絳霞。馬上新詩猶憶友，枕邊幽夢不離家。風驚枯葦連汀雨，霜着寒楓滿樹花。却記梁園都識面，干戈豈料落天涯。

謝劉致中瓜

萬言不直一杯水，才似謫仙良可嗟。顧我小詩偏發市，年年博得蕭屯瓜。

分茶公美子應預爲白曬之約

夢裏壺山尋二妙，不因荔子鬢絲華。聊分茗盌應年例，故有筠籠來海涯。鮮苞尚想妃子笑，槁面何取西施耙。老饞惟作耐久計，一瞬紅紫真空花。

致中招原仲遊武夷

病暑冠裳與體忘，一廛幽僻得深藏。微風時度澗光活，殘日忽無山氣涼。但想子綦方隱几，終慚南郭謾連牆。何時九曲尋幽事，船尾應須著漫郎。

同才仲入山有懷奇仲

客至那容懶，牽筇入翠羅。山光知雨過，野色見秋多。妙語時相奪，微吟只自哦。吹塤來獨晚，此日恨如何！

次六四叔青字韻

寫出吳中勝，平生歷歷經。路窺烟渚靜，山入柁樓青。老氣何由逸，奔暉不肯停。北潭搖夢否，緑面照軒欞。

時中良弼茂元慎儀集水閣

水色兼山影，漂摇小閣西。風來幽轉活，雨過萬紅低。炯炯杯中趣，喧喧枕裏迷。新年一聲笑，四友在潭溪。

寄張子平

老矣張平子，飄零客此州。清樽如有伴，白髮不知愁。雨燕捎簾入，風花擁檻浮。夢中家在否？歸興莫悠悠。

晚飲

招提聊駐屐，却去白雲堆。老眼看山倦，餘懷向酒開。晚涼微雨送，秋意一蟬催。醉裏揮犀妙，方知有逸才。

次韻長汀壁間

竄鼠驚殘夢，蕭蕭老屋虛。風聲傳遠瀨，寒意入秋蔬。客路漂摇入，歸身憔悴餘。西窗滿殘照，髣髴似吾廬。

韋齋詩鈔

朱松，字喬年，號韋齋，新安人。文公朱子其嗣也。第進士，除秘書省正字。建炎、紹興間，詩名籍甚。聞河南程子之學，捐棄舊習，朝夕研討，久而深有所得。趙鼎督川陝、荆、襄，招爲屬，不就。鼎再相，除校書郎，歷度支員外、史館校勘、司勳、吏部郎。秦檜主和議，上章極言其不可。檜諷御史論其懷異自賢，出知饒州，未至，卒。

至節日建州會詹士元

嗟予身百憂，佳節過倥偬。客愁隨綫增，歸思與灰動。當年從子日，未覺百慮重。高堂遶牀呼，一擲有餘勇。那知客天涯，相對寒骨聳。歲月曾幾何，鬢絲今種種。忍飢山藥煮，附煖地爐擁。深藏斷還往，衰病脱拜拱。與言望鄉關，雲物方鬱滃。空餘相屬意，盃酒久不捧。

寄題叔父池亭

一壑久藏勝，數椽忽開亭。方塘蔭瓦影，淨見魴鯉行。主人有嘉招，轉柂失高城。不知幾摇兀，杙舟上峥嶸。莫酒酌芳淥，園蔬煮柔青。翩翩射鴨弓，一笑翻綵翎。那知海陬姪，斗粟忘歸耕。餘生信萍梗，歸夢識林坰。漲水有回波，故鄉豈無情。一醉會有日，因之濯塵纓。

考亭陳國器以家釀餉吾友人卓民表民表以飲予香味色皆清絕不可名狀因爲製名曰武夷仙露仍賦一首

二年飲水閩中村，忽見玉醴傾蠻尊。涓涓醍醐灌熱惱，耿耿沆瀣明朝暾。旱塵久漲城市暗，渴夢欲挽江湖吞。何人遠致雙鯉信，知我來扣羅雀門。不須邀月已清絕，尚恐熨齒當微溫。要從華池汲真液，豈獨玄鬢薅愁根。微芒已識投轄客，嫵媚似返當壚魂。奇功誰續伯倫頌，妙意要與淵明論。胸中我自有涇渭，筆下君已傾崑崙。詩成寄與約他日，飲君與我空瓶盆。

久旱新歲乃雨

高田土可籠，下田不受犂。遺蝗憂插啄，況乃麥未齊！赤子天自憐，溝壑忍見擠。雨逐新歲來，停雲忽凄凄。莫辭三日霖，爲作一尺泥。汪汪既沒膝，灩灩仍拍隄。漸看簑笠出，笑語喧畛畦。我欲與寓目，父老同攀躋。此身羣萬生，擾擾舞甕雞。曾亦無幾求，脫粟配羹藜。永言故隴耕，老眼路凄迷。好收斂版手，鋤耰歸自攜。

蔬飯

蕨拳嬰兒手，筍解籜龍蛻。薦羞杞菊開，采斸煙雨外。嗟予飯藜藿，咽塞舟泝瀨。朝來二美兼，一飽良已泰。充腸我誠足，染指客應嘅。平生食肉相，蕭瑟何足賴。王郎催牛炙，韓老憶鯨鱠。俠氣信雄夸，戲語亦狡獪。我師魯顏子，陋巷翳蓬艾。執瓢不可從，一取清泉酹。

戲贈吳知伯

條侯得劇孟，吳楚坐可皷。我知無能爲，失此一敵國。偉哉奇男子，俠氣橫八極。書生復何者，骯髒老筆墨。刺口論安危，事往竟何益。匹夫嘯空野，驚塵一方塞。區區空有意，浩蕩洗鋒鏑。何如吳王孫，語輒面浮赤。交遊得朱亥，負販鄙膠鬲。腰間鐵絲箭，上鏃紫塞翮。笑指蛇豕區，滅此而後食。諸公未備知，欲薦恨無力。明日我過君，烹牛呼社客。當書游俠傳，令子姓名白。

十一月十九日與仲猷大年綽中美中飲於南臺

空山欲雪雲冥冥，玉梅半開吾眼青。此身垂欲走塵土，聊復舉酒看峥嶸。折腰向人不知恥，故園可鋤在千里。金昆石友一開眉，珍重道人相料理。楚江東岸先人廬，竹君安否久無書。歸歟何時應白首，我食吾言如此酒！

送志宏西上

九州眼一概，餘子真瑣瑣。嶽立培塿中，喜此高峨峨。如公我輩人，取友亦到我。揮毫賦垂天，風雨卷蓬顆。相期八表遊，未覺夙心左。解龜醉江閣，酒面山月墮。起瞻帝鄉雲，感嘆不成坐。何須飛霞佩，自辦凌風舸。瀛州渺溟渤，萬里一掀簸。緘詩寄天涯，秉燭對新火。那知市門仙，斗祿事幺麽。空餘腸九廻，上疏何日果？

寄陳陷元

我生少所可，靡靡世一律。如君素心人，指不三四屈。久與宵人遊，歸卧常自失。效尤起媮心，阿意增美疾。低回强酬酢，高論形敢出。緬懷參同子，早入伊洛室。聞道既先我，論詩又奇崛。縱横談天口，卓犖扛鼎筆。勝我何足云，論交敢自必。桓公肯見規，寡過行有日。書來約過從，一笑破蕭瑟。新涼宜燈火，永夜勘書帙。豈無一尊酒，少促軟語膝。更呼小叢歌，未怕官長詰。跂予占騎氣，千嶺秋回鬱。着鞭及清境，灩灩月華溢。

月桂花

窗前小桂叢，著花無曠月。月行晦朔周，一再開復歇。初如醉肌紅，忽作絳裙色。誰人相料理，耿耿自開落。有如貧家女，信美乏風格。春風木芍藥，穠艷傾一國。芳根維無恙，歲晚但枯枿。

茱萸

海上作重九，菊揉青蕊香。近墟買茱萸，枯顆出藥囊。兒曹記土風，歎歎事祈禳。老夫未免俗，聊爾答風光。災祥理不僭，此柄孰主張？謠言眩末俗，吾欲案長房。

吉貝

炎海霜雪少，畏寒直過憂。駝褐阻關河，吉貝亦可裘。投種望着花，期以三春秋。茸茸鵝毳淨，一一野繭抽。南北走百價，白氎光欲流。似聞邊烽急，緣江列貔貅。裁襦襯鐵衣，愛此温且柔。天乎未厭亂，利厚人益媮。誰知海濱客，獨歎無人酬。

餽歲

歲晚追土風，獨甕誰與佐。人心感流光，臺餽屏奇貨。雞豚取牢栅，門户隨小大。去鄉二十年，憶此但愁卧。兒癡元未識，但索梨飣坐。何時鴉識村，莫作驢轉磨。不須志四方，教子求寡過。歸哉及强健，老去煩劑和。

别歲

舊歲已趣駕，爲我不少遲。凡心畏增年，而歲豈容追。丈夫有螻屈，牢落天南涯。收功英妙年，豪傑彼一時。寧當如秦越，坐視瘠與肥。鄰翁意誠厚，酌酒寬愁悲。慇懃何時忘，祝我致好辭。撫世非吾事，諸公正扶衰。

守歲

庭燎夜未央，旌旗焕龍蛇。九門一放鎖，萬馬誰能遮！亂離憶舊事，安眠夢無何。目眩燈燭光，坐厭兒女譁。念此亦土風，雖癡不容撾。更爲盧白戲，紛争起横斜。故歲不足計，新歲莫蹉跎。努力誦書史，從人笑翁誇。

送沈昌時赴寧海令兼叙别

午潮平處落歸帆，已覺離情兩不堪。轉手便成千日别，悲歌聊倚一盃酣。波翻别壑聞車水，青遍柔桑趁浴蠶。歸路春深風日美，伴誰操筆賦幽探。

西湖泛舟

望湖樓下照衰顔，羞見塵埃兩鬢斑。風艇縱看山轉側，烟堤儘逐水回還。唤人歸去城鐘急，觸處相親嶺月彎。不用新詩摹絶境，定知長到夢魂間。

贈言命張生

俛仰塵埃的自羞，稍看寒餓復誰憂。小兒造物巧相戲，窮鬼逐人殊未休。我所不知煩子算，世如無取更何求。服箱挹酒真么麽，那用區區問斗牛。

贈僧

知有叢林特地過，幅巾迎笑出巖阿。杖藜同覓牛羊路，濯足來分鷗鷺波。豈不倦遊貪斗粟，坐令歸思動漁蓑。他年會有相逢日，稍食吾言聽子訶。

寒食

粥冷春餳凍，泥開臘酒斟。故鄉空淚滿，華髮正愁侵。山暝雨還住，煙孤村更深。誰知江海客，浩蕩濟時心。

答卓民表送茶

攬雲飛雪一番新，誰念幽人尚食陳？髣髴三生玉川子，破除千餅建谿春。喚回窈窈清都夢，洗盡蓬蓬渴肺塵。便欲乘風度芹水，却悲狡獪得君嗔。

和人遊仙峯庵

千巖萬壑翠縈回，一洗衰翁病眼開。落日多情留別嶺，秋空無地着浮埃。雲閑出岫初無意，松老參天豈願材！我是散仙君記取，更鞭鸞鳳少徘徊。

蘆檻

手斲修蘆着檻栽，使君公退幾徘徊。想當風雨翻叢急，疑卷江湖入座來。未辨松窗眠綠浦，且將屐齒印蒼苔。種成桃李人間滿，應念孤根首屢回。

董邦則求茶軒詩次韻

一軒新築敞柴荆，北苑塵飛客思清。更買樵青娛晚景，便應盧老是前生。千門北闕夢不到，一卷玉杯心自明。冷看田侯堂上客，醉中談笑起相烹。

送仲猷北歸二首

一丘胸次有餘師，空此淹留歲月遲。黄墨工夫憐我倦，簞瓢風味要君知。新詩落筆驚翻水，俗學回頭笑畫脂。伊洛參同得力句，還家欲舉定從誰。

欲尋當日故山盟，身世今如海一萍。歸路上心真了了，愁根入鬢已星星。挽衣共酹東西酒，折柳送行長短亭。念我知君回首處，萱叢菖葉一時青。

寄吴致一

相逢一笑兩忘懷，夢遶親庭首重回。世事難磨三尺喙，離愁都付一分杯。秋生林薄歲時晚，水落江湖鴻鴈來。賸作新詩頻寄我，天涯時對兩眉開。

四月十五日上元道中

亂山身逐簡書來，梅子黄時雨未開。一葦横斜風葉度，千灘贔屭雪城催。危機種種那容避，俗駕騣騣底未回。聊復浮遊隨造物，故園回首思悠哉。

送黄彦武西上

門掩蓬蒿氣浩然，西風筆勢更翩翩。未忘大學虀鹽味，時説定林文字禪。蘆簾風光傾上國，槐花心緒記當年。里門歸日車應下，置酒遲君沉水邊。

書室述懷奉寄民表兄是日得民表書

丈室無塵棐几横，吏休鳧鶩散無聲。舞風竹影傲傲轉，縈夢鑪香娟娟清。已笑榮枯盧白戲，不須物我觸蠻争。故人剪燭西窗約，知復何時話此生？

答人留别之什

家在大江東復東，去君一舍碧流通。那知臨水登山處，同寄飛蓬斷梗中。愁絶盃中千里月，夢縈江上一帆風。只今且作須臾意，更典雲裘醉小叢。

次韻李堯端見嘲食蕨

真人官府未奩緣，且向龍山作散仙。春入燒痕催采蕨，雨翻泥隴憶歸田。蔬腸我若枵蟬腹，詩格君如擊鶻拳。筋下萬錢謀更鄙，諸公飽死太官羶。

送友生

剥啄門前久未嗔，定知我輩不羈人。午窗喚起夢魂好，一語便知風味真。身嬰世網坐營口，心識醉鄉慵問津。忽先秋燕背人去，四角何由生客輪？

贈范直夫

將軍競病詩成處，南浦春歸蘭玉叢。漸減心情身老大，久乖談笑路西東。鄉關落日蒼茫外，樽酒寒花寂歷中。且與寓公同放曠，浩歌相屬倚秋風。

招友生

雨收天氣欲清明，猶有餘寒在粥餳。馬隊客勤貪晝永，鱣堂人病想身輕。讀書有味虀鹽好，對境無情夢寐清。欲話此懷須我輩，一來蠟屐伴春行。

寄江少明

龍卷風雲一髮蟠，不妨聊作侍祠官。高情未許羣兒覺，萬事何須正眼看！問道從公春信近，談天容我酒盃寬。乘桴亦有平生意，回首紛紛行路難。

次釗彦仲傅茂先韻

强蹋府塵從傅子，立談江閣識釗郎。一尊此地見眉宇，十載相思成鬢霜。秋燈煜煜照情話，夜浪翻翻吹客牀。投名徑入農圃社，老矣不夢天門翔。

次張演翁林元惠韻

朱門小駐使君車，二老風流入畫圖。但有䚢籌供笑語，從教歲月上髯鬚。詩成華燭留殘蠟，客醉高歌叩缺壺。更起争棋誇得雋，不應局蹙守邊隅。

太康道中

一色春匀萬樹紅，坐愁吹作雪漫空。誰知榆莢楊花意，只擬春殘卷地風。

燈夕時在泗上五首

燈花作意照歸人，短棹扁舟寂寞濱。帝力如春蘇萬物，遥知太一不威神。

雲窗月檻仰乘輿，俯看香車出繡襦。九陌人人歌帝力，不須微服過康衢。

鸞駕翩翩馭晚風，積蘇宫闕夜濛濛。明朝遺覓鐵如意，應在涼州酒肆中。

我欲安心未有方，至人遺跡已茫茫。自非窣堵波中老，誰直先生一瓣香。

我觀世界只兒嬉，一戲相從更莫辭。綺語未忘餘習在，明朝與和紫姑詩。

鉛山僧齋假山

擘開華嶽三峰秀，疊就層峰數石寒。等是世間兒戲事，道人莫作兩般看。

石門寺四首

橘刺藤梢罥客衣，直緣微𮤲得奔馳。懸知投老歸田味，只似登山困睡時。
行穿蒼麓瞰平岡，踏破青鞋到上方。城市紛紛足機穽，却從山路得康莊。
林樓相唤出幽谷，我亦欲起天未明。枕中泱泱響山溜，一似荒城長短更。
真功那復歎蒸沙，静笑飢腸日夜譁。老褐不須供茗粥，朝餐吾已辦丹霞。

以研墨送盧師予

明窗子石灩松腴，萬卷盧郎正要渠。何以黄梅碓下客，夜翻半偈倩人書。

春晚二首

梅子生仁柳絮催，春風塵跡只蒼苔。繁華一夢年年事，長是初鶯爲唤回。
客路歸來芳節闌，杖藜隨處小盤桓。危紅數點藏深緑，須作春風爛熳看。

宿石龍寺

觸處爲家底是歸，浮生南北未忘機。道人身似南枝鵲，更盡秋宵一再飛。

寄人

西山相對卧寒齋，耿耿思君不滿懷。比似持雲來寄我，何如君自作雲來。

勻道人之玉山戲作小詩送之

道眼無塵萬景隨，滄江秋色入新詩。歸時人問江南好，只道君行到自知。

南浦小詩迎勞二弟

健碧倚天無數峰，眼前渾似故人逢。問來識面知何處，應在頤齋詩卷中。

和幾叟秋日南浦絶句簡子莊寄幾叟

兩翁相對語更闌，想見風生席石間。詩就南枝三轉鵲，樽前秋月半銜山。
凜凜臞仙千載人，當年許卜一枝鄰。天高鬼惡堂堂去，誰識渠儂不壞身。
不見陳公歲又除，七峰深處食無魚。終煩指似龜山路，會使人疑得異書。
風雨交交耿夜燈，天涯兄弟對牀聽。莫嫌詩作江南語，一夢家山眼亦青。

書永和寺壁

胸中一壑本超然，投跡塵埃只可憐。斗粟累人腰自折，不緣身在督郵前。
來解征衣日未斜，小軒泉竹兩清華。道人法力真無礙，解遣龍孫吐浪花。

九日送僧歸龍山

九日相攜積翠中，勝遊兼有道林同。枯顱一任君披拂，寄語龍山落帽風。

牛尾貍二首

壓糟玉面天涯見，琢雪庖霜照眼明。投筯羞顏如甲厚，南山白額正橫行。
物生甚美世所忌，吹息雪中成禍胎。湯帆卯盃頻下筯，江南歸夢打圍來。

洗兒二首

行年已合識頭顱，舊學屠龍意轉疏。有子添丁助征戍，肯令辛苦更冠儒？
舉子三朝壽一壺，百年歌好笑掀鬚。厭兵已識天公意，不忍回頭更指渠。

雜小詩八首

身將雙影背閩山，伴我江南去又還。欲寄道人簷下宿，此身都未似雲閑。

俗學回頭笑畫脂，我今羞悔子何疑。恐輸靈運先成佛，莫學湯休苦覓詩。
松風十里客襟涼，路入江南選佛場。欲問道人三世事，樓鐘重聽未應忘。
江南風物略知津，便覺詩成筆有神。不向九江看五老，故應猶未是詩人。
紛紛襏襫久相忘，只憶僧齋晝夢長。珍重道人留客語，君家無此北窗涼。
門外山光萬里濃，且將寥落共清風。箇中自有濠梁意，不用磨刀斫眼紅。
道人鉏斧得從誰，無復當年隻影隨。笑我不求千户郡，坐知成佛更難期。
避世山中衹樹亭，緑陰遶舍忽青青。抛書自笑爬沙手，要挽天河洗甲兵。

立春日雷

陌上冬乾泣老農，天留甘雨付春工。阿香急試雷霆手，莫放人間有卧龍。

送輝雲際二首

三日雨行來款關，篝燈相語雪靄山。低回俗裏未能免，只有對君非强顏。
認取芝峰鉢中影，要君歸去首重回。相思手折寄千里，想有南枝迎臘開。

題范才元湘江喚舟圖用李居仁韻

天涯投老鬢驚秋，夢想長江碧玉流。忽對畫圖揩病眼，失聲便欲喚歸舟。

玉瀾集鈔

朱槔，字逢年，文公之叔父也。少有軼才，自負其長，不肯隨俗俯仰。厄窮蹭蹬，有人所難堪，而其節愈厲，其氣益高。其詩閒暇，略不見悲傷憔悴之態。因夢名堂曰玉瀾，梁溪尤延之敍其詩。

二詩寄德粲并簡内觀諸友

春風本自掣肘去，那更病留過一旬。滿眼山川雖不改，連天桃李已成塵。銀河誰與洗兵馬，寶唾安能泣鬼神。悵望故人分雪此，飛雲落日在綸巾。

九淵亭上二三子，見説年來事事新。隔水不容招手喚，曲窗已有畫眉人。酴醾香好急攜酒，鶗鴂聲繁催送春。笑我江南未歸客，飄然天地一閑身。

因蹈元看竹了軒因用去年方字韻作此

淇澳渭川那復夢，而今天遣出南方。要觀大節須霜雪，莫説此君無肺腸。照水形容殊不惡，臨風言語一何長？山僧豈識留連意，千里故人逢異鄉。

三山次潘静之升書記韻

客路那知歲月長，掀眉一笑苾蒭房。且傾徐邈聖賢酒，不問陳登上下牀。雲影翻空迷海嶠，秋聲隨夢到江鄉。明朝各聽船窗雨，猶憶枯棋戰四郎。

邈書寄出與李知哲唱和詩次韻

邂逅招提頓客輈，十年塵土且休休。三人月下從渠便，二老風流到我不？南北只今無好語，山川如許更悲秋。故應賸作鏘金句，莫羨羣兒萬户侯。

老兵種菊以詩謝之

蔬畦雨徑策勳時，徙種鄰牆菊兩枝。九日無人過朱放，十分舉酒酹王尼。花裁栗玉秋風健，香近龍涎曉夢知。負口不應還負眼，長鑱煩爾鎮相隨。

九日與客語慨然有廬山之興

九日黄花笑白頭，分將牢落付荒丘。半川暝色聊償夢，别嶺秋聲旋寄愁。江國經年多浪語，匡廬入手是真休。未能免俗須登陟，睨視元龍百尺樓。

三山次鄭德予韻

日脚微明雨脚疏，誰將雲夢賦相如？西南山好君知不，一見全勝讀異書。
何日歸舟片葉輕，白鷗相伴鱅微鳴。只應潮打篷窗處，已作《離騷》一半清。

寓居南軒

雲氣披猖月意孤，冬青倒影上庭隅。燈橫老薺蛾方去，書掩新芸蠹已無。一世盡知闌鹵酒，十年不擬歎齊竽。支頤坐覺疏星没，獨扣龍頭瀉酪奴。

答戲昭文梅花

臘到方留此日寒，雨多未覺過雲殘。共驚臺柳匆匆去，獨抱園花細細看。洗面不勞千點雪，薰衣剩破一分檀。詩人窮苦誰料理，只倚東風酒量寬。

延平道中

一溪春漲午晴初，日透波光緑浸裾。却憶孤山山下路，石橋清澈看叉魚。

雲間三十六峰高，北望思歸夢亦勞。來客雙峰莫相笑，少低吾眼爲兒曹。

舟次黿湖阻水因遊董山

山雨疏疏心又驚，起瞻天色斗微明。他年一枕江關夢，知憶篷窗此夜聲。

一川黄濁寫崐崘，若恨南溪不盡吞。三老亦知行意速，時時插竹記沙痕。

拂拂朝霞到客舟，苦疑雨意在鳴鳩。好峰天半元相識，且作僧牀挾策遊。

夢好山晴曉不知，船邊今日見鬚眉。向來快寫崑崙地，元有薰風緑盡時。

僕自以四月十四日自延平歸所寓之南軒積雨陰濕體中不佳二十五日夜夢至一處流水被道色清絶若有欄檻而無屋宇有筆硯皆浸水中予驚問何地旁有應者曰此玉瀾堂也夢中欲取水中筆硯作詩詩未成而覺意緒蕭爽殆不類人世鷄已一再鳴矣因賦此

蘧蘧飛夢過雲鄉，物色清輝眼界長。閶闔未招金馬士，蓬萊先立玉瀾堂。千尋濯足衣裘冷，六字哦詩筆硯香。當與瑶池作同社，紅巾青鳥兩相忘。

贈周功崇

閩嶺浮沉二十年，歸心日夜夢江天。謾題甲乙煩君看，若説功名只自憐。造物小兒知薄相，箇中老子已忘筌。一笻閒作東南去，豈欲求人左海邊。

夏夜極涼

素簡久辭夜，清風先戒秋。稻深羣蛤吠，草暗一螢流。舌在殊無計，心空尚有求。按圖尋分野，楚尾見吾州。

六月二十日二十一日立秋。

天涯明日見秋風，錯莫誰驚碧樹空。豈意楚山招隱處，盡歸蜀客廣騷中。釣魚聊爾針方直，乞米茫然帖自工。獨卧南軒聽南澗，蠻花猶作杜鵑紅。

春閒小詩書趙園壁追録之

柳態隨時秀，花容近酒輕。緑窗京洛語，蓋抹早鶯聲。

小語不知夕，幽香無盡時。影寒人欲醉，明月照酴醿。

夜坐池上用簡齋韻

落日解衣無一事，移牀臨水已三回。斗沉北嶺魚方樂，月過秋河雁不來。疏翠庭前供答話，淺紅木末勸持杯。明明獨對蒼華影，莫上睢陽萬死臺。

書報國壁向年寓學於此嘗見虹下飲溪中復聞子規

昔與春風來此時，擕書齪齪伴兒嬉。山晴欄楯投雌霓，身病林巒號子規。短髮蕭蕭吹易盡，長江滚滚去何之！欲追舊事無言説，更作三生石上期。

北山小集鈔

程俱，字致道，衢之開化人。以外祖鄧潤甫恩補官，坐上書論紹述，罷歸。宣和間，進頌，賜上舍出身。歷官禮部郎。建炎，直秘閣，知秀州。南渡，航海趨行在。紹興初，爲秘書少監。時庶事草創，俱摭三館舊聞，爲書曰《麟臺故事》上之。擢中書舍人兼侍講。旋除徽猷閣待制。晚病風痹。秦檜薦領史事，不至。卒，年六十七。爲文典雅閎奥，詩則取塗韋、柳以窺陶、謝，蕭散古澹，有忘言自足之趣，標致之最高者也。

雜興十首

一日復一日，百年如此耳。那將千百計，來日何窮已。逝者不可追，來者安可知？正恐聞道晚，勿言功用遲。

誤點成駁牛，妙技有餘賞。作意畫蛇足，至今猶撫掌。君看人間事，類此或往往。浩歎可奈何，悠然起遐想。

中夜忽自省，昔我今是非。音聲故如昨，齒長鬢滿頤。有人夢中言，子念無乃癡。今猶昔人耳，昔人安在兹！

濯濯簷下溜，刁刁樹間鳴。蟲號百鳥鬧，小大各有聲。聲多不留礙，響振元無形。何殊百千炬，光影各自明。

胡葵向晨照，日引一尺長。松栽四五年，擢幹未出牆。溥溥露方晞，借此顏色芳。各留一寸心，試待九月霜。

春鳩一何拙，社燕一何巧！天陰逐其婦，飲啄聊自了。銜泥亦綢繆，託此華屋好。物生固有分，巧拙均一飽。

穋穋新稾秸，補此茅屋漏。問云力田人，歲事苦耘耨。終年手足胝，得此以自覆。香秔一過眼，糠覈餘滿竇。

昔年過吴江，戀戀不忍去。臨江塵思盡，廓若掃翳霧。茲爲三年留，已厭波濤怒。乃知常人情，趣新方捨故。

軋軋田邊車，卷卷不得休。出之一寸痕，益以幾尺流。扶提暴中野，强作田家謳。車聲真哭聲，天遠將誰尤！

少小思振奇，頗恨身不長。身長益多累，信與憂俱生。回思二紀間，浪使儵忽爭。誰能補黥劓，反我孩與嬰？

吴縣遊靈巖

春物已如許，放舟出橫塘。扶橈漾滌漲，迨此白日長。草木有佳色，欣欣弄浮陽。幽禽靜相呼，乘和自翻翔。春風不著人，浩浩吹我裳。終年思煩促，於此興未央。捨舟得平地，陟彼萬仞岡。明霞墮山西，夜氣鬱已蒼。豈無從我遊，夾道鬑鬑張。風來得好語，落落隨低昂。幽堂掃禪榻，靜對燈燭光。身輕浴新出，境寂慮欲忘。虛窗忽含曉，睡起日照梁。羣山發春姿，秀碧澹以芳。晨光晞薄露，草樹滋幽香。徜徉尋昔遊，步屧循長廊。振衣一長嘯，寸目了八荒。上嗟百世基，竟坐一笑亡。見劉禹錫詩。當時館娃地，今作選佛場。乃知諸夢境，遁化豈有常。飄然詠歸歟，此適頃未嘗。重來會有興，肯使墮渺茫。旁人挽予言，借問身閑忙。吾方有公事，子去無相妨。

過方子通惟深

白日苦易晚，我懷多隱憂。憂思劇春浸，浩漫不可收。出門欲有適，舉步且復休。塵中等膠擾，念此將焉投。駕言城東北，闔閭即巖丘。是中有幽人，厲志淩霜秋。寸田荆棘盡，不假斤斧修。門無雜車馬，一飯乃見留。虛堂芝朮香，下有百尺虬。蒼陰匝平地，老幹森下樛。堂中羅酒漿，耿耿燈燭幽。四天黮無光，萬籟肅以揫。炯然坐相向，更僕語益遒。我身動乖忤，夢寐喬松遊。常恐在泥滓，永爲天所囚。會當從之子，濯足萬里流。

夜半聞橫管

秋風夜攪浮雲起，幽夢歸來度寒水。一聲橫玉靜穿雲，響振疏林葉空委。曲終時引斷腸聲，中有千秋萬古情。金谷草生無限思，樓邊斜月爲誰明。

讀神仙傳

騎龍上天入太清，繼世而往在我盈。握鈐而呼大司命，主非使者走折脛。乃知神仙非智巧，積功累行如郊鎬。專懷邪辟祈長年，誰言淮南雞犬飛上天？

鯉魚腹中有隱符，白魚腹中有素書。鞭靈走石譏一戲，騎麟上天亦徒爾。誰能解衣涿水中，使人呼指赤鯶公？

莫作龍眉山頭客，三百年不得作直。故應未辦作李公，投身百斛旨酒中。鼓琴先生有怒色，有愛終當爲物役。江都王勿預人事，倮蟲膏血使誰從汝索？

胥門著蔡經，市門著梅福。我爲松江吏，與汝相望亦相逐。高冠長劍衛士從，有口底事使蠟封。此身況不爲陳尉，就公蠟封三尺喙，不能擲米作珠爲狡獪。

古釣臺歌送阮閎休美成沿檄浙東

餓夫一往西山空，攫金胠篋清晝同。東方作矣事何若，玉柙未解裙襦中。排肩炙手日卓午，暮夜掉臂目送西飛鴻。謂言冰壺不受污，正似馬耳經東風。我思一人，去我千載，乃在淛水之東富春瀨。山嶔嶇兮矗雲漢，溪流喧豗白石亂。瀨聲盡處萬尋碧，蟠蜒蜿兮守斯人之故宅。旁人指山名釣臺，下視九土氛黃埃。投竿百轄何足道，直拂三珠挂瑶草。彼一人兮皎獨立，清風爲神冰爲骨。佩瓊蕤兮結明月，紉蘅蘭以薦枕兮，服龍淵之無缺。羊裘蒙茸溪水旁，大勝被袞升明堂。劉秀發兵誅不道，氣壓昆陽纔一掃。登牀撫腹坐太息，始信赤符非至寶。君房素癡定不癡，致位鼎足何其危！阿諛順旨腰領絶，安知直言身見殺！我昔客新定，挂帆七里灘。整冠拜祠下，巖巖千仞層臺巔。神遊八海極，髣髴聆其語，但覺萬古松風寒。滔滔舉世無不可，正自喪我非母我。嚴灘水清山翠微，貪廉懦立歸來兮，奎躔絜縫不可以久棲。

卽事戲作四首

老烏作巢一何拙，柳條垂絲今禿缺。銜枝復墮苦饒舌，編條作巢枝錯節。老烏柳好汝勿傷，藏烏待得春葉長。安巢令汝著哺母，密葉更能庇風雨。齋前數柳樹，爲老烏取新條作巢幾盡。

黃雀黃雀飛相逐，相呼門前啄遺粟。啄粟飽卽休，有人挾箒掃泥待作粥。數日門外輸苗，遺粒狼戾，黃雀喧集。貧家小兒争掃去，謂之掃泥米。

鶴唳固有似，云何啄泥取蚯蚓，蚯蚓食泉曾不惡，鰌䱹蜿蜒尤不忍。何如忍飢向芝田，腥涎溷爾不得飛上天。畜一鶴，頗食腥穢，可厭。

烏啼未必惡，麾去恨不早。鵲噪兩耳聾，主人亦言好。安知一喙鳴，喜戚自顛倒。朝來羣鵲噪不已，童稚無知助吾喜。羣鵲自與烏争巢，慎勿喜歡真誤爾。齋前羣鵲時噪。

謝人惠硯

帝鴻墨海世不見，近愛端溪青紫硯。溪流見底寒且清，光凝淺紺淵之精。斧柯千古遺仙局，雲暗半山含紫玉。割雲鑱玉巧如神，龍尾銅臺可奴僕。君來自南數千里，不載珠璣如薏苡。芊芊溪草裹石硯，文字之祥直送喜。明窗大几墨花春，爐山吐蘭千穗雲。虛中含默靜相對，那復草玄驚世人！劉禹錫有「端溪石硯人間重，贈我應知正草玄」之句。

穹窿葬事回邑有感

生別萬里餘，會面終有期。死別不轉眸，一朝千古非。白日光在天，玄陰閟泉扉。盈盈閨中秀，土化成枯骴。冠笄共甘苦，謂見素髮垂。那知死生變，不待桑蔭移。室有病時茵，篋有嫁時衣。了了眼中事，閑妝靜容儀。垂楊手曾折，爲我當春稀。迅流無廻波，落英無還枝。空房閴無迹，新墳草離離。傷心北門道，同來不同歸。

過劉姓園居

負郭三頃稻，並田五畝園。人生如此足，安用華其軒。親戚居南陌，交遊在東村。有酒輒共醉，傾輸見情言。三徑雜桃李，九畦蒔蘭蓀。黃甘百頭奴，碧梧萬支孫。山供景無盡，石映溪不渾。桑麻中饋任，布刈鄰翁論。下以活妻孥，上以奉清溫。時從赤松子，亦訪吳市門。嗟我抱此志，十年若朝昏。家山眇天末，松菊豈復存。兹園臨官道，坐笑車馬奔。前山復場圃，疏築隨坳墩。我來適春穠，亂眼紅青粉。悦然動鄉思，夢寄東飛雲。

題海會寺

萬杉堆青没山骨，雲埋七峰時出没。飛泉拂石瀉哀湍，下有萬古蛟龍窟。藏頭睡熟呼不起，地坼三年蝗蝻出。千山脈理漬清甘，一罅涓涓流石液。同遊況與惠詢輩，許主簿遠首座。納屐振衣何矻窣。大門當前新築道，跨水曲欄欹突兀。春鳴轣轆趁朝炊，水䎃懸流機械發。揞笻對此自三歎，抱甕老人長搰搰。却坐幽堂忽浩歌，回首已失西山日。

望九華

船發大雲倉五十里許，顧江南衆山中，有數峰奇爽特異，一見卽知其爲九華。問篙人，果然。因知褚季野於廣坐中識孟萬年，正應如此。作詩一首。

卷簾坐對江南山，掠眼送青來亹亹。雲泉肺腸久厭飫，拄頰悠然聊復爾。奇峰遠澹忽四五，爽秀駸駸逼窗几。平生九華盛名下，一見定知真是矣。非關目力睹天奥，正覺羣山如聚米。好山如人有高韻，不獨江州孟公子。直緣佳處無仕逕，落莫道邊同苦李。大是忘年耐久交，藜杖青鞵結終始。

山中對酒

秋容澹青山，爽秀雨皆足。清溪照千仞，空翠疑可掬。何年顧兔窟，桂子墮山腹。老香散深林，屑玉綴黃粟。朝來客衣動，一葉下空谷。客心如棼絲，日月共煩促。胸中尚磊塊，陶寫賴新淥。要當酒千鍾，澆我愁萬斛。顧有獨醒人，翛然倚枯木。

二月二日富陽城東

一春何許最佳處，柳色初勻思殺人。風揉雨練不可觸，明綠映空顏色新。舊雨來時花未齊，今雨一過花團枝。明朝試踏城西路，已復可憐枝上稀。

桐廬道中書事

一星熠熠初尚微，俄頃滿天如灼龜。溪流黯黮四山黑，怒芒當空唯太白。舉頭仰書天漫漫，飛星縱橫絶河漢。新月未高不可見，終夜起坐發三歎。

題張太丞明園亭

京華真陸海，聲利之所闤。向來山林士，往往去不還。濡足未肯已，没身何足歎。張侯翰林客，金龜著朝班。生平用一指，談笑起廢殘。紛紛多盧子，名譽莫敢攀。五十未云老，幡然歸故山。歸來謝奔走，治此五畝園。養樹如養生，斤斧不浪干。醫花如醫疾，察標見其源。《花譜》有醫花法。上有十圍木，蓊然午陰寬。下有百步荷，紅鮮映清瀾。爽氣日多佳，西山挂簷端。安能九衢內，髀肉磨韉鞍？我今坐奇窮，進退坎井間。違己恨紆轡，長飢思抱關。當時彭澤令，四壁唯瓢簞。折腰未爲辱，徑去曾無難。而我亦何者，栖栖猶強顏。

送崔閑歸廬山

琅琊山中水，韻入三尺桐。琅然醉翁操，發自玉澗翁。流泉不成音，寫寄十二宮。醉翁不可見，妙語聊形容。嘗聞三峽泉，上與天漢通。請君記餘響，相彼玉珮風。此聲倘可繼，那復有此公。吾友胡少汲，結廬皖公城。灊山有小隱，背負紫翠屏。前臨一溪水，可以濯我纓。欲分青山半，留我谷口耕。信美非吾鄉，翩然遂宵征。聞君草堂處，亦復占地靈。虛簷倚蒼崖，下有玉澗鳴。樂哉不可到，因君懷友生。

有美一人

有美一人在昭君，藕絲爲衣蘭作裙。君初顧言淑且真，直欲載以黃金輪。人心變化如浮雲，明妝覺暗笑作顰。何當還之承華茵，令君宴寢凝清芬。

有美一人在煙汀，朱顏朝滌玉壺冰。素手暮理朱絲繩，語言窈窕丹鳳鳴。坐持紈扇睇秋螢。何當還之翡翠屏，爲君把鏡整衿纓。

有美一人在南浦，月明採珠光照渚。瑶衣被體金索縷，獨抱幽寒沫煙雨。何當置之白玉宇，爲君歌陽春激楚。「有美一人在南國」以下四首亡。時鄒志完在昭州，曾子開在汀州，陳瑩中在合浦。

賦長興錢圃翁詩

學書要不成，學圃苦不早。向來執戟郎，何似於陵老？我無拏雲意，所念在一飽。閉門種蕪菁，抱甕澤枯槁。荒畦財一席，嚙嚼到春草。頗聞長城翁，八十顏色好。城西有寬閑，終歲常却掃。安得五畝園，如翁一生了？

遊善權寺

放舟荆溪上，溪水清且徐。雲中離墨山，慘淡初有無。捨舟並松麓，下直浮屠居。朅來東軒上，爽氣已有餘。飛來定何年，無乃與此俱。奔流漱庭下，比竹梁寒渠。山深絕凡境，物物清以臞。蕭森倚巖秀，夭矯懸崖枯。幽禽發寒哢，響振高林疏。我行亦良苦，却步計已迂。解衣卧清晝，慰我千里劬。予自衢來姑蘇，省女兄竟，欲歸，却行二百七十里，訪江仲嘉於宜興，故有却步之句。

善權洞

嘗聞包山境，中有林屋天。旁通號地脈，嶽瀆潛鉤連。茲山豈其類，澒洞皆中穿。二巖岌山足，琤淙激奔泉。牛羊走大石，吐受無窮年。金堂下石液，雪積如烹煎。從來米鹽稱，浪播俚俗傳。一洞啓山腹，穹窿亦聯綿。誰題九斗字，大篆仍深鐫。中藏丈五石，屹若龍騰淵。回頭問主人，謂仲嘉。我輩定不凡。

云何逐官牒，常得我所耽。向來共幽討，九鑠藏芝巖。而我自林屋，翩然遊皖灊。洪崖儻可俯，不在南山南。

白馬洞

披榛不知疲，詰屈巖下路。俄然見深竅，偶步入巖户。一泓窈而澄，百步清以鶩。人言紫髯仙，白馬從此度。磷磷盡赤石，丹竈遺滓污。收藏已兒啼，效速勝麻護。因知世盲聾，荒怪雜疑誤。虛空如許大，長嘯可平步。胡爲萬山底，躑躅向煙霧？

神魚泓是日與諸公流杯水中如西丘故事

柳州困奇士，戲好亦幽絶。遠懷西丘飲，千古清與發。徜徉恨無所，盤俎對羈紲。聊爲五里行，邂逅一壺挈。神魚伏山根，渟湛初一穴。侵侵決寒溜，沙石助清越。披莎得盤石，離坐若天設。實觴競乘流，眩轉亦飄瞥。争持或三釂，遇坎時一蹶。歡來朱碧亂，笑罷巾帽脱。相望西丘遊，詎易議優劣。

張公洞

昔年京江夜，飛夢投雲山。仍追謫仙老，嘯詠層崖巔。左盼俯無地，蒼巒生紫煙。當時賦幽賞，妙境竟莫宣。今我來自東，扶橈漾荆川。飽聞張公洞，怪絶駭所傳。聊從二三子，一結青山緣。北靈敞奇觀，下矚壺中天。恍然驚昨夢，了了墮我前。仄徑繚危棧，重扃護靈淵。奇礓玄圾倚，側洞時鈎穿。初疑天台聚，納此一室間。夸娥運神化，不隘亦不顛。又疑清都客，翩然下雲軿。幢旄儼行立，導從森蟬聯。丹梯香霧濕，玉室珠瓔懸。撐虛一柱屹，戴重三能騫。鉛竈久已冷，青騾那可鞭！香壇望八景，東晨開五便。坡陁忽度險，宛轉漫無邊。或深如列廈，或迮纔容肩。高躋乍捫頂，偶步欲墊泉。不知行遠近，一步目九遷。噫嘻此天設，端在太古先。恨無少陵手，寫之黄絹篇。聊書夢中夢，投筆一粲然。《公羊》「粲然皆笑」。

借居毗陵東門四首

客去不能寐，翛然清夜闌。樓居俯長川，仰視天宇寬。長川濯雲漢，錯落星宿寒。青燈故可親，且還對塵編。其人骨已朽，千載與我言。掩卷三太息，虛簷清露溥。

急景不可挽，吾生豈無涯。吴中十年舊，鬢髮亦已華。嗟我壯且老，方知失林鴉。欲歸巷無廬，欲駕塗無車。而子亦羈滯，心事如蓬麻。人生無巧拙，命爾將如何！「吴中十年舊」，謂傅冲益。

猗猗隔河樹，羃羃緣階草。時當長養候，顏色豈不好。萌芒忽柯葉，茂大旋枯槁。滔滔不自知，但見壯而老。人生亦草木，萬化迭侵擾。朱顏日夜變，素抱豈自保。

借居臨官道，堂陰俯長河。前車接來軫，後棹紛相摩。我獨居其間，超然嘯而歌。頗從故人語，安用高軒過？旁有五畝園，不知主誰何。時能曳屐往，豈異吾山阿

和柳子厚讀書

事賤反多暇，居卑適無虞。人間不争地，聊此謝畏途。豈無營營子，熟視付一吁。廛中亦何有，坐聽日月逾。展卷閱千古，置書忘萬殊。不妨權子母，亦復商有無。平生僅識字，乃與憂患俱。持此遊學海，層臺漸積蘇。年來但遮眼，頗覺心恬愉。囊錢足自飽，肯怖騶朱儒！起卧一塌間，兀如橜株拘。涼風北窗下，不減愚溪愚。誰能三萬卷，懸頭苦劬劬。小極正當寐，睡魔不須驅。

戲呈虞君明察院蓍

三仕三已心如空，一壑一丘吾固窮。門施雀羅正可樂，車如雞栖良不惡。胸中九華初欲成，綵衣玉斧雙鬢青。世間何樂復過此，不失清都左右卿。長安陸海如洪爐，五金出入無精觕。平生椎鈍堅重質，一往融液隨流珠。請觀五石大瓠種，正以濩落浮江湖。環中何者爲榮辱，千鍾何如三釜粟。坦途緩步東方明，大勝跨虎臨深谷。

秋夜寫懷呈常所往來諸公兼寄吴興江仲嘉八首

秋聲不關人，倦客偏入耳。蕭蕭舞黄葉，策策振疏葦。明知壯則老，摇落固其理。如何石心人，嘅歎中夜起。

蓬藋没三徑，藤蘽上瓜廬。時聞步屧聲，款關問何如。定坐無雜語，文章較精粗。馬融辭東觀，抗髒與世疏。顧此窮巷士，華顛空著書。屬王元規防。

外監嗟已遠，吾猶識其孫。森然見孤韻，辯作懸河翻。低頭向螢窗，有類鶴在樊。讐書五千卷，字字窮根源。頗攜未見書，過我樵無煙。屬賀方回鑄。

向來霜秋句，俯仰歲一終。人間有寒暑，方外無窮通。青青千丈松，不改冰雪容。坐閱蒲與柳，飄蕭隨雨風。寒松老益高，蒲柳老益衰。流萍況無蔕，復與飛蓬期。却掃計不早，出門欲何之？屬方子通惟深。余壬午歲常過子通，賦詩有云：「是中有幽人，厲志凌霜秋。」又云：「會當從之子，濯足萬里流。」俯仰十二年矣，愧此高人。

剥啄驚午枕，軒昂見長身。蒼髯如修竹，定非俯仰人。德公卧襄陽，不踏官府塵。此老頗似之，酒酣見天真。結廬甚幽獨，已辦老圃鄰。披榛時一來，數面久益親。屬楊彝父懿孺。

二十出吳下，諸生有楊王。相從寂寞濱，無乃計未良。縱横三千字，坐可致玉堂。詞章乃糠粃，不直粟一囊。我媿非子雲，文書昧偏旁。窮居似韓子，草樹亦荒涼。時能出佳句，慰我秋夜長。屬王、楊二貢士。

物色一如此，凄風薄人衣。遥憐卞山客，增歎雉朝飛。固知難爲懷，舉餐念齊眉。勿使梨棗間，纏綿生繭絲。

清霜掃蕃廡，豈爲一草木。方春萬物遂，苑欒及冰谷。乾坤本平施，憎愛豈有屬。不應懷偏慳，獨遇吾黨酷。奇窮坐迂疏，此事計已熟。如何半世間，生理常刺促！二篇屬江仲嘉。仲嘉有氣節，多難，比有伉儷之戚。故云。

夜坐

飢烏夜啼棲復起，仡栗飛光透窗紙。捲簾萬瓦白生煙，桂影扶疏淨如洗。回腸正隨清漏轉，葉下空庭亂如霰。青燈耿耿夜何其，雲篆吐蘭初一線。歲云暮矣萬竅號，霜天旅鴈求其曹。月行虚空幾萬里，羣犬吠光聲正豪。蒲團瞑目空危坐，逝者如斯白駒過。悠悠昨夢不可攀，此身此心何日閑！

春日寫懷

春風遍芳華，一國盡狂醉。窮閻獨不知，但見長蒿薺。秋飈起蘋末，一華初未墜。幽懷獨先覺，意象已凄厲。故知春與秋，初不爲我計。危絃自應悲，寒木終易脆。要之夢中夢，憂樂同一寐。翻然詠軒丘，心量浩無際。

豁然閣

雲霞墮西山，飛帆拂天鏡。誰開一窗明，納此千頃静。寒蟾發澹白，一雨破孤迥。時邀竹林交，或盡剡溪興。扁舟還北城，隱隱聞鐘磬。

讀陶靖節詩

吾觀靖節詩，三歎有遺音。卧看起詠之，愔愔澹多心。欲學靖節詩，慎勿學其語。心源如古井，衡氣光發宇。言無出言意，妙語自天與。譬如清泠淵，月湛不可取。嵚崎阨驚湍，乃若震雷鼓。斯言可深味，往往棄如土。

到官兩旬四走山野作詩以自勞云

上山傴伸如望天，下山傴仆如深泉。胡爲持此不貲寶，來試萬丈懸崖巔？前人見踵後見頂，反足鳥道相攀牽。欻然置我章貢上，水激石罅奔雷填。荒塍曲澗無遠近，渺渺不見墟中煙。土岡盤路狹如隧，蘇壁藤蘚蛟虵纏。寒風颼飅失白日，上有萬木蒼陰玄。航溪之深揭其淺，碎石齧足聲號川。茗山發我一長嘯，彼有吴市人中仙。飛瓊練玉存故處，衹有井竈無霜鉛。我今正坐五斗米，悔不辟粒從期佺。向來吴松厭羈旅，三歲半逐鴟夷船。故教莞庫著疏嬾，坐守兀兀聊窮年。安知求逸得奔走，豈異避挺蒙戈鋋。咄嗟萬事無必計，努力唯有歸園田。按圖經，茗山有梅福鍊丹竈，故有飛瓊之句。

九日雨中對菊忽忽塊坐用雨中對花韻三首

胸中有天游，一室未爲迫。永懷東籬翁，那復有此客。重陰敗佳辰，長雨不爲澤。堆庭對黄華，菜色被臧獲。黄華亦蕭條，伴我雙鬢白。猶能相呴濡，嫩蘂供小摘。

去年峨眉山，痛飲真得計。新蟾繼秋陽，明潔謝點綴。今年坐蝸廬，簷溜落空砌。花開信多雨，會少苦分袂。茫茫大塊間，遊子況無蔕。百年能幾何，行復驚改歲。

危心如危絃，未斷先凜凜。風庭忽知秋，中夜不安枕。力行無遠途，積縷成重錦。男兒未蓋棺，雅志安得寢。榮衰非所念，身世固已審。亦復羨久生，聊爲老饞飲。魏文《與鍾繇書》云：「屈平悲冉冉之將老，思餐秋菊之落英。輔體延年，莫斯之貴。謹奉一束，以資彭祖之術。」

元夕塊坐因用葉翰林去年見寄元夕詩韻寫懷

兒童逐遨戲，先春禱春晴。心如飄風快，目若冰壺明。寧爲惜日計，所願佳節并。老來見紛麗，如乾闥婆城。流光不可挽，譬彼空中聲。那知節物佳，倏然謝將迎。幽燈對簡編，歷歷記所更。斯須閉關卧，鼻息驚雷鳴。寤念北山北，田家已催耕。胡爲異鄉久，空寒猿鶴盟。短日良易暗，凝陰有時晴。何人勸之照，燭燎皆爭明。今年春苦寒，寒威劇幽并。連綿積三白，雲埋闔廬城。深泥浹新雨，行路無人聲。藜燈不來下，箕卜豈復迎。朝來日照梁，天氣忽已更。稍聞橋市間，簫鼓遠近鳴。吳人尚遊樂，急如赴春耕。唯有窮巷士，守窮如守盟。

西安謁陸蒙老大夫觀著述之富戲用蒙老新體作

丈人意何長，縱目文史足。琅然五行落，洞視不再讀。作書兼遠奘，衆妙探玄竺。公作《兆頌》、《般若頌》數百篇。時時歌四始，笑捧五經腹。高堂發新稿，重複羅籤軸。觀之類窺管，諷味得膏馥。蒙老號爲連韻，如云「風捧諷馥」。

白頭書生黑頭翁，長安時花幽澗松。遠飛近啄雖異志，天命厚薄無雌雄。鈎深采博燥喉吻，守此一畝蓬蒿宮。杜門不出交二仲，木陰澗曲遥相通。紫囊貝葉資藝苑，欻閱一見踰三冬。亭亭漫吏多所歷，乾死書螢心似漆。王門賓閤不留行，赭顏跰足搜泉石。茅簷正欲結雲根，竹葉榴花薦餘瀝。當從元亮賦言歸，木茹麻衣永投筆。蒙老號爲合離藥名，如「當歸、木筆」。

十月五日集季野家歸作

賢愚孰無營，急景信可惜。如何闔廬城，乃有此閑客？懷安豈初志，運甓有餘力。相從無何鄉，邂逅一日適。虛窗得朝陽，寒凜作春色。琴書羅棐几，一一淨如拭。畫沙見奇蹤，落屑非近識。似追永和還，未覺正始隔。峥嵘衡霍囷，莽蒼雲夢澤。時華互低昂，幽鳥共深寂。誰驅此變幻，戲納方丈域。慚公傾春釀，澆我憂思積。豈無車公語，謂方回。顧匪伯仁匹。自謂。長檠蠟華摧，起視霜月白。酣歌美清夜，擁髻侍通德。參差吐幽妍，鑿落豔芳碧。觥籌不留行，爲問此何夕。言歸謝主人，五斗安可極。

戲示江協律漢

酸寒北山尉，憔悴孔州守。枯魚同處陸，濡沫賴詩酒。當時年尚壯，意氣亦何有。祇今雙鬢華，十載一回首。仕初君似過，遊倦吾已醜。邂逅記昔遊，空嗟漢南柳。

江再和戲答

當年李將軍，晚節河東守。誰令一人譽，揮去坐使酒。長卿起退陬，落筆賦烏有。要之乃雕篆，意不在黔首。窮通付造物，世俗浪妍醜。何必送五窮，呼奴結車柳。

空相僧舍書事

午景入疏竹，堂陰篘粉香。疏簾撲空翠，無風自微涼。碁聲破禪寂，日轉幡影長。霏煙觸垂爪，泛乳搜枯腸。投局起尋勝，徘徊雨花堂。巢蓮見靈龜，信有千歲祥。徐觀乃跛鼈，囷囷循菰蔣。笑罷能歎息，是非可兼忘。却坐對談麈，冰松想千章。斯須二三子，矯若驚鴻翔。府中有料理，不作功曹狂。杜甫爲功曹云：「東帶發狂欲大叫，簿書何急來相仍。」是日江、趙、潘以幕職事去。

戲贈江仲嘉司兵

君不見謝公栖遲樂東土，起作司馬征西府。暮年談笑有穰孫，鶴唳風聲走強虜。又不見子猷剡川高興闌，肯隨鶴書落人間。不知騎曹底官職，朝來拄頰看西山。平生清真翠嵓老，泉石膏肓偶同調。歲寒落落見孤松，不忍低眉寧枯槁。年來無米繼朝炊，聞説吴興富魚稻。不妨來作古司兵，士卒投醪止鳧藻。美哉洋洋霅溪水，秋塘百里荷花繞。當年釣徒放浪處，醉目悠然送歸鳥。斯人不死世不識，往往凌波弄瑤草。君方參同平龍虎，我欲治荒種梨棗。會當月夜見龐眉，一笑超然凌八表。張志和自號爲「江湖釣徒」。

送趙子晝奉議歸睢陽用熊倅韻

紛華眩人劇朱碧，子獨好書如好色。王孫被服甚寒生，射策君門先破的。榮州書窟三萬卷，錦囊付此龐眉客。南遊勾吴北大魏，亦復徒勞問刀筆。不唯屑齒腐經史，正自雲山鏁胸臆。老來息交思簡事，爲子忘劬廢晨昔。春風滿帆送歸舸，回首清遊如昨日。知君名駿定千里，不待朝廷訪幽側。有書時寄鴈南飛，顧我漁樵正争席。

同趙奉議離吴興江仲嘉與其兄仲舉送百餘里醉中戲作此句一首

大江飲酒如澆灰，小江飲酒顛如雷。扁舟相送不道遠，百二十里雲帆開。云亭老人窮不死，故園茅屋荒蒼苔。闔廬城中一畝地，已辨甕牖鋤蒿萊。吴興上佐吾黨士，十年縱賞西王臺。眉間黄色袨綵服，梔樓長嘯春風回。要須酩酊酬此別，不離萬頃添金杯。明朝相望即湖海，縱有美酒何爲哉！

過毛達可友給事覽壁間舊詩次韻二首

堂前清飈發，樹外赤日西。坐令天壤間，氣候忽不齊。解帶席嘉蔭，長哦壁間題。故應有神護，塵土不得迷。前年款公門，鶗鴂亦已啼。今年復羈旅，庭莎欲鳴雞。西遊有底急，觸熱忘卑棲。似爲飢所驅，不計轍與蹄。

綈袍意彌厚，棃餐洗虀藜。磊塊久不澆，醇醪代朝虀。襄陽乏新句，夜直難相攜。黄華非不佳，寒瀹每見少。蕭蕭亦無言，懷抱不自曉。深嫌小桃夭，欲伴霜松矯。窺叢慰寂寞，時有南飛鳥。主人真賞奇，灌植勤便了。徘徊傍東籬，高興在塵表。坐有白頭生，臨風百憂繞。

北固懷古

阿瞞長驅壓吴壘，飲馬長江投馬箠。英雄祇數大耳兒，彷彿芒碭赤龍子。幄中況有南陽客，布衣躬耕無甔石。當時鼎足計未成，聊此一奇空赤壁。人隨流水去不還，卧羊頑石留空山。如今留石亦煨燼，山與長江相向閑。

秋華無幾尚有紫薇相對里巷間

晚花如寒女，不識時世妝。幽然草間秀，紅紫相低昂。榮木事已休，重陰閟深蒼。尚有紫薇花，亭亭表秋芳。扶疏綴繁柔，無復粉黦光。空庭一飄委，已覺巾裾涼。手中蒲葵箑，雖復未可忘。仰視白日永，凄其感冰霜。

秋雨三首

細字忽難讀，松窗失朝暉。開簾視天宇，屯雲凝如黳。霏微乍噴灑，翕忽看淋漓。斯須建百川，中庭即方池。秋雷亦動地，勢洶萬鼓鼙。虛簷忽無聲，蒼狗變白衣。飄摇露穹碧，涼飇洗蒸炊。雨師真解事，作止適所宜。

十日儷辰次，如環了無端。人言秋甲子，畏濕不畏乾。向來譙門道，旁立三尺壇。故勤壁間緣，一起泥中蟠。青衣躍且躁，有如沐猴冠。先聲忽灑道，直此辰與干。邇來未旬浹，三見急雨寒。黃流抹河草，連檣度平瀾。良苗有佳色，未覺千畝寬。時暘亦須早，無使江湖翻。頃年吴江大水斷長橋，吴人相傳爲太湖翻。

華首三不遇，求田亦良圖。莫嗔湖海士，豪氣故不除。扶犂本吾事，一頃終勝無。繞舍生蒿蓬，閉門種英蕪。從渠百尺樓，笑此蝸牛廬。吴中久卜鄰，會從古人居。荆溪一廛地，儻與求羊俱。屠門過大嚼，一雨喜有餘。正恐二三子，聯翩躡雲衢。空令千里駕，悵望黃公壚。林德祖、周憲之皆居蘇，郭慎求田園在陽羨。

過紅梅閣一首

春風如醇酒，著物物不知。能使死瓦色，化爲明豔姿。寒枯出繁秀，巧與節物期。江梅故幽獨，綽約不自持。居然北枝後，追此白日遲。春風日浩蕩，醉色回冰肌。清妍有餘態，衆芳謝凡卑。憑虛一回睇，俯仰歲月馳。所恨培雪根，向來歲寒枝。差池弄芳晚，坐令顏色移。顏色固嫵媚，幽香無故時。

題蔣永仲蜀道圖

梓州別駕真雛鳳，賞古探奇坐飢凍。要窺瓊構蔚藍天，直上潼江歷秦宋。每逢佳處静盤礴，流出胸中九雲夢。乾坤坱圠本無迹，我獨毫端發神用。戲驅萬變寄陶寫，軒豁端倪巧搏控。蒼筠擢秀飽冰雪，古榦撐空中梁棟。奇礓那得在山谷，回首何年委堅重。輪囷偃蓋屈金鐵，夭矯驚虬起巖洞。春江莽蒼迷東西，漢南老柳參差垂。煙中遠近見木末，明星已没城烏啼。平生險怪三峽水，古木巃嵸陰風吹。石間雷雹殷九地，出入噴薄無窮時。我身跰足半天下，偃蹇故是山林姿。南行瀟霍北嵩洛，應接不暇空狂癡。作詩寫意如捕景，況有三絶窮天機。清晨對此悦自失，眼中太白横峨嵋。請君十襲秘緹革，恐復仙去歸無期。

寄開化李令光

我行阡陌間，苗麥已復青。茅茨間新稿，雞犬有和聲。不見吏索錢，田家得其生。雞犬亦肥字，不遭無事烹。於斯可觀政，豈在赫赫名。父老亦相語，驩然就春耕。官租及時了，卒歲樂無營。山間古梅林，有鴉集其端。不飛亦不鳴，彈射莫敢干。下窺羣雀雛，啄顡刳其肝。欣然舐兩爪，意得良自安。飛來多凡鳥，助此凶且殘。安知萬山曲，亦復鳴棲鸞。相咻固不可，見嚇技亦殫。衆鳥既有恃，相期在歲寒。

園居荒蕪春至草生日尋野蔬以供匕筯今日枯枿間得蒸菌四五亦取食之自笑窮甚戲作此詩

平生囁嚅口，出語無媚悅。定非肉食姿，賦分在藜蕨。僑居得空園，窮陋亦清絕。分陰豈不惜，飽睡送日月。蕪菁不須種，衆草今已茁。朝來一雨過，青細皆可掇。東籬有更生，杞狗僅堪埒。乃知天隨生，豈羨五鼎列！堂萓不吾負，芽甲破春雪。糜身薦瓢簞，解我憂思結。薺花雖未繁，著地爛於纈。驚雷發蒸菌，自可當夏鼈。馬蘭亦芳脆，人莧固凡劣。晴朝當炙背，俯僂事挑抉。家人各盈襜，汲井手自擊。滿炊太倉陳，侑以冬菹列。盤中長闌干，置饋每虛撤。恨無籜龍苞，此味那得闕。長謠青青槐，饞液想庭樾。妻孥覆相誚，男子志勳烈。君非老浮圖，菜本可長嚙。況茲閑草木，豈爲刀匕設。乃翁笑摩腹，萬事付一吷。此中有真趣，勿爲兒輩說。

九月七日夜夢王元規詰旦其弟元矩適相訪感而作詩一首

故人入幽夢，彷彿平生懷。心知九泉隔，意象慘不開。哦詩不成章，惝怳誰能裁。曰此蕭爽士，寧當没黄埃。夢中作詩兩句似是此意，然不記本語。清晨客在門，乃自烏衣來。典刑見難弟，共歎一息乖。幽明不可詰，此夢何爲哉！回覩南園道，微徑已蒿萊。

卜築西塢和柳子厚《南澗中題》。

出處初漫浪，淹留失佳時。時英盡珠璞，寧復見誰差。一去四十年，伏櫪久已疲。幸此歲將暮，穿雲弄清漪。窈窕煙塢中，蒼陰晝森垂。兹焉寄茅屋，横仄任所宜。谷口翳杉竹，柴門畏人知。誰言一丘壑，儻與汗漫期。

寄茭湖江仲長衮和柳子厚《初秋夜雨贈吴武陵》。

急澗無止水，秋蘭無故叢。别來今幾年，坐閲毗嵐風。交親半鬼録，生者仍衰窮。及兹過君家，樽酒一笑同。知我厭鞞鼓，煩君韻絲桐。相攜步林壑，暫覺萬慮空。樗社寄莊叟，自謂。醉鄉著無功。謂仲長。醒來百憂集，尚寐期無聰。

晨起梳頭髮白且稀有感

余髮已種種，我懷亦依依。風林無安巢，寒日無餘輝。束髮隨官牒，前言服良規。豈唯會計當，自詭牛羊肥。妄獻北闕書，野芹安足希。一挂邪士籍，徒嗟寸誠微。惓惓畎畝志，正作禍患機。羇危不如人，行行向知非。世變不可料，胡塵暗王畿。真人起白水，帝命式九圍。誤沐宣室召，白頭待經幃。誰言螢爝光，敢近白日暉。誰言草木萌，敢試雷霆威。野馬立仗下，軒昂妄鳴嘶。棄之老牛阜，無復瞻龍墀。天公了無私，與奪適所宜。時方急功名，選愞安所施。士方貴才辯，安用鈍訥爲？常人與善士，何異於愚癡。譬之救焚溺，珮玉行逶迤。棄捐乃其理，刺天看羣飛。幸非高明室，百鬼浪見窺。自從伏嵁巖，風淫得偏痱。有足不得行，有手不得持。每思林野娛，濟勝憂無期。堆陘不得往，如驥縶且羈。如盲不忘視，如寒不忘衣。如痿不忘起，如羈不忘歸。但願老窮健，長甘北山薇。豈復理鬚鬢，峩冠待晨曦。

自仲嘉云亡未始見夢舟行夜入吳興境有夢如平生感而賦詩四首

江子隘斯世，脩然向方蓬。一朝成千古，寤寐不復通。夜入霅溪境，胡然見幽夢。高標何所似，俯仰風中松。談笑如平生，炯炯雙方瞳。去年經行地，陳迹亦已空。故應玄真老，相與遊無窮。

諸人久不死，而使武子先。斯言太癡絶，愛惡無乃偏。君看雅正情，播在《三百篇》。秦人哀三良，百身寧可捐！相鼠有深刺，嗟哉胡不遄！此豈惑者歟，加膝墜諸淵。乃知孫楚狂，未必非公言。

世以勢論士，君誠不如人。揚揚乘軒者，志滿氣甚振。外見七尺軀，中有萬斛塵。鑿枘固難入，鶡鸞豈相倫。炙手苟可熱，行路爲雷陳。高樓冷如鐵，骨肉不得親。誰能獨無死，榮辱久乃真。

皇天非無知，伯道固有後。百年能復幾，僅比一昏晝。久知彭籛夭，不及殤子壽。向來簞瓢生，廟食至今侑。東陵雖飽死，千載有餘臭。梟蕃得刳腸，苕折謾遺鷇。試當問玄夫，此理或可究。

初到書局以萬七千錢得一老馬盲右目戲作古句自嘲一首

蹄間三尋汗流赭，九逵雷雹争飛灑。我窮那得騁追風，正擬虺隤行果下。平生畏塗飽經歷，夜半臨深無馭者。故應造物巧相戲，却比盲人騎瞎馬。李南知音當促步，廣漢騰嘲不相假。執鞭良稱塞翁兒，並轡聊從杜陵夏。庬然病顙豈其類！老矣問途那可捨。徑煩一夫事刷秣，似桂新芻不盈把。向來伯厚亦安在，結駟難棲同土苴。他年東去把撩風，縱爾逍遥汴東野。

晁無斁將之録示近詩有和其兄以道説之詩次韻以致區區兼簡以道

談詩如談禪，練性如練墨。以道深於名理，頗喜造墨。壯心悟龜毛，少作豈蛇足。平生甚元龍，未信今伯玉。十年得投閑，高卧謝寵辱。定知貧勝富，固自平爲福。著書著名山，會使山鬼哭。結廬近三休，爲米時一出。猶嫌佛場選，肯問燕臺築。俗人難與言，鏡髩遺盲禿。前年客長安，正覓三釜粟。塵中一傾蓋，爽氣岷峨緑。别來更崎嶔，寡陋嗟我獨。塵埃篋中書，有手不暇觸。

次韻寄謝公表韓公朝請

世人如鯽魚，自蔽翻吐墨。猩熊亦何罪，不衞脣與足。要當時木鴈，安問定石玉。向來休休翁，老去稱耐辱。迹高名自污，卒享清淨福。肯爲接輿生，叩木妄歌哭。韓公早聞道，垢濁久已出。終成九層臺，不棄一簣築。長安列戟第，桐影將缺禿。寧辭治中輿，且食祠宮粟。胸中荆棘盡，華髮當更緑。抗塵我何庸，勇退公所獨。何如善刀藏，聊放虚舟觸。

和葉翰林送李從事

賞音真兩難，邂逅多契闊。一朝問容刀，三歲歌采葛。古人抱修能，初不露錐末。誠令處囊中，談笑堪式遏。豈無識玉人，顧恐鑠金奪。遂令緇衣好，斂迹裁自脱。畫蛇杯已疏，志鵠弓遽撥。徒嗟湖海上，髮白牙齒豁。懷公劇梅林，念至失焦渴。臨風賦新謡，憂思不可掇。

自寬吟戲效白樂天體

武陵謫九年，下惠仕三已。或窘如拘囚，或了無愠喜。吾生憂患餘，年忽及耆指。偏痱未全安，抱病更五祀。進爲心已灰，棄置甘如薺。坐狂合投閑，佚老宜知止。向令身安健，不過如是耳。每思古窮人，我幸亦多矣。照鄰嬰惡疾，羈卧空山裏。纏綿竟不堪，抱恨赴潁水。文昌兩目盲，無復見天地。簡編既長辭，游覽永無冀。吾今雖抱病，蹇曳非頓委。時時扶杖行，積步可數里。校之卧牀席，欲坐不能起。雖扶不能行，懸絶安可比。時從親故談，亦不廢書史。右臂故依然，運筆亦持匕。籃輿時出遊，初不廢牢醴。況無他證候，色脈苦無異。詳觀動息間，儻有全安理。侍祠了無庸，竊禄愧索米。借居浮屠宫，非村亦非市。廷堂甚爽塏，高屋敞窗几。郊林接溪水，眼界頗清美。嘗聞天地間，禍福更伏倚。

藉令衰蹇身，終老只如此。何須苦嗟咨，未必非受祉。形如支離疏，飽食逸終世。目盲如宋人，全生免俘使。平生歎遠遊，今我在桑梓。田園接家山，區處及耘耔。平生困鞅掌，今我恬無事。寢興縱所如，出處不違己。病來益尊生，對境空相似。永無貪欲過，稍習衛生旨。不爲六賊牽，豈受三彭毀？人言病壓身，往往延壽紀。大鈞默乘除，萬一理如是。安全固自佳，蹇廢亦可爾。死生猶寤寐，況此一支體。細思安否間，相去亦無幾。如何不釋然，萬事付疑始。

贈別吳忱宣德并序

余客都城，邂逅河南吳誠伯，偕寓興國僧舍。其爲人樂善嗜學，練熟世故。徙居蘄春，適再世耳。而蘄春人至都下者，無賢不肖，必來問訊。其廬所傾下，往往知名士。故舊有以急告，隨所厚薄賙之。誠伯自言尉光山時，捕得強盜十許人，賞應第一等。獄具部送府，盜親戚望哭道旁，或扶老攜幼，號戀不忍聞。誠伯顧盜非素猾賊爲人害者，一旦迫飢寒，適爲盜，乃陷重辟耳。因以盜還送縣，稍緩其獄。久之，皆得不死。賞固不論也。凡此，過世俗遠甚。今茲同寓僧舍者至數十人，乃獨見親厚，此又何也？余調官東歸，誠伯從余索詩爲別。匆匆不暇；還家，作此寄之。

吳公河南守，薦士得賈生。偉茲天下士，何止千人英！吳公失名字，功業曖不明。要非萬頃陂，莫著橫海鯨。當時好賢意，豈愧勃與嬰。蔽賢如面牆，自使兩目盲。好賢如力穡，穰穰嘉穀成。至今餘慶在，望著河南城。如君豈其裔，樂善莫與京。高門二千石，世德故可評。平生周旋士，往往凌青冥。作吏今十年，讀書不求名。向來光山政，何異古所稱。嗟哉士營己，寧使我負人。聊須借汝頭，一用朱吾輪。今君乃能爾，所棄如毛塵。故知古賢世，尚見風俗淳。猗予一畸士，落落良可憎。折腰務求合，俗眼竟不青。憧憧九衢內，邂逅蓋一傾。何從乃知我，頓有交舊情。相隨若形影，出語見肺膺。長安速化地，頑鈍終無營。中宵起歸思，襆被東南征。投林無擇巢，促步無安行。寧嫌蘽爾邑，要是衆不争。紛紛同舍客，聚散兩不停。毛子去山邑，哦詩對峥嶸。想見簿領閒，炯如九秋鷹。毛世高倜。深州戢羽翮，題輿重廬陵。胸中若懸鑑，圭角不自呈。上官閔中恢。石老故游倦，飄蕭數星星。崇山古惡地，無乃煩笞榜。音彭。石興宗振有子悉，有時名，早死。程翁頗專嘿，兩版晝夜扃。時時繫烏帽，匹馬挾一騾。安知刹那間，一卧不復興。程興之。其餘復誰在，誰與交忘形。去駕雖結轍，來檣競揚舲。懷君尚留寓，京塵染裾纓。其誰念久要，佐子飛且鳴。況君緇衣後，世故飽所更。會當力推挽，横絶非階升。却顧五湖上，有人方耦耕。

送林德祖致仕東歸并序

壯而仕，老而歸，理也。士溺於仕，故困而知返，病而能休，老而知止者，世則猶然貴之。若德祖，於斯三者無一焉，然去官如脱屣，是乃真可貴矣！德祖方未仕，以學行有盛名。四十起家，至爲部刺史，所歷皆儒官，入糺天府，於今爲要地。年始登六十，茹蔬飲水，神幹儼如也。一朝浩然有歸志，退自府舍，不謀於朋友，不告於妻子，夜半狀上府，晨朝可命下，斯亦奇矣。余行道南徐，過故人蘇承祖，出許振叔書，道德祖掛冠勇決之狀。余時冒初暑，向遠途，忽忽煩憒，聞之灑然，如挹寒流而濯清風也。而或者疑焉，余曰：「子無異也，士溺於仕久矣！其視爵祿，猶飢者之羨膏粱、渴者之赴水泉、寒者之陽、而暍者之陰也。意若攀垂綆而上千仞，不可須臾置也。今乃有人，負通博之才，居軒冕之會，非有宜去之年，不得已之事也，然且一朝去之。彼以夸競之心計之，是豈不可駭而疑哉！且仕不仕，何常之有！德祖非爲亢者也，非要利者也，徒曰適吾之適，以遂吾之性而已。雖然，自砥節礪行之詔屢下，所以愧責貪競者之辭實深。聖主之所望，士夫之恥也。今觀德祖之去就重輕，亦足以振士風矣！夫仕者，畢心力以奉所職；處者，先廉退以風士類。是皆有益於時者也。德祖豈不賢遠於人矣哉！既遇諸淮陰，舟翩然東，使人有冥鴻之歎。因爲詩以附諸公之末云。

浩浩聲利間，静躁同一區。排肩日中市，有類逐獸趨。中朝尺寸地，衆睇咸睢盱。安知大雲客，出與飛雲俱。倏然棄之去，初不計卷舒。紛紛軒裳士，瞠目口爲呿。茫然更歎息，不問賢與愚。乃知楊少尹，未足繼兩疏。時當老而傳，不失仕且居。非同會稽史，苦誓困簡書。不比狂季真，索身憂病餘。耆年了無事，方當騁亨衢。投簪逸湖海，沛若縱壑魚。雖無揮金事，日者誰公如？清風激多士，故是明時須。恨無采詩氏，儻有東歸圖。

餘杭法憙院荊文公書堂文公康定中讀書於此

鍾山太傅起從龍，鼓動風雷指顧中。未見圖形求傅野，豈知徒步客新豐。青蘋曾訪餐芝老，許遠遊登嵩茹芝，乃餘杭山中也。白首唯餘擣藥童。寺僧言文公多養疾此堂，當時給侍童子，今八十餘歲矣。藏壁故應留斷簡，至今山鬼慟悲風。

送蔣主簿入都赴試一首

東南貢吏紫髯郎，一馬騣騣客路長。袖裏山林洗塵霧，腹中文字了縑箱。流年過我長如許，樂事知君詎未央。行恐飢來驅我去，也遮西日上河梁。蔣有名畫小軸，常置懷袖，名《壺中圖》。

罷吏客郡城已數月滯留忽已歲暮浩然興歎作一首

一行作吏向吳城，五見娵隅上薄冰。魏覬三章堪自約，殷源百尺敢言登。揶揄祇送人爲郡，噎媢初非我負丞。鞅掌棲遲俱害性，不知鬚鬢欲侵凌。

寒夜遣懷一首

強醉重雲欲散鹽，三更飛霰忽驚簾。大呼何與癡人事，此意多應俗士嫌。出户仰看天漫漫，持盃愁作夜厭厭。消除心事都無處，下盡中軍三百籤。

許主簿見和過有推借再作奉呈

身謀自昔須三窟，世味端能敗一薰。醉裏閑愁濃似酒，春來歸思亂於雲。松栽咫尺傳盧老，棗實方將訪許君。見許遠遊《與王逸少書》。却喜雲孫共來往，扁舟時人白鷗羣。

用前韻作招許主簿

風騷無復見黄初，尚想應劉載後車。病骨不知緣底瘦，愁眉時得爲君舒。動人春色來隨燕，入眼溪流静見魚。祇有此中多好句，可來茅閣試憑虚。

謝江仲舉惠酒

山城無物可忘憂，但有平原病督郵。知我囊中無白水，煩君若下出青州。芳甘未謝三年醖，傲兀能消萬古愁。會待東郊春意動，鳴鞭乘興草堂遊。

次韻張祠部敏叔遊滄浪蘇子美故園

醉倒春風載酒人，蒼髯猶想見長身。試尋遺址名空在，却歎張羅事已陳。稍置曲欄穿徑竹，别開高閣俯汀蘋。拏舟更欲陪清賞，要看毫端藻繪春。

哦詩夜坐瓶罍久空無以自勞寄吴興趙司録江兵曹

詩成不直一杯水，年大常懷千歲憂。何須中令能强記，正要將軍爲破愁。故人久負丘壑志，公子欲尋梁宋遊。相逢儻有蒲萄渌，肯向西涼博一州。

九日寫懷

節物驚心兩鬢華，東籬空繞未開花。百年將半仕三已，五畝就荒天一涯。豈有白衣來剝啄，亦從烏帽自欹斜。真成獨坐空搔首，門柳蕭蕭噪暮鴉。高適九日詩：「縱使登高祇斷腸，不如獨坐空搔首。」

窮居苦雨

慢膚便腹轉疏慵，睡足茅簷目過鴻。壘客縱令三尺喙，木奴何似十年功。門前羅雀非吾病，竈底生蛙不世窮。舊雨未乾新雨漲，可憐愁絶力田翁。

避寇村舍

再脱兵戈裏，全家走路塵。百年同是客，萬事不如人。幻境終歸盡，生涯正要貧。故人知在否，魂斷楚江濱。寇至之日，江子支、趙叔問適泊舟江口，未知今在亡。

和答何蒙聖删定

胸中林壑寄商顏，門外紅塵了不關。年去人猶昔人耳，身游才與不才間。與君同覺夢中夢，顧我長嗟山復山。何日方舟歸里社，韋編應許試窺斑。蒙正深於《易》學。

和江仲嘉見寄

蓽門蓬舍不知春，車似雞栖甑有塵。千里傳情望雙鯉，一杯和影祇三人。交親離合同巢燕，身世羈危獨繭綸。四體不勤心擾擾，擬將玄旨問吴筠。江修練，故有此句。

酬潁昌葉內翰見招

觸熱西遊泝濁波，京華旅食謝經過。年侵鏡裏今如此，歌缺壺邊可奈何。賓閣遥知懸玉麈，直廬應許到金坡。唐孟浩然故事。須公一節趣環召，猶及昆明百步荷。

旅舍寫懷

半世江湖寄此身，冰墟何意及陽春。離騷痛飲非名士，款段還鄉亦善人。病木作花真强活，長魚沉陸恐摧鱗。清時英俊如麻葦，敢歎長年甑有塵！

林德祖有詩寄光禄蔣卿夢錫瑎及送朱博士駿發終篇皆見及次韻寄懷

閉門那復賦《三都》，傳世何妨强著書。東海遺榮行路歎，南山歸隱故人疏。尚平婚嫁無餘累，摩詰身心即淨居。六十挂冠雖早計，絶勝銜索泣枯魚。聞德祖兒近已娶婦，故有尚平之句。

金華玉府九天開，夜誦何人薦逸才。太學諸生終莫挽，長沙賢傅幾時來！别離傳恨空魚素，歲月如飛逐管灰。亦欲相追老湖海，稽山肯放酒船回？德祖既休致，不復作都城書，余獨時致書問訊，故有空魚素之句。

和江子我端友

雨脚初收曉霧開，青鞵布襪好追陪。幽人無事長相見，佳句有時還自來。白業誰能超石壁，朱顏亦任發春醅。憂來忽憶燕南信，安得閿鄉老萬回。

別後有懷子我追用巾字韻作寄

漉酒空衰五柳巾，一觴相屬念情親。玉川奴婢今猶昔，錦里田園老更貧。冰洞清泉誰共酌，風篁幽徑好尋春。開年晴暖須歸去，還向江湖見故人。子我東去，云欲居無錫，或過錢塘。故有冰洞風篁句。

鄭希尹大夫會吳中諸老唯方子通不至余作詩呈希尹

黑頭新貴擁朱輪，交會者英久不聞。博識猶多漢郎吏，敦詩仍有晉將軍。一作「悃愊無華漢郎吏，詩書執禮晉將軍」。河流曲曲靈光異，芝蓋莖莖瑞氣芬。是日九人。坐想城東隱君子，無心閒似嶺頭雲。張敏叔祠部，章伯成户部，餘皆員郎，故有郎吏之句。張仲謨嘗帥熙河，故有將軍之句。

會稽旅舍言懷

北山之北寄柴扉，茅屋參差倚翠微。老罷那知還作客，春來無奈苦思歸。淹留恐復荒三徑，潦倒寧堪扈六飛？乘鴈雙鳧成底事，不應容易裂荷衣。

次韻江子我見寄長句余時初忝秘書少監。

泥行正作龜藏穴，霧隱初微豹一斑。豈有高標如冠玉，況無談舌解連環。一登文石趨宣室，三竊蟠桃向道山。早晚共尋雞黍約，林泉猶得半生閑。

山近

山近雲多態，身閑夢亦幽。紙窗先得曉，布被最知秋。海眼來陰冷，雲根逗暗流。結茅容我卜，投老爲君留。

丁巳九日攜酒要叔問登通道門樓而江彥文寄玉友適至因用己未歲吴下九日詩韻作

涼秋風物正清華，極目高樓不見花。老境固知無樂事，醉鄉聊欲寄生涯。銀鈎遠寄清桐滑，玉液親題赤印斜。笑引壺觴成一醉，歌筵遥想鬢堆鴉。聞彥文是日有盛集。

戊午歲九日復與叔問登城樓再用前韻作

兀坐空哦服九華，衰顏深覺負黄花。但令無事長相見，敢歎百年生有涯。雉堞曉登千嶂抱，縠波秋淨一溪斜。歸來更展新詩卷，醉墨淋漓似老鴉。盧仝有「却來案上翻墨汁，塗抹詩書如老鴉」之句。

葺蝸廬吴下用葉翰林見寄詩韻作

四海無廬置此翁，故營松竹儘囊空。明知計出栢馬下，正擬身全木雁中。東郭易成生草舍，南村先怯卷茅風。向來豪氣今如此，敢與元龍較長雄。張志和結廬東郭，茨以生草。余結廬皆竹椽松柱，故有松竹之句。

和白樂天二首寫懷仍效其體

莫把蓍龜更問天，向來心事已蕭然。塵中惝怳常如失，夢裏呻吟半不眠。三徑松筠終問舍，五湖煙水不須錢。艾耆相去能多少，早擬懸車十五年。

中臺退食每逡巡，不向重華卽淨因。豈但語言都少味，亦知才術不如人。五雲華闕通閨籍，萬頃煙波擲釣綸。鳧雁去來何足道，從容居士宰官身。

和趙子雍游石園

長嘯西風一散襟，重陰疏影靜相臨。水通笠澤秋容淨，竹種玄池野思深。石磴掃雲留晚步，松谿隨鶴盡幽尋。舊遊回首成春夢，太息憑誰寫寸心。

太湖沿檄西原道卽事三首

司空山頭朝出雲，西源渡口十里陰。煙中雞唱未及午，白雨作泥泥已深。

上崖下谷鳥道中，前屬後巾魚貫從。西山路暗光已夕，東山山頭餘日紅。

道旁甕盎如汝陽，石間黿鼉如呂梁。不知身世在何許，舉頭四山鬱蒼蒼。

登富陽觀山亭

橋公宅中木參天，孫郎山前春燒煙。大橋不向五湖去，建康宮深空歲年。

題蔣崇德彝所藏明皇夜遊圖

燃膏飛控逐流光，露溢金盤樂未央。擬跨八龍窮轍迹，誰令一馬向銅梁？

七夕

阿母雲車下建章，茂陵秋草竟荒涼。漢庭卿相如麻葦，只數窺窗陛戟郎。
胥門老蔡定凡仙，會有神人與作緣。自笑塵容滯窮骨，不如雞犬上青天。

江仲嘉行邑將歸見寄絶句次韻

骯髒江公故不羣，八關三窟斷知聞。喜談狗馬從無鬼，獨抱冰霜似此君。
常嫌小知漫間間，曠度蕭然只愛閑。不借黃粱留客醉，嚴關三鼓款銅鐶。
勸農行稼亦看山，牛驥何妨共一閑。應笑云亭老頗僻，背崖無地結三間。
漾漾扁舟拂水飛，飄飄蘋末細吹衣。傳呼匝地來連璧，東郭人知典午歸。仲嘉行縣歸，司録趙叔問迓之南門，聯鑣還府，率以爲常。
詩城端欲據天山，酒户猶能敵飲仙。幽事相關公事了，如屏千嶂翠連綿。

三峰草堂

庭前雙梧一畝陰，禪房蕭森花木深。清霜脱葉空山響，夢覺寒窗松月林。

雨洗千山翠欲浮，稻畦松澗已争流。朝來風急凝雲盡，歷歷鐘聲過五州。

避寇儀真

北固山頭竪白旗，西津渡口僕姑飛。將軍笑引三千騎，洗馬鵝翎間道歸。是日聞浙西總管提兵自瓜洲取道儀真，度長蘆，便道趨杭。

茅茨低小對青山，准擬餘年向此閑。南望青山是黄鶴，欲憑黄鶴寄書還。

戲題畫卷

五載京塵白鬓鬚，丹青遐想寄衡巫。如今掃迹長林下，却對真山看畫圖。

胸中雲夢本無窮，合是人間老畫工。常恨無因繼三絶，倩人拈筆寫胸中。

答和江子我

長江袞袞葉蕭蕭，心與虚空自寂寥。過眼文書風度穴，迎秋衾枕帶忘腰。

榔栗横擔入亂山，恍如黄鶴倦飛還。不妨步屧時來往，山北城南一望間。

駐蹕揚州以提點刑獄公廨爲尚書省禮部在西北隅卷書樓下甲戌年余嘗寓止焉今寓直其下有感

三入南宮更白頭，夜寒持被卷書樓。那知跰足半天下，投老浮山省舊遊。

戲題郭慎求所寄書尾

老罷歸來寄一廛，交親南北散如煙。誦君雪暗天涯句，離合升沉二十年。慎求爲海州幕官行縣，嘗有詩云：「曉鳥啼啞啞，遊子初去家。去家向何許？雪暗天一涯。」云云。斷句云：「舉頭語天公，懇勸推日車。」頗爲吾黨所推。

題叔問燕文貴雪景

一鏊回環十二峰，茅茨送老白雲封。如今塵裏看圖畫，却愧當年邴曼容。

新作紙屏隆師爲作山水筆墨略到而遠意有餘戲題此句末句蓋取所謂柴門鳥雀噪游子千里至也時守秀州，屢乞宮觀歸山居，未遂。

急雨初收山吐雲，清溪曲曲抱煙村。抛書午枕無人喚，歸夢真疑鵲噪門。

會稽喜得家書

黃耳東來一破顏，直從松竹報平安。遙知雲頂峰前住，霜鬣風篁六月寒。

試端溪古硯偶書二首

白首重來祇厚顏，有懷端欲向誰傳？語言相對都無味，色在蜚鴻落照邊。

人生當復幾兩屐，我飲寧須三百杯。破硯猶堪磨老境，醉拈椽筆掃霜煤。

即事

雲裏琤淙十九泉，茅茨深寄白雲邊。何年斷取仇池境，擲過荆吴萬里天。

偶作三首

薰風習習動林光，紫翠陰中草木香。山鳥一聲清晝永，白雲深處北窗涼。

老向甘泉補侍臣，歸來還作卧雲人。一重一掩藏煙塢，三沐三熏屏世塵。

誰遣生駒玉作鞍，春來苜蓿徧春山。自知不入黄麾仗，振鬣長鳴出帝關。

書壽昌驛

歲暮白日速，風高黄葉稀。歸心與寒鴈，一夜向南飛。

和翁秘監彥深喜絶句四首

朝來喜氣溢層霄，側聽封人共祝堯。密雪正應歌九扈，疾雷先已破三苗。時初殄睦寇。

卽看新綠歸千畝，還見陳紅積九年。便覺雨暘如有意，不須花草苦争姸。
九重誠意格天關，一夜風回萬壽山。銀闕瓊臺迷遠近，真疑羣玉接蕭閑。
風鈴相語紙窗鳴，拭縮飢鴉凍下鶩。却憶剡中高興盡，雪消江草唤悲生。

竹洲詩鈔

吴儆，字益恭，初名偁，避秀園諱，改名登。紹興二十七年進士，調明州鄞縣尉，歷官至朝散郎，知邕州、軍州轉泰州，乞祠主管台州崇道觀。卒于淳熙十年，謚文肅。當時朱子及張南軒、呂東萊、陳龍川、范石湖、葉水心、陳止齋諸公，咸與友善。其自邕而入對也，南軒書孔子之剛，曾子之勇，南方之强三章，以誌別。嘗作《尊己堂記》，朱子見之喜曰：「往者張荆州、呂著作皆稱吴邕州之才，今讀其文，又見其所存。其爲聖賢所許如此。」四方從學者尊爲竹洲先生。

吴子既結茅竹洲以娱親復於居之前沼爲亭以朝爽名之蓋亭西面於晨興看山爲宜

抱甕自灌園，勝遊貴人門。有口自酌酒，勝與俗人言。園中多蔓草，晨夕費鋤芟。遇夜或風雨，安得久盤旋。村酒不常有，有亦多苦酸。而况醉中語，繆誤人所嫌。不如飽喫飯，清風北窗眠。眠多則無覺，夢境仍多端。惟有古斷簡，言行皆聖賢。讀之未竟篇，眵昏如夢間。讀竟亦何爲，聚訟徒喧煩。厭煩以静勝，又類枯木禪。揠苗不耘苗，亡羊兩茫然。何如池上亭，虚曠可看山。山色日夕佳，晨興夜氣還。宴坐日過午，清陰猶未遷。西山倦拄頰，南山與悠然。晚山雖好不遮日，誰能觸熱望長安。

和孫先生彥及棣華堂詩韻

伏蒙頒示《棣華堂詩》，引援古今，發明大義，使學者知不徒事汗墨而已，讀之凜然增手足之愛。佩仰厚賜，亡以爲喻，輒依元韻，亂道拜呈。

大雅久不作，聲色淫鄭紫。古來非一秦，焚厄故如此。西都盛經學，聚訟自兹始。建安委道真，典午事玄理。錦縠蔚雲霧，組紃亦信美。後生不着眼，千古空信耳。誦習號純儒，曠達稱高士。有如富贋賈，多藏不能使。又如病酒狂，沉酣糟粕旨。源流日以遠，循襲不爲耻。先生秉大雅，江東今夫子。持身不夷惠，漫仕無愠喜。學術心自得，筌蹄視經史。蘭舟翼桂楫，巨川端可涘。我家世從公，公欲出泥滓。愚不堪世用，非人不我以。破屋蔭蓬根，春薺老牆址。寂寞誰肯顧，公獨不我鄙。遺之珠玉篇，諄諄說友弟。直欲障頹波，肯與爲茅靡。觀公用意處，可與召穆比。弟兄吾手足，父母吾怙恃。盡此菽水歡，還勝有酒醑。古來願爲兄，日月不可弭。聖賢師百世，河海闊千里。公如大醫王，一世膏肓起。

寄題鄭集之醉夢齋

利欲醺人心，濃如飲醇酎。沉湎死不休，寧論千日久。豈知糟丘中，醒狂亦時有。天地育萬彙，亦各賦四偶。人情豈相遠，好惡隨妍醜。集之年方壯，濯濯春月柳。性獨與人殊，無婦奉箕帚。丈室誇醉夢，作詩詔朋友。古來醉夢人，亡羊孰先後。寒儒醉糟粕，酸澀寧可口。莊生夢蝴蝶，幻境徒紛糾。富貴得志士，列屋羅螓首。象牀粲錦幄，疎綺深朱牖。酣寢喚不醒，鼻息春雷吼。梅花霜雪姿，紙帳蔬筍臭。問君有何好，甘作老鰥叟。窮狀徒纍纍，舊債長負負。猶如荷旃人，難論純綿厚。但問雪煎茶，何如羊羔酒？

汪叔耕見訪不數日別去惡語爲贈兼簡子用子美二友

負羇得老窮，掃軌事幽屏。跫然羅雀門，有客頎而整。悲歡十年別，樽酒清夜永。妙句時驚人，盈軸肯傾廩。三日語未休，霜寒夢歸省。臨流分別袂，波光照孤影。重念吾故人，雪屋清燈冷。劉子抱遺經，深井級修綆。曹子中庸學，天理窮性命。老驥鼓不作，搴旗望公等。天晴風日佳，何時過鼪徑。石鼎然豆萁，冰菹煮湯餅。

題陳仲禮四知軒且當折柳之意

陳侯一世豪，筆力萬人敵。臥之百尺樓，平睨劉玄德。收斂湖海氣，一室僅容膝。平生不欺心，自護如拱璧。客來問字細論文，旋羅官粱買酒樽。夜深四壁冷徹骨，酒酣一笑温如春。三年官滿何所畜，滿船稚乳書幾束。長安侯門高於天，束薪炊米桂炊玉。問君持此將安歸，君言歲收可百斛。吾儕本無膏粱念，況今老矣其何欲。宰相時來則爲之，切莫倒行夸食肉。

寄題淳安陳令君讀書林

能吏事深刻，商利謹毫釐。俗吏趨期會，簿書自羈縻。寥寥絃歌聲，千古空餘思。還淳山水邑，令君丘鬡姿。邑民本無事，君亦何所爲？治已物自治，化行風漸移。君復何所欲，讀書常不足。拄腹五千卷，插架三萬軸。曾未出毫芒，萬室已蒙福。堂東松竹林，昔時闕荒榛。堂中燈燭光，昔時照紅裙。今何聲吾伊，蕭蕭風雨晨。問君有社稷，亦復有人民。奈何獨自苦，學道則愛人。

陽村道中邂逅趙仁甫

修途轉清溪，孤村帶寒月。瀟灑竹間亭，意行成小立。賓主莫誰何，悠然良自適。俄有貴公子，胡驄摇寶勒。下馬相勞苦，呼酒道疇昔。遂令麋鹿姿，頗爲人物色。佳實進霜堅，異釀引寒碧。興盡還獨歸，沙頭寒月白。

題祝聖寺浮梁道中

金碧照征涂，松竹開幽徑。山僧壽八十，腴貌偉視聽。囊鉢罄錙銖，棟宇視嚴整。如公方外人，眎世一泡影。辛勤畢此生，更欲傳不泯。當家弗父畜，居位蠹國政。眎公豈容誅，三歎發深省。

題古巖舊嘗侍孫先生題名巖中二首

白日瀟瀟松徑静，紅蕖冉冉洞門深。風涵廣宇生虚籟，萝破西窗上夕陰。景物眼前渾似舊，塵埃題處忍重尋。羸驂落日孤村路，塵土依然滿病襟。

覆蕢一拳進，嵌空百肘寬。僧房因石室，蟻穴夢槐安。塵路十年別，松風六月寒。凄凉舊題處，不忍更重看。

過叢桂堂故叔祖教授讀書之所

古瓦頹垣迹已陳，孤猿別鶴自哀吟。可憐叢桂烟蕪没，惟有一池春水深。秀木千章新過雨，寒山一帶暮傷心。清風明月時來此，夢斷雲飛何處尋？

送洪使君赴闕移節會府

使君文彩漢相如，暫向明時綰左符。爲郡似家身似客，視民如子吏如奴。魯公金石光千古，吏部文章妙兩都。戴白垂髫相與語，如公治行向來無！

拾梧子

雞犬三家市，蓬蒿一畝宫。春盤厭笋蕨，秋子積梧桐。客夢五年過，文盟千里同。時清臺省貴，衮衮看諸公。

送錢虞仲兄弟

燈火相從總角初，只今已是十年餘。窮愁懶漫吾猶故，文采雍容子甚都。借用連璧肯來同寂寞，歸鞍寧不少躊躇。風流一别應如雨，儻有來鴻細作書。

和呂守環秀堂三首

久合鳴珂上九關，一麾猶許飽看山。豐年諸縣公事少，燕寢清香兵衛閑。鳥度屏風明水鏡，雲生畫棟擁螺鬟。向來蛛網蝸涎污，勝處豈非天地慳。

一州如斗帶溪山，空翠家家遶畫欄。丘壑自非胸次有，雲煙誰暇靜中看。衣冠共識家風在，閭里方知漢法寬。戴白垂髫相與語，今年有飯飽加餐。

田家但識豐年樂，見說花城日更長。如獲從公時拄笏，尚能援筆侑飛觴。雞豚社甕年年酒，柿栗園林樹樹霜。更倩漁郎問樵徑，深山深處是吾鄉。

休日飲直之運屬家

天與吾人臭味同，一官落魄郡城東。偶逢休暇追梟鶩，閑拂塵埃𠞰鼎鐘。適意不知華衮貴，醉餘聊看舞裙紅。只愁寒漏催羣動，又踏朝靴逐曉風。

次徐令韻

少日曾披九虎關，誰憐投老却乘邊。貳車謾說半刺史，多稼惟欣大有年。榆柳關河無犬吠，牛羊阡陌斷烽煙。玉關人老知無用，廟算如今出萬全！

清明陰雨呈同舍

薄薄輕寒作許陰，村村花柳爲誰新？良辰欣見百五日，冠者仍餘五六人。冷雨凄風連午夜，飛花流水一年春。窺園未阻江東興，陌上應多翠黛顰！

弋陽道中

積雨今朝霽，東皋晚日紅。人家深蔽樹，野水闊浮空。久客仍行役，青春已過中。嶺頭人望處，腸斷白雲東。

偶成

晚來一雨破炎蒸，蕉葉葵花照眼明。稍與燈花尋舊約，却嫌庭樹作秋聲。

寓壺源僧舍三絶

風簷淅淅褪新青，書展殘燈翳復明。讀罷《離騷》還獨坐，此時此夜若爲情。

悶來掩卷已三更，風露涓涓月滿庭。閑撲流螢衝暗樹，危梢點點墮寒星。

歸來閉户還高枕，窗隙微通月影斜。風急忽驚烏鵲起，空階簌簌墮松花。

省齋集鈔

周必大，字子充，一字洪道，廬陵人。第進士，中博學宏詞科，以教録召試館職，授秘書正字，至監察御史。孝宗初，權給事中，請祠，提點福建刑獄，除秘書少監，直學士院侍講，中書舍人，出知建寧。遷翰林學士，除尚書參知政事，拜樞密使右丞相，封濟國公。光宗拜少保益國公，出判潭州。寧宗初以少傅致仕。卒，贈太師，謚文忠，年七十九。韓侂胄禁僞學，指爲罪首。有集二百卷，詩格澹雅，由白傅而溯源浣花者也。

道中憶胡季懷

珍重臨分白玉卮，醉中那暇説相思。天寒道遠酒醒處，始是憶君腸斷時。

行舟憶永和兄弟

一挂吴帆不計程，幾回繫纜幾回行。天寒有日雲猶凍，江闊無風浪自生。數點家山常在眼，一聲寒雁正關情。長年忽得南來鯉，恐有音書作急烹。

次韻沈世得作式撫幹川泳軒

江山倏晴麗，雲月助色澤。向來面面景，天日誰洗滌？主人倚晴檻，回首笑謂客。府公實知己，餘事懶經畫。軿蒙藤大厦，軒窗開澤國。架簷逼象緯，植礎壓鹵斥。仰看天宇大，俯覺地軸窄。端如倩巨靈，妙手重開闢。此與固非淺，無入不自適。華闕望中敞，棠陰坐上得。波光動藻井，帆影落几席。所欣魚依蒲，未許歸見璧。陰晴及朝暮，氣象如幾易。颸回有餘韻，鳥度無留迹。市聲沉浩浩，漁唱聞昔昔，油幕修然流，修然晉八伯。淋漓傳翰墨，鏦擊間金玉。連璧嘉同志，倚玉許涼德。頻慚陂量容，未爲俗駕勒。惡詩信非備，勿作春秋責。

和仲寧中秋赴飲莊宅

方語頑陰蔽月堂，坐看涼吹動枯楊。疾驅雲陣千重翳，盡放冰輪萬丈光。莫問蚌珠圓合浦，且聽羯鼓打西涼。疏狂自我何須撓，撓取吹笙玉雪郎。來詩有「妙曲撓周郎」之句。

送趙富文彥博倅洪州

期集分攜五載前，銜泥各上浙江船。如今再贈城南柳，依舊梅黃夜雨天。辛未四月晦，團司結局。今復以是日送君行。

次韻醻飲

層軒發天藏，初日照粉牘。韓退之：「高門塗粉牘」。雄觀跨鵬背，煩促陋蠶箔。飛緩會蘭亭，傳觴寫桑落。

飲興江海窄，逸氣雲天薄。雖無漢侯鯖，粗勝周禮醵。清歡謝絲竹，賀厦驚燕爵。圍碁賭勝負，獻俳紛戲謔。涼風偏廣坐，長夏失重燔。柳文「赫炎重燔」。高會方繼日，初筵今告朔。要令四難并，詎止一餉樂。明朝傳絶唱，百年無此作。薦聞須狗監，賡獨恨鼠璞。今王馳蒲輪，之子尚蓮幕。行參瑚璉用，歸助梁棟託。謂沈相。讀書照青藜，視草詠紅藥。回顧廣文寒，莫忘雞黍約。

次韻趙公直賞心亭醵今古風

晉人誇新亭，假日輒高會。中間伯仁輩，未免楚囚對。江山猶古昔，忕物已曖昧。東郊今保釐，翠華記行在。佳麗壓淮楚，追遊勝冠蓋。兹樓貫城雉，于邁無小大。令威雖不歸，丁謂剏兹亭。靈光故無碍。黑雲互明滅，川郭相映帶。當年烏衣遊，此日思一概。從容值休沐，登臨多慷慨。幽懷忽軒豁，細故絶芥蔕。已尋詩社盟，更許食期戒。佳實滿坐上，好風來天外。舟移白鷺洲名遠，目送飛鳥快。方種淵明秫，粗免監河貸。一醉儻可期，與君時倒載。

送鄧曹根移帥揚州

聞道維揚地望雄，風流人物似江東。六龍前日臨淮海，五馬由來説醉翁。碧月幾橋留夜色，珠簾十里待春風。遥知九日平山會，笑插茱萸滿鬢紅。

送蔡德煇珵教授

晚折臺城楊柳枝，夕登瓜步狒狸祠。請君收拾江山助，歸和薰風殿閣詩。

留别蘇仁仲通判

公才豈合尚題輿，天遣寒儒此曳裾。午夜燈花曾共賞，三春樂事未全疏。尊前窈窕傳新唱，耳畔瀾翻聽異書。此别不須勤戀惜，君王日日問嚴徐。

送光禄寺丞李德遠請春祠

君家臨川我廬陵，兩郡相望宜相親。長安城中初結綬，石灰橋畔還卜鄰。扣門問道日不足，篝燈照夜論心曲。寸莛邪許撞洪鐘，跛鼈近將隨驥騄。聞君上書苦求歸，君今豈是當歸時。滿朝留君君不顧，我雖歎息何能爲。莫攀楊柳濤江岸，莫唱《陽關》動凄斷。行行但祝加餐飯，潮落風生牢繫纜。

恩許奉祠子中兄重寄

迂儒豈足助維新，日奉威顔謝主臣。可罷本非緣一事，致疑初不怨三人。弟兄有禄供温飽，畎畝何階答聖神。此去讀書真事業，向來正字誤根銀。

次韻子中兄相迎詩中有莫松楸之語追念别後叔母子柔下世故卒章及之

浙水秦淮度十霜，官清誰薄簡編香。向來怪虚烏烏樂，歸去喜同燈燭光。身近廣寒猶内熱，手遮赤日却心凉。只愁初踏江邊路，封土纍然似斧堂。

重九竹園見梨花懷子中兄

春花著雨卽塵埃，何似深秋耐久開。菊尚無多饒瑞質，霜如有意護香腮。也知林下風光早，不爲山中曆日催。望斷行人思折寄，却疑呼作嶺頭梅。

十月十七日大椿堂小集胡從周季懷以予目疾皆許送白酒彌旬不至戲成長韻

畏疾甚畏威，目昏口止酒。爾來時一中，免使論薄厚。儀康久廢祠，釀具散莫糾。採藥山已焚，種秫時轉後。門稀問字客，室乏借書缶。尚賴金石交，每顧貧病叟。前時相娛樂，如對疏廣受。有槳不待乞，似驗歲在酉。今日掃風軒，明日芼園薮。白衣兩不來，往往化烏有。頗聞繼高會，霑醉牛馬走。寧忘伐木詩，酤胥吝朋友。或疑夾西江，恥復餉升斗。胡不玩易象，樽簋納吾牖。二義倘未然，諸責何爲負？君兮優阮籍，僕也減兗守。結交十五年，果可不飲否？食言能無肥，有孚乃免咎。速宜倒糟牀，走送昔與醴。勿學比舍郎，夜半招吏部。

送七兄監廟赴南宮兼呈大兄知縣

河梁曾誦送行篇，蝸角牛毛十五年。畢竟中間多夢爾，祇今相對各蒼然。蕭蕭暫隔連牀雨，蕩蕩初行萬斛船。誰近上林看躍馬，東陽詩句定先傳。

題神岡廟其神蓋六朝時劉竺使君也。

岸斷川平拔一峰，丹青剝落古靈宫。邦人歲久忘遺愛，賈客時來乞好風。二水有情猶磬折，霜楓無數尚旗紅。岡頭故趾宜亭榭，城郭江山在眼中。

甲申中秋子中兄賦詩有八月分圓二十年之句蓋歎中間多難且離别未嘗爲此會也次韻

世事渾如蚋過前，刀頭喜對鏡飛天。陰晴萬里同兹夕，離别前時照幾年。如去莫令疏會合，從來無意必騰騫。幾思種秫迎佳節，窮鬼還來笑買田。近屢爲此計，垂成輒破。

夜坐困甚

馬通薪熱夜爐深，柱膝承顔夢欲成。不記坐來湯沸鼎，却疑篷底聽灘聲。

次韻王少府送蕉坑茶

昏然午枕困漳濱，醒以清風賴子真。初似參禪逢硬語，久如味諫得端人。王程不趁清明宴，野老先分浩蕩春。敢向柘羅評緑玉，待君同碾試飛塵。

二月十七夜與諸弟小酌嘗榧實誤食烏喙烏喙堇也古書云以堇寘泖殺人戲成韻

伏神老芋不傷生，江蟹彭其禍亦輕。我獨好奇嘗泖堇，誤思榧實殺三彭。

永新賀升卿攜中原六圖相過論古名將出師道路形勢可指諸掌爲賦詩

歷歷山河一卷書，博聞疑是古潛夫。金城未入職方考，玉坐正披輿地圖。取虢不應須假道，勝齊終困用真儒。從來美玉勞三獻，豈比巾箱襲碔砆。君嘗再上書。

次韻芮曹國憶去年上元二首

使節番禺重，中朝社稷臣。喜沉刁斗夜，遠布玉墀春。古寺看紅葉，報恩寺菩提葉燈最佳。蕃街試幻人。餘歡曾畫否？應記繞梁塵。

門外人隨月，窗前竹動風。老便佳節靜，病幸綠樽空。春至鴻聲北，人遥蝶夢東。隔年詩有債，生理固知窮。

病中次務觀通判韻

老眼亂蟬翼，樂事歎何有。今年不銜盃，更暇問濡首。愛山空在山，擿埴詎容走。塵埃登高帽，生澀彈碁手。三年一蒲團，近者坐欲朽。朝來獨何事，乾鵲窺甃牖。開門得新詩，刮膜如釋負。卷舒幾百回，呼舞駭鄰友。吾曹交以淡，悠久或采韭。此味只自知，它人薄玄酒。

曾英發運幹頃攜二詩相過今復寄贈大篇且惠漢唐金石刻輒次前韻道謝

君家奕葉播芳馨，室有圖書暴兩榮。詩什編成風雅頌，寶章臨徧草真行。興來文陣千軍掃，醉後談鋒一坐傾。已許春風來過我，從今日日聽嚴程。

屢空不擬論錢神，多病惟思對藥臣。騤獲斷碑勝與縞，徐觀妙語可書紳。起予字字興三歎，集古駸駸訪九垠。欲寄嘉州選何物？折楊聊復和韶鈞。

青衣道人羅尚簡論予命宜退不宜進甚契鄙心連日求詩爲賦一首

亦知磨蝎直身宫，懶訪星官與曆翁。豈有虛名望蘇子，謾令簸惡似韓公。時清早退人誰肯，命薄當閑我自通。破戒問君君會否，九人於此不相蒙。

立春日飲羊羔酒

姚魏紛紛殆百家，天香一出自無譁。傷多莫厭扶頭酒，貴少翻嫌滿眼花。康樂舊聞宜水竹，翰林新調帶煙霞。從渠草木呈新巧，終愧吾公正且葩。

頃創碁色之論邦衡深然之明日府中花會戲成二絶

局勢方迷碁有色，歌聲不發酒無歡。明朝一彩定兩賽，國手秋唇雙牡丹。
醉紅政不妨文飲，呼白從來要助歡。碁色應同三昧色，牡丹何似九秋丹？

池陽四咏之二

夜泊清溪弄水亭，棹謳徐起月華明。水晶宫畔西湖上，除却兩邦無此情。右弄水亭。
天遣江山助牧之，詩材猶及杜筠兒。向來稍喜唐風集，今信樊川是父師。右杜荀鶴村。

再登翠微亭和同年湯平甫

相君早日翼天飛，晚落江湖罪以疑。好事一時開翠壁，佳名千古紀黄扉。朝遊要及鴉翻樹，夕返何妨螢濕衣。更得湯休奇絶句，後來誰憶謝玄暉。

贈黄格非

詩社飄零二十年，春官老子復登仙。豫章幸有横枝在，好覓鸞膠續斷絃。

次韻胡邦衡相迎

路逢驛使嶺頭回，喜得新詩勝得梅。情似春風綠楚柳，句如臘雪屑韓瑰。至今皇側求賢席，底事公銜樂聖杯。台路六符行復焕，丹心一寸未應灰！

向以書戲邦衡云某自廬山遊西山當就近公召節今邦衡有詩督此語不驗次韻

慧遠遥同社，洪崖近拍肩。松枝年紀萬，棐實歲踰千。天池在廬山絶頂，有萬年松。香城在西山絶頂，有千年棐。徑欲通天漢，忙因擢酒船。帥漕附致厨醞四十尊，寄邦衡。香城均一握，易地卽皆然。邦衡所居，亦曰香城山。

遊廬山弔大林

上盡諸峰地轉平，天低雲近日多陰。古來南北通雙徑，此去東西啓二林。虞世南碑從泯没，白居易序合推尋。康廬第一推仙境，遂使如今忍陸沉。

天池觀文殊燈

代馬腥羶暗五臺，南方世界且徘徊。一燈别是真知識，不用奔波學善財。

贈西賢藏主可昇眉州人，與予同庚。

我比仝年百不能，只餘霜鬢愧師兄。慇勤覓句無言説，共撥寒灰聽水聲。

遊廬山舟中賦四韻

南北周廬阜，東西徧九華。宴安無酖毒，痼疾有煙霞。淡落村村酒，甘香院院茶。馳驅君莫厭，此出勝居家。

陳宰有詩來迎次韻

沿浙江湖樂有餘，滔滔何必歎東徂。賞心到處窮佳境，好事逢人得異書。風浪送颿時一快，魚龍潛穴不須驅。歸來正使無泥洗，合壓香醪作歲除。是行徧歷九華、三茅、匡廬、西山，又獲書籍碑刻頗富。

登龜山次七兄韻

注波緣壁化城中，客愠奴嗔我亦慵。及至龜山還一上，爲憐高閣對雙峰。

贈崇壽寺僧善修

老僧九十視眈眈，二十年來不下山。我得九華充法供，亦能禁足老山間。

望皖公山

太婆嶺獨高秋浦，皖公山正望龍舒。端如牛女隔天漢，不似彭郎近小姑。

遊廬山佛手巖雪霽望南山

十日頑陰不見山，山中一夜雪封庵。伊予的有尋山分，日照北窗雲在山。

胡邦衡相過賞金鳳許詩未送復作木犀會二花殆是的對

身閒端合醉秋光，兩地名花況並芳。金作鳳形如許巧，木成犀裏若爲香。髻頭自笑辜釵色，沙面誰知識帶黃。莫問詩壇掩旗鼓，天生的對欠平章。

邦衡置酒出小鬟予以官柳名之聞邦衡近買婢名野梅以爲對

濁水難攀清路塵，偶曾先後掌絲綸。歸來久侍茵憑舊，至後初逢梅柳新。湖水欹斜應有意，蘇詩：「日出冰澌湖水散，野梅官柳漸欹斜。」春光漏洩不無因。絳帷幸爲天荒破，日日當爲問道人。

戊子歲除以糊代酒送邦衡邦衡有詩見戲仍送牛尾狸次韻

先生豈比習池徒，薄醞仍慚校尉厨。獻糊聊將追粔籹，餔糟只欲伴屠酥。削肌知自何人手，灌頂疑嘗釋氏醐。必許尋花兼問柳，敢辭挈榼更提壺。來詩有尋花句。

邦衡再送二詩一和爲甚酥二和牛尾狸

金谷烹煎豈我徒，磨舂爭語夜闌厨。六年不賜湯官餌，除日猶分刺史酥。是日錢守送酥，用東坡謝泗守故事。小惠無多真畫餅，大篇有味勝清醐。遥知發羃烘堂處，不見蒸鵝只瓠壺。

追跡猶應怨獵徒，截肪何敢恨庖厨。膾鱸湖上曾誇玉，煮豆瓶中未是酥。伴食偏宜十字餅，先驅正賴一卮醐。却因玉面新名字，腸斷元正白獸壺。牛尾狸，一名玉面狸。

後兩日大雪邦衡復用前韻作窮語戲和

天憐寓客混緇徒，十日無煙香積厨。莫雪故教投碎米，饞涎那更忍流酥。旃毛嚙盡寒生粟，風絮吟時韻怕醐。誰似維摩坐芳縟，散花別是一方壺。

己丑二月七日雨中讀漢元帝紀效樂天體

昭君顔如花，萬里度難漉。古今罪畫手，妍醜亂羣目。誰知漢天子，袪服自列屋。有如公主親，尚許穹廬辱。況乃嬪嬙微，未得當獯鬻。奈何弄文士，太息争度曲。生傳琵琶聲，死對青塚哭。向令老後宫，安得載簡牘。一時抱微恨，千古留賸馥。因嗟當時事，賢佞手反覆。守道蕭傅死，效忠京房戮。史臣一張紙，此外誰復録。有琴何人操，有塚何人宿。重色不重德，聊以砭世俗。古今賦昭君曲，雖大賢所不免，僕矯其説，無乃過乎！

胡邦衡生日以詩送北苑八銙日注二瓶

賀客稱觴滿冠霞，樓名。懸知酒渴正思茶。尚書八餅分閩焙，主簿雙瓶揀越芽。見梅聖俞《謝宣城主簿》詩。妙手合調金鼎鉉，清風穩到玉皇家。明年勅使宣臺餽，莫忘幽人賦葉嘉。

邦衡再和次韻

金章紀出氣凌霞，不愧君王坐賜茶。講讀罷，例賜茶一甌。商嶺烹來思舊様，王元之詩云：「様標龍鳳號題新，賜得還因作近臣。烹處豈期商嶺水，碾時空想建溪春。香于九畹芳蘭氣，圓似三秋皓月輪。愛惜不嘗惟恐盡，除將供養白頭親。」洛泉煎處歎新芽。唐劉言史《與孟郊洛北野泉煎茶》詩云：「粉洗越筍芽。」詩評未怕人生瘦，監濟惟防賊破家。臘欲蒼生蘇息否？剛嚴須是相王嘉。

邦衡用舊韻慶予生朝賡續爲謝

蓬山落拓復經春，宦海茫洋懶問津。志節漸銷平日壯，鬢毛空比去年新。午橋早並緋衣相，一月還同赤壁人。邦衡壬午六月生，予丙午七月生，同居廬陵，故特比裴度、周瑜二公事實。天造駑駘追驥騄，無如才德異疵醇。

賀范志能農圃堂

荒涇吴以顛，戰勝越云吉。是非兩安在，阡陌眇蕭瑟。公來開別墅，草莽手爬櫛。陰晴及寒暑，每到皆勝日。新詩弔興廢，收拾滿箱帙。有客師元亮，甫謝彭澤秩。幸分北窗風，容此易安膝。

入直召對選德殿賜茶而退

緑槐夾道集昏鴉，敕賜傳宣坐賜茶。歸到玉堂清不寐，月鈎初上紫薇花。

過鄔子湖

萬頃湖光似鏡平，蜿蜒得得導舟行。從來仕路風波惡，却是江神不世情。

奉祠還姪繹以詩相迎次韻

聖朝有道合羞貧，清晝那容裹路珍。金馬玉堂辭漢殿，桃花流水訪秦人。敢吟莫莫休休句，且佚膠膠擾擾身。高會竹林欣有日，速篘玉友釣溪鱗。

前歲冬至與胡邦衡小語端誠殿下道直下舊事今年邦衡舉易緯六日七分之說輒用子美五更三點爲對後數日得劉文潛運使書記去年館中團拜人今作八處感歎成詩

青城小語慶新陽，共向紅雲拜玉皇。六日七分驚歲月，五更三點憶班行。屬車誰從黃麾杖，釣艇還飛白羽觴。猶勝去年三館客，十人八處更相望！

十二月十九日餞劉文潛運使明日書來云醉夢中作小詩但記後兩句爲足成之

幽人門巷冷於冰，使節光華肯再登。今夕青燈話三館，明年何處説廬陵？

臘旦大雪運使何同叔送羊羔酒拙詩爲謝

未雪冰厨已擊鮮，雪中從事到君前。淺斟未辦銷金帳，快瀉聊憑藥王船。醉夢免教園踏菜，富兒休詫饌羅羶。爛頭自合侯關內，何必移封向酒泉！

簡提刑吳大卿宗旦勑四路獄二首

瑞節頻移意可知，西川西廣又江西。蘇黄到處君行部，物色分留待品題。

堆勝横看白鷺洲，青源穩着釣臺幽。魯公翰墨師川句，訪古何妨與一遊。

丁酉二月二十日同部中諸公遊下竺御園坐枕流亭觀放閘桃花數萬隨流而下繼至集芳亦禁籞也是時海棠滿山郁李滿欄殆不類于人間世明日入部而桃花數枝伶俜窗外未時内直則海棠郁李各一株方開遂賦此二絶句云

萬點紅隨雪浪翻，恍疑身在武陵源。歸來上界多官府，人與殘花兩不言。

清勝堂前花萬重，玉堂署裏兩芳叢。應憐寓直清無侣，聊伴衰翁宿禁中。

季懷設醴且示佳篇再賦一章以酬五詠

卯飲高樓徹莫霞，絶勝茅屋已公茶。篘包句好逢真賞，荷葉甌深再嫩芽。詩老坐中容我輩，朝賢乞處藉吾家。詩來屢引歐公茶詩，故用篘包詩老事。孟郊《憑周況于朝賢乞茶》詩云「越甌荷葉空」。從來佳茗如佳什，屢酌親朋味轉佳。

尚長道見和次韻二首

詩成蜀錦燦雲霞，宮樣宜嘗七寶茶。壓倒柳州甘露飲，子厚《茶》詩：「猶同甘露飲。」洗空梅老白膏芽。聖俞《茶》詩：「春芽研白膏。」睡魔豈是驚軍將，茗戰都緣避作家。怪底清風失炎暑，朝來吉甫誦柔嘉。連日雨涼。

鍾山處士映高霞，止酒惟親睡起茶。遠向溪邊尋活水，閒于竹裏試陽芽。一甌休問帝前席，七椀且同僧在家。所愧叔孫無五善，若爲重拜晉君嘉。

頃雲夢至善生院賦詩一聯己丑七月十三日因遊續成一絶

門外千竿竹繞牆，清風終日注回廊。五年未續夢中句，得得來追三伏涼。

七月十五日邦衡用前韻送薰衣香二帖韻爲謝

天香猶帶曳裾霞，銀合行參到闕茶。故事：召用兩府，將到闕中，使賜銀合、茶、藥及香。膻馥欲沾吾臭味，普薰聊發善萌芽。心清此去誇僧舍，意可由來出内家。乞與博山添正氣，嶄巖曾辱更生嘉。劉向《薰爐銘》云：「加此正氣，嶄巖若山。」

萬安韋邦彦字俊臣攜王民瞻楊廷秀謝昌國絶句相過次韻勉之

盧谿筆力透天心，楊令文追正始音。更讀池塘惠連句，識君何待接清襟。

後學争歆雨後巾，前賢久澤霧中文。韋郎勉力追三傑，它日人還倣五雲。

送粱山長老智顯

秦人溪畔漢人山，萬木參天六月寒。寫向湯休詩集裏，老夫要作畫圖看。

昨以清醇之酒爲邦衡侍郎壽乃蒙惠詩且約深秋清集至時侍郎當捨芙蓉而面三槐某已歸東籬悠然見南山矣次韻爲謝

觚稜回首六經春，重挈荷囊止要津。桑下未忘三宿戀，柳邊仍喜一番新。即開東閤招奇士，快與西湖作主人。濁酒誇張真過矣，如公詩句乃清醇。

從駕過德壽宮馬上得程泰之次庚寅玉堂舊韻有銀章金帶之戲走筆爲謝

推敲也復從鳴鑾，鳳沼詩盟故未寒。兩制空煩舍人樣，僕近日誥命及答詔，皆年兄筆。外郎争比大夫官。僕官朝請郎，年兄新轉大夫。翰林今夜仍連直，講殿明朝豈兩般。畢竟五金如五味，莫因黄白議鹹酸。

程泰之昨有金帶銀章之句十二月二十八日乃因押伴北使赤岸御筵服重金侍宴紫宸殿坐間嘗作數語爲戲後兩日復得其詩亦再次韻

甚曰重黄侍御鑾，幾時八坐佩金寒。古詩云：「眼赤何時雨，横腰甚日重。」杜工部云：「連枝不日並，八坐幾時除。」殿庭屬目誇新貴，閤門官爭相問。部曲低頭拜舊官。泰之嘗二春官，今復借太宗伯。五日尹京非細事，四時仕宦固多般。泰之今春服緑，夏間階緋。今借金紫，真傳游藝也。重行隔品詩仍捷，應笑官卑語帶酸。

次韻徐元敏榷貨同年

當年駕鶴忝驂鑾，對躡丹梯上廣寒。緑鬢旋同依帥府，華顛今並列王官。文才似我無多子，契分於君有四般。唐人與同年詩云：「契分四般同。」念舊不妨頻枉駕，甕頭隨意酌甘酸。

邦衡侍郎留金陵再用津字韻賦詩謝送賜茗復以丙申小春四銙寄贈

淳熙又貢第三春，驛騎星馳渡劍津。七祖師泉難話舊，謂青原。八功德水且嘗新。雪亭烹處休裝景，火閤煎時却可人。只恐春從官柳邦衡侍婢名。動，樂天還欲醉精淳。唐朱敬則：「傳淳精流，糟粕棄。」

聞西省賞酴醾芍藥戲成小詩奉簡泰之侍講舍人年兄併以丁香橄欖百枚助筵却求殘花數枝

羣玉圈中作主人，紫薇花底會嘉賓。風光總屬程夫子，好念文昌寂寞春。

滿架冰肌含碧雲，翻階翠袖映紅裙。玉堂只有金沙在，伴直明朝又屬君。翰苑僅有此花，泰之明晚直宿。

酒須恫馬莫分甘，金賜麟蹄掐敢尖。紅白賞殘堪底用，雨中折贈未傷廉。日曆所進書，賜金及酒多。

從來引玉卽抛磚，自笑囊空百不堪。賴得酒酣須茗飲，聊將青子助回甘。

次韻閻刑部才元楊梅

炎官傘照濤江紅，五月獻果明光宫。越人一枝古所重，蜀無他楊譜則同。蜀中絶無楊梅。玄珠更將赤水浴，流火呈祥復王屋。下伴長安黑彈丸，殺吏驚人寒起粟。新詩字字含芳鮮，大書遺我敦同年。請君速訪天竺老，食白追繼仇池仙。東坡《寄天竺辨才》詩云：「且食白楊梅。」蓋山中實有此果，而蜀人注此詩者，偶未知耳。閻亦蜀人。

六曹長貳觀潮予以入直不預晡時大雷雨走筆戲蔡子平

雷轟萬鼓勒潮回，無復庭前雪作堆。應爲尚書慳且澀，盲風怪雨一時來。

次韻天官韓尚書七月十八日風雨中觀潮予内直不赴

禁直惟聞漏鼓催，潮聲遥聽訝蚊雷。忽傳傑句天邊得，如對洪濤海上來。大筆直能扶風雨，小才何敢助涓渶。古今奇觀須秋半，好句重銜伯雅杯。

邦衡再送皇字韻詩來次韻

賓鴻列陣競隨陽，却向丹山隱鳳皇。銀管題詩紛滿帙，金釵度曲儼分行。漢官蚤促三更席，梁苑行稱萬壽觴。上項諭公早晚令卿覲朕大舉同游大梁。又聞虞相陛辭奏云：「今年當會於東都，上壽稱觴。」顧我飄零無着處，非公湔祓尚誰望。

又次邦衡族姪長彥司户韻

聖世恩榮盛孝章，北窗自欲傲羲皇。通家喜燕雞豚社，治郡愁親鴈鶩行。陌上花開人鬬草，甕頭酒熟客傳觴。及時行樂君休厭，召驛相將項背望。

近會同年賞芍藥嘗櫻桃楊謹仲教授有詩次韻爲謝兼簡周孟覺知縣

清晨自掃落花廳，小甕親篘竹葉清。簪盍同時過陋巷，臚傳相與記彤庭。階翻紅藥曾重見，僕十年間，兩直西掖矣。勑使朱櫻亦屢經。老去飄零無此夢，詩來吟咏有餘馨。

同年楊謹仲示薌林諸帖皆以老杜相期惟童敏德謂不合學東坡殆非知詩者輒用此意成惡語一篇爲誕辰壽祝頌之意見於末章

過江人物向汪曾，一世龍門未易登。常恐斯文無砥柱，獨推佳句有師承。波瀾正使來西蜀，廉陛何妨逼少陵。天遣百年如衛武，會賡懿戒頌中興。

過餘干吴師中秀才以小詩惠歙硯次韻謝之

舊曾起草向明光，獨與羅文近赭黄。三載瓦池研寵墨，因君聊復夢羲皇。

送陸務觀赴七閩提舉常平茶事

暮年桑苧毁茶經，應爲征行不到閩。今有雲孫持使節，好因貢焙祀茶人。

驚棲枳棘已多年，父老猶傳主簿賢。扶杖喜迎新使者，赤帷何惜與高褰。

疲篤久倦直明光，風味嘗思十八娘。擬請一麾依故舊，得無公道學蘇章。

進讀三朝寶訓終篇賜宴錫賚謝恩詩

藝祖提劍開八荒，太宗混一垂衣裳。真皇破虜神武揚，夷夏憺寧法度彰。寶訓成書紀宏剛，有典有則萬葉昌。憶昔壬午神龍翔，季秋庚子辰集房。肇開講席臨清廂，赭袍玉斧光照廊。台司夾侍書案黄，翰林進讀天容莊。微臣簪筆近御牀，親聞玉音義甚長。君子小人初何嘗，非關時運弱與强。祇繫人主所否臧，當年紀注此特詳。紹興壬午九月庚子，初開經筵。亦召宰執聽講讀。洪遵初讀《三朝寶訓》第一卷，至太宗問吕蒙正「君子少而小人多」，蒙正曰：「此繫時運盛衰」，陛下宣諭云：「不然，顧人主好惡如何耳。」臣時爲侍立官，退以聖語載《起居注》中。往來寒暑今一章，牙籤謬執心彷徨。終篇正直恩德洋，道山肆筵酌天漿。宮花壓帽羅絲簧，硯來復古翰墨光。臣所得端硯，刻「復古殿」三字。馬出帝閑真驌驦，闔山正焙隨寶香。君賜如天不可量，歸美獨愧詞荒唐。恭惟聖治超百王，夙夜基命不敢康。文德既修狄可攘，俎豆永掃旄頭芒。三聖勳烈同煒煌，萬年億載娛慈皇。

文忠烈公居洛有丙午同甲會詩今執政府凡三位樞密使王季海參政錢師魏先在焉前歲夏某忝參預連牆而居適然齊年時號丙午坊次文公韻簡二公

文公八十會伊川，盛事于今有百年。豈意蒼顏華髮叟，亦陪黃閣紫樞仙。府居未至容連棟，班路前瞻愧比肩。丁丙連干支合德，君臣慶會豈虛傳。

和龍舒兄春日出郊韻

庭東蒲鞭吏晝閑，禽聲人語兩闗闗。郊坰戎隊穿花裏，阡陌兒童戲雉閒。禪語屢題投子寺，仁風常滿皖公山。薦書開道交宸几，尺一封泥合錫還。

陶淵明有己酉重九詩一首某以此年此日舟次吉水距永和才一程耳輒用其韻先寄二兄十三弟并呈提舉七兄

王覲十五載，歸來稀舊交。我鬢昔已華，今茲固宜凋。去國甫重午，還家倏登高。永和有兄弟，咫尺如煙霄。緬懷江東使，地遠心更勞。遙知上翠微，江山勝金焦。豈無茱萸酒，望望思鬱陶。相從會有日，永矣非一朝。

南國築小堂鄰里侯暘獻上梁文戲成小詩記實解嘲

半畝園林數尺堂，凡花疏竹小池塘。平泉綠野休相笑，事業功名合自量。

用邦衡韻贊其閒居之樂且致思歸之意

一別龍門不計春，思公夢渡太華津。遙知綠野朱顏好，應笑紅塵白髮新。午茗親烹留上客，夜棋酣戰調佳人。道腴有味詩彌勝，何止冰凝與蜜淳！

敷文閣學士李仁甫挽詞

經學淵源史筆高，文章餘力薄風騷。紛紛小技誇流俗，磨滅身名笑爾曹。
鳴珮甘泉不乏人，誰能博古復通今。直如汲黯非游俠，忠似更生不鑄金。
千卷長編已刻閩，爭傳副墨價兼金。冠篇不得同迂叟，遺恨猶應記玉音。
是是非非口卽心，掃除人僞只天真。身全五福仍通貴，造物因公勸善人。
病後精神更湛然，挂冠剛欲及生前。去來自在渾無礙，撫掌僧徒浪學禪。

平園續集鈔

上巳訪楊廷秀賞牡丹於御書扁榜之齋其東園僅一畝爲街者九名曰三三徑意象絶新

楊監全勝賀監家，賜湖豈比賜書華。回環自斸三三徑，頃刻常開七七花。門外有田聊伏臘，望中無處不煙霞。卽慚下客非摩詰，無畫無詩只謾誇。

今年閏十月僕營小圃方兩月而張坦夫履示腴莊圖有起予之意遂率筆成鄙句

百年種德十年栽，映帶雲巖與月臺。無問四時留客醉，何曾一日不花開。人人争羡富登覽，物物豈知工剪裁。我比樊須身更老，只今學圃亦悠哉。

楊廷秀送牛尾狸侑以長句次韻

江南十月方肅霜，小槽初滴鵞兒黄。頗思指動異味嘗，門正張羅誰末將。披綿强來推下去，枯蝦欲進上之户。羊羶豕腥猶可厭，昉截脂凝在何處？草玄子雲黄門郎，遺我黑面質白章。形之硬語努力强，寫以奇字伴史倉。愧無纖手色傾國，壓糟磨刀走臧獲。喜于左手持蟹黃，美勝八珍熟熊白。古來貍首歌侯門，名以牛後真屈君。從金玉汝洗俗諺，好與紈袖陪梁園。公詩如貂不頻削，我續狗尾句空着。

寄題高仲一夔殿撰識山堂長韻

買山老山間，乃識山之容。愛山無古今，此論誰非同。仇仙來唐廬，一轉語獨工。不識山面目，只緣在山中。譬之塵漠漠，又如水溶溶。人魚居其間，孰識礙與通。我昔少年日，白攜七尺笻。盤旋山南北，憩息林西東。朝看山之橫，暮看山之縱，貪多眼爲乏，陟險足已慵。拱揖且不暇，賞失良自蒙。方悟白司馬，草堂對穹窿。彼既若獻狀，此亦如發矇。秀甲天下山，至言出心胸。今君欲繼之，築堂會奇峰。何嘗遠城市，而能目迎逢。山形不動體，山色含真空。風雲有蓄洩，氣象無終窮。雨餘四面翠，日麗千仞紅。氤氳香爐煙，挺拔雙劍鋒。最愛五老人，崚嶒美所鍾。可望不可卽，有意容相從。羅列皆兒孫，几席次第供。山雖誇兩邦，茲焉實長雄。不爲空堂客，詎信山有宗。寄語遊山者，毋徒走憧憧！

送道士張惟深曾從楊廷秀學詩。

出世須抛世俗文，休論何遜與陰鏗。但求仙伯三年艾，會向彌明項上行。

彭孝求惟孝以綠野行送芍藥數種鄙句爲謝

占斷春光及夏初，琉璃剪葉朵珊瑚。休論花品同而異，牡丹初號木芍藥，蓋本同而末異。出王元之文集。且詠詩人樂且訏。北第莫辭金鑿落，韓魏公《北第賞芍藥》詩：「滿引莫辭金鑿落。」南禪爭看玉盤盂。彭宣微恙何妨醉，自有嬌痴婢子扶。

魚兒牡丹得之湘中花紅而蕊白狀類雙魚纍纍相比枝不能勝壓而下垂若俛首然鼻目良可辨葉與牡丹無異亦以二月開因是得名其榦則芍藥也予名花而賦是詩聞江東山谷間此品甚多

天教姚魏主芳菲，合有宮嬪次列妃。玉頸圓瑳宜粉面，霞裙深染學翬衣。枝頭窈窕魚雙貫，風裏蹁躚鳳對飛。又似金鳳花。莫把根苗方芍藥，留春不似送將歸。

太守趙山甫希仁示和篇次韻爲謝

阿嬌金屋聚芳菲，當御連環聚妾妃。龍女墜天頩素頰，鮫人出水織繅衣。袖垂户外瞻雙引，燕語宮中第一飛。不用蟲魚箋《爾雅》，使君行合左符歸。謂魚符也，聊答公歸之句。

李子權時中屢求所居江月亭浴沂齋詩老病未能作坐上示及和花妃詩甚工即席次韻一首所謂一彩兩賽也

姚皇借黄字。去後幾菲菲，湘水依然從二妃。雙淚一時紅作鬣，連枝千載緑爲衣。檻前斑竹應同伴，波面文鴛欲共飛。吟徧世間閒草木，何如江月詠沂歸。

楊廷秀秘監萬花川谷中洛花甚多光榮俚語敍謝

萬花川谷第芳菲，也許湘靈媵伏妃。翠葉迎風牽荇帶，紅綃浴日濕宮衣。共船不妒龍陽釣，警乘猶疑洛渚飛。《洛神賦》云："騰文魚以警乘。"李善注："文魚有翅能飛。"誰把荒園一魚目，換將五十六珠歸。

乙卯楊廷秀訪平園即事

乘興不回安道舟，銷憂同倚仲宣樓。莫嫌四面酸風射，猶勝三塲瀋汗流。

次韻楊廷秀并序

萬花川谷主人爲《海棠賦》二首，妙絶古今，斷章有："平生不帶看花福，不是愁中卽病中。"之歎。代花次韻。

江國羣芳自有餘，詩才酒興不愁無。却憐西蜀移根遠，醉向東風落筆初。

傅粉施朱淡復濃，不辭沐雨更梳風。豈知命似佳人薄，不在吾公樂事中。

右三月二十八日春華樓前芍藥盛開特招歐葛二兄再爲齊年之集次舊韻

老去猶思飲吸川，靜中還喜日爲年。艾耆天俾如三壽，談辨人驚似八仙。洞鎖嵩峯偏入眼。丹成岣嶁遠齊肩。定知樂事年年共，更看新詩句句傳。

次楊子直使君韻

雪繭冰絲結素華，天孫初織費繅車。花開金谷空千種，蕊疊瑶英自一家。下比山樊誰薄相，上攀瓊木各雄夸。集仙翰苑須公等，歸繼唐賢植此花。

次王伯奮淹通判韻王乃文正公家吏部尚書震之曾孫。

三槐交蔭盛京華，八坐摛文富五車。玉樹合教依故國，霜蕤何事到山家？幸經泥軾新題品，全勝雲耕昔誕夸。絶唱强酬書字大，固應傳笑眼昏花。

趙正則彦法司户沿檄而歸玉蕊已過追賦車字韻詩奉答

春深遊客競繁華，寶馬香輪帶麴車。不爲來看招隱樹，有誰肯顧野人家。飛飛粉蝶須相映，皎皎銀蟾色共夸。今得審言詩勝畫，傳神何必趙昌華。唐詩人杜審言爲吉州司户，正則嘗刻其詩于廨舍。

丁巳二月甲子蜀錦堂海棠盛開適有惠以繡書錦堂記者招伯威德源爲齊年會次舊韻

曾因客夢到西川，萬户疏封抵隔年。花重錦官思杜老，鶴飛沙苑看徐仙。衰顔尚許任諍齒，淺量深慚賜及肩。照眼蜀粧依繡幌，共驚十載識先傳！

曾無疑三異以長韻送金橘時已暮春次韻

荼蘼殿春枝滿霜，盧橘熟夏今乃黄。彈丸煌煌照坐光，老叟驚詫見未嘗。客言采果孟冬月，剖竹爲符帶蒼雪。包之赫蹏滿貯中，纏以絲枲外合節。或藏緑豆飲醉翁，或雜寸稾仍緘封。三説未識將誰從？但覺色香新摘同。分甘安能與衆樂，秘方何惜都傳却。已誇指下石化金，仙指併求君勿噱。

戊午仲春同甲小集舊次韻

會老三人似潁川，生同絳縣免疑年。各年七十三。尊常有酒何妨醉，事每無心即是仙。儉欲固應知足足，忘形誰問是肩肩？香山已寫丹青像，德源近繪《三壽圖》。洛誦仍憑副墨傳！

紹興庚午某與安成劉逢辰秋闈同薦逢辰四子伯德禮淳熙甲午解魁登第今宰臨川仲德仁拔癸卯解叔德恭負雋聲季德性紹興乙卯復冠鄉舉出示當時小録手澤在焉爲題二小詩於後

丁年韋布逐槐忙，結綬王畿四紀強。已把衣冠挂神虎，夢回猶未熟黄粱。

鹿鳴舊籍晚重看，翰墨場中興久闌。同榜諸郎皆舉首，老夫安得不衰殘。

新光州守趙師褎字國佐才高一世任京口以讒廢宰太和以憂歸得郡待對没於逆旅家會稽又遭焚識者憫之今既葬矣其子寄行狀求追挽嗟悼不足情見乎辭

籍甚天支萬事通，傷哉人爵一生窮。飛英北闕讒何極，游刃西昌秩未終，千騎絶憐成畫餅，八人那忍助融風。只應快閣長流水，遺恨滔滔向浙東！

劉仙才仲子俊示其父醉庵詩集索鄙句

蹇步鬖姍到竹溪，病眸眩瞀刮金篦。清風滿座無塵事，遺墨盈編有舊題。久羨山人居水北，今知詩社續江西。醉吟跌宕誰能寫，髣髴琳瑯識介珪。

慶元戊午重九天氣晴和待王七兄提舉監丞早集清都臺午飯讀詩書臺晚集神岡西臺皆古迹也戲成小詩

年豐和氣借春來，雨足黄花趁節開。要識重陽真富貴，弟兄一日歷三臺！陸士龍《與兄書》云：「一日上三臺。」曹公藏石墨十萬斤，又蔡邕以侍御史轉治書，侍御史遷尚書。三日之間，同歷三臺。

己未立春留楊伯子長孺知縣小酌夜聞窗竹有聲伯子以爲雪或曰風也已而果雪詰旦敲門送詩走筆戲和

莫訝衰翁笑口開，故人風度繼歐梅。墮箎雪陳魚麗遠，踏跡詩仙鳳沼來。酒似茅柴居高上，句如桂子落天台。新年春自相追逐，誰謂天公厭兩回。謂坐中舉東坡詩句。

己未二月十七日會同甲次舊韻

里人初不問山川，身健徒教換歲年。紅紫丁寧容老圃，丹青點化屬詩仙。情均鴈序兼鶯友，壽貫犀顱映鶴肩。東坡光道人賀「海口山顴，犀顱鶴肩。」莫算酒行徵罰令，一株花下一杯傳。

賀升卿年垂八十以書寄平園新詠二十二篇又録十年前簡予四詩尚有訪戴之興謹次最後一章韻爲謝

文與年高豈樂天，字隨心正亦公權。吟詩作賦晴窗裏，問柳尋花野水邊。升卿居永新縣東，别墅去縣百二十里。喜我新巢三徑就，勞君舊句一時編。雪舟有興休回棹，共載期追李郭仙。

仲嘉致政敷學尚書注兄寵和鄙句且寄適軒記詩銘等皆纂白樂天語也敬以來意盡用樂天事次韻

鄞川人物擬山川，公似香山更永年。楊柳櫻桃俱是幻，蓬萊兜率孰非仙。平生名脱虞卿曆，歲晚書齊夢得肩。近岸連檣多賈客，定攜新句海中傳。

徐商老夢莘參議直閣進書登瀛創孺榮堂來索鄙句許示奏藁寄題

三孔三劉歲月賒，後來儒術數君家。五枝舊折燕山桂，八月新乘海上槎。方履圓冠無愧怍，西崑東觀有光華。牙籤縱許窺青簡，銀海何堪眩黑花。

三月三日適值清明會客江樓共觀並蒂魏紫偶成二小詩約坐客同賦

上巳清明共一時，魏花開處亦連枝。前身應是唐宮女，猶記昭容雙袖垂。

莫思樂事年年減，且喜春花日日開。兄弟相看俱八十，研朱贏得祝嬰孩。趙通判每云：朱書八十字于襁褓兒領上，欲其春如此。

正月三日胡季亨及伯信仲威叔賢昆仲歐陽宅之李達可同自永和來雨中小集叠岫閣用金鼎玉舟勸酒下視林梅戲華舉說命五說戲祝六君蒙次前韻賦佳篇各徵舊事各以一篇爲謝

未復中原近有準，前朝該輔只時來。濟川用礪我無是，作醴和羹何有哉！正喜春晴知歲暮，初一、初二皆晴。頓招兩蕊坐筵開。和詩更作齊兒語，老手屠龍合拊孩。

右答李季亨

舟浮江海達於淮，不盡詞源滚滚來。人自浴沂三益者，句成泛剡兩佳哉。千鍾但使尊中滿，札帙從教案上開。却憶兒童聚嬉戲，争騎竹馬弄泥孩。

右答胡伯信

元和頌聖雅平淮，韓柳文章付後來。聯璧照人今燦者，斷金定契古誰哉？白醪勸我頻霑醉，青眼逢君肯懶開。會散東風吹面纈，凍梨欣喜色如孩。

右答胡仲成

朱顔青綬憶秦淮，白鷺洲疑繁駕來。側畔交遊欣忭者，中間賡和負康哉。新春漸覺風光好，陳迹時將日記開。惟有詩情不如昔，傍觀撫掌倒綳孩。李白《金陵》詩云：「二水中分白鷺洲。」城上有亭，紹興戊寅分教時，每登覽忘歸。自此日有記事，已四十六年。今廬陵江中亦有白鷺洲，嘗創小樓，會客其上。懷舊及之。

右答胡賢叔

安流咫尺異踰淮，有興何妨疊櫂來。茗椀茅柴殊易耳，萍虀豆粥豈難哉。談鋒不怕通宵直，燕席寧辭逐日開。况是上元佳節近，華燈萬點看蓮孩。謂孫孩蓮。

右答歐陽宅之

濁涇不必羨清淮，社燕賓鴻任去來。老子何曾憑日者，後生正合競時哉。圓規枉把方心鑿，塵世常令笑口開。八十老翁行未得，不如能說小兒孩。

右答李達可

周愚卿江西美劉棠仲同賦江珧詩牽强奉答周一字圓格。

東海沙田種蛤蜌，南烹苦酒濯瓊瑶。釀因暫棄常珍變，指爲將嘗異味摇。珠剖蚌胎那畏鷸，柱呈馬甲更名珧。累人口腹吾何敢，慚愧三陰喜且謡。四月江珧自小種而爲大，生致行都廣間則腊之，近方稍卽用酒漬，乃能寄遠。韓文公詩：「章舉馬甲柱，鬭以怪自呈。」柱卽珧也。《廣韻》亦注，蜃屬，甲可飾物。至玉珧，似蚌殼中柱美。

元宵煮浮圓子前輩似未曾賦此坐間成四韻

今夕知何夕，團圓事事同。湯官尋舊味，竈婢詫新功。星燦烏雲裏，珠浮濁水中。歲時編雜詠，附此說家風。

再賦

時節三吴重，京師貴浙燈，東坡《上元》詩云：「三吴重時節。」勾圓萬里同。溲浮雖有法，烹煮豈無功。杜喜雲抄白，徐妨酒復中。策勛俱是秫，適口不全風。

七月十四日江西美約周愚卿兄弟及許景陽相過共觀鶴雛羽毛褐色

因飲食雙殷新酒擘開中新荔於白蓮池上遂成盛賞明日西美有詩走

筆奉和

起來汗浹似翻漿，客帶清風變早涼。鶴子曳衣猶淺褐，鵝兒對酒已深黄。白蓮近揖三千女，丹荔遐招十八娘。但把槐忙付年少，不妨老伴燕林塘。杜審言《宴公主山池》詩云：「鹿麝銜妓席，鶴子曳童衣。」

某紹興甲子赴試此地小居今十年三歷秋舉每遇中秋必與親舊歌舞之今歲大病使令輩散遣蕭然偶伯信仲威攜子姪相過喜成四韻

上元甲子此攻堅，卜築安居正十年。登堞遥觀燈奪盡，歸家却賞月流天。丹臺旋葺新爐竈，絳帳都抛舊管絃。賴有故人將驥子，功名不斷復青氊。

江西美復送四景詩再次韻

酉歲應知富酒漿，頻年暫輒奏伊涼。沼蓮不使紅侵碧，池鵠聊容白護黄。照坐雖無駢火實，絮尊幸有絡絲娘。西風早晚驅殘暑，何日尋盟到野塘。

三次韻答江西美

非飲簞壺食與漿，淡交非復世炎涼。佳名誰合戎州緑，妙語端由太史黄。無怨不須移孔議，有情未可老徐娘。荷香襲坐忘歸輿，不覺昏鴉影度塘。

四次韻同前

只因瑞露酌天漿，解后移尊赴晚涼。眼看碧幢擎蓋緑，心慚白鵠立槐黄。飲隨人量陳三雅，興入詩情談四娘。雲墨月離今驗矣，共欣甘雨溢陂塘。東坡《催考校》詩：「門外白袍如立鵠。」《莊子》：「鵠不日浴而白」，並音鶴。《漢書》注「黄鵠下太液池」似誤矣。黄鶴樓，即黄鵠，鵠、鶴聲相近，其色亦然。

五次韻同前

客嘉五饋合先漿，竹好仍生一味涼。天與冰肌勝傅粉，星馳火齊捷飛黄。將雛華表疑丁令，喚度京江憶杜娘。屢枉新篇誰可擬，一川煙草賀横塘。

四景詩似欠一篇五更枕上足成之録呈西美司書勿勞屬和僕亦偃旗閉壘矣同前

甘寒何必柘爲漿，也解逡巡造醴涼。更喜鶴鳴添子和，休因荔進引焦黄。花如宋玉窺鄰女，詩似劉郎問泰娘。只欠西湖雙畫舫，便疑風景類錢塘。

劉訥畫廬陵三壽圖求詩

同辭宦路返鄉閭，兩驌驦中間以駑。前後顧瞻羞倚玉，支干引從偶連珠。三人不用邀明月，九老何妨續畫圖。從漢二疏唐尹後，相親相近此應無。

次韻楊廷秀待制瑞香花

灞橋忍凍兩相攢，漢殿含香别一般。粉面固宜垂紫袖，錦裳何必著中襌。禁庭侍史今同宿，宫帽花枝故自欒。咀嚼新詩懷舊直，刺貪寧不媿河檀！

楊子直以一詩送小兒歸省又一絶及平園花本校文苑英華併次韻一笑

老去何心悦盛華，觀書無奈眼昏花。但思載酒揚雲宅，細問三州二部家。作象隨卦云爾。

栽花種竹滿平園，人道安閒似樂天。自笑鉛黄消永日，何如鑾素樂華年。

嘉興癸亥元日占寄呈永和乘成二兄

歸田初不隔江淮，底事心元未往來。賭酒彈棋真夢爾，幼年與見以此守歲，不覺天明。膠牙藍尾亦悠哉。

修禊歸來却踏青，臨流謀野兩關情。不如省事遊春女，挑菜渚邊看水生。

王耤文學求讀書堂詩

倚相端能記典墳，子羔未可治人民。十年莫作攸之恨，萬卷方知甫也神。堂下從渠糟粕議，城南容我簡編親。鐵更三擿韋三絶，將聖猶然況後人。

次韻楊廷秀待制二首

某思規層宇，欲屈故人落之，乃未許枉駕，先貽二詩，曲盡登臨之勝，遂成絶唱。謹次原韻，其前自叙，其後敬簡，因致一來一往之意。

十年不侍殿東頭，臨水登山隱者流。一服瞳方無異相，三層句曲有巍樓。幸殊王粲非吾土，何事龐公不入州。至後臘前天欲雪，扁舟乘興肯來不？

官府新辭上界仙，碧瑶洞口晉桃源。默存常在清都境，歸去休無靖節園。爲問龍樓并鳳闕，何如佚老及平原。明年大作南溪社，會訪拾遺花柳村。

文公集鈔

朱子文公，諱熹，字元晦，一字仲晦，徽州婺源人。中紹興進士第，歷事高、孝、光、寧四朝。仕至轉運副使、崇政殿説書、煥章閣待制，致仕。年七十一，卒。理宗贈太師，封信國公，改徽國。屢經薦召，爲小人所沮抑，旋仕旋已，道終不行。知南康時，建復白鹿洞書院。遊武夷，愛其山水奇宕，築精舍，論道其中。所至生徒雲聚，教學不倦。天下攻僞學日急，不顧也。孝宗時，侍郎胡銓以詩人薦，同王庭珪内召。故朱子自註詩云：「僕不能詩，平生僥倖多類此。」然雖不役志於詩，而中和條貫，渾涵萬有，無事模鐫，自然聲振，非淺學之所能窺。此和順之英華，天縱之餘事也。

邵武道中

風色戒寒候，歲事已逶遲。勞生尚行役，遊子能不悲。林壑無餘秀，野草不復滋。禾黍經秋成，收斂已空畦。田翁喜歲豐，婦子亦嘻嘻。而我獨何成，悠悠長路岐。凌霧卽曉裝，落日命晚炊。不惜容鬢凋，鎮日長空飢。征鴻在雲天，浮萍在青池。微蹤政如此，三歎復何爲。

客舍聽雨壬申

沉沉蒼山郭，暮景含餘清。春靄起林際，滿空寒雨生。投裝卽虚館，簷響通夕鳴。遥想山齋夜，蕭蕭木葉聲。

對雨

虛堂一遊矚，驟雨滿空至。的皪散方塘，冥濛結雲氣。勢逐風威亂，望窮山景翳。煙靄集林端，蒼茫欲無際。涼氣襲輕裾，炎氛起秋思。對此景凄凄，還增沖淡意。

讀道書作

四山起秋雲，白日照長道。西風何蕭蕭，極目但煙草。不學飛仙術，日日成醜老。空瞻王子喬，吹笙碧天杪。

月夜述懷

皓月出林表，照此秋牀單。幽人起晤歎，桂香發窗間。高梧滴露鳴，散髮天風寒。抗志絕塵氛，何不棲空山！

冬雨不止

忽忽時序改，白日藏光輝。重陰潤九野，小雨紛微微。蒼山寒氣深，高林霜葉稀。田家秋成意，落落乖所期。曠望獨興懷，戚戚愁寒飢。事至當復遣，且掩荒園扉。

贈仰上人

澗谷秋雲曉，飄飄無定姿。氛氳升遠樹，凌亂起寒飈。雨罷成孤鶴，天高逐散絲。上人歸別嶺，心跡但如斯。

卽事偶賦

白煙竟日起，雨晦蒼山深。老菊不復妍，丹楓滿高林。抱病寢齋房，窗户結愁陰。起望一舒情，遐眺豁煩襟。人生亦已勞，世路方崎嶮。且詠招隱作，無爲名跡侵。

寄題咸清精舍清暉堂

山川佳麗地，結宇娱朝昏。朝昏有奇變，超忽難具論。千嵐蔽夕陰，百嶂明晨暾。穹林擢遥景，回澗盪秋氛。覽極悵未周，窮深遂忘喧。欲將身世遺，況託玄虛門。境空乘化往，理妙觸目存。珍重忘言子，高唱絕塵紛。

寄山中舊知

客子歸來晚，江湖欲授衣。路歧終寂寞，老大足傷悲。忼慨平生志，冥茫造物機。清秋鵰鶚上，萬里看横飛。

故園今夜半，林影澹逾清。曳杖南溪路，君應獨自行。潺湲流水思，蕭索早秋聲。盡向琴中寫，焉知離恨情。

述懷

夙尚本林壑，灌園無寸資。始懷經濟策，復愧軒裳姿。效官刀筆間，朱墨手所持。謂言殫蹇劣，詎敢論居卑。任小才亦短，抱念一無施。幸蒙大夫賢，加惠寬箠笞。撫己實已優，於道豈所期。終當反初服，高揖與世辭。

喜晴

衡飇動高柳，渌水澹微波。日照秋空浄，雨餘寒草多。放懷遺簿領，發興託烟蘿。忽念故園日，東阡時一過。

曉步

初日麗高閣，廣步愛修廊。重門掩秋氣，高柳蔭方塘。閩海冬尚温，晏陰天未霜。坐悲景物殊，亦念歲時荒。故園屬佳辰，登覽遍陵岡。賓遊盡才彦，蕭散屏壺觴。别來時已失，懷思寧暫忘。宦遊何所娱，要使心懷傷。

憶齋中

高齋一遠眺，西南見秋山。景翳夕陰起，竹密幽禽還。賞愜慮方融，理會心自閑。誰料今爲客，寥落一窗間。

夢山中故人

風雨蕭蕭已送愁，不堪懷抱更離憂。故人只在千巖裏，桂樹無端一夜秋。把袖追歡勞夢寐，舉杯相屬暫綢繆。覺來却是天涯客，簷響潺潺瀉未休。

南安道中

曉澗淙流急，秋山寒氣深。高蟬多遠韻，茂樹有餘音。煙火居民少，荒蹊草露侵。悠悠秋稼晚，寥落歲寒心。

九日

故國音書阻一方，天涯此日思茫茫。風煙歲晚添離恨，湖海尊前即大荒。薄宦驅人向愁悴，舊遊唯我最顛狂。細思萬石亭前事，辜負黄花滿帽香。

晚望

禾黍彌平野，凄涼故國秋。清霜凝碧樹，落日翳層丘。覽物知時變，爲農覺歲遒。不堪從吏役，憔悴欲歸休。

夜雨二首

擁衾獨宿聽寒雨，聲在荒庭竹樹間。萬里故園今夜永，遥知風雪滿前山。
故山風雪深寒夜，只有梅花獨自香。此日無人問消息，不應憔悴損年芳。

留安溪三日按事未竟

縣郭四依山，清流下如駛。居民煙火少，市列無行次。嵐陰常至午，陽景猶氛翳。向夕悲風多，遊子不遑寐。我來亦何事，吏桀古所記。奉檄正淹留，何當語歸計！

安溪書事

清溪流不極，夕霧起嵐陰。虛邑帶寒水，悲風號遠林。涵山日欲晦，窺閣景方沉。極目無遺眺，空令愁寸心。

六月十五日詣水公庵雨作

雲起欲爲雨，中川分晦明。纔驚横嶺斷，已覺疏林鳴。空際旱塵滅，虛堂涼思生。頹簷滴瀝餘，忽作流泉傾。況此高人居，地偏園景清。芳馨雜悄蒨，俯仰同鮮榮。我來偶兹適，中懷澹無營。歸路緑泱漭，因之想巖耕。

同僚小集梵天寺坐間雨作已復開霽步至東橋玩月賦詩二首

傑閣翔林杪，披襟此日閒。層雲生薄晚，涼雨遍空山。地迥衣裳冷，天高澄霽還。出門迷所適，月色滿林關。

空山看雨罷，微步喜新涼。月出澄餘景，川明發素光。星河方耿耿，雲樹轉蒼蒼。晤語逢清夜，玆懷殊未央。

梵天觀雨

持身乏古節，寸禄久棲遲。暫寄靈山寺，空吟招隱詩。讀書清磬外，看雨暮鐘時。漸喜涼秋近，滄洲去有期。

兼山閣雨中

兩山相接雨冥冥，四牖東西萬木清。面似凍梨頭似雪，後生誰與屬遺經！

登閣

横空敞新閣，高處絶炎氛。野迥長風入，天秋涼氣分。憑欄生逸想，投迹遠人羣。終憶茅簷外，空山多白雲。

和劉抱一

幾年牢落舊村墟，此日翛然水竹居。病起試尋春遝草，客來聊煮雪畦蔬。開樽細説平生事，信手同翻《集古》書。適意何勞一千卷，新詩閒出笑談餘。

梅花開盡不及吟賞感歎成詩聊貽同好

憶昔身無事，尋梅只怕遲。沉吟窺老樹，取次折横枝。絶艷驚衰鬢，餘芳入小詩。今年何草草，政爾負幽期。

觀書有感二首

半畝方塘一鑑開，天光雲影共徘徊。問渠那得清如許，爲有源頭活水來。

昨夜江邊春水生，蒙衝巨艦一毛輕。向來枉費推移力，此日中流自在行。

示西林可師二首

身世年來欲兩忘，一春隨意住僧房。行逢舊隱低回久，緑樹鶯啼清晝長。

幽居四畔只空林，啼鳥落花春意深。獨宿塵龕無夢寐，五更山月照寒衾。

次韻劉彦采觀雪之句

朔風吹空林，眇眇無因依。但有西北雲，冉冉東南飛。須臾層陰合，慘澹周八維。凍雨不流澌，飛花舞姸姿。翳空乍滅沒，散影還參差。萬點隨飄零，百嘉潛潤滋。徘徊瞻詠久，默識造化機。上寒下必温，欲積無根基。漸看谷樹變，稍覺叢篁低。浩然遂同色，宇宙乃爾奇。繁華改新觀，凜冽忘前悲。摛章愧佳友，佇立迎寒吹。感此節物好，嘆息今何時。當念長江北，鐵馬紛交馳。

次韻彦采病中口占

一榻流年度，篝燈遥夜闌。短衾閒自擁，清鏡莫頻看。竹密初驚雪，梅疏却耐寒。從今花木夢，無復在雕欄。

奉陪判院丈充父平父兄宿回向用知郡丈壁間舊題之韻

暮雨停驂處，僧廬古道邊。千峰環傑閣，一水下平田。行役無期度，經過幾歲年。明朝須飽飯，躡足上寒煙。

數日前與判院丈有宋村之約雪中有懷奉呈判院通判二丈

雲垂天濶歲將闌，一室翛然獨掩關。擁褐不知風折木，開軒惟見雪漫山。玄空杳靄低迷外，碧樹瓏璁掩映間。吟罷左思《招隱》句，扁舟無路過長灣。

奉陪彥集充父同遊瑞巖謹次莆田使君留題之韻

踏破千林黃葉堆，林間臺殿鬱崔嵬。谷泉噴薄秋逾響，山翠空濛畫不開。一壑祇今藏勝概，三生疇昔記曾來。解衣正作留連計，未許山靈便却回。

伏讀二劉公瑞巖留題感事興懷至於隕涕追次元韻偶成二篇

誰將健筆寫崖陰，想見當年抱膝吟。緩帶輕裘成昨夢，遺風餘烈到如今。西山爽氣看猶在，北闕精誠直自深。故壘近聞新破竹，起公無路祇傷心。右懷寶學公作。近聞西兵進取關陜，其帥卽公舊部曲也。

投紱歸來卧赤城，家山無處不經行。寒巖解榻夢應好，絕壁題詩語太清。陳迹一朝成寂寞，靈臺千古自虛明。傳來舊業荒蕪盡，慚愧秋原宿草生。右懷病翁先生作。翁領崇道祠官，故有赤城之句。

入瑞巖道間得四絕句呈彥集充父二兄

憶昔南遊桂樹陰，歸來遺恨滿塵襟。籃輿此日無窮思，萬壑千巖秋氣深。

翩翩一馬兩肩輿，路轉秋原十里餘。共說前山深更好，不辭迢遞欵殫居。

清溪流過碧山頭，空水澄鮮一色秋。隔斷紅塵三十里，白雲黃葉共悠悠。

風高木落晚秋時，日暮千林黃葉稀。祇有蒼蒼谷中樹，歲寒心事不相違。

壽母生朝

秋風蕭爽天氣涼，此日何日升斯堂。堂中老人壽而康，紅顔緑鬢雙瞳方。家貧兒癡但深藏，五年不出門庭荒。竈陘十日九不煬，豈辦甘脆陳壺觴，低頭包羞汗如漿。老人此心久已忘，一笑謂汝庸何傷。人間榮耀豈可常，惟有道義思無疆，勉勵汝節彌堅剛。熹前再拜謝阿娘，自古作善天降祥。但願年年似今日，老萊母子俱徜徉。

社後一日作

聖作重品節，等殺古所詳。里有秦社稷，僭差遂無章。王綱諒已墮，精意尚不亡。尚論千載前，簡編有遺芳。侃侃陳孺子，恂恂萬春鄉。敬恭事耆老，禱賽謹田桑。悠悠我里居，歲事有故常。向來諸老翁，惇龐亦端莊。交神庶或享，與物同樂康。今我胡不樂，悵然下頹岡。古人不可見，今人自猖狂。

偶題三首

門外青山翠紫堆，幅巾終日面崔嵬。只看雲斷成飛雨，不道雲從底處來。

擘開蒼峽吼奔雷，萬斛飛泉湧出來。斷梗枯槎無泊處，一川寒碧自縈回。

步隨流水覓溪源，行到源頭却悯然。始悟真源行不到，倚笻隨處弄潺湲。

借韻呈府判張丈既以奉箴且求教藥

一生江海迴無疇，材大應容小未周。景好身閑真復樂，酒酣耳熱却堪憂。飛騰莫羨摩天鵠，純熟須參露地牛。我亦醒狂多忤物，頗能還贈一言不？

卽事有懷寄彥輔仲宗二兄二首

一水方涵碧，千林已變紅。農收爭暖日，老病怯高風。徒倚非無計，心期莫與同。向來歡會處，離合太匆匆。

聞說雙飛槳，翩然下廣津。江湖知子樂，魚鳥諒情親。淹速須關命，行藏不繫人。三山雖好在，惜取自由身。

次知府府判二丈韻

憶昨中秋夕，寒盟約重尋。幔亭懽舉酒，江閣快論心。月墮俱忘起，罍空始罷斟。祇今千嶺隔，悵望一何深！武夷之遊，張、王二丈，元履、子厚及熹與焉。江閣之集，子衡移具，知府丈亦賜臨屈，此詩併簡同會諸公云。

志士懷韜略，奇兵吼鏌干。關河那得往，肝膽不勝寒。壯節悲如許，雄圖渺未闌。皇輿方仄席，陋巷敢求安。得浙中知舊書云：「聖上留意武備，諸郡練卒，皆點名閱武，賜賚有加，戎士感奮。」

題祝生畫

裴侯愛畫老成癖，歲晚倦遊家四壁。隨身只有萬疊山，祕不示人私自惜。俗人教看亦不識，我獨摩挲三太息。問君何處得此奇，和璧隋珠未爲敵。答云衢州老祝翁，胸次自有陰陽工。峙山融川取世界，咳雲唾雨呼雷風。昨來邂逅衢城東，定交斗酒歡無窮。自然妙處容我識，爲我掃此須臾中。爾時聞名今識面，回首十年齊掣電。裴侯已死我亦衰，祇君雖老身猶健。眼明骨輕鬢不變，筆下江山轉葱蒨。爲君多織機中練，更約無事重相見。

秀野以喜無多屋宇幸不礙雲山爲韻賦詩熹伏讀佳作率爾攀和韻劇思慳無復律呂笑覽之餘賜以斤斧幸甚

高人山水心，結習自無始。五畝江上園，清陰遍桃李。一堂聊自娛，三徑亦可喜。試問避俗翁，何如尊賢里？温公獨樂園在尊賢里。

門前車馬客，無非朝大夫。問公獨何事，中歲遽此圖。長安二三公，髮白形枯臞。隱憂念名節，亦有此樂無？「隱憂念名節」，張大參疏中語。

君侯嗜圖史，插架何其多。徙居三十乘，流汗幾橐駞。千載誰晤語，端居自絃歌。至哉天下樂，歲月如予何！

西山一何高，雲氣出寒麓。中有無事人，鳴泉遶茅屋。宴坐今幾何，無以媚幽獨。興至偶成篇，呼兒爲余讀。

我居深山中，茅舍破不補。上見風攪林，下有雲承宇。聞公落新宮，户牖不可數。懶惰心力衰，念公亦良苦。

夜吟《招隱》詩，月落寒泉井。自非千載人，誰與共清景。散髮心朗寥，凝神味淵永。功名恐相期，富貴非所幸。
仙人空山居，道意妙羣物。度世君則然，修身吾豈不？飛行仰雲路，趺坐探理窟。獨夜扣星壇，清齋具簪笏。
青山背夕陽，兹景公所愛。虛堂日落時，遷坐一解帶。嵐分疑有處，鳥度知無礙。須臾暮色來，默默無與會。
端居屏塵慮，萬事付一尊。客來語世故，舉白當浮君。超摇謝衆甫，噂沓從諸孫。何以自怡悦，窗中見秋雲。
清溪何迢迢，上有千仞山。山中學仙侶，白石爲門關。丹經苦吟哦，至道窮躋攀。豈知人間世，風塵縈九寰。

伏讀秀野劉丈閒居詠謹次高韻率易拜呈伏乞痛加繩削是所願望

積芳圃

樂事從兹不易涯，朱門還似野人家。行看靚艷須攜酒，對坐清陰只煮茶。曉起蒼涼承墜露，晚來光景亂蒸霞。平生結習今餘幾，試數毗那𧜟上花。

春谷

武夷高處是蓬萊，采得靈根手自栽。地僻芳菲鎮長在，谷寒蜂蝶未全來。紅裳似欲留人醉，錦障何妨爲客開。飲罷醒心何處所，遠山重疊翠成堆。

山人方丈

方丈翛然屋數椽，檻前流水自清漣。蒲團竹几通宵坐，掃地焚香白晝眠。地窄不容揮麈客，室空那有散花天。箇中有句無人薦，不是諸方五味禪。

挽蔬園

未覺閒來歲月頻，荷鉏方喜土膏勻。連畦已放瑶簪露，覆地行看玉本新。小摘登盤先餉客，晚炊當肉更宜人。却憐寂寞公儀子，拔盡園蔬不嘆貧。

秋香徑

門外黄塵没九逵，坊中叢桂長樛枝。三秋冷蕊從開落，終歲清陰不改移。幽徑祇愁空翠滴，濃香一任晚風吹。攀援却恨王孫遠，惆悵千林□□時。

曲池軒

去年種竹長新篁，今歲穿渠過野塘。自喜軒窗無俗韻，亦知草木有真香。林間急雨生秋思，水面微風度晚凉。却厭端居苦無事，凭欄閒理釣絲長。

秀野劉丈寄示南昌諸詩和此兩篇

滕王閣下水初生，聞道登臨復快晴。帝子詎知陳迹在，長江肯趁曲池平。山楹雨罷珠簾卷，簷鐸風驚玉佩鳴。滿眼悲涼今古恨，人生辛苦竟何成。

知向潮邊弄碧漪，闌干三撫漾晴暉。流傳妙語驚離闊，想像清游欲奮飛。公去不應停驛騎，我來直欲挂朝衣。南州高士何由見，且看新荷出水稀。

次秀野韻五首

史君簾閣對修篁，起看名園雨後春。便賦新詩留野客，更傾芳酒酹花神。未酬管樂平生志，且作羲黄向上人。祇恐功名相迫逐，不容老子卧漳濱。

滿園紅紫已爭新，百囀幽禽亦喚人。蠟屐未妨泥步穩，珍叢終恨雨來頻。卧看曉色忻初霽，起約良游醉好春。却笑當年金谷燕，相隨僕僕望車塵。

惆悵春餘幾日光，從今風雨莫顛狂。急呼我輩穿花去，未覺詩情與道妨。藿帶不須吟杜若，角弓聊復賦甘棠。淋浪坐客休辭醉，飲罷晞身向九陽。

知公久矣厭喧卑，造物尊前喚小兒。一醱未應羲側弁，十分聊爾快翻巵。治中寂寞凝塵日，令尹憂勞退食時。正好相尋發孤笑，莫教牢落負心期。

當年共剪北山萊，修竹成陰手自栽。書卷莫教春色老，柴荆肯爲俗人開。公能顧我傳新句，我欲留公發舊蹊。悵望南園芳樹底，明年應放小車來。

留秀野劉丈二首

好雨當春過一犂，我公遠憶故園西。孤篷穩轉清灘急，十里行穿綠樹齊。路熟已欣經霧市，身經未怕躡雲梯。諸孫剩欲留公住，細和新詩丐指迷。

一去屏山今幾春，歸來三逕但荒榛。剪除便覺風煙好，徙倚還驚物色新。樓外千林遮去路，階前一水繞行塵。勸君更作留連計，同社追遊苦未頻。

次秀野滄波館刈麥二詩

傳聞泛宅賀新成，破月衝煙取次撐。鷁首斜飛寒浪急，篷窗側轉好山橫。知公興有江湖迥，顧我詩無玉雪清。欲跨船舷還未敢，幾時得伴鏡中行。

貽謀夙昔但聲歌，今見郊園樂事多。且喜甌窶符善禱，未須蘆菔颦去聲妖娥。霞觴政自誇真一，香鉢何煩問畢羅。我欲賣刀來學稼，不知還許受廛麼？小說：有人中麥毒，夢紅裳娘子悲歌，有「一丸蘆菔火吾宮」之句。

次秀野躬耕桑陌舊園之韻二首

郊園旱久只多蹊，昨夜欣沾雨一犂。已辦青鞋隨老圃，便驅黃犢過深溪。農談剩喜鄉鄰近，饁具仍教婦子攜。指點竹寒沙碧處，不知何似錦城西。

丈人高致邈難干，雲夢何如胸次寬。老去未妨詩律在，人來只怕酒杯乾。故開麥隴供家釀，更有蘭皋付客看。下走才慳慚屬和，願公物色稍留殘。

又和秀野一首

江皐晴日麗芳華，翠竹踈踈映白沙。路轉忽逢沽酒客，眼明惟見滿園花。望中景助詩人趣，物外春歸釋子家。向晚却尋芳草徑，夕陽流水遶村斜。

次秀野詠雪韻三首

閉門高卧客來稀，起看天花滿院飛。地迥杉篁增勝概，庭虚鳥雀噪空飢。酒腸凍澀成新恨，病骨侵凌減舊肥。賴有袁生清興在，忍寒應未泣牛衣。

一夜同雲匝四山，曉來千里共漫漫。不應琪樹猶含凍，翻笑楊花許耐寒。乘興正須披鶴氅，淪甘猶喜破龍團。無端酒思催吟筆，却恐長鯨吸海乾。

開門驚怪雪交加，亂落横飛詎有涯。密竹不妨呈勁節，早梅何處覓殘花。山陰客子得乘興，洛下先生想卧家。病廢杯觴寒至骨，哦詩無復更豪誇。

次秀野極目亭韻

偶向新亭一破顔，高情直寄有無間。地偏已隔東西路，天濶長圍遠近山。浩蕩祇愁春霧合，輪囷却喜暮雲還。不堪景物撩人甚，倒盡詩囊未許慳。

坐看山花落幔顏，不知身在翠雲間。食寒到處雨復雨，客裏歸來山又山。□□孤燈閑□□，無心棲鳥暮忘還。世情分逐流年去，只有詩情老更慳。

次秀野春晴山行紀物之句

秖憑詩律作生涯，到處山林總是家。便與清尊卧芳草，不妨皁蓋拂殘花。側聞温詔詢耆艾，好趁春風入殿衙。回首能忘舊猿鶴，一篇聊爾記年華。

再用韻題翠壁

孤亭一目盡天涯，俯瞰煙村八九家。翠壁長年懸布水，緑陰經雨墮危花。杖藜徙倚凝春望，覓句淹留到晚衙。珍重詩翁莫相惱，枯腸攪斷鬢絲華。

次山行佳句呈秀野丈

曈曈朝日出高巖，簌簌征衣曳曉嵐。□□向來孤舊意，林泉老去覺真貪。凄涼煙火一百五，零落交遊十二三。歎息□□□世事，卧吹横笛過溪南。

次秀野雜詩韻

葺居

丈人高卧碧江頭，門掩西風萬木秋。重喜青山還遶屋，却嫌黄葉漸平溝。開軒且放浮嵐入，決水徐通廢圃流。便覺園林頓蕭爽，不妨隨境味玄幽。

假山焚香作煙雲掬水爲瀑布二首

平地俄驚紫翠堆，便應題作小飛來。爐熏細度巖姿出，綫溜遥分壁色開。獨往但憑南郭几，遠遊休剪北山萊。人言造化無私力，珍重仙翁挽得回。

一簣功夫莫坐談，便教庭際湧千巖。眼中水石今成趣，物外煙霞舊所耽。泉細寒聲生夜壑，香銷暝靄變晴嵐。兒童也識幽棲地，共指南山更近南。

檳榔五絶卒章戲簡及之主簿

暮年藥裹關身切，此外翛然百不貪。薏苡載來緣下氣，檳榔收得爲祛痰。

錦文縷切勸加餐，蜃炭扶留共一柈。食罷有時求不得，英雄邂逅亦飢寒。

向來試吏著南冠，馬甲蠔山得飫餐。却藉芳辛來解穢，雞心磊落看堆柈。

箇中有味要君參，螫吻春喉久不甘。珍重人心亦如此，莫將寒苦換春酣。

高士沉迷簿領書，有時紅糝綴玄須。定知不著金樽貯，兒女心情本自無。劉穆之初仕爲主簿。

答王無功在京思故園見鄉人問

王詩云：「旅泊多年歲，忘去不知迴。忽逢門外客，道發故鄉來。斂眉俱握手，破涕共銜杯。慇懃訪朋舊，屈曲問童孩。衰宗多弟姪，若箇賞池臺。舊園今在否？新樹也應栽。柳行疏密布，茅齋寬窄裁。經移何處竹，別種幾株梅。渠當無絶水，石計總生苔。院果誰先熟，林花那後開。羈心祇欲問，爲報不須猜。行當驅下澤，去剪故田萊。」

我從銅川來，見子上京客，問我故鄉事，慰子羈旅色。子問我所知，我對子應識。朋遊總彊健，童稚各長成。華宗盛文史，連牆富池亭。獨子園最古，舊林間新垧。柳行隨堤勢，茅齋看地形。竹從去年移，梅是今年榮。渠水經夏響，石苔終歲青。院果早晚熟，林花先後明。語罷相歎息，浩然起深情。歸哉且五斗，餉子東皐耕。

題鄭德輝悠然堂

高人結屋亂雲邊，直面羣峰勢接連。車馬不來真避俗，簞瓢可樂便忘年。移筇緑幄成三徑，回首黃塵自一川。認得淵明千古意，南山經雨更蒼然。

長溪林一鶚秀才有落髮之願示及諸賢詩卷因題其後二首

聞說當機百念休，區區何更苦營求。早知名教無窮樂，陋巷簞瓢也自由。

貧里煩君特地過，金襴誰與換魚蓑？它年雲水經行遍，佛法元來本不多。

送德和弟歸婺源二首

十舍辛勤觸熱來，琴書曾未拂塵埃。秋風何事催歸興，步出閩山黃葉堆。

十年寂寞抱遺經，聖路悠悠不計程。悞子南來却空去，但將迂濶話平生。

次韻謝劉仲行惠筍

誰寄寒林新斸筍，開奩喜見白差差。知君調我酸寒甚，不是封侯食肉姿。

次王宰立春日大雪韻

是身已分老菟裘，肯爲春回作許愁。偶去尋芳朝信馬，却來踏雪夜驅牛。鋪筵不見小垂手，聯句空慚高結喉。更約桃花紅浪暖，却陪履舄上蘭舟。

送張彥輔赴闕

執手何草草，送君千里道。君行入修門，披膽謁至尊。問君此去談何事，袖有諫書三萬字。明堂封禪不要論，智名勇功非所敦。願言中興聖天子，修政攘夷從此始。深仁大義天與通，農桑萬里長春風。朝綱清夷軍律舉，邊屯不驚卧哮虎。一朝決策向中原，著鞭寧許它人先。

觀祝孝友畫卷

天邊雲遶山，江上煙迷樹。不向曉來看，詎知重疊數！

草閣臨無地，江空秋月寒。亦知奇絶景，未必要人看。

祝孝友作枕屏小景以霜餘茂樹名之因題此詩

山寒夕飈急，木落洞庭波。幾疊雲屏好，一生秋夢多。

齋居感興二十首

余讀陳子昂《感遇》詩，愛其詞旨幽邃，音節豪宕，非當世詞人所及；如丹砂空青，金膏水碧，雖近乏世用，而實物外難得自然之奇寶。欲效其體，作十數篇，顧以思致平凡，筆力萎弱，竟不能就。然亦恨其不精於理，而自託於仙佛之間以爲高也。齋居無事，偶書所見，得二十篇。雖不能探索微眇，追迹前言，然皆切於日用之實，故言亦近而易知。既以自警，且以貽諸同志云。

昆侖大無外，旁薄下深廣。陰陽無停機，寒暑互來往。皇犧古神聖，妙契一俯仰。不待窺馬圖，人文已宣朗。渾然一理貫，昭晰非象罔。珍重無極翁，爲我重指掌。

吾翁陰陽化，升降八紘中。前瞻既無始，後際那有終？至理諒斯存，萬世與今同。誰言混沌死，幻語驚盲聾。

人心妙不測，出入乘氣機。凝冰亦焦火，淵淪復天飛。至人秉元化，動靜體無違。珠藏澤自媚，玉韞山含暉。神光燭九垓，玄思徹萬微。塵編今寥落，歎息將安歸。

靜觀靈臺妙，萬化從此出。云胡自蕪穢，反受衆形役。厚味紛朵頤，妍姿坐傾國。崩奔不自悟，馳騖靡終畢。君看穆天子，萬里窮轍迹。不有祈招詩，徐方御宸極。

涇舟膠楚澤，周綱已陵夷。況復王風降，故宮黍離離。至聖作《春秋》，哀傷實在茲。祥麟一以踣，反袂空漣洏。漂淪又百年，僭侯荷爵珪。王章久已喪，何復嗟歎爲。馬公述孔業，託始有餘悲。拳拳信忠厚，無乃迷先幾。

東京失其御，刑臣弄天綱。西園植姦穢，五族沉忠良。青青千里草，乘時起陸梁。當塗轉凶悖，炎精遂無光。桓桓左將軍，仗鉞西南疆。伏龍一奮躍，鳳雛亦飛翔。祀漢配彼天，出師驚四方。天意竟莫回，王圖不偏昌。晉史自帝魏，後賢盍更張？世無魯連子，千載徒悲傷。

晉陽啓唐祚，王明紹巢封。垂統已如此，繼體宜昏風。麀聚瀆天倫，牝晨司禍凶。乾綱一以墜，天樞遂崇崇。淫毒穢宸極，虐焰燔蒼穹。向非狄張徒，誰辦取日功。云何歐陽子，秉筆迷至公。唐經亂周紀，凡例孰此容。侃侃范太史，受説伊川翁。《春秋》二三策，萬古開羣蒙。

朱光徧炎宇，微陰眇重淵。寒威閉九野，陽德昭窮泉。文明昧謹獨，昏迷有開先。幾微諒難忽，善端本綿綿。掩身事齋戒，及此防未然。閉關息商旅，絶彼柔道牽。

微月墮西嶺，爛然衆星光。明河斜未落，斗柄低復昂。感此南北極，樞軸遥相當。太一有常居，仰瞻獨煌煌。中天照四國，三辰環侍旁。人心要如此，寂感無邊方。

放勛始欽明，南面亦恭己。大哉精一傳，萬世立人紀。猗歟歎日躋，穆穆歌敬止。戒獒光武烈，待旦起《周禮》。恭惟千載心，秋月照寒水。魯叟何常師，删述存聖軌。

吾聞包犧氏，爰初闢乾坤。乾行配天德，坤布協地文。仰觀玄渾周，一息萬里奔。俯察方儀静，隤然千古存。悟彼立象意，契此入德門。勤行當不息，敬守思彌敦。

大《易》圖象隱，《詩》《書》簡編訛。《禮》《樂》剡交喪，《春秋》魚魯多。瑶琴空寶匣，絃絶將如何。輿言理餘韻，龍門有遺歌。程子晚居龍門之南。

顔生躬四勿，曾子日三省。《中庸》首謹獨，衣錦思尚絅。偉哉鄒孟氏，雄辨極馳騁。操存一言要，爲爾挈裘領。丹青著明法，今古垂焕炳。何事千載餘，無人踐斯境。

元亨播羣品，利貞固靈根。非誠諒無有，五性實斯存。世人逞私見，鑿智道彌昏。豈若林居子，幽探萬化原。

飄飄學仙侶，遺世在雲山。盜啓元命祕，竊當生死關。金鼎蟠龍虎，三年養神丹。刀圭一入口，白日生羽翰。我欲往從之，脱屣諒非難。但恐逆大道，偷生詎能安。

西方論緣業，卑卑喻羣愚。流傳世代久，梯接凌空虚。顧眄指心性，名言超有無。捷徑一以開，靡然世爭趨。號空不踐實，躓彼榛棘途。誰哉繼三聖，爲我焚其書。

聖人司教化，黌序育羣材。因心有明訓，善端得深培。天敍既昭陳，人文亦褰開。云何百代下，學絶教養乖？羣居競葩藻，爭先冠倫魁。淳風反淪喪，擾擾胡爲哉。

童蒙貴養正，孫弟乃其方。鷄鳴咸盥櫛，問訊謹暄涼。奉水勤播灑，擁篲周室堂。進趨極虔恭，退息常端莊。劬書劇嗜炙，見惡逾探湯。庸言戒粗誕，時行必安詳。聖途雖云遠，發軔且勿忙。十五志於學，及時起高翔。

哀哉牛山木，斤斧日相尋。豈無萌蘖在，牛羊復來侵。躬惟皇上帝，降此仁義心。物欲互攻奪，孤根孰能任。反躬艮其背，肅容正冠襟。保養方自此，何年秀穹林？

玄天幽且默，仲尼欲無言。動植各生遂，德容自清溫。彼哉夸毗子，呫囁徒啾喧。但逞言辭好，豈知神監昏。曰余昧前訓，坐此枝葉繁。發憤永刊落，奇功收一原。

卜居

卜居屏山下，俯仰三十秋。終然村墟迥，未愜心期幽。近聞西山西，深谷開平疇。茅茨十數家，清川可行舟。風俗頗淳朴，曠土非難求。誓捐三徑資，往遂一壑謀。伐木南山巔，結廬北山頭。耕田東溪岸，濯足西水流。朋來即共歡，客去成孤遊。靜有山水樂，而無身世憂。著書俟來哲，補過希前修。茲焉畢暮景，何必營菟裘。

鵝湖寺和陸子壽

德義風流夙所欽，別離三載更關心。偶扶藜杖出寒谷，又枉籃輿度遠岑。舊學商量加邃密，新知培養轉深沉。却愁説到無言處，不信人間有古今。

奉陪機仲宗正景仁太史期會武夷而文叔茂實二友適自昭武來集相與泛舟九曲周覽巖壑之勝而還機仲景仁唱酬迭作謂僕亦不可以無言也衰病懶廢那復有此勉出數語以塞嘉貺不足爲外人道也

此山名自西京傳，丹臺紫府天中天。似聞雲鶴時降集，應笑磨螘空回旋。我來適此秋景晏，青楓葉赤搖寒煙。九還七返不易得，千巖萬壑渠能專。同遊幸有二三子，天畀此段非徒然。梁郎季子山澤臞，傅伯爰盎瀛洲仙。相逢相得要彊附，却恨馬腹勞長鞭。黃花未和白雪句，畫舸且共清泠川。回船罷酒三太息，百歲誰復來通泉。景仁數日屢誦此句。盈虛有數豈終極，爲君出此窮愁篇。

復用前韻敬別機仲

君家道素幾葉傳，只今用舍懸諸天。屹然砥柱戰河曲，肯似落葉隨風旋。奮髯忽作蝟毛磔，浩氣勃若霄中煙。隱憂尚喜遺直在，壯烈未許前人專。武夷連日聽奇語，令我兩腋風泠然。初如茫茫出太極，稍似冉冉隨羣仙。安能局促夜起舞，下與祖逖爭雄鞭。終憐賢屈惜往日，亦念聖孔悲徂川。願君盡此一杯酒，預澆舌本如懸泉。沃心澤物吾有望，勒移忍繼鍾山篇。

讀機仲景仁別後詩語因及詩傳綱目復用前韻

道有默識無言傳，向來誤矣空談天。只今斷簡窺蠹蝕，似向追蠡看蟲旋。始知古人有妙處，未遽秦谷隨飛煙。終然世累苦妨奪，下帷發憤那容專。一心正爾思鵠至，兩手欲救驚頭然。書空且復罷咄咄，屢舞豈暇陪仙仙。兩年罷詩止酒，故云。功名況乃身外事，我馬硉兀甘回鞭。解頤果值得水井，謂《詩傳》。鑒古亦會朝宗川。謂《綱目》。兩公知我不罪我，便可築室分林泉。十年燈下一夜語，閒日共賦春容篇。

讀通鑑紀事本末用武夷唱和元韻寄機仲

先生諫疏莫與傳，忠憤激烈號旻天。却憐廣文官舍冷，只與文字相周旋。上書乞得聊自屏，清坐日對銅爐煙。功名馳騖往莫悔，鉛槧職業今當專。要將報答陛下聖，矯首北闕還潸然。屬詞比事有深意，凭愚護短驚羣仙。空言未秉太史筆，自幸已執留臺鞭。温公以留臺領書局，時韓魏公與書，有執鞭之語。果然敕遣六丁取，香羅漆匣浮桐川。陰凝有戒竦皇鑒，恭聞上讀此書，有履霜堅冰之語。陽剥欲盡生玄泉。明年定對白虎殿，更誦《大學》《中庸》篇。頃在武夷宫講正心誠意。

拜張魏公墓下

衡山何巍巍，湘流亦湯湯。我公獨何往，劍履在此堂。念昔中興初，孽豎倒冠裳。公時首建義，自此扶三綱。精忠貫宸極，孤憤摩穹蒼。元戎二十萬，一旦先啓行。西征奠梁益，南轅無江湘。士心既豫附，國威亦張皇。縞素哭新宮，哀聲連萬方。黠虜聞褫魄，經營久徬徨。玉帛驟往來，士馬且伏藏。公謀適不用，拱手遷南荒。白首復來歸，髮短丹心長。拳拳冀感格，汲汲勤修攘。天命竟難諶，人事亦靡常。悠然謝台鼎，騎龍白雲鄉。坐令此空山，名與日月彰。千秋定軍壘，岌業遥相望。賤子來歲陰，烈風振高岡。下馬九頓首，撫膺淚淋浪。山頹今幾年，志士日慘傷。中原尚腥羶，人類幾豺狼！公還浩無期，嗣德煒有光。恭惟宋社稷，永永垂無疆。

登定王臺

寂寞番君後，光華帝子來。千年餘故國，萬事只空臺。日月東西見，湖山表裏開。從知爽鳩樂，莫作雍門哀。

次敬夫登定王臺韻

今朝風日好，抱病起登臺。山色愁無盡，江波去不回。客懷元老草，節物又疏梅。且莫催歸騎，凭欄更一杯。

風雪未已決策登山用敬夫春風樓韻

披風蘭臺宫，看雨百常觀。安知此山雲，對面隔霄漢？濃陰匝寰區，密雪渺天畔。峩峩雪中山，心眼悽欲斷。吾人愛奇賞，遄發臨河嘆。我知沍寒極，見晛今當泮。不須疑吾言，第請視明旦。蠟屐得鴈行，籃輿或魚貫。

雪消溪漲山色尤可喜口占

頭上瓊岡出舊青，馬邊流水漲寒汀。若爲留得晶瑩住，突兀長看素錦屏。

羅漢果次敬夫韻

目勞足倦登喬嶽，吻燥腸枯到上方。從遣山僧煮羅漢，未妨分我一杯湯。

泉聲次林擇之韻

空巖寒水自悲吟，遥夜何人爲賞音。此日團欒都聽得，他時離索試追尋。

自方廣過高臺次敬夫韻

素雪留清壁，蒼霞對赤城。我來陰壑晚，人説夜燈明。貝葉無新得，蒲人有舊盟。咄哉寧負汝，安敢負吾生。「清」疑作「青」。

石廩峰次敬夫韻

七十二峰都插天，一峰石廩舊名傳。家家有廩高如許，大好人間快活年。

過高臺攜信老詩集夜讀上封方丈次敬夫韻

十年聞說信無言，草草相逢又黯然。借得新詩連夜讀，要從苦淡識清妍。

贈上封諸老

夜宿上封寺，翛然塵慮清。月明殘雪裏，泉溜隔窗聲。楮衲今如許，綈袍那復情。爐紅虛室暖，聊得話平生。

十六日下山各賦一篇仍迭和韻

絕頂來還晚，寒窗睡達明。連牀眇歸思，三宿悵餘情。雲合山無路，風回雪有聲。嶽祇珍重意，只此是將迎。

讀林擇之二詩有感自此後係東歸亂藁。

筍輿隨望入寒煙，每誦君詩輒黯然。今夜定知連榻夢，一時飛墮錫山前。

竹輿傲兀聽嘔啞，合眼歸心已到家。遊子上堂慈母笑，豈知行李尚天涯。

馬上贈林擇之

與君歸思渺悠哉，馬上看山首共回。認取山中奇絕處，他年無事要重來。

梅溪陂下作

野牛浮鼻過寒溪，落木莿槮水下陂。俗手定應摹不得，無人説與范牛知。

舟中見新月伯崇擇之二友皆已醉卧以此戲之

舟中見新月，煙浪不勝寒。與問醉眠客，豈知行路難。殘陽猶水面，孤鴈更雲端。篷底今宵意，天邊芳歲闌。

次韻擇之進賢道中漫成

白酒頻斟當啜茶，何妨一醉野人家。據鞍又向岡頭望，落日天風雁字斜。

笑指斜陽天外山，無端長作翠眉攢。豈知男子桑蓬志，萬里東西不作難。

夜宿林岡月滿川，歸期屈指正茫然。也知地脈無贏縮，只把陰晴更問天。

誰作窗間擁鼻聲，更哦樂府《短歌行》。從教永夜清無寐，只恐晨雞不肯鳴。

日暮重岡上，人勞馬亦飢。不妨隨野雀，容易宿寒枝。

山行兩日至金步復見平川行夷路計程七日可到家矣

行穿側徑度荒山，又踏深泥通野田。路轉忽然開遠望，眼明復此見平川。江煙浦樹悲重疊，楚水閩山喜接連。稅駕有期心轉迫，稜稜瘦馬不勝鞭。

次韻擇之金步喜見大江有作

江頭四望遠峰稠，江水中間自在流。並岸東行三百里，水源窮處即吾州。此江發源分水嶺，故前詩有「楚水閩山喜接連」之句。

鉛山立春六言二首

雪擁山腰洞口，春迴楚尾吳頭。欲問閩天何處，明朝嶺水南流。

行盡風林雪徑，依然水館山村。却是春風有脚，今朝先到柴門。

九日登天湖以菊花須插滿頭歸分韻賦詩得歸字

去歲瀟湘重九時，滿城寒雨客思歸。故山此日還佳節，黃菊清罇更晚暉。短髮無多休落帽，長風不斷且吹衣。相看下視人寰小，衹合從今老翠微。

歸報德再用前韻

幾枝藤竹醉相攜，何處千峰頂上歸。正好臨風眺平楚，却須入谷避斜暉。酒邊泉溜寒侵骨，坐上嵐光翠染衣。踏月過橋驚易晚，林坰回首更依微。

次知郡章文遊山之韻

前峰鸞鶴去無踪，邂逅荒尋得故宮。但覺風煙隨意好，便驚塵土轉頭空。提壺命駕幽期遠，授簡哦詩妙處同。安得西山一丸藥，共隨簫鼓向雲中。

送林擇之還鄉赴選三首

青驪去路欲駸駸，回首猶須話此心。一別便成三數月，有疑誰講過誰箴？

門外槐花似欲黃，高堂應望促歸裝。箇中自有超然處，肯學兒曹一例忙。

今朝握手送君歸，馬上薰風拂面吹。不用丁寧防曲學，寒窗久矣共心期。

擇之寄示深卿唱和烏石南湖佳句輒次元韻

未識南湖景，遥欣二子遊。賞心并勝日，妙語逼清秋。牘欲攜書卷，相將買釣舟。微吟歸去晚，杜若滿汀洲。

平湖渺空闊，積水暮生寒。但見綠千頃，不知深幾竿。人間元迫隘，世路足艱難。若了滄洲趣，無勞正眼看。

擇之賢友歸途左顧示以四明酬唱煥爛盈編三復咏嘆想見聚遊之樂輒用黃山卽事之韻賦呈擇之兼懷子重老兄順之賢友

十年身卧白雲堆，已分黄塵斷往回。不是幽人遺俗去，肯尋流水渡關來。三秋風月從頭説，千里湖山覿面開。久欲過逢須一快，豈知勞結倍難裁。

遊密庵分韻賦詩得還字

我行得佳友，勝日尋名山。春山既妍秀，清溪亦潺湲。行行造禪扉，小憩腰脚頑。窮探意未已，理策重躋攀。入谷翳蒙密，俯澗隨泓灣。誰將百尺綃，挂此長林間。雄聲殷地厚，洪源瀉天慳。偉哉奇特觀，償此一日閒。所恨境過清，悄愴暮當還。顧步三嘆息，人生何苦艱。

遊密庵分韻賦詩得絶字

閩鄉饒奇山，仙洲故稱傑。巍然一峰高，復與衆山絶。傳聞極目處，天水遠明滅。萬里倏往還，三光下羅列。我來發孤興，徑欲躋嵽嵲。病骨竟支離，何當攀去轍。

游晝寒以茂林修竹清流激湍分韻賦詩得竹字

仙洲幾千仞，下有雲一谷。道人何年來，借地結茅屋。想應厭塵網，寄此媚幽獨。架亭俯清湍，開徑玩飛瀑。交遊得名勝，還往有篇牘。杖屨或鼎來，共此巖下宿。夜燈照奇語，曉策散游目。茗椀共甘寒，蘭皋薦清馥。至今壁間字，來者必三讀。再拜仰高山，僾然心神肅。我生雖已後，久此寄齋粥。孤興屢呻吟，羣遊幾追逐。十年落塵土，尚幸不遠復。新涼有佳期，幾日戒征軸。宵興出門去，急雨遍原陸。入谷尚輕埃，解裝已銀竹。虛空一瞻望，遠思翻蹙惡。祖跣亟躋攀，冠巾如膏沐。雲泉增舊觀，怒響震寒木。深尋得新賞，一簣今再覆。同來況才彥，行酒屢更僕。從容出妙句，珠貝爛盈匊。後生更亹亹，俊語非碌碌。吾纓不復洗，已失塵萬斛。所恨老無奇，千毫真浪禿。

圭父約爲金斗之遊次韻獻疑聊發一笑

幾日春風未破寒，遠峰晴露玉巑岏。不成蠟屐攜筇去，且復鈎窗拄頰觀。聞道追遊當作意，故應期日尚能寬。陰崖凍合無垂練，却恐詩翁興易闌。

奉酬圭父末利之作

玉蕊琅玕樹，天香知見薰。露寒清透骨，風定遠含芬。爽致銷繁暑，高情謝曉雲。遙憐河朔飲，那得醉時聞？

雲關

白雲去復還，黃塵到難入。只有澗水聲，出關流更急。

蓮沼

亭亭玉芙蓉，迥立映澄碧。只愁山月明，照作寒露滴。

杉逕

南起雲關口，縈迂上草堂。天風發清籟，山月度寒光。

雲莊

小丘橫翠几，層嶂復嵯峨。釋耒閒來看，巖姿此處多。

泉硤

入關但平田，復此得清響。何必問真源，神襟一蕭爽。

石池

兩岸蒼峭石，護此碧泓寒。秋月來窺影，驪珠吐玉盤。

山楹

山楹一悵望，恨此雲迷谷。仙人不可期，縹緲雙髻綠。

藥圃

長鑱斸靈根，蒔此泉下圃。珍劑未須論，丹荑已堪煮。

井泉

山高澤氣通，石竇飛靈液。默料谷中雲，多應從此出。

西寮

畬田種胡麻，結草寄林樾。珍重無心人，寒棲弄明月。

晦菴

憶昔屏山翁，示我一言教。自信久未能，巖棲冀微效。

懷仙

西望多奇峰，北瞰獨仙府。欲致武夷君，石壇羅桂醑。

揮手

山臺一揮手，從此斷將迎。不見塵中事，惟聞打麥聲。

雲社

自作山中人，即與雲爲友。一嘯雨紛紛，無勞三莫酒。

桃溪

澗裏春泉響，種桃泉上頭。爛紅紛委地，未肯出山流。

休菴

別嶺有精廬，林巒亦幽絕。無事一往來，茶瓜不須設。

雲谷合記事目效俳體戲作三詩寄季通

雲關須早築，基趾要堅牢。栽竹行教密，穿池岸欲高。乘春移菡萏，帶雪覓蕭槮。謂杉徑也。更向關門外，疏泉斬亂蒿。

堂成今六載，上雨復旁風。逐急添茅蓋，連忙畢土功。謂往下貼墻。桂林何日秀，蘭逕幾時通。并築雙臺子，東山接水筒。

莊舍宜先立，山楹却漸營。泉疏藥圃潤，堰起石池清。早印荒田契，仍標別户名。想應頻檢校，祇恐欠方兄。

彥集奉檄歸省示及佳篇次韻奉酬呈諸兄友

遊子思親久聚糧，不堪官裏簿書忙。平生況少鷹鸇意，此日尤慚時世粧。臘雪未消歡奉檄，春風初轉喜還鄉。上堂佳慶從容問，一嚼何妨累十觴。

彥集兄再適臨汀惠顧蓬蓽賦詩留別眷予良勤次韻祖行言不盡意

騰喜君才老更成，伊優叢裏見孤撑。官身未免心徒壯，親膝頻違淚欲橫。簿領不嫌春筍束，廉聲要比玉壺清。枉車投翰殷勤甚，安得仁言與贈行？

宿休菴用德功壁間韻贈陳道人

暮入千峰裏，寒棲一草菴。室連丹竈暖，厨引石泉甘。塵慮紛難到，神光暖內含。非君有道氣，孤絕詎能堪！

崇壽客舍夜聞子規得三絶句寫呈平父兄煩爲轉寄彥集兄及兩縣間諸親友

空山初夜子規鳴，靜對琴書百慮清。唤得形神兩超越，不知底是斷腸聲？
空山中夜子規啼，病怯餘寒覓故衣。不爲明時堪眷戀，久知歧路不如歸。
空山後夜子規號，斗轉星移月尚高。夢裏不知歸未得，已驅黄犢度寒臯。

入南康界閱圖經感陶公李渤劉凝之事戲作

長官定笑歸來晚，中允應嫌去却回。惟有山人莫相笑，也曾還俗做官來。

立秋日同子澄寺簿及僉判教授二同寮星子令尹約周君段君同遊三峽

過山房登折桂分韻賦詩得萬字輒成十韻呈諸同遊

抗塵幾何時，猿鶴共悲怨。豈知朱墨暇，乃適山水願。兹晨秋令初，休沐謹邦憲。佳賓忽四來，英僚亦三勸。駕言北郭門，謝此旗隼建。散目山崔嵬，縱轡路修蔓。凭欄快倒峽，躋磴困脱輓。追攀林樾深，歡喜脚力健。登高眺遠浦，衆景争自獻。何必仍丹丘，徑欲淩九萬。

分韻得眠意二字賦醉石簡寂各一篇呈同遊諸兄

驅車何所適，往至秋雲邊。企彼澗中石，舉觴酹飛泉。懷哉千載人，矯首辭世喧。凄涼義熙後，日醉向此眠。仰視但青冥，俯聽驚潺湲。起坐三太息，涕泗如奔川。神馳北闕陰，思屬東海壖。丹衷竟莫展，素節空復全。低徊萬古情，惻愴顔公篇。爲君結茅屋，歲暮當來還。醉石。

天秋山氣深，日落林景翠。亦知後騎迫，且復一流憩。環瞻峰列屏，迥矚泉下濞。永懷仙陸子，久挹浮丘袂。于今知幾載，故宇日荒廢。空餘醮壇石，香火誰復繼。更憐韋刺史，五字有真意。虎竹付歸人，悲風起橫吹。沉吟向絶迹，浩蕩發幽寄。來者知爲誰，念我儻三喟。簡寂。

遊白鹿洞熹得謝字賦呈元範伯起之才三兄并示諸同遊者

歲月有環周，窮臘忽受謝。眷眷山水心，幸此朱墨暇。招呼得良友，邂逅成夙駕。深尋故轍迹，喜見新結架。永懷拾遺公，藏器此待價。橫流詩書澤，下及楊李霸。炎神撫興運，制作流大化。石室萬卷藏，綸言九天下。規模未云遠，荒茀良可詫。自非賢邑宰，誰復此精舍。會當求敕賜，畢願老耕稼。更與盡心期，臨流抗風榭。

白鹿講會次卜丈韻

宮牆蕪没幾經年，祇有寒煙鎖澗泉。結屋幸容追舊觀，題名未許續遺編。請爲洞主不報。青雲白石聊同趣，謂西澗劉公。霽月光風更別傳。謂濂溪夫子。珍重箇中無限樂，諸郎莫苦羡騰騫。

和張彥輔初到南康之句

十年不共賦陽春，正有胸中萬斛塵。失喜清詩還入手，細看佳句轉驚人。知公近覺青山好，顧我頻嗟白髮新。肯過寒齋共尊酒，向來心事請深陳。

秋日告病齋居奉懷黄子厚劉平父及山間諸兄友

出山今幾時，忽忽歲再秋。江湖豈不永，我與終悠悠。況復逢旱魃，農畝無餘收。赤子亦何辜，黄屋勞深憂。而我忝朝寄，政荒積愆尤。懷痾卧空閣，惻愴增綢繆。東南望故山，上有玄煙浮。平生采芝侶，寂寞今焉儔。朝遊雲峰巔，夕宿寒巖幽。爲我泛瑶瑟，泠然發清謳。裂牋寄晨風，問我君何求。洪濤捩君柁，狹磴摧君輈。君還若不早，無乃非良謀。再拜謝故人，低徊更包羞。桂華幸未歇，去矣從公遊。

夜坐有感

秋堂天氣清，坐久寒露滴。幽獨不自憐，茲心竟誰識？讀書久已懶，理郡更無術。獨有憂世心，寒燈共蕭瑟。

戲贈勝私老友

槐花黃盡不關渠，老向功名意自疏。乞得山田三百畝，青燈徹夜課《農書》。勝私先侍講，嘗著《農書》三卷。

代勝私下一轉語

碓下泉鳴溜決渠，屋頭桑樹綠扶疏。朱虛正自知田事，馬服何妨讀父書。

和戴主簿韻

平生本自好樓居，況接高人永晝餘。共喜江山入尊俎，從教幕府省文書。感君肯出新詩句，恨我終思舊草廬。擬借韋編訂龍馬，免推納甲話蟾蜍。戴嘗有麻衣易說，自以爲得之異人云。

奉同尤延之提舉廬山雜詠十四篇

白鹿洞書院在郡城東北十五里，事見記文。

昔人讀書地，町疃白鹿場。世道有升降，茲焉更表章。矧今中興年，治具一以張。絃歌獨不嗣，山水無輝光。荒榛適翦除，聖謨已汪洋。亦有皇華使，肯來登此堂。問俗良懇惻，懷賢增慨慷。雅歌有餘韻，絶學何能忘。

折桂院黄雲觀在書院東北五里。院後作亭，取李白「黄雲萬里動風色」之句名之。

城中東北望，五老何蒼蒼。下有前朝寺，一原頗深藏。門前林澗幽，屋後雲木荒。閒窗亦明潔，著此瑞錦張。僧房有瑞香花。更能理枯筇，步上林北岡。仰視天宇闊，俯瞰江流長。即黄雲觀。受書彼何人，姓字不足詳。竹帛有遺臭，桂樹徒芬芳。李逢吉嘗讀書此院，去而登第，以故得名。

楞伽院李氏山房在折桂西十里，李公擇讀書處，有東坡記文詩，刻枯樹墨跋。

躡石循急磵，穿林度重岡。俛入幽谷邃，仰見奇峰蒼。李公英妙年，讀書此雲房。一去上臺閣，致身何慨慷。蘇公記藏書，文字有耿光。餘事亦騷雅，戲墨仍風霜。兩公不歸來，歲月忽已荒。何用建遺烈，寒泉薦孤芳。

棲賢院三峽橋在楞伽西五里。

兩岸蒼壁樹，直下成斗絶。一水從中來，湧潏知幾折。石梁據其會，迎望遠明滅。倏至走長蛟，捷來翻素雪。聲雄萬霹靂，勢倒千嵽嵲。足掉不自持，魂驚詎堪説。老仙有妙句，千古擅奇崛。尚想化鶴來，乘流弄明月。

西澗清淨退庵在棲賢西三里，劉凝之舊隱作亭，取黃大史詩語名之。

凌兢度三峽，窈窕復一原。絶壁擁蒼翠，奔流逝潺湲。聞昔避世人，寄此茅三間。壯節未云遠，高風杳難攀。深尋得遺墟，縛屋臨清灣。坐睨寒木杪，飛泉閟雲關。兹遊非昔遊，累解身復閒。保此清浄退，當歌不能諼。解印後與友生遊集，徘徊久之。

卧龍庵武侯祠在西澗西三里。

空山龍卧處，蒼峭神所鑿。下有寒潭幽，上有明河落。我來愛佳名，小築寄幽壑。永念千載人，丹心豈今昨。英姿儼繪事，凜若九原作。寒藻薦芳馨，飛泉奉明酌。公來識此意，顧步慘不樂。抱膝一長吟，神交付冥漠。

萬杉寺在卧龍西十里。

休沐聊命駕，駕言何所之。行尋慶雲寺，想像昭陵時。門前杉徑深，屋後杉色奇。空山歲年晚，鬱鬱凌寒姿。當年雨露恩，千載有餘滋。匠石不敢睨，孤標儼相持。寺前後杉萬本，皆天聖中植，有旨禁剪伐者。更啓石室藏，仰瞻天像垂。願以清浄化，永爲太平基。寺藏仁祖御飛白書，有「清淨」字。

開先漱玉亭在萬杉西二里。亭舊在橋上，今廢。

奇哉康山陽，雙劍屹對起。上有横飛雲，下有瀑布水。崩騰復璀璨，佳麗更雄偉。勢從三梁外，影落明湖裏。平生兩仙句，詠嘆深仰止。三年落星灣，悵望眼空眯。今朝隨杖屨，得此弄清泚。更誦玉虹篇，塵襟諒昭洗。

簡寂觀在開先西五里，陸修靜所居。

高士昔遺世，築室蒼崖陰。朝真石壇峻，煉藥古井深。結交五柳翁，屢賞無絃琴。相攜白蓮渚，一笑傾夙心。晚歲更市朝，故山鎖雲岑。柴車竟不返，鸞鶴空遺音。修靜晚爲宋明帝召至建康，卒于崇虛館。我來千載餘，舊事不可尋。四顧但絶壁，苦竹寒蕭槮。相傳竹是修靜手植，其萌即所謂「甜苦筍」者。

歸宗寺在簡寂西十里。

金輪紫霄上，寶界鸞溪邊。往昔王內史，願香有餘煙。相傳寺是王右軍故宅。千年今一歸，景物還依然。澗水既蕩潏，山花亦清妍。不辭原隰勞，樂此賓從賢。訪古共紆鬱，勞農獨勤拳。憐我乖勝踐，裂牋寄真詮。逃禪公勿遽，且畢區中緣。是日熹以事不得陪杖屨。

陶公醉石歸去來館在歸宗西五里。

予生千載後，尚友千載前。每尋高士傳，獨歎淵明賢。及此逢醉石，謂言公所眠。況復巖壑古，縹緲藏風煙。仰看喬木陰，俯聽橫飛泉。景物自清絶，優游可忘年。結廬倚蒼峭，舉觴酹潺湲。臨風一長嘯，亂以《歸來篇》。

温湯在醉石南二里。

連山西南來，中斷還崛起。千霄幾千仞，據地三百里。飛峰上靈秀，衆壑下清美。逮茲勢力窮，猶能出奇偉。誰爇丹黄燄，爨此玉池水。客來争解帶，萬劫付一洗。當年謝康樂，絃絶今已矣。水碧復流温，相思五湖裏。康樂湖中詩云：「水碧輟流温。」豈未見此水也耶？

康王谷水簾谷口景德觀，在温湯西十五里。入谷又十五里至簾下。

循山西北騖，崎嶇幾經丘。前行荒蹊斷，豁見清溪流。一涉臺殿古，再涉川原幽。縈紆復屢渡，乃得寒巖陬。飛泉天上來，一落散不收。披崖日璀璨，噴壑風颼飀。追薪爨絶品，瀹茗澆窮愁。敬酹古陸子，何年復來遊？陸鴻漸《茶經》第此水爲天下第一。

落星寺在郡城南湖中。

浩浩長江水，東逝無停波。及此一回薄，湖平煙浪多。孤嶼屹中川，層臺起周阿。晨望愛明滅，夕遊驚蕩磨。極目青冥茫，回瞻碧嵯峨。不復車馬迹，唯聞榜人歌。我願辭世紛，茲焉老漁蓑。會有滄浪子，鳴舷夜相過。

遊天池

三年落星渚，北望天池山。臨風幾浩歎，欲往無飛翰。今朝復何朝，陟此青雲端。高尋已奇絶，俯瞰何其寬。西窮濂溪源，東盡溢城闕。渺然滄波外，淮山碧連環。我意殊未極，更思出塵寰。何當駕輕鴻，八表須臾間。視此長江水，滔滔儻西還。

山北紀行十二章章八句

祇役廬山陽，矯首廬山陰。雲峰不可覿，碧澗何由尋。昨朝解印章，結友同窺臨。盡彼巖壑勝，滿茲仁知心。予以閏月二十七日罷郡，是夕出城，宿羅漢。二十八日，宿白鹿。二十九日，登黄雲觀，度三峽，窺玉淵，憩西澗，飲西原，宿卧龍。四月一日，過開先，宿歸宗。二日，浴湯泉，入康王谷，觀水簾，宿景德觀。三日，與清江劉清之子澄、永嘉張揚卿青叟、潯陽王阮南卿、周頤龜父、長樂林用中擇之、洛陽趙希漢南紀、會稽陳祖永慶長、武當祁真卿師忠、温陵吴兼善仲達、廬陵許子春景陽、新安胡莘尹仲、建安王朝春卿、長樂余隅占之、陳士直彦忠、黄榦季直、臨淮張彦先致遠、會稽僧指南明老俱行。窺臨事若何，請從圓通說。逶迤山門路，悄蒨修篁列。溪仍侯家名，屋是孱王設。何救《黍離》歌，喟焉傷覆轍。圓通寺，地名。侯溪，本侯氏所居，李後主取以爲寺，無它奇，但門徑竹木深蒨可觀耳。行逢石門雨，解驂寒澗東。朝隮錦繡谷，俯仰春冥濛。懸泉忽淙琤，雜樹紛青紅。屢憩小亭古，幽探思無窮。石門澗正在天池山下，有小菴三四。是夕，宿所謂廣福菴者。來日登山，道錦繡谷，再過小橋。橋皆有亭，下又有亭基二，小亭一。竦身長林端，策足層崖表。仰瞻空界闊，俯歎塵寰小。天池西嵚崟，佛手東窈窕。杖屨往復來，凭軒瞰歸鳥。盡錦繡谷，登山稍高，無復林木。坡陀而上，至天池院，在小峰絶頂，乃有石池，泉水不竭。東過佛手巖，石室嵌空，中有井泉，僧緣崖結架以居。下臨錦繡谷，又有石榻，名遠公講經臺。斯須暮雲合，白日無餘暉。金波從地湧，寶燄穿林飛。僧言自雄誇，俗駭無因依。安知本地靈，發見隨天機。天池院西數步，有小佛閣，下臨絶壑，是遊人請燈處。僧云：「燈非禱不見。」是日不禱而光景明滅，頃刻異狀。諸生或疑其妄。予謂僧言則妄，而此光不可誣，豈地氣之盛而然耶？深尋兩林間，清波貫華屋。蓮社有遺蹤，草堂非舊築。修廊餘故刻，好醜雜珉玉。亦復記經行，深慚後人讀。五日下山，至東、西林。兩寺相去不百步，一溪清駛，横貫其間，皆自方丈前廊廡下過，他處所無有也。白蓮池在東林法堂前。白公草堂基在寺東，久廢；近歲復搆數椽，制殊狹陋，然亦非其正處矣。是日題名，屬寺僧刻於咸通莊田記石。行軒復東騖，祠城當晚遊。胡然冠蓋集，不盡心期幽。夜厭百谷喧，旦失千峰稠。出門有遺恨，回首空綢繆。晚至太平興國宫，唐九天使者祠也。江州教授翁名卿載酒肴與鄉人遊，應和歐景文及其諸生二十餘人皆至。山水誠乃奇，云誰究終始。曇遠亦何人，神君豈其鬼。東西妄采獲，誣諂共恢詭。百世踵謬訛，彝倫日頹圮。東林慧遠雜取孔老之言以附佛學，嘗著《沙門不敬王者論》；唐明皇自言親見使者降於殿庭，因立此宫；而羣臣造爲妖妄以迎合者甚衆。本朝仍賜宫額神號，置提舉官云。以兹遊覽富，翻令懷抱傷。誰哉可告語，舉俗昏且狂。乾坤有真心，日月垂休光。茫茫宇宙内，此柄孰主張。北渡石塘橋，西訪濂溪宅。喬木無遺株，虚堂唯四壁。竦瞻德容睟，跪薦寒流碧。幸矣有斯人，渾淪再開闢。平生勞仰止，今日登此堂。願以圖象意，質之巾几傍。先生寂無言，賤子涕泗滂。神聽儻不遺，惠我思無疆。六日，拜濂溪先生書堂遺像，子澄請爲諸人説太極圖義。先生之曾孫彦卿、正卿，玄孫濤，爲設食于光風霽月之亭。明晨江磯寺，尊酒聊對設。孰是十日遊，遽成千里别。英僚樹嘉政，素友厲孤節。努力莫相忘，清宵共明月。七日，薛洪持志、王仲傑之才攜酒自南康來，飲罷，與張、陳、趙南還軍。子澄、許、張歸廬陵，南卿、龜父還家，擇之之潮南，予與王、余、陳、黄東渡湖口而歸。

買船至演平拜建康劉公墓下遂入城假館梅山堂感涕有作

維舟新曆口，步上秣陵阡。高丘忽嵯峨，宿草迷荒烟。拜起淚再滴，哀哉不能言。驅車且復東，借此虛堂眠。念昔堂中人，經營幾何年。一旦舍之去，千秋不言還。露井益清渫，風林更修鮮。思公獨不見，涕下如奔川。感慨西州門，愴恨山陽篇。晤歎日隱樹，悲歌月當軒。堂堂忠孝心，終古諒弗諼。尚與吳門子，歸來故山巔。

晚雨涼甚偶得小詩請問遊山之日并請劉平父作主人二首

幾年不踏仙洲路，夢入青藤古木間。好趁新秋一番雨，晝寒亭下弄潺湲。

爐阜歸來祇短筇，解包茶茗粗能供。若須載酒邀賓客，付與屏山七老翁。

昨爲許進之書胎仙字因以名其室或疑欠舞字者故作此以解之

寒山寒月冷颼颼，隻影孤桐萬里遊。帝樂夢回三疊遠，胎仙舞罷一簾秋。未愁悄寂無人會，只恐蹁躚不自休。却笑蕊珠何處所，兩忘蝴蝶與莊周。

熹伏蒙休齋先生惠詩見留謹次高韻二首

忽驚蕭颯鬢毛秋，起向泉山覓舊遊。盤谷門前淚沾臆，雲臺溪上雪蒙頭。歸歟吾黨又千里，老矣心期但一丘。珍重休齋書滿屋，可無三宿爲君留。

望望西山日幾回，更憐一雨洗浮埃。遠遊莫説雲門寺，往事聊尋單父臺。雞犬蕭疏迷洞口，交親零落半巖隈。尊前見在君須闘，速上籃輿相逐來。

奉酬九日東峰道人溥公見贈之作

幾年回首夢雲關，此日重來兩鬢斑。點檢梁間新歲月，招呼臺上舊溪山。三生漫説終無據，萬法由來本自閒。一笑支郎又相惱，新詩不落語言間。

伏承侍郎使君垂示所與少傅國公唱酬西湖佳句謹次高韻聊發一笑

越王城下水融融，此樂從今與衆同。滿眼芰荷方永日，轉頭禾黍便西風。湖光盡處天容闊，潮信來時海氣通。酬唱不誇風物好，一心憂國願年豐。

石馬斜川之集分韻賦詩得燈字

改歲風日好，出門欣得朋。復招里中彥，及此雲間僧。行行涉清波，斯亭一來登。徙倚緑樹蔭，摩挲蒼石稜。遥瞻原野春，仰視天宇澄。一水既紆鬱，羣山正崚嶒。時禽悦新陽，潛魚躍輕冰。却念去年日，俯仰愁予膺。長吟斜川詩，日落寒煙凝。暝色變晴景，清尊照華燈。頽顔感川徂，稚齒歎年增。酒盡不能起，朱欄各深凭。

行視武夷精舍作

神山九折溪，沿泝此中半。水深波浪闊，浮緑春渙渙。武夷溪凡九曲，多急流、亂石。此第五曲，水特深闊平緩，緑漪可愛。上有蒼石屏，百仞聳雄觀。嶄巖露垠堮，突兀倚霄漢。此峰東上削下，拔地峭立，如方屋帽。按舊圖名大隱屏。淺麓下縈迴，深林久叢灌。胡然閟千載，逮此開一旦。峰下小山重複，中有平地數十丈，喬木長藤，茂林修竹，交相蔽隱，舊無人迹。乾道己丑，予舟過而樂之；及今始能卜築，以酬曩志。我乘新村船，輟棹青草岸。榛莽喜誅鉏，面勢窮考按。居然一環堵，妙處豈輪奐。左右矗奇峰，躊躇極佳玩。方經始時，予以病不能來。至是送别山西，始自新村買舟以來，視所縛屋三間，制度殊草草。然背負大隱屏，面直溪南大山，左有魏王上昇峰，右有鍾模三教等石，極爲雄勝。是時芳節闌，紅緑紛有爛。好鳥時一鳴，王孫遠相唤。山多獼猴。暫遊意已愜，獨往身猶絆。珍重舍瑟人，重來足幽伴。已約初夏與同志皆往遊集。

淳熙甲辰仲春精舍閒居戲作武夷櫂歌十首呈諸同遊相與一笑

武夷山上有仙靈，山下寒流曲曲清。欲識箇中奇絶處，櫂歌閒聽兩三聲。

一曲溪邊上釣船，幔亭峰影蘸晴川。虹橋一斷無消息，萬壑千巖鎖翠煙。

二曲亭亭玉女峰，插花臨水爲誰容。道人不復荒臺夢，興入前山翠幾重。

三曲君看架壑船，不知停櫂幾何年。桑田海水今如許，泡沫風燈敢自憐。

四曲東西兩石巖，巖花垂露碧㲯毿。金雞叫罷無人見，月滿空山水滿潭。

五曲山高雲氣深，長時煙雨暗平林。林間有客無人識，《欸乃》聲中萬古心。
六曲蒼屏遶碧灣，茅茨終日掩柴關。客來倚櫂巖花落，猿鳥不驚春意閒。
七曲移船上碧灘，隱屏仙掌更回看。人言此處無佳景，只有石堂空翠寒。後二句一本作「却憐昨夜峰頭雨，添得飛泉幾道寒」。
八曲風煙勢欲開，鼓樓巖下水縈洄。莫言此處無佳景，自是遊人不上來。
九曲將窮眼豁然，桑麻雨露見平川。漁郎更覓桃源路，除是人間別有天。

過蓋竹作二首

二月春風特地寒，江樓獨自倚闌干。箇中詎有行藏意，且把前峰細數看。
浩蕩鷗盟久未寒，征驂聊此駐江干。何時買得魚船就，乞與人間畫裏看。

答袁機仲論啓蒙

忽然半夜一聲雷，萬户千門次第開。若識無心含有象，許君親見伏羲來。「半夜」一本作「平地」。

觀林長仁書卷戲題問答

猿去山空鶴亦飛，柴門空掩釣魚磯。門前樹葉都黄了，何事幽人久不歸。
爲愛雲泉百尺飛，故將茅屋傍苔磯。幾年清夢黄塵裏，此日秋風一棹歸。

題嚴居厚溪莊圖

平日生涯一短篷，只今回首畫圖中。平章箇裏無窮事，要見三山老放翁。謂陸務觀。時嚴居厚之官剡中。

承事卓丈置酒白雲山居飲餞致政儲丈叔通因出佳句諸公皆和熹輒亦繼韻聊發坐中一笑

此題一本作《白雲寺送儲柯伯升》。

老去讀書秋樹根，山林兒女定誰尊。偶緣送客來僧寺，却似披雲臥石門。物外祇今成跌蕩，人間何處不啾喧。一杯且爲陽關盡，雙目從教別淚昏。東坡賦徐德占舊居有「一爲兒女涴，始覺山林尊」之句。

丙辰正月三日贈彭世昌歸山

象山聞說是君開，雲木參天瀑響雷。好去山頭且堅坐，等閒莫要下山來。

懷潭溪舊居

憶住潭溪四十年，好峰無數列窗前。雖非水抱山環地，却是冬溫夏冷天。遶舍扶疏千箇竹，傍崖寒冽一泓泉。誰教失計東遷繆，憊臥西窗日滿川。

戲答楊庭秀問訊離騷之句二首

昔誦《離騷》夜扣舷，江湖滿地水浮天。只今擁鼻寒窗底，爛却沙頭月一船。

春到寒汀百草生，馬蹄香動楚江聲。不甘強借三峰面，且爲靈均作杜蘅。「佛法不怕爛却」，禪家語也。杜蘅，一名馬蹄香。《本草》辨僞藥云：「細辛作杜蘅，水浸令直。」三峰，謂華陰也。

蒙恩許遂休致陳昭遠丈以詩見賀已和答之復賦一首

闌干苜蓿久空槃，未覺清羸帶眼寬。老去光華姦黨籍，向來羞辱侍臣冠。極知此道無終否，且喜閒身得暫安。漢祚中天那可料，明年大歲又涒灘。建隆庚申距今己未，二百四十年矣。嘗記年十歲時，先君慨然顧語熹曰：「太祖受命，至今百八十年矣。」嘆息久之。銘佩先訓，於今甲子又復一周，而衰病零落，終無以少塞臣子之責。因和此詩，并記其語，以示兒輩爲之盡然感涕云。

己未九日子服老弟及仲宣諸友載酒見過坐間居厚廟令出示佳句歎伏之餘次韻爲謝并呈同社諸名勝

籬菊斑斑半吐黄，沜中又報紫萸香。輞川有茱萸沜，字與泮同。裝成令節秋還晚，撩得高情老更狂。載酒極知乖勝踐，沾衣却免歎斜陽。是日本約會於周園，屬予有故不果出，因集予舍。餘年只恐逢辰少，吟罷君詩引興長。

和劉叔通懷游子蒙之韻

扣角聽君悲復悲，壯心未已欲何之？交遊半落丘山外，離別偏傷老大時。尚喜淵潛容賈誼，不須日飲教袁絲。病餘我更無憀賴，勉爲同懷一賦詩。余素不能作唐律，和韻尤非所長。年來追逐，殊覺牽彊。子服乃令更爲手寫此三詩者，不知欲以何用。晨起書罷，欲記歲月，方覺是庚申開基節日，此亦難逢之會，感歎久之。

叔通老友探梅得句不鄙垂示且有領客攜壺之約次韻爲謝聊發一笑

迎霜破雪是寒梅，何事今年獨晚開。應爲花神無意管，故煩我輩著詩催。繁英未怕隨清角，疏影誰憐蘸綠杯。珍重南鄰諸酒伴，又尋江路覓香來。

寄江文卿劉叔通

文卿句律如詩律，通叔詩情絕世情。政使暮年窮到骨，不教吟出斷腸聲。

詩人從古例多窮，林下如今又兩翁。應笑湖南老賓友，兩年吹落市塵中。此戲子蒙恐落窮籍不便，可發一笑也。

我窮初不爲能詩，笑殺吹竽濫得癡。莫向人前浪分雪，世間真僞有誰知。僕不能詩，往歲爲澹菴胡公以此論薦，平生僥倖，多類此云

梅

姑射仙人冰雪容，塵心已共彩雲空。年年一笑相逢處，長在愁煙苦霧中。

次晦叔寄弟韻二首

聞道君歸湘水東，經行長在白雲中。詩成天柱峰頭月，酒醒朱陵洞裏風。舊學難酬香一瓣，流年誰管鬢雙蓬。書來爲指淆訛處，不涉言詮不落空。

試上閩山望楚天，雁飛欲斷勢還連。憑將袖裏數行字，與問雲間雙髻仙。我訪舊遊終有日，君歸故里定何年？祇今千里同心事，靜對簞瓢獨喟然。

次范碩夫題景福僧開窗韻

昨日土牆當面立，今朝竹牖向陽開。此心若道無通塞，明暗何緣有去來。

吴山高

行盡吴山過越山，白雲猶是幾重關。若尋汗漫相期處，更在孤鴻滅没間。

苦雨用俳諧體

仰訴天公雨太多，纔方欲住又滂沱。九關虎豹還知否，爛盡田中白死禾。《楚詞·招魂》云：「虎豹九關，啄害下人些。」

蘭

謾種秋蘭四五莖，疏簾底事太關情。可能不作涼風計，護得幽香到晚清。

讀十二辰詩卷掇其餘作此聊奉一笑

夜聞空簞齧飢鼠，曉駕羸牛耕廢圃。時才虎圈聽豪夸，舊業兔園嗟鹵莽。君看蟄龍卧三冬，頭角不與蛇争雄。毁車殺馬罷馳逐，烹羊酤酒聊從容。手種猴桃垂架緑，養得鶡雞鳴角角。客來犬吠催煮茶，不用東家買豬肉。

水口行舟二首

昨夜扁舟雨一蓑，滿江風浪夜如何。今朝試卷孤篷看，依舊青山緑樹多。

鬱鬱層巒夾岸青，春山緑水去無聲。煙波一棹知何許，鶗鴂兩山相對鳴。

桐廬舟中見山寺

一山雲水擁禪居，萬里江樓遶屋除。行色忽忽吾正爾，春風處處子何如。江湖此去隨漚鳥，粥飯何時共木魚。孤塔向人如有意，他年來借一蘧蒢。

胡丈廣仲與范伯崇自嶽市來同登絶頂舉酒極談得聞此日講論之樂

我已中峰住，君從何處來？莫留巖底寺，徑上月邊臺。濁酒團圞坐，高談次第開。前賢渺安在，清酹寄餘哀。

石湖詩鈔

范成大，字致能，吴郡人也。紹興擢進士第，授户曹，監和劑局。遷正字。累遷著作佐郎，除吏部郎官。奉祠。起知處州，入爲禮部員外郎兼崇政殿大學士。使金國歸，除中書舍人。出知廣西静江府。除敷文閣待制，四川制置使。召對，除權吏部尚書，拜參知政事。奉祠。起知明州，除端明殿學士，尋帥金陵。進資政殿學士，再領洞霄宫。加大學士。卒。所居石湖在太湖之濱，阜陵宸翰扁之。其詩縟而不釀，縮而不窘，新清嫵媚，奄有鮑謝；奔逸俊偉，窮追太白。當是時，石湖與楊誠齋、陸放翁、尤遂初皆南渡之大家也。誠齋言：「余於詩豈敢以千里畏人者，而於公獨斂衽焉。」

河豚嘆

鯫生藜莧腸，食事一飽足。腥腐色所難，況乃衷酖毒。膨亨强名魚，殺氣孕慘黷。既非養生具，宜謝砧几酷。吴儂真差事，網索不遺育。捐生決下箸，縮手汗童僕。朝來里中子，饞吻不待熟。濃睡喚不應，已落新鬼籙。百年三寸咽，水陸富肴蔌。一物不登俎，未負將軍腹。爲口忘計身，饕死何足哭。作俑者誰歟？至今走末俗。或云先王意，除惡如藝菽。逆梟與毒獍，歲歲參幣玉。芟夷入薦羞，蓋欲殲種族。死生有定數，斷命烏可續。適丁是時者，未易一理局。黿鼎子公怒，羊羹華元衄。異味古所珍，無事苦畏縮。駢頭訌此語，戒諭祇取瀆。聾盲死不悟，明知諒已燭。

續長恨歌七首

金盤瀲灩曉粧寒，國色天香勝牡丹。白鳳詔書來已暮，六宮鉛粉半春闌。
紫薇金屋閉春陽，石竹山花却自芳。莫道故情無覓處，領巾猶有隔生香。
聞道蓬壺重見時，瘦來全不耐風吹。無端卻作塵間念，已被仙宮聖得知。
別後相思夢亦難，東虛雲路海漫漫。仙凡頓隔銀屏影，不似當時取次看。
人似飛花去不歸，蘭昌宮殿幾斜暉。百年只有雲容姊，留得當時舊舞衣。
驪山六十二高樓，突兀華清最上頭。玉羽川長湘浦暗，三郎無事更神遊。
帝鄉雲馭若爲留，八景三清好在不？玉笛不隨雙鶴去，人間猶得聽《梁州》。

過平望

寸碧闖高浪，孤墟明夕陽。水柳搖病緑，霜蒲蘸新黃。孤嶼乍舉網，蒼烟忽鳴榔。波明荇葉顫，風熟蘋花香。鷄犬各村落，蓴鱸近江鄉。野寺對客起，樓陰濯滄浪。古來離別地，清詩斷人腸。亭前舊時水，還照兩鴛鴦。

長安閘

斗門貯淨練，懸板淙驚雷。黄沙古岸轉，白屋飛簷開。是間袤丈許，舳艫蔽川來。千車擁孤隧，萬馬盤一坏。篙尾亂若雨，檣竿束如堆。摧摧勢排軋，洶洶聲喧豗。偪仄復偪仄，誰肯少徘徊！傳呼津吏至，弊蓋淩高埃。囁嚅議譏征，叫怒不可裁。吾觀舟中子，一一皆可哀。大爲聲利驅，小者飢寒催。古今共來往，所得隨飛灰。我乃畸於人，胡爲乎來哉？

兩木

壬申五月，病卧北窗，惟庭柯相對。手植绿橘、枇杷皆森然出屋，枇杷已著子，橘獨十年不花，各賦一首。

枇杷昔所嗜，不問甘與酸。黄泥裹餘核，散擲籬落間。春風拆勾萌，僕樕如榛菅。一株獨成長，蒼然齊屋端。去年小試花，瓏瓏犯冰寒。化成黄金彈，同登桃李盤。大鈞播羣物，斡旋不作難。樹老人何堪，攬鏡覓朱顔。頷髭爾許長，大笑欹巾冠。

绿橘生西山，得自髯翁家。云此接活根，是歲當著花。俛仰乃十霜，垂蠹紛相遮。芳意竟寂寞，枯枝謾槎牙。風土諒非宜，翁言豈予夸。會令返故山，高深謝污邪。石液滋舊根，山英擢新葩。黄團掛霜實，大如崆峒瓜。當有四老人，來駐七香車。

落鴻

落鴻聲裏怨關山，淚濕秋衣不肯乾。只道一番新雨過，誰知雙袖倚樓寒。

浙江小磯春日

客裏無人共一杯，故園桃李爲誰開。春潮不管天涯恨，更捲西興暮雨來。

二月三日登樓有懷金陵宣城諸友

百尺西樓十二欄，日遲花影對人閒。春風已入片時夢，寒食從今數日間。折柳故情都望斷，落梅新曲與誰闕。詩成欲訪江南便，千里煙波萬疊山。

代聖集贈别

一曲悲歌水倒流，尊前何計綴千憂。事如夢斷無尋處，人似春歸挽不留。草色粘天鶗鴂恨，雨聲連曉鷓鴣愁。迢迢緑浦帆飛遠，今夜新晴獨倚樓。

寒食郊行書事二首

野店垂楊步，荒祠苦竹叢。鷺窺蘆泊水，烏啄紙錢風。媼引濃粧女，兒扶爛醉翁。深村時節好，應爲去年豐。

隴麥欣欣緑，山桃寂寂紅。帆邊漁䒀浪，木末酒旗風。信步隨芳草，迷途問小童。賞心添脚力，呼渡過溪東。

初夏二首

清晨出郭更登臺，不見餘春只麼回。桑葉露枝蠶向老，菜花成莢蝶飛來。

晴絲千尺挽韶光，百舌無聲燕子忙。永日屋頭槐影暗，微風扇裹麥花香。

曉行官塘驛。

篝燈驛吏喚人行，寥落星河向五更。馬上誰驚千里夢，石頭岡下小車聲。

秦淮

不將行李試問關，誰信江湖道路難。腸斷秦淮三百曲，船頭終日見方山。

白鷺亭

倦遊客舍不勝閒，日日清江見倚欄。少待西風吹雨過，更從二水看淮山。

臙脂井三首

昭光殿下起樓臺，拚得山河付酒杯。春色已從金井去，月華空上石頭來。

午睡醒來一夢非，匆匆《玉樹》逐春歸。臙脂却作千年計，不似愁魂四散飛。

腰支旅拒更神遊，桃葉山前水自流。三十六書都莫恨，煩將歌舞過揚州。

九月三日宿胥口始聞雁

故人久不見，乍見雜悲喜。新雁如故人，一聲驚我起。把酒不能觴，送目問行李。曾云行路難，空濛千萬里。塞北多關山，江南渺雲水。風高吹汝瘦，旅伴今餘幾。斜行不少駐，滅没蒼煙裏。羈遊吾亦倦，客程殊未已。扁舟費年華，短纜繫沙尾。物性各有役，冥心聽行止。江郊匝地熱，場圃平如砥。歸期且勿念，共飽豐年米。

姑惡并序

姑惡，水禽，以其聲得名。世傳姑虐其婦，婦死所化。東坡詩云：「姑惡，姑惡！姑不惡，妾命薄！」此句可以泣鬼。余行苕、霅，始聞其聲，晝夜哀厲不絶。客有惡之，以爲此必子婦之不孝者。余爲作後《姑惡》詩。

姑惡婦所云，恐是婦偏辭。姑言婦惡定有之，婦言姑惡未可知。姑不惡，婦不死。與人作婦亦大難，已死人言尚如此。

大暑舟行含山道中雨驟至霆奔龍挂可駭

隤雲曖前驅，連鼓訌後殿。騤騤失高丘，擾擾暗古縣。白龍起幽蟄，黑霧佐神變。盆傾耳雙聵，斗暗目四眩。帆重腹逾飽，櫓潤鳴更健。圓漪暈雨點，溅滴走波面。伶俜愁孤鴛，颭閃亂飢燕。麥老枕水卧，秧稗與風戰。牛蹊岌城沈，蟻隧洶瓴建。水車競施行，歲事敢休宴，吚啞嘯簧鳴，轣轆連鎖轉。駢頭立婦子，列舍望宗伴。東枯駭西潰，寸涸驚尺溉。嗟予豈能賢，與彼亦何辨。扁舟風露熟，半世江湖偏。不知憂稼穡，但解加餐飯。遥憐老農苦，敢厭遊子倦。

題畫卷二首

鑿落秋江水石明，高楓老柳兩灘横。君看疊巘雲容變，又有中宵雨意生。

欹傾棧路繞山明，隔隴人家犬吠聲。無限白雲堆去路，不知誰識許宣平。

立春日郊行

竹擁溪橋麥蓋坡，土牛行處亦笙歌。麴塵欲暗垂垂柳，醅面初明淺淺波。日滿縣前春市合，潮平浦口暮帆多。春來不飲兼無句，奈此金旛綵勝何。

晚潮

東風吹雨晚潮生，疊鼓催船鏡裏行。底事今年春漲小，去年曾與畫橋平。

一篙

一篙新緑浦東西，雪絮漫江雁不飛。宿雨纔晴風又轉，片帆那得及時歸。

碧瓦

碧瓦樓前繡幕遮，赤欄橋外綠溪斜。無風楊柳漫天絮，不雨棠梨滿地花。

暮春上塘道中

客舍無煙野水寒，競船人醉鼓闌珊。石門柳綠清明市，洞口桃紅上巳山。飛絮著人春共老，片雲將夢晚俱還。明朝遮日長安道，慚愧江湖釣手閒。

餘杭道中

落花流水淺深紅，盡日帆飛繡浪中。桑眼迷離應欠雨，麥鬚騷殺已禁風。牛羊路杳千山合，鷄犬村深一徑通。五柳能消多許地，客程何苦鎮匆匆。

陳侍御園坐上

愁眼逢歡春水明，詩情得酒春雲生。花梢蝴蝶作團去，竹裏鵓鳩相對鳴。邂逅浮生此日好，纏綿俗累何時輕。擘牋沫墨乏奇句，擫笛當筵慚妙聲。

獨遊虎跑泉小庵

苔徑彎環入，茅齋取次成。蔓花緣壁起，閒草上階生。宿雨松篁色，新晴燕雀聲。筒泉烹御米，聊共老僧傾。

樂神曲

豚蹄滿盤酒滿杯，清風瑟瑟神欲來。願神好來復好去，男兒拜迎女兒舞。老翁翻香笑且言，今年田家勝去年。去年解衣折租價，今年有衣著祭社。

繰絲行

小麥青青大麥黃，原頭日出天色涼。姑婦相呼有忙事，舍後煮繭門前香。繰車嘈嘈似風雨，繭厚絲長無斷縷。今年那暇織絹著，明日西門賣絲去。

田家留客行

行人莫笑田家小，門户雖低堪洒掃。大兒繫驢桑樹邊，小兒拂席軟勝氈。木臼新舂雪花白，急炊香飯來看客。好人入門百事宜，今年不憂蠶麥遲。

催租行

輸租得鈔官更催，踉蹡里正敲門來。手持文書雜嗔喜，我亦來營醉歸耳。牀頭慳囊大如拳，撲破正有三百錢。不堪與君成一醉，聊復償君草鞋費。

癸亥日泊舟吳會亭

去年春盤浙江驛，湛湛清波動浮石。今年春盤吳會亭，冥冥細雨濕高城。天邊作客風沙裏，去年今年成老矣。客心古井冷無波，過眼人情亦如水。憶昔三生住翠微，偶來平地著征衣。山中故人應大笑，扁舟坐穩何當歸。

題開元天寶遺事四首

御前羯鼓透春空，笑覺花奴手未工。一曲打開紅杏蕊，須知天子是天公。
謝鑾舞袖貴妃絃，秦國如花虢國妍。不賞纏頭三百萬，阿姨何處費金錢。
朝天車馬詔頻催，劚得新湯未敢開。忽報豬龍掀宇宙，阿瞞空讀相書來。
剝啄延秋屋上烏，明朝箭道入東都。宮中亦有風流陣，不及漁陽突騎粗。

半塘

柳暗閶門逗曉開，半塘塘下越溪回。炊烟擁柂船船過，芳草緣堤步步來。

楓橋

朱門白壁枕彎流，積李無言滿屋頭。牆上浮圖路傍堠，送人南北管離愁。

橫塘

南浦春來綠一川，石橋朱塔兩依然。年年送客橫塘路，細雨垂楊繫畫船。

天平寺

舊遊彷彿記三年，轟飲題詩月滿山。山上白雲應解笑，又將塵土涴朱顏。三年前，至先兄與予同唐少梁登山絕頂。比歸迷路，捫蘿而下，夜已午。住持僧散遣羣僮秉燭求余三人，久而莫得，以爲已仙也。是夜宿寺中，聯句達曉。東坡曰：「自從有此山，白石封蒼苔，何嘗有此樂，將去復徘徊。」至今往來于余心。

賀樂丈先生南郊新居

新堂燕雀喜，竹籬掛藤蘿。崩奔風濤裏，得此巢龜荷。西山效爽氣，南浦供清波。會心不在遠，容膝何須多。先生淮海俊，踏地嘗兵戈。飄飄萬里道，芒鞋厭關河。風吹落下邑，楚語成吴歌。豈不有故國，荒垣鞠秋莎。無庸說當歸，到處皆南柯。卜遷不我遐，一水明青羅。閉户長獨佳，奈客剝啄何。會令蒼苔石，屐齒如蜂窠。

田舍

呼喚攜鋤至，安排斜圃忙。兒童眠落葉，烏雀噪斜陽。烟火村聲遠，林菁野氣香。樂哉今歲事，天末稻雲黃！

病中夜坐

村巷秋春遠，禪房夕磬深。飢蚊嘗遶鬢，暗鼠忽鳴琴。薄薄寒相中，稜稜瘦不禁。時成洛下詠，卻似越人吟。

十一月十二日枕上曉作

竹響風成陣，窗明雪已花。柴扉吟凍犬，紙瓦啄飢鴉。宿酒欺寒力，新詩管歲華。日高猶擁被，蓐食媿鄰家。

除夜書懷

運斗寅杓轉，周天日御回。夜從冬後短，春逐雨中來。鬢綠看看雪，心丹念念灰。有懷憐斷雁，無思惜疏梅。絮厚眼生纈，蔬寒腸轉雷。燭花紅瑣碎，香霧碧徘徊。昨夢書三篋，平生酒一盃。牀頭新曆日，衣上舊塵埃。摇落何堪柳，紛紜各夢槐。隙光能幾許，世事劇悠哉。歧路東西變，羲娥日夜催。頭顱原自覺，懷抱故應開。踴躍金何喜，青黄木自災。身謀同斥鷃，政爾顧蒿萊。

題張氏新亭

水楊成幄翠相遮，猶有東風管物華。葉底青梅無數子，梢頭紅杏不多花。煩將鍊火炊香飯，更引長泉煮鬭茶。約我詩成須疥壁，莫嗔欹側似歸鴉。

病中絶句八首

空裏情知不著花，逢場將病作生涯。蒲團軟暖無時節，夜聽蚊雷曉聽鴉。
溽暑熏天地湧泉，彎跧避濕掛行纏。出門斟酌無忙事，睡過黄梅細雨天。
石鼎颼颼夜煮湯，亂抛參朮鬭温涼。化兒幻我知何用，衹與人間試藥方。
病中心境兩俱降，猶憶江湖白鳥雙。一夜雨聲鳴紙瓦，聽成飛雪打船窗。
檐頭排溜密如簾，溪上層陰定解嚴。最是看山奇絶處，白雲堆絮擁青尖。
夜合梢頭蘸紫茸，菉葱頂上拆黄封。去年團扇題詩處，依舊疏簾細雨中。
盆傾瓴建夜翻渠，遶屋蛙聲一倍粗。想見西堂渾不睡，明朝踏濕看菖蒲。謂現老。
晴色先從喜鵲知，斜陽一抹照天西。竹鷄何物能無賴，如許泥深更苦啼。

雲間湖光亭

微風不動斂濤湍，組練晶晶色界寒。斜照發揮猶未盡，月明殘夜更來看。

雪霽獨登南樓

雪晴風勁晚來冰，樓上奇寒病骨驚。雀啄空簷銀笋墮，鴉翻高樹玉塵傾。青帘閃閃千家静，黄帽亭亭一水横。坐久天容卻温麗，一彎新月對長庚。

上沙遇雨快涼

刮地風來健葛衣，一涼便覺暑光低。雲頭龍掛如垂筯，雨在中峰白塔西。

自天平嶺過高景庵

卓筆峰前樹作團，天平頂上石成關。綠陰匝地無人過，落日秋蟬滿四山。

曉自銀林至東灞登舟寄宣城親戚

曉山障望眼，脈脈紫翠橫。澄江已不見，況乃江上城。結束治野裝，木末浮三星。羸馬隴頭嘶，小車谷中鳴。亭亭東灞樹，練練綠浦明。篙師笑迎我，新漲没蘋汀。徑投一葉去，雲水相與平。聊將塵土面，照此玻璃清。懷我二三友，高堂晨欲興。風細桐葉墮，露濃荷蓋傾。凝香繞燕几，安知路旁情！

復自姑蘇過宛陵至鄧步出陸

漿家饋食槿爲藩，酒市停驂竹廡門。紅樹亭亭棲晚照，黃茅杳杳被高原。飲溪有迹於菟過，掠草如飛朴遑翻。車軌如溝平地少，飽帆天鏡憶江村。

南塘冬夜唱和

燃萁烘暖夜窗幽，時有新詩趣唱酬。爲問灞橋風雪裏，何如田舍火爐頭。寒釭欲暗吟方苦，凍筆難驅字更遒。絶笑兒癡生活淡，略無歲晚稻粱謀。

花山村舍

潦退灘灘露，沙虚岸岸頽。澗聲穿竹去，雲影過山來。柳菌黏枝住，桑花共葉開。庵廬少來往，門巷濕蒼苔。

清明日狸渡道中

灑灑沾巾雨，披披側帽風。花然山色裏，柳臥水聲中。石馬立當道，紙鳶鳴半空。墦間人散後，烏鳥正西東。

南塘寒食書事

埂外新陂緑，岡頭宿燒紅。裹魚蒸菜把，饋鴨鎖筠籠。酒侶晨相命，歌場夜不空。土風并節物，不與故鄉同。

高淳道中

路入高淳麥更深，草泥沾潤馬駸駸。雨歸隴首雲凝黛，日漏山腰石滲金。老柳不春花自蔓，古祠無鬼樹空陰。一簞定屬前村店，衮衮炊烟起竹林。

宿牧馬山勝果寺

佛燈已暗還吐，旅枕纔安卻驚。月色看成曉色，溪聲聽作松聲。

自寧國溪行至宣城舟人云凡百八十灘

波驚石險夜喧雷，晚泊旗亭笑眼開。休問行人緣底瘦，適從百八十灘來。

晚步西園

料峭清寒結晚陰，飛來院落怨春深。吹開紅紫還吹落，一種東風兩樣心。

早發竹下

結束晨粧破小寒，跨鞍聊得散疲頑。行衝薄薄輕輕霧，看放重重疊疊山。碧穗炊烟當樹直，緑紋溪水趁橋灣。清禽百囀似迎客，正在有情無思間。

後催租行

老父田荒秋雨裏，舊時高岸今江水。傭耕猶自抱長飢，的知無力輸租米。自從鄉官新上來，黃紙放盡白紙催。賣衣得錢都納卻，病骨雖寒聊免縛。去年衣盡到家口，大女臨歧兩分首。今年次女已行媒，亦復驅將換升斗。室中更有第三女，明年不怕催租苦。

次韻子文銜雨迓使者道聞子規

夢魂翾蝶翅，鼻息吼鼉鼓。喚起治曉粧，馬嘶僮僕語。汩泥溷梟鶩，慚愧黄鵠舉。猥吟陬隅池，浪廢桔槔圃。啼鴂撩客心，鉤引着何許。請歌蘇仙詞，歸耕一犁雨。

次温伯用林公正劉慶充倡和韻

前山後山梅子雨，屯雲日夜相吞吐。長林絶壑望不到，時有樵歸説逢虎。奔溪朝來忽怒漲，夾岸柳梢餘尺許。屋頭未放濃嵐散，苦憶清光泛瓊宇。客行落此亂山中，但欲尋人訴羈旅。比鄰邂逅得清士，眉宇津津佳笑語。杯行起舞出新句，我氣已衰聊復鼓。明年與君航太湖，扁舟踏浪不蹄土。沉沉玉柱閟仙扃，矯矯虹梁浮水府。目力無窮天不盡，卻笑向來誰縛汝。

次韻温伯謀歸

宦路驅馳易折肱，宦曹隨處是愁城。隨風片葉鄉心動，過雨千峰病眼明。一斸何須嘗世味，寸田久已廢吾耕。羨君早作歸歟計，屈指從今幾合并。

慶充自黄山歸索其道中詩書一絶問之

鳴騶如電馬如雷，知是婆娑醉尉回。常日錦囊猶有句，況從三十六峰來。

賞雪騎鯨軒子文夜歸酒渴侍兒薦茗飲蜜漿明日以詫同遊戲爲書事邀宗偉同作

溪山四時佳，今夕更奇絶。天公妙莊嚴，施此一川雪。飛花浩如海，眩轉塞空濶。水西萬株樹，玉塔照銀闕。碧溪不受凍，長灘瀉清咽。漁舟晚猶泛，樵擔寒未歇。懸知畫不到，未省詩能説。歸來强搜句，冰硯冷于鐵。不如嚴夫子，迎門生暖熱。梅香不可耐，但覺酒腸渴。密融花氣動，茶泛乳膏發。寧辭春筍寒，爲暖花甆滑。曹騰畫屏暖，唤起眼餘纈。笑我獨何事，作此淡生活。想像《高唐賦》，何如徑排闥。

雪後守之家梅未開呈宗偉

瓦溝凍殘雪，簷溜黏輕冰。破寒一竿日，春隨人意生。端葉再三白，南枝尚含情。定知司花女，未肯嫁娉婷。官居苦無賴，一笑如河清。落木露荒山，寒溪遶孤城。朝暮何所見，雲黄叫飢鷹。東風不早計，愁眼何當明。北鄰小横斜，蘚地可班荆。凭君趣花信，把酒撼瓊英。

次韻宗偉閱番樂

十日閒愁晝掩關，起尋一笑共清歡。罷休詩社工夫淡，洗淨書生氣味酸。盡遣餘錢付桑落，莫隨短夢到槐安。綉靴畫鼓留花住，剩舞春風《小契丹》。

五月聞鶯二首

桑陰淨盡麥頭齊，江上聞鶯每歲遲。不及曉風鶻鵃子，迎春啼到送春時。

一聲初上最高枝，忙殺嘔啞百舌兒。老盡西園千樹緑，卻憐槐眼正迷離。

送子文雜言

陰谷雲低梅雨多，黃山滁源溪湧波。南風匝地送歸客，雙槳下瀨如投梭。嚴夫子，君舉酒，我其爲君歌！萬山叢叢石鑿鑿，官居破屋巢烟蘿。杜鵑曉啼猿暮叫，客行到此真蹉跎。窮愁無復理，一飲三嘆息。城東爨舍有佳人，邂逅使我加餐食。同鄉更同調，目擊心已傳。蟄蟲欲作雷奮地，萬籟方寂風行山。吹竽喚我醒，連鼓相追攀。飈車電轂不可輂，但覺兩腋生飛翰。狂歌不必終曲，戲弈不必滿局。有時不揖上馬去，出門大笑驚僮僕。窮鄉眼冷見未曾，道上囁嚅相指目。云此陋隘何以有二士，直恐翩翩跨黃鵠。廣文組解登王畿，諸公貴人争勸歸。常日心期有定論，贈行不惜重費詞。腰金佩玉衆目好，汗簡沉碑千載癡。一尊有意重山嶽，五鼎無心輕網絲。嚴夫子，應領略，别後頻書相發藥。我既爲萬頃之狎鷗，君勿作九皐之鳴鶴！

新館

露稻黏明璫，風茅衮高浪。荒荒白楊道，行行亂蟲響。日脚午未吐，雲頭晚猶漲。欣此半日涼，藍輿走清曠。病客不堪暑，茲行天肯相！蚊蝱掃無迹，秋意滿千嶂。稍尋泉石盟，略褫簿書障。鴒原定相念，因風報無恙。

臨溪寺

萬山遶屏岭，二水奔澒洞。亭亭林中寺，金碧燦欄棟。解鞍得蒲團，臥受瓦爐供。少捐一炊頃，暫作百年夢。無人自驚覺，幽禽正清哢。倦客如殘僧，無力供世用。此行端爲山，紫翠迭迎送。潄井出門去，驚塵僕飛鞚。

盤龍驛

聞鷄一唱罷，占斗三星没。天高月徘徊，野曠山突兀。暗蛩泣草露，怨亂語還咽。涼螢不復舉，點綴稻花末。惟餘絡緯豪，悲壯殷林樾。小蟲亦何情，孤客心斷絶。魂驚板橋穿，足側石子滑。行路如許難，誰能不華髮。高城謾回首，疊嶂屹天闕。遥知秋衾夢，千里一飄忽。

竹下

松杉晨氣清，桑柘暑陰薄。稻穗黄欲卧，槿花紅未落。秋鶯尚嬌姹，晚蝶成飄泊。犬駭逐車馬，雞驚撲籬落。道逢行商問，平生幾芒屩。頳肩走四方，爲口不計脚。劣能濡簞瓢，何敢議囊橐。我亦糜斗升，三年去丘壑。二俱亡羊耳，未用苦商略。

寒亭

溝塍與澗合，隴畝抱山轉。向來六月旱，此地免焦卷。早穗已垂垂，晚苗猶剪剪。一川豐年意，比屋閙雞犬。老農霜鬢鬖，矍鑠黄犢健。自云足踏地，常賦何能免。刈熟倩人輸，不識長官面。康年無復事，但恐社酒淺。我亦有二頃，收拾尚可繭。懷哉笠澤路，歸鏟犂頭蘚。

清逸江

微生本漁樵，長日渺江海。扣舷濯滄浪，尚説天宇隘。朅來車馬路，悒悒佳思敗。黄塵撲眉鬚，驅逐似僨債。羸驂縶偪仄，狂犬吠荒怪。鄉心入旅夢，一葉舞澎湃。晨興過墟市，喜有魚蝦賣。眼明見清江，積雨助横潰。褰裳喚扁舟，⿰身危⿺尢危不勝載。不辭野渡險，弄水聊一快。

新嶺

瘦馬兀瞢騰，荒鷄號蒼莽。絲窠罥朝露，籬落萬珠網。宿雲拂樹過，飛泉譬山響。老桑踞潛虬，怪蔓掛騰蟒。山行何許深，空翠滴羈鞅。釀愁積雨寒，破悶朝日放。曈曈赤幟張，昱昱金鉦上。浮動草花馥，清和野禽唱。僕夫有好語，沙平路如掌。惟憂三溪阻，橋斷山水漲。

送通守趙積中朝議請祠歸天台

城頭千峰青繞屋，城下灘流三百曲。誰云偪仄復偪仄，尚有高軒肯來辱。紅梅花下兩芳春，春風惠和如主人。搶攘塵土簿書裏，見此纍籍天球温。厚禄故人車結轍，掉頭獨泛清溪月。不從世外得超然，世間誰肯如公決。生平我亦一沙鷗，葦白蘆黄今正秋。送公使我歸思動，破烟衝雨憶扁舟。明年想見東山起，我亦煎茶石橋水。道逢蓑笠把漁竿，卽是馬曹狂掾史。

送詹道子教授奉祠養親

新安學宫天下稀，先生孝友眞吾師。斑衣誤作長裾曳，二年思歸今得歸。牋詞上訴人叵挽，璽書賜可犖公歎。青山百匝不留人，空留諸生遮望眼。白雲孤起越南天，向來恨身無羽翰。下馬入門懷橘拜，身今却在白雲邊。鶴髮鬖鬖堂上坐，兒孫稱觴婦供果。世間此樂幾人同，看我風前孤淚墮。一盃送舟下水西，我欲贈言無好詞。徑須喚起東廣微，爲伊重補《南陔》詩。

嚴州舟人云：「自徽至嚴二百灘。」

城府黄塵撲馬鞍，一篙重探水雲寒。耳邊眼底無公事，睡過嚴州二百灘。

釣臺臺上題詩甚多，其最膾炙者曰：「世祖功臣二十八，雲臺争似釣臺高。」

山林城市兩塵埃，邂逅人生有往來。各問此心安處住，釣臺無意壓雲臺。

富陽

不到江湖恰五年，歙山青遶屋頭邊。富春渡口明人眼，落日孤舟浪拍天。

餘杭

春晚山花各静芳，從教紅紫送韶光。忍冬清馥薔薇釅，薰滿千村萬落香。

插秧

種密移疏緑毯平，行間清淺縠紋生。誰知細細青青草，中有豐年擊壤聲。

䌌繭俗傳葉貴即蠶熟，今歲正爾。

隔籬處處雪成窩，牢閉柴荆斷客過。葉貴蠶飢危欲死，尚能包裹一絲窠。

次韻甄雲卿晚登浮丘亭

賓筵舊壓三千客，燕榭新高十二城。潑墨雲頭連樹暗，垂絲雨脚過溪生。葛巾羽扇吾身健，雪碗冰甌子句清。從此相從須痛飲，故應此事勝公榮。

古風上知府秘書二首

神仙絶世立，功行聞清都。玉符賜長生，薾雲遊紫虚。雞犬爾何知，偶舐藥鼎餘。身輕亦仙去，罡風與之俱。俯視舊籬落，眇莽如積蘇。非無鳳與麟，終然侣蟲魚。微物豈有命，政爾謝泥塗。時哉適丁是，邂逅真良圖。

大鵬上扶摇，南溟聒天沸。斥鷃有羽翼，意滿蓬蒿裏。不如附驥蠅，掣電抹荆薊。誰云極么麽，俛仰且萬里。向來庭户間，決起不踰咫。飄飄託方便，意氣乃如此。物生未可料，且暮儻逢世。君看功名場，得失一交臂。

拄笏亭晚望

林泉隨處有清涼，山遶闌干客自忙。溪雨不飛虹尚飲，亂蟬高柳滿斜陽。

桑嶺

回腸山百盤，揮手天一握。俯驚危棧穿，仰詫飛石落。挽輿如挽舟，絶叫斷雙筰。怪蔓纏枯槎，瘠草被幽壑。此豈車馬路，誰云强刊鑿。人言遠遊好，呼來試着脚。

次景琳録事贈别韻

放船鳴櫓便秦吴，送别空煩長者車。宿霧鎖山常羃羃，斷雲將雨忽疏疏。高城五嶺花深處，短棹三江木落初。賴得溪流通尺素，蒲根仍有一雙魚。

客中呈幼度

手板頭銜意已慵，墨池書枕興無窮。釀泥深巷五更雨，吹酒小樓三面風。草色有無春最好，客心去住水長東。今朝合有家書到，昨夜燈花綴玉蟲。

送汪聖錫侍郎帥福唐

承明纔入又南州，重見旌旗照柁樓。道義平生無捷徑，風波隨處有虛舟。如公未可違文石，稽古何妨欠碧油。我亦登門煩著録，此行無力爲王留。

長至日與同舍遊北山

歲晚山同色，湖平霧不收。寒雲低閣雪，佳節静供愁。竹柏森嚴立，蒲荷索莫休。瘦筇知脚力，政爾耐清遊。

次韻胡邦衡秘監

斯言向來立，千古敢疵瑕。有命孤蓬轉，何心勁箭加。人窮名滿世，天定客還家。回首冥恩怨，虛空不着花。

送周子充左史奉祠歸廬陵

黄鵠飄然下九關，江船載月客俱還。名高豈是孤臣願，身退聊開壯士顔。傾蓋當年真旦暮，霑巾明日有河山。後期淹速都難料，相對猶憐鬓未斑。

送陸務觀編修監鎮江郡歸會稽待闕

寶馬天街路，烟蓬海浦心。非關愛京口，自是憶山陰。高興餘飛動，孤忠有照臨。浮雲付舒卷，知子道根深。

見說雲門好，全家住翠微。京塵成歲晚，江雨送人歸。邊鎖風雷動，軍書日夜飛。功名袖中手，世事巧相違。

送李仲鎮宰溧陽

相逢已歎十年遲，冷淡貧交又語離。玉筍換班通籍後，黃梅吹雨送帆時。月岩家世猶爲縣，仲鎮，方叔孫也。金瀨溪山好賦詩。唤起酸寒孟東野，倒流三峽洗餘悲。

次韻子永雪後見贈

雪甑待伴半陰晴，竟日簷冰溜雨聲。九陌泥乾塵未動，南山石露塔猶明。稍聞吉語占農事，便覺歸心勝宦情。想得秫田來歲好，瓦盆嘉釀灌愁城。

與正夫朋元遊陳侍御園

沙際春風轉物華，意行聊復到君家。年年我是重來客，處處梅皆舊識花。官減不妨詩事業，地寒猶辦醉生涯。城中馬上那知此，塵滿長裾席帽斜。

正月十四日雨中與正夫朋元小集夜歸

燈市凄清燈火稀，雨巾風帽笑歸遲。月明想在雲堆處，客醉都忘馬滑時。老去尊前花隔霧，春來句裏鬢成絲。浮生不了悲歡事，作劇兒童總未知。

韓無咎檢詳出示所賦陳季陵户部巫山圖詩仰窺高作歎息彌襟余嘗攷宋玉談朝雲事漫稱先王時本無據依及襄王夢之命玉爲賦但云頩顔怒以自持曾不可以犯干後世弗察一切溷以媟語曹子建賦宓妃亦感此而作此嘲誰當解者輒用此意次韻和呈以資撫掌

瑶姬家山高插天，碧叢奇秀古未傳。向來題目經楚客，名字徑度峨岷前。是邪非邪莽難識，喬林古廟常秋色。暮去行雨朝行雲，翠帷瑶席知何人。峽船一息且千里，五兩竿頭見幡尾。仰窺仙館至今疑，行人問訊居人指。千年遺恨何當申，陽臺愁絶如荒村。《高唐賦》裏人如畫，玉色頩顔元不嫁。後來飢客眼長寒，浪傳樂府吹復彈。此事牽連到温洛，更憐塵襪有無間。君不見天孫住在銀濤許，塵間猶作兒女語。公家春風錦瑟傍，莫爲此圖虚斷腸。

次韻王夷仲正字同遊成氏園

秀巖堂上玉東西，把酒登臨望眼迷。天宇四垂黏地近，海山一抹帶潮低。絶知客好無塵事，聊記吾曾有醉題。倚賴羣仙聯姓字，他年誰敢一杇泥？是日，諸公令予題壁。

送吴智叔檢詳直中秘使閩

抗章襆被豈公難，已説高風立懦頑。客路莫嫌河畔草，直廬須愛道家山。秋生蓮浦船初泛，春滿茶溪騎趣還。却訪故人西府舊，定煩書札墮田間。

次韻韓無咎右司上巳泛湖

休沐良辰不待晴，徑稱閒客此閒行。春衫欺雨任教冷，病眼得山元自明。抹黛濃嵐圍坐晚，揉藍新淥没篙清。棲鴉未到催歸去，想被東風笑薄情。

王園官舍睡起

公退閉閤卧，官居如淨坊。屋角斷虹飲，日西楊柳黄。客來束我帶，客去書滿牀。睡覺有忙事，煮茶翻斷香。

七月二日上沙夜泛

困倚船窗看斗斜，起來雨露滿天涯。亭亭宿鷺明菰葉，閃閃涼螢入稻花。月下片雲應夜雨，山根炬火忽人家。江湖處處無窮景，半世紅塵老歲華。

長沙王墓在閶門外 孫伯符。

英雄轉眼逐東流，百戰工夫土一抔。蕎麥茫茫花似雪，牧童吹笛上高丘。

次韻耿時舉王直之夜坐

庭葉翻翻鬧，燈花粟粟穠。關山千里雁，風雨滿城鐘。隴上新登穀，江頭舊熄烽。今年吾計得，安穩讀三冬。

次韻馬少伊郁寂峰寄示同遊石湖詩卷三首

鏡面波光倒碧峰，半湖雲錦萬芙蓉。去年蕩槳香風裏，行傍石橋花正濃。

紅皺黃團熟暑風，甘瓜削玉藕玲瓏。身謀已落園丁後，滿帽京塵日正中。

得得來題小隱詩，拂花縈柳畫船移。湖邊好景春猶未，須到秋清月滿時。

與長文正夫遊北山

柳岸松門勝處通，馬蹄踏霧入空濛。春寒有力欺遊子，天色無情没斷鴻。雨脚遠連山脚暗，杏梢斜倚竹梢紅。駝裘擁鼻吾衰矣，年少猶嫌料峭風。

寓直玉堂拜賜御酒

歸鴉陸續墮宮槐，簾幕參差晚不開。小雨遂將秋色至，長風時送市聲來。近瞻北斗璿璣次，猶夢西山翠碧堆。慚愧君恩來甲夜，殿頭宣勸紫金杯。

李翬知縣作亭西湖上余用東坡語名之曰飲緑遂爲勝概

芷葺蓮巢喚客遊，蘆鞭席帽爲君留。未論吹水堪添酒，且要移牀學枕流。乍霽却陰梅釀雨，暫暄還冷麥催秋。石湖也似西湖好，煩向蒼烟問白鷗。

送汪仲嘉待制奉祠歸四明分韻得論字

丹霄碧海眇高騫，厭直承明却自論。寶馬十年聽漏箭，扁舟一雨看潮痕。侍臣相憶松門遠，歸客還憐菊徑存。清潤要非山澤相，又煩一札下雲根。

初約鄰人至石湖

窈窕崎嶇學種園，此生丘壑是前緣。隔籬日上浮天水，當户山横匝地烟。春入葑田蘆綻笋，雨傾沙岸竹垂鞭。荒寒未辦招君醉，且吸湖光當酒泉。

刈麥行

菊花開時我種麥，桃李花飛麥叢碧。多病經旬不出門，東陂已作黃雲色。腰鐮刈熟趁晴歸，明朝雨來麥帶泥。犂田待雨插晚稻，朝出移秧夜食麨。

壬辰九月十六日侵晨真率會石湖路中書事

白葛烏巾稱老農，溪南溪北水車風。稻頭的皪黏霜露，步入明珠翠網中。

雙燕

底處雙飛燕，銜泥上藥欄。莫教驚得去，留取隔簾看。

春日三首

藥欄花暖小猧眠，雪白晴雲水碧天。煮酒青梅寒食過，夕陽庭院鎖鞦韆。
西窗一雨又斜暉，睡起熏籠換夾衣。莫放珠簾遮洞户，從教燕子作雙飛。
雙鯉無書直萬金，畫橋新緑一篙深。青蘋白芷皆愁思，不獨江楓動客心。

汴河

汴自泗州以北皆涸，草木生之，土人云：「本朝恢復，駕回，卽河須復開。」

指顧枯河五十年，龍舟早晚定疏川。還京却要東南運，酸棗棠梨莫蓊然。

雷萬春墓 在南京城南，環以小牆，榜曰「忠勇雷公之墓」。

九隕元身不隕名，言言千載氣如生。欲知忠信行蠻貊，過墓胡兒下馬行。

宜春苑 在舊宋門外，俗名東御園。

狐塚獾蹊滿路隅，行人猶作御園呼。連昌尚有花臨砌，腸斷宜春寸草無。

州橋 南望朱雀門，北望宣德樓，皆舊御路也。

州橋南北是天街，父老年年等駕迴。忍淚失聲詢使者，幾時真有六軍來？

宣德樓 虜加崇葺，僞改曰承天門。

嶢闕叢霄舊玉京，御牀忽有犬羊鳴。他年若作清宮使，不挽天河洗不清。

市街 京師諸市皆荒索，僅有人居。

梳行訛雜馬行殘，藥市蕭騷土市寒。惆悵軟紅佳麗地，黃沙如雨撲征鞍。

漸水 黃河將決，其地則伏流先出，名曰漸水。河身日徙而南，過封丘，至胙城界中，已有漸水，去汴京大約五十里耳。

黃流日夜向南風，道出封丘處處逢。紫蓋黃旗在湖海，故應河伯欲朝宗。

舊滑州在濬州側積水中，爲河所淪久矣。大伾卽黎陽山，西望積水不遠。

大伾山麓馬徘徊，積水中間舊滑臺。漁子不知興廢事，清晨吹笛棹船來。

翠樓在秦樓之北，樓上下皆飲酒者。

連衽成帷迓漢官，翠樓沽酒滿城歡。白頭翁媪相扶拜，垂老從今幾度看。

臨洺鎭去洛州三十里，洺酒最佳，伴使以數壺及新兔見饗。

竟日霜寒暮解圍，融融桑柘染斜暉。北人争勸臨洺酒，云有棚頭得兔歸。

真定舞虜樂悉變中華，惟真定有京師舊樂工，尚舞高平曲破。

紫袖當棚雪鬢凋，曾隨《廣樂》奏《雲》《韶》。老來未忍耆婆舞，猶倚黄鐘衮《六幺》。

内丘梨園内丘鵞梨爲天下第一，初熟收藏，十月出汗後方佳。園户云：「梨至易種，一接便生，可支數十年。吾家園者，猶聖宋太平時所接。」

汗後鵞梨爽似冰，花身耐久老猶榮。園翁指似還三歎，曾共翁身見太平。

望都縣人多癭，婦人尤甚。相傳縣東接唐縣，病癭者甚衆，此縣蓋染其風土。縣西有小阜曰由山。

荒寺疏鐘解客鞍，由山東畔白煙寒。望都風土連唐縣，翁媪排門帶癭看。

安肅軍舊梁門三城，今惟一城有人煙，溏濼皆涸矣。

從古銅門控朔方，南城烟火北城荒。臺家抵死爭溏濼，滿眼秋蕪襯夕陽。

燕賓館燕山城外館也。至是，適以重陽，虜重此節，以其日祭天，伴使把菊酌酒相勸，西望諸山皆縞，云初六日大雪。

九日朝天種落驩，也將佳節勸盃盤。苦寒不似東籬下，雪滿西山把菊看。

龍津橋在燕山宣陽門外，以玉石爲之，引西山水灌其下。

燕石扶欄玉雪堆，柳塘南北抱城迴。西山剩放龍津水，留待官軍飲馬來。

自石林回過小玲瓏巖竇益奇昔爲富人吴氏所有今一子尚幼檢校於官

一丘乃中虛，洞穴四無礙。卻略巖岫杳，黝糾石狀怪。蒼牛飲前池，碧罅灩微瀨。雕鎪具百巧，圖畫窘千態。哀湍寫壞磴，凍雨濕空翠。疏梅照草棘，瘦竹拔蹊隧。當時閭閻子，目力在塵外。孤童藐難料，奇事疑有待。誰敕千金捐，來換把茅蓋。不仙亦足豪，衆垤皆壘塊。我評北山遊，絶勝此無對。玲瓏詎可小，孰能爲之大。

乾道己丑守括被召再過釣臺自和十年前小詩刻之柱間後五年自西掖帥桂林癸巳元日雪晴復過之再用舊韻三絶

浮生渺渺但飛埃，問訊星宫又獨來。天上人間最高處，爲君題作鬱蕭臺。

拙疏何計補涓埃，慚愧雙旌去又來。三過溪門今老矣，病無脚力更登臺。

界天山雪淨黄埃，江上扁舟夜泛來。匝地東風勸椒酒，山頭今日是春臺。

豫章南浦亭泊舟二首

繡檻臨滄渚，牙檣插暮沙。浦雲沉斷雁，江雨入昏鴉。野曠天何近，春寒歲未華。朝來風一席，隨處且浮家。

閏歲花光晚，霜朝草色荒。趁墟猶市井，收潦再耕桑。客路東西懶，江流日夜忙。長歌情不盡，一酌酹滄浪。

清江臺在臨郡西岡上張安國題榜

南來富壽岡，形勝此蟠結。岑嶙戴高臺，欄檻了風月。蕭灘曳長煙，貝闕炯殘雪。江流當帶横，練練浮木末。天風來無鄉，萬里吹醉纈。登臨信奇事，忍凍亦癡絶。故人春夢覺，遺墨秋蛇蟄。浮雲真可咍，揮觶酹空闊。

初入湖南醴陵界

崖柳陰陰夾暝途，出山歡喜見平蕪。一春客夢飽風雨，行盡江南聞鷓鴣。

醴陵驛

綠水橋邊縣，門前柳已黄。人稀山木壽，土瘦水泉香。乍脱泥中滑，還嗟堠子長。樠洲何日到？鼓枻上滄浪。

初見山花

三日晴泥尚没韡，幾將風雨過年華。湘東二月春纔到，恰有山櫻一樹花。

湘江舟尾快風挂帆

船頭雪浪吼奔雷，十丈高帆滿意開。我自只恁忠信力，風應不爲世情來。兒童屢惜峰巒過，將士猶教鼓角催。明日祝融天柱去，更煩先捲亂雲堆。

泊湘江魚口灘

知時社燕語檣竿，遊子奔波自鮮歡。趁客賣魚雙槳急，隔林沽酒小旗寒。瀟湘渾似日南落，嶽麓已從天外看。薄暮灘前收百丈，卧聞三老報平安。

馬鞍驛飯罷縱步

食飽勸輿馬，散策步前岡。意行踏芳草，蕭艾蓊生香。春事甚寂寥，山桃帶松篁。遊蜂入菜花，此豈堪蜜房。今年蠶出遲，柘葉分寸長。好晴纔數日，歲事未渠央。

黄羆嶺

薄宦每違己，兹行遂登危。峻阪盪胸立，恍若對鏡窺。傳呼半空響，濛濛上烟霏。木末見前騶，可望不可追。躋攀百千盤，有頃身及之。白雲叵攬擷，但覺沾人衣。高木傲燒痕，葱蘢茁新荑。春禽斷不到，惟有蜀魄啼。謂非人所寰，居然見鉏犂。山農如木客，上下翾以飛。寧知有康莊，生死安嶮巇。室屋了無處，恐尚橧巢棲。安得拔汝出，王路方清夷。

衡永之間山路艱澀薄晚吏卒閧云漸近祈陽路已平夷皆有津津之色

朝登赤土嶺，暮入黄泥谷。春江弄花月，歸夢恍在目。覺來行路難，杜宇叫高木。凹中泥没踝，凸處石齧足。坐輿我尚病，想見肩輿僕。衡陽復祈陽，可暫不可宿。晚來出前岡，路坦亭堠促。將士走相賀，喜色如膏沐。人生本無悶，逆境要先熟。不從憂患來，安識平爲福。夷途不常遇，歷險始知足。

書浯溪中興碑後并序

乾道癸巳春三月，余自西掖出守桂林，九日渡湘江，遊浯溪，摩挲中興石刻洎唐元和至今遊客所題。

竊謂四詩各有定體，頌者，美盛德之形容，以其成功告于神明者也。商、周、魯之遺篇，可以概見。今元子乃以魯史筆法，婉辭含譏，蓋之而章，而後來詞人復發露之！則夫磨崖之碑，乃一罪案，何頌之有。竊以五十六字刻之石傍，與來者共商略之。此詩之出，必有相訴病者，謂不合題破次山。此亦習俗固陋，不能越拘攣之見耳。余義正詞直，不暇邺也。

三頌遺音和者希，丰容寧有刺譏辭。絶憐元子《春秋》法，都寓唐家《清廟》詩。歌詠當諧琴搏拊，策書自管璧純疵。紛紛健筆剛題破，從此磨崖不是碑。

宿清湘城外田家

驅馬力猶彊，奏牀身始疲。浮浮雲拂帳，濡濡水鳴籬。未熟燈前夢，閒尋道上詩。湘中多夜雨，客枕最先知。

次韻郭季勇機宜雪觀席上留別

絶勝尊前萬事休，縱非吾土且登樓。山迎雨脚俄經過，風約江聲欲倒流。野水新堪添酒面，夕陽依舊滿簾鈎。凭欄從此暹歸缺，能及中秋對月不？

次韻許季韶通判雪觀席上

把酒臨風瑞露傾，瓊漿何用謁雲英。捲簾雨脚銀絲挂，倚杖江頭緑漲生。嶺海一涼蘇暑病，山林千籟試秋聲。茲遊奇絶忘羈宦，慚愧烟中短棹横。

送周直夫教授歸永嘉

青燈相對話儒酸，老去羈遊自鮮歡。昨夜榕溪三寸雨，今朝桂嶺十分寒。知心海内向來少，解手天涯良獨難。一笑不須論聚散，少焉吾亦跨征鞍。

贈趙廉州

馬羣雜踏草蒙茸，刮目權奇一洗空。天末也煩行李到，歲寒聊得酒尊同。梅花夜夜湘南雨，榕葉年年海北風。少待佳晴看山去，玉篸高插翠雲叢。

食罷書事

甲子霖涔雨，東南濕蟄風。荔枝梅子緑，荳蔻杏花紅。捫腹蠻茶快，扶頭老酒中。荒隅經歲客，土俗漸相同。蠻茶出修仁，土治頭風。老酒，數年酒，南人珍之。

次韻平江韓子師侍郎見寄三首

自古四愁湘水深，誰將城郭啓山林。有情碧嶂團欒繞，無數朱樓縹緲臨。蚺鼓揭天驚客座，象鎜航海獻蠻琛。南人以蚺蛇皮作腰鼓，響徹異常。交阯以象革爲兜鎜，皆異事。三千客路長安遠，故舊書來直萬金。

靈泉杖屨浙江頭，經濟長懷尚典州。堂上讀書朝氣爽，臺前呼月海光浮。交情尺素勤雙鯉，筆力枯松挽萬牛。已把三章翻樂府，爲君擊節變蠻謳。子師新作小築於浙江，號靈泉，讀書堂、呼月臺，皆其處也。前年衝雪過雙溪，風帽泥韉騎吹隨。爛醉依前逢錦瑟，好音惟是欠黄鸝。功名未試玉璜玦，離別頻傾金屈巵。疇昔北征煩吉夢，南征合有夢歸時。頃年北使時，朝野多妄傳被留不歸，子師家中人忽夢予歸，翌日過界報到，故末句及之。鶯鶯，子師家善歌者，前年過婺，劵滿已去。

水鄉酌別但能之主管能之將過石康

南郭河橋市井喧，緑荷香處有江天。一簾梅雨鑪煙外，三疊《陽關》燭淚前。馬耳西風君並海，船頭北渚我歸田。後期直恐參商似，且醉金槽四十絃。

燕堂書事

歲稔齋鈴闃，年深屋壁摧。狸争雷瓦過，螘化雨窗來。盡日風常籟，無時地不梅。耳邊情話少，笑口若爲開。

酒邊二絶

團扇香中㛹㛹風，斷腸聲裏看羞紅。不須過處催乾盞，聽徹歌頭盞自空。

日長繡倦酒紅潮，閒束羅巾理《六幺》。新樣《築毬》《花十八》，丁寧小玉謾吹簫。

甘雨應祈三首

晚稻成苞未肯肥，鵓鳩啼曉雨來時。黃紬被冷初眠覺，先向芭蕉葉上知。

數日雖蒙霡霂沾，浥塵終恨太廉纖。今朝健起巡簷看，恰似廬山看水簾。

高田一雨免飛埃，上水綱船亦可催。說與東江津吏道，打量今晚漲痕來。

畫工季友直爲余作冰天桂海二圖冰天畫使北虜渡黃河時桂海畫佛子遊巖道中也戲題

許國無功浪着鞭，天教飽識漢山川。酒邊蠻舞花低帽，夢裏胡笳雪沒韉。收拾桑榆身老矣，追隨萍梗意茫然。明朝重上歸田奏，更放岷江萬里船。

甲午除夜猶在桂林念至一弟使虜今夕當宿燕山會同館兄弟南北萬里感悵成詩

把酒新年一笑非，鶺鴒原上巧相違。墨濃雲瘴我猶住，席大雪花君未歸。萬里關山燈自照，五更風雨夢如飛。別離南北人誰免，似此別離人亦稀。

乙未元日用前韻書懷今年五十矣

浮生四十九俱非，樓上行藏與願違。縱有百年今過半，別無三策但當歸。定中久已安心竟，飽外何須食肉飛。若使一丘并一壑，還鄉曲調儘依稀。儘乃俗字。

再用前韻時被命帥蜀。

休論今昨總皆非，世味誠甘與我違。蜀道雖如履平地，杜鵑終勸不如歸。三冬自若生毛穎，一夢微官陪蠹飛。夜久南枝翻倦鵲，茫茫月白衆星稀。

施元光在崑山病中遠寄長句次韻答之

四海飄蓬客舍邊，幾多雲水與風煙。絶無膂力驅長轡，空有孤忠誓大川。參井忽隨征馬上，斗牛應挂故山前。親交情話知何許，詩到天涯喜欲顛。

鏵觜在新安縣五里所，秦史録所作，迎海陽水，壘石爲壇，前鋭如鏵，衝水分南北，下爲湘、灕二江，功用奇偉。余交代李德遠嘗修之。

導江自海陽，至縣廼瀰迤。狂瀾既奔傾，中流遇鏵觜。分爲兩道開，東灕北湘水。至今舟檝利，楚粤徑萬里。人謀敚天造，史禄所經始。無謂秦無人，虎鼠用否耳。紫藤纏老蒼，白石溜清泚。是間可作社，牲酒百世祀。修廢者誰歟，配以臨川李。

清湘縣郊外雜花盛開有懷石湖

午行清湘縣，妍暖春事嘉。柴關鬧桃李，冥冥一川花。故園豈少此，愈此百倍加。我寧不念歸，顧作失何如綮匏瓜。明當復露奏，天日臨幽遐。倘許清河使，曳尾還污邪。

水鴉。百年北窗凉，安用天一涯。君恩重喬嶽，敢計征路賒。鄉心與官身，鑿枘方聱牙。橘柚走珍貢，

林茂鳥鳥急，坡長驢馱鳴。坐輿猶足痹，負笈想肩赬。廢廟藤遮合，危橋竹織成。路傍行役苦，隨處有柴荆。

珠塘未至清湘二十里。

塔中師。若論大施門前事，竿木逢場且賦詩。

題湘山大施堂山中祖師號無量壽，真身塔在焉。

重倚春林淚竹枝，南遊風物鬢成絲。難尋桂海千峰夢，更了湘山一段奇。來去別無心外法，行藏休問

深溪舖中二絶追路寄呈元將仲顯二使君

賀州歸去柳州還，分路千山與萬山。把酒故人都别盡，今朝真箇出陽關。

祗有南風捲路塵，斷無南客送車輪。故人合在瀟湘見，却見瀟湘别故人。

湘口夜泊南去零陵十里矣營水來自營道過零陵下湘水自桂林之海陽至此與營會合爲一江

我從清湘發源來，直送湘流入營水。故人亭前合江處，暮夜檣竿矗沙尾。御從湘口望湘南，城郭山川

恍難紀。萬壑千巖詩不徧，惟有蒼苔痕屐齒。三年瘴霧亦奇絶，浮世登臨如此幾！湖南山色夾江來，無復瑶篸插天起。陂陀狠石蹲清漲，淡蕩光風浮白芷。騷人魂散若爲招，傷心極目春千里。我亦江南轉蓬客，白鳥愁煙思故壘。遠遊雖好不如歸，一聲鵾鴂花如洗。

題嶽麓道鄉臺

山外江水黄，江外滿城緑。城外杳無際，天低到平陸。長煙貫楚尾，遠勢帶吴蜀。故園東北望，遊子欄干曲。

連日風作洞庭不可渡出赤沙湖

金沙堆前風未平，赤沙湖邊波不驚。客行但逐安穩去，三十六灣漲痕生。滄洲寒食春亦到，荻芽深碧蔞芽青。汨羅水飽動荆渚，嶽麓雨來昏洞庭。大荒無依飛鳥絶，天地惟有孤舟行。慷慨悲歌續楚些，彷彿幽瑟迎湘靈。黄昏慘淡艤極浦，雖有漁舍無人聲。冬湖落濡此暫住，春潦怒漲隨傭耕。吾生一葉寄萬木，况復摇落浮滄溟。漁蠻尚自有常處，羈宦方汝尤飄零。

泊衡州

客裏仍哦對雨吟，夜來星月曉還陰。空江十日無春事，船到衡陽柳色深。

步入衡山

應有人家住隔溪，綠陰亭午但聞鷄。松根當路龍筋瘦，竹筍滿山鳳尾齊。墨染深雲猶似瘴，絲來小雨不成泥。更無騎吹喧相逐，散誕閒身信馬蹄。

四明人董嶧久居嶽市乞詩

祝融峰下兩逢春，雨宿風餐老病身。莫笑五湖萍梗客，海邊亦有未歸人。

鼎湖

漂泊離巢燕，彎跧負殼蝸。瘦嫌莞席硬，老覺畫屏奢。報道帆當落，傳呼鼓已撾。且投人處宿，未到已聞蟆。

安鄉縣西晚泊

水闊烏烏倦，墟寒僮僕飢。一灣村縣過，百折暮江遲。曉夢孤燈見，春陰病骨知。簡書寧不畏，膂力柰先疲。

孫黃渡自此登陸至公安，渡江過沙頭。

捨舟從陸更間關，徑仄仍荒亦未乾。棘刺近人牢閉眼，泥塗兀馬緊扶鞍。茶山盜藪路程惡，麥隴人家懷抱寬。擔僕輿夫盡劬瘁，病翁那得更加餐。

發荆州自此登舟至夷陵。

初上篷籠竹笮船，始知身是劍南官。沙頭沽酒市樓暖，徑步買薪江墅寒。自古秦吴稱絶國，于今歸峽有名灘。千山萬水垂垂老，只欠天西蜀道難。

虎牙灘又名金門十二碚，屬夷陵。

傾崖溜雨色，慘淡水墨畫。辛夷碎花懸，瘦木老藤挂。翠莽楚甸窮，黄流蜀江下。一灘今始嘗，三峽此其亞。雨點鼓士摻，雲騰挽夫跨。驚心度石林，破眼見村舍。牛眠草色裏，犬吠竹林罅。步頭可艤船，安穩睡殘夜。

初入峽山效孟東野自此登陸至秭歸。

峽山偪而峻，峽水湍以碕。峽草如毯毛，峽樹多樛枝。峽禽惟杜鵑，血吻日夜啼。峽馬類黄狗，不能長鳴嘶。峽曉虎跡多，峽暮人跡稀。峽路如登天，猿鶴不能梯。僕夫負嵎哭，我亦呻吟悲。悲吟不成章，聊賡峽哀詩。

蛇倒退

山前壁如削，山後崖復斷。向吾達隴首，如海到彼岸。那知下嶺處，慄甚履冰戰。牵前帶相挽，縋後衣盡綻。健倒輒尋丈，徐行厘分寸。上疑緣竹竿，下劇滚金彈。豈惟蛇退舍，飛鳥望崖反。稍喜一徑平，猶有千石亂。仍逢新燒畬，約略似耕畔。心知人境近，羣末百憂散。山民茅數把，鬼質犢子健。腰鐮走迎客，再拜復三嘆。謂匪人所蹊，官來定何幹。倘爲飢火驅，平地豈無飯。意者官事遒，如馬就羈絆。我乃不能答，付以一笑粲。

大丫隘

峽行五程無聚落，馬頭今日逢耕鑿。麥苗疏瘦豆苗稀，椒葉尖新柘葉薄。家家婦女布纏頭，背負小兒頷垂瘤。山深生理卻不乏，人有銀釵一雙插。

麻線堆

峽日驛前，大山崛起，舊路攀援而上，縈紆如線。十五年前，浮圖德寶始沿澗伐木作新路，不復登山。余觀峽路，皆未嘗經修。感德寶之事，作《麻線堆》詩一首，以風夔路使者及歸、峽二州長吏沈、葉、管、熊四君。

雲木盪胸起，巉峨一峰危。上有路千折，連縷如縈絲。是爲麻線堆，厥險天下稀。偪仄容半足，顛墜寧復稽。騰猱尚愁苦，遊子將安之。浮屠德寶者，非智緒等慈。隨山刊古木，尋壑得長磯。輿梁捷飛度，布石綿階梯。自從新路改，重趼無齎咨。縣有孫少府，琬琰劖文詞。勿云此事小，惟有行人知。況觀峽山路，由來欠平治。官吏既弗跡，誰肯深長思。天險固自若，當令路成蹊。土工運畚锸，石工操鑿椎。烈火敗磽确，築沙填隙罅。多用百夫力，遠無五旬期。但冀米鹽給，不煩金幣支。非客敢竊議，道旁詢旄倪。身雖雪山戍，亦願助毫釐。工費嗟小哉，政須賢有司。東有管夷陵，西有葉秭歸。上維沈隱侯，夔臺今吏師。下維熊繹孫，長材佐州麾。豈吾金閨彥，不如林下緇。懸知議克合，了此一段奇。舟檝避潰潦，置郵疾飛馳。憧憧吳蜀客，來往當無時。仍磨鑽天石，大書四賢詩。不佞願秉筆，遠繼峽口碑。

判命坡

鑽天嶺上已飛魂，判命坡前更駭聞。側足二分垂壞磴，舉頭一握到孤雲。微生敢列千金子，後禍猶幾萬石君。早晚北窗尋噩夢，故應含笑老榆枌。

千石嶺

晨光挂高嶺，晴色媚遠客。哀湍吼叢薄，宿霧裊絶壁。露重薊花紫，風來蓬背白。迷山朴渥跳，飲澗於菟迹。層巔多折木，迮磴有飛石。不知山幾重，杳杳入叢碧。

四十八盤

詰曲不前如宦拙，欹傾當面似交難。若將世路比山路，世路更多千萬盤。

入秭歸界

山根繫馬得漿家，深入窮鄉事可嗟。蚯蚓祟人能作瘴，茱萸隨俗強煎茶。幽禽不見但聞語，野草無名都著花。窈窕崎嶇殊未艾，去程方始問三巴。

歸州竹枝歌二首

東鄰男兒得湘纍，西舍女兒生漢妃。城郭如村莫相笑，人家伐閱似渠稀！

東岸艬船拋石門，西山炊煙連白雲。竹籬茅舍作晚市，青蓋黄旗稱使君。

巴東峽口

水宿頻欹側，徒行又險艱。舟危神女峽，馬瘦鬼門關。照夜燒畬隴，緣雲種筰山。催成頭雪白，休説鬢絲斑。

初入巫峽

鑽火巴東岸，攙金峽口船。東江崖欲合，漱石水多漩。卓午三竿日，中間一罅天。偉哉神禹跡，疏鑿此山川。

巫山高并序

余舊嘗用韓无咎韻題陳季陵《巫山圖》，考宋玉賦意，辨高堂之事甚詳。今過陽臺之下，復賦樂府一首。世傳瑶姬爲西王母女，嘗佐禹治水。廟中石刻在焉。

濕雲不收煙雨霏，峽船作灘梢廟磯。杜鵑無聲猿叫斷，惟有飢鴉迎客飛。西真功高佐禹跡，斧鑿鱗皴倚天壁。上有瑶簪十二尖，下有黄湍三百尺。蔓花虯木風煙昏，薜珮翠帷香火寒。靈斿飄忽定何許，時有行人開廟門。楚客詞章元是諷，紛紛餘子空嘲弄。玉色頩顏不可干，人間錯説高唐夢。

刺濆淖并序

濆淖，盤渦之大者，峽江水壯則有之，或大如一間屋。相傳水行峽底，遇暗石則濆起，已而下旋爲窩。然亦未嘗有定處，或無故突然而作，叵測也。舟行遇之，小則欹傾，大則與齎俱入，險惡之名聞天下。

峽江饒暗石，水狀日千變。不愁灘瀧來，但畏濆淖見。人言盤渦耳，夷險固有間。仍于非時作，未可一理貫。安行方熨縠，無事忽翻練。突如湯鼎沸，翕作茶磨旋。勢迫中成窪，怒霽外始暈。已定稍安慰，儵作更驚眩。漂漂浮沫起，疑有潛鯨噀。勃勃駭浪騰，復恐蟄鰲抃。篙師瞪褫魄，灘户呀雨汚。逡巡怯大敵，勇往決鏖戰。幸免與齎入，還憂似蓬轉。驚呼招竿折，奔救竹笮斷。九死船頭争，萬苦石上牽。旁觀兢薄冰，撇過捷飛電。前余叱馭來，山險固嘗徧。今者擊楫誓，豈復憚波面。澎澎三峽長，颭颭一葦亂。既微掬指忙，又匪科頭漫。天子賜之履，江神敢吾玩。但催疊鼓轟，往助雙槳健。

嘲峽石并序

峽山江濱，亂石萬狀，極其醜怪，不可形容，舉非世間諸所有石之比。走筆戲題，且以紀異。

峽山狠無情，其下多醜石。頑質賈憎垂，傀狀發笑啞。粗類墳壤黄，沉漬鐵矢黑。或如溝泥涴，或似凍壁坼。堆疑聚廩粟，哆若壞城甓。槎牙鏤朽木，狼藉委枯骼。礧砢包贏蚌，淋漓錮鉛錫。縱紋瓦溝皺，横疊衣摺襞。鱗皴斧鑿餘，炊窞蹴踏力。云何清淑氣，孕此譎詭跡。我本一丘壑，嗜石舊成癖。端溪紫琳腴，洮河緑沉色。階册截肪膩，泗磬鳴球擊。嵌空太湖底，偶立韶江側。真陽劇千巖，營道劃寸碧。倦遊所閲多，未易一二籍。揭來兹山下，刺眼昔未覿。或云峽多材，奇秀鬱以積。絶代昭君村，驚世屈原宅。東家兩兒女，氣足豪萬國。山石何重輕，奚暇更融液！我亦味其言，作詩曉行客。

勞畬耕并序

畬田，峽中刀耕火種之地也。春初斫山，衆木盡蹶，至當種時，伺有雨候，則前一夕火之，藉其灰以糞；明日雨作，乘熱土下種，即苗盛倍收，無雨反是。山多磽确，地力薄，則一再斫燒始可藝。春種麥豆，作餅餌以度夏，秋則粟熟矣。官輸甚微，巫山民以收粟三百斛爲率，財用三四斛了二税，食三物以終年，雖平生不識秔稻，而未嘗苦飢。余因記吴中號好嘉穀，而公私之輸顧重，田家得粒食者無幾，峽農之不若也。詩以勞之。

峽農生甚艱，斫畬大山巔。赤埴無土膏，三刀財一田。頗其穴居智，占雨先燎原。雨來亟下種，不爾生不蕃。麥穗黄剪剪，豆苗緑芊芊。餅餌了長夏，更遲秋粟繁。税畝不什一，遺秉得饜餐。何曾識秔稻，捫腹常果然。我知吴農事，請爲峽農言：吴田黑壤腴，吴米玉粒鮮。長腰瓠犀瘦，齊頭珠顆圓。紅蓮勝彫胡，香子馥秋蘭。或收虞舜餘，或自占城傳。早秈與晚穲，爛炊甑甌間。長腰米，狹長，亦名箭子。齊頭白，圓淨如珠。紅蓮，色微赤。香子，亦名九里香，斗米入數合作飯，芳香滿案。舜王稻，焦頭無鬚，俗傳瞽瞍燒種以與之。占城種，來自海南。穲稏、秠禾，價最賤。以上皆吳中米品也。不辭春養禾，但畏秋輸官。姦吏大雀鼠，盜胥衆螟蟓。掠剩增釜區，取贏折緡錢。兩種致一斛，未免催租瘢。重以私債迫，逃屋無炊烟。晶晶雲子飯，生世不下咽。食者定游手，種者長流涎。不如峽農飽，豆麥終殘年。

巫山縣

自此復登陸，至夔門，縣前掉石灘最險，登岸以過舟，謂之盤灘。城樓對高唐門。此去瞿塘不百里，縣人以郭西流石堆爲水信，流石没，則灧澦如馬矣。

借馬巫山縣，盤舟掉石灘。梅肥朝雨細，茶老暮烟寒。門對高唐起，江從灧澦難。流堆三尺在，旅夢一枝安。

燕子坡

大山如牆缺，小山如冢纍。衆山直下看，方知此峰危。木末見夔峽，一溝盎春泥。中有天下險，造化真兒嬉。峰頂不滿笑，舟中鬢成絲。登高尚超覽，況乃絶俗姿。

夔州竹枝歌九首

五月五日嵐氣開，南門競船争看來。雲安酒濃麴米賤，家家扶得醉人迴。

赤甲白鹽碧叢叢，半山人家草木風。榴花滿山紅似火，荔子天涼未肯紅。

新城果園連瀼西，枇杷壓枝杏子肥。半青半黄朝出賣，日午買鹽沽酒歸。
瘦婦趁墟城裏來，十十五五市南街。行人莫笑女粗醜，兒郎自與買銀釵。
白頭老媪簪紅花，黑頭女娘三髻丫。背上兒眠上山去，採桑已閒當採茶。
百衲畬山青間紅，粟莖成穗豆成叢。東屯平田秔米軟，不到貧人飯甑中。
白帝廟前無舊城，荒山野草古今情。只餘峽口一堆石，恰似人心未肯平。
灧澦如幞瞿塘深，魚復陣圖江水心。大昌鹽船出巫峽，十日溯流無信音。
當筵女兒歌《竹枝》，一聲三疊客忘歸。萬里橋邊有船到，繡羅衣服生光輝。

雲安縣

春暮子規少，日斜紅鵠飛。兩山多布水，一島幾柴扉。蚓吐無窮壤，人行不斷磯。巴陽昨夜雨，灘上水先肥。杜子美詩云：「涪萬無杜鵑。」雲安詩云：「終日子規啼。」今萬州界固不聞杜鵑，而雲安已自少矣。紅鵠飛時，滿背純赤，或云即黄鶴也。峽中蚯蚓之盛，無如雲安，江濱濆壤，戢戢無際。又多大石，岸有一石長里許者。杜子美詩云：「禹功多斷石。」其實甚長。兩山間雨後瀑泉數十百處，尤可觀。

萬州自此復登陸，州號南浦郡。

晨炊維下巖，晚酌艤南浦。波心照州榜，雲脚響衙鼓。前山如屏牆，得得正當户。西江朝宗來，循屏復東去。此萬州形勢也。惟親歷者，當知此言之工。官曹倚巖棲，市井喚船渡。瓦屋仄石磴，猿啼鬧人語。剔核杏餘酸，連枝茶臈苦。窮鄉固瘠薄，陋俗亦寒窶。土人賣杏，皆先剔其核，取仁以爲藥也。土茶甚苦，不簡枝葉，雜茱萸煎之。營營謀食艱，寂寂懷輒訴。昔聞吏隱名，今識吏隱處。

峰門嶺遇雨泊梁山

窮鄉誰與話悲酸，駐馬看雲強自寬。酒力無端妨宿病，詩情不淺任塵官。虎狼地僻炊煙晚，風雨天低夏木寒。行盡峰門千萬丈，梁山鼓角報平安。

邪郁驛大雨

暮雨連朝雨，長亭又短亭。今朝騎馬怯，平日繫船聽。竹葉垂頭碧，秧苗滿意青。農疇方可望，客路敢違寧。

墊江縣屬忠州。

青泥没髁僕頻驚，黄漲平橋馬不行。舊雨雲招新雨至，高田水入下田鳴。百年心事終懷土，一日身謀且望晴。休入中州争米市，暝鴉同宿墊江城。

巾子山又雨

百日籃輿困跼跧，三晨汎坂兀躋攀。晚晴幸自墊江縣，今雨奈何巾子山。樹色于人殊漠漠，雲容憐我稍班班。如今只憶雪溪句，乘興而來興盡還。

郴山縣

山頂嘘雲黑似煙，修篁高柳共昏然。烏啼一夜勸歸去，誰道東川無杜鵑。

没水鋪晚晴月出曉復大雨上漏下濕不堪其憂

晚色熹微暖似薰，兒童歡喜走相聞。無端星月照濕土，依舊山川生雨雲。吴諺曰：「星月照濕土，明朝依舊雨。」蓋雨後微晴，星月燦然，必復雨。占之每驗。旅枕夢寒涔屋漏，征衫朝潤冷罏熏。快晴信是行人願，又恐田家暴背耘。

金山嶺

阪峻身頻偃，崖深首屢回。雲浮平地出，路拂半天來。但閲關山過，都忘歲月催。湘南初上馬，猶插早春梅。金山嶺險峻，多古梅。

明日至郴水又雨

昨日方無雨，今朝又不晴。滿山皆屐齒，隨處有泉聲。頗怪陰霖差，應催老病成。泥塗千騎士，與我共勞生。

望鄉臺

千山已盡一峰孤，立馬行人莫疾驅。從此蜀川平似掌，更無高處望東吴。

早晴發廣安軍晚宿萍池村莊

夜雨洗煩蒸，曉風薦清穆。雲頭隤鐵山，日脚迸金瀑。暑塗一日涼，遠客萬事足。羈人正奔波，觀者何陸續。翠蓋立嚴粧，青裙行跣足。俗陋介南徼，物華入東蜀。竹萌苦已青，荔子酸猶緑。修蘆密成籬，直栢森似纛。泥乾馬蹄鬆，路坦亭堠速。暮投何人莊，窗户暗修竹。

巴蜀人好食生蒜臭不可近頃在嶠南其人好食檳榔合蠣灰扶留藤一名蔞藤食之輒昏然已而醒快三物合和唾如膿血可厭今來蜀道又爲食蒜者所薰戲題

旅食諳殊俗，堆盤駭異聞。南餐灰薦蠣，巴饌菜先葷。幸脱蔞藤醉，還遭葫蒜薰。絲蓴鄉味好，歸夢水連雲。

小溪縣屬遂寧。

刈麥千平壠，横槎一小溪。梓花紅綻碎，粟穗緑垂低。村婦猶多跣，山猿遂少啼。東州雖已過，錦里尚雲西。

曉發飛鳥晨霞滿天少頃大雨吳諺云朝霞不出門暮霞行千里驗之信然戲紀其事

朝霞不出門，暮霞行千里。今晨日未出，曉氣散如綺。心疑雨再作，眼轉雲四起。我豈知天道，吳農諺云耳。古來占霧霓，説者類恢詭。飛雲走羣羊，停雲浴三豨。月當天畢宿，風自少女起。爛石燒成香，汗礎潤如洗。逐婦鳩能拙，穴居狸有智。蜉蝣強知時，商羊與聞計。垤鳴東山鸛，堂審南柯蟻。或加陰石鞭，或議陽門閉。或云逢庚變，或自換甲始。刑鵝與象龍，聚訟非一理。不如老農諺，響應捷如鬼。哦詩敢夸博，聊用醒午睡。

九月十九日衙散回留大將及幕屬飲清心堂觀晚菊分韻得課暮字 暮字作樂府。

甲光射曾雲，雨脚不敢到。西山明古雪，秋日一竿照。先偏井絡密，後拒參旗掉。分弓滴博平，鳴劍伊吾小。君看天山箭，狐兔何足了。開邊吾豈敢，自治有餘巧。歸來翠帷卷，聊共黃花笑。雖無落帽風，亦復接羅倒。餘閒校筆陣，刻燭龍蛇掃。毛錐乃更勇，我亦鼓旗譟。

冬至日銅壺閣落成

走徧人間行路難，異鄉風物雜悲歡。三年北户梅邊暖，萬里西樓雪外寒。已辦鬢霜供歲籥，仍拚髀肉了征鞍。故園雲物知何似，試上東樓且北看。

十二月十八日海雲賞山茶

追趁新晴管物華，馬蹄鬆快帽簷斜。天南臘盡風晞雪，冰下春來水漱沙。已報主林催市柳，仍從掌故問山茶。豐年自是歡聲沸，更著牙前畫鼓撾。

雨後東郭排岸司申梅開方及三分戲書小絶令一面開讌

雨入南枝玉蕊皴，合江雲冷凍芳塵。司花好事相邀勒，不著笙歌不肯春。

鞭春微雨

牖勝絲絲雨，笙歌步步塵。一年新樂事，萬里未歸人。雲薄竟慳雪，酒濃先受春。送寒東作近，慚愧耦耕身。

丙申元日安福寺禮塔成都一歲故事始於此，士女大集拜塔下，燃香挂牖，以禳兵火之災。

嶺梅蜀柳笑人忙，歲歲椒盤各異方。耳畔逢人無魯語，蜀人鄉音極難解，其爲京、洛音，輒謂之虜語。或是僭僞時以中國自居，循習至今不改也。既又諱之，改作魯語，尤可笑。姑就用其字。鬟邊隨我是吴霜。新年後飲醁酥酒，故事先燃窣堵香。石筭新街好行樂，與民同處且逢場。余新甃石筍街。

初四日東郊觀麥苗

去歲秋霖麥下遲，臘殘一雪潤無泥。相將飽喫滹沱飯，來聽林間快活啼。

櫻桃花

借暖銜寒不𡰪媒，匀朱匀粉最先來。玉梅一見憐癡小，教向傍邊自在開。

再出東郊

晚景增年慣，官身作客諳。大都緣偶熟，豈是性能堪。昔者開三徑，它時老一龕。越溪親種竹，芸緑想毿毿。

上巳前一日學射山萬歲池故事

北郊征路記前廻，三尺驚塵馬踏開。新漲忽明多病眼，好風如把及時杯。青黄麥隴平平去，疏密榿林整整來。遊騎不知都幾許，長堤十里轉輕雷。

寶相花

誰把桑條夾砌栽，壓枝萬朵一時開。爲君也著詩收拾，題作西樓錦被堆。

四月十日出郊

約束南風徹曉忙，收雲捲雨一川涼。漲江混混無聲綠，熟麥騷騷有意黄。吏卒遠時閒信馬，田園佳處忽思鄉。鄰翁萬里應相念，春晚不歸同插秧。

曉詣三井觀

路轉市聲遠，寬閒古城東。適從紅塵來，忽入蒼煙叢。槿心傾濃露，芋葉翻微風。秋陽澹籬落，殘暑不必攻。野老熟睡起，日高首如蓬。官身騎官馬，君應笑龍鍾。

秋雨快晴静勝堂席上

一笑憧憧雁鶩行，簿書堆裏賦秋陽。心如墜絮沾泥懶，身似飛泉激石忙。雨後蹲鴟先稻熟，霜前浮蟻鬬粻香。天涯節物遮愁眼，且復隨鄉便入鄉。

新涼夜坐

吏退焚香百慮空，静聞蟲響度簾櫳。江頭一尺稻花雨，窗外三更蕉葉風。日日老添明鏡裏，家家涼入短檠中。簡編燈火平生事，雪白眵昏奈此翁。

秋老四境雨已沛然晚坐籌邊樓方議祈晴樓下忽有東界農民數十人訴山田卻要雨須長吏致禱感之作詩

歲晚羈懷有所思，秋來病骨最先知。鏡中公案已甘老，紙上課程休諱癡。西堰頗聞江漲急，東山猶説雨來遲。錦城樂事知多少，憂旱憂霖蹙盡眉。

有懷石湖舊隱

浩蕩沙鷗久倦飛，摧頽櫪馬不勝鞿。官中風月常虛度，夢裏關山或暫歸。橘社十年霜欲飽，鱸江一雨水應肥。冷雲著地塘蒲晚，誰爲披蓑暖釣磯。

晚步宣華舊苑

喬木如山廢苑西，古溝疏水靜鳴池。吏兵窸窣番更後，樓閣崔嵬欲暝時。有露冷螢猶照草，無風驚雀自遷枝。歸來更了塵書債，目眚昏花獨穗垂。

西樓秋晚

樓前處處長秋苔，俯仰璿杓又欲回。殘暑已隨梁燕去，小春應爲海棠來。客愁天遠詩無託，吏案山横睡有媒。晴日滿窗鳧鶩散，巴童來按鴨爐灰。

明日分弓亭按閱再用西樓韻

眼看白露點蒼苔，歲月飛流首屢回。老去讀書隨忘卻，醉中得句若飛來。聞雞午夜猶能舞，射雉西郊不用媒。自笑支離聊復爾，丹心元未十分灰。

丁酉重九藥市呈座客

余於南、北、西三方，皆走萬里，皆遇重九，每作《水調》一闋。「燕山」首句云「萬里漢家使」，「桂林」云「萬里漢都護」，「成都」云「萬里橋邊客」。今歲倦遊甚矣，不復更和前曲，乃作此詩以自戲。

莫向登臨怨落暉，自緣羈宦阻歸期。年來厭把三邊酒，此去休哦萬里詩。烏帽不辭欹短髮，黄花終是欠東籬。若無合坐揮毫健，誰解西風楚客悲。

十一月十日海雲賞山茶

門户讙呼十里村，臘前風物已知春。兩年池上經行處，萬里天邊未去人。客鬢花身俱歲晚，粧光酒色且時新。海雲橋下溪如鏡，休把冠巾照路塵！

二月二十七日病後始能扶頭

複幕重簾苦見遮，暮占棲雀曉占鴉。殘燈煮藥看成老，細雨鳴鳩過盡花。心爲早衰元自化，髮從無病已先華。更蒙厲鬼相提唱，此去山林屬當家。

病中聞西園新花已茂及竹逕皆成而海棠亦未過

梅塢桃蹊斫竹初，三旬高卧信音疏。春雖與病無交涉，雨莫將花便破除。秖合蘧蘧隨夢去，何須咄咄向空書！頗聞蜀錦猶相待，去歲今朝已雪如。

枕上

一枕經春似宿酲，三衾投曉尚淒清。殘更未盡鴉先起，虚幌無聲鼠自驚。久病厭聞銅鼎沸，不眠惟望紙窗明。摧頹豈是功名具，燒藥爐邊過此生。

初履地

扶頭今日強冠簪，餘燼收從百戰酣。長脛閣軀如瘦鶴，衝風奪氣似枯柟。客來慵拉懶殘涕，老去寒同彌勒龕。何處更能容結習，任教花雨落毿毿。

病起初見賓僚時上疏丐祠未報

浪將冠服衣猿狙，因病偷閒稍自如。時有好懷誇得句，略無情語怕回書。邊城晏閉休傳箭，村巷春遊未荷鉏。迨此良辰公事少，天恩儻許賦歸歟。

三月十九日極冷

誰勒餘寒不放迴，春深猶暖地爐灰。鄉心忽向燈前動，夜雨先從竹裏來。鶗鴂已如鶯百囀，酴醾那復雪千堆。調糜煮藥東風老，慚愧茶甌與酒杯。

入崇寧界

桑間三宿尚回頭，何況三年濯錦遊。草草陴筒中酒處，不知身已在彭州。

懷古亭在永康離堆之上。離堆分岷江水，一派溉彭蜀，而支流道郫縣以入於府江。

朝來寫得故人書，雙鯉難尋雁亦無。付與離堆江水去，解從郫縣到成都。

過青城題索橋以竹繩爲之。

織簟勾鋪面，排繩強架空。染人高曬帛，獵户遠張罿。薄薄難承雨，翻翻不受風。何時將蜀客，東下看垂虹。

上清宫自青城登山，所謂最高峰也。

歷井捫參興未闌，丹梯通處更躋攀。冥濛蜀道一雲氣，破碎岷山千髻鬟。但覺星辰垂地上，不知風雨滿人間。蝸牛兩角渾如夢，更說紛紛觸與蠻。

最高峰望雪山

大面峰頭六月寒，神燈收罷曉雲班。浮空忽湧三銀闕，云是西天雪嶺山。

青城縣何子方使君同年園池

橙膝芋隴意中行，浩蕩薰風不計程。雨脚背人歸玉壘，江聲隨馬入青城。五橋今日新知路，千佛當年舊綴名。水竹光中同一笑，丐君荷露濯塵纓。

次韻陸務觀編修新津遇雨不得登修覺山徑過眉州三絕

新津館舍，上漏下濕，送客皆不堪憂。修覺一望，人云可見劍門，杜子美所謂「西川供客眼」處。眉山城中，悉是汙池。

送客多情難語離，僕夫無情車載脂。平生漂泊知何限，少似新津風雨時。

離合紛紛怕遠遊，遠遊仍怕賦《登樓》。何須一望三千里，望盡西州轉更愁。

雨後蟇頤山色開，玻瓈江清已可盃。緑荷紅芰香四合，又入芙蓉城裏來。

次韻陸務觀慈姆巖酌別二絕

送我彌旬未忍回，可憐蕭索把離盃。不辭更宿中巖下，投老餘年豈再來。

明朝真是送行人，從此關山隔故情。道義不磨雙鯉在，蜀江流水貫吴城。

玻瓈江一首戲效陸務觀作

玻瓈江頭春淥深，別時沄沄流到今。衹言日遠易排遣，不道相思翻苦心。烏頭可白我可去，葍花易青君易尋。人生若未免離別，不如碌碌無知音。

余與陸務觀自聖政所分袂每別輒五年離合又常以六月似有數者中巖送別至揮淚失聲留此爲贈

宦塗流轉幾沉浮，雞黍何年共一丘。動輒五年遲遠信，常于三伏話羈愁。月生後夜天應老，淚落中巖水不流。一語相聞仍自解，除書聞已趣刀頭。

萬景樓在漢嘉城中山上，登覽勝絶，殆冠西州，予令畫工作圖以歸。山谷來遊時，但有安樂園，未有此樓也。

左披九頂雲，右送大峨月。殘山剩水不知數，一一當樓供勝絶。玻瓈濯錦遥相通，指麾大渡來朝宗。川靈胥命各東去，我亦順流呼短篷。詩無傑語慚風物，賴有丹青傳小筆。仍添詩客倚欄看，令與山川相映發。龍鑾歸路遶烏尤，棟雲簾雨邀人留。若爲喚得涪翁起，題作西南第一樓。

問月堂酌別

半明燈火話悲酸，此會情知後會難。四海宦遊多聚散，一生情事足悲歡。鬢絲今夜不多黑，酒量徹明無數寬。醉夢登舟都不記，但聞風雨滿江寒。

別後寄題漢嘉月榭

陸務觀所作。同年，謂王子蒼；萬景，嘉州酒名；湖亭，明月湖也，在州治前。方作旗亭月榭，正直大峨，取太白「峨眉山月」之語以名。旁有一岩，景趣尤佳，子蒼欲作樓，未果。

隱吏詩情卜築幽，同年惜別勸淹留。試傾萬景湖亭酒，來看半輪江月秋。川路雖長猶共此，夜船空載且歸休。碧巖勝處頻回首，好事誰能更小樓？

峨眉縣

縣出符文布，婦女人人績麻。且行且觀，田家束蒿燃於門口爲香氣，以迎客。

窮鄉未省識旌旐，雞犬歡呼巷陌騷。村媪聚觀行績布，野翁迎拜踞然蒿。泉清土沃稻芒早，縣古林深槐瘿高。珍重里儒來獻頌，盛言千載此丘遭。

初入大峨

煙霞沉痼不須醫，此去真同汗漫期。曾款上清臨大面，仍從太白問峨眉。山中緣法如今熟，世上功名自古癡。賸作畫圖歸挂壁，它年猶欲卧遊之。

八十四盤

冥鴻無伴鶴孤飛，回首塵籠一笑嬉。八十四盤新拄杖，萬千三乘舊牙旗。石梯碧滑雲生後，木葉紅斑雪霽時。說與同行莫惆悵，人間捷徑轉嶔巇。

婆羅坪

仙聖飛行此是家，路逢真境但驚呀。神農嘗外盡靈藥，天女散餘多異花。嵐雨逼衣寒似鐵，冰泉炊米硬于沙。峰頭事事殊塵世，缺甃跳梁笑井蛙。

思佛亭曉望

栗烈剛風刮病眸，登臨何啻綴千憂。界天暑雪青城外，匝地晴雲瓦屋頭。浩蕩它年誇北客，蒼茫何處認西州。千巖萬壑須尋徧，身是江湖不繫舟。

犍爲江樓

河邊堵立看歸篷，三老開頭暮欲東。漲水稠灘連峽内，淺山浮石似湘中。無人驛路榛榛草，有客江樓浩浩風。種落塵消少公事，賸裁新語寄詩筒。縣令能詩者。

題譚德稱扇德稱與楊商卿父子送余，遠至瀘之合江，以扇求詩，各爲題一絶。

蠻風吹雨瘴江肥，短草荒山鳥不飛。盡是瀘南腸斷句，如今分與故人歸。

題楊商卿扇

君歸我去兩銷魂，愁滿千山鎖瘴雲。後夜短檠風雨暗，誰能相伴細論文？

發合江數里寄楊商卿諸公

臨分滿意說離愁，草草無言祇淚流。船尾竹林遮縣市，故人猶自立沙頭。

過江津縣睡熟不暇梢船

西風扶艣似乘槎，水闊灘沉浪不花。夢裏竹間喧急雪，覺來船底滚鳴沙。

涪州江險不可泊入黔江艤舟

黄沙翻浪攻排亭，濆淖百尺呀成坑。坳窪昡轉久乃平，一渦熨帖千渦生。篙師絶叫毆川靈，鳴鐃飛渡如奔霆。水從岷來如濁涇，夜榜黔江聊濯纓。玻瓈徹底鏡面清，忽思短棹中流横，釣絲隨風浮月明。

妃子園 涪陵荔子，天寶所貢，去州里所有此園。然峽中荔子，不及閩中遠甚。陳紫，又閩中之最也。

露葉風枝驛騎傳，華清天上一嫣然。當時若識陳家紫，何處蠻村更有園？

下巖

疇昔中巖一夢殘，下巖風景亦高寒。峽中無處堪停棹，雨後今朝始凴欄。不用苦求毫相現，祇教長挂水簾看。山僧勸我題蒼壁，坡谷前頭未敢刊。

夔門卽事

自東川入峽，路至恭州，便有瘦俗。夾岸山悉痺小，入夔界，山皆傑然連三峽。夔水不可飲，取之卧龍十里之外。雲安麴米春，自唐以來稱之。今夔酒乃不佳。

峽行風物不堪論，伴暑驕陽雜瘴氛。人入恭南多附贅，山從夔子盡侵雲。《竹枝》舊曲元無調，麴米新篘但有聞。試覓清泠一杯水，筒泉須自卧龍分。

瞿唐行

七月十九日至夔子，灧澦撒髮不可犯。是夜水漲及山腹，詰旦視灧澦，則已在水中。土人云：「此青草齊也，可以冒險而入。」遂鼓棹略其頂而過。郡中遣候兵立山上，每一舟平安，則摇幟以召後舟。白鹽、赤甲皆峽口大山。黄嵌、黑石皆峽中至險處。入峽，西岸有聖泉，舟人或向之疾呼曰：「人渴也！」泉卽迸下杯許，復乾。余舟過甚急，未之試也。

川靈知我歸有程，一夜漲痕千丈生。中流擊檝洶作氣，夾岸旗鼓呀失聲。不知灧澦在船底，但覺瞿唐如鏡平。鑿峽疏川狠石破，號山索飲飛泉驚。白鹽赤甲轉頭失，黑石黄嵌拚命輕。草齊增肥無泊處，《竹枝》凝葉空餘情。人間險路此奇絶，客裏驚心吾飽更。劍閣翻成蜀道易，請歌范子《瞿唐行》。

鄂州南樓

誰將玉笛弄中秋，黄鶴飛來識舊遊。漢樹有情横北渚，蜀江無語抱南樓。燭天燈火三更市，摇月旌旗萬里舟。御笑鱸江垂釣手，武昌魚好便淹留。

梅根夾

辛苦淩波棹，平安入夾船。日明漁浦網，風側瓦窰煙。老圃容挑菜，村巫横索錢。且投人處宿，終夜得佳眠。

將至吴中親舊都來相迓感懷有作

望見家山意欲飛，古來燕晉一沾衣。回思客路豈非夢，乍聽鄉音真是歸。新事略從年少問，故人差覺坐中稀。不須更説桑榆暖，霜後鱸魚也自肥。

淳熙五年四月二日直宿玉堂懷舊二絶句

桂海冰天老歲華，直廬重上玉皇家。當年曾識青青鬢，惟有東牆一架花。

雪山刁斗不停撾，夜把軍書敢顧家。珍重玉堂今夜夢，静聞宫漏隔宫花。

初歸石湖

曉霧朝暾紺碧烘，横塘西岸越城東。行人半出稻花上，宿鷺孤明菱葉中。信脚自能知舊路，驚心時復認鄰翁。當時手種斜橋柳，無限鳴蜩翠掃空。

贈舉書記歸雲丘

一枕清風四十霜，孤生無處話凄涼。相看只有龐眉客，還在雲丘舊草堂。
四股澗松霞斧碎，十圍巖桂燒痕枯。不知階下跳珠處，舊竹春來有笋無？
青山面目想依依，水石風林入夢思。白髮蒼顏心故在，只如當日看山時。

題查山林氏庵

庭户清深宅翠微，雪如佳壁喚題詩。煙稍矗矗青圍屋，露葉鮮鮮緑滿籬。宿雨一春纔泛鴨，新蕪幾日已藏碑。山僧見客如枯木，疑是嬾殘南嶽師。

木瀆道中風雨震雷大作

惡風奔雲何壯哉，溪水欲立山欲摧。石岸迸裂鑱邊樹，胡牀動摇船底雷。靈巖塔後雨脚挂，胥口廟前浪花來。篷漏衣沾不足惜，酒瓶傾側愁空罍。

光福塘上

指點炊烟隔莽蒼，午餐應可寄前莊。雞聲人語小家樂，木葉草花深巷香。春去已空衣尚絮，雨來何晚稻初芒。秖今農事村村急，第一先陂貯水塘。

秋前風雨頓涼

秋期如約不須催，雨脚風聲兩快哉！但得暑光如寇退，不辭老景似潮來。酒杯觸撥詩情動，書卷招邀病眼開。明日更涼吾已卜，暮雲橫作亂峰堆。

曉起聞雨

老年稍喜睡魔清，兀坐枯株聽五更。蕭索輪囷憐燭燼，飛揚跋扈厭蚊聲。登高事了從教雨，刈熟人忙御要晴。莫道西成便無慮，大須濃日曬香秔。

嘲蚊四十韻

暑魃方肆行，羽孽亦厲習。肖翹極幺麽，坱圠累闒翕。濕生同糞蝎，腐化類宵熠。初來鬧郭郛，少進亘原隰。嚶如蠅聲薨，聚若螽羽緝。俄爲隱雷鬨，逐作蜜霰集。口銜鋼鍼鋒，力洞衲衣襲。啾聲先計議，著肉便成吸。玄豹猶未定，卓錐已深入。血隨姑嘬升，勢甚轆轤汲。沉酣尻益高，飽滿腹漸急。皛皛紫蟹眼，滴滴紅飯粒。拂掠倦體煩，爬搔瘁肌澀。救東不虞西，擒一已竄十。新瘢蓓蕾漲，宿暈斑爛浥。竟夜眠展轉，連牀歎於悒。云何人戚欣，乃繫汝張歙。驅以葵扇風，熏以艾烟濕。檠長鎮藏遮，帳隙亟補葺。火攻憚穢臭，手拍嫌腥汁。伏翼佐掃除，網蛛助收拾。薄暮洶交攻，大明訌未戢。牛革厚逾氈，黨介銛勝鈒。遭汝尚欲困，嗟人何以給。夏蟲雖衆多，罪狀相百什。蜂蠆豈房櫳，蟣蝨但禪褶。

羊豗螘登俎，騾逸蝱附畢。蠓惟舞醯瓮，蠹止祟書袠。蚤爲鴝所攝，蠅亦虎能執。彼慾可貰死，汝罪當獻級。涼飆倏然至，醜類殆哉岌。一吹觜吻破，再鼓翅翎縶。三千蹀蝡利，百萬走尋邑。快哉六合內，蔑有一塵立。虛空既清涼，家巷得寧輯。雞窗夜可誦，蛩機曉猶織。雨簾繡浪卷，風燭淚珠泣。客來添羽觴，人靜拂塵笈。恍還神明觀，似啓壞户蟄。消長誰使然，智力詎能及。

晚步吴故城下

意行殊不計榛菅，風袖飄然勝羽翰。拄杖前頭雙雉起，浮圖絶頂一鵰盤。醉紅匝地斜曛暖，熨練涵空漲水寒。卻向東皐望烟火，缺蟾先映槲林丹。

北山堂開爐夜坐

困眠醒坐一龕多，竹洞無關斷客過。貪向爐中煨榾柮，嬾從掌上看菴摩。閒無雜念惟詩在，老不甘心奈鏡何。八萬四千安樂法，元無秘密可伽陁。

北城梅爲雪所厄

凍蕊黏枝瘦欲乾，新年猶未有春看。雪花祇欲欺紅紫，不道梅花也怕寒。

浙東舟中

處處橇樊圃，家家桃廡門。魚鹽臨水市，烟火隔江村。雨過張帆重，潮來汲井渾。彎跧短篷底，休説兩朱旛。

東門外觀刈熟民間租米船相銜入城喜作二絶

菊莎杞棘爨無煙，日日文書横索錢。今日甬東官況好，東津門外看租船。文書，謂諸司督逋者。

潮到靈橋緑繞船，海邊力穡屢豐年。澹青山色深黄稻，恰似胥門九月天。

重陽九經堂作

俗間佳節自匆匆，老去悲秋又客中。青嶂卷簾三面月，黄花吹鬢幾絲風。十年故國新栽柳，萬里他鄉舊轉蓬。誰與安排今夜夢，片帆飛到小籬東。

大廳後堂南窗負暄

萬壑無聲海不波，一窗油紙暮春和。醉眠陡覺氍毹煖，圍坐翻嫌榾柮多。水暖玉池添嗽嚥，花生銀海費揩摩。端如擁褐茅簷下，祇欠烏烏擊缶歌。

晚步北園

刮地晴飇退海痕，出門無扇可障塵。麥黏瘠土何時雪，梅糝疏林昨夜春。天鏡風煙疑夢事，鬢霜時節尚官身。裹章束帶朝還暮，慚愧青鞋紫領巾。

春前十日作

臘淺猶賒十日春，宦忙長愧百年身。雪催未動詩無力，愁遣還來酒不神。節物何曾欺老病，書生自慣說悲辛。終朝戚促成何事，今古紛紛一窖塵。

懷歸寄題小艇

日出塵生萬劫忙，可憐虛費隙駒光。若教閒裏工夫到，始覺淡中滋味長。歲晚角巾思芋栗，年來手版愧耕桑。松風蘿月須相信，春水深時上野航。

元日

老來百味絮沾泥，期會關身尚火馳。幾夜鄉心欹枕處，今年脚力上樓時。酒缸幸有乾坤大，丹鼎何憂日月遲。莫道神仙無可學，學仙猶勝簿書癡。

體中不佳偶書

生平人比似維摩，試比尫孱不啻過。舊摘衰髯今雪徧，頻揩病眼轉花多。從來世味聊復爾，此去官身如老何。收拾頹齡加藥餌，尚堪風月對婆娑。

坐嘯齋書懷時方治賑濟。

老來窮苦事相違，兀坐鈴齋竟日癡。眼目昏緣多押字，胸襟俗爲少吟詩。月侵燈影吏方去，春遍梅梢官未知。直待食新方紱帶，明朝騎馬問陵陂。

致一齋述事

文書煙海困浮沉，不覺盤跚百病侵。偶問客年驚我老，忽聞鶯語歎春深。今朝麥粒黄堪麪，幾日秧田緑似針。除卻一犂春雨足，眼前無物可關心。

曉起信筆

午枕汗如洗，曉櫛氣稍蘇。莎蛩試風露，滿意鳴相呼。倦客感節物，流光不躊躇。秋聲已如許，殘暑何足驅。人言今歲熱，迥與常歲殊。此理恐未然，豈不知頭顱。年年有三伏，日日非故吾。婆娑今尚可，後當彌不如。病骨須一涼，未暇惜居諸。坐來有清思，西風摇井梧。

重九賞心亭登高

憶隨書劍此徘徊，投老雙旌重把杯。緑鬢風前無幾在，黄花雨後不多開。豐年江隴青黄徧，落日淮山紫翠來。飲罷此身猶是客，鄉心却附晚潮回。

春晚

荒園蕭瑟懶追隨，舞燕啼鶯各自私。窗下日長多得睡，樽前花老不供詩。吾衰久矣雙蓬鬢，歸去來兮一釣絲。想見籬東春漲動，小舟無伴柳絲垂。

重九獨坐玉麟堂

江上西風動所思，又將清賞負東籬。年年客路黃花酒，日日鄉心白鴈詩。籠月秦淮無舊曲，馳烟鍾阜有新移。人生笑口真稀闊，況值官忙閔雨時。

公退書懷

昨者騰章奏發倉，今兹飛檄議驅蝗。四無告者僅一飽，七不堪中仍百忙。暾日自能臨俯仰，浮雲寧解制行藏。求田問舍亦何有，歲晚倦遊思故鄉。

癸卯除夜聊復爾齋偶題

五夜燈花重，東風角韻來。雪慳衣未纊，春早句多梅。寂歷羅門亞，温磨藥鼎煨。老嫌新歲換，病喜舊星回。鬱壘先題板，屠蘇後把杯。書扉無健筆，爆竹有寒灰。餳樸牙難膠，椒盤眼倦開。陳人仍憊卧，身世兩悠哉。

甲辰人日病中吟六言六首以自嘲

攢眉輒作山字，啾耳惟聞水聲。人應見憐久病，我偏自厭餘生。

目慌慌蟻旋磨，頭岑岑鼈負山。筆牀久已均伏，藥鼎何時丐閒。

政爾榮枯衛瀰，剛云人厄天窮。歸咎四衙臨歲，乞將九曜過宮。

復吉既愆七日，泰來惟俟三陽。曆日今頒寅正，占星更候農祥。

有日猶嫌開牖，無風不敢上簾。報國丹心何似，夢中抵掌掀髯。

壯歲喜新節物，老來惜舊年華。病後都盧不問，家人時換瓶花。

上元紀吳下節物排諧體三十二韻

斗野豐年屢，吳臺樂事并。酒壚先疊鼓，歲後即旗亭先擊鼓不已，以迎節意。燈市早投瓊。臘月即有燈市，珍奇者，數人醵買之，相與呼盧，采勝者得燈。價喜膏油賤，祥占雨雪晴。篔簹仙子洞，坊巷燈以連枝竹縛成洞門，多處數十里。菡萏化人城。蓮花燈最多。檣炬疑龍見，舟人接竹危檣之表，置一燈，望之如星。橋星訝鵲成。橋燈。小家厖獨踞，犬燈。高閈鹿雙撑。鹿燈。屏展輝雲母，琉璃屏風。簾垂晃水精。琉璃簾。萬窗花眼密，萬眼燈以碎羅紅白相間砌成，工夫妙天下，多至萬眼。千隙玉虹明。琉璃毬燈每一隙映成一花，亦妙天下。薝蔔丹房桂，梔子燈。葡萄綠蔓縈。葡萄燈。方縑翻史冊，生絹糊方燈，畫史冊故事圖，村人喜看。圓魄綴門衡。月燈。擲燭騰空穩，小毬燈時擲空中。推毬衮地輕。大衮燈。映光魚隱見，琉璃壺瓶貯水養魚，以燈映之。轉影騎縱橫。馬騎燈。輕薄行歌過，顛狂社舞呈。民間鼓樂，謂之社火，不可悉記，大抵以滑稽取笑。村田簑笠野，村田樂。街市管絃清。街市細樂。里巷分題句，每里門作花燈，題好句其上。官曹別扁名。官府名額，多以絹或琉璃映照。旱船遥似泛，夾道陸行，爲競渡之樂，謂之划旱船。水傀近如生。水戲照以燈。鉗赭裝牢户，獄燈。嘲嗤繪樂棚。山棚多畫一時可嘲誚之人。堵觀瑶席隘，喝道綺叢爭。禁鑰通三鼓，歸鞭任五更。桑蠶春繭勸，春繭自臘月卽入食次，所以爲蠶事之兆。花蝶夜蛾迎。大白蛾花，無貴賤悉戴之，亦以迎春物也。梟子描丹筆，紅畫鴨子相餽遺。鵝毛剪雪英。剪鵝毛爲雪花，與夜蛾並戴。寶糖珍粔籹，餹指，吳中謂之寶糖餹，特爲脆美。烏膩美飴餳。烏膩糖，卽白餳，俗言能去烏膩。撚粉團欒意，糰子。熬稃腷膞聲。炒糯穀以卜，俗名孛婁，北人號糯米花。筳篿巫志怪，香火婢輸誠。俗謂正月百草靈，故帚萁針箕之屬皆卜焉，多婢子之輩爲之。箒卜拖裙驗，散帚繫裙以卜，名掃帚姑。箕詩落筆驚。卽古紫姑，今謂之大仙，俗名筲箕姑。微如針屬尾，以針姑卜，伺其尾相屬爲兆，名針姑。賤及葦分莖。葦莖分合爲卜，名葦姑。末俗難訶止，佳辰且放行。此時紛僕馬，有客靜柴荆。幸甚歸長鋏，居然照短檠。生涯惟病骨，節物尚鄉情。掎摭成排體，咨詢逮里甿。誰修吳地志，聊以助譏評。

曉枕三首

煮湯聽成萬籟，添被知是五更。陸續滿城鐘動，須臾後巷雞鳴。

卧聞赤脚鼾息，樂哉栩栩蘧蘧。病夫心口相語，何日佳眠似渠？

舒慘常隨天氣，關心窗暗窗明。日晏扶頭未起，喚人先問陰晴。

喜雨

昨遣長鬚借踏車，小池須水引鳴蛙。今朝一雨添新漲，便合翻泥種藕花。

風止

收盡狂飈卷盡雲，一竿晴日曉光新。柳魂花魄都無恙，依舊商量作好春。

重午

熨斗熏籠分夏衣，翁身獨比去年衰。已孤菖淥十分勸，却要艾黄千壯醫。蜜粽冰糰爲誰好，丹符綵索聊自欺。小兒造物亦難料，藥裏有時生網絲。

積雨作寒五首

壓屋雨雲晝暗，環城霖潦夏寒。西池半没荷柄，南蕩平沉芡盤。

已報舟浮登岸，更憐橋塌平池。養成蛙吹無謂，掃盡蚊雷却奇。

熨貼重尋毳衲，補苴盡護紙窗。餘生雪鬢禪榻，昨夢雲帆漲江。

婢喜蚊僵霧帳，兒嗔蝸篆風櫺。兀坐鼻端正白，忘懷眼底常青。

山寒禪老不下，泥滑琴僧罕來。且唤園丁閒話，喜聞湖岸未頽。禪老，範默堂。琴僧，淨月師也。

題請息齋六言十首

洞門晝挂鐵鎖，閣道秋生緑苔。著下略同龜伏，瓜中且免蠅來。

多謝紛紛雲雨，相忘渺渺江湖。坐隅但忌占鵩，屋上何煩譽烏。

灧澦年年如馬，太行日日摧車。笑中恐有義甫，泣裏難防叔魚。
見影蜮猶鉍鉍，聞聲尨尚狺狺。問誰毛生名紙，知我角出車輪。
不惜人扶難拜，非關我醉欲眠。勞君敬枯木耳，恐汝見濕灰焉。
稅駕今吾將老，結廬此地不喧。恐妨蝴蝶同夢，笑倩顛當守門。
口邊一任醭去，鼻孔慵將涕收。閑門冷落車轍，空室團欒話頭。
冷暖舊雨今雨，是非一波萬波。壁下禪枯達磨，室中病著維摩。
親戚自有情話，來往都無雜言。酒熟竟須相報，文成聊與細論。
園丁以時白事，山客終日相陪。竹比平安報到，花依次第折來。

富順楊商卿使君鼒與余相別于瀘之合江渺然再會之期後九年乃訪余吳門則喜可知也今復分袂更增惘然病中強書數語送之

合江縣下初語離，共說再會知何時。壽櫟堂前哄一笑，人生聚散真難料。青燈話舊語未終，船頭疊鼓帆爭風，草草相逢復相送，直恐送迎皆夢中。昨聞親上安邊奏，玉陛從容移禁漏。天香懷袖左魚符，歸作雙親千歲壽。我今老病塘蒲衰，君歸報政還復來。萬里儻容明月共，更期後夢如今夢。

初秋閒記園池草木五首

茙葵爛紫終陋，蒼葡蔫黄亦香。醫俗賸延竹色，療愁催拆萱房。

牛牽碧蔓自繞，雞聳朱冠欲爭。菱葩可範伯雅，蓼節偏宜麴生。菱葩爲酒杯，樣最佳。蓼入麴爲勝。

旱地蓮花嬌小，水盆梔子幽芳。薇帳半年春艷，桂叢四季秋香。紫薇一名半年紅。岩桂一種，四季有花。

醉憐金盞齊側，卧看玉簪對横。腥水留灌末莉，結香旋薰素馨。茉莉用治魚腥水澆，方多花。

玉菡化生稚子，碧枝視現聲聞。馬齒任藏汞冷，鴻頭自勝硫温。謂孩兒蓮、羅漢木。馬齒莧中有水銀。鴻頭，芡實也，芡性暖，號水硫黄。

巖桂三首

風簾疏爽月徘徊，悵望家人把酒杯。病著幽窗知幾日，瓶花兩見木樨開。

越城芳徑手親栽，紅淺黄深次第開。不用小山《招隱賦》，身如強健日千迴。

一枝蕭索倚宣華，東苑香風屬内家。丹碧屠蘇銀燭照，平生奇絶象山花。少城圃中惟有一株，建康東御園有，亦不多。四明丹桂特奇，州宅所種，尤蔚茂，常與魏丞相夜飲其下。

藻姪比課五言詩已有意趣老懷甚喜因吟病中十二首示之可率昆季賡和勝終日飽閒也

舊歲連新歲，涼牀又暖牀。山川屏裏畫，時刻篆中香。畏壘安吾土，支離飽太倉。若教身更健，鶴背入維揚。

認鹿紛紜夢，亡羊散亂心。眵昏遮眼讀，愁苦撚髭吟。幸覺行迷遠，其如臥病深。通身都放下，何用覓砭針。

日暖衣猶襲，宵長被有稜。朝晡三楪飯，昏曉一釭燈。伴坐跧如几，扶行瘦比藤。生緣堪入畫，寂寞憩松僧。

繩椅扶枵骨，蒲團閣悴膚。事疑償業債，形類窘囚拘。空劫真常體，浮生幻化軀。箇中元不二，無語對文殊。

軟熟羞盤饌，芳辛實枕幃。候晴先晒席，占濕預烘衣。易栗雞皮皺，難培鶴骨肥。頭顱雖若此，虛白自生輝。

數息增晨清，伸眉愜晚晴。隙塵浮日影，窗穴嘯風聲。捫蝨天機動，驅蚊我相生。偶然成一笑，栩栩暫身輕。

貴仕龜鑽筴，閑居馬脫羈。冠塵昏舊製，帶眼剩新圍。堆案書郵少，登門刺字稀。掩關灰木坐，休示季咸機。

目眚浮珠佩，聲塵籟玉簫。秋懷潘鬢禿，午夢楚魂銷。注水瓶花醒，吹薪鼎藥潮。南柯何處是，斜日上廊腰。

靜裏秋先到，閒中晝自長。門闌終泄柳，尸祝漫庚桑。腹已枵經笥，身猶試藥方。強名今日愈，勃窣負東牆。汗漬筇枝赤，苔封屐齒青。有醫延上坐，無客抗分庭。霽月鑽窗看，鳴禽側枕聽。莫嗔猿鶴怨，岫幌兩年扃。視絮勞羣從，祇承愧闔家。乳泉供水遞，金液養丹芽。嘉釀厚如酪，旋春香勝花。百端扶老憊，無物報投瓜。學業荒呻畢，歡悰隔笑鹽。入秋先複幕，過夏亦疏簾。門客嗔愁思，家人獻吉占。尤憐小兒女，時報鵲鳴簷。

灼艾

血忌詳涓日，尻神謹避方。艾求真伏道，穴按古明堂。謝去羣巫祝，勝如幾藥湯。起來成獨笑，一病攪千忙。

白髭行

四十踰四髭始黃，手持漢節臨大荒。輿疾歸來皮骨在，兩鬢尚作青絲光。俯仰行年四十九，萬里南馳復西走。斑斑頷下點吳霜，猶可芟夷謝賓友。屈指如今又十年，兩年憊卧秋風前。人生血氣能幾許，不待覽鏡知皤然。長安後輩輕前輩，百方染藥千金賣。煩撋包裹夜不眠，無奈露頭出光怪。病翁高卧門長扃，垂雪毿毿骨更青。兒童不作居士喚，喚作堂中老壽星。

甲辰除夜吟

一年三百六十日，日日三椽臥衰疾。傍人揶揄還嘆咨，問我如何度四時。我言平生老行李，蓐食趁程中夜起。當時想像閉門閑，弱水迢迢三萬里。如今因病得疏慵，脚底關山如夢中。重簾複幕白晝靜，户外車馬從西東。若問四時何以度，念定更無新與故。瓶花開落紀春冬，窗紙昏明認朝暮。行年六十是明朝，不暇自憐聊自嘲。婪尾三杯餳一楪，從今身健齒牙牢。

元夕二首

藥爐湯鼎煮孤燈，禪版蒲團老病僧。兒女強修元夕供，玉蛾先避雪鬅鬙。

落梅穠李趁時新，枯木崖邊一任春。尚愛鄉音醒病耳，隔牆時有賣餳人。謂唱賣烏腻糖者。

請息齋書事三首

覆雨翻雲轉手成，紛紛輕薄可憐生。天無寒暑無時令，人不炎涼不世情。栩栩算來俱蝶夢，喈喈能有幾雞鳴。冰山側畔紅塵漲，不隔瑶臺月露清。

刻木牽絲罷戲場，祭終雨後兩相忘。門雖有雀尚廷尉，食已無魚休孟嘗。甕裏趨時真是賊，虎中宣力任爲倀。籬東舍北誰情話，雞語鷗盟意却長。

聚蚋醯邊鬧似雷，乞兒争背向寒灰。長平失勢見何晚，栗里息交歸去來。休問江湖魚有沫，但蘄雲水鶴無媒。巖扉岫幌牢扃鑰，不是漁樵不與開。

送文季高倅興元

素衣京洛悵成緇，青鬢吴江喜未絲。燭暗不眠談舊事，酒闌作惡問行期。琴書情話須親戚，風雨殘春更別離。屈指歸來重一笑，掃除門巷著旌麾。

家人子輩往石湖檢校暮歸

南浦回春棹，東城掩暮扉。兒修雞栅了，女挈菜籃歸。風力雖欺酒，花香尚染衣。衰翁牢守舍，腸斷釣魚磯。

次韻龔養正中秋無月三首

詞客幕天清露下，老翁卧病破窗中。高吟大醉輸公等，不見嫦娥與我同。

去年怪雨無端甚，今歲癡雲亦復然。減却新詩酸却酒，乘除添得一更眠。

丙夜清光些子見，兒童驚喜强雄夸。闌珊高興應無幾，恰似春殘看落花。

殊不惡齋秋晚閒吟五絶

西風入簾圖畫響，斜照穿隙網絲明。簷間雙雀有時鬭，壁下一蛩終日鳴。

旁若無人鼠飲硯，麾之不去蠅登盤。天涼睡起枕痕暖，日晚慵來香字寒。

就食遷居蟻墳壤，隨風作舍蛛㲲絲。百年何處用三窟，萬事信緣安一枝。
市聲洶洶鼓摧陣，日影髮髮潮漲痕。消磨意氣默數息，把玩光陰牢閉門。
中秋昨已等閑過，重九今還如夢來。霜鬢數莖羞墮幘，黄花三度笑空杯。

丙午新正書懷十首

不用桃符貼畫雞，身心安處是天倪。行年六十舊曆日，汗脚尺三新杖藜。祝我臘周花甲子，謝人深勸玉東西。春風若借筋骸便，先渡南村學灌畦。新圃在河南名范村。
瘦骨難勝過節衣，日高催起趁晨炊。病憐椰栗隨身慣，老覺屠蘇到手遲。一飽但蘄庚癸諾，百年甘守甲辰雌。莫言此外都無事，柳眼梅梢正索詩。
煮茗燒香了歲時，静中光景笑中嬉。身閑一日似兩日，春淺南枝如北枝。朝鏡略無功業到，午窗惟有睡魔知。年來併束牀頭《易》，一任平章濟叔癡。
窮巷閒門本閴然，強將爆竹聒階前。人情舊雨非今雨，老境增年是減年。口不兩匙休足穀，生能幾屐莫言錢。掃除一室空諸有，龐老家人總解禪。吴諺云：「一口不能著兩匙。」
厲風翻海雪漫天，百計逃寒息萬緣。穩作披爐如卧炕，厚裁綿旋勝披氊。尊前見在曹騰醉，飯後無何爛熳眠。披爐、綿旋皆新得法，老人御冬之具，二物尤爲切要。斟酌出門高興盡，從教閒却剡溪船。
俗情如絮已泥沾，因病偷閒意屬厭。鵬鷃相安無可笑，熊魚自古不容兼。灰埋榾柮多時暖，雪壓蔓青滿意甜。溫飽閉門吾事辦，異時書判指如籤。

炭熟香濃石鼎煨，人言小閣是春臺。蕉心翠展一冬在，梅蕊粉融連夜開。肅肅九冰妨發育，溫溫三火護恢台。養生此外無遺説，梨棗元須趁暖栽。水芭蕉長三寸，在暖閣中，經冬不瘁。瓶梅亦烘然先拆。

經過掃軌但幽栖，巢穩林深寄一枝。栗里歸來窗下卧，香山老去病中詩。東風馬耳塵勞後，半夜雞聲睡熟時。俛仰平生盡陳迹，恰如腷膊幾枰棋。

窗明窗暗篆烟霏，珍重晨光與夕暉。東院齋鐘披被坐，南城嚴鼓岸巾歸。幾人霜滑騎朝馬，何處燈殘織曉機。懶裏若承三昧力，始知忙裏事俱非。敍早眠晏起。

殊方節物記吾曾，海北天西一瘦藤。烏欖雞檳嘗老酒，酥花芋葉試新燈。瘴雲度嶺濃如墨，邊雪窺窗冷欲冰。閒展兩鄉圖畫看，卧遊何必減深登。此篇記桂林、成都元日舊事。檳、欖皆椒盤中物，老酒，十數年不壞者。滴酥爲花，熬芋爲柳葉，三夕張燈如上元。上下句分記廣、蜀。

丙午新年六十一歲俗謂之元命作詩自貺

歲復當生次，星臨本命辰。四人同丙午，初度再庚寅。長狄名猶記，沙隨會若新。童心仍竹馬，暮境忽蒲輪。鏡裏全成老，尊前略似春。三年歸汶上，千日卧漳濱。剛長交新泰，陰消脱舊屯。網蛛縈藥裏，竇犬吠醫人。窗下烏皮几，田間紫領巾。鯢淵方止水，鯤海任揚塵。波匿觀河見，維摩示病身。顰端還一笑，默識幻中真。文潞公詩云：「四人二百四十歲，況是同生丙午年。」僕用此事也。

春來風雨無一日好晴因賦瓶花二絶

滿插瓶花罷出遊，莫將攀折爲花愁。不知燭照香薰看，何似風吹雨打休。
酒冷花寒無好懷，柴荆終日爲誰開？三分春色三分雨，疋似東風本不來。

春晚卽事留游子明王仲顯

繡地紅千點，平橋緑一篙。楝花來石首，穀雨熟櫻桃。笑我生塵甑，慚君有意袍。故人能少駐，門徑久蓬蒿。

梅雨五絶

梅雨暫收斜照明，去年無此一日晴。忽思城東黄篾舫，卧聽打鼓踏車聲。
乙酉甲申雷雨驚，乘除却賀芒種晴。插秧先插早秈稻，小忍數旬蒸米成。吴農忌五月甲申、乙酉雨，雨則大水。諺云：「甲申猶自可，乙酉怕殺我。」
風聲不多雨聲多，洶洶曉衾聞浪波。恰似秋眠隱静寺，玉霄泉從牀下過。繁昌隱静寺方丈山後玉霄泉自板閣下過，最爲佳致。
千山雲深甲子雨，十日地濕東南風。静裏壺天人不到，火輪飛出默存中。道家東向坐，想日出以鍊氣。
雨霽雲開池面光，三年魚苗如許長。小荷拳拳可包鮓，晚日照盤風露香。

次韻李子永見訪二首

混俗休超俗，居家似出家。有爲皆影事，無念卽生涯。莫覓安心法，翻成揑目花。作糜須穀粟，千劫漫炊砂。

有意能停棹，多情易憶家。清詩穿月脇，遠夢繞天涯。雨蝶衣濡粉，秋蚊喙吐花。新涼宜小駐，談笑有丹砂。

自詠瘦悴

皮下無多肉，老來瘦不禁。骨稜春焙銙，筋蹙海山沈。蟣蝨從何有，蚊蠅枉見侵。惟餘老笻杖，相伴兩虛心。

四時田園雜興六十首并引

淳熙丙午，沉痾少紓，復至石湖舊隱。野外卽事，輒書一絶，終歲得六十首，號《四時田園雜興》。

柳花深巷午雞聲，桑葉尖新綠未成。坐睡覺來無一事，滿窗晴日看蠶生。

土膏欲動雨頻催，萬草千花一餉開。舍後荒畦猶綠秀，鄰家鞭筍過牆來。

高田二麥接山青，傍水低田綠未耕。桃杏滿村春似錦，踏歌椎鼓過清明。

老盆新熟杜茅柴，攜向田頭祭社來。巫媪莫嫌滋味薄，旗亭官酒更多灰。

社下燒錢鼓似雷，日斜扶得醉翁回。青枝滿地花狼藉，知是兒孫鬬草來。

騎吹東來里巷喧，行春車馬鬧如煙。繫牛莫礙門前路，移繫門西碌碡邊。

寒食花枝插滿頭，蒨裙青袂幾扁舟。一年一度遊山寺，不上靈巖即虎丘。

郭裏人家拜掃回，新開醪酒薦青梅。日長路好城門近，借我茅亭暖一杯。

步屧尋春有好懷，雨餘蹄道水如杯。隨人黃犬攙前去，走到溪邊忽自迴。

種園得果僅償勞，不奈兒童鳥雀搔。已插棘針樊筍徑，更鋪漁網蓋櫻桃。

吉日初開種稻包，南山雷動雨連宵。今年不欠秧田水，新漲看看拍小橋。

桑下春蔬綠滿畦，菘心青嫩芥薹肥。溪頭洗擇店頭賣，日暮裹鹽沽酒歸。

右春日田園雜興十二絕

紫青蓴葉卷荷香，玉雪芹芽拔薤長。自擷溪毛充晚供，短蓬風雨宿橫塘。

湖蓮舊蕩藕新翻，小小荷錢没漲痕。斟酌梅天風浪緊，更從外水種蘆根。

蝴蝶雙雙入菜花，日長無客到田家。雞飛過籬犬吠竇，知有行商來買茶。

湔裙水滿綠蘋洲，上巳微寒嬾出遊。薄暮蛙聲連曉鬧，今年田稻十分秋。吴下以上巳蛙鳴，則知無水災。

新綠園林曉氣涼，晨炊早出看移秧。百花飄盡桑麻小，夾路風來阿魏香。

三旬蠶忌閉門中，鄰曲都無步往蹤。猶是曉晴風露下，采桑時節暫相逢。

污萊一稜水周圍，歲歲蝸廬沒半扉。不看茭青難護岸，小舟撐取葑田歸。

茅針香軟漸包茸，蓬櫐甘酸半染紅。采采歸來兒女笑，杖頭高挂小篛籠。

穀雨如絲復似塵，煮瓶浮蠟正嘗新。牡丹破萼櫻桃熟，未許飛花減却春。

雨後山家起較遲，天窗曉色半熹微。老翁欹枕聽鶯囀，童子開門放燕飛。

海雨江風浪作堆，時新魚菜逐春回。荻芽抽筍河魨上，楝子開花石首來。

烏鳥投林過客稀，前山煙暝到柴扉。小童一棹舟如葉，獨自編欄鴨陣歸。

右晚春田園雜興十二絕

梅子金黃杏子肥，麥花雪白菜花稀。日長籬落無人過，惟有蜻蜓蛺蝶飛。

五月吳江麥秀寒，移秧披絮尚衣單。稻根科斗行如塊，田水今年一尺寬。

二麥俱收斗百錢，田家喚作小豐年。餅爐飯甑無飢色，接到西風熟稻天。

百沸繰湯雪湧波，繰車嘈囋雨鳴蓑。桑姑盆手交相賀，綿繭無多絲繭多。

小婦連宵上絹機，大耆催税急于飛。今年幸甚蠶桑熟，留得黃絲織夏衣。

下田戽水出江流，高壠翻江逆上溝。地勢不齊人力盡，丁男長在踏車頭。

晝出耘田夜績麻，村莊兒女各當家。童孫未解供耕織，也傍桑陰學種瓜。

槐葉初勻日氣涼，葱葱鼠耳翠成雙。三公只得三株看，閒客清陰滿北窗。

黃塵行客汗如漿，少住儂家嗽井香。借與門前磐石坐，柳陰亭午正風涼。
千頃芙蕖放棹嬉，花深迷路晚忘歸。家人暗識船行處，時有驚忙小鴨飛。
采菱辛苦廢犂鉏，血指流丹鬼質枯。無力買田聊種水，近來湖面亦收租。
蜩螗千萬沸斜陽，蛙黽無邊聒夜長。不把癡聾相對治，夢魂争得到藜牀。

右夏日田園雜興十二絶

杞菊垂珠滴露紅，兩蛩相應語莎叢。蟲絲罥盡黃葵葉，寂歷高花側晚風。
朱門乞巧沸歡聲，田舍黃昏静掩扃。男解牽牛女能織，不須徼福渡河星。
橘蠹如蠶入化機，枝間垂繭似蓑衣。忽然蛻作多花蝶，翅粉纔乾便學飛。
静看簷蛛結網低，無端妨礙小蟲飛。蜻蜓倒挂蜂兒窘，催喚山童爲解圍。
垂成穡事苦艱難，忌雨嫌風更怯寒。牋訴天公休掠剩，半償私債半輸官。
秋來只怕雨垂垂，甲子無雲萬事宜。穫稻畢工隨曬穀，直須晴到入倉時。
中秋晴景屬潛夫，棹入空明看太湖。身外水天銀一色，城中有此月明無？
新築場泥鏡面平，家家打稻趁霜晴。笑歌聲裏輕雷動，一夜連枷響到明。
租船滿載候開倉，粒粒如珠白似霜。不惜兩鍾輸一斛，尚贏糠覈飽兒郎。
菽粟瓶罌貯滿家，天教將醉作生涯。不知新滴堪篘未，今歲重陽有菊花。

細擣棖虀買鱠魚，西風吹上四腮鱸。雪鬆酥膩千絲縷，除却松江到處無。
新霜徹曉報秋深，染盡青林作纈林。惟有橘園風景異，碧叢叢裏萬黄金。

右秋日田園雜興十二絶

斜日低山片月高，睡餘行藥繞江郊。霜風掃盡千林葉，閒倚筇枝數鸛巢。
炙背簷前日似烘，暖醺醺後困蒙蒙。過門走馬何官職，側帽籠鞭戰北風。
屋上添高一把茅，密泥房壁似僧寮。從教屋外陰風吼，卧聽籬頭響玉簫。
松節燃膏當燭籠，凝烟如墨暗房櫳。晚來拭淨南窗紙，便覺斜陽一倍紅。
乾高寅缺築牛宫，巵酒豚蹄酹土公。牯牸無瘟犢兒長，明年添種越城東。
放船開看雪山晴，風定奇寒晚更凝。坐聽一篙珠玉碎，不知湖面已成冰。
撥雪挑來踏地菘，味如蜜藕更肥醲。朱門肉食無風味，只作尋常菜把供。
榾柮無煙雪夜長，地爐煨酒暖如湯。莫嗔老婦無盤飣，笑指灰中芋栗香。
煮酒春前臘後蒸，一年長饗甕頭清。廛居何似山居樂，秫米新來禁入城。
黄紙蠲租白紙催，皂衣旁午下鄉來。長官頭腦冬烘甚，乞汝青銅買酒迴。
探梅公子款柴門，枝北枝南總未春。忽見小桃紅似錦，卻疑儂似武陵人。
村巷冬年見俗情，鄰翁講禮拜柴荆。長衫布縷如霜雪，云是家機自織成。

右冬日田園雜興十二絶

自晨至午起居飲食皆以牆外人物之聲爲節戲書四絶

巷南敲板報殘更，街北彈絲行誦經。已被兩人驚夢斷，誰家風鴿鬬鳴鈴。
菜市喧時窗透明，餅師叫後藥煎成。閒居日出都無事，惟有開門掃地聲。
北砦教回撾鼓遠，東禪飯熟打鐘頻。小童三喚先生起，日滿東窗暖似春。
起傍東窗手把書，華顛種種不經梳。朝餐欲倒須巾裹，已有重來照市魚。

閶門初泛二十四韻

淳熙丙午重九後十日，家人輩以余久病，適新修小舫，勸扶頭一出，以禳祓屯滯。遂至北城檢校桃花塢，出關傍漕河望楓橋、横塘，中路而還，故有卽事詠景唐律之作。

好在馳煙路，平生載酒行。摧藏身久病，契濶歲頻更。昨夜燈花曉，今朝稻把晴。出門新夢境，觸目舊詩情。水遠推篷眩，天寬倚柂驚。轉灣添絆挽，罨岸併篙撑。舫後裝兒女，艫前酌弟兄。醅香新麴嫩，茗味小春輕。紅皺分霜果，黄蔫撚夕英。纈林疏露屋，朱閣静臨城。桃塢論今昔，楓橋管送迎。山腰樵擔動，木末酒旗明。竟日窑煙直，中流塔影横。數帆殘照滿，一笛暮江平。曬網楓邊桁，牽罾柳際棚。岫雲縈石住，田水穴堤鳴。過渡牛歸速，穿籬犬吠獰。魚寒猶作陣，雁遠更聞聲。急槳潮痕出，疏鐘暝色生。鄰翁欣問訊，逋客愧寒盟。一昨成歸卧，于今負耦耕。生涯都塌颯，心曲漫峥嵘。猿鶴休多怨，菰蓴尚可羹。藥囊吾厭苦，扶憊且班荆。

重陽後菊花二首

寂寞東籬濕露華，依前金靨照泥沙。世情兒女無高韻，只看重陽一日花。

過了登高菊尚新，酒徒詩客斷知聞。恰如退士垂車後，勢利交親不到門。

丁未春日瓶中梅殊未開二首

煖閣無人到，寒枝爲我横。情鍾吹蕊破，静極覺香生。老去魂休斷，春來眼且明。逃禪時索笑，百匝傍窗行。

夜雪臘前凍，朝陽春後蘇。人憐疏蕊瘦，花笑病翁臞。露白能多少？尋春似有無。詩催全不力，煮水換銅壺。

題夫差廟

縱敵稽山禍已胎，垂涎上國更荒哉！不知養虎自遺患，只道求魚無後災。夢見梧桐生後圃，眼看麋鹿上高臺。千齡只有忠臣恨，化作濤江雪浪堆。

翻䉲菴夜坐聞雨

閒門冷落静無譁，小閣簾幃密自遮。日晚課程丹竈火，夜深光景佛燈花。人生寧有病連歲，身世略如僧在家。步屧尋春非老伴，任教風雨喚雷車。

睡起

憨憨與世共兒嬉，兀兀從人笑我癡。閒裏事忙晴曬藥，静中機動夜争棋。心情詩卷無佳句，時節梅花有好枝。熟睡覺來何所欠，氊根香軟飯流匙。

賞海棠二絶

芳春隨分到貧家，兒女多情惜歲華。聊爲海棠修故事，去年燈燭去年花。

憶向宣華夜倚欄，花光妍暖月光寒。如今塌颯嫌風露，且只銅瓶滿插看！

午窗遣興家人謀過石湖

雲日初收破柱雷，小窗坐穩興悠哉。熏爐花氣朝酲解，茶鼎松風午夢廻。謝客門闌風動竹，惜春時節雨肥梅。畫船破浪亦一快，聞道湖光如潑醅。

將至石湖道中書事

水緑鷗邊漲，天青雁外晴。柳堤隨草遠，麥隴帶桑平。白道吳新郭，蒼煙越故城。稍聞雞犬鬧，僮僕想來迎。

三月十六日石湖書事三首

春事日以闌，暑陰正清美。拖笻入林下，秀綠照衣袂。盧橘梅子黃，櫻桃桑椹紫。荷依浪花顫，筍破苔色起。風日收宿陰，物色有新意。鄰曲知我歸，爭來問何似。病惱今有無，加飯日能幾？掀髯謝父老，衰雪已如此！

種木二十年，手開南野荒。苒苒新歲月，依依舊林塘。污萊擅下濕，岑蔚驕衆芳。菱母尚能瘦，竹孫如許長！憶初學圃時，刀笠冒風霜。今茲百不堪，裹帽人扶將。龍鍾數能來，猶勝兩相忘。

湖光明可鑒，山色淨如沐。閒心愜舊觀，愁眼快奇矚。依然北窗下，凝塵滿書簏。訪我烏皮几，拂我青氈褥。荒哉賦遠遊，幸甚遂初服。老紅餞餘春，衆綠自幽馥。好風吹晚晴，斜照入疏竹。兀坐胎息勻，不覺清夢熟。

送遂寧何道士自潭湘歸蜀

書劍飄然席未温，火雲撲地暑煙昏。山黃水濁湖南路，竹月荷風憶范村。

再遊天平有懷舊事且得卓菴之處呈壽老

訪舊光陰二十年，殘僧相對兩依然。木蘭已老無花發，石竹依前有廨眠。萬户直須龜手藥，一龕何用買山錢！從今半座須分我，共說昏昏一覺禪。

晚登木瀆小樓

萬象當樓黼繡張，欄干一士立蒼茫。雲堆不動山深碧，星出無多月淡黄。宿鳥盡時猶數點，歸鴻驚處更斜行。松陵政有鱸魚上，安得長竿坐釣航！

題米元暉吴興山水横卷

道場山麓接何山，影落苕溪浸碧瀾。只欠荷花三十里，橛頭船上把漁竿。

素羹

氍芋凝酥敵少城，土藷割玉勝南京。合和二物歸藜糝，新法儂家骨董羹。

除夜地爐書事

節物閒門裏，人情老境中。雁聲淩急雨，燈影戰斜風。糟䤄新醅白，紫錐軟火紅。家人炊夜話，我已困蒙茸。吴人酌酒瓮浮醅，謂之撇䤄，酒之精英也。

次韻虞子建見咍牘帶作醮

齋祠難著野衣冠，旋牘金章始見閑。台架塵侵毬路暗，花書墨漬笏頭斑。當年騶騎傳呼賜，此日村童拂拭還。若比前廳荒驛舍，見存猶可一開顏。

兒女傳觀省見稀，病身聊復借光輝。莫嫌憔悴沈腰瘦，且喜閒關秦璧歸。不是典來還酒債，亦非將去換蓑衣。塵魚甑釜時相阨，微汝誰能爲解圍？

顏橋道中

村村籬落總新修，處處田疇盡有秋。一段農家好風景，稻堆高出屋山頭。

書事三絕

爨婢請淘酒米，園丁催算花錢。如許日生公事，誰云窮巷蕭然？

日日處方候脈，時時推筴禳災。門外誰無車轍，醫生卜叟猶來。

箇子約同湖棹，周郎許過田廬。碧雲日暮空合，多病故人遂疏。

親鄰招集強往便歸

樂天漸老欲謀歡，大似蒸砂不作團。已覺笙歌無暖熱，仍嫌風月太清寒。氣衰況復三而竭，心賞猶于四者難。卻恐人嫌情太薄，聊將花作霧中看。

雪意方濃復作雨

擬看飛花陣，翻成建水聲。雨吾寧不識，雪汝幾時成？三白從今卜，千倉待此盈。黃雲如有意，青女莫無情！

春朝早起

莫笑眠常早，還憐起不遲。穠香温夜氣，小雨濕春姿。瘦比中年甚，寒惟病骨知。羨渠兒女健，繞屋探南枝。

詠懷自嘲

簷溜春猶凍，門扉晚未開。退閑驚客至，衰懶怕書來。日日教澆竹，朝朝遣探梅。園丁應竊笑，猶自說心灰。

早衰

早衰頭腦已冬烘，信拙心情似苦空。僚舊姓名多健忘，家人長短總佯聾。一窗暖日棋聲裏，四壁寒燈藥氣中。晚景只消如此過，不堪拈出教兒童。

習閒

習閒成懶懶成癡，六用都藏縮似龜。雪已許多猶不飲，梅今如此尚無詩。閒看猫暖眠氊褥，静聽猧寒叫竹籬。寂寞無人同此意，時時惟有睡魔知。

陰寒終日兀坐

東風微解綴簷冰，仍喜朝來井水清。臘淺得春全未暖，雪慳和雨最難晴。小窗日暖猶棋局，窮巷更深尚屐聲。莫把摧頹嫌暮景，且將閒散替勞生。

親戚小集

避濕違寒不出門，一冬未省正冠巾。月從雪後皆奇夜，天向梅邊有別春。秉燭登臨空話舊，擁爐情味莫懷新。榮華勢利輸人慣，贏得尊前現在身。

睡覺

尋思斷夢半瞢騰，漸見天窗紙瓦明。宿鳥噪羣穿竹去，縣前猶自打殘更。

臘月村田樂府十首并引

余歸石湖，往來田家，得歲暮十事，採其語各賦一詩，以識土風，號《村田樂府》。其一《冬春行》：臘日春米爲一歲計，多聚杵臼，盡臘中畢事，藏之土瓦倉中，經年不壞，謂之冬春米。其二《燈市行》：風俗尤競上元，一月前已賣燈，謂之燈市，價貴者數人聚博，勝則得之，喧盛不減燈市。其三《祭竈詞》：臘月二十四夜祀竈，其說謂竈神翌日朝天，白一歲事，故前期禱之。其四《口數粥行》：二十五日煮赤豆作糜，暮夜闔家同饗，云能解瘟氣，雖遠出未歸者亦留貯口分，至襁褓小兒及僮僕皆預，故名口數粥。豆粥本正月望日祭門故事，流傳爲此。其五《爆竹行》：此它郡所同，而吴中特盛，惡鬼蓋畏此聲。古以歲朝，而吴以二十五夜。其六《燒火盆行》：爆竹之夕，人家各又于門首燃薪滿盆，無貧富皆爾，謂之相暖熱。其七《照田蠶詞》：與燒火盆同日，村落則以禿帚若麻藍竹枝輩燃火炬，縛長竿之杪以照田，爛然徧野，以祈絲穀。其八《分歲詞》：除夜祭其先竣事，長幼聚飲，祝頌而散，謂之分歲。其九《賣癡獃詞》：分歲罷，小兒繞街呼叫云：「賣汝癡！賣汝獃！」世傳吴人多獃，故兒輩諱之，欲賈其餘，益可笑。其十《打灰堆詞》：除夜將曉，鷄且鳴，婢獲持杖擊糞壤致詞，以祈利市；謂之打灰堆；此本彭蠡清洪君廟中打如願故事，惟吴下至今不廢云。

冬春行

臘中儲蓄百事利，第一先春年計米。羣呼步碓滿門庭，運杵成風雷動地。篩勻箕健無粞糠，百斛只費三日忙。齊頭圓潔箭子長，隔籮輝日雪生光。土倉瓦龕分蓋藏，不蠹不腐常新香。去年薄收飯不足，今年頓頓炊白玉。春耕有種夏有糧，接到明年秋刈熟。鄰叟來觀還歎嗟，貧人一飯不可賒。官租私債紛如麻，有米冬春能幾家！

燈市行

吴臺今古繁華地，偏愛元宵影燈戲。春前臘後天好晴，已向街頭作燈市。疊玉千絲類鬼工，剪羅萬眼人力窮。兩品爭新最先出，不待三五迎東風。兒郎種麥荷鉏倦，偷閒也向城中看。酒壚博塞雜歌呼，夜夜長如正月半。災傷不及什之三，歲寒民氣如春酣。儂家亦幸荒年少，始覺城中燈市好！

祭竈詞

古傳臘月二十四，竈君朝天欲言事。雲車風馬少留連，家有杯盤豐典祀。猪首爛熟雙魚鮮，豆砂甘鬆粉餌圓。男兒酌獻女兒避，酹酒燒錢竈君喜。婢子鬬爭君莫聞，貓狗觸穢君莫嗔。送君醉飽歸天門，杓長杓短勿復云，乞取利市歸來分！

口數粥行

家家臘月二十五，淅米如珠和豆煮。大杓撩鐺分口數，疫鬼聞香走無處。鎪薑屑桂澆蔗糖，滑甘無比勝黃粱。全家團欒罷晚飯，在遠行人亦留分。襁中孩子強教嘗，餘波溥霑獲與臧。新元叶氣調玉燭，天行已過來萬福。物無疵癘年穀熟，長向臘殘分豆粥。

爆竹行

歲朝爆竹傳自昔，吴儂政用前五日。食殘豆粥掃罷塵，截筒五尺煨以薪。節間汗流火力透，健僕取將仍疾走。兒童却立避其鋒，當階擊地雷霆吼。一聲兩聲百鬼驚，三聲四聲鬼巢傾。十聲連百神道寧，八方上下皆和平。御拾焦頭疊牀底，猶有餘威可驅癘。屏除藥物添酒杯，晝日嬉遊夜濃睡。

燒火盆行

春前五日初更後，排門然火如晴晝。大家薪乾勝豆藍，小家帶葉燒生柴。青煙滿城天半白，棲烏驚飛啼格磔。兒孫團坐鷄犬忙，鄰曲歡笑遥相望。黄宫氣應纔兩月，歲陰猶驕風栗烈。將迎陽令作好春，政要火盆生暖熱。

照田蠶行

鄉村臘月二十五，長竿然炬照南畝。近似雲開森列星，遠如風起飄流螢。今春雨雹繭絲少，秋日雷鳴稻堆小。儂家今夜火最明，的知新歲田蠶好。夜闌風焰西復東，此占最吉餘難同。不惟桑賤穀芃芃，仍更苧麻無節菜無蟲！

分歲詞

質明奉祠今古同，吴儂用昏蓋土風。禮成廢徹夜未艾，飲福之餘即分歲。地爐火軟蒼朮香，飣盤果餌如蜂房。就中脆餳專節物，四坐齒頰鏘冰霜。小兒但喜新年至，頭角長成添意氣。老翁把杯心茫然，增年及爾減吾年。荆釵勸酒仍祝願，願翁尊前且強健。君看今歲舊交親，大有人無此杯分！老翁飲罷笑撚鬚，明朝重來醉屠蘇！

賣癡獃詞

除夕更闌人不寐，厭禳滯鈍迎新歲。小兒呼叫走長街，云有癡獃召人買。二物于人誰獨無？就中吴儂仍有餘。巷南巷北賣不得，相逢大笑相揶揄。櫟翁塊坐重簾下，獨要買添令問價。兒云翁買不須錢，奉賒癡獃千百年！

打灰堆詞

除夜將闌曉星爛，糞掃堆頭打如願。杖敲灰起飛撲籬，不嫌灰涴新節衣。老媪當前再三祝，只要我家長富足。輕舟出商重船歸，大牸引犢雞哺兒。野繭可繅麥兩岐，短衲換著長衫衣。當年婢子挽不住，有耳猶能聞我語。但如我願不汝呼，一任汝歸彭蠡湖。

讀白傅洛中老病後詩戲書

樂天號達道，晚境猶作惡。陶寫賴歌酒，意象頗沉著。謂言老將至，不飲何時樂？未能忘暖熱，要是怕冷落。我老乃多戒，頗似僧律縛。閒心灰不然，壯氣鼓難作。豈惟背聲塵，亦自屏杯酌。日課數行書，生經一囊藥。若使白公見，應譏太蕭索。當否竟何如？我友試商略！

淨慈顯老爲衆行化且示余所寫真戲題五絶就作畫贊

孤雲野鶴本無求，剛被差充粥飯頭。擔負一筵牙齒債，鐘鳴鼓響幾時休。

冒雪敲冰乞米迴，齋堂如海鉢單開。衆中若有知恩者，一粒何曾齩破來。

千里驅馳出爲人，顏容消瘦老于真。食輪轉後無餘事，莫學諸方轉法輪。

何時平地起浮圖，化得冬糧但付厨。推倒禪牀并拄杖，飢來喫飯看西湖。

殿中泥佛已丹青，堂上禪師也畫成。笑我形骸枯木樣，無禪無佛太粗生。

喜收知舊書復畏答書二絶

故人寥落似晨星，珍重書來問死生。筆意不如當日健，鬢邊應也雪千莖。

強裁尺素答相思，兩日眵昏腕力疲。牽率老夫今至此，門前猶説報書遲。

重陽不見菊

冷蕊蕭疏蝶懶飛，商量何日是花時。重陽過後開無害，只恐先生不賦詩。

謝江東漕楊廷秀秘監送江東集并索近詩二首

遠道悠悠日暮雲，愁眉今夕爲君軒。殘燈獨照《江東集》，短夢相尋白下門。即事想多梅蕊句，有誰堪共桂花尊。斯文賴有斯人在，會合何時得細論？

禿翁衰雪涕垂頤，髣髴三生懶散師。浹髓淪膚都是病，傾囷倒廩更無詩。笑看筆格網絲徧，閒數窗櫺花影移。事業光陰今若此，故人休説舊襟期。

范村雪後

習氣猶餘燼，鍾情未濕灰。忍寒貪看雪，諱老強尋梅。慰貼愁眉展，勾般笑口開。直疑身健在，時有句飛來。

屢居久不見山或勸作小樓以助登覽又力不能辦今年益衰此興亦闌矣

結廬占城市，初豈卜云吉？謌醫并治庖，二事便衰疾。乘除徐自笑，翻覺此計失。經年不見山，無異處暗室。平生痼煙霞，歲晚成俗物。安得百尺樓，屋上高突兀。列岫擁青來，爽氣助佔畢。嘗試與匠謀，工費蝟毛出。俸餘強弩末，家事空囊澁。經營十年餘，高興竟蕭瑟。人生不如意，十事常六七。身今況遲暮，長算屈短日。縱成此段奇，髮白何由漆。且學商山翁，彎跧蟄霜橘。

新歲書懷

門闃知閑好，窗晴與睡宜。歲華書户牮，年例探梅詩。看長棋三著，量添飯兩匙。豁除身外事，未是苦衰遲。

閏月四日石湖衆芳爛熳

北垞南岡總是家，兒童隨逐任驩譁。開嘗臘尾蒸來酒，點數春頭接過花。盡把園林蒙錦綉，多添門户鎖煙霞。杖藜想被東風笑，扶却衰翁管物華。

檢校石湖新田

今朝南野試開荒，分手耘鉏草棘場。下地若干全種秫，高原無覭謾栽桑。蘆芽碧處重增岸，梅子黄時早濬塘。田里只知温飽事，從今拚却半年忙。

連夕大風凌寒梅已零落殆盡三絶

枝南枝北玉初勻，夜半顛風捲作塵。春夢都無三日好，一冬忙殺探梅人！
玉雪飄零賤似泥，惜花還記賞花時。賞花不許輕攀折，只許家人戴一枝。
花開長恐賞花遲，花落何曾報我知？人自多情春不管，強顏猶作送春詩！

夢覺作

年增氣血減，藥密飲食稀。氣象不堪説，頭顱從可知！忽作少年夢，嬌癡逐兒嬉。覺來一惘然，形骸乃爾衰！夢中觀河見，只似三歲時。方悟夢良是，却疑覺爲非。

劍南詩鈔

陸游，字務觀，越州山陰人。十二能詩文，蔭補登仕郎。鎖廳薦送第一，秦檜孫塤居次，檜不説。明年，試禮部，復置游前列，檜顯黜之，繇是爲所嫉。檜死，始赴寧德簿，以薦除敕令所删定官。孝宗初，遷樞密院編修、編類聖政所檢討官。召見，賜進士出身，尋免去。五爲州別駕，西泝㰅道。范成大帥蜀，爲參議官。以文字交，不拘體法，人譏其放，頹因自號放翁。後累遷，與祠，起知嚴州。再召見，曰：「卿筆力回斡，非他人可及。」同修三朝國史實録，陞寶章閣待制，致仕。封渭南伯，卒，年八十五。詩稿最多，以居蜀久，不能忘，統署其稿曰劍南，以見志。孝宗嘗問周必大曰：「今詩人亦有如唐李白者乎？」必大以游對，人因呼爲小太白。劉後村謂「近歲詩人雜博者堆隊仗，空疏者窘材料，出奇者費探索，縛律者少變化。惟放翁記問足以貫通，力量足以驅使，才思足以發越，氣魄足以陵暴。南渡而下，故當爲一大宗。」吾謂豈惟南渡，雖全宋不多得也。宋詩大半從少陵分支，故山谷云：「天下幾人學杜甫，誰得其皮與其骨。」若放翁者，不寧皮骨，蓋得其心矣。所謂愛君憂國之誠，見乎辭者，每飯不忘。故其詩浩瀚崒嵂，自有神合。嗚呼！此其所以爲大宗也與。

寄酬曾學士學宛陵先生體比得書云所寓廣教僧舍有陸子泉每對之輒奉懷

庭中下午鵲，門外傳遠書。小印紅屈蟠，兩端黃蠟塗。開緘展矮紙，滑細疑卵膚。首言勞良苦，後問逮妻孥。中間勉以仕，語意極勤渠。字如老瘠竹，墨淡行疏疏。詩如古鼎篆，可愛不可摹。快讀醒人意，垢癢逢爬梳。細讀味益長，炙轂出膏腴。行吟坐卧看，廢食至日晡。想見落筆時，萬象聽指呼。亦知題詩處，緑井石髮粗。公閒計有客，煎茶置風爐。倘公無客時，濯纓亦足娛。井名本季疵，思人理豈無。居然及賤子，媿謝恩意殊。幾時得從公，舊學鋤荒蕪。古文講聲形，誤字辨魯魚。時時酌井泉，露芽奉瓢盂。不知公許否？因風報何如。

新夏感事

百花過盡緑陰成，漠漠爐香睡晚晴。病起兼旬疏把酒，山深四月始聞鶯。近傳下詔通言路，已卜餘年見太平。聖主不忘初政美，小儒唯有涕縱橫。

寄陳魯山 陳時謫官都下。

天下無虞國論深，書生端合老山林，平生力學所得處，政要如今不動心。舊友幾年猶短褐，謫官萬里少來音。願公思此寬覊旅，静勝炎曦豈易侵。

出縣

匆匆薄領不堪論，出宿聊寬久客魂。稻壠牛行泥活活，野塘橋壞雨昏昏。槿籬護藥纔通徑，竹筧分泉自遍村。歸計未成留亦好，愁腸不用遶吴門！

東陽道中

風欹烏帽送輕寒，雨點春衫作碎斑。小吏知人當著句，先安筆硯對溪山。

東陽觀酴醿

福州正月把離杯，已見酴醿壓架開。吴地春寒花漸晚，此歸一路摘香來。

送杜起莘殿院出守遂寧

羽檄聯翩晝夜馳，臣憂顧不在邊陲。軍容地密寧當議，陛下恩深不忍欺。白簡萬言幾慟哭，青編一傳可前知。平生所學今無負，未歎還鄉兩鬢絲！

聞武均州報已復西京

白髮將軍亦壯哉，西京昨夜捷書來！胡兒敢作千年計，天意寧知一日回。列聖仁恩深雨露，中興赦令疾風雷。懸知寒食朝陵使，驛路梨花處處開。

喜小兒輩到行在

阿綱學書蚓滿幅，阿繪學語鶯囀木。截竹作馬走不休，小車駕羊聲陸續。書窗涴壁誰忍嗔，嘅嘷也復可憐人。却思胡馬飲江水，敢道春風無戰塵。傳聞賊棄兩京走，列城争爲朝廷守。從今父子見太平，花前飲水勿飲酒。

送七兄赴揚州帥幕

初報邊烽照石頭，旋聞胡馬集瓜州。諸公誰聽芻蕘策？吾輩空懷畎畝憂！急雪打窗心共碎，危樓望遠涕俱流。豈知今日淮南路，亂絮飛花送客舟。

村居

富貴功名不擬論，且浮舴艋寄煙村。生憎快馬隨鞭影，寧作癡人記劍痕。樵牧相諳欲争席，比鄰漸熟約論婚。晨春夜績吾家舊，正要遺風付子孫。

盆池

門外江濤湧雪堆，埋盆作沼亦何哉！兒曹不解渠翁意，新脱風波嶮處來。

次韻无咎別後見寄

平日盃行不解辭，長亭況是送君時。幾行零落僧窗字，何限流傳樂府詩。歸思恰如重醖酒，歡情略似欲殘棋。龍蛇飛動無由見，坐媿文園屬思遲。詩來彌月，乃能和答，故云。

望江道中

吾道非邪來曠野，江濤始此去何之？起隨烏鵲初翻後，宿及牛羊欲下時。風力漸添帆力健，艣聲常雜雁聲悲。晚來又入淮南路，紅樹青山合有詩。

去年余佐京口遇王嘉叟從張魏公督師過焉魏公道免相嘉叟亦出守莆陽近辱書報魏公已葬衡山感歎不已因用所遺拄頰亭詩韻奉寄

河亭挈手共徘徊，萬事寧非有數哉！黄閣相君三黜去，青雲萬事一麾來。中原故老知誰在？南嶽新丘共此哀。火冷夜窗聽急雪，相思時取近書開。

自詠示客

衰髮蕭蕭老郡丞，洪州又看上元燈。羞將枉直分尋尺，寧走東西就斗升。吏進飽諳箝紙尾，客來苦勸摸牀稜。歸裝漸理君知否？笑指廬山古澗藤。廬山僧近寄藤杖甚奇。

上巳臨川道中

二月六夜春水生，陸子初有臨川行。溪深橋斷不得渡，城近卧聞吹角聲。三月三日天氣新，臨川道中愁殺人。纖纖女手桑葉綠，漠漠客舍桐花春。平生怕路如怕虎，幽居不省遊城府。鵂鶹苦瘦坐長飢，龜息無聲惟默數。如今自憐還自笑，斂版低心事年少。儒冠未恨終自誤，刀筆最驚非素料。五更欹枕一悽然，夢裏扁舟水接天。紅蕖綠芰梅山下，白塔朱樓禹廟邊。

初夏道中

桑間葚熟麥齊腰，鶯語惺惺野雉驕。日薄人家晒蚕子，雨餘山客買魚苗。豐年隨處俱堪樂，行路終然不自聊。獨喜此身強健在，又搖團扇著絺蕉。

上虞逆旅見舊題歲月感懷

舴艋爲家東復西，今朝破曉下前溪。青山缺處日初上，孤店開時鶯亂啼。倦枕不成千里夢，壞牆閒覓十年題。漆園傲吏猶非達，物我區區豈足齊。

夜聞松聲有感

清晨放船落星石，大風吹颿如箭激。回頭已失廬山雲，却上吴城覩落日。夜深龍歸擘祠門，入木數寸留爪痕。明朝就視心尚慄，腥風卷地雷霆奔。歸船買酒特自慰，性命平生驚屢戲。固知神怒有定時，波紋蹙作魚鱗細。如今衰病卧林坰，霜覆茅簷月滿庭。松聲驚破三更夢，猶作當時風浪聽。丙戌七月，自京口移官豫章。冒風濤，自星子解舟，半日至吴城山小龍廟。

送芮國器司業

往歲淮邊虜未歸，諸生合疏論危機。人材衰靡方當慮，士氣崢嶸未可非。萬事不如公論久，諸賢莫與衆心違。還朝此段宜先及，豈獨遺經賴發揮。

晚泊

半世無歸似轉蓬，今年作夢到巴東。身遊萬死一生地，路入千峰百嶂中。鄰舫有時來乞火，叢祠無處不祈風。晚潮又泊淮南岸，落日啼鴉戍堞空。

雨中泊趙屯有感

歸燕羈鴻共斷魂，荻花楓葉泊孤村。風吹暗浪重添纜，雨送新寒半掩門。魚市人煙横慘淡，龍祠簫鼓鬧黄昏。此身且健無餘恨，行路雖難莫更論。

黄州

局促常悲類楚囚，遷流還歎學齊優。江聲不盡英雄恨，天意無私草木秋。萬里羈愁添白髮，一帆寒日過黄州。君看赤壁終陳跡，生子何須似仲謀。

石首縣雨中繫舟戲作短歌

庚寅去吳西適楚，秋晚孤舟泊江渚。荒林月黑虎欲行，古道人稀鬼相語。鬼語亦如人語悲，楚國繁華非昔時。章華臺前小家住，茅屋雨漏秋風吹。悲哉秦人真虎狼，欺侮六國囚侯王。亦知廢興古來有，但恨不見秦先亡。開窗酹汝一盃酒，等爲亡國秦更醜。驪山冢破已千年，至今過者無傷憐！

初寒

船尾寒風不滿旗，江邊叢祠常掩扉。行人畏虎少晨起，舟子捕魚多夜歸。茅葉翻翻帶宿雨，葦花漠漠弄斜暉。傷心到處聞碪杵，九月今年未授衣。

水亭有懷

漁村把酒對丹楓，水驛憑軒送去鴻。道路半年行不到，江山萬里看無窮。故人草詔九天上，老子題詩三峽中。笑謂毛錐可無恨，書生處處與卿同。

將離江陵

暮暮過渡頭，旦旦走隄上。舟人與關吏，見熟識顏狀。癡頑久不去，常恐遭誚讓。昨日倒檣干，今日聯百丈。買薪備雨雪，儲米滿瓶盎。明當遂去此，障袂先側望。即今孟冬月，波濤幸非壯。潦收出奇石，霧卷見疊嶂。地嶮多崎嶇，峽束少平曠。從來樂山水，臨老愈跌宕。皇天憐其狂，擇地令自放。山花白似雪，江水綠於釀。《竹枝》本楚些，妙句寄悽愴。何當出清詩，千古續遺唱！

滄灘

百夫正讙助嗚艣，舟中對面不得語。須臾人散寂無譁，惟聞百丈轉兩車。嘔嘔啞啞車轉急，舟人已在沙際立。霧斂蘆村落照紅，雨餘漁舍炊煙溼。故鄉回首已千山，上峽初經第一灘。少年亦慕宦遊樂，投老方知行路難。

黄牛峽廟

三峽束江流，崖谷互吐納。黄牛不負重，雲表恣蹴蹋。吴船與蜀舸，有請神必答。誰憐馬遭刖，百歲創未合。梔師浪奔走，烹彘陳酒榼。紛然餕神餘，羹胔争嘬嚃。空庭多落葉，日暮聲颯颯。奇文粲可辨，高古篆籀雜。村女賣秋茶，簪花髻鬟匝。襁兒著背上，帖妥若在榻。山寒雪欲下，虎出門早闔。我行忽至此，臨風久嗚唈！

巴東令廨白雲亭

寇公壯歲落巴蠻，得意孤亭縹緲間。常倚曲闌貪看水，不安四壁怕遮山。遺民雖盡猶能説，老令初來亦愛閒。正使官清貧至骨，未妨留客聽潺潺。

瞿唐行

四月欲盡五月來，峽中水漲何雄哉！浪花高飛暑路雪，灘石怒轉晴天雷。千艘萬舸不敢過，篙工柂師心膽破。人人陰拱待勢衰，誰敢輕行犯奇禍。一朝時去不自由，山腹空有沙痕留。君不見陸子歲暮來夔州，瞿唐峽水平如油。

山寺

籃輿送客過江村，小寺無人半掩門。古佛負牆塵漠漠，孤燈照殿雨昏昏。喜投禪榻聊尋夢，懶爲啼猿更斷魂。要識人間盛衰理，岸沙君看去年痕。峽漲時水高數十丈，至冬盡落。

寒食

峽雲烘日欲成霞，瀼水生紋淺見沙。又向蠻方作寒食，強持巵酒對梨花。身如巢燕年年客，心羨遊僧處處家。賴有春風能領略，一生相伴遍天涯！

風雨中望峽口諸山奇甚戲作短歌

白鹽赤甲天下雄，拔地突兀摩蒼穹。凜然猛士撫長劍，空有豪健無雍容。不令氣象少渟滀，常恨天地無全功。今朝忽悟始歎息，妙處元在煙雨中！太陰殺氣橫慘淡，元化變態含空濛。正如奇材遇事見，平日乃與常人同。安得朱樓高百尺，看此疾雨吹橫風。

久病灼艾後獨卧有感

白帝城高暮柝傳，幽窗搔首意蕭然。江邊雲溼初横雁，牆下桐疏不庇蟬。計出火攻傷老病，卧聞鳶墮歎蠻煙！諸賢好試平戎策，歛退無心競著鞭。

小市

小市門前沙作隄，杏花雖落不霑泥。客心尚壯身先老，江水方東我獨西。暫憩軒窗仍汛掃，遠遊書劍亦提攜。子規應笑飄零慣，故傍茅簷盡意啼。

蟠龍瀑布

遠望紛珠纓，近觀轉雷霆。人言水出奇，意使行人驚。人驚我何得，定非水之情。水亦有何情？因物以賦形。處高勢趨下，豈樂與石争。退之亦隘人，强言不平鳴。古來賢達士，初亦願躬耕。意氣或感激，邂逅成功名。

馬上

殘年流轉似萍根，馬上傷春易斷魂。烘暖花無經日蕊，漲深水過去年痕。迷行每問樵夫路，投宿時敲竹寺門。不信太平元有象，牛羊點點散煙村。

鄰水延福寺早行

化蝶方酣枕，聞鷄又著鞭。亂山徐吐日，積水遠生煙。流泊真衰矣，登臨獨惘然！桃花應笑客，無酒到愁邊。酒偶盡，市酤不可飲。

岳池農家

春深農家耕未足，原頭叱叱兩黄犢。泥融無塊水初渾，雨細有痕秧正緑。緑秧分時風日美，時平水有差科起。買花西舍喜成婚，持酒東鄰賀生子。誰言農家不入時？小姑畫得城中眉。一雙素手無人識，空村相喚看繅絲。農家農家樂復樂，不比市朝争奪惡。宦遊所得其幾何？我已三年廢東作。

果州驛

驛前官路堠纍纍，歎息何時送我歸！池館鶯花春漸老，窗扉燈火夜相依。孤鸞怯舞愁窺鏡，老馬貪行强受鞿。到處風塵常撲面，豈惟京洛化人衣。

聞杜鵑戲作

半世羈遊厭路岐，憑鞍日日數歸期。勞君樹上叮嚀語，似勸飢人食肉糜。

老君洞有石刻載唐明皇幸蜀，見老君於此。

丹鳳樓頭語未終，崎嶇蜀道復相逢。太清宮闕俱煨燼，豈亦南來避賊鋒？

簡章德茂

殊方邂逅豈無緣，世事多乖復悵然。造物無情吾輩老，古人不死此心傳。冷雲黯黯朝横棧，紅葉蕭蕭夜滿船。簡裏約君同著句，不應輸與灞橋邊！

太息宿青山鋪作。

太息重太息，吾行無終極。冰霜迫殘歲，鳥獸號落日。秋砧滿孤村，枯葉擁破驛。白頭鄉萬里，墮此虎豹宅。道邊新食人，膏血染草棘。平生鐵石心，忘家思報國。即今冒九死，家國兩無益。中原久喪亂，志士淚横臆！切勿輕書生，上馬能擊賊。

凄凄復凄凄，山路窮攀躋。僕病卧草間，馬困聲酸嘶。脱兔截道奔，窮狖上樹啼。崩湍一何哀，下落萬仞谿！昏黑投孤戍，洗我衣上泥。下愚不可遷，大惑終身迷。仕宦十五年，曾不飽糠粞。客路少睡眠，月白聞號鷄。欲行且復止，虎來茅葉低。

閬中作

挽住征衣爲濯塵，閬州齋釀絶芳醇。鶯花舊識非生客，山水曾遊是故人。遨樂無時冠巴蜀，語音漸正帶咸秦。平生牘有尋梅債，作意城南看小春。

赴成都泛舟自三泉至益昌謀以明年下三峽

詩酒清狂二十年，又摩病眼看西川。心如老驥常千里，身似春蠶已再眠。暮雪烏奴停醉帽，秋風白帝放歸船。飄零自是關天命，錯被人呼作地仙。

雪晴行益昌道中頗有春意

杜陵雁下歲將殘，疋馬西遊雪擁關。顑頷敢忘雙闕路，淹遲遍看兩川山。春回柳眼梅鬚裏，愁在鞭絲帽影間。安得黃金成大藥，爲人千載駐頹顏！

綿州魏成縣驛有羅江東詩云芳草有情皆礙馬好雲無處不遮樓戲用其韻

老夫乘興忽西遊，遠跨秦吴萬里秋。尊酒登臨遍山寺，歌辭散落滿江樓。孤城木葉蕭蕭下，古驛灘聲濺濺流。未許詩人誇此地，茂林修竹憶吾州。

晚春書懷

老客天涯心尚孩，惜春直欲挽春回。長繩縱繫斜陽住，右手難移故國來。暑近蚊雷先隱轔，雨前蝗垤正崔嵬。茹芝却粒終無術，萬事惟須付一盃。

晚登望雲

一出修門又十年，輩流多已珥金蟬。衰如蠹葉秋先覺，愁似鰥魚夜不眠。輦路疏槐迎駕處，苑城殘日泛湖天。君恩未報身今老，徙倚危樓一泫然！

醉中感懷

早歲君王記姓名，只今顑頷客邊城。青衫猶是鵷行舊，白髮新從劍外生。古戍旌旗秋慘淡，高城刁斗夜分明。壯心未許全消盡，醉聽檀槽出塞聲。

晚雨

蕭瑟度橫塘，霏微映繚牆。壓低塵不動，灑急土生香。聲入楸梧碎，清分枕簟涼。回頭忽陳迹，簷角挂斜陽。

社日

百穀登場酒滿卮，神林簫鼓晚清悲。蟬依疏柳長言處，燕委空巢大去時。幼學已忘那用忌，鄉俗小兒女社日忌習業。微聾自樂不須醫。古謂社酒治聾。傷心故里雞豚集，父老逢迎正見思！

寒夜遣懷

臨觴本不飲，憂多自成醉。四方行萬里，不見埋憂地。憶昔入京都，寶馬摇香鬃。酣飲青樓夜，歌聲在半空。去日不可挽，華髮忽垂領。娟娟蛾眉月，相對作凄冷。月落照空床，不寐聽寒螿。早知憂隨人，何用去故鄉！

登樓

從來好境遍人間，無奈勞生自欠閒。江近時時吹白雨，樓高面面看青山。歌聲哀怨傳三峽，行色凄涼帶百蠻。嘉陽近諸蠻。流落愛君心未已，夢魂猶綴紫宸班。

西園

半掩朱門蘚徑斜，翠屏繡谷忽谽谺。高高下下天成景，密密疏疏自在花。江近夕陽迎宿鷺，林昏殘角促歸鴉。吾舟已繫津南岸，喚客猶能一笑譁。

得韓无咎書寄使虜時宴東都驛中所作小闋

大梁二月杏花開，錦衣公子乘傳來。桐陰滿地掃不得，金轡玲瓏上源驛。上源驛中搥畫鼓，漢使作客胡作主。舞女不記宣和粧，廬兒盡能女直語。書來寄我宴時詩，歸鬢知添幾縷絲。有志未須深感慨，築城會據拂雲祠。唐中受降城，在拂雲祠。

曉坐

低枕孤衾夜氣存，披衣起坐默忘言。瓶花力盡無風墮，爐火灰深到曉温。空槖時時聞鼠齧，小窗一一送鴉翻。悠然忽記幽居日，下榻先開水際門。

十二月初一日得梅一枝絶奇戲作長句今年於是四賦此花矣

高標已壓萬花羣，尚恐嬌春習氣存。月兔擣霜供换骨，湘娥鼓瑟爲招魂。孤城小驛初飛雪，斷角殘鐘半掩門。盡意端相終有恨，夜寒皴玉倩誰温。

快晴

地濶天門斗柄回，今朝紅日遍池臺。新陽蘇醒春前柳，輕暖醫治雪後梅。瓦屋螺青披霧出，錦江鴨緑抱山來。衰翁也逐兒童喜，旋撥文書近酒盃。

春愁曲客話成都戲作。

處羲至今三十餘萬歲，春愁歲歲常相似。外大瀛海環九洲，無有一洲無此愁。我願無愁但歡樂，朱顔緑鬢常如昨。金丹九轉徒可聞，玉兔千年空擣藥。蜀姬雙鬟婭姹嬌，醉看恐是海棠妖。世間無處無愁到，底事難過萬里橋？

遊修覺寺

上盡蒼崖百級梯，詩囊香椀手親攜。山從飛鳥行邊出，天向平蕪盡處低。花落忽驚春事晚，樓高剩覺客魂迷。與闌掃榻禪房卧，清夢還應到剡溪。

雨後集湖上

野水交流自滿畦，芳池新漲恰平堤。花藏密葉多時在，鶯占高枝盡日啼。繡袂寶裙催結束，金樽翠杓共提攜。白頭自喜能狂在，笑襞蠻牋落醉題。

慈雲院東閣小憩

横閣院東偏，倚然拂榻眠。香濃煙穗直，茶嫩乳花圓。巖倚團團桂，筒分細細泉。憑誰爲題版？牓作小壺天。

病後暑雨書懷

髮毛蕭颯疾初平，雲物輪囷氣未清。水漲小亭無路到，雨多幽草上牆生。窗昏頓減讐書課，屋老時聞墮瓦聲。止酒亡聊還自笑，少年豪飲似長鯨。

怡齋

東湖仲夏草樹荒，屋古無人亭午涼。萱房徹呀不見日，筍籜自解時吹香。野藤蟠屈入窗罅，溼菌扶疏生屋梁。跨溝數椽最幽翳，漲水及檻雨敗牆。靜涵青蘋舞藻荇，閒立白鷺浮鴛鴦。芙蕖雖瘦亦瀰漫，照眼翠蓋遮紅粧。水紋珍簟欲卷却，團團素扇懶復將。天風忽送塔鈴語，喚覺清夢遊瀟湘。

寓驛舍 予三至成都，皆館于是。

閒坊古驛掩朱扉，又憩空堂綻客衣。九萬里中鯤自化，一千年外鶴仍歸。遶庭數竹饒新筍，解帶量松長舊圍。惟有壁間詩句在，暗塵殘墨兩依依。

宴西樓

西樓遺迹尚豪雄，錦繡笙簫在半空。萬里因循成久客，一年容易又秋風。燭光低映珠簾麗，酒暈徐添玉頰紅。歸路迎涼更堪愛，摩訶池上月方中。

江瀆池醉歸馬上作

久住西州似宿緣，笙歌叢裏著華顛。每嗟相見多生客，却憶初來尚少年。迎馬緑楊争拂帽，滿街丹荔不論錢。浮生何處非羇旅，休問東吳萬里船！

醉書

似聞有俸錢，似仕無簿書。似長免事仕，似屬非走趨。病能加餐飯，老與酒不疏。婆娑東湖上，幽曠足自娱。時時喚客醉，小閣臨紅蕖。釣魚斫銀絲，擘荔見玉膚。檀槽列四十，遺聲傳故都。豈惟豪兩川，自足誇東吳。但恨詩不進，榛荒失耘鋤。何當掃纖艷，傑作追黄初！

東園晚步

久客天涯憶故園，彊名官寺只衡門。秋桐盡遍無全葉，古柳吹斜出半根。痛飲每思尊酒窄，微官空羨布衣尊。何時定下三巴去，思卧孤舟聽斷猿。

太平花

花出劍南，似桃，四出，千百包，駢萃成朶。天聖中，獻至京師，仁宗賜名太平花。

扶牀踉蹡出京華，頭白車書未一家。宵旰至今勞聖主，淚痕空對太平花！

秋色

一段凄涼傍酒盃，中年剩作楚囚哀。迢迢似伴明河出，慘慘如隨落照來。客路半生常淚眼，鄉關萬里更危臺。蓼汀荻浦江南岸，自入秋來夢幾回。

秋聲

蕭騷拂樹過中庭，何處人間有此聲？漲水雨餘晨放閘，騎兵戰罷夜還營。閒憑曲几聽雖久，彊撫哀弦寫不成！署退涼生君勿喜，一年光景又峥嶸。

龍眠畫馬

國家一從失西陲，年年買馬西南夷。瘴鄉所產非權奇，邊頭歲入幾番一作「數」皮。崔嵬瘦骨帶火印，離立欲不禁風吹。圉人太僕空列位，龍媒汗血來何時？李公太平官京師，立仗慣見渥洼姿。斷縑歲久墨色暗，逸氣尚若不可羈。賞奇好古自一癖，感事憂國空餘悲。嗚呼！安得毛骨若此三千疋，銜枚夜度桑乾磧。

秋夜池上作

短髮颼颼病骨輕，臨池閒看露荷傾。月明何與浮雲事，正向圓時故故生。

夜食炒栗有感漏舍待朝，朝士往往食此。

齒根浮動歎吾衰，山栗炮燔療夜飢。喚起少年京輦夢，和寧門外早朝時。

晚登橫溪閣

樓鼓聲中日又斜，憑高愈覺在天涯。空桑客土生秋草，野渡虛舟集晚鴉。瘴霧不開連六詔，俚歌相答帶三巴。故鄉可望應添淚，莫恨雲山萬疊遮！

犖确坡頭筇竹枝，西臨村路立多時。賣蔬近市還家早，煮井人忙下麥遲。榮多鹽井，秋冬收薪茅最急。病客情懷常怯酒，山城老景盡供詩。晚來試問愁多少？只許高樓橫笛吹。

自唐安徙家來和義出城迎之馬上作

身如林下僧，處處常寄包。家如梁上燕，歲歲旋作巢。豈惟人所憐，顧影每自嘲。眼看佳山水，不得結把茅。造物困豪傑，如視餓虎哮。要令出精神，感激使叫呶。頗思投筆去，走馬盤雲旓。三更冒急雪，大戰梁楚郊。

花時遍遊諸家園

看花南陌復東阡，曉露初乾日正妍。走馬碧雞坊裏去，市人喚作海棠顛。
爲愛名花抵死狂，只愁風日損紅芳。綠章夜奏通明殿，乞借春陰護海棠。
翩翩馬上帽簷斜，盡日尋春不到家。偏愛張園好風景，半天高柳卧溪花。
花陰掃地置清尊，爛醉歸時夜已分。欲睡未成欹倦枕，輪囷帳底見紅雲。
宣華無樹著啼鶯，惟有摩訶春水生。故老能言當日事，直將宮錦裹宮城。
絲絲紅蕚弄春柔，不似疏梅只慣愁。常恐夜寒花索寞，錦茵銀燭按涼州。

春寒連日不出

海棠花入燕泥乾，梅子枝頭已帶酸。老去懶尋年少夢，春分不減社前寒。著書敢望垂千載，嗜酒猶須隱一官。正是閒時無客過，小庭斜日倚闌干。

馬上偶成

城南城北紫遊韁，盡日閒行看似忙。刺水離離葛葉短，連村漠漠豆花香。夕陽有信催殘角，春草無情上繚牆。我亦人間倦遊者，長吟聊復愴興亡！

夜宴

酒浪搖春不受寒，燭花垂燼忽堆盤。山川路邈人將老，絲管聲遒夜向闌。四海交朋更聚散，百年光景雜悲歡！自憐病眼猶明在，更把名花半醉看。是夕得范希元家晚海棠數枝，繁麗一城所無。

錦亭

天公爲我齒頰計，遣飫黄甘與丹荔。又憐狂眼老更狂，令看廣陵芍藥蜀海棠。周行萬里逐所樂，天公於我元不薄。貴人不出長安城，寶帶華纓真汝縛。樂哉今從石湖公，大度不計聾丞聾。夜宴新亭海棠底，紅雲倒吸玻璃鍾。琵琶弦繁腰鼓急，盤鳳舞衫香霧溼。春醪凸盞燭光搖，素月中天花影立。遊人如雲環玉帳，詩未落紙先傳唱。此邦句律方一新，鳳閣舍人今有樣。

雨

映空初作繭絲微，掠地俄成箭鏃飛。紙帳光遲饒曉夢，銅鑪香潤覆春衣。池魚鱍鱍隨溝出，梁燕翩翩接翅歸。惟有落花吹不去，數枝紅溼自相依。

春殘

石鏡山前送落暉，春殘回首倍依依。時平壯士無功老，鄉遠征人有夢歸！苜蓿苗侵官道合，蕪菁花入麥畦稀。倦遊自笑摧頹甚，誰記飛鷹醉打圍？

小飲房園

宦遊到處即忘家，況得閒身管物華。疏索故人緣病酒，折除厚禄爲看花。泥新高棟初巢燕，萍匝荒池已集蛙。斟酌人生要行樂，燈前起舞落烏紗。

卜居

歷盡人間行路難，老來要覓數年閒。供家米少因添鶴，買宅錢多爲見山。池面紋生風細細，花根土潤雨斑斑。借春乞火依鄰里，剩釀村醪約往還。

小疾謝客

小疾深居不喚醫，消揺更覺勝平時。癡人未害看《周易》，名士真須讀《楚辭》。緑徑風斜花片片，畫廊人静雨絲絲。晚來頓覺清羸甚，自置篝爐煮粟糜。

過野人家有感

縱轡江皐送夕暉，誰家井臼映荆扉？隔籬犬吠窺人過，滿箔蠶飢待葉歸。吳人直謂桑曰葉。世態十年看爛熟，家山萬里夢依稀！躬耕本是英雄事，老死南陽未必非！

閒中偶題

楚澤巴山歲歲忙，今年睡足向禪房。只知閒味如茶永，不放羈愁似草長。架上《漢書》那復看，牀頭《周易》亦相忘。客來拈起清談塵，且破西窗半篆香。

久矣雲衢斂羽翰，退飛更覺一枝安。七千里外新閒客，十五年前舊史官。花底清歌春載酒，江邊明月夜投竿。癡頑直爲多更事，莫怪胸懷抵死寬。

晚過五門

五門路四月，乳鴉啼緑樹。閒遊但喜日初長，薄暑始知春已去。樓頭風高舞雙旗，畫角聲中日還暮。馬蹄特特無斷時，老盡行人路如故。

月下醉題

黄鵠飛鳴未免飢，此身自笑欲何之？閉門種菜英雄老，彈鋏思魚富貴遲。生擬入山隨李廣，死當穿冢近要離。一樽彊醉南樓月，感慨長吟恐過悲！

和范待制秋興

策策桐飄已半空，啼螿漸覺近房櫳。一生不作牛衣泣，萬事從渠馬耳風。名姓已甘黄紙外，光陰全付緑尊中。門前剥啄誰相覓？賀我今年號放翁。

睡臉餘痕印枕紋，秋衾微潤覆爐熏。井桐摇落先霜盡，衣杵凄凉帶月聞。佛屋沙燈明小像，經奩魚蠹蝕真文。身如病驥惟思卧，誰許能空萬馬羣！

春愁

春愁茫茫塞天地，我行未到愁先至。滿眼如雲忽復生，尋人似瘧何由避。客來勸我飛觥籌，我笑謂客君罷休。醉自醉倒愁自愁，愁與酒如風馬牛。

關山月

和戎詔下十五年，將軍不戰空臨邊。朱門沉沉按歌舞，廐馬肥死弓斷弦。戍樓刁斗催落月，三十從軍今白髮。笛裏誰知壯士心，沙頭空照征人骨！中原干戈古亦聞，豈有逆胡傳子孫。遺民忍死望恢復，幾處今宵垂淚痕！

和范舍人書懷

歲月如奔不可遮，即今楊柳已藏鴉。客中常欠尊中酒，馬上時看檐上花。末路凄凉老巴蜀，少年豪舉動京華！天魔久矣先成佛，多病維摩尚在家。

幽居

殊方飄泊向誰論，小住僧廬亦所欣。得飽罷揮求米帖，愛眠新著毀茶文。摘蔬籃小霑清露，斸藥鉏輕帶溼雲。從此生涯足幽事，宦遊虛用半生勤。

浣溪女一作《浣花女》。

江頭女兒雙髻丫，常隨阿母供桑麻。當户夜織聲咿啞，地爐豆䕷煎土茶。長成嫁與東西家，柴門相對不上車。青裙竹笥何所嗟，插髻燁燁牽牛花。城中妖姝臉如霞，争嫁官人慕高華。青驪一出天之涯，年年傷春抱琵琶！

悲秋

一抛蓑笠雪溪舟，八載涼州復益州。纔破繁華海棠夢，又驚搖落井梧秋。曉班無復趨行殿，晚境惟思老寢丘。病肺經旬疏酒盞，愁來惟是上南樓。

雨中山行至松風亭忽澄霽

煙雨千峰擁髻鬟，忽看青嶂白雲間。卷藏破墨營丘筆，却展將軍著色山。

秋興

成都城中秋夜長，燈籠蠟紙明空堂。高梧月白繞飛鵲，衰草露溼啼寒螿。堂上書生讀書罷，欲眠未眠偏斷腸。起行百匝幾歎息，一夕綠髮成秋霜！中原日月用胡曆，幽州老酋著柘黃。榮河温洛底處所，可使長作旃裘鄉。百金戰袍鵰鶻盤，三尺劍鋒霜雪寒。一朝出塞君試看，且發寶雞暮長安。

暇日行城上同行追不能及

疾步登城殊未衰，欣然一笑擲筇枝。正當閒似白鷗處，不減健如黃犢時。秋野煙雲橫慘淡，暮天樓閣倚參差。高吟醉舞忘歸去，乞與丹青畫怪奇。

江樓醉中作

淋漓百榼宴江樓，秉燭揮毫氣尚遒。天上但聞星主酒，人間寧有地埋憂。生希李廣名飛將，死慕劉伶贈醉侯。戲語佳人頻一笑，錦城已是六年留。退之詩云：「越女一笑三年留。」

曳策 遊房園作。

慈竹蕭森拱廢臺，醉歸曳策一徘徊。紛紛落日牛羊下，黯黯長空霰雪來。三峽猿催清淚落，兩京梅傍戰塵開。客懷已是淒涼甚，更聽城頭畫角哀！

謁漢昭烈惠陵及諸葛公祠宇

雨止風益豪，雪作雲不動。淒涼漢陵廟，衰草臥翁仲。畫妓空笙竽，土馬闕羈鞚。壤沃黃犢耕，柏密幽鳥哢。尚想忠武公，身任社稷重。整整渭上營，氣已無岐雍。少須天意定，破賊寧患衆。興亡信有數，星隕事可痛。陵邊四五家，茅竹居接棟。手皸紙上箔，居民皆以造紙爲業。醅熟酒鳴甕。雖嗟生理微，亦足宜飢凍。劉葛固雄傑，閱世均一夢。論高常近迂，才大本難用。九原不可作，再拜臨風慟！

遠遊

遠遊行復歲華新，懶學劉郎問大鈞。一點不蒙稽古力，十分合作臥雲身。苦寒與酒頓增價，小雨爲梅先辟塵。擬佩一壺江路去，花邊醉墮白綸巾。

簡譚德稱

幼輿骨相稱山巖，自要閒遊不避讒。錦里先生爲老伴，玉霄散吏是頭銜。探春苑路花簪帽，看月江樓酒滿衫。惟恨題詩無逸氣，媿君陣馬與風颿。

閒意

柴門雖設不曾開，爲怕人行損綠苔。妍日漸催春意動，好風時捲市聲來。學經妻問生疏字，嘗酒兒斟瀲灔盃。安得小園寬半畝，黃梅綠李一時栽。

南定樓遇急雨

行遍梁州到益州，今年又作度瀘遊。江山重複争供眼，風雨縱横亂入樓。人語朱離逢峒獠，棹歌《欸乃》下吴舟。天涯住穩歸心懶，登覽茫然却欲愁。

漁翁

江頭漁家結茅廬，青山當門畫不如。江煙淡淡雨疏疏，老翁破浪行捕魚。恨渠生來不讀書，江山如此一句無。我亦衰遲慚筆力，共對江山三歎息！

龍興寺吊少陵先生寓居

中原草草失承平，戍火胡塵到兩京。扈蹕老臣身萬里，天寒來此聽江聲。以少陵詩考之，蓋以秋冬間寓此州也。寺門聞江聲甚壯。

楚城

江上荒城猿鳥悲，隔江便是屈原祠。一千五百年間事，只有灘聲似舊時。

出遊

萬里崎嶇蜀道歸，荆州非復壯遊時。行吟自怪詩情減，坐睡人驚酒量衰。卷地風號雲夢澤，黏天草映伏波祠。一枝藤杖平生事，擊鼓開帆未恨遲。

初發荆州

淋漓牛酒起檣干，健艣飛如插羽翰。破浪乘風千里快，開頭擊鼓萬人看。鵲聲不斷朝陽出，旗脚微舒宿雨乾。堪笑塵埃洛陽客，素衣如墨據征鞍。

泊公安縣

秦關蜀道何遼哉，公安渡頭今始回。無窮江水與天接，不斷海風吹月來。船窗簾捲螢火鬧，沙渚露下蘋花開。少年許國忽衰老，心折柁樓長一作「聞」。笛哀。

舟中偶書

老子西遊萬里回，江行長夏亦佳哉。晝眠初起報茶熟，宿酒半醒聞雨來。漢口船開催疊鼓，淮南帆落亞高桅。四方本是丈夫事，白首自憐心未灰。

舟行蘄黄間雨霽得便風有感

天青雲白十分晴，帆飽舟輕盡日行。江底魚龍貪晝睡，淮南草木借秋聲。好山縹緲何由住，華髮蕭條只自驚！莫怪時人笑疏懶，宦情元不似詩清。

六月十四日宿東林寺

看盡江湖千萬峰，不嫌雲夢芥吾胸。戲招西塞山前月，來聽東林寺裏鐘。遠客豈知今再到，老僧能記昔相逢。虛窗熟睡誰驚覺，野碓無人夜自舂。

登賞心亭

蜀棧秦關歲月遒，今年乘興却東遊。全家穩下黃牛峽，半醉來尋白鷺洲。黯黯江雲瓜步雨，蕭蕭木葉石城秋。孤臣老抱憂時意，欲請遷都涕已流。

將至京口

卧聽金山古寺鐘，三巴昨夢已成空。船頭坎坎回帆鼓，旗尾舒舒下水風。城角危樓晴靄碧，林間雙塔夕陽紅。銅瓶愁汲中濡水，不見茶山九十翁。頃在京口，嘗取中濡水寄曾文清公。

沂谿

射的峰前禹廟東，短蓬三扇卧衰翁。閒攜清聖濁賢酒，重試朝南暮北風。水落痕留紅蓼節，雨來聲滿綠蒲叢。衡煙莫作匆匆去，擬看溪丁下釣筒。

歸雲門

萬里歸來值歲豐，解裝鄉墅樂無窮。甑炊飽雨湖菱紫，篋絡迎霜野柹紅。壞壁塵埃尋醉墨，孤燈餅餌對鄰翁。微官行矣閩山去，又寄千巖夢想中。

題齋壁

葺得湖邊屋數椽，茅齋低小竹窗妍。墟煙寂歷歸村路，山色蒼寒釀雪天。性懶杯盤常偶爾，地偏鷄犬亦翛然。早知栗里多幽事，虛走人間四十年！

吾廬

吾廬雖小亦佳哉，新作柴門斸綠苔。拄杖每闌歸鶴入，釣船時帶夕陽來。墟煙隔水霏霏合，籬菊凌霜續續開。千里安期那可得，笑呼鄰父共傳杯。

自雲門之陶山肩輿者失道行亂山中有茅舍小塘極幽邃求見主人不可意其隱者也

陂池幽處有茅堂，井臼蕭條草樹荒。小鴨怯波時聚散，病蔬傷蠹半青黃。兒童銜雨收魚網，婢子聞鐘上佛香。我亦暮年思屏跡，數椽何計得連牆。

冬夜聽雨戲作

少年交友盡豪英，妙理時時得細評。老去同參惟夜雨，焚香卧聽畫簷聲。

遶簷點滴如琴筑，支枕幽齋聽始奇。憶在錦城歌吹海，七年夜雨不曾知。

梅花絶句

濯錦江邊憶舊遊，纏頭百萬醉青樓。如今莫索梅花笑，古驛燈前各自愁。

蜀王小苑舊池臺，江北江南萬樹梅。只怪朝來歌吹鬧，園官已報五分開。成都合江園，蓋故蜀別苑。梅最盛，自初開，監官日報府，報至開五分，則府主來宴，遊人亦競集。

探春歲歲在天涯，醉裏題詩字半斜。今日谿頭還小飲，冷官不禁看梅花。

池館登臨雪半消，梅花與我兩無聊。青羊宮裏應如舊，腸斷春風萬里橋！

客思

裘馬平生喜遠遊，暮年頗頷向南州。文書與睡中分日，衰病和愁總怕秋。無復雪郊看射虎，但思煙浦聽呼牛。還家誰道無餘俸，倒橐猶堪買釣舟。

初秋夢故山覺而有作

昔我東歸時，父老迎船頭。開篷相勞苦，怪我領雪稠。故山何負君，且作數月留。豈知席未煖，疋馬來南州。蠻花四時紅，瘴霧日夜浮。歸哉不可遲，勿與婦子謀。

杜宇真吾交，勸去恨不速。忠告輸肝肺，厚意均骨肉。陋哉鷓鴣語，揣我貧念禄。竹雞更鄙淺，泥淖憂車軸。秋風嚴瀨清，春雨戴溪綠。行矣勿復疑，照影巾一幅。

追感梁益舊遊有作

西遊萬里倚朱顏，肯放尊前一笑慳。蜀苑妓圍欺夜雪，梁州獵火滿秋山。晚途忽墮塵埃裏，樂事渾疑夢寐間。浮世變遷君勿歎，劇談猶是詫鄉關！

聞雁

過盡梅花把酒稀，熏籠香冷換春衣。秦關漢苑無消息，又在江南送雁歸。

登擬峴臺

層臺縹緲壓城闉，倚杖來觀浩蕩春。放盡尊前千里目，洗空衣上十年塵。縈迴水抱中和氣，平遠山如醞籍人。更喜機心無復在，沙邊鷗鷺亦相親。

雨中遣懷

病中草草度年華，睡起匆匆日易斜。抵死愁禁千斛酒，薄情雨送一城花。鏡湖煙水搖朱舫，錦里香塵走鈿車。此夢即今都打破，不妨寂寞住天涯。

三月二十一日作

蹴踘牆東一市譁，鞦韆樓外兩旗斜。及時小雨放桐葉，無賴餘寒開楝花。明月吹笙思蜀苑，軟塵騎馬夢京華。歡情減盡朱顏改，節物催人只自嗟！

五月十一日夜且半夢從大駕親征盡復漢唐故地見城邑人物繁麗云西涼府也喜甚馬上作長句未終篇而覺乃足成之

天寶胡兵陷兩京，北庭安西無漢營。五百年間置不問，聖主下詔初親征。熊羆百萬從鑾駕，故地不勞傳檄下。築城絶塞進新圖，排仗行宮宣大赦。岡巒極目漢山川，文書初用淳熙年。駕前六軍錯錦繡，秋風鼓角聲滿天。苜蓿峰前盡亭障，平安火在交河上。涼州女兒滿高樓，梳頭已學京都樣。

長歌行

燕燕尾涎涎，橫穿乞巧樓。低入吹笙院，鴨鴨嘴唼唼。朝浮杜若洲，暮宿蘆花夾。嗟爾自適天地間，將儔命侶意甚閒。我今獨何爲，一笑乃爾慳。世上悲歡亦偶然，何時爛醉錦江邊。人歸華表三千歲，春入箜篌十四絃。

送客城西

倦客憑鞍半醉醒，秋光滿眼歎頹齡。日斜野渡放船小，風急漁村攤網腥。客思不堪聞斷雁，詩情彊半在郵亭。歸來更恨城笳咽，烟火昏昏獨掩屏。

休日

賜休暫許養衰殘，静院翛然晝掩關。釀酒移花調護悶，弄琴洗硯破除閒。與人多忤讒消骨，報國無功愧滿顏。一寸歸心向誰說，小屏依約剡中山。

新釀熟小酌索笑亭

新酒黄如脱殼鵝，小園持盞暫婆娑。文章不進技止此，仕宦忘歸人謂何？宿業簿書昏病眼，夢遊煙雨溼漁簑。醉中笑向兒童說，白髮今年添幾多！

豐城高安之間憩民家景趣幽邃爲之慨然懷歸

數家聚雲根，細路入叢薄。濺濺石渠水，來往一略彴。有無鄰里通，笑語婦子樂。濁醪時相就，青蔬缺鹽酪。日暮歸閉門，績火星熠爚。先期畢租稅，老不入城郭。嗟予獨何事，早插紅塵脚。故山未成歸，悵望有餘怍！

北窗

九陌黄塵早暮忙，幽人自愛北窗涼。清吟微變舊詩律，細字閒鈔新酒方。草木扶疏春已去，琴書蕭散日初長。破羌臨罷揞頤久，又破銅匜半篆香。

西村醉歸

俠氣崢嶸蓋九州，一生常耻爲身謀。酒寧剩欠尋常債，劍不虛施細碎仇。見孟東野詩。岐路凋零白羽箭，風霜破弊黑貂裘。佯狂自是英豪事，村市歸來醉跨牛。

醉中登避俗臺

半醉行歌上古臺，脫巾散髮謝氛埃。但知禮豈爲我設，莫管客從何處來。剡曲煙波菱蔓滑，耶溪風露藕花開。老來世事渾成懶，一櫂幽尋未擬回。

病中夜興

病瘧秋來久未平，草堂遥夜不勝清。疾風遞響驚林葉，列宿收芒避月明。百計不能逃白髮，一生堪笑役虛名。釣車且作桐江夢，莫念安西萬里行。

霜天晚興

薄霜門巷不勝清，小立湖邊夕照明。紅顆帶芒收晚稻，綠苞和葉摘新橙。閒評琴價留僧話，静聽松聲領鶴行。壯志消磨渾欲盡，西風莫動玉關情。

杜門

寂寞山深處，峥嶸歲暮時。燒灰除菜蝗，讀如横字去聲。送芋謝牛醫。筧水晨澆藥，燈窗夜覆棋。杜門君勿怪，遲暮少新知。

忽忽

忽忽復悠悠，頻驚歲月遒。若無船貯酒，將奈斛量愁。列炬燕宫夜，成都，故蜀時燕王宫。今屬張氏，海棠爲一城之冠。呼鷹漢廟秋。南鄭漢高帝廟，予從戎時多獵其下。凋年莫多感，夢境付滄洲！

冬夜不寐至四鼓起作此詩

秦吴萬里車轍遍，重到故鄉如隔生。歲晚酒邊身老大，夜闌枕畔書縱横。殘燈無焰穴鼠出，槁葉有聲村犬行。八十將軍能滅虜，白頭吾欲事功名。高麗有讖云：「當有八十老將平之。」李英公實膺是讖。

蔬圃

山翁老學圃，自笑一何愚。磽瘠財三畝，勤劬賴兩奴。正方畦畫局，微潤土融酥。剪闢荆榛盡，鉏犁磊塊無。過溝横略彴，聚甓起浮屠。拾園中瓦礫作小塔。隙地成瓜援，餘功及芋區。如絲細生菜，似鴨爛蒸壺。此事今真辦，東歸不爲鱸。

累日無酒亦不肉食戲作此詩

小築精廬剡曲傍，枵然蟬腹與龜腸。酒錢覓處無司業，齋日多來似太常。雲碓旋舂菰米滑，風爐親候藥苗香。明年更入南山去，要試囊中服玉方。

陶山遇雪覺林遷菴主見招不果往

山中大雪三尺彊，道邊虎迹如椀大。衰翁畏虎復畏寒，招喚不來公勿怪。梨花開時好風日，走馬尋公作寒食。不須沽酒飲陶潛，箭筍蕨芽如蜜甜。

夏夜舟中聞水鳥聲甚哀若曰姑惡感而作詩

女生藏深閨，未省窺牆藩。上車移所天，父母爲它門。妾身雖甚愚，亦知君姑尊。下牀頭雞鳴，梳髻著襦裙。堂上奉灑掃，厨中具盤飧。青青摘葵莧，恨不美熊蹯。姑色少不怡，衣袂溼淚痕。所冀妾生男，庶幾姑弄孫。此志竟蹉跎，薄命來讒言。放棄不敢怨，所悲孤大恩。古路傍陂澤，微雨鬼火昏。君聽姑惡聲，無乃遺婦魂！

雨夜

急雨如河瀉瓦溝，空堂卧對一燈幽。老雞多事彊知曉，落葉無情先報秋。身未蓋棺誰可料，尊常有酒莫閒愁。功名老大從來事，且復長歌起飯牛。

鄉曲小飲

早稻喜登場，相呼集野堂。迎霜新兔美，近社濁醪香。茅屋滴殘雨，竹籬圍夕陽。新豐不須作，真箇是吾鄉。

題酒家壁

明主何曾棄不才，書生飄泊自堪哀。煙波東盡江湖遠，雲棧西從隴蜀回。宿雨送寒秋欲晚，積衰成病老初來。酒香菰脆丹楓岸，强遣樽前笑口開。

幽居書事

莫嘆人間苦不諧，清時有味是歸來。已因積毀成高卧，更借佯狂護散才。正欲清言聞客至，偶思小飲報花開。紛紛争奪成何事，白骨生苔但可哀！

紹興中與陳魯山王季夷從兄仲高以重九日同遊禹廟後三十餘年自三橋泛舟歸山居秋高雨霽望禹廟樓殿重複光景宛如當時而三人者皆下世予亦衰病無聊慨然作此詩

重樓傑閣倚虛空，紅日蒼煙正鬱葱。鄉國歸來渾似鶴，交朋零落不成龍。人生真與夢何校，我輩故應情所鍾。涙漬清詩却回棹，不眠一夜聽鳴蛩。

過村店有感

細篾絡丹柿，枯籬懸碧花。炊煙生旅竈，野水漱寒沙。棲鳥争投樹，歸牛自識家。恍然遊蜀路，搔首憶天涯。

骨相

骨相元知薄，功名敢自期。病侵彊健日，閒過聖明時。形勝輪臺地，飛騰瀚海師。江湖雖萬里，猶擬綴聲詩。

薏苡蜀人謂其實爲薏米，唐安所出尤奇。

初遊唐安飯薏米，炊成不減雕胡美。大如芡實白如玉，滑欲流匙香滿屋。腹腴項臠不入盤，況復飧酪誇甘酸。東歸思之未易得，每以問人人不識。嗚呼奇材從古棄草菅，君試求之籬落間。

鄉人或病予詩多道蜀中遨樂之盛適春日遊鏡湖共請賦山陰風物遂即杯酒間作絶句當持以誇西州故人也

懶日輕雲淡沲天，撲燈過後賣花前。便從水閣杭湖去，捲起朱簾上畫船。

舫子窗扉面面開，金壺桃杏問尊罍。東風忽送笙歌近，一片樓臺泛水來。

病中

風雨暗江天，幽窗起復眠。忍窮安晚境，留病壓災年。客助修琴料，僧分買藥錢。餘生均逆旅，未死且陶然。

初夏遊淩氏小園

水滿池塘葉滿枝，曲廊危榭愜幽期。風和海燕分泥處，日永吴蠶上簇時。閒理阮咸尋舊譜，細傾白墮賦新詩。從來夏淺勝春日，兒女紛紛豈得知。庚信詩云：「夏淺却勝春。」鏡湖遊人，至立夏而止。

賽神曲

叢祠千載臨江渚，拜貺今年那可數。須晴得晴雨得雨，人意所向神輒許。嘉禾九穗持上府，廟前女巫遞歌舞。嗚嗚歌謳坎坎鼓，香煙成雲神降語。大餅如槃牲腯肥，再拜獻神神不違。晚來人醉相扶歸，蟬聲滿廟鎖斜暉。

秋夜

老病龍鍾不入城，濁醪粗飯餞餘生。未霜村舍秋先冷，無月江邊夜自明。出塞雖慚平賊手，下帷聊喜讀書聲。山童睡熟青燈暗，自撥殘爐候藥鐺。

得所親廣州書

音信連年恨不聞，書來細讀却消魂。人稀野店山魈語，路僻蠻村荔子繁。毒草自摇春寂寂，瘴雲不動晝昏昏。此生相見應無日，且置清愁近一樽。

西路口山店

日薄霜清十月天，馬蹄聲裏送流年。店當古路三叉處，山似孤雲兩角邊。孤雲兩角在漢中。淹泊自悲窮不醒，衰殘更覺病相纏。榆關瀚海知何在？目送飛鴻入暮煙。

冬夜與溥菴主説川食戲作

唐安薏米白如玉，漢嘉栮脯美勝肉。大巢初生蠶正浴，小巢漸老麥米熟。龍鶴作羹香出釜，木魚瀹葅子盈腹。未論索𩱋與饡飯，最愛紅糟并𩹉粥。東來坐閲七寒暑，未嘗舉箸忘吾蜀。何時一飽與子同，更煎土茗浮甘菊。

野飲

青山千載老英雄，濁酒三盃失阨窮。訪古頹垣荒塹裏，覓交屠狗賣漿中。平堤漸放春蕪緑，細浪遥翻夕照紅。已把殘年付天地，騎牛吹笛伴村童。

春晚至山中因訪陳道人

一春衰病集殘骸，大息流塵覆酒杯。僧鉢始知蓴菜老，佛瓶初見杏花開。蘋溪小雨成幽討，松院斜陽又獨來。不爲愛閒從野叟，年來萬事學低摧。

病起

山村病起帽圍寬，春盡江南尚薄寒。志士凄凉閒處老，名花零落雨中看。斷香漠漠便支枕，芳草離離悔倚闌。收拾吟牋停酒椀，年來觸事動憂端！

芒種後經旬無日不雨偶得長句

芒種初過雨及時，紗厨睡起角巾攲。癡雲不散常遮塔，野水無聲自入池。緑樹晚凉鳩語鬧，畫梁晝寂燕歸遲。閒身自喜渾無事，衣覆熏籠獨誦詩。

秋夜泊舟亭山下

逢水逢山到處留，可憐身世寄孤舟。一汀蘋露漁村晚，十里荷花野店秋。羽檄未聞傳塞外，金椎先報擊衙頭。聞虜酋行帳，爲壯士所攻，幾不免。虜語謂酋所在爲衙頭。煌煌太白高千丈，那得功名取次休。

初秋山中作

萬里西風吹幅巾，卽今真箇是閒人。堆盤菱熟燕脂角，藉藻鱸新淡墨鱗。姥嶺蹇驢尋雪徑，娥江孤艇繫煙津。飄然樂事真當勉，遠付十年無此身。

臨安春雨初霽

世味年來薄似紗，誰令騎馬客京華。小樓一夜聽春雨，深巷明朝賣杏花。矮紙斜行閒作草，晴窗細乳戲分茶。素衣莫起風塵歎，猶及清明可到家！

飲張功父園戲題扇上

寒食清明數日中，西園春事又匆匆。梅花自避新桃李，不爲高樓一笛風。

聞傅氏莊紫笑花開急棹小舟觀之

日長無奈清愁處，醉裏來尋紫笑香。漫道閒人無一事，逢春也似蜜蜂忙。

鹹虀十韻

九月十月屋瓦霜，家人共畏畦蔬黃。小罌大甕盛滌濯，青菘綠韭謹蓄藏。天氣初寒手訣妙，吳鹽正白山泉香。挾書旁觀稺子喜，洗刀竭作厨人忙。園丁無事卧曝日，棄葉狼藉堆空廊。泥爲緘封糠作火，守護不敢非時嘗。人生各自有貴賤，百花開時促高宴。劉伶病酲相如渴，長魚大肉何由薦？凍虀此際價千金，不數狐泉槐葉麪。摩挲便腹一欣然，作歌聊續冰壺傳。

遣興

莫羨朝回帶萬釘，吾曹要可草堂靈。風來弱柳搖官緑，雲破奇峰湧帝青。聽盡啼鶯春欲去，驚回夢蝶醉初醒。從教俗眼憎疏放，行矣桐江酹客星。

小憩村舍

藤梢維艇子，煙際覓人家。小婦篸新麥，羣童摘晚茶。溪雲易成雨，崖樹少開花。聊寄平生快，青鞵到若耶。

雨後

礎潤還成雨，雲收旋作晴。巖花分日發，林筍逐番生。筆硯行常具，軒窗晚更明。塵埃幸不到，那得廢詩情。

自上竈過陶山

宿雨初收見夕陽，縱横流水入陂塘。蠶家忌客門門閉，茶户供官處處忙。緑樹村邊停醉帽，紫藤架底倚胡牀。不因蕭散遺塵事，那覺人間白日長。

排悶

老去知心少，流塵鎖斷絃。尊空問字酒，囊罄作碑錢。掃葉供朝爨，和泥補漏船。胸中元浩浩，白眼望青天。

題齋壁

二十餘年此結茅，園公谿父日論交。風翻半浦亂荷背，雨放一林新笋梢。隔葉晚鶯啼谷口，唼花雛鴨聚塘坳。出門行罷還無事，借得丹經手自抄。

拜旦表

一封馳奏效嵩呼，清蹕何時返故都？只道建炎巡狩禮，誰知故事自祥符。

安流亭俟客不至獨坐成詠

憶昔西征鬢未霜，拾遺陣迹吊微茫。蜀江春水千帆落，禹廟空山百草香。馬影斜陽經劍閣，艣聲清曉下瞿唐。酒徒雲散無消息，水榭憑欄淚數行。

歲晚書懷

早見龍翔上太清，紹興末，游宦玉牒所。卽今孤宦老山城。靈丹不解換凡骨，薄命枉教生太平。積雪樓臺增壯觀，近春鳥雀有和聲。如山吏牘何時了，惆悵西窗晚照明。

雪中忽起從戎之興戲作

狐裘卧載錦駝車，酒醒冰髭結亂珠。三尺馬鞭裝白玉，雪中畫字草軍書。

鷰堂春夜

南樓紞紞下疏更，一點紗籠滿院明。映月疏梅入簾影，讀書穉子隔窗聲。呻吟藥裹身寧久，汛掃胡塵意未平。草檄北征今二紀，山城仍是老書生。游嘗爲丞相陳魯公、史樞相、張魏公草中原及西夏書檄於都堂。

東齋偶書

華髮蕭蕭不滿簪，強扶衰病著朝衫。寒廳静似阿蘭若，佳客少于優鉢曇。詩酒放懷窮亦樂，文移肆駡老難堪。棄官若遂飄然計，不死揚州死劍南！顧況詩云："人生只合揚州死。"而余嘗有歸蜀之意。

倚欄

門岸紗巾小倚欄，吴中三月尚春寒。蜂脾蜜滿花初過，燕嘴泥新雨未乾。老厭簿書思屏迹，病逢節物強追歡。一樽又動流年感，城上斜陽畫角殘！

晚春園中作

少逢春歸未解悲，千篇曾賦傷春詩。可堪霜點鬢鬚後，更值緑暗園林時。楊花輕墮簷外影，杏子重壓闌邊枝。毬場立馬漏聲静，綺窗語燕簷陰移。向來春事渺何許，長空鳥跡何由追！鞦韆未拆已寂寞，日暮東風吹綵旗。

九月初郊行

九月吳中尚袷衣，江郊策馬踏斜暉。蕎花漫漫連山路，豆筴離離映版扉。蒼兔避鷹投磵去，黄鶴脱網傍人飛。農家光景關心事，不爲無才也合歸。

寄題朱元晦武夷精舍

先生結屋緑巖邊，讀《易》懸知屢絶編。不用采芝驚世俗，恐人謗道是神仙。
蟬蜕巖間果是無，世人妄想可憐渠。有方爲子換凡骨，來讀晦菴新著書。
身閒剩覺溪山好，心静尤知日月長。天下蒼生未蘇息，憂公遂與世相忘。
齊民本自樂衡門，水旱那知不自存。聖主憂勤常旰食，煩公一一報曾孫。
山如嵩少三十六，水似邛峽九折途。我老正須閒處著，白雲一半肯分無？

秋郊有懷

檐頭買雙兔，市店取斗酒。還家掃北窗，歡言酌親友。家貧氣未餒，禮薄情更厚。高吟金石裂，健筆龍蛇走。酒闌起出門，孤月挂衰柳。大笑各散歸，吾輩可不朽。官身縛簡書，此樂寧復有。悵望秦稽雲，憑高一搔首。

楚人固多孱，妄謂秋可悲。寧知河嶽間，氣俗樂此時。壯士鳴雕弓，健馬嚼枯萁。日馳三百里，榆關赴戰期。陣雲壓龍庭，殺氣摇參旗。熾火燎狐兔，倒瀉黄金巵。勒銘燕然石，千載鎮胡兒。安能空山裏，凍研哦清詩。

秋山瘦益奇，秋水淺可涉。出城西風勁，拂帽吹脱葉。新霜拆栗罅，宿雨飽豆莢。枯柳無鳴蜩，寒花有穿蝶。郊行得幽曠，頗覺耳目愜。斷雲北山來，欣然與之接。挂冠易事爾，看鏡歎勛業！永懷桑乾河，夜渡擁馬鬣。

地僻

地僻天教養散材，流年況著鬢毛催。青山自繞孤城去，畫角常隨晚照來。几淨雙鈎摹古帖，甕香小啜試新醅。乘槎不是星躔遠，無奈先生興盡回！

冬夜聞角聲

嫋嫋清笳入雪雲，白頭老守卧中軍。自憐到老懷遺恨，不向居延塞外聞。

憶在梁州夜雪深，《落梅》聲裏玉關心。山城老去功名忤，卧對寒燈淚滿襟！

荆州歌

楚江鱗鱗綠如釀，銜尾江邊繫朱舫。東征打鼓挂高帆，西上湯豬聯百丈。伏波古廟占好風，武昌白帝在眼中。倚樓女兒笑迎客，清歌未盡千觴空。沙頭巷陌三千家，煙雨冥冥開橘花。峽人住多楚人少，土鐺爭饗茱萸茶。

芳草曲

蜀山遠處逢孤驛，缺甃頹垣芳草碧。家在江南妻子病，離鄉半歲無消息。長安城門西路去，細靄斜陽芳草暮。尊前一曲《渭城歌》，馬蹄萬里交河戍。人生誤計覓封侯，芳草愁人春復秋。只願東行至滄海，路窮草斷始無愁。

夢回

病骨便衾暖，羈懷怯夢回。鐘殘燈燼落，香冷雨聲來。老抱憂時志，狂非濟世材。明朝入冬假，燒兔薦新醅。

到嚴十五晦朔郡釀不佳求於都下既不時至欲借書讀之而寓公多祕不肯出無以度日殊悃悃也

桐君放隱兩經秋，小院孤燈夜夜愁。名酒過於求趙璧，異書渾似借荆州。溪山勝處真難到，風月佳時事不休。安得連車載郫釀，金鞭重作浣花遊。

春殘

老墮空山裏，春殘白日長。庸醫司性命，俗子議文章。燭映一池墨，風飄半篆香。箇中有佳處，袖手看人忙。

三月二十日晚酌

暫因賜沐作閒身，太息纔餘一日春。委地落花新著雨，穿簾歸燕不生人。衛青此日怪長揖，王翰當年謀卜鄰。商略晚窗須小醉，朱櫻青杏正嘗新。

北窗閒詠

陰陰綠樹雨餘香，半捲疏簾置一牀。得禄僅償賖酒券，思歸新草乞祠章。古琴百衲彈清散，名帖雙鈎榻硬黄。夜出灞亭雖跌宕，也勝歸作老馮唐。

夜出偏門還三山

月行南斗邊，人歸西郊路。水風吹葛衣，草露溼芒屨。漁歌起遠汀，鬼火出破墓。凄清醒醉魂，荒怪入詩句。到家夜已半，佇立叩蓬户。稺子猶讀書，一笑慰遲暮。

四鼓酒醒起步庭下

酒解夜過半，出門步中庭。天高河漢白，月淡煙霧青。重滴竹杪露，疏見樹罅星。壞甃啼寒蛩，深竹明孤螢。秋晚雖未霜，蠹葉時自零。四序逝不留，慨然感頹齡！平生茅一把，不博帶萬釘。鴟溝謝拍拍，鴻路追冥冥。

雲門感舊

總角來遊老未忘，背人歲月去堂堂。穉松看到偃霜蓋，廢寺憶曾開寶坊。佛几古燈寒焰短，齋厨新粟午炊香。輿闌未忍登車去，更倚溪橋立夕陽。

行在春晚有懷古隱

老辱明時乞一官，逢春惆悵獨無歡。舊人零落北音少，市肆蕭疏民力殫。歸計已栽千箇竹，殘年合挂兩梁冠。石帆山路頻回首，箭茁蓴絲正滿槃。

次韻和楊伯子主簿見贈

齋戒叩頭隴天公，幸矣使我爲枯蓬。枯蓬於世百無用，始得曠快乘秋風。此生安往失貧賤，白髮蕭蕭對黃卷。今人雖鄰有不覿，古人却向書中見。猿啼月落青山空，舊隱夢寂思東蒙。不願峨冠赤墀下，且可短劍紅塵中。終年無人問良苦，眼望青天惟自許。可憐對酒不敢豪，它日空澆墳上土。文章最忌百家衣，火龍黼黻世不知。誰能養氣塞天地，吐出自足成虹霓！渡江諸賢骨已朽，老夫亦將正丘首。杜郎苦瘦帽擫耳，程子久貧衣露肘。君復作意尋齊盟，豈知衰懦畏後生。大篇一讀我起立，喜君得法從家庭。鯤鵬自有天池著，誰謂太狂須束縛？大機大用君已傳，那遣老夫安注脚。杜與伯高、程有徽文若，皆近以詩文得名于諸公，而尤與予善。

醉中作行草數紙

還家痛飲洗塵土，醉帖淋漓寄豪舉。石池墨瀋如海寬，玄雲下垂黑蛟舞。太陰鬼神挾風雨，夜半馬陵飛萬弩。堂堂筆陣從天下，氣壓唐人折釵股。丈夫本意陋千古，殘虜何足膏碪斧！驛書馳報兒單于直用毛錐驚殺汝

記夢

夢裏都忘兩鬢殘，恍然白紵入長安。硾教紙熟修温卷，僦得驢騎候熱官。紅葉滿街秋著句，青樓燒燭夜追歡。如今萬事消除盡，老眼摩挲静處看。

野興

紅飯青蔬美莫加，鄰翁能共一甌茶。舍西日緊花房斂，港北風生柳脚斜。筇杖不妨閒有伴，茅簷終勝老無家。自驚七十猶強健，采藥歸來見暮鴉。

重午

葉底榴花蹙絳繒，街頭初賣苑池冰。會稽不藏冰，賣者皆自行在來。世間各自有時節，蕭艾著冠稱道陵。

梅雨

沐罷斜簪二十冠，斷雲殘靄暗江干。絲絲梅子熟時雨，漠漠楝花開後寒。剩采芸香辟書蠹，旋舂麥麨續家餐。日長倦睫惟思閉，茗椀真須抵死寬。

醉歌

讀書三萬卷，仕宦皆束閣。學劍四十年，虜血未染鍔。不得爲長虹，萬丈掃寥廓。又不爲疾風，六月送飛雹。戰馬死槽櫪，公卿守和約。窮邊指淮淝，異域視京雒。於乎此何心，有酒吾忍酌。平生爲衣食，斂版靴兩脚。心雖了是非，口不給唯諾。如今老且病，鬢禿牙齒落。仰天少吐氣，餓死實差樂。壯心埋不朽，千載猶可作。

蝸廬

小葺蝸廬便著家，槿籬莎徑任欹斜。爲生草草僧行脚，到處悠悠客泛槎。孤蝶惜衣晴曝粉，穉蜂貪蜜晚爭花。有書懶讀吾堪愧，睡起何妨自碾茶。

故山

功名莫苦怨天慳，一櫂歸來到死閒。傍水無家無好竹，卷簾是處是青山。滿籃箭茁瑶簪白，壓擔稜梅鶴頂殷。野興盡時尤可樂，小江烟雨趁潮還。鏡湖。

禹祠行樂盛年年，繡轂争先罨畫船。十里烟波明月夜，萬人歌吹早鶯天。花如上苑常成市，酒似新豐不直錢。老子未須悲白髮，黄公壚下且閒眠。禹廟。

老尉鴻飛隱市門，千年猶有舊巢痕。陸生於此寓棋局，予二十年前嘗寓居。曾丈時來開酒樽。曾丈謂文清公。渺渺帆檣遥見海，冥冥蒲葦不知村。數僧也復投詩社，零落今無一二存。梅山。

落磵泉奔舞玉虹，護丹松老卧蒼龍。霜柑籬角寒初熟，野碓雲邊夜自舂。挈榼人沽村市酒，打包僧趁寺樓鐘。幽尋自是年來懶，枉道山靈不見容。雲門。

冬晚山房書事

山澤何妨老太平，巉巉骨相本來清。月明滿地看梅影，露下隔溪聞鶴聲。未辨藥苗逢客問，欲酬琴價約僧評。胡奴仁祖今俱絶，且學湘纍拾菊英。

屏迹山村病日增，烏皮几穩得閒憑。凍雲傍水封梅蕚，嫩日烘窗釋硯冰。歲盡光陰饒衮衮，身閒醉夢且騰騰。蠻童采藥歸來晚，客至從嗔唤不譍。

春雨絶句

恰喜西窗晚照明，虛簷又報雨來聲。端憂不用占龜兆，壞盡花時自解晴。
千點猩紅蜀海棠，誰憐雨裏作啼粧。殺風景處君知否？正伴鄰翁救麥忙。
天公似欲敗蠶辦，雨冒南山暮不收。騃女癡兒那念此，貪看科斗滿清溝。
今年春半不知春，飛雹奔雷嚇殺人。縫得春衫元未著，免教惆悵洛陽塵。
梅中最晚是緗梅，一日來看欲百回。俗紫凡紅終避舍，不妨自向雨中開。
蕭條冬令侵春晚，淅瀝寒聲滴夜長。更事老翁頑到底，每言宜睡好燒香。

山園

買得新園近釣磯，旋營茅棟設柴扉。山經宿雨修容出，花倚和風作態飛。世事只成驚老眼，酒徒頻約典春衣。狂吟爛醉君無笑，十丈愁城要解圍。

東關

路入東關物象奇，角巾老子曳笻枝。蠶如黑蟻桑生後，秧似青鍼水滿時。穿市不嫌微雨溼，過谿翻喜壞橋危。當年野店題詩處，又典春衣具午炊。

雲蹙魚鱗襯夕陽，放翁繫纜水雲鄉。一笻疾步人驚健，斗酒高歌自笑狂。風暖市樓吹絮雪，蠶生村舍采桑黄。東阡南陌無窮樂，底事隨人作許忙。

宿野人家

避雨來投白版扉，野人憐客不相違。林喧鳥雀棲初定，村近牛羊暮自歸。土釜暖湯先濯足，豆藍吹火旋烘衣。老來世路渾諳盡，露宿風餐未覺非。

北窗

北窗本意傲羲皇，老返園廬味更長。犢健戴星耕白水，蠶飢衝雨采青桑。俚儒朱墨開冬學，廟史牲牢祝歲穰。從此鬢毛雖似雪，未妨擊壤頌虞唐。

晚春感事

風惡房櫳燕子歸，雨多山路蕨芽肥。青餈旋擣作寒食，白葛預裁充暑衣。稺子日長供課早，故人官達寄書稀。幽居自喜渾無事，又向湖陰坐釣磯。

徙倚闌干送落暉，年華冉冉恨依依。護雛燕子常更出，著雨楊花又懶飛。已爲讀書悲眼力，還因攬帶歎腰圍。親朋半作荒郊冢，欲話初心淚滿衣。

示兒

舍東已種百本桑，舍西仍築百步塘。早茶采盡晚茶出，小麥方秀大麥黄。老夫一飽手捫腹，不復舉手號蒼蒼。讀書習氣掃未盡，燈前簡牘紛朱黃。吾兒從旁論治亂，每使老子喜欲狂。不須飲酒徑自醉，取書相和聲琅琅。人生百病有已時，獨有書癖不可醫。願兒力耕足衣食，讀書萬卷真何益。

村居初夏

暮境難禁日月催，臘醅初見拆泥開。壓車麥穗黃雲卷，食葉蠶聲白雨來。薄飯蕨薇端可飽，短衫紵葛亦新裁。宦途自古多憂畏，白首爲農信樂哉！

煮酒開時日正長，山家隨分答年光。梅青巧配吳鹽白，筍美偏宜蜀豉香。風暖緊催蠶上簇，雨餘閒看稻移秧。老夫見事真成晚，浪走人間兩鬢霜。

天遣爲農老故鄉，山園三畝鏡湖傍。嫩莎經雨如秧綠，小蝶穿花似繭黃。斗酒隻雞人笑樂，十風五雨歲豐穰。相逢但喜桑麻長，欲話窮通已兩忘。

故鄉風物勝荆吳，流水青山無處無。列植園林多美菓，飽鉏畦壠富嘉蔬。橋邊來淬刹桑斧，池畔行芟縛穮菰。我有素紈如月扇，會憑名手作新圖。

新秋感事

江上清秋昨夜回，漁扉正對荻洲開。志存天下食不足，節慕古人讒愈來。風際紙鳶那解久，祭餘芻狗會堪哀。蕭然散髮聽秋雨，剩領新涼入酒盃。

秋思

一生書劍徧天涯，兩歲秋風喜在家。爛醉日傾無算酒，高眠時聽屬私蛙。園林夕照明丹柹，籬落初寒蔓碧花。便擬挂冠君會否，耳根不復耐喧譁。

半年閉户廢登臨，直自春殘病至今。帳外昏燈伴孤夢，簷前寒雨滴愁心。中原形勝關河在，列聖憂勤德澤深。遥想遺民垂泣處，大梁城闕又秋砧！

秋晚思梁益舊遊

幅巾筇杖立籬門，秋意蕭然欲斷魂。恰似嘉陵江上路，冷雲微雨溼黄昏。

憶昔西行萬里餘，長亭夜夜夢歸吴。如今歷盡風波惡，飛棧連雲是坦途。

滄波極目江鄉恨，衰草連天塞路愁。三十年間行萬里，不論南北怯登樓。

蔬圃

蔬圃依山脚，漁扉並水涯。卧枝開野菊，殘枿出秋茶。病骨知天色，羈懷感物華。餘年有幾許，且灌邵平瓜。

農家

南畝勤菑穫，西城謹蓋藏。種蕎乘霽日，斫荻待微霜。豀碓新舂白，山厨野蔌香。何須北窗卧，始得傲羲皇。

城南上原陳翁以賣花爲業得錢悉供酒資又不能獨飲逢人輒强與共醉辛亥九月十二日偶過其門訪之敗屋一間妻子飢寒而此翁已大醉矣殆隱者也爲賦一詩

君不見會稽城南賣花翁，以花爲糧如蜜蜂。朝賣一株紫，暮賣一枝紅。屋破見青天，盎中米常空。賣花得錢送酒家，取酒盡時還賣花。春春花開豈有極，日日我醉終無涯。亦不知天子殿前宣白麻，亦不知相公門前築堤沙。客來與語不能答，但見醉髮覆面垂鬖鬖。

晚飯罷小立門外有作

此心何敢慕輕肥，尚媿無功飽蕨薇。浦面鳥銜殘𩆜去，柳陰人荷一鋤歸。病嗟短髮紛紛白，老覺初心種種非。百步空庭著明月，黄昏手自掩荆扉。

觀梅至花涇高端叔解元見尋

春暖山中雲作堆，放翁艇子出尋梅。不須問信道傍叟，但覓梅花多處來。

山家暮春

遶屋清陰合，緣堤緑草纖。起蠶初放食，新麥已磨鐮。苦筍先調醬，青梅小蘸鹽。佳時幸無事，酒盡更須添。

行飯獨相羊，扶藜過野塘。晴光生蝶粉，暖律變鶯吭。麩美羣兒競，蠶飢小婦忙。深知遊宦惡，窮死勿離鄉。

入雲門小憩五雲橋

穀雨初過換夾衣，園林零落到薔薇。鳴鳩日暖遥相應，雛燕風柔漸獨飛。臺省多才吾輩拙，江湖久客暮年歸。雲門躡月方清絶，且倚溪橋看夕霏。

春晚村居雜賦絶句

作堤蜿蜿六百尺，西崦東村成一家。春雨乍晴桑吐葉，秋風初冷稻吹花。

鵝兒草緑侵行路，帔子花明照屋除。處處乞漿俱得酒，杖頭何恨一錢無。

一篙湖水鴨頭緑，千樹桃花人面紅。茅舍青帘起余意，聊將醉舞答春風。

朝書牛券拈枯筆，暮祭蠶神酌凍醪。開放無憂窮有意，旁人錯羨此翁高。

澆書滿把浮蛆瓮，攤飯横眠夢蝶牀。莫笑山翁見機晚，也勝朝市一生忙。東坡先生謂晨飲爲澆書。李黄門謂午睡爲攤飯。

午枕閉門無客攪，夜燈開卷有兒同。若爲牋與天公道，盡乞餘生向此中。

雨晴

閒曳枯筇自在行，曲廊小閣賞新晴。幽禽葉底吟風久，殘雨枝間照日明。茶映盞毫新乳上，琴横薦石細泉鳴。亦知老健終難恃，且復蕭然得此生

六月十四日微雨極涼

湖上清秋近，齋中白日長。雲來樹收影，雨過土生香。蓮小紅衣溼，瓜甘碧玉涼。晚來幽興極，移榻近方塘。

水亭晚眺

暑雨初晴浦面寬，水亭景物卷簾看。聯舟作陣圍漁隊，屈竹成籬護芡盤。四海諸公半丘壟，百年幾夕倚闌干。日沉未用怱怱去，待挽銀河濯肺肝。

蓬萊館午憩

驛門繫馬聽蟬吟，翻動平生萬里心。橋畔笛聲催日落，城邊草色帶烟深。關河歷歷功名晚，歲月悠悠老病侵。憶戍梁州如昨日，憑闌西望一霑襟！

夢遊散關渭水之間

平生望眼怯天涯，客裏何堪度歲華。但恨征輪無四角，不愁歸路有三叉。驛窗燈闇傳秋柝，關樹烟深宿暮鴉。叱犢老翁頭似雪，羡渠生死不離家。

秋夜將曉出籬門迎涼有感

迢迢天漢西南落，喔喔鄰雞一再鳴。壯志病來消欲盡，出門搔首愴平生。

三萬里河東入海，五千仞嶽上摩天。遺民淚盡胡塵裏，南望王師又一年！

秋日郊居

秋日留連野老家，朱槃鮓臠粲如花。已炊藟散真珠米，更點丁坑白雪茶。藟散，米名。丁坑，茶名。

今年斟酌是豐年，社近兒童喜欲顛。半醉半醒村老子，家家門口掠神錢。

兒童冬學鬧比鄰，據案愚儒却自珍。授罷村書閉門睡，終年不著面看人。農家十月，乃遣子入學，謂之冬學。所讀雜字，《百家姓》之類，謂之村書。

新晴

積雨已淒冷，新晴還少和。稼收平野闊，木落遠山多。土潤朝畦菜，機鳴夜擲梭。時清年歲好，吾敢歎蹉跎！

晚眺

秋晚閒愁抵酒濃，試尋高處倚枯笻。雲歸時帶雨數點，木落又添山一峰。鳴雁沙邊驚客艫，行僧煙際認樓鐘。箇中詩思來無盡，十手傳抄畏不供。

九月一日夜讀詩稿有感走筆作歌

我昔學詩未有得，殘餘未免從人乞。力孱氣餒心自知，妄取虚名有慚色。四十從戎駐南鄭，酣宴軍中夜連日。打毬築場一千步，閲馬列廏三萬疋。華燈縱博聲滿樓，寶釵豔舞光照席。琵琶絃急冰雹亂，羯鼓手勻風雨疾。詩家三昧忽見前，屈賈在眼元歷歷。天機雲錦用在我，剪裁妙處非刀尺。世間才傑固不乏，秋毫未合天地隔。放翁老死何足論，《廣陵散》絶還堪惜。

小園

窄窄柴門短短籬，山家隨分有園池。客因問字來攜酒，僧趁分題就賦詩。晨露每看花蕾拆，夕陽頻見樹陰移。此二事，非閒寂，不知也。拂衣司諫猶忙在，此趣淵明却少知。

九月二十三夜小兒方讀書而油盡口占此詩示之

徹骨貧來累始輕，孤村月上正三更。汝緣油盡眠差早，我亦尊空醉不成。南陌金羈良自苦，北邙麟冢半無名。書生事業期千載，得喪從來未易評。

今年立冬後菊方盛開小飲

胡牀移就菊花畦，飲具酸寒手自攜。野實似丹仍似漆，村醪如蜜復如齏。傳方那解烹羊脚，破戒猶慚擘蟹臍。一醉又驅黄犢出，冬晴正要飽耕犂。

步至近村

藥物扶持病漸平，布裘絮帽出柴荆。荒堤經雨多牛跡，村舍無人有碓聲。數蝶弄香寒菊晚，萬鴉回陣夕楓明。老翁隨意閒成句，不似劉侯要取名。

夜讀范至能攬轡録言中原父老見使者多揮涕感其事作絶句

公卿有黨排宗澤，帷幄無人用岳飛。遺老不應知此恨，亦逢漢節解沾衣！

書適

老翁垂七十，其實似童兒。山果啼呼覓，鄉儺喜笑隨。羣嬉累瓦塔，獨立照盆池。更挾殘書讀，渾如上學時。

十一月四日風雨大作

僵卧孤村不自哀，尚思爲國戍輪臺。夜闌卧聽風吹雨，鐵馬冰河入夢來。

病起

少年射虎南山下，惡馬強弓看似無。老病卽今那可說，出門十步要人扶。

書巢冬夜待旦

掃葉擁階寒犬行，編茅護柵老鷄鳴。風霜漸逼歲時晚，形影相依燈火明。史策千年媿豪傑，關河萬里愴功名。固應死抱無窮恨，老病何由更請纓！

冬晴閒步東村由故塘還舍作

紅藤拄杖獨相羊，路遶東村小嶺傍。水落枯萍黏蟹椵，鄉人植竹以取蟹，謂之蟹椵。雲開寒日上漁梁。洛陽二頃言良是，光範三書計本狂。歷盡危機識天意，要令閒健反耕桑。

寄宇文成州

成州太守比何如，夢裏依然把臂初。復起卿當用卿法，長閒吾實愛吾廬。五湖風雨孤舟夜，萬里關山一紙書。正使兩翁長隔闊，子孫它日莫相疏。

春雨

午夜聽春雨，發生端及期。世憂殊未艾，天意固難知。士節承平日，人材南渡時。後生聞見狹，撫枕歎吾衰！

僧廬

僧廬土木塗金碧，四出徵求如羽檄。富商豪吏多厚積，宜其棄金如瓦礫。貧民妻子半菽食，一飢轉作溝中瘠。賦斂鞭笞縣庭赤，持以與僧亦不惜。古者養民如養兒，勸相農事憂其飢。露臺百金止不爲，尚媿《七月》周公詩。流俗紛紛豈知此，熟視創殘謂當爾。傑屋大像無時止，安得疲民免飢死。

贈劉改之秀才

君居古荆州，醉膽天宇小。尚不拜龐公，況肯依劉表。胸中九淵蛟龍蟠，筆底六月冰雹寒。有時大叫脱烏幘，不怕酒盃如海寬。放翁七十病欲死，相逢尚能刮眼看。李廣不生楚漢間，封侯萬户宜其難。

春社

太平處處是優場，社日兒童喜欲狂。且看參軍喚蒼鶻，京都新禁舞齋郎。

村夜

寂寂山村夜，悠然醉倚門。月昏天有暈，風軟水無痕。迹爲遭讒遠，身由不仕尊。敢嗟車馬絶，同社自鷄豚。

困甚戲書

官如枝頭乾，不受雨露恩。身如水上浮，泛泛寧有根。刈茅以苫屋，縛柴以爲門。故人分禄米，隣父餉魚飱。前門吏徵租，後門質襦裙。不敢謀歲月，且復支朝昏。雨餘幽花拆，亦可侑清尊。吾生信已乎，終老此山村。

戲詠山陰風物

萬里秦吳稅駕遲，還鄉已嘆鬢成絲。城邊緑樹山陰道，水際朱扉夏禹祠。項里楊梅鹽可徹，太白《梁園吟》云：「玉盤楊梅爲君設，吳鹽如花皎白雪。」不知楊梅酸者，乃薦以鹽。佳品未嘗用也。湘湖蓴菜豉偏宜。蓴菜最宜鹽豉，所謂未下鹽豉者，言下鹽豉則非羊酪可敵，蓋盛言蓴羹之美爾。《圖經》草草尚堪恨，好事它年采此詩。

癸丑七月二十七日夜夢遊華嶽廟

驛樹秋風急，關城暮角悲。平生忠憤意，來拜華山祠。

牲碑僞正朔，祠祝虜衣冠。神亦豈堪此，出門山雨寒。

僕頃在征西大幕登高望關輔樂之每冀王師拓定得卜居焉暇日記此意以示子孫

八月殘暑退，秋聲滿庭樹。豈無四方志，衰病迫霜露。遼東黃頭奴，稔惡天震怒。南北會當一，老吾悲不遇。子孫勉西遷，俗厚吾所慕。約己收孤嫠，教子立門户。黍稌暗阡陌，鵝雛足七箸。永爲河渭民，勿憚關山路。

秋夜感舊十二韻

冷螢綴蓬根，忽復照高樹。年光逝不留，百感集遲暮。往者秦蜀間，慷慨事征戍。猿啼鬼迷店，馬噤飛石舖。鬼迷店，在大散關下。飛石舖，在小益道中。常有崩石。危嶺高入雲，朽棧劣容步。天近星宿大，江惡蛟鼉怒。意氣頗自奇，性命那復顧。最懷清渭上，衝雪夜掠度。封侯細事爾！所冀垂竹素。兜鍪竟何成，豈獨儒冠誤。當時妄校尉，旗纛今照路。浩歌遂成章，聊慰老不遇。

秋晚閒步隣曲以予近嘗卧病皆欣然迎勞

放翁病起出門行，績女窺籬牧豎迎。酒似粥醲知社到，餅如盤大喜秋成。歸來早覺人情好，對此彌將世事經。紅樹青山只如昨，長安拜免幾公卿？

雨夜

歲晚茅茨劣自容，齒揺將脱髮將童。心遊萬里關河外，身卧一窗風雨中。醫不可招惟忍病，書猶能讀足忘窮。夜闌睡覺蛩聲裏，時見燈花落碎紅。

夢至洛中觀牡丹繁麗溢目覺而有賦

兩京初駕小羊車，顧頟江湖歲月賒。老去已忘天下事，夢中猶看洛陽花。妖魂豔骨千年在，朱彈金鞭一笑譁。寄語氈裘莫癡絶，祈連還汝舊風沙。

秋夜獨酌

壯志隨年減，羈愁與夜長。月高寒暈淡，花坼露叢香。仕畏讒銷骨，歸判酒腐腸。青燈寫孤影，相勸盡餘觴。

自嘲

歲月推遷萬事非，放翁可是白頭癡。此生竟出古人下，有志尚如年少時。僻學固應知者少，長歌莫問和予誰。自嘲自解君毋怪，老大從人百不宜。

數日秋氣已深清坐無酒戲題長句

漸近重陽天氣嘉，數椽茅竹淡生涯。山童擁篲掃黃葉，鄰女傍籬收碧花。避俗要生輪四角，出門何啻路三叉。晚窗酒盡無多歎，試問前村好事家。

東村散步有懷張漢州

扶杖村東路，秋來始此回。寒鴉盤陣起，野菊卧枝開。憂國丹心折，懷人雪鬢催。房湖八千里，那得尺書來。

排悶

四十從軍渭水邊，功名無命氣猶全。白頭爛醉東吴市，自拔長劍割彘肩。西塞山前吹笛聲，曲終已過雒陽城。君能洗盡世間念，何處樓臺無月明。

放歌行

君不見汾陽富貴近古無，二十四考書中書。又不見慈明起自布衣中，九十五日至三公。人生窮達各有命，拂衣徑去猶差勝。介推焚死終不悔，梁鴻寄食吾何病。安用隨牒東復西，獻諛耐辱希階梯。初無公論判涇渭，徒使新貴矜雪泥。稽山一老貧無食，衣破履穿面黧黑。誰知快意舉世無，南山之南北山北。

山頭石

秋風萬木實，春雨百草生。造物初何心，時至自枯榮。惟有山頭石，歲月浩莫測。不知四時運，常帶太古色。老翁一生居此山，脚力欲盡猶躋攀。時時撫石三歎息，安得此身如爾頑。

野興

老去癡頑百不能，非醒非醉日騰騰。敲門惟有徵租吏，好事元無送米僧。舊俗不還誰復念？古書雖在漸難憑。平生意氣今如此，惆悵西窗半夜燈！

古築城曲

築城聲酸嘶，漢月傍城低。白骨若不掩，高與長城齊。嶧山訪秦碑，斷裂無完筆。惟有築城詞，哀怨如當日！

山園

山泉引派漲清池，野蔓移根種短籬。藝果極知非老事，接花聊復效兒嬉。提壺言語開顏德，斲木衣孺緩步窺。莫笑題詩還滿紙，小園幽事要君知。

古別離

孤城窮巷秋寂寂，美人停梭夜歎息。空園露溼荆棘枝，荒蹊月照狐狸迹。憶君去時兒在腹，走如黃犢爺未識。紫姑吉語元無據，況憑瓦兆占歸日。嫁來不省出門前，魂夢何因識酒泉。粉綿磨鏡不忍照，女子盛時無十年。

病起山居日有幽事戲作

鶴骨龜腸欲不禁，扶衰初喜罷呻吟。盆山冰釋書窗暖，藥竈香濃道院深。筆健乍臨新獲帖，手生重理舊傳琴。閉門局促還堪恨，雲海何時豁此心。

水村曲

山村今年晚禾旱，奏下民租蠲太半。水村雨足米狼戾，也放三分慰民意。看榜歸來迭歌舞，共喜清平好官府。老翁猶記軍興時，汝輩少年那得知。

賽神曲

擊鼓坎坎，吹笙嗚嗚。綠袍槐簡立老巫，紅衫繡裙舞小姑。烏臼燭明蠟不如，鯉魚糝美出神廚。老巫前致詞，小姑抱酒壺。願神來享常懽娛，使我嘉穀收連車。牛羊暮歸塞門閭，鷄鶩一母生百雛。歲歲賜粟，年年蠲租。蒲鞭不施，圜土空虛，束草作官但形模，刻木爲吏無文書。淳風復還羲皇初，繩亦不結況其餘。神歸人散醉相扶，夜深歌舞官道隅。

涼州行

涼州四面皆沙磧，風吹沙平馬無迹。東門供張接中使，萬里朱宣布襖敕。敕中墨色如未乾，君王心念兒郎寒。當街謝恩拜舞罷，萬歲聲上黃雲端。安西北庭皆郡縣，四夷朝貢無征戰。舊時胡虜陷關中，五丈原頭作邊面。

七十

七十殘年百念枯，桑榆元不補東隅。但存隱具金鴉嘴，那夢朝衣玉鹿盧。身世蠶眠將作繭，形容牛老已垂胡。客來莫問先生處，不釣娥江卽鏡湖。

正月二十日晨起弄筆

深院窗扉曉色遲，新愁宿醉兩參差。雨聲欲與夢相入，春意不隨人共衰。零落殘梅臨小彴，縱橫野水赴清池。物華撩我緣何事，似恐新年漸廢詩。

新闢小園

西戍歸來鬢已霜，生兒又過乃翁長。眼明身健殘年足，飯軟茶甘萬事忘。學廢僅能書姓字，客來懶復倒衣裳。山園寂寂春將晚，酷愛幽花似蜜香。

新展山園半畝強，笑人車馬出籠坊。山禽乍暖慇懃語，野蘤無風自在香。點點水紋迎細雨，疏疏籬影界斜陽。出門遙向鄰翁說，釋耒相從共一觴。

久不得張漢州書

儘道三巴遠，那無一紙書。衰遲自難記，不是故人疏。

春晚村居

一事元無可得忙，悠然半醉倚胡牀。牡丹枝上青春老，燕子聲中白日長。身世已如風六鷁，文章仍似閏黃楊。太平有象無人識，南陌東阡擣麨香。

遊雲山諸蘭若

花過木陰合，溪雲生暮涼。牛行響白水，鷺下點青秧。古寺宛如昔，穉松森已行。道傍松及三十年，則僧輒伐去，復種小者。予自幼歲至今，已見三種矣。耆年不下榻，童子爲燒香。

園中小飲

此老胸中萬頃寬，小園幽徑日追歡。寧教酒欠尋常債，恥就人求本分官。高柳陰濃煙欲暝，叢花紅溼露初溥。時月桂方盛開。要知澤國年光晚，已過清明尚淺寒。

鳥啼

野人無曆日，鳥啼知四時。二月聞子規，春耕不可遲。三月聞黃鸝，幼婦閔蠶飢。四月鳴布穀，家家蠶上簇。五月鳴鴉舅，苗稚憂草茂。人言農家苦，望晴復望雨。樂處誰得知，生不識官府。葛衫麥飯有即休，湖橋小市酒如油。夜夜扶歸常爛醉，不怕行逢灞陵尉。

題陽關圖

誰畫陽關贈別詩，斷腸如在渭橋時。荒城孤驛夢千里，遠水斜陽天四垂。青史功名常蹭蹬，白頭襟抱足乖離。山河未復胡塵暗，一寸孤愁只自知！

夜分不寐起坐園中至旦

涼氣蘇衰疾，幽情入杖藜。月驚孤鵲起，天帶衆星西。松菊今彭澤，山川古會稽。清吟殊未愜，喔喔已晨鷄。

醉睡初覺偶作

小圃醒還醉，幽窗起復眠。虚明炷香地，清潤斸花天。老去才雖盡，窮來志益堅。阿瞞那可語，平日笑橋玄。

閒中

閒中高趣傲羲皇，身卧維摩示病牀。活眼硯凹宜墨色，長毫甌小聚茶香。門無客至惟風月，案有書存但《老》《莊》。問我東歸今幾日，坐看庭樹六番黄。

悶極有作

貴已不如賤，狂應又勝癡。新寒壓酒夜，微雨種花時，堂下藤成架，門邊枳作籬。老人無日課，有興卽題詩。

三峽歌

乾道庚寅，予始入蜀，上下三峽屢矣。後二十五年，歸耕山陰，偶讀梁簡文《巴東三峽歌》，感之，擬作九首，實紹熙甲寅十月二日也。

神女廟前秋月明，黄牛峽裏暮猿聲。危途性命不容恤，百丈牽船侵夜行。

不怕灘如竹節稠，新灘已過可無憂。古粧峩峩一尺髻，木盎銀盃邀客舟。

十二巫山見九峰，船頭彩翠滿秋空。朝雲暮雨渾虚語，一夜猿啼明月中。

錦繡樓前看賣花，麝香山下摘新茶。長安卿相多憂畏，老向夔州不用嗟。

險詐沾沾不媿天，交情回首薄如烟。東遊萬里雖堪樂，灔澦瞿塘要放船。

蠻江水碧瘴花紅，白舫黄旗無便風。涪萬四時常避水，棚居高出亂雲中。

亂插山花貿子紅，蠻歌相和瀼西東。忽然四散不知處，踏月捫蘿歸洞中。

萬州溪西花柳多，四鄰相應《竹枝歌》。問君今夕不痛飲，奈此滿川明月何！

我遊南賓春暮時，蜀船曾繫挂猿枝。雲迷江岸屈原塔，花落空山夏禹祠。

書室明煖終日婆娑其間倦則扶杖至小園戲作長句

美睡宜人勝按摩，江南十月氣猶和。重簾不捲留香久，古硯微凹聚墨多。月上忽看梅影出，風高時送鴈聲過。一杯太淡君休笑，牛背吾方扣角歌。

初冬

老客人間百事慵，樂哉閉户過今冬。朝爐獸炭騰紅焰，夜榻蠻氊擁紫茸。蝟刺坼蓬新栗熟，鵝雛弄色凍醅濃。題詩正自消閒日，本不争先萬户封。

幽居

雨霽雞棲早，風高雁陣斜。園丁刈霜稻，村女賣秋茶。缺井磨樵斧，枯桑繫釣槎。客來那用問，此是放翁家。

冬夜獨酌

寒水茫茫浸月明，疏鐘杳杳帶霜清。一樽濁酒有妙理，十里荒鷄非惡聲。物外雖增新跌宕，胸中未洗舊崢嶸。頹然坐睡蒲團穩，殘火昏燈伴五更。

雜詠園中菓子

不酸金橘種初成，無核枇杷接亦生。珍産已從幽圃得，濁醪仍就小槽傾。

襞石榴隨餻作節，蠟櫻桃與酪同時。兩株偶向池邊種，可喜今年墜折枝。

架垂馬乳收論斛，港種雞頭采滿船。黿鼎若爲占食指，麴車未用墮饞涎。

山杏谿桃本看花，纍纍成實亦堪誇。鹽收蜜漬饒風味，送與山僧下夜茶。

歲暮感懷

家世本無年，甲子近一周。小子獨何幸，七十今平頭。往者收朝迹，亟欲求歸休。厚恩許奉祠，得禄歲愈憂。三釜不及親，顧爲妻子留。何由洗此媿，欲挽天河流。高皇昔中興，風雨躬沐櫛。一士未嘗遺，萬里皆馳日。廉聽闢言路，虛懷詢得失。孤臣實草芥，亦獲對宣室。龍顏宛在目，德不報萬一。橋山松栢寒，淚盡史臣筆！王師宿梁益，行臺護諸將。腐儒添辟書，萬里至渭上。旌旗照關路，風雪暗戎帳。堂堂鐵馬陣，亹亹木牛餉。誰知骨相薄，空負心膽壯。回首二十年，撫事增悲愴！在昔祖宗時，風俗極粹美。人材兼南北，議論忘彼此。誰令各植黨，更仆而迭起。中更夷狄禍，此風猶未已。臣不難負君，生者固賣死。儻築太平基，請自厚俗始。井地以養民，整整若棋畫。初無甚貧富，家有五畝宅。哀哉古益遠，禍始開阡陌。富豪役千奴，貧老無寸帛。困窮禮義廢，盜賊起促迫。誰能講古制，壽我太平脈。

贈應秀才

過宋不見元城公，渡淮不見陳了翁。當時人人皆太息，至今海内傾高風。老夫七十居鄉縣，齷齪龍鍾何足見。辱君雪裏來叩門，自說辛勤求識面。我得茶山一轉語，文章切忌參死句。知君此外無他求，有求寧踏三山路。

山園雜詠

祠祿留人未挂冠，山園三畝著身寛。百年竟向愁邊老，萬事元輸静處看。花徑糝紅供晚醉，月天生暈作春寒。汗青事業都忘盡，時賴吾兒擧話端。

殘春終日在林亭，散髮披衣醉復醒。科斗已成蠹閣閣，櫻桃初結子青青。魚游滄海寧濡沫，禽慕雕籠即翦翎。薄晚東風吹小雨，笑攜長鑱伴畦丁。

春晚懷山南

梨花堆雪柳吹緜，常記梁州古驛前。二十四年成昨夢，每逢春晚卽悽然！

壯歲從戎不憶家，梁州裘馬鬬豪華。至今夜夜尋春夢，猶在吴園藉落花。

身寄江湖兩鬢霜，金鞭朱彈夢猶狂。遥知南鄭城西路，月與梨花共斷腸。

春晚雜興

澤國固多雨，暮春猶薄寒。兒童葺茶舍，婦女賽蠶官。閲世年雖往，爲農興未闌。窮途得一飽，亦足慰艱難。

池面萍初紫，牆頭杏已青。攜兒撑小艇，留客坐孤亭。相法無侯骨，生平直酒星。正須遺萬事，莫遣片時醒。

小市湖橋北，幽居石埭西。蒲深姑惡哭，樹密姊歸啼。山茗封青箬，村酤坼赤泥。平生汗簡手，投老慣扶犂。

病瘍無意緒，閉户作生涯。草草半盂飯，悠悠一盌茶。笑穿居士屩，閒看女郎花。唐人謂辛夷爲女郎花，園中有此花，一叢二百朵。莫問明朝事，忘家卽出家。

齋中雜題

列屋娥眉不足誇，可齋別自是生涯。閒將西蜀團窠錦，自背南唐落墨花。

棐几硯涵鸜鵒眼，古奩香斮鷓鴣斑。絶知造物慇懃意，成就衰翁到死閒。

上巳書事

單衣初著下湖天，飛蓋相隨出郭船。得雨人人喜秧信，祈蠶户户斂神錢。黄雞煮臛無停筯，青韭淹葅欲墮涎。丞相傳聞又三押，衡茅未改日高眠。

春夏之交風日清美欣然有賦

芳潤園林不似貧，年光無盡逐番新。來禽顏色不禁雨，搏黍語言如惜春。身外豈關吾輩事，鏡中已換昔時人。神仙定未超塵俗，猶插金貂侍帝晨。

初夏行平水道中

老去人間樂事稀，一年容易又春歸。市橋壓擔蓴絲滑，村店堆盤豆莢肥。傍水風林鶯語語，滿園煙草蝶飛飛。郊行已覺侵微暑，小立桐陰換夾衣。

幽棲

閒人了無事，地僻稱幽棲。䊪米留鷄食，移琴避燕泥。桐生窗欲暗，筍長徑還迷。不作容車計，門閭儘放低。

誰謂幽棲陋，茅茨足庇牀。雨便梧葉大，風度楝花香。浴佛兒童喜，繅絲婦女忙。揭來三十載，吾鬢固宜霜。乾道丙戌始卜居鏡湖之三山，今甫三十年矣。

十月十七日予生日也孤村風雨蕭然偶得二絕句予生淮上是日平旦大風雨駭人及予墮地雨乃止

少傅奉詔朝京師，艤船生我淮之湄。宣和七年冬十月，猶是中原無事時。

我生急雨暗淮天，出没蛟鼉浪入船。白首功名無尺寸，茅簷還聽雨聲眠。

枕上偶成

放臣不復望修門，身寄江頭黄葉村。酒渴喜聞疏雨滴，夢回愁對一燈昏。河潼形勝寧終棄，周漢規模要細論。自恨不如雲際雁，南來猶得過中原。

舍北閒望作六字絶句

潘岳一篇《秋興》，李成八幅《寒林》。舍北偶然倚杖，盡見古人用心。

題菴壁

身似蝸牛粗有廬，却緣無用得安居。地爐封火欺寒雨，紙閣油窗見細書。麵熟山僧分餺飥，船來溪友餉薪樗。閉門莫笑衰頹甚，讀《易》論詩亦未疏。

貧甚作短歌排悶

閒何濶，逢諸葛，畏人常憂不得活。事不諧，問文開，不蹋權門更可哀。即今白髮如霜草，一飽茫然身已老。惟有躬耕差可爲，賣劍買牛悔不早。年豐米賤身獨飢，今朝得米無薪炊。地上去天八萬里，空自呼天天豈知！

雨夜有懷張季長少卿

放翁雖老未忘情，獨卧山村每自驚。鼎鼎百年如電速，寥寥一笑抵河清。梅初破萼行江路，燈欲成花聽雨聲。正用此時思劇飲，故交零落愴餘生。

春思

七十老翁身退耕，可憐未減舊風情。典衣取酒那論價，秉燭看花每到明。江浦時時逢畫檝，寺樓處處聽新鶯。此生無復陽關夢，不怕樽前唱《渭城》。

丙辰上元前一日

弊裘破帽髮鬅鬙，宛似山房罷講僧。身病不禁連夜雨，家貧只掛去年燈。修椽柳外掀樓角，危檻雲間露塔層。自笑閒遊本無定，興闌隨處倚枯藤。

懷舊

狼煙不舉羽書稀，幕府相從日打圍。最憶定軍山下路，亂飄紅葉滿戎衣。
翠崖紅棧鬱參差，小益初程景最奇。誰向豪端收拾得，李將軍畫少陵詩。

幽居初夏

湖山勝處放翁家，槐柳陰中野徑斜。水滿有時觀下鷺，草深無處不鳴蛙。籜龍已過頭番筍，木筆猶開第一花。歎息老來交舊盡，睡餘誰共午甌茶？

六月二十四日夜分夢范至能李知幾尤延之同集江亭諸公請予賦詩記江湖之樂詩成而覺忘數字而已

鏴箬霜筠織短蓬，飄然來往淡煙中。偶經菱市尋谿友，却揀蘋汀下釣筒。白菡萏香初過雨，紅蜻蜓弱不禁風。吳中近事君知否，團扇家家畫放翁。

閒居自述

自許山翁懶是眞，紛紛外物豈關身。花如解笑還多事，石不能言最可人。浄掃明窗憑素几，閒穿密竹岸烏巾。殘年自有青天管，便是無錐也未貧。

秋雨初霽試筆

墨入紅絲點漆濃，閒將倦筆寫秋容。雨聲已斷時聞滴，雲氣將歸別起峰。斜日半穿臨水竹，好風遥送隔城鐘。遠遊更動輕舟興，太息何人解見從！

舍北摇落景物殊佳偶作

路擁新霜葉，溪餘舊漲沙。栖烏初滿樹，歸鴨各知家。世事元堪笑，吾生固有涯。南村聞酒熟，試遣小童賖。

屋角成金字，溪流作縠紋。斜通小橋路，半掩夕陽門。孤艇衝煙過，疏鐘隔塢聞。杜門非獨病，實自厭紛紛。

草徑人稀到，柴扉手自開。林疏鴉小泊，溪淺鷺頻來。簷角除瓜蔓，牆隅斸芋魁。東鄰膰肉至，一笑舉新醅。

醉中信筆作四絶句既成懼觀者不知野人本心也復作一絶

麥野桑村有酒徒，過門相覓醉相扶。朱門日日教歌舞，也有儂家此樂無。
過得一日過一日，人間萬事不須謀。鄰家幸可賒芳醞，紅蕊何曾笑白頭。
今朝賣穀得青錢，自出街頭買僥肩。草火燎來香滿屋，未容下筋已流涎。
老病人間足畏途，怕人渾似怕於菟。晴明頗動青鞵興，先探門前有客無。
治道巍巍本易成，狂言安得略施行。太平事業人皆見，不計封倫死與生！

睡起至園中

春風忽已遍天涯，老子猶能領物華。淺碧細傾家釀酒，小紅初試手栽花。野人易與輸肝肺，俗語誰能挂齒牙。更欲世間同省事，勾回蟻戰放蜂衙。

雨中作

三日雨頻作，昏昏饒睡眠。泥深散酒市，風惡惱燈天。茅屋松明照，茶鐺雪水煎。山家自成趣，撫枕寄悠然。
短髮白如絲，梅花似舊時。掩屏愁入夢，隱几雨催詩。病爲陰天劇，春緣閏歲遲。非關畏車馬，哀甚實難支。

立春日

花壓烏巾酒滿卮，舊逢春日恨春遲。如今病卧孤村裏，過了新春也不知。

春行

九日春陰一日晴，強扶衰病此閒行。猩紅帶露海棠溼，鴨緑平堤湖水明。杜子美「曉看紅溼處，花重錦官城」。李太白「蜀江紅且明」。用溼字、明字，可謂奪造化之功。世未有拈出者。酒賤柳陰逢醉卧，土肥稻壠看深耕。山翁莫道渾無用，解與明時說太平。

賞花至湖上

吾國名花天下稀，園林盡日敞朱扉。蝶穿密葉常相失，蜂戀繁香不記歸。欲過用愁風蕩漾，半開却要雨霏微。良辰樂事真當勉，莫遣忽忽一片飛。

暮春

數間茅屋鏡湖濱，萬卷藏書不救貧。燕去燕來還過日，花開花落卽經春。開編喜見生平友，照水驚非曩歲人。自笑滅胡心尚在，憑高慷慨欲忘身。

七十三吟

七十三年事事新，涵濡幸作六朝民。髮無可白方爲老，酒不能賒始覺貧。末路已悲身是客，此心猶與物爲春。柴門勿謂常岑寂，時有鄉鄰請藥人。

舍北行飯書觸目

晚飧初潑一甌茶，曳杖閒行興未涯。煙樹參差墨濃淡，風鴉零亂字橫斜。夕陽偏傍平橋路，寒蝶猶依晚菊花。堪笑衰翁耐荒寂，短衣霑露未還家。

春近山中即事

節物貧家有故常，春盤蠟粥逐時忙。悠悠歲月催雙鬢，草草鷄豚薦一觴。人意自殊平日樂，梅花寧減故時香。小園新展西南角，拄樹青蘿百尺長。

雪夜感舊

江月亭前樺燭香，龍門閣上馱聲長。亂山古驛經三折，小市孤城宿兩當。晚歲猶思事鞍馬，當時那信老耕桑。綠沉金鎖俱塵委，雪洒寒燈淚數行。

將進酒

我欲挽住北斗杓，常指蒼龍無動摇。春風日夜吹草木，只有榮盛無時凋。我欲剗斷日行道，陽烏當空月杲杲。非惟四海常不夜，亦使人生失衰老。如山積麴高崔嵬，大江釀作蒲萄醅。頽然一醉三千盃，借問白髮何從來。

雜感

志士山棲恨不深，人知已是負初心。不須先説嚴光輩，直自巢由錯到今。
百年鼎鼎成何事，寒暑相催即白頭。縱得金丹真不死，摩挲銅狄更添愁。
山人那信宦途艱，强著朝衣趁曉班。豪氣不除狂態作，始知只合死空山。
故舊書來訪死生，時聞剥啄叩柴荆。自嗟不及東家老，至死無人識姓名。

幽居

小舫藤爲纜，幽居竹織門。短籬圍藕蕩，細路入桑村。魚膾槎頭美，醅傾粥面渾。殘年謝軒冕，猶足號黎元。

夏日

過眼春光久已空，曬絲擣麥又匆匆。新泥滿路梅黄雨，古木號山月暈風。角黍茭新間罇俎，靈符墨溼照房櫳，歲華不爲衰翁駐，且付餘生一笑中。

雨斷雲歸旋作晴，尚餘紅溼在簾旌。燕雛掠地飛無力，梅子臨池墜有聲。米糲解包供午餉，蔣虀傍枕析朝酲。此翁不負頑軀處，捫腹時時遶舍行。

感舊

要識梁州遠，南山在眼邊。霜郊熊撲樹，雪路馬蒙氊。慘淡遺壇側，拜韓信壇至今猶存。蕭條古廟壖。沔陽有蜀後主所立武侯廟。百詩猶可想，歎息遂無傳。予《山南雜詩》百餘篇，舟行過望雲灘墜水中，至今以爲恨。

夜涉南沮水，朝過小益城。梯山天一握，度棧土微平。雨近秦雲暗，霜高隴月明。至今孤夢裏，喝馬有遺聲。喝馬皆七字韻語，聞之悲愴動人。

早發金堆市，更衣石櫃亭。灘聲秋後壯，山色雨餘青。道濘愁車轍，橋危避駝鈴。功名竟何在，撫事感頹齡！

塵土暗貂裘，森然白髮稠。年光真袞袞，吾事竟悠悠。馬宿平沙夜，軍中馬及廝卒，夏夜皆露宿沙上。烽傳絶塞秋。平安火並南山來，至山南城下。故人零落盡，追寫只添愁。

秋夕露坐作

銀河半落露華清，南斗闌干北斗明。冉冉方悲老將至，纖纖又歎月初生！酒牀細滴香浮瓮，衣杵相聞聲滿城。萬卷讀書無用處，却將耕稼報昇平。

秋思

身似龎翁不出家，一窗自了淡生涯。山蘁零落初成子，石竹凄涼半吐花。寒澗挹泉供試墨，墮巢篝火喚煎茶。掩關本意君知否？兩耳衰年不耐譁。

豐歲

豐歲驩聲動四鄰，深秋景氣粲如春。羊腔酒擔争迎婦，鼉鼓龍船共賽神。處處喜晴過甲子，家家築屋趁庚申。老翁欲伴鄉閭醉，先辦長衫紫領巾。

秋賽

柳姑廟前煙出浦，冉冉縈空青一縷。須臾散作四山雲，明日來爲社公雨。小巫屢舞大巫歌，士女拜祝肩相摩。芳茶綠酒進雜遝，長魚大胾高嵯峨。常年徵科煩箠楚，縣家血涇庭前土。妻啼兒號不敢怨，期會常憂累官府。今年家家有餘粟，縣符未下輸先足。木刻吏，蒲作鞭。自然粟帛如流泉，儲積不愁無九年。

小舟過吉澤效王右丞

澤園霜露晚，孤村煙火微。本去官道遠，自然人迹稀。木落山盡出，鐘鳴僧獨歸。漁家閒似我，未夕閉柴扉。

太息

自古才高每恨浮，偉人要是出中州。即今未必無房魏，埋没胡沙死即休！

關輔堂堂墮虜塵，渭城杜曲又逢春。安知今日新豐市，不有悠然獨酌人。

歲首書事

東風入律寒猶劇，多稼占祥雪欲成。雲陰作雪彌旬，至開歲雪意愈濃。明日戊初立春，猶可爲臘雪也。鬱壘自書誇腕力，屠蘇不至歎人情。今歲無餽屠蘇者。呼盧院落譁新歲，鄉俗，歲夕聚博，謂之試年庚。賣困兒童起五更。立春未明，相呼賣春困，亦舊俗也。白髮滿頭能且健，剩隨鄰曲樂昇平。

菴中獨居感懷

無錢溪女亦留魚，有雨東家每借驢。藜粥數匙晨壓藥，松肪一椀夜觀書。黄紬被暖閒無厭，白布衫長樂有餘。南陌東阡春事動，放翁作計未全疏。

春日園中作

杏花開過尚輕寒，盡日無人獨倚闌。久别名山憑夢到，每思舊友取書看。塵埃幸已賒腰折，富貴深知欠面團。老去逢春都有幾，一杯行復送春殘。

春日小園雜賦

市塵不到放翁家，繞麥穿桑野徑斜。夜雨長深三尺水，曉寒留得一分花。悶從鄰舍分春瓮，閒就僧窗試露芽。自此年光應更好，日驅秧馬聽繅車。

春思

兀兀治聾酒未醒，霏霏潑火雨初晴。愁看入户桃花片，閒聽争巢燕子聲。百疾侵陵成老大，一春轉盼又清明。蘭亭禹廟渾如昨，回首兒時似隔生。

白樂天詩云倦倚繡牀愁不動緩垂緑帶髻鬟低遼陽春盡無消息夜合花前日又西好事者畫之爲倦繡圖此花以五六月開山中多于茨棘人殊不貴之爲賦小詩以寄感歎

王室東遷歲月賒，兩京漠漠暗胡沙。繡牀倦倚人何在，風雨漫山夜合花。

蜉蝣行

蜉蝣至細能知時，春風磑雨占無遺。蜻蜓滿空乃不知，庭除一出無歸期。樂哉蜻蜓高下飛，蜉蝣未盡何憂飢。簷間蜘蛛亦伺汝，吐絲織網腹如鼓。

村舍雜書

中春農在野，蠶事亦隨作。手種臨安青，桑名。可飼蠶百箔。累累繭滿簇，繹繹絲上籰。老子雖安眠，衣帛可無怍。

舍南種胡麻，三日幸不雨。晨起親按行，已見青覆土。窮人如意少，喜色漏眉宇。兒童勿惰偷，造物不負汝。

五月新麴成，六月甘瓜熟。作麴及良時，火見金始伏。懸知桑落後，醅面濃如粥。再拜謝天公，無功叨美祿。予家釀用宛丘瓜麴法。

折蓮釀作醯，采豆治作醬。開曆揆日時，汲井滌瓮盎。上奉時祭須，下給春耕餉。咨爾後之人，歲事不可曠。

東山石上茶，鷹爪初脫韝。雪落紅絲磑，香動銀毫甌。爽如聞至言，餘味終日留。不知葉家白，亦復有此不？

逢人乞藥栽，鬱鬱遂滿園。玉芝來天姥，黃精出雲門。丹茁雨後吐，綠葉風中翻。活人吾豈能，要有此意存。

軍興尚戎衣，冠帶謝褒博。禿巾與小褏，顧影每懷怍。及今反士服，始覺榮天爵。出入阡陌間，終身有餘樂。

讀書乃一癖，我亦不自知。坐書窮至老，更欲傳吾兒。吾兒復當傳，百世以爲期。君看北山公，太行尚可移。

爵禄九鼎重，名義一羽輕。人見共知此，吾道何由行。湖山有一士，無人知姓名。時時風月夕，遥聞清嘯聲。

陳阜卿先生爲兩浙轉運司考試官時秦丞相孫以右文殿修撰來就試直欲首送阜卿得予文卷擢置第一秦氏大怒予明年既顯黜先生亦幾陷危機偶秦公薨遂已予晚歲料理故書得先生手帖追感平昔作長句以識其事不知衰涕之集也

冀北當年浩莫分，斯人一顧每空羣。國家科第與風漢，天下英雄惟使君。後進何人知大老，横流無地寄斯文！自憐衰鈍辜真賞，猶竊虚名海内聞。

東堂睡起

置身事外息吾黥，獨卧空堂一榻横。簷影漸移知日轉，樹梢微動覺風生。每從山寺開經帙，閒就園公辨藥名。若論胸中淡無事，八珍何得望藜羹。

五鼓起坐待旦

睡覺初聞鷄一鳴，披衣危坐待窗明。殘軀已向閑中老，癡夢猶尋熟處行。南北迢迢悲往事，古今莽莽歎浮生！伯倫一鍤君休笑，冢象祁連亦已平。

遣興

湖海元爲汗漫遊，誤恩四領幔亭秋。掃空薄禄始無媿，閉上衡門那得愁。湯嫩雪濤翻茗椀，火温香縷上衣篝。牀頭亦有閑書卷，信手拈來倦卽休。

書齋壁

平生憂患苦縈纏，菱刺磨成芡實圜。俗謂困折多者，謂菱角磨作鷄頭。天下不知誰竟是，古來惟有醉差賢。過堂未悟鐘將釁，睨柱寧知璧偶全。自笑爲農行没世，尚知驚雁落空弦。

無酒歎

不用塞黄河，不用出周鼎。但願酒滿家，日夜醉不醒。不用冠如箕，不用印如斗。但願身强健，朝暮常飲酒。造物不少恕，虐戲逐段新。坐令古銅榼，經月常生塵。平生得酒狂無敵，百幅淋漓風雨疾。造物欲以醒困之，此老醒狂君未知。

舟中作

沙路時晴雨，漁舟日往來。村村皆畫本，處處有詩材。炊黍孤煙晚，呼牛一笛哀。終身看不厭，岸幘興悠哉！

秋晚

木落寺樓出，江平沙渚生。牛羊下殘照，鼓角動高城。寒至衣猶質，憂多夢自驚。羣胡方鬬穴，河渭幾時清！

西窗獨酌

却掃衡門歲月深，殘骸況復病交侵。平生所學爲何事，後世有人知此心。水落枯萍黏破塊，霜高丹葉照横林。一樽濁酒西窗下，安得無功與共斟。

種蔬

老翁老去尚何言，除却翻書即灌園。處處移蔬乘小雨，時時拾礫繞頹垣。江鄉地暖根常茂，旱歲蟲生葉未繁。四壁愈空冬祭近，更催稗子牧鷄豚。

新治暖室

小堂穩暖紙窗明，低幌圍爐亦已成。日閲藏經忘歲月，時臨閣帖雜真行。詩才退後愁酣戰，酒量衰來喜細傾。從此過冬那復事，夜深時聽雪來聲。

歲晚

無窮世事浩難量，歲晚沉綿卧草堂。短褐坼圖移曲折，故書經蠹失偏傍。賣刀擬買春耕犢，挾筴曾忘舊牧羊。點檢生涯還自笑，菜畦殘葉帶新霜。吴中冬蔬常茂。

齋中弄筆偶書示子聿

左右琴樽静不譁，放翁新作老生涯。焚香細讀《斜川集》，候火新烹顧渚茶。書爲半酣差近古，詩雖苦思未名家。一窗殘日呼愁起，裊裊江城咽暮笳！

新籬

新籬三面北通門，藤架陰中細路分。天雨淡青成卵色，水波微皺作靴紋。參差村舍穿林出，縹渺漁歌隔浦聞。忽覺楚鄉來眼底，欲題幽句弔湘君。

村興

身老交情見，孫生口數添。園丁上牛米，村婢博蠶鹽。粔籹堆盤白，餦餭出釜甜。閉門君勿誚，衰病正相兼。

小圃獨酌

少時裘馬競豪華，豈料今爲老圃家。數點霏微社公雨，兩叢閒淡女郎花。詩成枕上常難記，酒滿街頭却易賒。自笑邇來能用短，只將獨醉作生涯。

春日

方池瀲瀲碧波平，曲徑纖纖細草生。席地幕天君但醉，苦無多日是清明。

雪山萬疊看不厭，雪盡山青又一奇。今代江南無畫手，矮牋移入放翁詩。

怕見公卿懶入城，野橋孤店跨驢行。天公遣足看山願，白盡髭鬚却眼明。

新晴野步

吹盡浮雲旋作晴，郊原高下水縱橫。煙蕪漫漫如添色，谷鳥關關已變聲。追酒賤時須痛飲，得人扶處儘閒行。隔湖遥指蘭亭路，鄰叟追隨羨眼明。

夜行過一大姓家值其樂飲戲作

村豪聚飲自相歡，燈火歌呼鬧夜闌。醉飽要勝飢欲死，看渠也復面團團。

貧甚賣常用酒杯作詩自戲

桃李成塵渾不數，海棠也作胭脂雨。清明未到春已空，枝上流鶯替人語。逢春日日合醉歸，莫笑典衣窮杜甫。生時不肯澆舌本，死後空持酹墳土。門前三百里湖光，天與先生作醉鄉。銀杯羽化不須歎，多錢使人生窟郎。

東園小飲

乞得殘骸老故山，草亭終日對孱顏。孤雲百尺起江際，幽鳥數聲鳴竹間。衆死一身今獨健，人忙萬物本常閒。此心欲語知誰聽，賴有漁樵日往還。

龜堂晚興

九日春陰一日晴，回塘閒院愜幽情。小魚出水圓紋見，輕燕穿簾折勢成。今日掩關真佚老，向來涉世亦遺民。巡簷更有欣然處，新筍初抽四五莖。

齋中雜興十首以丈夫貴壯健慘戚非朱顏爲韻

成童入鄉校，諸老席函丈。堂堂韓有功，英概今可想。從父有彥遠，早以直自養。始終臨川學，力守非有黨。紛紛名它師，有泚在其顙。二公生氣存，千載可畏仰。

士生學六經，是爲聖人徒。處當師顏原，出當致唐虞。斯文陣堂堂，臨敵獨援枹。異端滿天下，一掃可使無。乃知立事功，先要定規模。彼雖力移山，安能奪匹夫。

公議在天下，如人有元氣。平居失護養，一旦可勝諱。神丹卒難求，百疾起如蝟。奄奄息僅屬，熟視吁可畏。大義在《春秋》，遺跡悲漢魏。君看徐孺子，底物視富貴。

昔我自蜀歸，耆舊已凋喪。後來二三公，尚慰天下望。千里一紙書，殷勤問亡恙。嗚呼亦已矣，遺語寄悲愴！我亦迫桑榆，便恐無輩行。夜窗對青燈，力憊心尚壯。

餘齡垂八十，雖憊猶强飯。正如老病馬，風沙時一噴。玉關眇何許，道里何啻萬。目中堠歷歷，欲進不能寸。矯首望秋空，徒羨霜鶻健。薶骨亦何悲，吾非麒麟楦。

琅琅誦詩書，尚記兩髦髧。誰料七十年，沉滯終坎窞。炊突映茅廬，日暮煙慘慘。忍窮端已熟，撫事空自感。狂言悔噬臍，衆訾驚破膽。尚有愛書心，還如嗜菖歜。

去國己酉冬，忽見十頒曆。衰殘口兩齒，困阨家四壁。時看溪雲生，飽聽簷雨滴。悠然度寒暑，何處著欣戚。幽人豈知我，月夕聞吹笛。何當五百歲，相與摩銅狄。湖中風月佳時，每聞笛聲淒甚。莫知何人，意其隱君子也。

扁舟東下峽，日月去若飛。當時筆硯舊，久已晨星稀。俊逸如伯渾，簡詣如知幾。天高鬼神惡，回首萬事非。我欲泝黄牛，買屋居青衣。九原不可作，哀哉誰與歸！

荷鉏草堂東，藝花二百株。春風一朝來，白白兼朱朱。南列紅薇屏，北界緑芋區。偃蹇雙松老，森聳萬竹臞。餘地不忍茀，插援引瓠壺。何當拂東絹，畫作山園圖。

閒居寂無客，柴門晝常關。孤舟小於葉，放浪煙水間。樹暗楊梅村，露下白蓮灣。釣魚樵風涇，買酒石帆山。向來支許輩，恐亦無此閒。道逢若耶叟，握手開蒼顏。

觀畫山水

古北安西志未酬，人間隨處送悠悠。騎驢白帝城邊雨，挂席黃陵廟外秋。大網截江魚可膾，高樓臨路酒如油。老來無復當年快，聊對丹青作卧遊。

蘇叔黨汝州北山雜詩次其韻

暑耘日炙背，寒耕泥没脚。衆人占膏腴，我獨治磽确。力盡功未見，厥土但如昨。豈惟窘糠籺，直恐轉溝壑。今年雨暘時，天如相耕穫。屋傾未暇扶，且復補籬落。祠官粟一囊，不贍軀七尺。前年蒙寬恩，例許乞骸骨。聯翩三兒子，俱作鸛雀碧。賦禄雖尚遠，亦足慰衰白。幅巾茅簷下，稱病謝來客。從今門前路，永掃車馬跡。先澤儻未衰，豈無五德孫秀眉宇，慨然修初服。枯腸貯詩書，十飯九不肉。成童將覓舉，想見袍立鵠。汝能記吾言，併以告阿福。閉門勿雜交，一經萬事足。

枕上作

蕭蕭白髮卧扁舟，死盡中朝舊輩流。萬里關河孤枕夢，五更風雨四山秋。鄭虔自笑窮躭酒，李廣何妨老不倿。猶有少年風味在，吴牋著句寫清愁。

示友

道向虛中得，文從實處工。凌空一鶚上，赴海百川東。氣骨真當勉，規模不必同。人生易衰老，君等勿怱怱。

開東關路北至山脚因治路傍隙地雜植花草

清溝東畔蘙蓁菅，雖設柴門盡日關。遠引寒泉成碧沼，稍通密竹露青山。幽花泣露開仍落，好鳥穿林去復還。更上横岡吾所愛，小兒試覓屋三間。

父子追隨一笑傾，東園東畔路初成。夾栽芳草如繩直，前出籬門似砥平。春近野梅香欲動，雨餘溝水細無聲。今朝有意誰能識，不用人扶亦自行。

病眼逢人每懶開，正須此地洗氛埃。數枝梅向林梢出，一脈泉從嶺背來。藤杖有時緣石磴，風爐隨處置茶杯。殘軀自笑如春草，又喜天邊斗柄回。

連日治圃至山亭又作五字

好竹千竿翠，新泉一勺冰。殘蕪襯落日，老木上寒藤。細磴欹難過，危欄曲可凴。歸時忽已暮，點點數漁燈。

歲暮書懷

世事從來不可常，把茅猶幸得深藏。牀頭酒瓮寒難熟，瓶裏梅花夜更香。薄命元知等蟬翼，畏途何處不羊腸。詩成讀罷仍無用，聊滿山家骨董囊。

初春感事

馬跡連聲是處忙，經旬無客到龜堂。水初泛溢黏天緑，梅欲飄零特地香。世事紛紛人自老，歲華冉冉日初長。百錢不辦旗亭醉，空愛鵝兒似酒黄。

先少師宣和初有贈晁公以道詩云奴愛才如蕭穎士婢知詩似鄭康成晁公大愛賞今逸全篇偶讀晁公文集泣而足之

士不逢時勇退耕，閉門自號景迂生。遠聞佳士輒心許，老見異書猶眼明。奴愛才如蕭穎士，婢知詩似鄭康成。早孤遇事偏多感，欲續殘章涕已傾！

追感往事

諸公可歎善謀身，誤國當時豈一秦。不望夷吾出江左，新亭對泣亦無人！

紹興辛酉予年十七矣距今已六十年追感舊事作絶句

常憶初年十七時，朝朝烏帽出從師。與許子威輩同從鮑季和先生，晨興必具帽帶而出。忽逢寒食停供課，正寫礬書作贋碑。

雨晴風日絶佳徙倚門外

荼醿無端廢午眠，杖藜信步到門前。青裙溪女結蠶卦，白髮廟巫催社錢。章老三年病方死，吴翁一夕呼不醒。獨有此身頑似鐵，倚門常看暮山青。章、吴皆鄰人，以去冬死。

春遊

春風隄上草萋萋，草軟沙平護馬蹄。似蓋微雲纔障日，如絲小雨不成泥。千秋觀裏逢新燕，九里山前聽午鷄。追憶舊遊愁滿眼，綵船曾繫畫橋西。

春雨

狼藉殘花滿地紅，擁衾孤夢雨聲中。人生十事九堪歎，春色三分二已空。但有老盆傾濁酒，不辭衰鬢對青銅。長貧博得身强健，久矣無心咎化工。

藥爐茶竈淡生涯，聽雨猶能惜物華。蘸岸頓添三尺水，沾泥不貸一城花。閑摩病眼開書卷，時傍危欄弄釣車。稚子孤行八千里，喜聞炊熟可還家。家僮自行在來報，子布寒食前可到家。唐人以寒食前一日爲炊熟。

自笑平生懶是真，閉門高枕動兼旬。海棠千片已隨水，杜宇一聲無復春。緑酒盈樽足忘老，朱櫻上市正嘗新。今朝雨止通溪路，又向沙頭岸幅巾。

三月十六日至柯橋迎子布東還

江國常年秋鴈飛，吾兒遠客寄書稀。道途一見相持泣，鄰曲聚觀同載歸。草草杯盤更起舞，匆匆刀尺旋裁衣。從今父子茅簷下，回首人間萬事非！

我似傷禽帶箭飛，更憐汝作鴈行稀。異時恐抱終身恨，此日寧甘徒步歸。萬里外應勞遠夢，三年前已挂朝衣。斷編蠹簡相從老，絕念功名亦未非。

初夏野興

扇墮巾欹午夢回，鳴鳩又喚雨絲來。數行褚帖臨窗學，一卷陶詩傍枕開。糠火就林煨苦筍，蜜甖沉井漬青梅。艾人行復巍然出，老大難堪節物催。

衡門

曲徑衡門短短籬，槐楸陰裏倚筇枝。老來百事不入眼，惟愛青山如舊時。

朝飢示子聿

水雲深處小茅茨，雷動空腸慣忍飢。外物不移方是學，俗人猶愛未爲詩。生逢昭代雖虛過，死見先親幸有辭。八十到頭終強項，欲將衣鉢付吾兒。

晨興

小雨過郊墟，晨興一事無。殘榴重結蕊，新燕續生雛。書細猶能讀，行遲漸要扶。蔬畦恐蕪没，且復課僮奴。

西村

亂山深處小桃源，往歲求漿憶叩門。高柳簇橋初轉馬，數家臨水自成村。茂林風送幽禽語，壞壁苔侵醉墨痕。一首清詩記今夕，細雲新月耿黄昏。

放歌行

少年不知老境惡，意謂長如少年樂。朝歌夜舞狂不休，逢人欲覓長生藥。三二十年底難過，屈指朋儕餘幾箇。就令未死身日衰，朱顏已去誰能那。人間萬事如弈棋，我亦曾經少壯時。兒曹紛紛不須校，歲月推遷渠自知。

閉户

收身歸死鏡湖傍，閉户悠悠白日長。巷僻斷非容駟路，腸枯那有蹴蔬羊。書生正可蹈東海，世事漫思移太行。睡起不知天早暮，坐看螢度篆盤香。

長飢

病卧窮閻負聖時，本來吾道合長飢。朝不及夕未妨樂，死何如生行自知。早年休學仗下馬，末路幸似泥中龜。煙波一葉會當逝，吹笛高人有素期。

山齋書事

山榴子結又重開，巢燕雛飛却續回。燕有三生雛乃去者。雨足人哇千頃稻，日長風舞一庭槐。浩歌縱酒愁仍在，作意觀書睡已來。常恨流年不相貸，若爲更著暮蟬催。

晚至新塘

青鞵隨意出柴荆，聊向南唐曳杖行。歸鳥已從煙際没，斷虹猶在柳梢明。城頭層塔凌空立，浦口孤舟並岸横。向道有詩渾不信，爲君擁鼻作吴聲。

早秋南堂夜興

水注横塘藻荇香，候蟲唧唧滿空廊。風前落葉紛可掃，天際疏星森有芒。夜漏漸長愁少睡，秋衣未製怯新涼。明朝知有欣然處，寫得《黄庭》又幾行。

新涼書懷

藥物扶持病少蘇，殘年不恨老菰蘆。潦收溪椵魚爭售，歲樂村場酒易沽。無日檀林無墜葉，檀木自夏至秋，日有落葉，不可勝掃。有時燕户有新雛。今年燕屢生雛，七月望，猶未止。秋風剩起扁舟興，安得州家復鏡湖。

鄰曲今年又有年，垂髫戴白各欣然。先輸官庾無遺賦，共賽神祠有社錢。退傅寄聲情縝密，連得周丞相書，細字滿幅。晦翁入夢語嬋聯。昨夕夢朱元晦甚款。燈前細與兒曹説，蠹簡猶堪數世傳。

燒香

寶熏清夜起氤氳，寂寂中庭伴月痕。小斮海沉非弄水，旋開山麝取當門。密房割處春方半，花露收時日未暾。安得故人同晤語，一燈相對看雲屯。

枕上

呼兒初夜上門關，怕冷貪眠自笑孱。月色横分窗一半，秋聲正在樹中間。暮年不復樽前樂，浮世無如枕上閒。鍊句未安姑棄置，明朝追記尚斑斑。

山園書觸目

山近雲生易，人稀鳥下頻。瘦篁穿石罅，古蔓絡松身。熟摘巖邊果，乾收澗底薪。經過不相識，喚作避秦人。

村舍

篠屋楓林下，山中人以篠覆舍，厚密過于茅。柴門芡浦旁。先鳴雞腷膊，徐上日蒼涼。服藥貧寧輟，觀書老有常。仍須教童稺，世世力耕桑。

生理嗟彌薄，吾居久未完。蝶飛窗紙碎，龜坼壁泥乾。小雨牛欄溼，微霜碓舍寒。晚禾蟲獨少，鄰里共相寬。今年晚禾苦蟲蛇，予鄉獨免。

對食戲詠

一飽欣逢歲小穰，時憑野餉誑枯腸。橙黃出臼金齏美，菰脆供盤玉片香。客送輪囷霜後蟹，僧分磊落社前薑。秋來幸是身强健，聊爲佳時舉一觴。

懷昔

偶住人間日月長，細思方覺少年狂。衆中論事歸多悔，醉後題詩醒已忘。鼉作鯨吞吁莫測，谷堙山塹浩難量。老來境界全非昨，卧看縈簾一縷香。

賽神

歲熟鄉鄰樂，辰良祭賽多。荒園抛鬼飯，高机置神鵝。村人謂祭神之牲曰神豬、神鵝。人散叢祠寂，巫歸醉臉酡。飢鴉更堪笑，鳴噪下庭柯。

小立

紅樹園廬晚，碧花籬落秋。荒陂船護鴨，斷岸笛呼牛。酒賤村村醉，山寒寺寺幽。聊須岸烏幘，小立埭西頭。

秋晚湖上

已過西成賽廟期，家家下麥不容遲。夕陽遍野人歸後，秋水生灘鷺集時。靈藥不治懷抱惡，好詩空益鬢毛衰。從來未識蘇司業，愁絶西風滿酒旗。

明日又至上園天微陰再賦

河岸風檣遠，村陂牧笛長。短籬圍鹿眼，幽徑繚羊腸。照水鬚眉見，搓橙指爪香。衣裘又關念，碪杵滿斜陽。

不寐

麗譙聽盡短長更，幽夢無端故不成。寒雨似從心上滴，孤燈偏向枕邊明。讀書有味身忘老，報國無期涕每傾。敢爲衰殘便虛死，誓先鄰曲事春耕。

弊廬

弊廬雖陋甚，鄙性頗所宜。欹傾十許間，草覆實半之。碓聲隔柴門，績火出枳籬。縛木爲彘牢，附垣作雞塒。黄犢放林莽，蒼鵝戲陂池。傭耕食于我，客主同爨炊。瓦盎設大杓，葅莧羹園葵。一飽荷鋤出，作勞非所辭。上以奉租賦，下以及我私。有錢即沽酒，阡陌恣遊嬉。亦有扶持者，婢跣奴髽椎。欲畫恨無人，後世考此詩。

園中作

誰采桃榔寄一枝，北來萬里爲扶衰。風光最愛初寒候，懷抱殊勝未老時。開引微泉成曲澗，盡除枯蔓補疏籬。花前自笑童心在，更伴羣兒竹馬嬉。

夜四鼓睡覺起行簷間觀新作南籬

星斗闌干天宇清，起披短褐繞廊行。葉聲颯颯飛霜重，籬影疏疏落月明。沙冷斷鴻投別浦，風高殘漏下孤城。衰遲自笑情猶在，一首新詩取次成。

客去追記坐間所言

征西幕罷幾經春，歎息兒音尚帶秦。每爲後生談舊事，始知老子是陳人。建隆乾德開王業，温洛滎河厭虜塵。倘得此生重少壯，臨危敢愛不貲身。

追憶征西幕中舊事

大散關頭北望秦，自期談笑掃胡塵。收身死向農桑社，何止明明兩世人。

小獵南山雪未消，繡旗斜卷玉驄驕。不如意事常千萬，空想先鋒宿渭橋。

憶昨王師戍隴回，遺民日夜望行臺。不論夾道壺漿滿，洛筍河魴次第來。在南鄭時，關中將吏有獻此二物者。

關輔遺民意可傷，蠟封三寸絹書黄。亦知虜法如秦酷，列聖恩深不忍忘。關中將校密報事宜，皆以蠟書至宣司。

冬夜

颼颼黄葉欲辭枝，況著霜風抵死吹。投老難逢身健日，讀書偏愛夜長時。孤村月白聞衣杵，破竈煙青煮芋糜。不是用心希陋巷，爲儒自合耐寒飢。

冬日

室中恰受一蒲團，也抵三千世界寬。上策莫如扃户坐，苦閑猶復取書看。蔬青飯軟枝梧老，窗白爐新準備寒。堪笑此翁幽獨慣，却嫌兒女話團欒。

寒夕

夜扣銅壺徹旦吟，了無人會此時心。燈殘焰作孤螢小，火冷灰如積雪深。風急江天無過雁，月明庭戶有疏碪。此身畢竟歸何許！但憶藏舟黃葦林。

辛酉冬至

今日日南至，吾門方寂然。家貧輕過節，身老怯增年。鄉俗謂喫冬至飯，即添一歲。畢祭皆扶拜，分盤獨早眠。惟應探春夢，已繞鏡湖邊。

客至

何處軒車客，能來桑麥村。一奴先入市，此老自膺門。野果嘗皆澀，村醅壓尚渾。殘年亦何恨，治世作黎元。

冬夜讀史有感

短檠膏涸夜將殘，感事褱人興未闌。酌酒淺深須自度，圍棋成敗有傍觀。斷粞作飯終年飽，大布裁袍稱意寬。世上閒愁千萬斛，不教一點上眉端。

小飲梅花下作

脱巾莫歎髮成絲，六十年間萬首詩。予自年十七八學作詩，今六十年，得萬篇。排日醉過梅落後，通宵吟到雪殘時。偶容後死寧非幸，自乞歸耕已恨遲。青史滿前閒即讀，幾人爲我作蓍龜。

箕卜

孟春百草靈，古俗迎紫姑。厨中取竹箕，冒以婦裙襦。豎子夾扶持，插筆祝其書。俄若有物憑，對答不須臾。豈必考中否？一笑聊相娛。詩章亦間作，酒食隨所須。興闌忽辭去，誰能執其袪。持箕畀竈婢，棄筆卧牆隅。几席亦已徹，狼藉果與蔬。紛紛竟何益，人鬼均一愚。

梅花絶句

幾年不到合江園，説著當時已斷魂。只有梅花知此恨，相逢月底却無言。

當年走馬錦城西，曾爲梅花醉似泥。二十里中香不斷，青羊宫到浣花溪。

聞道梅花坼曉風，雪堆遍滿四山中。何方可化身千億，一樹梅前一作「花」。一放翁。

小亭終日倚闌干，樹樹梅花看到殘。只怪此翁常謝客，元來不是怕春寒。

亂篸桐帽花如雪，斜挂驢鞍酒滿壺。若得丹青如顧陸，憑渠畫我夜歸圖。

紅梅過後到緗梅，一種春風不並開。造物無心還有意，引教日日放翁來。

送子龍赴吉州掾

我老汝遠行，知汝非得已。駕言當送汝，揮涕不能止。人誰樂離別，坐貧至于此。汝行犯胥濤，次第過彭蠡。波横吞舟魚，林嘯獨脚鬼。野飯何店炊，孤檣何岸艤。判司比唐時，猶幸免笞箠。庭參亦何辱，負職乃可耻。汝爲吉州吏，但飲吉州水。一錢亦分明，誰能肆讒毁。聚俸嫁阿惜，擇士教元禮。我食可自營，勿用念甘旨。衣穿聽露肘，履破從見指。出門雖被嘲，歸舍却睡美。益公名位重，凜若喬嶽峙。汝以通家故，或許望燕几。得見已足榮，切勿有所啓。又若楊誠齋，清介世莫比。一聞俗人言，三日歸洗耳。汝但問起居，餘事勿掛齒。希周有世好，敬叔乃鄉里。豈惟能文辭，實亦堅操履。相從勉講學，事業在積累。仁義本何常，蹈之則君子。汝去三年歸，我儻未即死。江中有鯉魚，頻寄書一紙。

六日雲重有雪意獨酌

遍遊藪澤一漁舠，盡歷風霜只緼袍。天爲念貧偏與健，人因見懶誤稱高。地連海澨濤聲近，雲冒山椒雪意豪。偶得名罇當痛飲，涼州那得直葡萄。

舟中作

娥江西路石帆東，身寄鷗波浩蕩中。疊疊沙痕留浦岸，疏疏日影透漁篷。詩人無復同盟在，酒債何時一洗空？已迫耄年宜易感，人生五十即稱翁。

晤語無人與遣愁，出門聊復弄輕舟。山穿煙雨參差出，水赴陂塘散漫流。隔葉雄雌鳴谷鳥，傍林子母過吳牛。數家清絶如圖畫，炊黍何妨得小留。

湖村春興

桑柘相望雨露新，桃源自隱不緣秦。稻陂正滿初投種，蠶子方生未忌人。酒借鵝兒成淺色，魚憑雲母作修鱗。賽神歸晚比鄰醉，一笑猶關老子身。

村居書事

藥物枝梧病漸蘇，門前野老笑相呼。春深水暖多魚婢，雨足年豐少麥奴。小飲盃盤隨事具，閒行巷陌倩人扶。題詩非復羌村句，誰與丹青作畫圖。李伯時有「羌月圖」傳於世。

題廬陵蕭彦毓秀才詩卷後

詩句雄豪易取名，爾來閒淡獨蕭卿。蘇州死後風流絶，幾許工夫學得成。

法不孤生自古同，癡人乃欲鏤虛空。君詩妙處吾能識，正在山程水驛中。

示客

一點昏燈兩部蛙，客來相對半甌茶。典衣未贖身饒蝨，治米無工飯有沙。每爲采菱浮野艇，時因賣藥宿山家。青鞋到處堪乘興，不獨雲門與若耶。

喜晴

葛衣初著喜新晴，寂寂虚堂一榻横。乍坼孤花藏葉罅，晚歸雙燕拂簾旌。舞空不斷游絲直，掠地還飛落絮輕。剩欲倚闌尋好句，清笳已復動高城。

閒詠園中草木

翦刀葉畔戲魚回，帔子花頭舞蝶來。領略年光屬閒客，一樽自勸不須推。

一樹山櫻鳥啄殘，懸鈎半老亦甘酸。兒童采得争來餉，應念衰翁舌本乾。

緑侵小徑蕺衣草，青絡疏籬鬼帶藤。未暇開編尋《本草》，且將名品問山僧。

過鄰家

老病在臂踝，終日不喜動。溪雲忽過前，袖手以目送。今晨光景佳，霽色入鳥哢。駕言出柴荆，暫作湖山夢。東村望鶴巢，西阜過貛峒。父老意欣然，爲我撥春瓮。豈惟澆舌燥，亦用軟脚痛。形骸去繩檢，談笑得少縱。吴蠶初上簇，陂稻亦已種。端午數日間，更約同解糉。

九月初作

九月都門凜欲霜，羸軀恩免立鵷行。細書付吏謄初稿，和藥呼兒對古方。陋巷閉門常謝客，高齋掃地獨焚香。此生自計終何取，似有山林一日長。《實録》有初稿、二稿。

無客

今日了無客，倚然麈柄閒。硯涵鴝鵒眼，香斮鷓鴣斑。木落風初勁，雲低雨尚慳。西湖未暇到，卧看曲屏山。

懷故山

老怯京塵化素衣，無端抛擲釣魚磯。碧雲又見日將暮，芳草不知人念歸。萬事莫論羈枕夢，一身方墮亂書圍。岷山學士無消息，空想燈前語入微。張季長秘閣久不得書。

晚歸

無事經秋別鏡湖，詩囊隨處累奚奴。樓頭寒日低將盡，陌上殘泥踏欲無。軒冕豈容關喜愠，簞瓢亦未費枝梧。畫橋緑浦歸來晚，一醆昏燈得自娱。

題史院壁

白髮無餘鬒，蒼顔失故丹。旅遊多敗意，大屋每饒寒。出畏霜侵褐，歸乘日暖鞍。若非時得句，何以慰衰殘！

苔瓮平分路，銅環半掩扉。殘蕪寒不死，敗葉落還飛。責重何由塞，愁生但念歸。非無茅一把，世事苦相違。

寄題儒榮堂

朝散大夫徐夢莘著《北盟録》上之，除直秘閣。訓辭有「儒榮」之語，因以名堂，來求賦詩。

軍容基禍廟謀疏，尚記文登遣使初。只道大功隨指顧，至今遺種費誅鋤。還朝不遣參麟筆，寓直空聞上石渠。剩辦殺青君記取，龍庭焚盡始成書！

雜興十首以貧堅志士節病長高人情爲韻

仕宦徧四方，每出歸愈貧。寒暑更質衣，笑倒鄰里人。今年作史官，坐糜太倉陳。無如思歸何，日夜望絶麟。區區牛馬走，齪齪蟣蝨臣。恩深老不報，肝膽空輪囷。

孟子闢楊墨，吾道方粲然。韓愈排佛老，不失聖所傳。伐木當伐根，攻敵當攻堅。坐視日月食，孰探天地全。一木信難恃，要憂大厦顛。安得孟韓輩，出爲吾黨先。

聖人固多能，藝乃不以試。嗟予少貧賤，日月成坐棄。矧今耄已及，甘食而美睡。道衰朋友散，斯文凛將墜。閉户輒竟日，孰與講仁智。厭厭生意盡，何暇議李志！

少年喜結交，患難謂可倚。寧知事大謬，親友化虎兕。出仕五十年，危不以讒死。始畏囊中錐，寧取道傍李。老來多新知，英彦終可喜。豈以二三君，遂疑天下士。

昔我遊廬山，夜雨東林雪。灰深火正熟，膏減燈半滅。童驚林虎過，僧惜澗松折。至今每追想，可解肺肝熱。那知蓬山夢，忽繼此清絶。殊勝蘇子卿，餐氊持漢節。

觀人如觀玉，拙眼喜譏評。得失顧在人，玉固非所病。慶曆嘉祐間，人才於斯盛。王回僅一招，石介棄不聘。乃知天下士，成敗各有命。顧君姑安之，天定豈不勝。

兩山如峨眉，一水若車輞。吾昔廬其間，百里臨蒼莽。少年手藝木，條榦日夜長。咿啞駕獨轅，迢遞揺兩槳。平生會心地，今乃寄夢想。何時喚鄰翁，煙水行布網。

貨財不可居，禄位不可饕。我爾本一家，何至皐闐鏖。小夫謀人國，紛紛日煎熬。或謂性本惡，或謂經無褒。誤人方自此，孰如飲醇醪。清言亦自佳，遺事非徒高。

魯山粹而博，韶美曠且真。石渠東觀中，久矣無若人。飛仙驂鳳鸞，豈久混世塵。空餘文章在，常與日月新。我雖不足數，疇昔忝交親。尚想秋燈下，對影欹幅巾。陳山魯山、劉儀鳳韶美。

君子尚大節，又甚惡不情。魯連故可人，用意終近名。千載高夷齊，采薇忘其生。周公述《易象》，所以貴幽貞。去聖雖已遠，江左見淵明。我讀《飲酒》詩，朱絃有遺聲。

謝韓實之直閣送燈

玉作華星綴絳繩，樓臺交映暮天澄。東都父老今誰在？腸斷當時諫浙燈！

舊友年來不作疏，華燈乃肯寄蝸廬。寧知此老蕭條甚，一尺檠前正讀書。

歎老

鏡裏蕭蕭白髮新，默思舊事似前身。齒殘對客豁可恥，臂弱學書肥失真。漸覺文辭乖律呂，豈惟議論少精神。平生師友凋零盡，鼻堊揮斤未有人。

冬曉

恩免宵興趁曉班，養慵終覺媿吾顏。浮名半世虛催老，高卧何時復得閒。兩岸夕陽漁浦市，數峰寒靄沃洲山。扁舟來往無窮樂，此事天公豈所慳。

有懷梁益舊遊

土堠纍纍雙復隻，悠然殘夢對寒釭。亂山落日葭萌驛，古渡悲風桔栢江。虎印雪泥餘過跡，樹經野火有空腔。四方行役男兒事，常笑韓公賦下瀧。

孤坐無聊每思江湖之適

世上元無第一籌，此身只合卧滄洲。艣摇漁浦蒼茫月，帆帶松江浩蕩秋。有酒人家皆可醉，無僧山寺亦閑遊。老來閲盡榮枯事，萬變惟應一笑酬。

子聿欲暫歸山陰見乃翁作惡遂不行贈以此詩

鐘鳴豈復夜行時，文字相娛賴此兒。欲去復留知汝孝，未言先泣歎吾衰。兩篇《易象》能忘老，百畝山畲可免飢。但報家僮多釀酒，一欄紅藥是歸期。明年春晚，史院奏書，必得歸矣。

暇日弄筆戲書

草書學張顛，行書學楊風。平生江湖心，聊寄筆硯中。龍蛇入我腕，疋素忽已窮。餘勢尚隱轔，此興嗟誰同！

謝王子林判院惠詩編王從楊廷秀甚久。

文章有定價，議論有至公。我不如誠齋，此評天下同。王子江西秀，詩有誠齋風。今年入修門，軒軒若飛鴻。人言誠齋詩，浩然與俱東。字字若長城，梯衝何由攻。我望已畏之，謹避不欲逢。一日來叩門，錦囊出幾空。我欲與馳逐，未交力已窮。太息謂王子，諸人無此功。騎驢上灞橋，買酒醉新豐。知子定有人，豈必老鈍翁。

對酒作

羨門安期何在哉，河流上拆崑崙開。白雲不與隱居老，孤鶴自下遼天來。春江風物正開美，綠浦潮平梅初起。暮吹長笛發巴陵，曉挂高帆渡湘水。世間萬變更故新，會當太息摩銅人。脱裘取酒籍芳草，與子共醉壺中春。

西湖春遊

靈隱前，天竺後，鬼削神剜作巖岫。冷泉亭中一樽酒，一日可敵千年壽。清明後，上巳前，千紅百紫爭妖妍。鼕鼕鼓聲鞠場邊，鞦韆一蹴如登仙。人生得意須年少，白髮龍鍾空自笑。君不見，灞亭耐事故將軍，醉尉怒訶如不聞。

局中春興

天知病眼困風沙，借與蓬山閱物華。微暖已迎新到燕，輕陰猶護欲殘花。幽窗寂寂書圍座，倦枕時時夢過家。立馬庭前還小駐，不妨閒試半甌茶。

春日絶句

吏來屢敗哦詩興，雨作常妨載酒行。忽見家家插楊柳，始知今日是清明。
故園蛺蝶最多種，百草長時花亂開。窮巷春風元不到，一雙誰遣過牆來。
桃李吹成九陌塵，客中又過一年春。餘寒漠漠城南路，只見鞦韆不見人。
便恐東皇促駕回，小軒無事且啣盃。不知何處桃花落，一片飛從屋角來。
楊家園裏醉殘春，醉倩傍人拾墮巾。紅紫飄零不須歎，東君渠自是行人。

東軒花時將過感懷

小軒風月得婆娑，盡付流年與嘯歌。細數一春今過半，正令百歲亦無多。還家常恐難全璧，閱世深疑已爛柯。只欲閉門搘倦枕，晚風無奈落花何！

社雨晴時燕子飛，園林何許覓芳菲。江山良是人誰在？天地無私春又歸。殘史有期成汗簡，修門即日挂朝衣。人生念念皆堪悔，敢效淵明歎昨非！

與兒輩泛舟遊西湖一日間晴陰屢易

逢著園林即款扉，酌泉鬻筍欲忘歸。楊花正與人爭路，鳩語還催雨點衣。古寺題名那復在，後生識面自應稀。傷心六十餘年事，雙塔依然在翠微。

得子聿到家山後書

日日春陰愁出户，汝今恰遇十分晴。桑林紫椹纍纍熟，稻壠青秧漫漫平。夢好定知行路健，書來深慰倚門情。柯橋道上山如畫，早晚歸舟聽艣聲。

春晚

新綠成陰小雨時，幅巾蕭散與閒宜。燕歸赴訴經年別，鶯晚分疏出谷遲。曉枕呼兒投宿酒，暮窗留客算殘碁。翛然此意風塵表，正恐羲皇未必知。

上章納禄恩畀外祠遂以五月初東歸

身似霜松老不枯，乞骸猶得侍清都。百錢濁酒渾家醉，六月飛蟲徹曉無。美睡不愁閒客攪，出遊自有小兒扶。買山尚恐巢由笑，敢問君王覓鏡湖。

羣玉峰頭孤夢斷，五雲溪上野舟回。傍人鷗鳥自然熟，到處藕花無數開。麥飯不饜常面槁，柴門閒掩自心灰。雨來正作盆山地，不怕冥冥半月梅。

此身惟有一躬耕，乞得餘年樂太平。東觀並遊收昨夢，西湖重到付來生。一堤草露明晨照，半浦荷風颭晚晴。歷歷歸途皆勝事，江亭先聽櫂歌聲。

初歸雜詠

雪滿漁簑雨墊巾，超然無處不清真。胸中那可有一事，天下故應無兩人。騎馬每行秋棧路，喚船還渡暮江津。酒樓僧壁留詩徧，八十年來自在身。

小園五畝翦蓬蒿，便覺人間迹可逃。盡疏珍禽添《爾雅》，更書香草續《離騷》。藥苗可斸攜長鑱，黍酒新成壓小槽。老入鵷行方徹悟，一官何處不徒勞！

乞得身歸且浩歌，蕭然生世寄漁簑。茶甘半日如新啜，墨妙移時不再磨。山寺躡雲頻獨往，鄰家穿竹自相過。棋枰勝負能多少，堪笑傍人説爛柯。

遊山

古寺不來久，入門空歎嗟！僧亡猶見塔，樹老已無花。世事雖難料，吾生固有涯。慇懃一梳月，十里伴還家。

美睡

老來胸次掃峥嶸，投枕神安氣亦平。漫道布衾如鐵冷，未妨鼻息自雷鳴。天高斗柄闌干繞，露下雞塒腷膊聲。俗念絕知無起處，夢爲孤鶴過青城。

連陰欲雪排悶

先生經旬甑生塵，藜羹不污白氎巾。魯連敢謂天下士，摩詰要是山中人。王維自稱山中人。溪從灘瘦愈刻厲，山自木落增嶙峋。雲重惟愁雪欲作，梅花忽報一枝春。

晚歲幽興

殘年欲遂追期頤，追數朋儔死已遲。卜塚治棺輸我快，染鬚種齒笑人癡。近聞有醫，以補種墮齒爲業者。野梅墮地草生後，街柳拂鞍冰泮時。滿眼雲山不須買，剩傾新釀賦新詩。

對食戲作

霜餘蔬甲淡中甜，春近靈苗嫩不蘞。采掇歸來便堪煮，半銖鹽酪不須添。春前臘後物華催，時伴兒曹把酒盃。蒸餅猶能十字裂，餛飩那得五般來。

甲子立春前二日作

頭風初愈喜身輕，書卷時開覺眼明。養熟犬雞隨坐起，性靈烏鵲報陰晴。韭菘飣餖春盤好，芝朮菑和臘藥成。自笑衰殘殺風景，燈時不擬入重城。

鄰曲

濁酒聚鄰曲，偶來非宿期。拭盤堆連展，淮人以名麥餌。洗鬴煮黎祁。蜀人以名豆腐。烏犍將新犢，青桑長嫩枝。豐年多樂事，相勸且伸眉。

初春書懷

數掩蘆藩並水居，一家全似業樵漁。春寒例謝常來客，老病猶貪未見書。馴雀正緣抛食慣，芳蘭肯爲礙門鉏。藥苗滿鉢無人共，賴有溪僧爲破除。

甫及春初日已長，偶同鄰曲集山房。囊盛古墨靴紋皺，箬護新茶帶胯方。老境不嫌來冉冉，流年直恐去堂堂。清泉冷浸疏梅蕊，共領人間第一香。

愚公不解幾安危，行盡人間惡路岐。難似車登蛇退嶺，險如舟過馬當祠。平生憂患常難測，送老安閒敢自期。一事不成應有命，惟將知正報明時。

送子虡吳門之行

相送何由插羽翰，淡煙微雨暗江干。孤懷最怯新春別，病骨難禁昨夜寒。尊酒汝寧嫌魯薄，釜羹翁自絮吳酸。此詩字字俱愁絕，忍淚成篇却怕看！

幽居春晚

雲歸禹穴賞新晴，酒買蘭亭散宿酲。竹帶鞭移俄盛出，鶴全窠買已長鳴。故山雖媿收身晚，外物元如脫髮輕。只恐村鄰成間闊，杖藜隨處叩柴荆。

老廢讐書病廢詩，晝閒惟與睡相宜。未尋內史流觴地，又近龐公上冢時。花發遊蜂喧院落，筍長馴鹿入藩籬。石蛇山下春如許，野老來招不用辭。

山行贈野叟

垂白衰翁住道邊，突間猶喜續炊煙。壁如龜筴難占卜，瓦似魚鱗不接連。幼學及時兒識字，官租先衆吏無權。與君俱長宣和日，握手相看一悵然！

莫笑孤村生理微，茅茨煙火自相依。客來旋掃青苔榻，日在先關白版扉。婦女憂蠶租葉去，兒童耘麥荷鉏歸。散人世襲江湖號，剩欲溪頭借釣磯。

六言雜興

失馬詎知非福，亡羊不妨補牢。病裏正須《周易》，醉中却要《離騷》。
舉足加劉公腹，引手捋孫郎鬚。士氣日趨委靡，賴有二君掃除。
廣平作梅花賦，少陵無海棠詩。正自一時偶爾，俗人平地生疑。

題旅舍壁

地廣風號木，天高日脱雲。村名步頭換，縣界驛前分。蒿艾春侵路，雞豚暮識羣。敲門就炊爨，一飯敢忘君。

春晚雨中作

冉冉流年不貸人，東園青杏又嘗新。方書無藥醫治老，風雨何心斷送春。樂事久歸孤枕夢，酒痕空伴素衣塵。畏途回首濤瀾惡，賴有雲山著此身。

枕上

病叟少安枕，驚禽無穩棲。慵占賈誼鵩，空感祖生雞。野勢風號北，窗痕月過西。元非破賊手，只合架牛犂。山中惟梟鳴終夜，雞三鳴後，聞架犂，則旦矣。

夏日

入户桐陰漸覆牀，乍敷笛簟北窗涼。筇枝倚壁知身健，衣焙殘香覺日長。雨霽斷雲時聚散，風來纖草久低昂。蝶衣粉溼猶飛懶，小駐闌干就夕陽。

久雨

梅天一日幾陰晴，對酒無聊醉不成。巧曆莫能知雨點，孤桐那解寫溪聲。林深鳥爵來無數，草茂鉏耰去即生。明日雲開天萬里，御風吾欲過青城。

復雨

催唤兒童掃緑苔，長歌清嘯興悠哉！林間子墮知梅熟，水面痕生驗雨來。往事已成孤枕夢，故人誰共一尊開？自憐未負年華在，素扇團團月樣裁。

門屋納涼

機裂齊紈如素月，牀敷蘄簟起微瀾。行人遠不分眉目，過鳥高猶響羽翰。新長庭槐夾門緑，無窮陂稻際天寬。今年項里楊梅熟，火齊驪珠已滿盤。

午睡

梅黄雨足喜初晴，投枕華胥夢已成。帳底香雲凝未散，手中書卷墮無聲。簟紋似水飛蠅避，鼻息如雷稚子驚。癡腹便便竟何有，已將嘲弄付諸生。

游昭牛圖

游昭木石師李唐，畫牛乃自其所長。出欄切聽一聲笛，意氣已無千頃荒。客居京口老益困，衣不掩脛鬢眉蒼。時時弄筆眼力健，蹏角毛骨分毫芒。我無沙堤金絡馬，拂拭此幅喜欲狂。乞骸幸蒙優詔許，置身忽在煙林傍。日落飲牛水滿塘，夜半飯牛天雨霜。俚醫灌藥美水草，老巫訶禁祓不祥。願我孫子勤農桑，願汝生犢筋脈强。碓聲驚破五更夢，歲負玉粒輸官倉。

出近村歸偶作

朝騎小蹇出煙村，擁路争看八十身。似我猶爲一好漢，問君曾見幾閒人？楊梅線紫開園晚，蓴菜絲長入市新。莫笑堅頑推不倒，天教日日享常珍。

書事

聞道輿圖次第還，黄河依舊抱潼關。會當小駐平戎帳，饒益南亭看華山。饒益寺、南亭，盡得泰華之勝。

關中父老望王師，想見壺漿滿路時。寂寞西溪衰草裏，斷碑猶有少陵詩。華州西溪郡，老杜所謂鄭縣亭子者。

鴨緑桑乾盡漢天，傳烽自合過祁連。功名在子何殊我，惟恨無人快著鞭！九天清蹕響春雷，百萬貔貅扈駕回。不獨雨師先灑道，汴流滚滚入淮來。

新涼示子遹時子遹將有臨安之行

竹簟紗厨事已非，秋清初换熟綈衣。鵲驚山月栖還起，螢避溪風墮又飛。老眼漸昏書懶讀，壯心雖在事多違。夜窗剩欲挑燈語，日倚柴門望汝歸。

八月四日夜夢中作

太華巉巉敷水長，白驢依舊繫斜陽。山深乳洞藥爐冷，花發雲房醅瓮香。鄰叟一樽迎谷口，蠻童三髻拜溪傍。中原俯仰成今古，物外自閒人自忙。

明日復理夢中作意

白盡髭鬚兩頰紅，頹然自以放名翁。客從謝事歸時散，詩到無人愛處工。高挂蒲帆上黄鶴，獨吹銅笛過垂虹。閒人浪跡由來事，那計猿驚蕙帳空。

又明日復作長句自規

《大學》淵源不易窮，古人立志自童蒙。醉猶温克方成德，夢亦齋莊始見功。痛哭孰能悲陷溺！力行猶足變雕蟲。太空雲翳終當散，吾道常如日正中。

村居遣興

追數交朋略散亡，臂孱足蹇固其常。一年又見秋風至，孤夢潛隨夜漏長。不辨誦經如倚相，頗能噉飯勝張蒼。回看薄宦成何味，只借朝衫作戲場。

萬里征途輿已闌，三間破屋住猶寬。山薑著雨房重斂，南燭先霜實半丹。野市秋陰更蕭瑟，書生老瘦轉酸寒。掩關也有消愁處，一卷《騷經》醉後看。

甲子秋八月偶思出遊往往累日不能歸或遠至傍縣凡得絶句十有二首雜録入稿中亦不復詮次也 録三首

早攜書劍三隨計，晚辱弓旌四造朝。心愧石帆山下叟，一生不識浙江潮。

著囊藥笈每隨身，問病求占日日新。向道不能渠豈信，隨宜醉答免違人。

藥粗野老偏稱効，詩淺山僧妄謂工。懷麵裹茶來問訊，不妨一笑寂寥中。

遣舟迎子遹因寄古風十四韻

今日坼汝書，一讀眼爲明。知汝即日歸，明當遣舟迎。想汝片帆東，翩若飛鴻征。薄暮過梅市，咿嘔雙櫓聲。到家亦尚早，城樓初發更。草草一尊酒，爲汝手自傾。夜分不能寐，頓忘衰病嬰。豈惟病良已，白頭黑絲生。暫别亦不惡，益重父子情。自今日相守，北窗同短檠。六經焰久伏，百氏方縱横。世俗擯孤學，未易口舌争。此責在學者，草萊勿自輕。汝壯父未死，相勉在力行。

飯後偶題

環堵蕭然百慮忘，天教得飯飫枯腸。長橋鮓美桃花嫩，北苑茶新帶胯方。漠漠寒花欹晚照，翩翩孤蝶弄秋光。解衣捫腹西窗下，賴有新詩破日長。

感昔

行年三十憶南遊，穩駕滄溟萬斛舟。常記早秋雷雨霽，柁師指點説琉球。
馬瘦行遲自一奇，溪山佳處看無遺。酒壚强挽人同醉，散去何曾識是誰！
負琴腰劍成三友，出蜀歸吴歷百城。最是客途愁絶處，巫山廟下聽猿聲。
岳陽三伏正炎蒸，爽氣凄風見未曾。白浪蹴天樓欲動，當時恨不到黄陵。

送子坦赴鹽官縣市征

父子團欒笑語譁，豈知雲散各天涯。長亭結束秋將晚，别酒淒涼日易斜。我坐耄年艱就養，汝非仰禄肯離家。遊山尚有平生意，試爲閒尋一鹿車。臘中欲作一小肩輿，輕駃結實，兩夫可舉者，以備山行。

寄子坦

目斷西陵細靄中，津亭想汝繫孤篷。頗憂昨暮雲吞日，俗以黑雲接落日，爲風雨之候。猶幸今朝雨壓風。就食亦知難戀戀，挂帆終恨太怱怱。塞沙不是無來雁，頻寄書歸問老翁。

書感

老荷寬恩許退耕，絲毫無報亦何情。民貧樂歲尚艱食，道喪異端方肆行。黨禍本從名輩出，弊端常向盛時生。古人骨冷青松下，誰起英魂與細評！

遣興

兔徑遊觀足，蝸廬卧起寬。垂名千古易，無愧寸心難。燈火娱清夜，風霜變早寒。一經家世事，吾與未應闌。

農舍

三農雖隙亦怱忙，稼事何曾一夕忘。欲曬胡麻愁屢雨，未收蕎麥怯新霜。
神農之學未爲非，日夜勤勞備歲饑。雨畏禾頭蒸耳出，潤憂麥粒化蛾飛。
萬錢近縣買黄犢，襏襫行當東作時。堪笑江東王謝輩，唾壺麈尾事兒嬉。
杜門雖與世相違，未許人嘲作計非。長絙雲邊牽犢過，小舟月下載犂歸。

出遊

一樽隨處可開顔，此事深疑造物慳。地可登臨多恨遠，身常强健又須閒。山圍小市煙初斂，霜著横林葉半殷。徙倚闌干君勿厭，日斜猶及棹舟還。

漁村酒市本無期，小蹇扁舟信所之。丹葉滿林霜落後，紫萍黏塊水枯時。山林閒寂歸雖早，齒髮衰殘病已遲。努力及時謀自適，錦囊多貯暮秋詩。

山有籃輿步有舟，放翁身健得閒遊。牛羊點點日將夕，蒲柳蕭蕭天正秋。細徑僧歸雲外寺，疏燈人語酒家樓。歸途更愛湖橋月，獨倚闌干爲小留。

風雨夜坐

寒風凄緊雨空濛，舍北新丹數葉楓。欹枕舊遊來眼底，掩書餘味在胸中。松明對影談玄客，篠火圍爐采藥翁。君看龜堂新境界，固應難與俗人同。

舟中曉賦

木落霜清水鳥呼，扁舟夜泊古城隅。吹殘畫角鐘初動，低盡寒空斗欲無。浪迹已同鷗境界，遠遊方羨雁程途。高檣健席從今始，遍歷三湘與五湖。

漁家

江上漁家水蘸扉，閒雲片片傍苔磯。釣收鷺下虛舟立，橋斷僧尋別徑歸。海近岡巒多迤邐，天寒霧雨正霏微。羊裘老作桐江叟，點檢初心幸未違。

感昔

神女祠前猿夜鳴，相公溪上草初生。重遊惟有西窗夢，一點燈青夢不成。
白帝城邊鶯亂啼，憶騎瘦馬踏春泥。老來感舊多悽愴，孤夢時時到瀼西。
小益晨裝雨作泥，南沮涉水馬長嘶。山腰細棧移新路，驛壁流塵闇舊題。
曾從征西十萬師，白頭回顧只成悲。雲深駱谷傳烽處，雪密嶓山校獵時。
少時失脚利名間，寸步何曾不險難。造物恐人渾忘却，夢中憂患尚如山。

客懷

客懷病思兩悽悽，瘦馬長韉濺雪泥。道左忽逢曾宿驛，壁間閒看舊留題。村醅酸薄陳山果，旅飯蕭條嚼凍虀。何處人間非夢境？怳然重到劍關西！

雜書幽居事

抱瓮窮園叟，還山老布衣。死邊常得活，鬧處偶容歸。釣恐魚吞餌，棋憂客墮機。此心君會否，洗盡百年非。庭曠多延月，齋空半貯雲。松聲行路共，泉脈近鄰分。采藥九蒸曬，朝真三沐熏。林間有叢杞，繞屋夜狺狺。

探梅

歲月相尋豈有窮，早梅喚醒醉眠翁。坐中酒量人人別，花底春風處處同。白帝城邊微雪過，青衣江上夕陽紅。錦囊空復殘詩在，分付悲歡一夢中！

社飲

東作初占嗣歲宜，蠶官又近乞靈時。傾家釀酒無遺力，倒社迎神盡及期。先醉後醒驚老憊，路長足蹇歎歸遲。西村漸過新塘近，宿鳥歸飛已滿枝。

自近村歸

雪晴村路尚殘泥，茅屋清寒正要低。野渡船虛飛鳥集，煙村路近蹇驢嘶。堅頑那復愁空槖，老健猶能伴架犂。蹴蹋不僵君會否，更須百瓮享黃齏。

除夜

野水楓林屋數椽，寒爐無火坐無氈。殘燈耿耿愁孤影，小雪霏霏送舊年。椒酒辟瘟傾瀲灩，藍袍俘鬼舞蹁躚。從今供養春薺美,莫羡愚公日萬錢。

自開歲陰雨連日未止

江雲漠漠雨昏昏,歸老山陰學灌園。十里羊腸僅通路,三家鐺脚自成村。應時餺飥聊從俗,耐久鍾馗儼在門。近縣傳聞頗多盜,呼兒插棘補頹垣。俗有年餺飥之語,予貧甚,今歲遂不能易鍾馗。

枯菊

翠羽金錢夢已闌,空餘殘蕊抱枝乾。紛紛輕薄隨流水,莫與桃花一樣看。

春雨

倚闌正是受斜陽,細雨霏霏渡野塘。本爲柳枝留淺色,却教梅蕊洗幽香。小霑蝶粉初何惜,暫溼鶯聲亦未妨。造物無心寧徧物,憑誰閒與問東皇!

草堂

幸有湖邊舊草堂,敢煩地主築林塘。辛幼安每欲爲築舍,予辭之,遂止。漉殘酷瓮葛巾溼,插遍野梅紗帽香。風緊病身那可敵,春閒晝漏不勝長。浩歌陌上君無怪,世譜推原自楚狂。陸氏舊譜云,本出接輿後。

賞花

湖上花光何處尋，朱朱白白自成林。衰年何預傷春事，閒客猶懷愛物心。欲墮每愁風驟起，正開却要日微陰。蘭亭禹廟平生事，一榼芳醪莫厭深。

小雨

小雨明復闇，餘寒去又來。新苔緣砌上，殘杏過籬開。垂老身餘幾，逢春心尚孩。江天近寒食，林外過輕雷。

暮春

辛夷海棠俱作塵，鯗魚蓴菜亦嘗新。一聲布穀便無説，紅藥雖開不屬春。

春晚小飲

病卧書齋一味慵，今年春事又成空。籜龍奮迅風雷際，木筆凋零霧雨中。平野草深黄犢健，斷溪水長畫船通。小兒偶得官樓酒，鱟醢鱈乾一醉同。

初夏幽居雜賦

曲曲羊腸徑，疏疏麂眼籬。渴蜂窺硯水，狂蝶入書帷。一枕輕安夢，數聯蕭散詩。餘生已過足，不必到期頤。

闢地剪蓬蒿，何曾歎作勞。藥名尋《本草》，蘭族驗《離騷》。北澗穿籬過，南山出屋高。回頭看富貴，何啚一秋毫。

雨

家近蓬萊白玉京，草堂東望不勝清。初驚野色昏昏至，已見波紋細細生。殘醉頓消迎亂點，微吟漸苦入寒聲。只愁今夕虚簷滴，又對青燈夢不成。

龜堂初暑

淪漪一曲遶茅堂，葛帔紗巾喜日長。多事林鳩管晴雨，依人海燕度炎涼。深枝著子纍纍熟，幽草開花冉冉香。安得此時江海上，與君袖手看人忙。

初夏閒步村落間

薄雲韜日不成晴，野水通池漸欲平。緑葉忽低知鳥立，青萍微動覺魚行。醉遊放蕩初何適，睡起逍遥未易名。忽遇湖邊隱君子，相攜一笑慰餘生。

夜興

鬢毛飽受雪霜侵，一褐蕭條寄故林。簷雨滴回羈枕夢，城笳唤起塞垣心。平生耻露囊中穎，垂老甘同爨下琴。燈燼欲殘看瘦影，不妨袖手坐愔愔。

秋近

石榴萱草併成空，又見牆陰莧葉紅。荼蘼頗妨千里夢，簟涼初怯五更風。新瓜落刃冰盤裏，晚燕添巢畫閣中。身健流年供可樂，故人自欠一尊同。

秋懷

園丁傍架摘黃瓜，村女沿籬采碧花。城市尚餘三伏熱，秋光先到野人家。

迢迢枕上望明河，帳薄簾疏奈冷何！不惜衣篝重換火，却緣微潤得香多。

詩如水淡功差進，身似雲孤累轉輕。落葉擁籬門巷晚，一枝藤杖且閒行。

示子遹

翁老兒窮不自支，此心幸與古人期。勞兼薪水奴初去，典到琴書事可知。藥杵無聲工忍病，米囷可掃恥言飢。餘年有幾須相守，萬里煙霄付異時。

小雨

赤日炎熇勢未回，川雲忽起亦佳哉！舟衝細雨橋陰出，蝶弄微風草際來。欅柳不禁朝暮久，芙渠猶有二三開。一年光景煩君看，何怪昆池有劫灰。

貧甚戲作絶句

處窮上策更誰如，日晏猶眠爲腹虚。飢則卧不起，貧者之常也。尚闕鄰僧分供米，敢煩地主送園蔬。

貸米東村待不回，鉢盂過午未曾開。飢腸雷動尋常事，但誤生臺兩鵲來。

北齋孤坐破三更，庭户無人有月明。數種袴襦秋未贖，羡他鄰巷擣衣聲。

糴米歸遲午未炊，家人竊閔乃翁飢。不知弄筆東窗下，正和淵明《乞食》詩。

秋夕

浴罷紗巾出草堂，一枝瘦杖倚桄榔。蟬吟古柳聲相續，月入幽扉影正方。頻約僧棋秋漸健，稍增書課夜初長。亦知桑落宜篘酒，太息何時辦一觴？

病中戲詠

八十行加二，清秋住故山。新涼足眠睡，舊疾害躋攀。雪白紛殘鬢，梔黄染病顔。疲牛卧斜日，羸馬噍枯萓。貧廢兒孫學，慈生僕妾頑。贖衣時已迫，貸米歲方艱。齋鉢僧嘲薄，盤飧客笑慳。從今謝還往，惟有掩柴關。

秋光

小圃秋光潑眼來，老人憑几興悠哉！翩翩蝴蝶成雙過，兩兩蜀葵相背開。雨足疏籬引荒蔓，人稀幽徑長新苔。貧家竈冷炊煙晚，待得鄰翁賣藥回。

秋夜思南鄭軍中

五丈原頭刀斗聲，秋風又到亞夫營。昔如埋劍常思出，今作閒雲不計程。盛事何由觀北伐，後人誰可繼西平。眼昏不禁陳編得，挑盡殘燈不肯明。

幽興

蘭渚前頭湖水清，了無俗事敗幽情。雨淋茅屋隨時補，日射油窗特地明。庭樹晚鶯窺户語，鄰園秋筍過籬生。芥菘漸美鹽醯足，誰供貧家一釜羹！

法雲僧房

八十衰翁有底忙，水邊山際亦倀倀。清溪橋斷舟横岸，小塢梅殘雨漬香。數點青燈經野市，一爐軟火宿僧房。自嫌尚有人間意，却爲春寒怯夜長。

對酒

密篠持苫屋，寒蘆用織簾。彘肩柴熟罨，東坡煑豬肉訣云：「淨洗鍋，少著水，柴頭罨，煙焰不起。」蕁菜豉初添。黄甲如盤大，紅丁似蜜甜。街頭桑葉落，相唤指青帘。

雨夜起行室中

老疾逢秋體自輕，披衣暫起繞牀行。隙風不斷燈將滅，簷雨如傾階欲平。鰥叟何嘗愁枕冷，病夫未免待窗明。拂書洗硯龜堂上，幽事誰知日有程。

閏月辛酉壬戌連日風雨癸亥早晴

殘雨在簷猶點滴，斷雲銜日正蒼涼。清愁偏向暮年覺，少睡不禁秋夜長。簾影漸生禽語樂，杵聲初動藥塵香。諸兒作吏俱安否？那得乘風至汝傍。予諸子伯、叔、季皆出仕。

偶與客話峽中舊遊

我昔旅遊秋雨細，建平城東門欲閉。主人迎勞語蟬聯，小婦舂炊縞衣袂。長年三老半醉醒，蜀估峽商工算計。須臾燈闇人欲眠，泊船卸馱猶相繼。山深水嶮近蠻獠，往往居民雜椎髻。卽今屈指四十年，懷抱淒涼真隔世！

客中作

江天雨霽秋光老，野氣穿雲淨如掃。投空飛鳥雜落葉，極目斜陽襯衰草。平沙争渡人鵠立，長亭下馬障泥溼。纍纍紅果絡青篾，未霜先摘猶酸澀。客中雖云貪路程，買薪糴米常留行。茅簷獨坐待童僕，不聞人聲聞碓聲。

遊近村

行歷茶岡到藥園，却從釣瀨入樵村。半衰半健意蕭散，不雨不晴天晏温。薯蕷傍籬寒引蔓，菖蒲絡石瘦生根。參差燈火茅簷晚，童稚相呼正候門。

客從城中來

客從城中來，相視慘不悦。引杯撫長劍，慨歎胡未滅。我亦爲悲憤，共論到明發。向來酣鬭時，人情願少歇。及今數十秋，復謂須歲月。諸將爾何心，安坐望旄節。

村興

結宇楓林下，久窮吾所安。村深事自簡，累少食差寬。雨闇牛眠屋，泥深鴨滿闌。呼兒擣粉餌，準擬賽鄱官。

秋晚書懷

頹然兀兀復騰騰，萬事惟除死未曾。無奈喜歡閒弄水，不勝頑健遠尋僧。唤船野岸横斜渡，問路雲山曲折登。却笑吾兒多自在，夜分未滅讀書燈。

夢中作

繫馬朱橋上酒樓，樓前敷水拍堤流。春風又作無情計，滿路楊花輥雪毬。

大慶橋頭春雨晴，行人馬上聽鶯聲。祥符西祀曾迎駕，惆悵無人説太平。

初冬絶句

鱸肥菰脆調羹美，麵熟油新作餅香。自古達人輕富貴，例緣鄉味憶還鄉。

道途冬暖衣裘省，村落年豐鼓吹喧。下麥種麵無曠土，壓桑接果有新園。

即事

雲起山容改，潮生浦面寬。寒鴉先雁到，烏桕後楓丹。年邁狐裘帽，時新豆搗糰。非關嗜温飽，更事耐悲歡。

遯居無外事，白日不勝長。詩爲窮差進，琴雖老未忘。映窗精試墨，閉閤苦留香。年少無相誚，功名事更狂。

題詹仲信所藏米元暉雲山小幅

俗韻凡情一點無，開元以上立規模。鏡湖老監空揮淚，想見《楚江清曉圖》！徽宗見元暉《楚江清曉圖》，大加賞歎。

一棹朝南暮北風，奇峰倒影緑波中。定知漸近三山路，認得漁翁是放翁。

雜興

此身漂蕩等流槎，又向江村送歲華。急雨遇寒凝作雪，明燈無灺結成花。座懸鏡古森毛髮，甌聚茶香爽齒牙。況是貧家多樂事，阿開漸學手叱叉。

稽山行

稽山何巍巍，浙江水湯湯。千里亘大野，勾踐之所荒。春雨桑柘緑，秋風秔稻香。村村作蟹椵，處處起魚梁。陂放萬頭鴨，園覆千畦薑。舂碓聲如雷，私債逾官倉。禹廟争奉牲，蘭亭共流觴。空巷看競渡，倒社觀戲場。項里楊梅熟，采摘日夜忙。翠藍滿山路，不數荔枝筐。星馳入侯家，那惜黄金償。湘湖蓴菜出，賣者環三鄉。何以共烹煮，鱸魚三尺長。芳鮮初上市，羊酪何足當。鏡湖淪衆水，自漢無旱蝗。重樓與曲檻，潋灔浮湖光。舟行以當車，小繖遮新粧。淺坊小陌間，深夜理絲簧。我老述此詩，妄繼古樂章。恨無季札聽，大國風泱泱。

病後作

骨相坐一寒，仕宦經百謫。晚入文昌省，又坐煩言嘖。詔書復收召，付以大典册。期年甫奏篇，皇恐亟自劾。歸來稽山下，三食新穬麥。草屨布裙襦，徒步老阡陌。今年疾屢作，悦若將歸客。道士言犯土，拜章安舍宅。巫言神去幹，剪紙招魂魄。把臂忽自悟，此豈屋漏脈。盡去囊中藥，默觀鼻端白。正氣徐自還，鬼子何足磔。

道院雜興

征途暗盡舊貂裘，歸臥林間喜自由。體倦尚憑書引睡，心安不假酒攻愁。丹爐弄火經年熟，竹院聽琴竟日留。今旦理髯還一笑，白間時有黑絲抽。

早歲知聞久已空，巋然猶有灞城翁。東樓誰記傾春碧，敍州蓋古戎州也。有東樓厨醞，本名重碧，范至能易爲春碧。北嶺空思擘晚紅。北嶺在福州，予少時與友人朱景參會嶺下僧舍，時秋晚，荔子獨晚紅在。冉冉流年霜鬢外，纍纍荒塚綠蕪中。琳房何日金丹熟，老鶴猶堪萬里風。

山村經行因施藥

閒行偶復到山村，父老遮留共一樽。曩日見公孫未晬，如今已解牧鷄豚。

逆旅人家近野橋，偶因秣蹇暫逍遥。村翁不解讀《本草》，爭就先生辨藥苗。

歎老

身歷邅回事萬端，天教林下養衰殘。文編似是他人作，書卷如曾隔世觀。久已悠悠置恩怨，況能一一記悲歡。牀頭《周易》真良藥，不是書生强自寬。

戲遣老懷

平生碌碌本無奇，況是年垂九十時。阿囝略如郎罷老，穉孫能伴太翁嬉。花前騎竹强名馬，階下埋盆便作池。一笑不妨閒過日，歎衰憂死却成癡。

舊韈家風號散人，晚承恩詔賜閒身。放狂泥酒都忘老，厚價收書不似貧。霜曉方驚羣木脱，春晴又喜一花新。先生偶出人難遇，陌上争先看角巾。

新晴

夜雨空階滴到明，山雲忽斂作新晴。門前月淡有簷影，牆外泥乾無屐聲。與世日疏愁易遣，入春得暖疾差平。便當剩作滄洲趣，寄語沙鷗勿敗盟。

新歲

改歲鍾馗在，依然舊綠襦。老庖供餺飥，跣婢暖屠蘇。載糗送窮鬼，扶箕迎紫姑。兒童欺老瞶，明燭聚呼盧。

新曆歎

新曆在手心怕開，日月連翩相續來。黄金散盡自一快，白髮不貸真可哀！無爲健羨廣成子，千二百歲終有死。膠不可黏西去日，刀何由翦東流水。酒無醇醨但痛飲，市醞上尊俱醉耳。堂堂七尺死郎休，不飽烏鳶飽螻蝗。

東籬

漫道深居晝掩關，東籬栽接不曾閒。每因清夢遊敷水，自覺前身隱華山。花發時時攜綠酒，客來往往羨朱顏。藥爐安著猶無地，擬展茅茨一兩間。

東偏隙地作疏籬，遇與無非一笑時。陪客投壺新罰酒，與兒鬬草又輸詩。山桃溪杏栽俱活，藥鑱漁竿動自隨。家事猶令罷關白，固應黜陟不曾知。

村夜

入春雨雪無休日，雨止猶陰未快晴。萬竅怒號風不定，半輪斜照月微明。百年辛苦農桑業，五處暌離父子情。但得平安已爲幸，孤燈殘火過三更。時子虡調官行在，子龍阻風西陵，子修在閩，子坦在海昌，予與子布、子遹守舍。

夢中作

世事何由可控摶，故山歸卧有餘歡。澗泉見底藥根瘦，石室生雲丹竈寒。人遠忽聞清歗起，山閒頻得異書看。一朝出赴安期約，萬里煙霄駕紫鸞。

新晴

寂寂房櫳鳥雀聲，熏籠茶竈正施行。繁花滿樹春纔半，斜日穿雲雨乍晴。引睡書橫猶在架，圍棋客散但空枰。病懷莫道傷幽獨，小榼芳醪手自傾。

挂冠湖上遂吾初，捫腹消遥適有餘。羹煮野蔬元足味，屋茨生草亦安居。市壚分熟通賒酒，鄰舍情深許借驢。更喜新晴滿窗日，籤題重整一牀書。

春日雜賦

覊懷病思正厭厭，詩卷漁竿信手拈。老境何嘗忘一笑，春風也解到窮閻。殘花滿地無餘蕚，新筍掀泥已露尖。轉老轉窮君勿笑，熊蟠魚腹豈容兼。

鬢毛八九已成霜，此際逢春只自傷！苦雨不容花抵敵，餘寒猶賴酒禁當。退紅衣焙熏香冷，古錦詩囊覓句忙。堪笑散人閒事業，西窗容易又斜陽。唐樂府云：「牀上小熏籠，韶州新退紅。」

江湖放浪水雲人，藥物枝梧夢幻身。移竹南窗初試筍，掃花北陌旋成塵。窮忙自笑常終日，老健猶能不負春。未遂初心惟一事，乞薪賒米惱吾鄰。

乞得身歸剡曲邊，衡門茅舍其蕭然。向來誤計守書册，此日遣愁無酒錢！俗客妒閒來衮衮，流年欺老去翩翩。梨花楊柳清明過，且向江頭剩放顛。

梅市暮歸三山

白日蠻童佩一壺，壺乾時亦復村酤。横林露塔遠猶見，暮靄籠山淡欲無。緑浦例憑菰作界，畫橈常遣鷺前驅。此身元是滄浪客，敢學高人乞鏡湖。

春晚

村巷泥深晝掩門，倚闌搔首一消魂。花經風雨人方惜，士在江湖道更尊。擘浪忽看魚對躍，入雲時見鶴孤騫。向來莘渭今安在，歎息誰能起九原！

雜感

早仕讒銷骨，遲歸悔噬臍。短衣猶掩脛，窮巷固多泥。婢喜蠶三幼，鄉中謂蠶眠爲幼。奴貪雨一犂。衡茅明我眼，刮膜謝金篦。春晚晴還雨，杯深醉復醒。溪添半篙綠，山可一窗青。藥品隨長鑱，花名記小屏。閒身幸無事，吟嘯送餘齡。

雜題

半飽半飢窮境界，知晴知雨病形骸。軒昂似鶴那求料，枯槁如僧不赴齋。大兒都門久栖栖，小兒調官今復西。鄰家父子我所羨，泥水没膝扶耕犂。

出遊歸鞍上口占

渺渺煙波飛槳去，迢迢野徑策驢還。寄懷楚水吴山外，得意唐詩晉帖間。每惜好春如我老，誰能長日伴人閒？世間自是無兼得，勛業元非造物慳！

雨

曉望橫斜映水亭，暮看飄灑溼簾旌。不嫌平野蒼茫色，實厭空階點滴聲。上策莫如常熟睡，少安毋躁會當晴。且將穡事傳童稚，未插秧時正好耕。

初夏閒居

雲液初篘小瓮香，風漪乍展北窗涼。巢乾燕乳蟲供哺，花過蜂閒蜜滿房。閉户不知春已去，鈔書但覺日方長。所嗟詩思年來減，虛負奚奴古錦囊。

川雲漠漠雨冥冥，濁酒閒傾不滿瓶。蠶簇尚寒憂繭薄，稻陂初滿喜秧青。王師護塞方屯甲，親詔優民已放丁。病起自憐猶健在，不須求應少微星。

松棚黯黯接虛堂，掃地燒香旋置牀。密葉留花供淺酌，斷雲障日作微涼。高城薄暮聞吹角，小市豐年有戲場。白首史官閒盡歲，祇將搜句答流光。

城上朱旗夏令初，溪頭綠水蘸菰蒲。花貪結子無遺蕚，燕接飛蟲正哺雛。簫鼓賽蠶人盡醉，陂塘移稻客相呼。鄉中謂傭工者爲客。長安青蓋金羈馬，也有農家此樂無。

啜茗清風兩腋生，西齋雅具愜幽情。薰衣過後篝爐冷，展卷終時懶架橫。巢燕何曾擇貧富，鳴鳩元不爲陰晴。但能與物俱無著，小草新詩取次成。

野水楓林久寄家，慣將枯淡作生涯。小樓有月聽吹笛，深院無風看磑茶。靜岸葛巾穿菩蔚，閒拖筇杖入谽谺。平居每與兒孫説，切勿人前一語誇。

水邊茅屋兩三間，野叟幽人日往還。兩卷硬黄書老子，數峰破墨畫廬山。功名會上元須福，生死津頭正要頑。試説龜堂得力處，向來何啻半生閒。

煮酒青梅次第嘗，啼鶯乳燕占年光。蠶收户户繅絲白，麥熟村村擣麨香。民有袴襦知歲樂，亭無枹鼓喜時康。未嘗一事横胸次，但曲吾肱夢自長。

子遹調官得永平錢監待次甚遠寄詩寬其意蓋將與之偕行也

黄紙起家陞仕籍，青衫遡闕拜恩光。署衔汝勿憎銅臭，就養吾方喜飯香。世事極知多倚伏，人生正要小回翔。但令父子常相守，斂版扶犂味總長。

梅市

沙際人家半掩扉，借炊小住不相違。水生溪面大魚躍，風定草頭雙蝶飛。竹院遊僧聞鼓集，煙畦老圃荷鋤歸。浩然物外真堪樂，回首浮生萬事非。

初夏幽居

日長巷陌曬絲香，雨霽郊原割麥忙。小擔過門賣冷粉，微風解籜看新篁。傍籬鄰婦收魚笱，叩户村醫送藥方。欲到湖邊還懶動，悠然扶杖立斜陽。

虛堂一幅接羅巾，竹樹森疏夏令新。瓶竭重招麴道士，牀空新聘竹夫人。寒龜不食猶能壽，弊帚何施亦自珍。枕簟北窗寧有厭，小山終日對嶙峋。

野草幽花無歇時，一窗終日對東籬。病猶獨醉雖堪笑，老未全衰亦自奇。古紙硬黃臨晉帖，矮牋匀碧録唐詩。箇中疑是忘憂處，問著山翁却不知。

東園梅熟杏初丹，老子披襟每不冠。古硯坡陁麝煤緑，小山葱蒨石盆寒。移牀剩欲眠松塢，鼓枻還思泊蓼灘。未用絲毫辨差等，黃塵終勝客長安。

泛舟至近村茅徐兩舍勞以尊酒

小舸悠颺亦樂哉，迢迢故取北村回。山從樹外參差出，水自城陰曲折來。樂歲共忘東作苦，殘租不待急符催。舊鄰父老睽離久，喚取開顏把一盃。

林間書意

三三兩兩市船回，水際柴門尚未開。垂緑筍梢風正惡，弄黃梅子雨初來。紅螺盃小傾花露，紫玉池深貯麝煤。領取林間閒富貴，向來誤計伴鄒枚。

地僻

地僻臨湍瀨，門幽長緑苔。客書疑誤達，僧刺愧虛來。清露蘋花坼，斜陽燕子回。自憐猶有恨，佳日對空罍。

夏末野興

半世天涯倦遠遊，還鄉不減旅人愁。數聲相應鳩呼雨，一片初飛葉報秋。山塢風煙僧院路，河梁燈火酒家樓。絶知雪鬢宜簑笠，分付貂蟬與黑頭。

漠漠川雲闔復開，天公試手挽秋回。參差小市林邊出，縹緲疏鐘雨外來。土熘飯香供晚餉，布帘字大賣新醅。歸舟自逐輕鷗去，不用城笳抵死催。

劇暑

六月暑方劇，喘汗不支持。逃之顧無術，惟望樹影移。或謂當讀書，或勸把酒卮。或誇作字好，蕭然却炎曦。或欲溪上釣，或思竹間棋。亦有出下策，買簟傾家貲。赤脚蹋層冰，此計又絶癡。我獨謂不然，願子少置思。方今詔書下，淮汴方出師。黄旗立轅門，羽檄晝夜馳。大將先擐甲，三軍隨指揮。行伍未盡食，大將不言飢。渴不先飲水，驟不先告疲。吾儕獨安居，茂林蔭茅茨。脱巾濯寒泉，卧起從其私。于此尚畏熱，鬼神其可欺。坐客皆謂然，索紙遂成詩。便覺窗几間，颯颯清風吹。

縱遊深山隨所遇記之

行穿犖确度谽谺，路跨清溪一木斜。歷盡艱危到平地，壞垣敧屋兩三家。

山徑欹危細棧通，孤村小店夕陽紅。竹郎有廟臨江際，木客無家住箐中。道逢山客束荆薪，口眼睢盱略似人。試問村名瞠不語，劃然長嘯上嶙峋。古寺蕭蕭不見僧，飛鼪滿屋老梟鳴。空房終夜無燈火，斷木支門睡到明。

池上

旋移吟榻並池橫，欲出柴門復懶行。樹罅忽明知月上，竹梢微動覺風生。貧無醉日惟堅忍，疾遇涼秋亦漸平。二尺燈檠元好在，便思相伴聽蛩聲。

秋後一日風雨

炎歊數日劇，蕩滌及秋初。病葉風吹盡，鳴蟬雨打疏。趁涼謀社酒，乘潤理園蔬。分喜寧無處，蒲中鱍鱍魚。

秋思

詩人本自易悲傷，何况身更憂患場！烏鵲成橋秋又到，梧桐滴雨夜初涼。江南江北堠雙隻，燈暗燈明更短長。安得平生會心侶，一尊相屬送年光。

小病兩日而愈

病骨羸然山澤臞，故應行路笑形模。記書身大似椰子，忍事瘿生如瓠壺。美酒得錢猶可致，高人折簡孰能呼？不如淨掃茅齋地，卧看微香起瓦爐。

龜堂一隅開窗設榻爲小憩之地

栟櫚簷蔔障斜陽，旋置臨階八尺牀。小展窗扉無大費，略加苫蓋有餘涼。老來愈覺歲時速，夢裏不知途路長。試問神遊向何處？月明揮榜上瀟湘。

秋懷

客思殘荷外，農功晚稻前。祭多巫得職，税足吏無權。浦溆家家釣，村墟點點煙。歸舟葛衣薄，始覺是秋天。

曩得治中俸，湖山偶卜居。身嘗著《禾譜》，兒解讀《農書》。遇事絶欣厭，接人均戚疏。乾坤雖浩浩，等付一蘧廬。

秋暑雖猶在，晨興氣已清。蠻童掃荒徑，獠婢滌空鐺。病樹有凋葉，殘蟬無壯聲。書生守故態，已復理燈檠。

病卧

老境偏饒卧，秋天不肯晴。愁憑書解散，病仗藥支撑。果熟烏烏樂，村深鷄犬聲。邊頭定何似？頗説募新兵。

秋夜獨坐聞里中鼓吹聲

收盡浮雲見素娥，青天脈脈映明河。時平里巷吹彈鬧，歲熟人家嫁娶多。高會不知清夜永，散歸想見醉顏酡。小窗燈火晶熒處，也有人賡《七月》歌。

自述

早畏危機避巧丸，長安未到意先闌。心如老馬雖知路，身似鳴蛙不屬官。閒駕柴車無遠近，旋沽村酒半甜酸。羣兒何足勞情恕，胸次從初抵海寬。

秋興

囷儲赤米枝梧飯，篋有青氈準擬寒。政使堆金無處用，不須常貯一錢看。
白頭韭美醃虀熟，赬尾魚鮮斫鱠成。却對盤飧三太息，老年一飽費經營。
懲羹吹虀豈其非，亡羊補牢理所宜。白頭始訪金丹術，莫笑龜堂見事遲。
放翁老矣欲何之？采藥名山更不疑。但入剡中行百里，姓名顏狀有誰知。
鼉鼓華鯨響寺廊，殘蕪落葉弄秋光。蹇驢繫著門前柳，閒覓題名拂敗牆。

小築

小築隨高下，園池皆自然。斸山得靈藥，斷坎遇寒泉。幽檻花房斂，深林果蔕駢。鄰翁亦好事，相伴送流年。

寓興

窮巷無來客，秋風獨浩歌。壯年閒處老，佳日病中過。甚欲攜長鑱，仍思擁短蓑。逢山皆可隱，不必上三峩。

行飯至湖上

行飯消摇日有常，青鞋又到古祠傍。殘蕪滿路無多綠，落葉投空不待黃。只道詩書能發冢，豈知博簺亦亡羊。此身只合都無事，時向湖橋看戲場。

秋晚雨中作

新雁南來歲又殘，蕭蕭風雨暗江干。客疏似悉爾來病，酒薄不禁如許寒。草絡籬頭花尚碧，樹當浦口葉初丹。醉來且擁黃紬睡，莫問何時后土乾。

湖村

四十來居湖上村，翩翩七見改初元。風梢解籜竹齊母，露葉成陰桐有孫。渴鹿出林窺藥井，馴鷗掠水傍棋軒。老人不用誇頑健，時看孫曾浴晝盆。

曉寒

悠悠殘夢伴殘更，萬木風號曉氣清。雞唱欲闌聞井汲，月痕漸淺覺窗明。突煙騰碧炊初動，衣焙推紅火已生。小閣翻書裘褐暖，早朝霜滑愧公卿。

南門散策

結宇溪一曲，兩山左右之。横木以爲門，斷竹作短籬。本無剥啄客，門牡固不施。甃路壞莫補，石罅生棘茨。野蔓不知名，丹實何纍纍？村童摘不訶，吾亦愛吾兒。

十月

紅樹平沙十月天，放翁今作水中仙。鼕鼕林外迎神鼓，雙雙溪頭下釣船。世事極知吾有命，俗人終與汝無緣。菊花枯盡香猶在，又付東籬一醉眠！

記夢

久住人間豈自期，斷砧殘角助凄悲。征行忽入夜來夢，意氣尚如年少時。絶塞但驚天似水，流年不記鬢成絲。此身死去詩猶在，未必無人粗見知。

旅舍

寺鐘吹動四山昏，繫纜來投江上村。木落不妨生意足，水歸猶有漲痕存。爐紅手暖書差健，鼎沸湯深酒易温。勿爲無年憂寇竊，狺狺小犬護籬門。

石堰村

木落山不蔽，水縮洲自獻。寒日晚更明，村巷曲折見。小婦鳴機杼，童子陳筆硯。農家雖苦貧，終勝異鄉縣。君看宦遊子，豈無墳墓戀。生死在故鄉，切勿慕乘傳。

幽居遣懷

習氣深知要掃除，時時褊忿獨何歟？呼童不應自生火，待飯未來還讀書。世態詎堪閒處看，俗人自與我曹疏。作詩未必能傳後，要是幽懷得小攄。

貧述

寒生肌粟苦衣單，瘦減頭圍覺帽寬。荒寂在家猶逆旅，窮空養老亦蔬餐。柴青竈突騰煙細，膏盡燈缸照字難。猶喜新醅三斗熟，半窗梅影助清歡。

自述

勃落爲衣隱薜蘿，掃空塵抱養天和。過期未死更强健，與世不諧猶嘯歌。野市蕭條殘葉滿，酒家零落廢壚多。石帆山下孤舟雨，借問君如此老何？

幽事

老大常愁節物摧，東皇又挽斗杓回。江天慘慘不成雪，山驛蕭蕭初見梅。隱士寄雲從地肺，遊僧問路上天台。戲書幽事無時闕，古錦詩囊暮暮開。

山房

擾擾人間歲月移，山房幾度換茅茨。身遊與世相忘地，詩到令人不愛時。老鶴初來未丹頂，穉松親種已虬枝。東塗西抹非無意，皺面朱鉛太不宜。

感舊

雕鞍送客雙流驛，銀燭看花萬里橋。三十三年真一夢，茅簷寒雨夜蕭蕭。

禹祠

祠宇嵯峨接寶坊，扁舟又繫畫橋傍。豉添滿筯蓴絲紫，蜜漬堆盤粉餌香。團扇賣時春漸晚，夾衣換後日初長。故人零落今何在，空弔頹垣墨數行！

見事

流光莫恨去聯翩，見事還疑勝昔年。細改新詩須枕上，少留劇飲待花前。陰陰竹塢安茶竈，淺淺蘋汀著釣船。物外家風吾豈敢，散人名號亦充員。

初春幽居

滿榼芳醪手自攜，陂湖南北埭東西。茂林處處見松鼠，幽圃時時聞竹鷄。零落斷雲斜郣日，霏微過雨未成泥。老民不預人間事，但喜農疇漸可犂。小築園林淺鑿池，身閒隨事得遊嬉。幽花折得露猶溼，嘉木移來根不知。小蝶弄晴飛不去，珍禽喜静語多時。風光未忍輕抛擲，聊付詩囊與酒巵。

春遊

梅市移舟過古城，此行亦未闕逢迎。負薪野老無妻子，施藥山人隱姓名。風雨偏宜宿茅店，鹽醯不遣到藜羹。宣和版籍今誰在，似是天教樂太平。

羸卧

羸卧將如老景何，小園風月且婆娑。茶因春困論交密，酒爲家貧作態多。馬上元無聽雞句，原頭那有飯牛歌。自憐遠屏猶多事，賣藥歸來買釣簑。

幽事

跌宕人間歲月遷，賞心幽事故依然。潮通支浦漁舟活，露溼繁花醉帽偏。才盡賦詩愁壓倒，氣衰對弈怯饒先。光陰風月空如昨，悵望蘭亭祓禊年！

暮春新路至湖上示元敏

時雨作未成，蒸溽思出門。湖塘直東西，行人各歸村。翻翻鳥投林，杳杳鐘鳴昏。羊牛争迮路，煙火出短垣。吾兒望未到，誰與共盤飧？幽獨多惻愴，且復攜斯孫。歸來蓬窗下，聊可與晤言。

春陰溪上小軒作

午醉初醒倚釣軒，悠然無與共清言。風微僅足吹花片，雨細纔能見水痕。杳杳暝鐘浮遠浦，離離煙樹識孤村。故人萬里峴山下，安得書來慰斷魂。比遣書問張季長消息於都下，未報。

自九里平水至雲門陶山歷龍瑞禹祠而歸凡四日

細雨如絲映晚暉，店家小憩换征衣。春農耕罷負犂去，村社祭餘懷肉歸。黄犢自依殘照卧，白鷗争傍小灘飛。道邊舊識凋零盡，誰記遼天老令威？

老子無心老尚狂，山程隨處寄倀倀。雲歸岫穴初收雨，水入陂塘正下秧。野客就林煨燕筍，蠶家負籠采雞桑。遠遊萬里知何樂，却喜東歸住故鄉。

老子山行肯遽回，直穿犖确上崔嵬。未誇脚力如平昔，且喜眉頭得暫開。廟後故梁龍化去，山前遺箭鶴銜來。囊錢已盡君無笑，草草猶能把一杯。

輿似雞栖寄兩竿，山程三月尚春寒。麥苗吐穗初成實，梅子生仁已帶酸。買飯猶勝乞墦客，看耕僭學勸農官。還家莫道虛懷袖，筍蕨隨宜亦滿盤。

點點桃花糝緑苔，入門倚杖意悠哉。數聲茶飯齋初散，一片溪雲雨欲來。老宿龍鍾嗟獨在，高松磊砢憶新栽。世間萬事俱難料，未死重遊更幾回。

春晚卽事

桑麻夾道蔽行人，桃李隨風旋作塵。煜煜紅燈迎婦擔，鼕鼕畫鼓祭蠶神。

龍骨車鳴水入塘，雨來猶可望豐穰。老農愛犢行泥緩，幼婦憂蠶采葉忙。

雜詠

鏡中顔狀年年改，海内交朋日日疏。一慟寢門生意盡，從今無復季長書。近聞張季長物故。

女郎花樹新移種，官長梅園亦探租。作盡人間兒戲事，誰知空橐一錢無？鄕人謂楊梅止曰梅官長，其高品也。

一日日窮窮不醒，一年年老老如期。黄河却有逢清日，白髮應無返黑時。

早至園中

湖上空濛雨熟梅，清晨岸幘一悠哉！幽花不恨草埋没，密樹豈知禽去來。舊爲愛茶分水器，近緣炊爨得琴材。小丘僅見山如髻，尚愧韓公八尺臺。

南堂晨坐

鏡湖清絶似瀟湘，晨起焚香坐草堂。日暖遊絲垂百尺，花殘新蜜釀千房。緑桑糝箔開蠶食，白水翻車浸稻秧。莫道村翁殺風景，也能沽酒答年光。

雨晴

旱暵常思雨，沉陰却喜晴。放船蓮蕩遠，岸幘竹風清。淮浦戎初遯，興州盗甫平。爲邦要持重，恐復議消兵。

秋晚雜興

昔遇高皇起衆材，姓名曾得厠鄒枚。年踰八十猶賒死，却伴鄰翁斸芋魁。
老病侵凌不可當，時時攬鏡自悲傷。西風吹散朝來酒，依舊衰顔似葉黄。
冷落秋風把酒杯，半酣直欲挽春回。今年菰菜嘗新晚，正與鱸魚一併來。

閒遊所至少留得長句

垣屋參差桑竹繁，意行漫漫不知村。眼明可數遠山疊，足健直窮流水源。鷺引釣船經荻浦，牛隨牧笛入柴門。試尋高處休行李，清絶應須入夢魂。

太平人物自諸嬉，及我青鞋布襪時。丁壯趁晴收早粟，比鄰結伴絡新絲。圓鼙坎坎迎神社，大字翩翩賣酒旗。晤語豈無黃叔度，欲尋幽徑過牛醫。

夏日雜詠

閒居自無客，況復暑如焚。百折赴溪水，數峰當户雲。幽尋窮鹿徑，靜釣雜鷗羣。舊愛《南華》語，今方踐所聞。

南堂雜興

新涼一夜入郊墟，晨起衣巾爽有餘。燕欲委巢雛盡去，燕有三生雛者，及秋，雛方去盡。扇猶在手意先疏。題詩又滿牛腰束，采藥常攜鴉嘴鋤。湖上從今風月好，不妨隨處命籃輿。

奔走當年一念差，歸休別覺是生涯。茅簷喚客家常飯，竹院隨僧自在茶。紹興初，僧喚客茶，各隨意多少，謂之自在茶，今遂成俗。禪欠徧參寧得髓，詩緣獨學不名家。如今百事無能解，只擬清秋上釣槎。

曉思

昏昏斷夢帶餘酲，散髮披衣坐待明。城角吹殘河漸隱，海氛消盡日初生。老農自得當年樂，癡子方爭後世名。莫怪閉門常懶出，卽今車蓋爲誰傾。

秋雨書感

新春赤米擣青蔬，一飽從來不願餘。門外久無温卷客，架中寧有熱官書。濁醪未廢時時歠，短髮猶須日日梳。自笑少年風味在，滿川煙雨正愁予。

晨起開門雪滿簪，東崗一徑得幽尋。斷雲殘雨歲華晚，丹實碧花秋意深。林下已悲身老病，人間猶與俗浮沉。牀頭小甕今朝熟，又喚鄰翁共淺斟。

秋思

桑竹成陰不見門，牛羊分路各歸村。前山雨過雲無迹，別浦潮回岸有痕。老子齋居罷擊鮮，木盤竹筯每隨緣。鄰僧不用分香鉢，蓮芡猶堪過半年。

秋日村舍

川雲慘慘欲成雨，宿麥蒼蒼初覆土。芋肥一本可專車，蟹壯兩螯能敵虎。村村婚嫁花簇檐，廟廟禱祠神降語。兒孫力稼供賦租，千年萬年報明主。

秋感

扶杖龍鍾迫耄期，江湖木落更堪悲！醉中光景似得志，夢裏朋儕如少時。落筆龍蛇仲蒙帖，芮國器，一字仲蒙。滿懷風月季長詩。前朝名勝凋零盡，百歲關心只自知。

聖世優容許乞身，歸來猶幸齒齊民。漁家那有懸車地，蔬食何施祝鯁人。獠婢臨溪漂衣絮，蠻童掃葉續炊薪。生涯如此仍秋暮，賴是從來慣處貧。

紹興辛未至丙子六年間予年方壯每遇重九多與一時名士登高於戢山宇泰閣距開禧丁卯六十年憂患契濶何所不有追數同遊諸公乃無一人在者而予猶強健慘愴不能已賦詩識之

故里登高接雋遊，即今不計幾番秋。一樽尚與菊花醉，萬事不禁江水流。薄命雖多死閭巷，逢時亦有至公侯。若論耄歲朱顏在，窮達皆當輸一籌。

老健

年垂九十身猶健，竹屋荆扉不厭低。挈榼自沽深巷酒，擁衾遥聽别村雞。家添豚柵還堪賦，路認牛欄每不迷。惟恨窮秋開霽少，晚來小雨又成泥。

寓歎

交世非初志，謀生又絕疏。家貧思辟穀，人忌悔知書。門異回軒巷，乘無禿尾驢。老頑君勿怪，萬事有乘除。

短髮不禁搔，紓悲賴濁醪。潦收溪瀨急，木落寺樓高。善飯餘何欠，看雲亦足豪。今朝有奇事，江浦得霜螯。

題僧菴

細路穿雲塢，危橋渡野塘。人稀土花碧，屋老瓦松長。憂患雙蓬鬢，裝資一布囊。燒薪藉餘暖，今夜有新霜。

秋冬之交雜賦

嶺下晨炊黍，津頭暮繫船。寒潮呑別浦，老木慘蒼煙。市徙新山步，耕侵古廟壖。閒人不蓄犢，散髮醉江天。

霧雨林塘晚，風霜聚落寒。衣冠存簡朴，農圃備艱難。舂簸麵供餌，蒸炊豆作團。此心如古井，無地起濤瀾。

梅市暮歸

老境惟閉門，不與事物接。時逢佳山水，尚復快登涉。山程策小蹇，水泛搖短楫。今茲税駕地，佳事喜稠疊。雲生溼行幐，風細掠醉頰。旅羹芼玉糝，僧飯敷白氎。葑火煨芋魁，瓦甑炊豆莢。經行出幽圃，懷抱頗自愜。枯籬絡丹實，深澗堆黄葉。白雲横谷口，綠篠穿山脇。還家寧迫暮，取路差徑捷。何當倚蒲龕，一坐十小劫。

霜夜

月淡霜清夜漏遲，疏鐘杳杳度南陂。燈殘有恨欲誰語，雞老無聲如我衰。使入蜀川方在道，書傳淮浦定何時？若爲可遣閒愁得，獨擁寒爐爇豆萁。時方附蜀中便舟，寄書張季長家，又未得古壽書，每關懷。

醉歌

不癡不聾不作翁，平生與世馬牛風。無才無德癡頑老，爾來對客惟稱好。相風便帆第一籌，隨風倒柂更何憂。亦不求作佛，亦不願封侯。亦不須脱裘去換酒，亦不須賣劍來買牛。甲第從渠饜粱肉，貂裘本自出兜鍪。燮理陰陽豈不好，纔得閒管晴雨如鵓鳩。辛苦築壘拂雲祠，不如吟歗風月登高樓。爾作楚舞吾齊謳，身安意適死即休。

雪意

風吼江郊雪意濃，雲如兩陣決雌雄。山寒酒過平時量，窗黑書虧半日功。閒話更端茶竈熟，清詩分韻地爐紅。不須遽覓華胥路，更俟天花落坐中。

晚晴出行近村閒詠景物

雪雲吹盡木陰移，正是先生曳杖時。老犉行將新長犢，空桑卧出寄生枝。醫翁暮過囊探藥，笠叟晨占手布蓍。誰謂人間足憂患，未妨古俗自熙熙。

郊行

山色掃石黛，江流漲麴塵。春晴不終日，老病動經旬。竹密有啼鳥，村深多醉人。東阡與南陌，處處寄閒身。

開歲屢作雨不成正月二十六日夜乃得雨明日行家圃有賦

東風吹雨破天慳，行圃歸來剩解顔。百草吹香蝴蝶鬧，一溪漲緑鷺鷥閒。老來每歎論心少，貧甚方知覓醉艱。猶賴籃輿無恙在，呼兒結束入南山。

園中晚飯示兒子

一飽何心慕萬鍾，小園父子自相從。蚍蜉布陣雨將作，蛺蝶成團春已濃。澗底束薪供晚爨，街頭糴米續晨春。盤餐莫恨無兼味，自繞荒畦摘芥菘。

書況

自從請老鏡湖濱，萬事不關林下人。鴉去鴉歸還過日，花開花落又經春。官微也過千重浪，身在依然一幅巾。晨突有煙吾事了，濁醪不復惱比鄰。

魯墟舟中作

春浦南來元不到，畫橈偶復入鷗羣。人家遠火林間見，船底微波枕上聞。山口正銜初出月，渡頭未散欲歸雲。錦囊詩草新寥落，得句猶堪寄一欣。

恩封渭南伯唐詩人趙嘏爲渭南尉當時謂之趙渭南後來將以予爲陸渭南乎戲作長句

老向人間久倦遊，君恩乞與渭川秋。虛名定作陳驚坐，好句真慚趙倚樓。棧豆十年雲病馬，煙波萬里著浮鷗。就封他日輕裘去，應過三峰處處留。

幽居

宿志在人外，清心遊物初。猶輕天上福，那習世間書。薺菜挑供鱔，槐芽采作菹。朝晡兩摩腹，未可笑幽居。

海棠歌

我初入蜀鬢未霜，南充樊亭看海棠。當時已謂目未睹，豈知更有碧鷄坊。碧鷄海棠天下絶，枝枝似染猩猩血。蜀姬豔粧肯讓人，花前頓覺無顔色。扁舟東下八千里，桃李真成僕奴爾。若使海棠根可移，揚州芍藥應羞死。風雨春殘杜鵑哭，夜夜寒衾夢還蜀。何從乞得不死方，更看千年未爲足。

湖上

綸巾羽扇影翩翩，湖上彷徉莫計年。桃李已忘疇昔分，禽魚猶結後來緣。山前虚市初多筍，江外人家不禁煙。莫恨幽情無與共，一雙白鷺導吾前。

初夏書感

春與人俱老，花隨夢已空。遊蜂黏落蕊，輕燕接飛蟲。桑悴知蠶起，牲肥賽麥豐。爲農當自力，相戒勿忽忽。

初夏喜事

箕潁元非爭奪場，瀟湘自古水雲鄉。采茶歌裏春光老，煮繭香中夏景長。斂版早知遊宦惡，署門晚悟世情常。茹芝却粒雖無術，散髮猶當效楚狂。

閒遊

好事湖邊賣酒家，杖頭錢盡慣曾賒。壚邊爛醉眠經日，開過紅薇一架花。

初夏雜興

終日頽然蠹簡中，門前煙水浩無窮。百年等是一枯冢，四海應無兩放翁。栗玉長枝挑苦筍，胭脂小把翦防風。地偏日永閒無事，擬著珍蔬譜一通。

書興

占得溪山卜數椽，飽經世故豈猶全。入門明月真堪友，滿榻清風不用錢。便死也勝千百輩，少留更過二三年。湖橋有酒能來醉，一棹何妨作水仙。

池亭夏晝

造物寧非念老生，池亭幽事悉施行。羣魚聚散忽無迹，孤蝶去來如有情。小磑落茶紛雪片，寒泉得火作松聲。曲肱假寐翛然寤，不爲敲門夢不成。

卽事

放翁老去未忘情，鏡裏森然白髮生。一片常愁見花落，三聲最怕聽猿鳴。年年雙隻路傍堠，夜夜短長城上更。晚悟一條差似可，孤舟漁火看潮平。

野性

野性從來與世疏，俗塵自不到吾廬。醉中往往得新句，夢裏時時見異書。稺子那偷服藥酒，家僮尚護放生魚。今朝更有欣然處，引得清泉灌晚蔬。

讀史

王侯到底是虛名，何物能爲我重輕！徒步出關胡不可，向來常笑棄繻生。自古功名亦偶諧，胸中要使浩無涯。可憐赫赫丹陽尹，數顆檳榔尚繫懷。

病戒

憂身如憂國，畏病如畏亂。此身雖幸健，敢作無事看。禍福在呼吸，恐懼兼寢飯。人所忽不省，我思嘗熟爛。夜臥不安席，晨起寧待旦。雖云親藥石，得失每參半。人情喜一快，往往觸剽悍。收功寧使遲，覆敗不可玩。

小築

小築並湖隄，茅茨不厭低。引泉澆藥圃，斫竹樹雞棲。夕靄山常淡，秋蕪路欲迷。平生草玄手，老去學鉏犂。

欲雨

徙穴中庭蟻，争巢後圃鳩。物情猶慮患，人事得忘憂。荷鍤決新渠，芟茅補舊廬。共知秋必雨，有備即安居。

出遊暮歸

東行西行日暮歸，川雲漠漠雨霏霏。蝗餘場上禾收薄，酒貴街頭客醉稀。買犢躬耕空自力，灼龜占歲又成非。穉孫索飯殊關抱，憐汝何時得瓠肥。

仲秋書事

秋風社散日平西，餘胙殘壺手自提。賜食敢思烹細項，家庖仍禁擘團臍。昔爲儀曹郎兼領膳部。每蒙賜食，與王公畧等。食品中有羊細項甚珍，予近以惡殺，不食蟹。

書生習氣盡驅除，酒興詩情亦已無。底怪今朝親筆硯，村鄉來請辟蝗符。

農家

大布縫袍穩，乾薪起火紅。薄才施畎畝，朴學教兒童。羊要高爲棧，鷄當細織籠。農家自堪樂，不是傲王公。

盜息無排甲，兵消不取丁。頻過鬬鷄舍，閒學《相牛經》。江浦漁歌遠，人家績火青。遨遊無定處，隨意宿丘亭。

東舍女乘龍，西家婦夢熊。翁誇酒重碧，孫愛果初紅。栗烈三冬近，團欒一笑同。營生無繆巧，百事仰天公。

租犢耕蕎地，呼船取荻薪。蒼頭供井臼，赤脚解縫紉。僧乞銘師塔，巫邀賽土神。心常厭多事，謝病又經旬。

新作地爐成，蓬窗亦自明。油香麵餌脆，人静布機鳴。縣吏催科簡，豪家督債輕。小康何敢望，生計且支撑。

諸孫晚下學，髽脱繞園行。互笑藏鈎拙，争言鬬草贏。爺嚴責程課，翁愛哺飴餳。富貴寧期汝，它年且力耕。

晚秋出門戲作

病叟徜徉古澤邊，横林摇落暮秋天。鳴鳩雨後却呼婦，飛雀霜前先著綿。抱被每投僧榻宿，卷書時當酒家錢。秋風想像芝房熟，北望商山一悵然。閒愁那到野人邊，萬事元知合付天。盡醉僅能三龠酒，新寒未辦一銖綿。鄰僧每欲分齋鉢，廟史猶來索社錢。無地置錐真細事，不妨胸次日超然。

示子遹

我初學詩日，但欲工藻繪。中年始少悟，漸若窺宏大。怪奇亦間出，如石漱湍瀨。數仞李杜牆，常恨欠領會。元白纔倚門，温李真市鄶。正令筆扛鼎，亦未造三昧。詩爲六藝一，豈用資狡獪。晉人謂戲爲狡獪，今閩語尚爾。汝果欲學詩，工夫在詩外。

聞新雁有感

才本無多老更疏，功名已負此心初。鏡湖夜半聞新雁，自起吹燈讀《漢書》。新雁南來片影孤，冷雲深處宿菰蘆。不知湘水巴陵路，曾記漁陽上谷無。

小園獨酌

横林摇落弄微丹，深巷蕭條作小寒。秋氣已高殊可喜，老懷多感自無歡。鹿初離母斑猶淺，橘乍經霜味尚酸。小酌一巵幽興足，豈須落佩與頽冠。

覽鏡

鏡中老翁誰？非復少年我。誦書如布穀，拈出無一可。又非富貴逼，棄去自不果。無功博一飽，有臯當萬坐。老境最堪笑，作計日益左。正似鳩拙巢，不及蠶自裹。霜寒衣未贖，瑟縮附殘火。作詩數十年，所得良鎖鎖。弱松困蔓纏，何日見磊砢。洞庭可遠遊，秋風思掀柂。

獨坐

博山香霧散霏霏，袖手何妨静掩扉。六十年前故人盡，紹興中往還朋舊，今乃無一人在。八千里外寄書稀。自張季長下世，蜀中書問幾絶。昨朝送客桐江去，今日逢僧剡縣歸。欲作小詩還復懶，海鷗與我兩忘機。

初冬雜詠

重陽已過二十日，殘菊纔存三四枝。對酒插花君勿笑，從來不解入時宜。

古壽書來言得壻，東陽人到報生孫。一家三處俱强健，且撥閒愁近酒尊。

微風蹙水靴文浪，薄日烘雲卵色天。但恨世間閒客少，江湖底處欠漁船。

老去胸中百事真，同遊無復白頭新。鵲從熟後頻分食，鹿漸馴來不避人。

小江

出郭四十里，孟冬天尚和。風生帆力健，木落月明多。小市人聲散，長橋炬火過。吾生幾來往，撫枕獨悲歌。

短歌行

富貴得意如登天，自計一跌理不全。晝食忘味夜費眠，渠過一日如一年。春蠶得衣耕得食，農功初成各休息。賣酒壚邊紛鼓笛，我過一年如一日。二者求兼勢安可，與我周旋寧作我。春城桃李豈不妍，雪澗未妨松磊砢。人生禍福難遽論，廟犧烏得爲孤豚。君不見獵徒父子牽黃犬，歲歲秋風上蔡門。

冬日排悶

地爐微火伴寒灰，垂野江雲暝不開。欲睡手中書自墮，半酣窗外雪初來。渡頭照影聞征雁，籬角吹香得早梅。佛粥春盤俱不遠，離離斗柄欲東回。

湖山尋梅

鏡湖渺渺煙波白，不與人間通地脈。騎龍古仙絶火食，慣住空山齧冰雪。東皇高之置度外，正似人中巢許輩。萬木僵死我獨存，本來長生非返魂。

小雪湖上尋梅時，短帽亂插皆繁枝。路人看者竊相語，此老胸中常有詩。歸來青燈耿窗扉，心鏡忽入造化機。墨池水淺筆鋒燥，笑拂吴箋作飛草。

讀唐人愁詩戲作

少時喚愁作底物，老境方知世有愁。忘盡世間愁故在，和身忘却始應休。

清愁自是詩中料，向使無愁可得詩。不屬僧窗孤宿夜，即還山驛旅遊時。

書歎

尺椽不改結茅初，薄粥猶艱卒歲儲。猧子解迎門外客，貍奴知護案間書。深林閒數新添筍，小沼時觀舊放魚。自笑從來徒步慣，歸休枉道是懸車。

晚步湖隄

絁裘桐帽野人裝，又上湖隄步夕陽。貧甚不爲明日計，興來猶作少年狂。殘樽倒酒無餘瀝，幽圃尋梅認暗香。時有行人歎頑健，黑絲點破領間霜。

春日雜興

小甑有米可續炊，紙鳶竹馬看兒嬉。但得官清吏不横，即是村中歌舞時。

出仕常騎秃尾驢，歸休自駕折轅車。今朝偶遇村夫子，借得齊民一卷書。

更事多來見物情，世間常恨太忙生。花開款款寧爲晚，日出遲遲却是晴。

四十餘年學養生，誰知所得亦平平。體孱不犯寒時出，路溼常尋乾處行。

攪睡禽聲曉傍簷，泥人花氣午穿簾。歡情老去年年薄，困思春來日日添。

暮春龜堂即事

風日初和晝漏長，蕭然巾屨集茅堂。雨餘千疊暮山綠，花落一溪春水香。斷簡櫝中塵委積，故人墓上草荒涼。爾來幸有寬懷處，病退牀頭減藥囊。

日月無根去若馳，故園又見落花時。盃中綠酒不肯飲，鏡裏蒼顏應自知。千丈新堤湖水滿，五更殘漏角聲悲！暮年父子難乖隔，淮浦書來苦覺遲。

殘年

殘年光景易駸駸，屏迹江村不厭深。新麥熟時蠶上簇，晚鶯啼處柳成陰。短檠已負觀書眼，孤劍空懷許國心！惟有雲山差可樂，杖藜誰與伴幽尋？

閒詠

蕭蕭華髮映烏巾，五十年前故史臣。正使老來無老伴，未妨閒處作閒人。按行池水知增耗，點檢庭花見故新。更有菴中策勛事，投牀鼻息聒比鄰。

事業無聞負聖時，滄波自照角巾欹。養成林下無窮懶，占盡人間徹底癡。小麥繞村苗鬱鬱，柔桑滿陌椹纍纍。醫翁筴叟真堪友，搜索殘尊與共持。

初夏

新綠陰中燕子飛，數家煙火自相依。童誇犢健浮溪過，婦閔蠶飢負葉歸。地暖小畦花汞長，泥融幽徑藥苗肥。郊居樂事何勝數，一醉旗亭又典衣。

山房

柴門不掩俗人稀，成就山房一段奇。木葉最宜新雨後，鳥聲更勝暮春時。家貲屢罄緣躭酒，宿習猶存爲愛詩。別有一條差自慰，木苗芎茁正離離。

窗下戲詠

飛來山鳥語惺憁，却是幽人半睡中。新竹成陰無彈射，不妨同向北窗風。
三尺清池鏡面平，剪刀葉底戲魚行。吾曹安得如渠樂，傍渚跳波過此生。
何處輕黃雙小蝶，翩翩與我共徘徊。綠陰芳草佳風月，不是花時也解來。

埭西小聚

瓦盎盛蠶蛹，沙丵煑麥人。三家小聚落，兩姓世婚姻。父老衣冠古，閭閻風俗淳。不應陶靖節，獨號葛天民。

山行過僧庵不入

垣屋參差竹塢深，舊題名處懶重尋。茶爐煙起知高興，碁子聲疏識苦心。淡日暉暉孤市散，殘雲漠漠半川陰。長吟未斷淸愁起，已見橫林宿暮禽。

山行

閒人日日得閒行，況値今朝小雨晴。水淺遊魚渾可數，山深藥草半無名。臨溪旋喚罾船渡，過寺初聞浴鼓聲。小醉未應風味減，滿盤靑杏伴朱櫻。

小酌

偶向東園把一盃，不辭團坐掃蒼苔。野花經雨自開落，山鳥穿林時去來。皂白正非天欲辨，靑黃要與木爲災。今年秋後猶能健，臢乞梅栽與李栽。

夏日

暑雨初晴晝漏遲，江鄉樂事有誰知。村村壠麥登場後，户户吴蠶拆簇時。齒髮凋零奈爾何，年光暗裏易消磨。街槐正喜淸陰密，巷柳還驚蠹葉多。竹根斷作眠雲枕，木癭刳成貯酒尊。怪怪奇奇非着意，自無俗物到山村。黃葛蚊厨睡欲成，高槐陰轉暑風淸。倚牀奴子垂頭坐，摇手兒孫小步行。斮取溪藤便作香，煉成崖蜜旋煎湯。蕭然巾履茅堂上，不畏人間夏日長。

舟中有賦

一枝柔艣聽咿啞，炊稻來依野老家。山寺日中齋鼓動，江樓風急酒旗斜。緑梢婀婀摇新竹，翠蔓離離熟早瓜。閑客去留隨所遇，不知何處送棲鴉。

蒸溽作雨排悶

柱礎生微潤，簾櫳轉薄陰。蟻遷都邑改，鳩逐怨恩深。菡萏新離水，芭蕉半展心。掩屏惟熟睡，誰與續愁吟！

卽事

煙雨淒迷晚不收，疏簾曲几寄悠悠。一雙蛺蝶來何許？點盡青青百草頭。

小閣憑欄望遠空，天河横貫斗牛中。他年鼓角榆關路，馬上遥看與此同。

露坐小隱

寂寂柴門閉嫩苔，門前有路走天台。近秋河漢西南落，欲雨風雲東北來。旋摘甘瓜青帶蔓，新篘玉醴冷傳盃。亦知野外無供給，且復相逢笑口開。

晚興

並簷幽鳥語璁瓏，一榻蕭然四面風。客散茶甘留舌本，睡餘書味在胸中。浮雲變態吾何與，腐骨成塵論自公。剩欲與君談此事，少須明月出溪東。

疾小愈縱筆作短章

治疾如治盜，要使復其常。藉曰用戈矛，全之寧欲傷。彼盜皆吾民，初非若胡羗。奈何一朝忿？直欲事毆攘。毆攘雖快心，少忍理則長。華陀古神醫，煎浣到肺腸。取効雖卓犖，去死真毫芒。君審欲除盜，惟當法龔黃。撫摩尚有道，四境皆耕桑，我亦以治疾，不減《玉函方》。

病少愈偶作

蕭條白髮卧蓬廬，虛讀人間萬卷書。遇事始知聞道晚，抱痾方悔養生疏。高門赫赫何關我，薄俗紛紛莫問渠。羸疾少蘇思一出，夕陽門巷駕柴車。

病入秋來不可當，便從此逝亦何傷！百錢布被斂首足，三寸桐棺埋澗岡。但恨著書終草草，不嫌徂歲去堂堂。今朝生意纔絲髮，便擬街頭醉放狂。

湖上晚望

閒人無處破除閒，待得漁舟一一還。峰頂夕陽煙際水，分明六幅巨然山。

九月十一日疾小間夜賦

清夜房櫳燈火微，此心病起更依依。空驚牀下莎蟲語，不見梁間巢燕歸。蒼硯有池殘墨在，白頭不櫛亂書圍。可憐未遽忘風月，猶夢華觴插羽飛。

病後衣巾盡覺寬，挈提裘領喟然歎。孤燈不焰熒熒碧，小雨無聲慘慘寒。只道清心災自退，豈知非意病相干。平生最愛秋搖落，惆悵今年怯倚欄。

遠遊

壯年不作故山歸，老去方知浪走非。掛日片帆吴赤壁，嘶風疋馬蜀青衣。交遊雖廣知心少，香火徒勤願力微。堪笑只今成底事，青燈無恙且相依。

九月二十五日雞鳴前起待旦

堪笑枯腸漸畏茶，夜闌坐起聽城笳。爐温自撥深培火，燈暗猶垂半結花。斷夢不妨尋枕上，孤愁還似客天涯。掃塵拾得殘詩稿，滿紙風鴉字半斜。

舟中晨起

天宇清寒病體輕，煙波聊復事宵征。艣横舟尾霜如抹，犬走籬根葉有聲。蕭尹威名空赫赫，班侯智略本平平。不如歸結迎神社，長笛圜鼙送此生。

殘菊

殘菊一枝香未殘，夜窗拈起百回看。過時只恐難相笑，我是三朝舊史官。

山墅

煙水煙林老結廬，人間用短更誰如。軟蒲穩背供危坐，小幟障燈便細書。莫欺衰病歸山墅，曾領諸儒上石渠。貞觀開元嗟已遠，爲君試說紹興初。

秋晚幽居

吳中秋晚氣猶和，疾豎其如此老何？鳥語漸稀人睡美，木陰初薄夕陽多。掃園日日成幽趣，撫枕時時亦浩歌。車轍久空君勿歎，文殊自解問維摩。

遊山

一生萬里著行縢，抖擻塵埃尚未能。不怕語音時帶狄，敢辭生計略如僧。疏梅漸動清溪曲，霽雪遙看古塔層。喚起故年清絕夢，數聲柔艣下巴陵。

病中雜詠

身是人間一老樵，城南烟水寄迢迢。尋人偶到金家畯，取米時經杜浦橋。小市孤村鷄喔喔，斷山幽谷雨蕭蕭。吾曹自養無能爾，楚客應無隱可招。

身似頭陀不出家，杜陵歸老有桑麻。茶煎小鼎初翻浪，燈應寒窗自結花。殘藥漸離愁境界，亂書重理淡生涯。等閒一事還超俗，斷紙題詩字亂斜。

示兒

死去元知萬事空，但悲不見九州同。王師北定中原日，家祭無忘告乃翁。